U0572285

三國疑云

洛宫的秘密

[上]

辽宁人民出版社

© 博言 2022

图书在版编目（CIP）数据

三国疑云：洛宫的秘密 / 博言著 . —沈阳：辽宁
人民出版社，2022.3
ISBN 978-7-205-10352-1

Ⅰ.①三… Ⅱ.①博… Ⅲ.①历史小说—中国—当代
Ⅳ.① I247.5

中国版本图书馆 CIP 数据核字（2021）第 247816 号

出版发行：辽宁人民出版社
　　　　　地址：沈阳市和平区十一纬路 25 号　邮编：110003
　　　　　电话：024-23284321（邮　购）　024-23284324（发行部）
　　　　　传真：024-23284191（发行部）　024-23284304（办公室）
　　　　　http：//www.lnpph.com.cn
印　　　刷：北京长宁印刷有限公司天津分公司
幅面尺寸：165mm×235mm
印　　张：30
字　　数：460 千字
出版时间：2022 年 3 月第 1 版
印刷时间：2022 年 3 月第 1 次印刷
责任编辑：赵维宁　贾　勇
封面设计：乐　翁
版式设计：一诺设计
责任校对：吴艳杰
书　　号：ISBN 978-7-205-10352-1

定　　价：90.00 元（上、下册）

目录
CONTENTS

上 册

第一章　水镜先生

汉末中平六年（189），四月的一天，京师洛阳气氛诡异紧张。

昨夜小黄门郭朗出宫办差，不知被什么人杀害，首级就扔在北宫南面的朱雀门下面。北宫朱雀门，与南宫玄武门通过复道相互贯通，又跟平城门连通而直达京城之外。由于皇帝和太后出入皇宫都要经过这里，所以这个门在洛宫里最为尊贵，建筑也格外巍峨壮观。

被杀的郭朗，是中常侍郭胜的义子。凶手特意选择将他的首级扔在至尊的北宫朱雀门下，分明就是向十常侍甚至皇帝本人，毫无顾忌地挑衅和示威。

凶手究竟是什么人？京城里众说纷纭，人们都纷纷猜测，这件事情应该跟大将军何进有关。因为以他为首的外戚勋贵与名门士族们已经联手，跟内宫的宦官们势同水火，一场决定性的争斗早晚要爆发。而郭朗之死，会不会加速这场决斗呢？

这场决斗始于五十年前。一直以来，先后两任皇帝都宠信宦官，打压党人，纵情淫靡。又遇到百年天灾，饥民遍地，盗贼蜂起，人心浮动，终于在各地爆发了黄巾暴动。

朝廷本已军力不足，捉襟见肘，西凉边陲又有羌胡叛乱。皇帝无计可施，于是下令各州郡刺史长官，自己招募军队前往镇压，这才开始陆续平定黄巾军。

但让皇帝始料不及的是，这导致了州郡豪强逐渐坐大。一些刺史拥兵自重，同各地的世家大族相互结盟。这些世家大族手里握有巨量土地，军队仰赖于他们的粮草和兵源供应。而且他们又累世数代在朝里担任重臣，因而，各地州府跟他们有着千丝万缕的密切联络，往往听命于他们，却并非朝廷。

渐渐地，他们中的一些世家子弟，萌生了雄心壮志，暗暗地以天命自居，并不把昏弱的朝廷放在眼里。

这些分布在各地的豪门大族当中，实力最雄厚，影响最大的，莫过于四世三公的汝南望族袁氏。袁家门生故吏遍布天下，传至袁绍和袁术时，权势极盛。而在颍川一地，就有四个著名的世家大族：荀氏，曾是中原第一望族，传至"荀氏八龙"，然后荀彧、荀攸叔侄。陈氏，传至陈群。钟氏，传至钟繇。第四支，李氏，已经没落。李家名士李膺位列"八俊"之首，有"天下模楷"之称，却因为牵涉党锢之祸，以及陈蕃、窦武图谋诛杀宦官事败，而罢官入狱。后来李膺又涉入张俭党案，再次入狱，被宦官曹节等人在狱中暗杀。李膺的远近宗亲，都被流放边关，他的门生故吏以及他们的父兄，都被禁锢不准为官。

李膺的宗侄李儒一直在边城辗转流落，后来朝廷大赦天下，终于可以回到关东。他在各处游学访问，积攒资历，不久当上了太学博士。又曾经访问名师郑玄，希望能拜他为师，学习经学及诸子典籍。

郑玄问了他的志趣和平日所学后，就向李儒推荐了颍川名士司马徽，他说："司马徽先生，精通奇门道学和墨家兵法，人称'水镜先生'。颍川附近州郡的青年俊才，如徐元直、崔州平、石广元、孟公威等，都对他以师礼敬重。此人擅长品评当朝人物，常与名士庞德公和他年少的侄子庞统坐谈论道。我看你对兵法战策十分看重，不妨到他那里的书院去访问一下。"

李儒听了郑玄的推介，微微一笑，心里却很是不以为然。

郑玄接着又说道："司马徽先生门派，行事任侠好义，门下弟子文武超群，能人辈出。"

李儒听到这里，立即就有了浓厚的兴趣。

于是他选了日子，特意准备了一些礼物，就去颍川拜访这位司马徽先生了。

这天，李儒来到水镜先生司马徽的住处。他停马驻足，观赏一下四周的景致，见这里正处在半山中间，到处是参天古树，林木葱葱。驻足远眺，只见群山连绵，谷幽涧深；近旁水声潺潺，有清冽的泉水流过，汇聚到低洼之处，形成一个小湖，水面好似镜子一样，晶莹透亮。湖边筑有一亭，可以稍事休息，又见亭上的匾额正中写着"水镜"二字。

李儒牵马走过亭子之后的那片树林，豁然就是一所静谧的院落。这里到处种了各色植株，四周竹林摇曳，轻风徐徐吹过，绿叶婆娑作响，实在是个幽静雅致的所在。

这时，司马徽正在和徒弟卢奕坐而论道。

李儒上前叩门，送进拜帖。小童向司马徽通报，说李氏族人李儒来访。李氏家族的名声着实响亮，士人对李膺家族的遭遇都非常同情，于是师徒停止议论，两人都对这个李儒产生了一些好奇。

小童领着李儒进来后，李儒上前，向司马徽作揖，说道："晚辈李儒，特来拜访司马先生。"

司马徽笑着回答："阁下客气了，请坐。"

然后跟卢奕和小童说了几句，卢奕就带着小童出去了。过了片刻，小童将茶送了进来。

这时，司马徽仔细观察了李儒，见他灰袍白巾，举止倒也从容，只是目光闪烁不停，有些欲言又止的模样。司马徽就问："请问阁下跟李膺先生是什么关系？"

"我们同宗，论起来我是他的侄辈。"

"原来如此。您今日到我这里来，有什么见教啊？"

"不敢，特来向先生求教。"

"阁下有何事要问呢？"

李儒答道："自从我们李家遭难以来，族人四散，流落他乡。每每想到家族不幸，我就痛心疾首。李儒不才，刚刚任职参军校尉，日思夜想的，就是能够重振家族。可如今十常侍仍然健在，当今皇上并不理事，将权柄都交到阉宦手里。这次，特意前来向先生求教。我想问，今后朝廷的大势将会如何？望先生教我。"

司马徽笑着捻须不语，示意李儒饮茶，然后问："您是想为李家报仇雪耻吗？"

李儒听了这话，眼睛不由得跳动了起来，目光里瞬时闪出一丝仇恨的火光。这个细微的表情变化，司马徽全都看在了眼里。

李儒犹豫了一下，回答道："当今皇上仍在，此事恐怕实在不易。"

"阁下的意思是等到新皇之后，再来为李家翻案吗？"

李儒自觉说错了话，赶紧补充说："在下不是那个意思。先生请看，如今黄巾四起，汉室衰微，阉宦弄权，天下纷争。我以为，跟这些天下大事比较起来，我们李家受到的冤屈，恐怕只是一件小事了。"

"阁下以为，现在的汉室还可以复兴吗？"

李儒摇了摇头，说道："坦率地讲，如今的天下，人人思变。我认为汉室已经江河日下，无力回天了。"

司马徽点头说："那么您想好了没有，今后打算怎么做呢？"

李儒马上向司马徽拱手求教："愿先生教我！"

司马徽盯着李儒的脸，认真地说道："我派自先秦以来，奉有七字真诀：'兼爱、非攻、交相利。'具体说来，就是'大不攻小，强不侮弱，众不贼寡，诈不欺愚，贵不傲贱，富不骄贫，壮不夺老'。"然后跟李儒详细解释了本门的经义。

李儒觉得，这些跟自己的所学和平日所想，实在差别太大，不禁有些失望，逐渐失去了兴趣，态度也慢慢冷淡了下来。司马徽见他并不接受，只好停了。而后李儒却对他刚才提到的"利与害"有了一些兴趣，于是二人又谈论了一阵，李儒就要辞行了。

临行之前，李儒问司马徽道："我听说贵派尚武，最是侠义为重，除暴扶弱。每代都有武功卓绝的弟子，在他人遇到缓急之时，一定会给予援手，是不是这样？"

司马徽这才明白了李儒此来的真正用意，于是笑着回答："我派主张仁爱、非攻，单靠武力是不能解决问题的。"

李儒见司马徽有推托之意，干脆挑明直说道："实不相瞒，司马先生，我是中郎将董卓将军的女婿。前些日子，朝廷调任我岳丈从西凉过来，率军剿灭黄巾军，我正打算随他出征。最近得空，就回到故乡探亲，顺便四处游访，为董将军寻访良才。听说司马先生高徒满座，我们董将军渴盼贤才。如果有武艺高超的弟子，万望推荐给我们，一定会有大好前程。"

司马徽捋须笑道："多谢李先生美意，我会向他们询问是否有意。"

李儒见他还是推托之词，非常失望，于是拱手作别。

司马徽并未送出大门，只是站在院内看着李儒远去的身影，捻须微笑，若有所思。

过了片刻，卢奕从外面进来，问道："师父，这位李儒今天来为了什么事情？"

司马徽笑着说："他是来找武艺出众的帮手。"

"哦，那他想要干什么呢？"

司马徽这时收起了笑容说："他李家跟十常侍有化不开的血仇。"

卢奕听说过李膺家族的不幸，就问："莫非李儒想寻找帮手，行刺十常侍？"

司马徽摇头说："没有这么简单。我觉得这个李儒想要的不仅仅是复仇，他的眼神告诉我，他并没有把这血海深仇完全归结到宦官身上。"然后紧缩眉头说道，"如果有李儒这样的一批人在，将来天下必定大乱。李儒这人，狡谲内忍，今天没有显露他的真相。我认为他的图谋非常深远。今后，你如果遇到像他这样的人，一定不可不防。"

卢奕点头答应。

司马徽看着卢奕，接着说："我的学生当中，你们几个都文武兼修，其中你的武艺最得我派真传。处于乱世，你身负绝艺，一定大有可为。你要牢记我派要义：兼爱、非攻、交相利。我派自秦汉以来几乎湮没无闻，弟子寥若晨星。是因为世人不了解我们，以为我派虽然急公好义，除暴安善，却会以武犯禁，所以被官府和儒家所不容。这是彻底地误解了我们。"

"师父放心，弟子一直牢记：'为身之所恶，成人之所急。'"

司马徽点头说："是的，一句话就是：强不劫弱，诈不谋愚，贵不傲贱。兼而爱之、兼而利之，必上利于天，中利于鬼，下利于人，三利无所不利。"

又过了一会儿，师徒二人正在论道的时候，小童进来报说，有人送来书信一封。

司马徽接过信一看，是京城的卢府写给卢奕的家信。卢奕打开信看后，神色立刻担忧起来。

原来卢奕的父亲中郎将卢植，率军在广宗与黄巾军张角主力对峙，本来接连取得大胜，正准备跟驻兵在颍川附近的皇甫嵩、朱儁合兵一处，朝廷派来的钦差监军，黄门左丰对他索取贿赂，卢植性情刚烈，严词拒绝。就这样得罪了十常侍，被这些人诬陷下狱了。

卢奕将信递给师父，说道："弟子家中有难，必须尽快辞行了。"

司马徽读完信后，安慰卢奕："卢将军清誉在外，海内知名，现在被冤入狱，大臣们一定会尽力营救，你不要太过忧心。"

卢奕点头，稍微心安了一些。

司马徽接着说："多年以来，朝廷宦官和外戚两派交替当权。士大夫们和各地世家大族都对宦官乱政极度不满，多次发生政斗。而宦官们有皇帝的支持，以'党人'罪名禁锢众多士人，窦武、陈蕃、李膺等诸多名士，被宦官先后杀害。各地陆续被捕、杀死、流徙的士人达到上千名，这就是党锢之祸。曾经得罪宦官的名士张俭被他们追缉，到处流亡，在他逃亡路途上，士人们即便知道会引来杀身之祸，也往往愿意收留他。因为这件事情，各地州府有数十名知名士人，先后被杀，甚至包括孔圣人后裔，曲阜孔府的孔褒先生。"

卢奕听了这样的事情，非常震惊，问道："难道我父亲现在也是被牵连进这党锢之祸吗？"

司马徽却摇头说："我认为不会。如今各地都有黄巾之乱，当今皇上与十常侍担心被放逐的党人，与黄巾军联手反叛，已经大赦了部分党人，免除了受牵连党人亲族的禁锢。所以李儒这样的人，才有机会回来，还可以做官。况且，你父亲可不是一般士人，他立有很大的军功，在军队里威望很高。所以，我认为皇帝和十常侍对他不会过于苛刻。"

卢奕这才放宽了心。司马徽又对卢奕说道："我前夜占看天象，帝星晦暗不明。此时的京师，形势诡谲，处处显现杀机。各派势力盘根错节，各有图谋。朝廷外戚与宦官正在激烈争斗，很有可能会燃成冲天烈火，将卷入的人们逐一吞噬，凶险无比。你一定要千万小心，争取举家迁离洛阳，保全自己和家族的平安，才是上上之策。"

卢奕连连点头称是，然后赶紧收拾行装，准备出发。

此时颍川城外，皇甫嵩大军正在与黄巾军交战，只有绕道成皋，才能安全进入京城。于是卢奕告别了师父，趁夜动身，向颍川城北奔去。

刚刚出城不久，远远地就望见有十几个黄巾军哨骑，正向他迎面而来，最近处的一个黄巾军士兵大声喝道："对面什么人？"

卢奕并不答话，也不停顿，摘下背上的雕弓，瞬间连发了三箭，射倒跑在最前的三个黄巾军骑兵。后面的骑兵没有料到卢奕只有一人，竟敢主动袭击他们，顿时慌乱起来。

卢奕趁乱冲了过去，挥动长枪，接连刺倒几人。其他的黄巾军士兵见卢奕勇不可当，惊慌之余，纷纷溃散。卢奕并不追击，只是认清了路径，向着成皋的方向飞奔而去。

第二章 洛阳城外

卢奕连夜飞马到达成皋，虎牢关夜里闭关，无法通过，幸而卢奕往来熟悉，沿着小道绕过关口，继续向着洛阳方向疾奔。这时天色开始发亮，四周开始变得逐渐清晰。春天来临，洛河已经涨水，大地泛青，绿草茵茵，洛阳远郊外开满了桃花。一些辛苦劳作的农人已经开始了耕作，到处都是忙碌的景象。如果不是有急事在身，卢奕一定会停下马来，逗留片刻在这洛水河畔，好好欣赏野外的盎然生机。他此时没有这样的心情，飞马直奔洛阳城而去。前面是很大一片树林高地，当地人称安平岭，越过了这片山地，继续前行十里路就是洛阳城东的马市。穿过马市就可以很快到达洛阳中东门，那里就是司空府、司徒府和太尉府的所在，卢府就在这三府的附近。

进入安平岭后，树林遮天蔽日，只有一条小道穿行其间。卢奕纵马前行，跑了一段，突然停了下来。直觉告诉他，前面有些异常，因为这里实在太安静了。刚刚进入树林时，一直能听到不同的鸟鸣声音，为什么到了这里却如此安静？

卢奕下马，走到一棵树旁，仔细观察起周围的情势。随后又走到另一棵大树下，发现有新鲜的树枝掉落，上面的痕迹说明，这些树枝分明是有人扯了下来。卢奕正仰头观察四周情况，突然听到弓弦响动，几支利箭同时向他射来。

卢奕飞身树后躲过来袭，霎时间换到一棵树下，辨清了来袭方向，卢奕也摘弓连续还击了几支箭。只听到一声惊呼，有一个黑衣人从树上摔下。卢奕并没有急于上前察看，只换到另一棵树上继续警戒。

过了一阵，不远处两棵树上跳下两个黑衣人，要救援被射倒的那人。

卢奕眼疾手快，接连两箭射中二人，其中一人要负伤逃走，卢奕飞身追上一脚踢倒，喝道："你们是什么人？为什么要在这里暗算我？"

那人一脸倔狠，凶恶地盯着卢奕，决不开口。

卢奕正想办法如何让此人开口，又有两个黑衣人跳下，手里都举着长刀向他逼来。卢奕从容地将从背上取下的三折长枪拼接起来，全神戒备。这时一人高高跃起，举刀就劈，另一人手执盾牌滚地过来，用刀削向卢奕下盘。

卢奕向一旁急忙闪过，随即一枪突然刺向跃起的那黑衣人。卢奕出枪速度之快，出乎那人意料，急忙闪躲，枪尖几乎贴身而过。那人惊得冒出冷汗，知道不是卢奕对手。于是冲另一人点头示意，两人分头逃散。

卢奕正要追赶，想起刚才地上还有他们受伤的同伙，回头寻找已然不见了。再往旁边寻找，地上还有一具黑衣人尸身。卢奕仔细搜查了一下，在尸体怀里搜到了几页地图。打开一看，卢奕不禁吃惊，这些原来是洛阳皇城南北二宫的详细图本。

只见图上仔细标注了南、北两宫所有建筑，两宫各四座同向同名的阙门中，分别标记清楚北宫之南建有望楼的朱雀门，其他方位依次注明东侧苍龙门，北侧玄武门，西侧白虎门。南宫是皇帝与大臣朝贺议政的地方，最为重要，因此地图上的标注尤其细致。卢奕见这图上南宫的主体宫殿，自北而南依次写上了：司马门、端门、却非殿、章华门、崇德殿、中德殿和平朔殿等。沿中轴线东西侧各有两排对称的宫殿建筑，东排为鸿德门、明光殿、宣室殿、承福殿、嘉德门、嘉德殿、玉堂殿、宣德殿和建德殿，等等；西排为云台殿、显亲殿、含章殿、杨安殿、云台、兰台、阿阁、长秋宫和西宫，等等。

看到如此详细的洛宫图本，卢奕不由得吸了一口凉气，这些究竟是什么人呢？他们为什么要袭击自己？为什么这些人身上有如此详细的皇宫地图？难道他们是想要谋害皇帝的刺客吗？

这些问题一齐涌上卢奕的心头，要解答这些疑问，必须抓住刚才逃走的那几个人才行。于是卢奕又仔细搜检了一下，确定没有其他有用的线索，这才翻身上马，向京城方向疾速追去。

卢奕飞马追踪了半个时辰，不见黑衣人半分踪影，眼看着渐渐地就要跑出了安平岭。

突然，远远地看见前面路上站着一个将军，身穿全副盔甲，正手执长枪，看到卢奕过来，就上马挺枪拦住道路，大声喊道："站住！"

卢奕将马拉住："这位将军，有什么事情吗？"

"刚才有人报说，前面有强贼出现，抢劫财物。我看你手拿武器，难道就是你吗？"

听了这话，卢奕猜想这一定是刚才那几个黑衣人在诬陷他了，于是回答："将军你弄错了。刚才在树林里，不知道为了什么，有几个黑衣人袭击了我，已经被我杀退。我正要追上去，抓捕那逃脱的几个。"

这将听他这样说，不禁大笑："好大口气！凭你一人能对付几个强徒？"

卢奕微微一笑，回答说："请将军不要阻拦在下，耽误了工夫，那几个贼徒就逃脱了。"

"一派胡言。我看你就是那个杀人越货的贼徒，赶快下马投降，跟我到河南尹衙门自首去罢。"

卢奕有些生气，问他道："请问将军，你如何认定了我就是那强徒呢？"

话音未落，这将已经跃马冲了过来，要拿下卢奕。

卢奕看他出枪平稳迅疾，知道是个劲敌，便抖擞精神跟他斗在了一起。两人都是出招飞快，眨眼之间拆了十数回合。

这人斗了一会儿，见拿不下卢奕，心里稍许着急，就主动变招，飞身从马上跃起，凌空一枪刺向卢奕。卢奕拆招飞快，跃身躲过，随即抢圆枪杆回扫，这变招太过迅疾，出乎那人的预料，躲闪不及，枪尖正拍在他的头盔上面。那人的头盔登时飞了出去。因为头部受了震荡，一时晕眩，重重地摔在地上。

卢奕并没有继续攻击，只下了马站在一旁监视这人。这人片刻清醒过来，立刻明白了，自己绝非卢奕的对手，就站起来叉手施礼，说道："阁下好俊的武艺。有如此的本领，一定不会是强徒，刚才在下太过孟浪，还请阁下原谅。"

卢奕见他前倨而后恭，就还了一个礼："将军言重了，请问如何称呼？"

这人回答："在下是上军司马张郃，奉上司差遣，来此巡查。没想到会在这里遇到尊驾，请问您是？"

"我叫卢奕，就住在洛阳城里。"

张郃忽然醒悟，问道："看阁下身手不凡，莫非就是卢植将军的公子卢奕吗？"

卢奕点头微笑："正是。"

张郃再次叉手施礼说："卢将军海内知名，我们军中将领没有不钦佩的。今天目睹了卢公子您的身手，这才知道确实名不虚传。在下佩服！"

"张将军过誉了。据我所知，将军的上军驻扎在西园附近，不知今天为何会在此地遇到张将军呢？"

"近来京城治安不稳，上司就派遣了在下，协助河南尹衙门在城东、城西来回巡查。没想到能在这里遇到阁下，真是一个意外之喜。"

"张将军，刚才有没有见到几个黑衣人经过？"

张郃摇头说："我没有见到穿黑衣的人，倒是有几个乡民，跑来慌慌张张地报说，前面有强徒杀人抢劫。所以我让手下士兵向前搜索，自己就在这里等了。"

"原来如此。"卢奕虽然心里有些疑惑，却也不好多问了，毕竟自己不是官身。

这时他想到了那几幅洛宫地图，要不要告诉张郃呢？卢奕心想，这些地图一直是朝廷禁物，平头百姓如果非法拥有这些图本，轻则入狱，重则满门族诛。如果现在拿出这些地图给他，自己反倒说不清楚了，不如进城以后，把图交给衙门，这样才稳妥。

于是他向张郃拱手说道："那我就不耽误张将军公事了，就此别过。有机会的话，我们在洛阳城里再会。"

张郃也拱手道别，目送卢奕飞马驰过，向京城飞奔而去。

卢奕刚到城门附近，就看到门口张挂了大幅布告，悬赏缉拿杀害郭朗的凶手。

杀害郭朗的凶手究竟是谁？袭击自己的这些人又是谁？上军司马张郃为何被派往城外巡查，他只一个人在那里，是查访凶手，还是另有内情呢？卢奕感到有些疑惑，陷入了沉思。

他又看了一遍通告里面的内容，觉得疑点实在太多。宦官们平时都居住在深宫之中，他们的日程很难被一般人知晓，更何况是小黄门郭朗了。凶手杀人之后，又将首级扔在朱雀门这种地方，明显是在示威。那么这应该是一次有着特殊目的的谋杀了。

卢奕猜测，如果这就是一场精心策划的谋杀，应该是有人事先知道郭朗的行程，提前通知了凶手。通告已经张贴了一段时间，让人们向官府告发凶手以及线索，看来到现在，此案还没有太大的进展。

卢奕跟自己父亲一样，非常讨厌宦官们。死了一个太监，对他来说不以为意。但理智告诉他，这件事情必定不简单，可能会影响到身在朝局中的每一位官员，当然就包括自己的父亲卢植。

卢奕回到卢府后，立即拜见母亲。卢母见卢奕回来，心里大为宽慰，说道："你父亲深陷狱中，你的兄长卢珣在外做官，来不及回来。现在家里大乱，你能回来主持大局，我就放心了。"

卢奕安慰母亲说："请母亲放宽心，有儿子回来，一切都会好的。我这就去拜访司徒王允大人，一来打探父亲消息，二来，请王大人伸出援手，父亲跟他多年至交，王司徒一定不会袖手不管的。"

卢母点头说道："王司徒已经出力援助了，你的确应该上门道谢才是。这次幸亏司徒大人在皇上那里百般求情，你父亲才暂时得以平安。至于以后会怎么样，还得向王司徒讨教才是。"

于是准备了一些礼品，卢奕就立即动身，前往王允府邸。却不曾想到，在那里又遇到了另外几位当朝重臣。

第三章　司徒府邸

卢奕曾经去过司徒府，因此轻车熟路地来到王允府邸。叩门之后，王府的老管家王安出来，卢奕请王安进去向王司徒通报一下。这时王允恰好下朝回来，听到好友卢植的儿子来访，就让王安将他领进了自己的书房。

见到王允，卢奕立即行了大礼，说道："我们卢家蒙难，多亏了司徒大人，甘冒触犯龙鳞的危险，从中斡旋，这才有所转机。家母让在下前来致谢，卢府全家上下，都对王司徒深怀感激！"

王允搀起了卢奕说："贤侄请起。来，坐下说话。"

然后仔细端详了卢奕说道："贤侄，你们不要太过忧心，这件事情有转机了。前日我写信给皇甫嵩将军，请他向皇上进言，为你父亲陈情。他正在带领重兵平定黄巾，皇上对他的进言还是非常看重的。之后，大将军何进也向皇上求情了。我认为，你父亲被释放，然后官复原职，这都是迟早的事情。"

卢奕再次拜谢。

王允微笑着看着他，见卢奕目如朗星，剑眉轻扬，举止稳重，气度非凡。且又身材颀长，肩背雄阔。王允不由得想起他的父亲，卢植身材高大，声如洪钟，为人性格刚毅，品格高尚，在士人里面声望很高。他跟卢植交往多年，很是投契。见卢奕跟他的父亲非常相像，心里不由得对这个年轻人更增加了好感，就问道："如今国家多事，正是用人之际。你的兄长卢珛曾经拜我为师，他现在已经在外为官独立成家。贤侄，你现在有什么打算啊？"

卢奕回答说："在下目前正在专心访学。"

"哦，是哪位名师啊？"

"颍川司马徽先生。"

听到是司马徽，王允的眉头轻微地皱了一下说："我听说过这个人，是个有学问的高人隐士。韩非说过，'世之显学，儒墨也。'可是有一点，贤侄你一定要明白，自从汉室尊崇儒家以后，只有儒家经术才是正道，其他各门各派都是杂学。你明白其中的利害关系吗？"

卢奕知道他是好意，拱手致谢说道："多谢司徒大人指教。晚辈目前只是游学各家门派，暂时还无意于仕途。"

听了这话，王允想，现在有一些世家出身的年轻人，崇尚清静无为，洒脱倜傥，放荡不羁，对朝廷危急之事毫不在意。在王允看来，这些人虽然自命名流，清高遁世，其实就是离经叛道，对朝廷不满。难道面前的卢奕也是这样的年轻人吗？

王允就皱着眉问："如果国家有难，需要你出来呢？"

"那晚辈赴汤蹈火，在所不辞。"

这样的回答倒是很合王允的脾性，他不禁点了点头。王允还想查看一下卢奕的志趣才能，就问卢奕平时都读哪些书，兴趣所在，等等，两人闲聊了一阵。

过了一会儿，卢奕想起自己在安平岭缴获的京城两宫地图，就说："对了司徒大人，今早我在京师郊外的安平岭，遇到了一件奇怪的事情，想跟您讲一下。"

"哦，是什么事情？"

卢奕正要回答，王安进来报说，大将军何进、御史中丞韩馥和中军校尉袁绍来访。听讲是这三位，王允不敢怠慢，起身准备出迎。于是卢奕也站起身，就要告辞。

王允拦住了他说："贤侄且等等，过一会儿，我把你介绍给他们认识一下。"

卢奕明白，这是王允的提携之意，虽然他对官场并不热衷，但对王司徒的一番好意，却是不能不领，于是就等候在王允的书房里。

稍许工夫，王允引领着三位大人进到了正厅入座，随即吩咐王安将卢奕请了进来。然后王允向三人介绍说，这是中郎将卢植的公子卢奕。卢奕就向三位大人一一行礼。

大将军何进，本就跟卢植往来不多，况且在晚生后辈面前，自然是端足了架子，只微微点了下头，并不理会。

而袁绍对卢奕大感兴趣，拉着他坐到自己跟前，非常亲近地跟他聊了一下卢植的事情。

然后王允对卢奕说："你刚才说有事情要告诉我，这样吧，你暂且到我的书房去坐坐，读一会儿闲书。等这里议完事后，我们接着说如何？"

卢奕起身应诺，然后离开，去王允书房等候。

等卢奕走出客厅后，王允问何进："大将军，今日三位大人一齐到我这里来，有什么要紧事情吗？"

何进回答："是的，有几件事情，我们要跟王司徒磋商一下。第一件就是前夜小黄门郭朗被杀一事，目前调查没有任何进展。我想问问你们几位，你们有没有得到什么线索，或者听到了什么，到底是什么人干的这件事呢？"

王允问："大将军，现在是谁在主持调查这个事情？"

何进说："河南尹司马防一直在调查着。我听说张让和赵忠极其恼怒，命蹇硕派出上军得力的人物在查，要求限期破案。"

韩馥气愤地说："这不合规矩吧？西园各军的职责，是跟其他羽林军一起守卫京城和皇宫的安全，难道他们也可以介入地方政务，去查案吗？"

袁绍点头回答："韩大人，他们一定会说这是圣命。其实，他们就是信不过司马防，更加信不过大将军。"

何进说道："本来查这种案子，可以由司隶校尉介入进去，名正言顺。目前司隶校尉正空缺着。这个职位非常重要，王司徒，我想举荐本初就任这个空缺，即使一时得不着，也不能让那些阉官给抢了先。您看如何啊？"

司隶校尉这一个职位虽然不是太高，但权力很大，可以监督京师洛阳和周边地方政务，有权持节领兵，可以审讯和逮捕犯罪的官员、宗室和庶民。在朝会时，司隶校尉和尚书令、御史中丞一起都有专席，号称"三独坐"。

王允立即明白了何进的心意，他此行的目的，就是来要求自己在皇帝那里一起保举袁绍。王允登时心里有些不悦。其实王允跟袁氏家族交往颇深，袁家四世三公，门生故吏满天下，韩馥就曾经是袁绍父亲的学生。为袁绍说话，王允当然也是赞同的。可是何进把他一起带来府里，当面说起这个事情，这难道不是变相要挟吗？不过王允肚量很大，既然已经同是一个阵营的，为了对付那些阉宦，他支持让袁绍来担任这个职位。

于是他虽然对何进的做法很不高兴，却还是一口答应了这件事情。

王允位列三公，虽然没有多少实权，但是地位很高，在推荐司隶校尉这件事情上，有大将军和司徒大人两人保举袁绍，这事成功的希望就非常大了。何进看王允爽快地答应了，非常高兴。袁绍也赶紧起身向他作揖道谢。

何进吩咐袁绍："本初，你接任了司隶校尉后，一定要把这案子查个清楚，看是不是这个郭朗的仇家干的，还是他们阉宦内斗，又或者有什么别的隐情？"

韩馥这人一向心思很重，突然插话说道："我担心这个案子彻查下去的话，会不会牵涉到更多的人，这样可能更加激怒张让、蹇硕跟郭胜那些人，甚至……皇上。"说到这里，韩馥停顿下来不再讲了。

"韩大人有话，但请直说，好吗？"王允问。

"不管什么情况，如果我接任了司隶校尉，一定会彻查清楚。"袁绍赶紧接话回答。

何进突然诡异地笑着说："今天可以告诉你们一件秘密之事了。这郭朗是郭胜的义子，而郭胜其实是我的人。他跟我是同乡，当年我妹妹能当上皇后，多亏了有他全力帮助。一直以来，他私下里都是跟我保持联络。这个事情，你们千万不要外传啊。"

然后，何进看着众人的反应。其实众人都知道这件事，并没有表现得很意外。何进忽然也明白了这一点，就说："那么，会不会是张让那些阉人，要给郭胜一些颜色看看呢？"

王允想了想说："现在没有证据，猜来猜去也用处不大。关键是，这件事情的后果很严重，我担心阉官们会狗急跳墙，做一些难以想象的恶劣事情，来报复我们。"

"难道他们就已经认定，是我们的人干的吗？"何进问。

袁绍非常肯定地回答："如果我是他们，一定会宁可信其有，不会信其无吧。"

说到这里，众人沉默了一阵。

韩馥突然转移了一下话题说，"据可靠线报，被击溃的黄巾军余党赵弘之弟赵臻，和韩忠之弟韩祺，这几日带领一伙同党，要秘密地潜入京城。不知道他们的目的是什么。"

"韩大人，你这是从哪里得到的消息？可靠吗？"何进问道。

"是我在军中的线人昨日报给我的。消息非常可靠。"

何进顿时非常疑惑，作为大将军，京师左右羽林军及五营官兵的统帅，自己都不知道，韩馥又如何能知道这种消息呢？转念一想，自己的羽林军人数有限，派出的线报也未必得力。再说了，也许是外州军队传来的消息，又或者是塞硕统领的西园各军那里探听到了什么吗？

但是韩馥不愿说出消息来源，众人也就不再追问。大家都相信他说的话，因为韩馥这人，虽然没有什么特别出众的地方，但向来谨慎，从来不打诳语。

何进笑着说："难道这些亡命之徒想刺王杀驾不成？"

袁绍突然神情紧张了起来，说道："的确有这种可能，现在各地黄巾贼军被陆续击败，说不定他们就是要通过袭击京师，逼着皇上将各地的大军紧急调回京师。"

何进大怒，拍桌怒喝："反贼猖狂！竟敢到京城来行刺？"

袁绍说："大将军，我们应该早做准备。我的中军可以抽调一部分精干的部下，在京城内外，来回巡逻搜索，一旦发现可疑人物，立刻捕拿，有反抗的就地格杀。"

何进吩咐道："就依本初。这件事情你回去马上就办。"

袁绍立即接令回答："大将军请放心。"

听到他们说的这个事情，王允突然想起，卢奕说今早在洛阳城外的安平岭发现了奇怪的事情，莫非跟这有关吗？

第四章　深宫密谈

何进这时回忆起一件事情："你们还记得吗？不久之前，庶民唐周告发中常侍封谞和小黄门徐奉，勾结黄巾贼首张角、马元义，要内外举事，幸亏我出军及时，斩了马元义和徐奉。这之后，有人说看见唐周被人带进了宫里，之后就踪迹全无，难道是被阉官们给害了，还是另有蹊跷？现在这赵臻、韩祺过来，会不会又是跟他们勾结的呢？"

袁绍应声说道："大将军怀疑的有道理，这伙贼徒如果没有人接应，怎么敢到京师来呢？这件事情必须彻查。"

王允问："只在城外堵截他们，这有些守株待兔，过于被动了。你们能不能在皇宫里面查到一些线索呢？"

韩馥立即附和说："司徒大人所言极是，我们的确应该派一些线人，去查一下皇宫里面的情形。再有，我们不妨把封谞一事再翻腾出来，看一看他们的反应。这就是打草惊蛇。"

何进对这个说法大感兴趣，问道："韩大人，你具体说说，该怎么做呢？"

这时韩馥已然想好了计划："大将军，我的下属谏议大夫刘陶，为人耿直，对阉官最是强硬。回去后，我会让他寻找机会向皇上进言，就拿封谞的事情来劝谏皇上，刺激一下张让、赵忠他们这些人。"

王允认为，要是刘陶单独上奏的话，风险太大，而且未必一定能奏效。如果激怒了皇帝，反而适得其反。他说道："我对刘陶这个人不是很熟悉。但我知道陈耽平日里跟刘陶交厚。不妨让刘陶在上奏皇上之前，将这件事情透露给陈耽。如果刘陶有事，陈耽一定不会袖手旁观。到时候，我们再一起向皇上求情，这样声势大些，至少可以保全刘陶。"

众人都觉得这个安排比较稳妥。

又议了几件其他事情后，何进跟韩馥就要告辞。而袁绍对卢奕很有好感，想再跟卢奕聊一聊。于是袁绍说要再逗留一会儿，何进与韩馥两人就先行离开了。

随后王允让王安把卢奕请来客厅，入座后三人聊了一些闲话，王允问："贤侄，刚才你要跟我说什么事情？正好袁大人也在，一起听听吧。"

卢奕就把清晨在驻马岭发生的事情，原原本本地告诉了两位大人。王允和袁绍的脸色逐渐变得沉重。袁绍说："张郃是蹇硕任命的上军司马，平白无故地，他为什么跑到那么远的地方去巡查呢？我知道他的搭档是沈放，而沈放为什么没有一同出现在那里呢？"

说到这里，袁绍陷入了沉思，然后问卢奕："那些袭击你的人，会不会就是黄巾军余党呢？"

卢奕回答说无法确认。

袁绍很肯定地说："这件事情的背后必定大有文章。我回去后，一定会派人追查这些人。"

王允问卢奕道："那些地图在哪里，能否让我看一下？"

"好，回去之后我会让家人送来。"

袁绍说："这些图就是线索，如果它们标注得非常精细准确，这就意味着，一定有宫里的人牵涉了进来。"

王允提醒袁绍说："那就请大将军让郭胜在宫里调查这件事情吧。袁大人你再跟韩大人商量一下，如果有可能，就多派几个得力人手进宫去，一起调查这些事情。毕竟，我们也不能完全相信那个郭胜所说的话。"

袁绍很是赞成，回答道："司徒大人考虑得很是周到。"

这时袁绍又想起了张郃，他受蹇硕命令，经常轮值在皇宫那里负责守卫。有人说，这张郃是个百里挑一的悍将，就微笑着对卢奕说道："听说沈放、张郃二人，都是张让和蹇硕从军中精心挑选的厉害人物。连张郃都不是你的对手，果然是虎父无犬子啊！"

卢奕回答："袁大人过誉了。"

袁绍看他谦逊，心里越发喜欢，诚恳地问道："我这里正缺少帮手，不知道卢公子是不是有意屈就呢？"

王允听了很高兴，一起劝道："袁大人马上就要升迁，担任司隶校尉这一重要职位。贤侄，他那里的确需要可靠的帮手，要不，你就去吧？"

听到王允这样说，卢奕就站了起来，拱手致谢："卢奕何才何德，竟然得到两位大人的垂青，在下感激不尽。等到家父的事情解决回府，我向他禀明之后，卢奕一定前来效力。"

听到他答应了，王允和袁绍都非常高兴。袁绍又关心地问了些卢府的一些事情，如果有什么需要，他一定尽全力帮助。

卢奕再次致谢，随后告辞回府，让家人将缴获的地图送到王允府上。

而袁绍回到府衙后，立即命令中军司马高干和麴义，各自带上一些兵丁，自今日起在洛阳城内外巡查各色可疑人物。

袁绍这里的举动，马上就被人报告给了深宫里的中常侍蹇硕与夏恽。蹇硕在十常侍里最为魁硕勇猛，深得皇帝的喜爱，所以让他率领西园各军，并负责皇城宫宿安全。夏恽负责监视官员的举动，搜集京城里一切有关情报。这几日，这两人正被郭胜义子郭朗被害的事情搅得心神不安。探子报来袁绍的动静后，两人就一起找张让商量来了。

蹇硕问张让道："按照您的吩咐，张部与沈放最近都被派出去办差了。这二人都是您举荐给我的，今天我想问您一个透底的话，他们两人真的可靠罢？"

张让微笑着说："我推荐给你用的这二人，武艺高强，办差谨慎，最是得力可靠，而且都经过考验的。你就放心吧。"

蹇硕点头道："那就好。现在京城的兵力主要就是西园各军和左右羽林军，皇上对大将军何进放心不下，故意设了西园八校尉，来分散何进的兵权。虽然现在名义上，他们都由我辖制，但我能直接调遣的，只有上军。咱们还得想法子把其余各军慢慢地换成我们自己人才行。"

张让回答："你说得很有道理。目前看来，典军校尉曹操，可以算我们这边的。他的祖父是中常侍曹腾，当年也提携过我们，跟我们都是再熟不过了。"

蹇硕知道，曹操对张让非常恭敬。但是这个人跟自己有仇，当年曹操刚到京师做北部尉时，自己的叔父蹇图违反宵禁命令，被曹操当即用五色木棒打死，这莫大的羞辱至今还让自己恨意未消。如果不是碍着张让和其父曹嵩的关系，早就拿下了这曹操的人头。

想到这里，蹇硕说："曹操这人，还是不要用的好。"

张让看着他，似乎知道他的心思，笑着回答："越是厉害能干的属下，就越是不容易调教。阿瞒就是这样的人。要不过几天，我让人给他找些麻烦，你自去收服他，这样可以了吧？"蹇硕只好点头答应。

这时夏恽问张让："其他各军又如何呢？"

张让想了想，回答说："中军校尉、虎贲中郎将袁绍，我们争取不来的。袁氏是汝南望族，袁家四代五人位居三公，在朝中势力树大根深。如今袁绍俨然就是年轻一代官员中的领袖人物。这人平日里眼高于顶，傲慢无礼，素来看不起我们。他现在又跟何进打得火热，对他，能做到互不相惹就行了。"

蹇硕、夏恽都点头同意。

张让接着说："其余的鲍信、赵融、夏牟、冯芳和淳于琼，他们都庸碌无能，随时可以拿下，不必在意。"

这时夏恽问起另一件事情："我听到一点风声，说郭朗可能是被我们自己人杀了，张总管，您是我们这批人的首领，如果听到一些内情，一定要让我们知道啊。"

蹇硕平日里跟郭胜有些过节，正担心人们疑心到他的头上，听夏恽提到这事，赶紧也随声附和。

张让见两人都有些疑心，就挑明了直说道："你们千万不要相信那些谣言。郭胜肯定跟我们一条船，这一点你们都不要怀疑。不错，他是跟何进有来往，但那是我让他去的。我们这些人，跟何进他们，需要一条有效的沟通渠道，可以保持彼此大体上的和平，这一点很重要，明白吗？"

"可是万一郭胜把咱们出卖了，怎么办？"蹇硕还是疑心重重。

"他不会。因为他知道，我们这些人，永远被王允、杨彪、陈耽这些所谓的士大夫们鄙视排挤。如果我们完了，他郭胜也一定没有好下场。在这一点上，他比你们明白。"

蹇硕听张让说出这番话来，心知张让对郭胜非常信任，他猜想郭胜一定多次向张让表过忠心。但是自己是永远不会相信这个人的。

夏恽感慨地说道："我们这些人，都是靠对皇上绝对的赤胆忠心，才能有今天的地位啊。何进他们那些人看不起我们，千方百计地算计、陷害我们，这都打不倒我们。但是，我们自己可千万不能自相残杀啊。"

"夏总管说得很对！"张让赞许地说。

蹇硕听到这里，就不再继续说了。他想，这么看来，郭朗被害应该不是其他中常侍干的，可这到底是怎么回事？难道是何进他们，又或者是那些党人在杀人泄愤、示威吗？

这时，张让叫夏恽去找郭胜深谈一次，听听郭胜自己认为是什么人干的。夏恽非常赞成，立即点头答应了。

张让然后转头对蹇硕说："最近京城风传，有黄巾余党潜入了京城，这件事情，可以好好利用一下啊。"

"张总管的意思是……"

"如果黄巾余党在京城里杀人越货，那他何大将军难辞其咎啊。"

蹇硕会意地说道："张总管高见，皇上如果知道了这事，一定会龙颜震怒。"说完，两人点头会心地笑了，然后蹇硕离开自行办差去了。

夏恽还有事情，问道："张总管，这西园的工程就要竣工了，什么时候皇上起驾验收呢？"

"这事越快越好。你要跟赵总管他们几个把好关，一定不要出什么岔子。只要皇上高兴了，我们还担心何进那些人吗？"

夏恽点头答应。

张让看他们都离去办差了，这才深深地皱起了眉头。

作为这群人的首领，在他们面前，他从来不会露出胆怯、焦躁以及愤怒这些负面情绪，这是一个群体里面的领袖人物必须具备的素质。可是私下无人的时候，张让看着这巍峨高大、深不可测的洛宫，越来越感到了深深的恐惧。

他想到了曹节，曹节是他一生追随的兄长。在曹节去世之前，他就是宫中所有宦官的偶像，一个神一样的存在。他时刻保持冷静，以至于有人说他冷酷；他睿智，却从来不看轻愚者，也会同情照顾弱者；最令他佩服的是，曹节从来不以门第取人，只要有才能并且对他忠心，哪怕是贩夫走卒，也可以马上被他委以重任。这些都是一个真正的领袖人物才具备的所有特质。那些所谓的天下名士，窦武、陈蕃、李膺等"天下模楷"，在他的面前，无不一败涂地。

曹节死后，这副重担就落在了自己的身上。张让觉得，以自己的能力根本无法驾驭现在这样错综复杂的局面。他很想告老还乡，一走了之，可是他能走得了吗？如果真的撒手不管，局面一定马上失控，等待自己的会是怎样的残酷？

想到这里，张让的心里充满了莫大的恐惧。

好在皇帝的信任一直在他们这边，想到这里，张让得到了一丝安慰，自己今年已经六十有余，只要能像曹节一样，保住晚年的平安富贵就足够了。

但是，张让万万没有想到，皇帝陛下会先于他们离开这个世界，即使他现在还那么年轻，刚刚三十出头的黄金年岁。

第五章　汉宫三宝

无论是张让、蹇硕他们，还是王允、何进与袁绍这些人，都在忧心忡忡地忙碌着各自的事情。

而皇帝也在宫里忙碌着自己的事情。

太尉杨彪今天有急事请示皇上，侍卫领着他四处找寻不着。众人绕到后宫，只见宫门紧闭。有随从从大门的缝隙向里面张望，只见后宫里新造了各式建筑，都是仿造洛阳街市的大小商铺。太监们穿着粗布衣衫，扮成摊贩；嫔妃宫女或者扮成各色商人，齐声叫卖，或者扮成逛街的女客，挑选货品；还有的扮成卖唱耍戏的，等等。众人到处寻找的这位皇上，正挤在里面跟宫女们嬉笑打闹。

杨彪听到随从的话，大为恼怒，让随从走开，自己凑了上去，向里面仔细观看。他看见了皇上正穿着胡人客商的衣服，在这个集市上到处走来走去，一会儿又去酒店里饮酒，一会儿又与店主吵嘴打闹，真是好不开心。有随从议论说，那些店铺里摆的货物都是珍奇玩物，被贪财的太监以及宫女们不知偷去多少，而皇帝知道此事，却只是笑笑，并不理会。

杨彪喝令侍卫将门打开，放他进去。可侍卫们没有人理睬他。

宫中当值的主官诡异地眨着眼睛，冲杨彪拱手说道："太尉大人，下官劝您这时不要进去。皇上说过的，不管是谁，在这时候进去打扰他的，一律先杖责四十。"

杨彪赔着他说："你敢打老夫？"

那官员赔着笑，对杨彪说："下官不敢，但这是为了大人您好。大人难道就不能等个片刻，再来一趟吗？"

杨彪恼怒至极，气呼呼地甩袖走了。

原来，皇帝平日里深居内宫，对没完没了地处理政事，早已经没有了兴趣。他把一切大小事务全都交给张让、何进与杨彪他们，自己只在他们出现争端的时候，不得不出面调解一下。如果哪一方做得太过出格，皇帝也会大发脾气，严加惩处。

　　他这是在效仿桓帝，把政务都交给了宦官和大臣们，自己在中间牵扯平衡。他觉得这才是充满智慧的为君之道。这位皇帝曾经成功地借用宦官之手，除去了他深为忌惮的大将军窦武，然后又利用李膺这些所谓的名士，用舆论去牵制曹节他们这些宦官。

　　然而他打心里最喜欢的几件事情之一，就是找寻各种各样的乐趣。他从来没有见过驴这种动物，一个有心的小黄门，从宫外精心挑选了四头毛色油亮的驴，带进宫里。皇帝见了爱如至宝，每天必定驾着驴车在宫内到处游玩。皇帝喜爱驾驴车的消息不胫而走，京城许多官员士大夫竞相模仿，引为时尚。一时间京城驴价飞涨，甚至一驴难求。

　　开心之余，皇帝偶尔也会想想一些正经的事情。最近他不知为什么，心头总是涌起以前的记忆：永康元年，先帝驾崩，先帝的皇后窦妙临朝问政，因为桓帝无子继位，窦妙与她父亲窦武等人商议之后，选择了自己——解渎亭侯刘宏，来继承大统。

　　他直到现在，都想不清楚究竟为什么窦武他们会选择了自己。他想，也许是因为自己曾经见过窦武他们几次，而且表现得极其恭敬，所以他们对自己有点好感，又或者自己给他们的印象就是温顺怯懦吧？每每想到这里，皇帝就会冷笑一下。

　　后来窦皇后派遣奉车都尉曹节他们，到封地河间国来迎接自己去京城，就这样认识了曹节。

　　他经常回忆第一次见到曹节的那一幕，自己对曹节充满了好感和信任。曹节是那么谦恭，那么体贴，时时安慰惴惴不安的自己。作为极其普通的王族一员，自己从来没有想过，能坐上帝国至高无上的龙椅。他后来听到了各种非议和诽谤，"一步登天"这个词，从此就是自己最大的忌讳。

　　只有曹节，通过他雄辩的言辞和真正的忠诚，让自己明白了，原来自己是天命所归！从此自己有了皇帝的尊严、自信和威仪。

那以后因大将军窦武定策有功，窦氏族人加官晋爵，权倾朝野。窦武任命了亲信陈蕃担任太傅和他共同主持朝政。陈蕃一经上位，立即起用了大量在先帝时受到禁锢处罚的士人。

而他们做这一切，从来没有跟自己这个皇帝商量过。哪怕自己其实对这些事情并不感兴趣，可他们连表面的敷衍都没有装一下。

皇帝常常回想，幸亏曹节当时及时地提醒了自己，他们这是把自己当作掌中玩物。真是一语中的啊！是可忍，孰不可忍！以后自己一天天对窦武他们越来越不满。具体为了哪一件事情，自己已经记不清了，总之在那一天，自己终于同意了曹节、王甫他们的请求，要一起对付窦武、陈蕃这些让他非常厌恶的人。

再以后，就发生了太多的事情，窦武、陈蕃他们被一一除去。皇帝对他们那些人和事，从来不愿意去回忆。窦、陈二人对他来说，不过就是皇宫里刮过去的一阵风，都已经不存在了。

而他记忆最深刻的，是继位后的当夜，皇太后颤巍巍地将几件洛宫至宝交给了自己，第一件当然是传国玉玺，然后就是三件装在宝盒里的镇宫之宝。

第一个宝盒，皇太后让自己跪接。打开后，里面是一把镶有七彩宝珠的利剑。皇太后说，这就是"帝道之剑"。每十二年磨砺一次，剑刃常若霜雪，光彩照人。原来这就是传说中的"斩蛇剑"，是高祖当年开国的利器。高祖离世前，留下遗言给后代君主：看到此剑，犹如见到高祖本人，一定要牢记高祖开国的艰难，是以"武"夺到的天下，千万不能失去对武力和军队的绝对控制。

第二个宝盒，里面居然是一个尺寸巨大的旧草鞋。皇太后看着一脸惊异的自己，郑重地说：这是先圣人孔子周游列国时穿过的木屐。是当年董仲舒从孔庙那里费尽了口舌，才借来的"孔子屐"。从此就成为供奉在宫中的至宝，它是天下读书人的圣物。也是自先祖武帝开始，本朝向天下宣示以"儒"治理天下的象征。

打开第三个宝盒时，自己一下子惊吓得瘫坐在地上，里面竟是一具面目可憎的骷髅头骨，头骨上还有一些血渍毛发。皇太后冷笑着说，这是妄图篡夺大汉江山的国贼头颅。自己一下子明白了，这就是传说中洛宫一直保藏的王莽首级。皇太后接着向他展示了光武皇帝留下的手迹，吩咐后世皇帝必须定期打开此盒。看到了奸雄王莽的首级，就要提醒自己，时时防备再有奸臣把持朝政。王莽头颅是大汉的镇邪之物，震慑天下一切图谋篡逆的不轨之徒。

这些宝物，皇帝只将传国玉玺时刻携在身边，另外三件他吩咐张让在汉宫里找寻秘密之处，妥善保管。

曾经有一段时间，不知道为什么，皇帝总是疑神疑鬼，一再询问张让，让他检看三件宝物。问的次数多了，以至于张让不禁疑心，会不会是什么人在皇帝那里诬陷了他。

张让仔细盘问了那几日侍寝的宫女，才知道皇帝最近接连做了噩梦，梦到了那王莽骷髅在宫里四处行走，随后几日又梦到了从前的大将军窦武，也变成了骷髅跟王莽一起向他索命。他被惊吓得在噩梦中连声大呼"救驾"。

为此，张让和赵忠商量，派人去全国各地，征集得道高人前来作法驱邪，还请了镇妖宝物供奉在洛宫里面，皇帝果然从此不再噩梦连连。

由此他感激地称赞道："张常侍是我父，赵常侍是我母啊！"

在皇帝的心里，大将军窦武跟王莽都是一样的野心之辈。而张让、赵忠这些人是他最值得信赖和依靠的贴心奴仆。

但士人们对曹节、张让他们的看法，总是跟他大相径庭。二十年前，他继位后不久，陈蕃就悄悄地对窦武说："中常侍曹节、王甫等人，在先帝时窃取权柄，朝政乌烟瘴气，天下百姓抱怨，罪魁就是他们。我们应该寻找机会诛杀曹节等人。"

窦武非常同意他的想法，两人达成了一致，密谋铲除宦官。随后窦武指使尚书令尹勋等人弹劾并逮捕了黄门令魏彪，为进一步弹劾曹节，除尽宦官罗列罪名。一个月之后，尹勋秘密写给窦武的奏章被长乐五官史朱瑀截获，于是事情泄露。

朱瑀立即将奏章通知了曹节和王甫等人，众宦官为了自保，就歃血为盟，率领手中的虎贲和羽林两军进攻窦武军。曹节又欺骗了刚刚征讨羌人归来，不明状况的名将张奂带领五营军士，连夜在洛阳都亭包围了窦武军。

到了第二天清晨，宦官们取得了胜利，窦武、陈蕃等人都被灭族。两家只有窦武的孙子窦辅，陈蕃的儿子陈逸等人，有义士相助，侥幸逃脱，从此隐姓埋名。

而张奂在得知了真相后，痛悔不已，对此抱恨终生。他在自己的书里写道："故大将军窦武、太傅陈蕃，或志宁社稷，或方直不回，前以谗胜，并伏诛戮，海内默默，人怀震愤。"

事后曹节告诉皇帝，窦武谋反已经被杀，皇帝的心里终于安定了一些。但从此他心里对窦武、陈蕃这些所谓名门士族的憎恶，却一直萦绕心头，挥之不去。

八年前曹节去世。他死之前，皇帝亲自到他的榻前探视。这时曹节病重，已经不能起来了，躺在榻上拉着皇帝的手，极其费力地向皇帝交代他的临终遗言："陛下，对待党人，不用太在意。是的，他们就像一群苍蝇，经常发出令人难以忍受的声音，叫人心烦意乱。您可以赶走他们，杀了他们都可以。因为他们没有实力，不会起来造反。"

皇帝用力地握着曹节的手，点了点头。

曹节又说："真正要警惕的，是那些有实力，又想要取代大汉的人。陛下您记住，如果有这样的人，他们一定是外戚勋贵，或者是盘布在各地的世家大族。陛下，大权千万不能交给外戚，更不能交给出身世家大族的那些人。切记啊皇上！"

皇帝明白了，这就是桓帝一直在做的事情。从此，皇帝就一直在宦官、外戚和士人之间奉行牵扯平衡之术。可是一直最让他烦心的，居然还是各地的党人。于是党锢就一直持续了下去。

山阳郡名士张俭，弹劾中常侍侯览，回乡为母亲扫墓时铺张扰民，他命令手下拆毁了侯览的房屋甚至祖坟。侯览大怒，就让人搜集罪名，弹劾张俭等二十四位山阳名士结党，图谋不轨。皇帝见到了奏章，皱着眉头，询问宦官们怎么办。宦官们异口同声地对他说，党人危害社稷，请求举国清剿党人。皇帝欣然准奏，于是那几年无数士人被害致死。

曹节死后不久，各地黄巾军暴起，张让向皇帝进言，如果不解除对党人的禁锢，可能会逼迫他们与黄巾军勾连造反，皇帝这才宣布开始在全国部分解除党锢。但皇帝终究对牵涉到党案的士人，抱有根深蒂固的厌烦。

皇帝也明白，治理他的国家，最终还得依靠士人，而不能只靠宦官和世家。可一直以来，那些名门经学世家占据了主流的太学，天下文官大半出自他们的弟子。皇帝很不喜欢他们的所谓主流经学，却酷爱辞、赋、书、画，而这些恰恰被太学所排斥。

于是独出心裁的皇帝在京城鸿都门，创建了自己喜欢的鸿都门学。皇帝下旨，学员必须由州、郡和三公荐举，经过检试合格后才能入学。这些年来，尤其收取了大批能作辞赋，以及擅长书法、简牍和绘画等奇能之士。很多寒门子弟，本来入仕无门，因为有这些一技之长，也被收到学里。皇帝私下里对宦官们高兴地说，这下可以打破那些名门世家对士人做官的垄断了。

精明的曹节、张让他们知道，皇帝的真正心思是：要用自己的人。而他们为了对抗党人和外戚世家，更是为了奉承皇帝，就对鸿都门学的学员特别优待。能从这里出去的学员，往往很快就给予了高官厚禄，他们只要去州郡就可以做刺史、太守，在朝为官就担任尚书、侍中。皇帝与曹节他们有着心照不宣的默契，要培植、重用属于自己的士人，而不能任由世家大族们你我推荐彼此的子弟。

为了制约盘根错节的外戚勋贵，皇帝还特意册封了屠户出身的何贵人作为皇后，有意提拔任用了国舅何进，掌握京城部分军权；作为平衡，他又组建了西园各军，重用自己信任的中常侍蹇硕统管西园八校尉。经过这样精心的安排后，皇帝觉得总算满意了，终于可以安心地享受自己逍遥的日子。

平日里，除了找寻各种刺激以外，他另外一件最喜爱的事情，就是聚财。在宫里欣赏堆积如山的财物，可以让他感到一种富有四海的感觉，那是一种幸福的沉醉。

于是他在母亲董太后和十常侍的大力支持下，开始售卖各种官衔爵位来聚敛财物。皇帝公开向天下宣布，一切臣民都可花钱买到自关内侯以下至虎贲、羽林等职位。皇帝本人又开创性地设计了定价规则，官位标价按照年俸计算，价格必须是官吏年入的一百倍。即使像张奂和段颎这样的，虽然功劳很大，声望很高，却也必须先交足了钱，才能登上官位。

近来皇帝因为修建西园，耗费实在太大，他就要求各地官员如果要升迁，也必须按价交钱，但凡调任、晋升或新官上任，都必须支付三成左右的官位标价。这就是说，官员上任前，必须先行缴纳相当于他以后二十多年以上的官方收入。许多家贫士人，因为无法交纳这笔高额的费用，而弃官出走。

这一切自然都由十常侍他们为皇帝尽心操办。因此天下士人都怨声载道，士人的心跟朝廷渐行渐远。可是王允、杨彪他们看到窦武、陈蕃的前车之鉴，再也不敢造次进谏皇帝。

然而，总会有一些耿直的官员，敢于在皇帝面前直言苦劝。刘陶就是这样的士人，当韩馥跟他说了他们的计划后，刘陶立即慨然允诺，要在随后几天择机向皇帝当面劝谏。

第六章　左将军府

一日傍晚，廷尉监派人到卢府通知，听说有旨意了，明日送达，要释放卢植。廷尉监迅速派人到卢府报喜，一来想讨好卢家，二来也是通知卢府家人，准备明天去接卢植。因此卢府上下全都满心欢喜。卢奕跟母亲商量，应该向皇甫嵩的家人当面表示谢意，卢母非常赞成，当即准备了一些礼物，卢奕就来到了左将军皇甫嵩府邸。

皇甫嵩家族是很有名望的将门世家，他的叔叔，度辽将军皇甫规是朝廷名将，与张奂、段颎合称"凉州三明"。皇甫嵩的父亲皇甫节曾任雁门太守，担任边帅多年征战，已经过世。如果说文官当中，汝南袁氏和颍川荀氏是第一望族；那么武将当中，皇甫家族可以算是第一武人世家。皇甫嵩的儿子，皇甫坚寿跟卢奕是相识多年的好友。

皇甫坚寿见卢奕来访，很是高兴，正巧皇甫规也在府里，他曾经是卢植的上司，对卢植被宦官陷害下狱一事也是愤愤不平。如今卢植将要获释，大家都为此兴高采烈。

皇甫坚寿就让家人在府中花园里布置了酒宴，三人月下成席，一边饮酒，一边畅谈。皇甫规提起自己年轻时的军旅生涯，依然是壮心不已。

他提起了自己跟张奂当初一道出军，大破西羌，东羌首领为了感激张奂和皇甫规对他们招降不杀的恩德，献良马千匹，又给两人送来用纯金打制的八件贵重礼品。张奂命主簿召集所有东羌首领，当众举起酒杯，将酒倒在地说："使马如羊，不以入厩；使金如粟，不以入怀。"当场将他们所献的全部金、马还给羌人。羌人无不敬服两人对他们的恩德，誓言再不反叛朝廷。

听了这些事，卢奕从心里敬服，向老将军敬酒，皇甫规连饮了几杯，感叹道："可惜张奂致休后一直郁郁寡欢。只因他被小人欺骗，铸成大错，枉杀了忠良。"于是把张奂被曹节矫旨欺骗，带领五营精锐攻杀大将军窦武的事情，原原本本地讲给了两人。

"张奂曾经对我说：'朝廷听任阉宦杀了陈蕃、李膺，是得罪了天下大半读书人；杀了窦武，是得罪了朝廷大半将领。忠良被害，阉宦猖狂，我张奂愚钝，竟然做了他们杀人的那把刀，愧疚终生啊。'"

"可是，张将军毕竟是奉旨办差的？"皇甫坚寿小心地问道。

"嘿嘿，如果那旨意是假的，哪怕那盖印的玉玺是真的，你们说，你们是遵旨还是不遵？"

"晚辈料想，当时朝廷的情势错综复杂，何况张将军刚刚西征回来，对京师的情况所知有限。那些宦官带来了圣旨，仓促之间无法辨别是否真是圣意，恐怕也只能照做了。"卢奕猜测张奂当时面临的窘境，应该大体如此。

"的确是这样的。"皇甫规叹了口气，然后将杯斟满，一饮而尽。

皇甫坚寿问："张奂不喜欢宦官，可是据说段颎跟内宫常侍们非常密切。为什么他们二人的为官之道如此相反呢？"

听他提到了段颎，皇甫规回答说："段颎这人，恃功好利，入朝为官，历任侍中、执金吾、河南尹、司隶校尉等职，还两度出任太尉。他出身关西，入朝做官，不依附于宦官，恐怕也早就被人撵走了。"

卢奕跟皇甫坚寿互相对视了一下，没有完全理解皇甫规这番话隐含的深意。

皇甫规饮了一口酒，陷入了对旧事的回忆当中："张奂与段颎，行事风格本就截然不同。同样是治羌，张奂以抚为主，抚剿并用，从来不乱杀；而段颎治边，杀伐过重，伤和致灾啊。"说到这里，皇甫规陷入了沉思，又接着说，"他们二人对部下的态度也完全不同。有一个叫董卓的部将，粗猛有谋，凶悍难制。因为对羌人作战有功，张奂虽然提拔过他，却从来不重用此人。而段颎却十分喜爱这个人，一直提拔重用他。"

皇甫坚寿跟董卓颇有些交情，知道董卓现在的去向，就说道："听说西凉那边又在骚乱了，韩遂、马腾他们再次举事。朝廷已经任命了董卓担任西凉刺史，带兵前去镇压。"

这时，皇甫规重重地叹了一口气说："内有黄巾军暴动，外有边事骚乱。几十年来上下贪腐，宦官专权，奸佞当道，忠直遭贬。我恐怕黄巾之乱还没有完全平息，朝廷就要内乱起来了。"

皇甫坚寿从小跟着大儒学习经文，而没有习武，脾性跟他性如烈火的父亲和叔祖大是不同。虽然年轻，却最是老道成熟。听叔祖皇甫规大声诉说对朝廷的极度不满，对宦官如此痛恨，心里觉得不妥，赶紧使了个眼色给卢奕。

卢奕明白他的意思，就起身对老将军施礼，推说明日有事必须告辞了。

皇甫规意犹未尽，说道："唉，你们这些年轻人，今后的路，要比我们那时艰难许多！我已经垂垂老矣，不能再为国出力了。今后就看你们了，你们一定要千万谨慎，不要被他人利用啊。"说完拉着卢奕的手，许久不肯松开。然后一定要亲自将卢奕送出大门。

三人走到将军府的大门时，卢奕正要请老将军回府，突然听到旁边屋顶之上有些动静，不由得警觉起来。皇甫规虽然有些醉意，却也感觉到了房上有人。就在这时，从屋顶跳下三个黑衣人，全都手拿长刀逼了过来。

皇甫坚寿大喝一声："你们是什么人？"

卢奕知道他并不习武，走了上去，用自己的身体挡在了他和皇甫规的前面。

第一个黑衣人冷笑着说："你们就是皇甫规和皇甫坚寿吧？"

皇甫规喝道："你们想干什么？"

第二个黑衣人阴恻恻地说道："嘿嘿，来杀你们皇甫全家老少。"

"哦，你们跟皇甫家有仇是吗？"卢奕问。

"皇甫嵩狗贼，我们恨不能食其肉，寝其皮。今天就要把你们全部杀光，就在这里，也把你们的尸体堆成一个京观。"说完，三人一齐执刀冲了上来。

卢奕立即对皇甫坚寿说："快将老将军送回去。"

然后冲上去跟三人斗在一起。卢奕因为做客，没有携带长枪，只有一柄随身短剑，却丝毫不惧，抽出袖剑跟三人缠斗起来。因为对方人多，兵刃又占优势，卢奕不得不加快出招。在避开第一个黑衣人攻击后，他的短剑急速反刺，这人急忙要躲过，却是一个虚招。短剑忽然转向，刺向了第二个黑衣人，由于卢奕的速度飞快，那人赶紧后退避让。没想到还是一个虚招，袖剑随着卢奕飞起，再次急速转向，刺向了第三个黑衣人。那人正挥刀砍向卢奕，不承想卢奕根本不躲，他更没有料到，卢奕这剑竟然能后发先至，直接刺穿了他的喉咙。那人连哼声都没有就直接倒下了。

余下两个黑衣人顿时愣住了。

卢奕不等他们醒悟，已经刺向了第二个黑衣人，那人还未及反应，剑尖已经刺进了他的胸膛，随即倒下。第一个黑衣人这时明白了过来，今天遇到难以应付的敌手了。但他却不肯逃走，一声怒吼扑了上来。

这人在三人当中最为健硕，出刀凶猛迅疾。他知道卢奕剑招飞快，所以将大刀抡圆，只听刀风响起，他要把卢奕逼开，不给他贴身缠斗的机会。

突然间，这人的动作戛然而止，原地站立不动，眼睛瞪着卢奕，似乎有话要说，但用尽了气力也无法开口。他的喉咙上正插着一支袖箭，因为呼吸不畅，他使劲拔出了袖箭，血流喷射而出，终于能嘶喊着想要说出话来，然后倒下，再也不动。

原来卢奕的右手袖里带有一柄防身短剑，左手袖里安装了带有机簧的箭筒，危急时候往往依靠左手袖箭，出其不意，杀敌于无形之中。

卢奕担心皇甫规那里，一刻也不停留，赶紧往回疾奔。刚绕过了大门内侧的影壁，就听到院内传来弓弦响动，然后接连有人中箭惊叫。卢奕知道不妙，飞身上了屋顶，看到几个黑衣人正站在屋顶，连续向院内开弓射箭，将军府内人们正四处逃散。卢奕大怒，疾速冲了过去。立时就有人注意到他，开始向他放箭。卢奕被迫寻找掩护，从侧面迂回抄近。等到接近之时，卢奕冲天飞出，剑随身起，接连刺倒几人。其余的杀手见势不妙，开始逃散。

这时一个身影挺出，这人手举长刀，跃起直劈卢奕。卢奕没有长兵刃在手，只好退开。这人接连进攻，一刀狠似一刀。卢奕丝毫不惧，展开身形要逼近此人。那人明白卢奕的意图，只绕在卢奕几尺开外不停攻击，却绝不容许卢奕近身半分。又斗了几合，卢奕故意装作不敌向后急退，那人大喜更加猛攻。这时卢奕瞬间发出一支袖箭，这人急闪，却逃脱不开，被射中肩窝。这人惊叫一声，卢奕趁势执剑猛攻，眼看这人就要抵挡不住。

忽然黑暗中又飞出一个身影，单刀直取卢奕。卢奕虽在一丈之外，已然感到刀风扑面而来。显然是一个劲敌。卢奕只有短剑在手，对阵如此强敌，一时无法攻到此人近旁，只能等待机会发射袖箭。不料这人攻击太过迅猛，竟然没有给卢奕一丝机会。

两人正在相持时候，将军府外一阵嘈杂，原来是河南尹在附近巡逻的公差，听到左将军府受到袭击，于是赶来援助。那黑衣人见势不妙，将刀虚劈了几下就往暗处迅速逃离。卢奕本来要追，却又放心不下皇甫规那里的情形，就放弃追击，赶往院内察看伤情。

正要进院时候，将军府的家丁已经组织了起来，一起向外追出，卢奕赶紧拦住一个询问皇甫规情形如何，家丁说老将军中了一箭，已经抬到内府包裹伤口了。

卢奕听他这样说，老将军应该是安全了，于是从一个家丁手里接过一杆铁枪，就向将军府外追了出去。

穿过了几条街巷，不见那些黑衣人的踪影。卢奕蹭墙上了屋顶，站在高处四处观望，只见往永和里及北宫方向隐约有人影跑过。于是卢奕疾速向北追去，又追了两个巷口，突然有一人当街拦住了去路。

这人大喝一声："狂徒那里去！"说完挺枪就刺。

卢奕因为手里有了长枪，心里正无比畅快，一扫之前的郁闷，立即抖起长枪跟这人斗在一起。那人出枪飞快，怎奈卢奕总是比他更快一筹。斗了几合，这人知道自己不是对手，突然大喊一声："你是卢奕吗？"

卢奕听了这声音，马上想起这是张郃。

正准备收枪，突然旁边掠过一人，只见刀光一闪，一把快刀径直向卢奕袭来。卢奕见这刀法熟悉，来不及细想，本能地用枪将这刀拍开。这人变招奇快，那刀顺着枪杆就滑了下来。卢奕反应更快，当即转动枪杆，枪尖一抖，转而拍向这人头部，这人刚要隔开，卢奕再次变招，枪尖急速刺向这人肩膀。这人知道利害，急忙闪过，再持刀攻了回来。

两人以快制快，刹那间，交手了十几回合。卢奕越战越觉得，这就是刚才在将军府，最后持刀袭击自己的那人。

这时张郃也看清了来人，就大喊一声："别打了，都是自己人。"

第七章　司隶校尉

卢奕听到张郃大喊是自己人，不禁诧异，那人也随即停住。

张郃走到卢奕跟前说："真是抱歉，刚才没有看到卢公子你，还以为是袭击左将军府的歹徒，所以就当街拦住了你。"说完向卢奕叉手致歉。

然后又介绍说道："这位是我的搭档，上军司马沈放。功廷，这位就是卢植将军的公子卢奕。"

原来袭击自己的人叫沈放，居然还是上军司马？这让卢奕心里疑窦大起。

那边沈放将刀收起，向卢奕拱手致歉："卢公子，在下刚才莽撞了，实在抱歉得很。"

这沈放不爱说话，现在要向卢奕致歉，不得已才开了口，然后就一直沉默着。

卢奕见他这样，不禁越发觉得这里透着诡异。

张郃看见他怀疑，赶紧解释："听闻左将军府出事，我和沈司马都急急地赶了过来，没想到在这里撞到您，还发生了误会。"

这样的解释，倒也勉强说得通。但是卢奕依然怀疑沈放就是在将军府袭击他的人，只是还没有铁证，只好掩住不说。卢奕对张郃说："刚才几个黑衣人跟我交手，他们正往北宫方向逃窜。我们赶紧去追吧。"

"好的，我们走。"

张郃、沈放一路跟着卢奕往前追到北宫，却再也见不到那些人的踪影。难道那些人进了皇宫？卢奕虽然心里对张、沈二人强烈地怀疑，却什么也不说，只跟二人讲，既然追不到线索，不如再回左将军府看看。

而沈放与张郃并没有跟着他去，只目送着卢奕的身影快速消失在夜色里。

"这真是一个厉害的角色。"张郃喃喃自语。

沈放听了,只面无表情地说:"我们回吧。"

卢奕回到了左将军府时,河南尹司马防已经派遣差役,把将军府严密地保护起来。皇甫坚寿急忙走出府外将卢奕领了进去,两人边走边谈。这时卢奕才知道老将军皇甫规中了一箭,正是要害部位,现在奄奄一息了。不知道为了什么事,皇甫规一直喊着卢奕的名字,像是有事要交代给他。卢奕进入内室以后,里面的家眷赶紧让开。

皇甫坚寿将卢奕领到了床榻前面,对皇甫规说:"叔祖,卢奕来了。"

已经几乎昏迷的皇甫规听到后,强力睁开眼睛,把手颤巍巍地伸过来。卢奕赶紧半跪下来,握住了老将军的手,说道:"老将军别动,您有什么事情交代给卢奕吗?"

皇甫规盯着卢奕,用尽气力逐字地说:"有一个重要的图本,在凉州信都令阎忠手里。那里面有一个重大的秘密,现在阎忠遇到了危险。他通知我派人去,把图本带回来。我看你武艺不错,人又可靠,孩子,你辛苦一趟,去西凉找到阎忠,把那图带回来交给朝廷。"

卢奕看到皇甫规身受重伤,还在为这件事情焦虑,心里不忍拒绝,于是回答:"老将军放心,晚辈会去的。就算是赴汤蹈火,卢奕也一定办好。"

皇甫规听他答应了,长长地叹了一口气,颤声说道:"唉,凉州,是时候我该回去了。"说完闭上双目,溘然长逝。

皇甫坚寿和府里家眷们听到他这样的遗言,全都放声痛哭。

卢奕的心里,对皇甫规充满敬意,一代名将竟然就这样被那些贼徒刺杀了!他们究竟是什么人呢?今夜他们的对话里提到了"京观",难道他们就是混进京城的黄巾余党?

半个月前,左中郎将皇甫嵩率军征讨黄巾军,在攻克曲阳后,为了警告各地残存的黄巾军势力,在两天内连续屠杀了黄巾军俘虏十余万人。即使有人再三劝告他杀俘不祥,也挡不住皇甫嵩铁石般的决心。事后皇甫嵩命人将十万尸骨堆垛在一起,筑成了"京观",向天下宣示。此役之后,朝廷升任皇甫嵩为车骑将军,领冀州牧。

卢奕对皇甫嵩这样的做法并不认同，他认为这样做，只会增加黄巾军余党对朝廷的仇恨。化干戈为玉帛，这才是上策。他想，莫非就是这个原因，那些黄巾军余党对皇甫嵩恨之入骨，派人潜入了京城，杀害他的家人来报复他吗？

正在沉思的时候，河南尹司马防带领一众官员，进来向皇甫规致哀。随后将皇甫坚寿和卢奕请了出来，告诉他们有人认出了一具黑衣人的尸体，是黄巾军首领韩忠之弟韩祺，正是今夜被卢奕用袖箭射杀的那人。

皇甫坚寿听了这话顿时大怒，这些黄巾军贼人真是猖狂，竟敢跑到京城来杀人报复。皇甫坚寿请司马防明天同他一起当面向皇上报告此事，现在要紧的是在全城展开搜捕，务必把其他逃脱的黄巾军余党抓获归案。司马防点头应诺。

第二天清晨，司马防与皇甫坚寿来到宫中，要求紧急觐见皇帝陛下。等了约两个时辰，终于见到了皇帝。两人将昨夜发生的事情报告给了皇帝。

皇帝听讲有黄巾军贼徒混进了京城，而且杀害了皇甫规将军，不由得大为恼怒。他立即让人召来了大将军何进与一起掌管防务的蹇硕，将二人严词呵斥了一顿，并且放话说，三天之内，二人抓不住逃脱的其他黄巾军余党，他就要另选他人，代替两人的职位了。

二人听了，尴尬得无言以对，只好诺诺答应。

何进已经听到报告，说昨夜那些贼徒攻击左将军府后，向北逃窜，然后不知踪影。众人都说应该是逃进了北宫。这让何进很是为难，现在并没有什么直接证据，如果强行进宫搜查，皇帝一定会火冒三丈；就算皇上勉强同意了，如果没有任何发现，自己又该如何向皇上解释呢？

这时立在一旁的张让说道："皇上，大将军总镇京师，老奴以为这次他们是大意了，没有把守好京城的大门。不过，他们又怎能料到，这些黄巾军余党居然敢到京城来呢？"

"嗯，说得在理。"

听到皇帝赞成，张让接着说："今后大将军一定要让部下仔细些，对一切进出城门的可疑人物严加盘查。这种事故不能再次发生了。"

皇帝马上对何进说："大将军听见没有，就按张公的意思去办吧。"

何进听得是心里陡然火起，可是张让现在占着理，也不好直接反驳，于是嗫嚅了几下，就不说话了。

可皇帝看他这样，知道何进心里不服，不由得又生气了，说道："大将军，你好像有什么话要说，不妨直说吧。"

何进听到这话，就说："陛下，臣的属下昨夜追捕这些歹徒，他们跑到永和里后就不见了。很多人说歹徒们可能……"

皇帝见何进又犹豫不决了，不耐烦地说道："大将军，让你有话直说。"

何进见话说到如此，干脆直接挑明了："很多人认为歹徒应该是逃进宫里了。"

皇帝听了这话，非常震惊，问："他们亲眼看见了吗？有证据吗？"

何进有点尴尬，头一低回答说："暂时还没有。"

这下把皇帝气着了，喝道："没有证据，你就敢信口雌黄。你知道你说的是什么吗？"

何进顿时气矮，一声不吭。

蹇硕见状参道："皇上，大将军这是要向宫里泼脏水，来减轻自己的失职之罪。"

何进怒喝一声："蹇硕，你竟然当着陛下的面信口雌黄。你敢让我带人搜查一下内宫吗？"

这时张让说："大将军你要想好了，你现在没有任何证据，可以，我们就让你搜查，如果搜不到人，你打算怎么办？"

何进犹豫了，觉得不好回答张让的反击，他又没有决断的魄力来坚决地顶住，只好含混着说道："证据自然会有的。"

皇帝见两边闹成这样，有些不耐烦："行了，你们两边总是这样势同水火，让我怎么判断真相？现在你们两个都赶紧出去，去追捕贼徒。记住，三天为限。"

蹇硕知趣，赶紧先出去了。

何进并没有马上出去，对皇帝说道："陛下，臣还有一事要奏。"

"说吧。"

"微臣最近一直忙着五营官兵的练军事宜，据报，西凉那里韩遂和马腾他们，正在蠢蠢欲动又要骚乱了。一旦有变，五营士兵可能要开拔。但现在各地黄巾军仍然十分猖獗，也必须时刻盯着。臣实在忙不过来了。"

"那你的意思是？"

"陛下，司隶校尉这一职位现在暂时空缺，臣想举荐虎贲中郎将袁绍担任此职。以他的才干，臣认为他一定可以胜任，可以专门帮助微臣，做好京城的巡查防务。"

皇帝对何进的提议并没有反对。

张让心里却咯噔一下，他一直认为袁绍这人就是他们的死敌之一。

他正要出声反对，刚刚进宫不久的王允对皇帝说："陛下，臣以为大将军荐人得当，袁绍的确适合担任此职。"

两位大臣都同时推荐袁绍，皇帝本来也不反对，于是顺水推舟地说道："就依卿等所奏。"

何进顺利地办成了事情，心情顿时大好。

太尉杨彪又奏陈了几件事情后，几位大臣一起向皇帝叩辞，各自办差去了。

那边卢奕已经从狱里接出了父亲，卢植见是儿子来接，心里非常高兴。卢府一家人团圆，不再为卢植担惊受怕，自然是喜笑颜开，开宴祝贺。卢奕在陪父亲饮酒时，把这几日卢府内外发生的大小事情一一叙说了一遍，当卢植听说皇甫规刚刚过世时，心里无比难过。又想起了以前共事的经历，顿时唏嘘不已。

父子正在说话时，家丁来报说，新任司隶校尉、虎贲中郎将袁绍来访。卢植听说是袁绍来了，就带着卢奕一起迎了出去。

第八章　直臣力谏

袁绍新任司隶校尉，正是春风得意的时候，同级官员跟属下们纷纷向他贺喜，部下们就要开宴庆贺。而袁绍一一推掉，只说自己有事，却骑马来到卢植府上。袁绍一直敬重卢植，听说他已经释放回府，立即赶了过来，要向他父子道贺。

见到卢植，袁绍笑容满面，拱手做贺说道："恭喜卢将军，朝廷马上就要调您担任尚书职位了。"

卢植笑着回答："我尚且没有接到旨意，本初如何知道啊？"

"那还不是迟早的事情吗？"

两人大笑，一起进了大门。看到卢奕在里面候着，袁绍走了过来，拉着卢奕的手，连声地对卢植夸赞道："卢尚书的公子真是将门虎子，名不虚传啊。"

卢植只道袁绍说些表面的冠冕赞语，并没有当真。谁知入座之后，袁绍提起了前日在王允府里，王允向他推荐卢奕的意思。现在他升任司隶校尉，手下正缺乏得力助手，想让卢奕到自己手下做个别驾司马。

卢植就问卢奕自己意向如何。卢奕回答愿去，只是眼前还有一事需要马上去办。然后就将皇甫规临终托付之事讲给了二人。卢植和袁绍对视了一眼，都不知道那个图本里的秘密究竟是什么。卢植问道："你又不认识那阎忠，即使到了凉州寻到了他，他又如何相信你，愿意把东西交给你呢？"

这的确是个问题。

"老将军可有什么信物交给你呢？"袁绍问道。

"那时老将军已经奄奄一息。只有遗言，并没有其他交代。"

"如果是这样，这个事情就很难办了。"袁绍非常肯定地说。

袁绍说这番话，倒也不是只为了留住卢奕。

卢奕正在为难的时候，卢植说："据我所知，那阎忠曾是皇甫嵩的幕僚，两人非常亲密，前几年还曾一起征伐黄巾军。如果不是西凉有事，朝廷也不会调他返回西凉的。要不，你跑一趟颍川，去见一下皇甫将军，他应该会写信让你带给阎忠的。"

袁绍见卢植这样说，就对卢奕说："这样也好。等你从凉州回来，就来我这里报到吧？"

卢奕点头应诺。袁绍还有些要事要与卢植商议，卢奕见状便退了出去。

原来，袁绍来找卢植，是为了联络他一起办一件大事。大将军何进和司徒王允正在计划倒阉，第一步就是争取朝中所有重臣的支持。

卢植对这件事情当然绝对支持，他的这个态度，也是袁绍意料之中的。袁绍想要卢植去联络自己的门生故吏，为最后清除阉党做好准备。卢植一口应承，甚至提出，必须要把西园各军的全部军权从蹇硕手里夺过来。两人仔细商议了半天，袁绍这才告辞。

袁绍走后，卢植将卢奕叫了进来，问道："你胆子太大了，怎么敢擅自卷入关西的麻烦里面？"

"父亲教训得是，只因为老将军临终前词真意切，我实在不忍推托。"

"唉，罢了。这些事情，该来的，总会来的。"卢植喟然叹道，"为父已经有些厌倦了，不想你们卷进这些没完没了的是非里面。既然你已经承诺了老将军，那就去吧。"然后卢植把西凉百年来发生的种种事情告诉了卢奕。

原来西凉是一个东羌、西羌等游牧氏族同汉人杂居的地方。羌人曾是匈奴的藩属，匈奴被朝廷多年用兵击败之后，羌人就强盛起来，一度建立了自己的国家。由于匈奴人的暗中挑拨，以及朝廷的对羌政策一度失败，导致了对羌长期战争，而无法彻底解决问题。

羌乱持续了近一百年时间，朝廷对羌耗费千亿钱，却无法完全平定凉州，甚至引发了长安周围京兆尹、左冯翊、右扶风的骚乱，直接威胁到京师洛阳的安危。于是朝廷开始提拔重用凉州本地有名望的汉人将领，才有了"凉州三明"：皇甫规、张奂与段颎，以及他们治羌的功绩。

"凉州三明是朝廷三十年来战功最杰出的将领。皇甫规与张奂剿抚并用，意图感化羌人；而段颎手段残酷，过于血腥，虽然一时有效，可他之后叛乱又起。如今皇甫规也去世了，只怕那里又要出大事。"卢植忧心忡忡。

"不是还有皇甫嵩将军在吗？"

"他一个人，怎么可能忙得了这些事情呢？更何况还有阉宦时时掣肘，暗中诋毁。这朝中之事，是越来越糜烂了。"

"父亲，如果真是大厦将倾，独木岂能支撑？到那时我们一起回老家范阳，安稳度日如何？"卢奕想起了师父司马徽的言语，就在这里劝父亲回乡隐居。

"你如何有这样的想法？"卢植有些惊讶，他也偶尔有过这样的念头，但迟迟下不了决心。现在由卢奕讲了出来，他心里不禁怦然一动。

卢奕笑了笑，又说道："算了吧，只怕以朝廷现在的局面，父亲一时还走不了。不如以后再说此事。"

卢植赞许地看着儿子，觉得他很有长进，而且能体贴自己的心情，这真是心里莫大的欣慰。

第二天下午，皇帝心情大好，正在汉宫后园与十常侍饮宴。谏议大夫刘陶突然闯了进来，径直走到皇帝面前放声大哭。

皇帝惊讶地问："你为何这样？"

刘陶回答："如今天下已经危在旦夕，陛下，您竟然还在跟这些阉官们一起饮酒行乐吗！"

皇帝不高兴地问道："黄巾军已经剿灭，国家现在太平了，你说还有什么危机？"

刘陶回答说："陛下，各地黄巾军虽然暂时扑灭，但是四方盗贼，仍然在侵州夺地，残害人民。这些灾祸都是十常侍他们带来的啊。"

皇帝此时已经很不高兴了，沉着脸问道："你说，他们都干了些什么？"

刘陶昂然回答："十常侍欺君罔上，贪婪索贿，鱼肉百姓。最可恨的是，他们竟然还勾结黄巾反贼，陛下您如果不马上除掉他们，灾祸随时就会降在眼前！"

张让、赵忠和蹇硕等人听到刘陶这样的言语，全都脱掉帽冠，向皇帝跪倒哭诉道："陛下明鉴哪，您看，现在大臣们已经完全容不下我们了。这样的话，臣等一定不能久活！我们愿意将所有家产捐出来充作军用，为朝廷分忧。只祈求陛下您能饶过我们，让臣等活命，回到乡里颐养天年去吧。"

说完，十常侍一齐放声痛哭，连同小太监和宫女们一起哭了起来。

皇帝本就心软，加上一直袒护十常侍他们。听到他们如此痛哭流涕，心里顿时大为不忍，质问刘陶说："你们这些大臣，难道就是见不得朕高兴吗？你们各个家里，都有忠心的奴婢多年侍候，为什么却单单容不得朕呢？"

说到这里，皇帝开始愤怒了："你们到底要干什么，是要逼宫吗？"

说完，喝令侍卫将刘陶推出去斩了。

刘陶瞪着双眼大喊："我死不足惜！只可怜汉室天下，就要亡在这些阉贼手里了。陛下，您醒醒吧！"

皇帝听到这里怒极攻心，肥胖的身躯因为愤怒而来回晃动着，大声呵斥，让侍卫赶紧推他走。

于是卫兵将刘陶推了出去，就要行刑，司徒陈耽正守在附近，急忙要求侍卫暂缓行刑，然后自己径直走到宫里，问皇帝说："请问陛下，刚才刘谏议究竟犯了什么罪，一定要处以极刑吗？"

皇帝回道："他刚才竟然在朕跟前，无故诽谤张让他们，危言耸听，冒渎朕躬。他不是在骂张让他们，实际是在指骂我！他这是居心叵测！"

陈耽就说："陛下容臣禀奏。您知道吗？现在天下的臣民都恨不得吃了这十常侍的肉。这些年来，他们对朝廷半点功劳都没有，陛下却敬重他们如同父母一样。如今他们人人都封了列侯，而外面讨伐黄巾军的有功将士，却连县官这样的职位也得不到。陛下啊，这太不公平了，寒了天下士人的心哪！"

这时皇帝皱着眉头，漠然地看着旁边，心想，这些人实在让人烦透了。

陈耽依旧不依不饶地说："陛下，臣得到可靠证据，除了封谞，宫里还有宦官暗中勾结黄巾军，要做他们的内应，陛下，您再不醒悟，汉室就真的要亡了！"

皇帝马上回答："你说的一些事情，朕都知道。所谓封谞勾结黄巾军的事情，本身就晦暗不明，再说他已经被收捕正法了，你们还要怎么样？朕了解这件事，很可能就是嫉妒他们的官员故意指使诬告的。难道他们当中，就连一个忠臣都没有吗？"

陈耽听到这里，急得用头拼命撞击台阶，连声喊道："陛下，前天夜里发生的将军府血案，就是他们指使黄巾军余党干的。您被他们欺瞒得太深了！"

皇帝听了大喝道："案子还未了结，你如何知道？莫非你也参与了其中吗？"

然后喊来侍卫将陈耽和刘陶一起拿下，关到北寺狱里等待审讯。一场好宴就这样不欢而散，皇帝怒气冲冲地走开了。

这天夜里，张让和蹇硕叫来了上军司马沈放和张郃，吩咐他们连夜杀了陈耽、刘陶。

张郃小心地问张让："公公，做这等事，有旨意最好，免得事后有人啰嗦，又有麻烦不是？"

张让为人喜欢挂着一张笑脸，哪怕是在他生气的时候。他笑着回答道："旨意，事后会补给你们。今夜你们务必做得利索。如果有人问起来，就推说有人接应他们逃狱，不得已杀了。明天自然就会有旨意让你们平安。"

沈放和张郃齐声答应，正要离开，蹇硕阴着脸叫住他们："沈放，这陈耽是当朝司徒，认识他的人不在少数，你们办这趟差，一定要仔细！"沈放点头说道："是，公公请放心。"

张让接着说："这是机密之事，你们两个是我最信任的属下。为我们办好了差使，自然会给你们应得的那份。你们应该知道，你们两个都不是那些所谓世家名门出身。之所以能得到现在的位置，你们知道非常难得的吧？"

两人齐声说道："谢公公提拔！"

张让笑着，意味深长地说："他们那些人一直污蔑我们，说我们祸害国家。呸，究竟是谁在祸害国家？究竟是谁站在公义这边。什么叫作公义？告诉你们，公义就是'公平'二字。看看他们所谓的名门望族，个个都颐指气使，眼高于顶。其实都是绣花枕头，只会搞裙带关系，相互提携彼此的子弟。而我，给你们公平，给你们机会按才录用，论功赏罚。所以，你们这些贫寒子弟才能出头，这才是最大的公义！"

沈放应声说道："公公说得极是！"

蹇硕听得兴奋起来："他们那些所谓名门士大夫，不过是假道学，真小人！"

说完，张让和蹇硕互相对视一眼，哈哈大笑了起来。

这天夜里，沈放和张郃冒称奉旨，到北寺狱里提审了陈耽、刘陶，要他们招供为何在圣上面前攀诬张让等人。

二人当然抵死不认。

随同他们进入狱里的宦官，立即喝令狱卒动用大刑。严刑拷打了接连两个时辰，当夜两人在狱里先后被杀。

次日，陈耽、刘陶被宦官矫旨杀害的消息就在朝上传开了，大臣们义愤填膺，群情汹涌，纷纷上表弹劾十常侍擅杀大臣。司徒王允，太尉杨彪，大将军何进正准备领衔上奏，却不见皇帝上朝。有侍卫跟何进说，皇上正在后宫里呢。

王允等人来到后宫，见大门紧闭。侍卫向里面张望，只见一群黄门围着皇帝，正在戏耍为乐。他们别出心裁，将一只娇小的小狗精心打扮了一番，这只训练过后的小狗会站立行走，太监却给它戴着进贤冠，身穿朝服，佩了绶带，摇摇摆摆，伸出前爪，正在朝觐皇帝。

皇帝见了，开心地拍掌哈哈大笑，赞道："好一个狗官。"

外面杨彪、何进等满朝文武，听到他这样的言语，都倍感奇耻大辱，许多人顿时拂袖而去。

王允听得是怒发冲冠，就要破门而入，强行劝谏，这时，张让、蹇硕火速调来了一队侍卫，将众臣全都驱赶了出去。

大臣们无法，只得忍气吞声，返回各自官衙。随后，弹劾张让的事情被搁置了下来，慢慢地就冷却了。

第九章　力斗关张

第二天清晨，卢奕就要动身赶往颍川。卢植交给他一柄家传宝枪，名叫"清风枪"。这枪是用精铁铸就，枪尖坚硬如钻。卢奕稍许舞动，只见银光闪烁，寒气逼人。卢奕知道这是父亲的心爱之物，便推辞说自己已经有了。

卢植说："你就要去颍川，那里正有大军交战。如果遭遇敌军，要是冲杀的话，还是这杆枪好。你就拿去用吧。"

卢奕听父亲这样说，就收下了宝枪。卢植又让他穿了一副碎金软甲，再披挂全套盔甲以及折叠盾牌。卢奕穿戴整齐后，向父亲拜别，就飞马奔向颍川。

这次卢奕取道阳城直奔颍川，不到半日，只见前面尘土大起。路上逃离的乡民告诉卢奕，前面大军正在厮杀，道路已经封锁，不能再前行了。卢奕正要找寻大军位置，于是驰马跑上了一个山包，向远处眺望，只见颍川城附近朝廷军队正跟黄巾大军卷在了一起，双方远处各有骑兵正在向战场驰援。

卢奕认准了方向，向山下跑去。渐渐接近了大军战场时，看见前方烟尘四起，杀声大作。卢奕望见黄巾军步兵军阵一下大乱，心想这应该是皇甫嵩的军队冲杀过来了，于是也挺起枪开始冲阵。

这时，对面黄巾军骑兵由于受到皇甫嵩大军侧翼冲击，正在溃散，朝着卢奕的方向逃了过来。卢奕手起枪落，挑下一个前排的骑兵，再跟另几个骑兵斗了起来。几个黄巾军头目见只有他孤身一人，就呼喊其他士兵四下里包围了上来。

卢奕瞧见，飞马冲到跟前，连续刺倒了几个头目。余下的黄巾军士兵见他如此骁勇，不禁心怯，四散逃去。然后卢奕继续冲阵，朝着皇甫嵩大旗方向猛冲过去。

就在此刻，前面的黄巾军军阵像落潮一样纷纷溃败，只见一员长髯大将，双手舞动一柄阔大的长刀，威风凛凛，势不可挡，将乱兵杀退。

卢奕正冲到此处，这将见有人冲到，持刀就劈。卢奕闪过，随即还了一枪。然后二人兜马回来，枪来刀往，斗在一处。二人正是遇着了对手，斗了有十几回合时，这将"咦"了一声，觉得很是惊奇，没想到黄巾军中竟然有人武艺如此高强。卢奕也觉得诧异，他从来没有遇到如此强劲的敌手。

二人继续抖擞精神，又斗了起来。这将身高刀长，将大刀飞舞起来，只听刀风撩过，声势惊人。而卢奕出枪迅捷，枪法高超，丝毫没有给那将任何便宜。斗得久了，那将使出大招，将大刀舞动，使了一个大旋劈，突然从马上冲天跃起向下劈来。卢奕见他来势凶猛，也从马上飞起躲过，随即枪杆横扫了过去。这将识得厉害，赶紧用刀格挡。二人落地，在马下又斗了起来。

正在难解难分之时，听到远处一声暴喝："张飞来也！"只见一将，豹头圆眼，虎须贲张，手持一杆长矛，飞马冲了过来。卢奕赶紧飞身上马。那将正好赶到，二人各持枪矛，斗在了一处。这时，那使刀的大将并不上前参战，只在旁边观阵，防止黄巾军士兵趁乱攻击。二人也是恰逢敌手，斗了五十多合，不能分出强弱。

突然，旁边有人喊话："都停手，是自己人！"

张飞听声立即住手。这时一将飞马过来，冲卢奕问："你是卢植将军的公子，卢奕是吗？"

卢奕也停枪细看，原来是父亲曾经的学生刘备。卢奕向刘备拱手说道："刘将军，有礼了。正是卢奕在此。"

刘备看果然是卢奕，心中大喜，在马上还礼说："这二位是我的异姓兄弟，这是二弟关羽，那位是三弟张飞。今天大家是不打不相识啊。"

关羽、张飞听说他就是卢植的儿子，都是分外高兴，三人互相施礼。

刘备说道："此时不是说话的时候，我们要找寻皇甫嵩将军，卢公子你这是要去往哪里？"

"真是太好了，我也是来寻找他的。"

于是众人合在一处，一起向皇甫嵩大旗冲击而去。快冲到皇甫嵩中军位置的时候，只见黄巾骑兵正在重重围住皇甫嵩，拼死厮杀。卢奕挂住枪杆，取下雕弓，连发三箭，射倒三员黄巾将领。张飞正立马停在他的身旁，看得分外清楚，不由开心地大笑，连声夸道："好箭法！"

刘备趁势领着手下部众冲了进去。这时皇甫嵩中军旗号接连挥动，外围埋伏的几支骑兵开始向黄巾军全面冲击，里面的中军也开始向外突击。黄巾的主力大军在内外冲击之下，瞬时崩溃，已经失去了组织，士卒四散奔逃。

于是皇甫嵩大军出动，到处追杀黄巾。这里卢奕和刘关张三将顺利地进入中军，与皇甫嵩会合。皇甫嵩当然是认得卢奕的，早就在高处瞧见他跟刘备等人一起厮杀，就笑呵呵地骑马迎了上来。几人下马相会。

刘备和卢奕向皇甫嵩施礼致意，皇甫嵩拉住二人，先问刘备道："玄德，前次让你回广宗跟卢尚书会合，没承想阉宦奸坏，竟然唆使皇上将卢尚书罢了官。我一直在想，卢植现在不领军了，你又该去哪里了？"

玄德回答说："卢尚书被押往京城，正好被我遇到。我见卢大人尚且如此遭遇，心灰意冷之余，准备和关张二位兄弟回到涿郡去。恰好遇到张角大军击败董卓，被我们救了他。哪料到那董卓见我等没有官职，只是民军，极其傲慢无礼。所以我们就弃了他，引军去投朱儁将军。朱儁待我们非常厚道，我们合兵一处击败了张宝。朱将军命我前来你处打探一下，商量下一步的用军方向。"

"太好了，我们进帐今晚细谈。卢奕，你怎么会跟刘将军在一起厮杀呢？"

"我是刚从京城过来的。您的叔父皇甫规老将军交代给我一件重要的事情。因为有点麻烦，必须当面来问将军您。刚才我在大军冲杀，恰好遇到了关将军和张将军他们，于是我们就一道找您来了。"

这时探马来报，说大军已经追出十几里外了，皇甫嵩见天色已晚，怕收拢不住散开的大军，天黑了会生出变故，于是当即下令收军回营，明日继续追击败退的黄巾。

当晚，皇甫嵩在大帐中摆下宴席，宴请刘关张三位和卢奕。

进帐时候，卢奕问刘备："刘将军，我们多年未见，刚才军阵之中你是如何认出我来的？"

刘备回答："你那清风枪是卢家祖传宝物，我是卢将军弟子，如何不认得呢？"

两人相视一笑，携手进入大帐。

酒过三巡，皇甫嵩说道："卢奕，我叔父有什么事情要你去办，这里没有外人，你可以直说无妨。"

于是，卢奕就把那夜发生的事情原原本本地讲了出来。皇甫嵩听说叔父皇甫规被黄巾军贼徒用箭射成重伤，当夜过世，不禁悲怒交加，发誓明天一定要血洗了这些黄巾败军，拿他们的人头来祭奠叔父。

卢奕说皇甫规让他去一趟凉州，去找阎忠拿一本图谱。皇甫嵩不禁愕然。他想不出这是为了什么。不过叔父在西凉各地威望极高，人脉极厚，也许他知道一些自己还尚未知道的秘密不成？当卢奕提出需要一封书信给阎忠，来证实自己的身份时，皇甫嵩就一口答应了。

皇甫嵩又问起京城情形如何。卢奕说起因为小黄门郭朗被杀，宦官们都怀疑跟何进有关，所以京里形势非常紧张。大将军为了加强京师监察和防务，向皇上推荐，提拔了袁绍担任司隶校尉，自己也将会去他那里当差。皇甫嵩听了这些事，不禁眉头紧锁，突然用拳砸向酒桌，怒道："这些阉宦一日不除，国家之事怎能得好？"

然后掉头对刘备说："玄德，那董卓本是张奂和段颎手下的军官。他是凉州汉人富户出身，没有什么学识，一贯粗鲁无礼，但打仗比较勇猛，深得段颎喜爱。凉州三明中，我叔父皇甫规和张奂都憎恶宦官，唯独段颎，进京后竟然跟宦官们打得火热。那董卓想必就是走的这个门子，找了宦官当靠山。前几日，他征黄巾吃了败仗，皇上已经把他免职，那里的军队就要全部交给我指挥了。"

刘关张听了这个，顿时解气，哈哈大笑起来。

"不过，我听说凉州那里有事。这厮又被朝廷派回西凉了。虽然他这次没有任何功劳，竟然被朝廷升官了。也不知他使了多少钱财给那些宦官。"说完，连连摇头，一脸鄙夷。

张飞发怒说："只因为无钱给那些混账阉人，难道我们就要白身一世吗？那大家在这里拼死作战，还有什么意义？"

刘备斥道："三弟不要乱说。我们出来助战皇甫将军他们，是为了给朝廷出力解忧，不要总想着升官的事情。"

皇甫嵩摇头说道："玄德，你这三弟说话虽然粗糙，但道理是对的。如果朝廷不能赏优罚劣，不给士人公平的对待，那么天下士人必将离心。到时候朝廷再有难，就没人出来帮他们了。"

关羽向皇甫嵩敬酒说道："皇甫将军深明大义，末将佩服！朝廷要是能多几位皇甫将军这样的人才，何愁天下不平？"说完将酒一饮而尽。

几人随后又议论了一阵黄巾军的事情，皇甫嵩想起卢奕将要前往西凉，就说："卢奕，此去西凉，路途遥远艰险。而且我听人讲那里随时会发生骚乱，你一个人去肯定是不行的。"

卢奕回答："正是如此。我会先回一趟京师，向袁大人那里索取过关文书，再要几个帮手吧。"

"那就不必了。过关文书、令牌这些东西，我就可以给你准备好。贤侄，恐怕我的令牌在西凉那里更管用些。"

皇甫规和皇甫嵩叔侄在西凉的确是威望极高。卢奕连声称谢。

"明天我再给你派上八个能征惯战的亲兵，跟着你一起去凉州。既然叔父交给你的事情非常重要，千万小心，不要出了差错，记住了？"

卢奕这时才发现，原来皇甫嵩其实是粗中有细，对自己着实关心。不由得十分感激，起身向皇甫嵩施礼致谢。

皇甫嵩微笑着说道："不要谢我，这的确是我该做的。且不说我跟你父亲是至交好友，你前夜救了我的家人，我又怎能不投桃报李呢？"

这时，玄德举酒向卢奕说："卢尚书是我的老师，论起来我们也是兄弟了。这样，我们兄弟三人跟你共饮一杯，如何？"

于是刘关张三人跟卢奕一起举杯畅饮。

关羽说道："卢兄弟你年纪轻轻，就有这一身好武艺，令人佩服。你的师父是哪一位啊？"

卢奕回答说："我的师父叫司马徽，他的住所离这里并不遥远。"

说完，卢奕想起明日应该去找一下老师，咨询一下去凉州的事情，于是起身跟皇甫嵩说道："大帅，那明日我就不参战了，我必须早日动身，赶往凉州去。"

皇甫嵩点头答应。

而刘备对卢奕依依不舍，拉着他一边饮酒，一边畅谈，直到夜深众人才散。

第十章　金匮图册

次日，皇甫嵩命令大军四更开饭，五更出发，追击黄巾溃军。大军开拔前，皇甫嵩给卢奕派来了赵蔚、胡秉等八员骁骑，做他凉州之行的随行护卫。又给了卢奕令牌、文书，以及他亲手写给阎忠的书信。刘备不舍得卢奕，带着关羽和张飞二人一起给卢奕送行，一直送到山脚下，众人这才挥手作别。

卢奕一行人如飞一般奔到了水镜先生司马徽的住所，他让赵蔚他们在水镜亭下稍事休息，然后自己一人进了院子。

司马徽见卢奕突然回来，知道他一定有事，就让小童送来了茶水和点心，师徒二人对坐榻上，边饮边谈。卢奕将他此行京师的情形大致叙说了一遍，详细讲述了那夜在皇甫嵩府邸发生的一切，以及自己即将到西凉去寻找阎忠的事。

司马徽捻须点头，说道："京城现在这般情况，跟我以前料想的一样。那小黄门郭朗被杀，应该不是何进指使部下干的。"

卢奕问："师父，何以见得呢？"

"何进作为大将军，已经身在中枢，他没有必要做这样的事情来报复宦官们。我料想这个凶手应该有三种可能：一是他们宦官自己之间的仇杀火并；二是有人想嫁祸何进，将事态全面激化，然后自己从中渔利；第三就是郭朗自己的仇家报复。"

"听起来第三个的可能性比较小。"

"为什么呢？你说说看。"

"因为凶手杀人之后，将首级特意扔到最为尊贵的朱雀门之下，如此大费周章，应该是为了宣示某种特殊意义。依我所见，多半是为了刺激宦官们。"

司马徽笑道："说得好。"然后略一思索，继续说："你要去西凉找的阎忠，我认识他。十年前，他曾经从关外到关内来游学，也到过我这里来访问，在这里住了一个月。他离开后，我们还时常有书信往来。"

"那阎忠是个什么样的人呢？"

"他是凉州武威郡人，一个关西名士。说起来话长，自古'关东出相，关西出将'。关西凉州等地，一直有尚武好利的风气。因为那里接近羌胡，人们必须修习战备，鞍马骑射，因此普遍尚武。朝廷需要他们打击匈奴，凉州的'六郡良家子'，更是朝廷选拔武将充任期门和羽林的首选。后来朝廷崇尚儒学，世家子弟只要通经就可以做官，关东的名门世族对此有着巨大的优势。而且世族之间有互相推荐子弟的传统，因此关东士人就垄断了在朝廷做官的机会。关西世家的子弟，与之竞争就非常弱势了。在朝廷大军多年的打击之下，匈奴逐渐衰弱，对朝廷再也构不成以前的威胁了，关西世家的地位也就随之更加下降。加上朝廷又对关西武人心存戒心，因而关西世家子弟要想出头极为不易。一些心存不满的汉人子弟就跟着羌人一起作乱。这就是关西之乱的源头之一。"

"这次西凉再次兵乱，领头的就是汉人吧？"卢奕从父亲那里，已经知道了西凉那里的大体情形。

"是的，他们是韩遂和马腾。韩遂也是凉州名士。他曾经因为公事到了京城，大将军何进久闻其名，特地与他相见。韩遂劝说何进诛杀宦官，何进没有听从。韩遂回去后担任了凉州从事。其后羌人北宫伯玉反叛，胁迫韩遂、边章等汉官加入叛军。虽然他们后来联合起来杀了北宫伯玉，但终究不能容于朝廷。再后来他们与马腾、王国等人合兵一处，以诛杀宦官为名，举兵叛乱，进逼长安。朝廷先后派了皇甫嵩、董卓、孙坚等将领前去征剿，互有胜负。听说最近他们又劫持了阎忠，推举他做他们新的首领。所以，此行你要想见到阎忠，并不是一件容易事啊。"

卢奕问道："如果朝廷当初能够知人善任，相信这些关西士人，重用他们治理西凉，可能局势不至于像今天这样。"

司马徽捻须笑着回答："是啊，朝廷主政的大臣往往出身关东世家，因为不了解情况，往往会误判西凉局势，虽然他们从来不承认这一点。朝廷在西凉多次叛乱之后，开始起用关西文人出身的将领。虽然晚了一点，也出现了一些颇有名气的人物，比如'凉州三明'就是其中的杰出人物。阎忠也是这样的关西士人。"

卢奕就问："那此人的学问想必非常出色了？"

"的确不错。不过另一个人给我的印象更深。"

"这人是谁？"

"那是与他同行的一个年轻人，阎忠的弟子，名字叫贾诩。这是个了不起的年轻人。虽然只和我交谈过数次，他深厚的学识，风雅的谈吐都令我印象深刻。尤其，他在军事谋略上有很深的素养。这次你去找阎忠，有机会的话，一定要见一下这位贾诩先生。"

"那我怎么找到他呢？"

"他是阎忠的同乡，年少时拜阎忠为师。现在应该在凉州出任官职。你如果遇到麻烦，他可以给你提供帮助。我现在就为你分别写信给他们二位。"

然后，司马徽让小童端上笔墨，片刻工夫写好书信两封，交给卢奕，然后说："你说阎忠有重要的图本想要交给朝廷，我大概知道那是什么。"

卢奕一听大为好奇。

司马徽说道："几年前，阎忠曾经写信给我，说他无意中在官府的档库里，发现了一本新莽时期宫中制作的一份关西图本，上面标注了很多奇怪的符号。尤其是，上面写了'金匮图册二'几个字。他认为这个图本大有来历，于是向我询问一些地理探测和风水堪舆的事情。"

"这么看来，这位阎忠先生一定是发现了什么秘密。对了师父，既然有'金匮图册二'，必然就有'金匮图册一'，说不定还有更多。"

司马徽赞许地点头同意："阎忠未必知道'金匮图册一'是什么，我却是知道的。"

卢奕更是好奇，问道："师父，这些图册究竟是什么？您又怎么会知道这些呢？"

司马徽说："这就得从新朝皇帝说起，他就是朝廷至为痛恨的所谓奸相王莽。当年王莽篡位汉室，遭到了刘氏宗族的起兵反抗。后来他推行的新政，更遭到了利益受损的各地豪强、商人和很多庶民的强烈抵制，所有的反对力量很快汇聚成滔天的洪水，他的政权立刻被冲击得岌岌可危。"

卢奕好奇地问："如果此人不搞什么新政，也许他的篡汉就成功了吧？"

司马徽笑道："据说此人代汉，就是为了推行他理想中的所谓'古制'。我看在当时这么干，那是难上加难。在几次败仗之后，王莽意识到自己已经回天无力，就让人制作了三本图册，取名为'金匮图册'。第一册和第二册分别记载了两个宝库的位置：第一个宝库里全是宫廷珍宝、金、银和各种制式的铸钱；第二个宝库里存放的是足够武装二十多万士兵的武器盔甲。两本图册里用各种暗号标记了宝库的位置。而第三本据说是书册，在王莽死后不久就被毁掉了，里面是各州府名门望族的详细资料，地契房约，等等。"

卢奕问道："这么说来，阎忠应该已经发现那个武库了。对了师父，这种机密，您又如何得知呢？"

司马徽这时面色凝重地说："今天我要告诉你的，是以前甚至现在，干系重大的秘密。如今时机到了，我才可以告诉你。但你要严守这些机密，这是因为我们必须保护有关人士，也为了防止不必要的麻烦出现。"

"师父放心，卢奕明白。"

司马徽继续说道："约二十年前，当时的大将军窦武和太傅陈蕃消灭宦官计划失败，连累了家族被诛。天下的士人都非常同情他们，有人联络我们给予帮助。经过我们的精心援救，也只救出了窦武的孙子窦辅和陈蕃的小儿子陈逸。这个陈逸就被我们保护了起来。他在离开之前，告诉了我很多他们窦家的事情，还有陈蕃发现的一个秘密：两个王莽宝库的存在。要找到宝库就需要这两本'金匮图册'，陈蕃生前就想继续找寻下去，他没想到后来发生了重大变故。"

卢奕轻叹了一口气："陈蕃和李膺的确称得上是天下士人的楷模。他们不该有那样的遭遇。"

司马徽微微一笑："朝廷就是一条大船，无论是宦官，还是外戚勋贵，包括皇帝，都在同乘一船。他们内斗不止，船当然不稳。一旦巨浪来袭，总会有人落水。将来要是那船板腐透，船底洞穿，无人能补，就只能同沉江底了。”

说完，两人沉默了片刻。

卢奕问道：“听师父刚才的说法，好像已经知道第一本‘金匮图册’的下落了。”

“是的。”

“它在哪里，又是什么人取了那些宝藏呢？”

司马徽看着卢奕问：“你知道现在各郡的名门世家都有哪些吗？”

“大概有汝南袁氏，颍川荀氏、钟氏，沛国曹氏、夏侯氏，北海王氏，琅琊王氏和诸葛氏，河内司马氏，太原王氏，等等。”

司马徽点头说道：“不错。这里还有一个秘密，你刚才说的太原王氏的王允家族、北海王氏的王朗他们和琅琊王氏，他们全都吸收融合了魏郡王莽家族的部分直系子孙，也接受了他们带过去的宝藏。”

卢奕感到非常惊讶：“据记载，王莽的家族在那场战争中都被屠戮殆尽，怎么会又有这么多后裔存在呢？”

司马徽微笑着回答：“当年的外戚世家魏郡王氏，权倾朝野，财雄天下。即使王莽事败，又怎么可能一夜之间全部消失呢？那王莽的确有些手段，早在他登位之前，就开始安排身后之事了。他将家族的人口财产，逐渐分散到了全国各地，最集中的就是琅琊、太原和北海这三地王氏家族。据说王莽生前定下了铁的规矩：宝库只能由一个德高望重的共族长掌管，里面的财富不准任由王姓子孙支取挥霍，而只能用于扶危济困与家族发展。”

卢奕笑着问：“京城都说王允大人德高望重，‘谒诚忠孝，守节秉义’。莫非王司徒就是他们的共族长？难道他就拥有这‘金匮图册’？”

司马徽摇头否认，卢奕大为惊讶：“那究竟在什么人手里呢？”

“是琅琊王家的王融。”

卢奕感觉很是惊讶，因为他从来没有听说过王融这个名字。

司马徽微笑着看着他，说道：“天下的能人志士，并非都得像王司徒那样，去做朝廷的中流砥柱。比如这位王融先生，他学富五车，志气高洁，并不出仕。他虽然掌管巨额财富，却从来不擅自拿来补给家用。王家重视教育，他的儿子王祥，侍奉后母极为孝顺，从小就有'卧冰求鲤'的故事流传出来。"

听了这些事，卢奕笑着问："那这位王融先生看管宝库都做了什么事呢？"

"问得好。这些年来，琅琊王家经常悄悄地购买巨量粮食，赈济琅琊附近四处饥民；又给皇甫嵩与朱儁大军支援了大量军需粮草；王融在其他世族遇到危机的时候，经常会伸出援手，河内司马氏就曾经得到了他的恩惠。所以这两家的关系非常亲密。"

"师父，您莫非认识这位王融先生？这些都是他们极为秘密之事，如果不是他亲口告诉，您又怎么会知道呢？"

"是的。王融跟曲阜孔家的孔褒，是多年至交。他们二位曾经到我这里来访问，还住过一段时间。名士张俭是孔褒的好友，他因为得罪了宦官，被朝廷追缉，急迫之中逃到了孔家，请求保护。但那时孔褒外出不在家，弟弟孔融听他说是兄长孔褒的好友，就接纳了他。后来朝廷追究责任，孔融、孔褒兄弟就在官府堂上争了起来，都说是自己放走了张俭。审官见兄弟俩争罪，他们又都是名士，孔圣人的后裔，实在不好处置。最后如实上报。然后皇帝亲自定了孔褒的罪，下令处决了他。"

"难道皇帝就不能宽恕他吗？"

"因为曹节、张让二人对皇帝说，'法不严则不治，令不行则不严'。皇帝觉得这话很有道理，就下了决心，连孔氏后裔也不放过。"

师徒二人说到这里，又沉默了片刻。

"王融为了救出孔褒，花费了巨资四处打点，还找到了我，请我们派人援救。最后仍然无功而返。"

"这么看起来，王融先生是一位侠肝义胆的忠直之士。不知道将来有没有机缘，徒弟很想见一见他。"

"一定会有机会的。"

聊到了这时，卢奕起身告辞。司马徽又叮嘱了他千万小心，早日归来。

于是卢奕向师父躬身施礼，告辞而去。

随后，卢奕他们九匹骁骑，向着关西方向，风驰电掣一般疾驰而去。

第十一章　四关五将

卢奕、赵蔚和胡秉等人用了两天时间，赶到了潼关。回头东望，只见群山逶迤相接，西望则川途旷然，俯视则盘纡峻极，这潼关实在是建在天险之上，难怪被称为"百二之固"。

关口的士兵见到皇甫嵩的通行令牌，并不阻拦，就要放他们通行。这时，守关的将领段煨恰好过来巡查，见这些全副盔甲的年轻人正要通过，就拦住了询问。当他得知眼前的就是卢植的公子卢奕时，不禁大为好奇，就问道："卢公子，你现在担任什么职位？"

卢奕顺口回答："在下暂时在皇甫嵩将军麾下效力，即将就任司隶校尉袁大人那里的别驾司马。"

段煨是"凉州三明"之一的段颎的同族兄弟，西凉刺史董卓的部将。这段煨自恃出身高贵，平日里就非常傲气，且又非常较真，当他看到卢奕他们要紧急过关的样子，不禁心里生疑，问道："卢公子，如果你有官凭或者印信，就请拿出来给我验看一下。"

卢奕皱了皱眉，说道："在下并没有那些随身。这是皇甫嵩将军的令牌，我们有紧急公事赶往凉州，还请将军行个方便，让我们通过。"

段煨觉得仿佛抓到了什么短处，就说："且慢，既没有官凭证明自己，那我有理由怀疑你的真实身份。你们的行迹非常可疑，今天就不要过关了，等我们查实了后再说罢。"

赵蔚顿时大怒，喝道："大胆！这是皇甫嵩将军的将令，和通关文书在此，谁敢阻拦？如果误了紧急军机，你担待得起吗？"

段煨哈哈大笑："几个黄口小儿，口气实在不小。你且不要拿什么将令来吓唬人，我不是皇甫嵩的部下。"

卢奕只想过关，并不想跟他纠缠，就温声求道："段将军，在下的确有紧急公务在身，还请您行个方便让我们通行。事后，我们皇甫将军和袁绍袁大人自然会向您表示谢意的。"

这时段煨的脸变了颜色，恶狠狠地说："你且不要拿他们来吓唬人，本将军不怕。我看你就是个纨绔公子，出来招摇撞骗的吗？居然还随身携带武器？呸！你若真有本事，胜得了本将军手里的大斧，立即放你们过关。"

"此话当真？"

"自然。"

卢奕拱手说道："好，在下就向段将军请教了。"

旁边的赵蔚、胡秉立即站了出来，要代他先行上阵，卢奕摆了摆手，让他们退下。

于是二人骑马来到了一块空地，各自跑开。段煨手持大斧，猛踢马镫，将马狂飙起来冲向卢奕。那边卢奕也纵马而来，二人枪斧交加，斗了约十个回合后，卢奕闪了个破绽，段煨一声大喝，大斧抡圆砸向卢奕，却是一斧抡空。卢奕的枪尖突发而至，抵近了段煨的咽喉三寸处，停住不前。

段煨顿时惊出了一身冷汗，这才知道自己远不是对手，于是叉手说道："我输了。卢将军好武艺，佩服。您这就过关去吧。"

卢奕觉得这个段煨算是一个说到做到的汉子，就向他拱手致谢，于是众人过关。随后卢奕跟赵蔚等人交代，从今天起，都不要跟别人说起自己的身份，以防不必要的麻烦出现。众人应诺。

下面一路虽然都是崇山峻岭之上，只因车马稀少，倒也顺畅。众人策马连续奔了两日，抄近路赶到了峣关。这峣关是关中通往南阳的交通要隘，目前是张济与樊稠两人率军临时驻扎。张济是西凉武威郡人，樊稠是西凉金城人，两人是颇有名气的西凉大将。

这二人刚刚得到段煨的快马通知，说尚书卢植的公子卢奕有要事西出凉州，正带领随从赶往峣关。樊稠倒也不以为意，张济对卢植一直颇为敬佩，他想既然有这个机会，为何不结交一下卢奕呢？于是他就守候在关口，等到了卢奕一行人。

卢奕到后，张济立即上前迎接，表示殷勤之意，说已经备下了酒席，请卢奕他们一起赴宴，然后就在关口休息一夜，明日再行如何？卢奕见他十分诚恳，二来众人已经跑了一天，都已人马疲惫，于是向张济表示谢意。

众人在酒席坐下后，张济先解释是段煨通知了他，这才知晓卢奕一行人的行踪，他为此特地安排了酒席恭候，给众人接风洗尘。卢奕等就向张济敬酒致谢。

酒过三巡，张济问起卢奕凉州之行的目的。卢奕就明说了是去寻找阎忠。张济不由得皱眉说道："朝廷派你们来找他，已经太晚了，只怕很不容易见到阎忠。"

"哦，这是为何？"

"我们接到通报，说韩遂、马腾作乱，挟持了信都令阎忠。具体情形如何，我们还不清楚。董卓将军已经派李傕、郭汜二人率军前去平叛了。"张济以为卢奕他们一行人，就是为了叛军的事情去找阎忠的。

"那您知道阎忠现在哪里吗？"

"探马说马腾、韩遂占据了萧关，正在那里招募军队，囤积粮草，准备与李傕、郭汜开战。我料想阎忠也应该就在那里。"

卢奕忽然想起了贾诩，就问道："对了，张将军，请问您认识贾诩先生吗？"

"当然，阎忠、贾诩二位先生，和我三人都是武威同乡。"

"那太好了，你知道他现在哪里吗？"

"他也是董卓将军的部下，听说跟着李傕他们一起出征了。我想他应该跟大军一起，现在的位置不是在散关，就是在陇关。"

然后张济向卢奕询问了京城里的情形，卢奕简略地讲了讲，就岔开话题，询问起西凉军的情况。原来，董卓最为倚重他的两个女婿——李儒和牛辅，二人一文一武，但凡大事，都是跟这二人商量。他手下有几位中郎将，徐荣、段煨、胡轸和董越；还有一些握有重兵的校尉，李傕、郭汜、樊稠和张济等人。张济告诉卢奕，这些人当中，以徐荣和樊稠最为勇猛，武艺卓绝，能征惯战。还有几员偏将，比如华雄、张超、李蒙等人，也是武艺不凡的猛将。

卢奕从张济的叙说中，听得出他们对董卓的忠心，可见董卓此人非常善于笼络部下。卢奕心想，你们都是朝廷的将领，怎么把自己当成了他董卓私家军的头领了？

这时，张济颇有几分酒意了，有些结舌地说道："朝廷不肯用我们这些人，却只用皇甫嵩和朱儁他们。你父亲卢植将军，他是会带兵打仗的，可惜被宦官陷害，不再有兵权了。如今朝廷讨伐黄巾军，仗打成这样，是朝中无将吗？当然不是，若是用我，肯定比他朱儁强，早就平定黄巾之乱了。"

"哦，张将军，为何如此肯定呢？"

"我们有最强大的骑兵，他朱儁才有几匹马啊？"说完，张济得意地大笑。卢奕现在明白了，怪不得段熲对皇甫嵩也有不敬之意。

众人喝酒直到尽兴，这才散去。

第二天，张济为了结纳卢奕，给众人都换乘了西凉快马，还特意给卢奕挑选了从西羌购来的一匹上等好马。卢奕十分感谢，向张济拱手施礼道："将军厚待我等，日后一定回报。"张济又将他们送出十里之外，这才回转。

卢奕一行人继续西行，飞驰了三天，到了散关。散关地处陈仓大散岭上，东临秦岭，西届陇山，当山川之会，扼南北之交，地势险要。这里山势险峻，在这里建关，当真是一夫当关，万夫莫开。陈仓道与故道在散关衔接为一条官道，所以这里的栈道又被称为"陈仓故道"。

守关的将领正是郭汜，他出身马贼，投靠董卓之前在凉州各地劫掠，四处与人争斗，为了谋生，多年在刀口上舔血，造就了他狡诈凶残的脾性。当他在关上看到卢奕他们过关时，吩咐部下将卢奕领来问话。

卢奕上了关向他走过来时，他就眯起了眼，仔细地上下打量着卢奕，开口说道："你就是那个卢奕？"

"在下正是。"

"听说你武艺不错，连段熲那个老儿都不是你的对手？"

卢奕听他出言不善，回答道："不是这样的，在下不是段将军的对手。"

郭汜听他如此谦逊，一时倒不知该怎么挑刺了，就问："你到这里来干什么？"

"在下要找寻阎忠大人。"

"你还是回去吧，阎忠应该已经死了。"

卢奕将信将疑，问道："请问郭将军如何知道的？"

"探马来报说，他被韩遂、马腾这二贼挟持了，最近又身染重病，估计是活不过几天了。"

卢奕听他这样说，倒也不完全像是骗他，就说："那在下更得加紧赶到萧关去了。多谢将军相告，请问您知道贾诩先生在哪里吗？"

郭汜翻了翻眼说："我不知道他去哪里了。你请便吧。"

卢奕拱手告辞，到了关下，胡秉告诉卢奕，他刚刚打听过了，昨日贾诩先生跟随李傕一起押运粮草到陇关去了。卢奕跟赵蔚、胡秉商议了一下，向西北都是山道，大军押运粮草，行军速度不可能很快，如果飞马直追，两天内肯定能追上贾诩先生。

于是九人在散关稍事休整，补充了给养，就继续上路追赶贾诩而去。

一行人出了散关，翻越秦岭向西南而行，约四十里行至黄牛岭，这里沿途磴道盘曲，林深竹密，山涧淙淙。行了约有一天半，前方传来大军开拔的声音。卢奕他们加快行速，终于追上了大军。赵蔚向士兵询问，确认了这就是李傕大军，正在向陇关开拔。

这时李傕正带人走在行军队伍的中间位置，听到后面有人追来，就停了下来。卢奕赶上跟前问："请问哪位是李傕将军？"

"我就是。你是哪位？"

"末将是皇甫嵩将军的属下卢奕，受将军命令去寻找阎忠先生。"

"阎忠现在跟叛军在一起，你难道要去叛军大营吗？"

"如果阎忠在那里，我们就得去一趟。"

"那你们的安全，我不能保证。"

"将军放心，在下等会相机行事。再请问贾诩先生在哪里？"

"他带人走在队伍前面，你找他有事吗？"

"贾诩先生跟阎忠是同乡，我们有事向他咨询。那就多谢将军了，告辞。"

卢奕一行人就飞似的赶往前面。这时李傕突然狐疑起来，皇甫嵩派人去找阎忠能有什么事情呢？李傕这人生性诡谲，口才不错，又很会打仗，是董卓最为倚重的大将之一。他既然有了疑心，就一定要追查到底。于是他吩咐一个精干的亲兵，悄悄地跟上卢奕一行人，去听听卢奕他们跟贾诩都说了些什么事情。

不到小半个时辰，卢奕终于追上了贾诩。

只见贾诩五绺胡须，面色如玉，举止安详，气度雍容。卢奕不由得心生亲近之意，下马施礼后，向贾诩说明了自己的来意。贾诩听他说要去见阎忠，就让卢奕上了他的马车，两人细谈。

卢奕将师父的书信递给贾诩。贾诩看完说道："想不到阁下竟然是水镜先生的高足，很高兴能在这里见到你。"

"师父对您非常看重，他说您的学问非常好，让我有机会好好讨教。"

"水镜先生过誉了。"贾诩微笑着说，"我想阁下已经大致知道西凉这里的情况了。"

卢奕点头。

"阎忠是我的师父，他现在被韩遂、马腾他们挟持在萧关，这两天我一直在琢磨该怎么去救他出来。"

"您看我以皇甫嵩将军使者的名义去见他，是否合适呢？"

"虽然皇甫嵩将军在西凉这里威望很高，但你毕竟不是朝廷派遣来的，韩遂他们未必理睬。而且我们的大军即将开到那里厮杀，如果你贸然前去，会有很大危险。"

"阎忠先生跟随皇甫嵩将军多年，两人的私交情谊深厚。现在阎忠深陷险境，皇甫嵩将军派人探视，于情于理似乎都讲得通的。"

"那就得看韩遂他们如何对待阎忠了。探马来报，他们威胁老师当他们的首领，一同起事对抗朝廷。如果他们真把老师当作首领，也许会放你进入萧关去见他罢。"

这时卢奕向外探头，检查了一下马车周围并无人接近，然后轻声地把阎忠写信向皇甫规求援，皇甫规又托付给自己的事情告诉了贾诩。贾诩这才明白了他此行的目的，原来是为了那本"金匮图册"，然后捻须不语，思索了片刻，说道："如果你去见他，更加不能明言是为了这本图册而来，否则不但你自己，连老师都再也不能脱身了。"

"您说得很对。在下向先生请教了，那我该怎么做才好呢？"

"此地距离陇关已经很近，进关后我们再好好商量一下吧。"

贾诩话音未落，前面突然传来嘈杂的马蹄声，以及震天的喊杀之声，前方有敌人突袭而来。

第十二章　名士阎忠

此时排头的军士已经秩序大乱，探马飞速向贾诩传报，有贼兵突然来袭。跟随贾诩的将领是李傕的侄子李利，听说前军受到袭击，就带人冲了上去。贾诩吩咐手下立即将大盾牌架成阵势，防止敌人骑兵冲杀；骑兵和步兵向前集结等候命令；粮车全部推到最后；没有命令任何人不准后退，违令者立斩。一阵纷乱后，贾诩这边的士兵总算立住了阵脚。

又有探马飞报，带兵来袭击的是马腾的部将庞德。此人号称白马将军，受马腾的命令，带了一千骑兵一直游动在陇关附近，遇到粮车就袭击烧毁。这时李利带人已经冲向了庞德，两人并不答话，直接厮斗起来。交手不到三个回合，庞德手起刀落斩了李利。李利的手下立即溃败，而庞德那边士气大振，庞德将刀一招，手下的骑兵呼啸着冲向贾诩的车队。

在庞德骑兵距离车队还有几百步左右时，卢奕命令赵蔚、胡秉保护贾诩，自己带了一些士兵迎了上去。卢奕沉着地摘下雕弓，连续放箭，箭无虚发，庞德手下的骑兵接连中箭落马。这时贾诩也下令弓箭手向远处敌兵密集射箭，顿时将敌兵截成前后两部。

庞德大怒，舞起刀狂飙着冲向卢奕。

卢奕收好弓，摘下清风枪，轻轻踢了踢马肚，也飞速地冲向庞德。二人交手，庞德力大势猛，刀刀听风；而卢奕枪法高超，出招迅疾。两人正是对手，斗了四十多回合，庞德见胜不了卢奕，就使了个拖刀计，装作不敌掉马往回就跑。卢奕哪肯舍弃，立即追了上去。其他士兵顿时士气高涨，纷纷追了上去。

正追击的时候，只见庞德肩膀耸动，将大刀拖到身前，卢奕立即明白，马上挂枪摘弓，嗖地一箭射出。庞德正在回头拖刀，只听耳后箭风扑面而来，惊得赶紧低头，那箭一下射穿了庞德的头盔。

庞德受到惊吓，立即加速奔逃。这时后面的李傕带着精骑赶到，一阵追杀，将庞德的骑兵几乎砍杀殆尽，只有庞德带着一些亲兵，夺路狂奔，才捡了性命逃脱出去。

杀退了庞德，李傕和贾诩领军进入陇关。李傕命人排下了酒席，众将齐聚庆祝胜仗。这时李傕对卢奕刮目相看了，向卢奕敬酒说："如果不是卢将军顶住了庞德，前军就要被庞德那厮冲散了。今天你是首功。"

卢奕推托说道："哪里，今天幸亏李将军赶到及时，也仰仗贾诩先生临危不乱，布阵抗敌，这才杀退敌人。在下不敢贪功。"

李傕的部将们见他谦虚，越发喜欢卢奕，都一齐来敬酒，连李傕都开始对他有了好感，不再打算为难卢奕了。

酒席散后，贾诩使了个颜色给卢奕。卢奕会意，悄悄跟着贾诩进了中军大厅旁边的签押房。贾诩掩了房门，对卢奕说："我已经挑选了一个可靠的属下，叫马靳。他会带着我写的一封信，连夜出发潜入萧关。马靳是本地人，不会引起叛军的注意。我让他一定要联络上老师阎忠，只要老师看到我的信，他就知道你来的消息了。"

"那太好了，下面我该做些什么呢？"

"今晚我还会以董卓的名义，写一封书信给阎忠、韩遂与马腾三人，要他们不再跟朝廷为敌。只要他们肯退出萧关，董大帅可以保他们无事，并且封赠官职。这是我们出发前李儒跟我商量的。有了这封信，你就可以名正言顺地进入萧关去见他们了。"

卢奕点头赞道："这个办法的确稳妥。"

贾诩接着说："我预计你很难有机会跟阎忠单独说话，又不能当众谈起'金匮图册'，怎么交接那本书册，是最困难的事情。所以我安排马靳先把那本图册从老师那里取走。马靳等你们进关后，再想办法跟你或者你的部下接头，把东西转交给你们。"

"先生，这中间的任何一个环节出了问题，都可能会前功尽弃。"

"你说得很对。那里就是虎狼之地，每一个人，每一双眼睛，都会紧紧地盯着你。所以你是没有机会直接从老师那里取走东西的。只要你能把他们的注意力牢牢地吸引在你的身上，他们就不太会注意到你的部下。这样交接成功的希望会很大。"

卢奕从头细想了一遍，觉得这个谋划是可行的，就问道："贾先生，从陇关出发到萧关需要几天时间能到？"

"正常的话至少需要三到四天。"

然后贾诩吩咐从事叫来了马靳，跟卢奕和赵蔚、胡秉他们全都互相认识了一下。马靳告诉赵蔚与胡秉，萧关有一个酒店非常有名，叫凤来，就在关口附近。关口进出的情况，坐在酒店里可以一览无遗。而且那里人来人往，很是热闹，容易隐蔽。今夜他就出发前往萧关，六天后，他会住在凤来酒店等待他们，

卢奕问："如果凤来酒店那里有问题，有没有第二个地点呢？"

"从陇关前往萧关，只有一条官道，离萧关不到三里的地方，有一个唯一的客栈，叫月泉客栈。我会派人守在那里给将军传递消息。如果不能在凤来酒店交接，那我们就在月泉会面吧。"于是众人约好，马靳告辞先行离去。

第二天上午，贾诩跟李傕商量劝降马腾、韩遂的事情，李傕知道，劝降是李儒在他们出发前说过的意思，就问贾诩，派谁去送信呢？贾诩说卢奕武艺高强，胆大心细，再说他本来就要去萧关寻找阎忠，因此他就是最合适的人选。

李傕问："贾先生，这卢奕是个外人，让他介入进来，合适吗？"

贾诩笑了，轻声说道："李将军，这个差使本就有些风险的，弄不好就会被马腾他们扣留在萧关。可他是朝廷派来的人，我料马腾他们不至于太过分。李将军，你看呢？"

李傕想了一下，觉得很有道理，于是就答应了。随后请来了卢奕，将书信交给了他，只说既然卢奕要去见阎忠，就请他将这封信一并带给马腾、韩遂。

卢奕很痛快地就答应了。

那李傕见他答应得爽快，心里暗自高兴。

贾诩又提议说："卢将军，你们一路赶到这里，很是辛苦，又刚刚打了

一仗，不如就在陇关休整两日，养足了精神再去萧关，如何？"

李傕哪里能想到，贾诩还有许多安排，只听得他说得颇有道理，因此丝毫也没有怀疑。

随后，贾诩就带着卢奕他们在陇关内外转悠了两天，交给了卢奕各种地图，从陇关到萧关一路上应该如何行走；沿路经过沙漠地带时，应该如何应对；韩遂和马腾他们又都是怎样的情形，全都详细地讲述了一遍。

卢奕动身出发之前，贾诩提醒他说："马腾手下有几员猛将，第一个就是他的儿子马超，此人勇猛无敌，遇到他的话，你一定要非常小心。马腾手下还有庞德、马岱、马铁等几员大将，你已经会过了这个庞德，他其实是个有勇有谋的大将，你千万不可因为击败过他，就心存轻视。"卢奕点头。

"还有韩遂，这人猜忌心思很重，你不要有任何让他产生怀疑的举动。总之，交给他们书信，见了阎忠后，争取尽快返回。"

卢奕将所有疑点仔细回想了一遍后，就向贾诩告辞，带着赵蔚、胡秉等人向萧关飞驰而去。

众人在路上经过一段漫无边际的沙海，只要风撩过的地方，会突然蹿起黄沙，就像平地冒起了烟，打着转儿到处飞舞。在这种半沙化的地方，一般的马匹根本无法奔跑，众人这才想起，须得感谢张济给大家换乘了西凉好马。

路上时不时地会遇到山贼劫道，卢奕和赵蔚他们只要露出神射绝技，山贼们往往知难而退，所以并没有遇到太大的麻烦。

在路上奔了四天，众人才赶到了固原附近，来到了一处绿洲，绿洲里有著名的泉水，号称月泉。月泉客栈就建在这个绿洲里。一行人风尘仆仆地进了客栈，因为天色稍晚，卢奕吩咐大家就在客栈住上一夜，明日再进关去。

店家将众人安顿好几个房间，用完晚餐过不多久，胡秉去查看马匹。有一人悄悄地跟上，对胡秉说，自己是马靳差来的，特地来通知他们，马靳昨日已经设法见到了阎忠先生，阎忠先生正身染重病。他见了贾诩的书信后，就将一个包裹交给了马靳。最近朝廷大军逼近，萧关的守军严防奸细，盘查得特别严厉，所以马靳提醒大家，千万小心。

卢奕听说东西已经转交给了马靳，知道计划的第一步已经成功，心里顿时轻松了不少。

第二天早晨，众人用完了早膳，精神抖擞，上马驰向关口。

今日值守关口的是马岱，他正站在城楼上，望见远处奔来数骑人马，看这些人的盔甲穿戴，猜测他们是朝廷派来的使者，于是他就点了一队人马上前拦截。

卢奕见关内有人出来挡住去路，就让众人全都停住了马。马岱上前询问，赵蔚告诉马岱，李傕将军差一行人前来送信。马岱问书信在哪里，卢奕掏出了书信出示给马岱。

随后，众人跟随马岱一起进了萧关。到了中军门口，马岱让他们稍等片刻，自己进去通报。

约有半个时辰，里面来人通报，只让卢奕一人进去。卢奕下马，神态自若地走了过去。到了营门时，只见庞德和马岱二人全身甲胄，各自手按腰刀，昂首挺胸，犹如两堵山墙一样立在门口。

卢奕稍一迟疑，就不再停顿，继续前行。到了跟前时，马岱猛然转身，以手示意说道："请。"

卢奕刚走两步，那庞德自恃体壮力大，突然用肩膀向他狠狠撞来。卢奕反应奇快，步法轻捷，身体轻轻一侧，庞德已然撞空。不过他也反应迅速，立即就要扎脚站稳。却不料卢奕趁势又勾了一脚，庞德顿时站立不住，扑倒在地。

这时，里面走出来一员大将，只见此人身穿白袍，面目清秀，英武过人，当他看到眼前一幕时，不禁剑眉紧锁，呵斥道："庞德，这就是你的迎客之道吗？"

卢奕微笑着说："是我不小心碰倒了庞将军，多有得罪。"

庞德一脸羞惭，恨恨地让在一边。马超迎了过来，拱手向卢奕说道："将军请进来吧。"

这时，马腾和韩遂正坐在中军议事厅的左右首位，卢奕进来后向二人叉手施礼，说明了来意。

韩遂接过书信仔细看完后，递给了马腾。那马腾因为从小家贫，识字有限，韩遂就向他大致讲了一下信里写的意思。

马腾听罢就问："董大帅既然想招抚我们，为什么又派李傕那厮带着大军前来厮杀？"

卢奕回答说："只李傕一人，绝对不是二位将军的对手。如果真要开战，董将军会把樊稠、郭汜和张济等人一齐派来。"

韩遂听了这话，不禁点头笑了，连马腾这样的粗人，也听得这话很是舒服。这就是一个使者该有的说话方式吧。

韩遂问："按照书信所说，只要我们退出萧关，不再与朝廷为敌的话，董将军能保证送来十万石粮草吗？"

卢奕摇头说道："末将没有看过书信，并不知道董大帅许诺给二位什么。不过，十万石粮草应该没有问题，据我所知，单是陇关、散关两地，屯了何止二十万石粮草，而且骆谷关、峣关那里每个地方都囤积了无数粮草。董将军不会在乎那点粮草的。"

临行之前，贾诩曾经跟卢奕说了西凉、关中各地的大致情形，所以卢奕现在侃侃而谈，韩遂、马腾二人听得频频点头。这二人军中最缺的就是粮草，听说马上能有十万石粮草解困，都是怦然心动。

韩遂就对卢奕说："这样吧，我们要商量一下，请你出去等我们片刻，如何？"

卢奕表示同意，又顺势问道："对了，请问阎忠先生为何不在？"

"阎忠重病在身，没法过来。"韩遂回答说。

"在下有皇甫嵩将军的私人书信一封，要当面转交给阎忠先生。能不能趁现在有空，让我去见一下阎先生呢？"

阎忠与皇甫嵩多年交情，众人都知道。韩遂却放心不下："让我看一下书信，可以吗？"

卢奕事先看过书信，信里只是介绍了一下卢奕，是受皇甫规的委托前来探望，于是坦然地将书信交给韩遂。韩遂读了信，见没有什么异常，就点了一下头，让马岱领卢奕去见阎忠。

马岱走在前面引路，一边行走一遍琢磨，他觉得这个卢奕的身份很不简单，既是代表董卓来送信的使者，又受大将皇甫嵩的私人委托，会不会他隐瞒了什么事情呢？

到了阎忠住处后，马岱将卢奕领了进去，然后就站在一旁，寸步不离。卢奕见他这样，知道他已经起了疑心。

此时阎忠正卧病在榻上，听说卢奕进来了，就挣扎着让人扶着坐了起来。

卢奕赶紧上前，向阎忠介绍自己道："阎先生，请躺下来吧。晚辈就在这里跟您说话罢。"

"你就是卢奕？"

"晚辈正是。"

卢奕送上皇甫嵩的书信，阎忠颤颤巍巍地看完，使出他最大的劲，握着他的手，看着他说："皇甫规老将军好吗？"

"他很好，是他让我来看您的。还有，皇甫嵩将军让我转告，要您安心养病，一切都会好的。"

"好，好，那就好，替我谢谢皇甫老将军。"

卢奕看他如此病重，心知此时绝不能告诉他皇甫规已经过世的消息。阎忠又费力地询问了皇甫嵩的近况，卢奕一一作答。后来卢奕提及了司马徽，说明自己是他故交水镜先生的学生，然后送上了司马徽的书信。阎忠看完，脸上露出欣喜的表情。拉着卢奕的手谈了一点过去的经历，又问卢奕所学都是哪些，卢奕陪着他聊了约一盏茶的工夫。

这时阎忠转头对家仆说："那鸡羹还在吗？"

"在的老爷。"

"孩子，这鸡羹是我特意让他们炖的，用的鸡是最好的，是山上的神鸡。你一定要尝一下。"说完，阎忠看着卢奕的眼神突然变得明亮了许多，手指用力地掐了掐卢奕的掌心。

卢奕一时不明白这是什么意思，就将他的这些话全部熟记在心。

随后家仆果然端来了一碗鸡羹，卢奕看了一下这碗里，并没有什么特殊，就端起来一饮而尽。

阎忠看着他喝了下去，笑了笑，对卢奕轻声说道："孩子记着，你是有福的，这是我派他们从陈仓山里请来的神鸡。你饮了这羹，今后一定万事顺遂。"

卢奕看着这位名士阁忠，心里觉得很是疑惑，莫非他当真病糊涂了？还是他的这些话里大有玄机呢？

第十三章　萧关比武

众人听阎忠絮絮叨叨地说些不相干的疯话，都觉得他已经病得魔怔了。卢奕坐在病榻一侧，对阎忠说了番安慰的话语。而阎忠忽然变得时而清醒，时而糊涂。家仆就上前请大家暂时离开，阎忠先生需要吃药休息了，于是众人离开。走出去的时候，卢奕特意回头看了看，只见阎忠正微笑着看着自己，眼光里闪现出一丝充满睿智的犀利，尽管这一幕稍显即逝。卢奕立即就明白了什么，向阎忠作了深深一揖，告辞离去。

卢奕再次进入中军大帐后，韩遂对他说道："我们已经决定要归顺朝廷。但是李傕在一个月内，将十万石粮草送来，我们允诺撤出萧关，让给他们。"

马腾补充说："关于朝廷封赠的事情，要请董大帅再派大臣过来，把细节商量清楚才行。"

卢奕点头回答说："好说，那就请二位将军给我书信一封，作为回函吧。"

马腾说道："书信已经写好，你这就拿去。请转告董大帅，还有李傕：大丈夫在世，一言九鼎，绝不能失信于人，让天下耻笑。"马腾、韩遂跟李傕等人打了多年交道，对他们极不信任，所以特意讲出这番话来。

"在下一定将话带到。时间紧迫，就告辞了。"说完，卢奕接了书信，向二人施礼辞行而去。

刚走出了中军大门，听到后面有人追了出来："卢将军留步。"

卢奕回头看时，只见马岱急匆匆地追了上来，就问："马将军有什么事情吗？"

马岱走到卢奕跟前施礼说道："还请卢将军稍待片刻，我兄长马超有话要跟你说下。他随后就到。"

过了一会儿，马超从里面走了过来，向卢奕拱手说："卢将军，你们远道而来，作为主人我们应该尽一下东道之谊，更何况将军此行促成了两军休战，这是一桩功德，我们也理应表示一下谢意。方才父亲让我代表他和韩遂将军宴请你们，为你们送行。本地有一个酒庄，名叫凤来，不如我们移步那里，一醉尽欢如何？"

"既然这样，卢奕就叨扰了。"卢奕心想，自己正好要去凤来，难道就是个巧合，还是他们察觉了什么呢？此刻情况不明，还是以不变应万变吧。于是，他高兴地接受了马超的邀请，与马超并驾齐驱，一路谈笑风生，到了凤来酒庄。

进去一看，这个酒庄果然名不虚传，马超递给了卢奕酒单，看到里面居然列有几十种酒品，大致有紫金、银斗、玉浮、溪春、雪光、夹和、美璞、双瑞、玉练槌、琼花露、蓬莱春以及清若空，等等。

卢奕叹道："想不到这边塞之地，竟然有这许多好酒！"

马超笑着说："这里的美酒大都是西域所产，更是关东人士很难品尝得到。今日有缘，孟起就陪将军同醉如何？"

"多谢美意，马将军请。"

马超就让小二只端上西域上等美酒，二人觥筹交错，把酒言欢。

酒过三巡，卢奕见庞德、马岱二人正竭力地向赵蔚和胡秉等人劝酒，就故意面露不悦，对赵蔚说："马岱将军他们热情好客，你们承情就是。只是记住，不要贪杯醉了误事，今日还要赶路回去的。"赵蔚等人马上应诺。

庞德一听这话，立即拿了酒壶斟了满满一斛，走到卢奕席前，双手捧杯向卢奕敬道："卢将军，末将是个粗人，不知道礼仪，诚心诚意向您敬上一杯。"

卢奕故意不接："庞将军太客套啦。"

庞德见他不接，就将大杯放下，自己去取来了一个大樽，里面斟满了酒，竟是刚才那杯的两倍有余，向卢奕叉手致意，然后一饮而尽，说道："我庞德自从跟随马腾将军以来，大战数十场，小战无数次，未遇到过敌手，一直以来只服气马腾、马超将军二人。但上回跟卢将军一战，差点吃了大亏，这才知道关东人物众多，真是天外有天，人外有人。所以特地来敬将军一杯。”

卢奕听他说得倒也真诚，于是就饮了这杯。这时马岱也拿了一杯正要敬酒，这庞德又斟了一樽，自己一口饮尽，向马超敬道："在我们心目中，马将军乃是神人，勇冠三军。而卢将军也是武艺超群。我等都是武人，既遇到高人，大家何不竞技一番，以武会友，以助今日之兴。"

众人都是武将，知道庞德有挑战的意思，可是他又敬了马超，难道他是要请马超跟卢奕比武吗？

马超顿时沉下脸，呵斥庞德说："休得无礼，退下去！"

马岱上前笑道："兄长，记得父亲跟韩遂将军聊过，说关东出相，关西出将。听说这位卢奕将军是大名鼎鼎的卢植将军之子，家学渊源。刚才我见他出手不凡，卢将军不愧是关东名将之后。既然今日有缘相聚，不如大家切磋一下，不也是美事一桩吗？"

马超不禁心中一动，犹豫了起来。

这时卢奕想起贾诩对他说的话，于是站起来向马超敬酒："马岱将军所说，不无道理。今日大家相聚在此，就是一件盛事。久闻马将军武艺过人，小弟就斗胆向马将军请教了。"

马超听他这样说，也起了好胜之心，听庞德说过这位卢奕如何了得，自己早就有了比试之心，于是微笑着站起身，举酒敬了一杯，说道："既然将军有意，孟起自当奉陪。校场就在不远，我们这就去一下，回来再饮如何？"

听说这两位将军就要比武，众人都是兴致盎然，有的人已经开始私下里押注，究竟是谁能赢下这场比武了。下楼时，卢奕吩咐赵蔚去买些肉食酒水，再补充一些返回路上所需的东西，赵蔚当然知道卢奕的用意，领命而去。

到了校场，卢奕看到马腾、韩遂的军队基本都是骑兵，而且都选长枪，军容齐整。当马超骑马进入校场时，士兵们发出一阵阵的欢呼声，可见马超在军队里受到士兵们非常的尊崇。当士兵们听说马超将要跟人比试后，立即聚集了起来，都想目睹这一场难得的比武。小校送来了两支比武用枪，枪头都更换成一个小布包，里面裹的是白灰。哪一方率先击中对方的要害部位，就是这场比武的获胜一方。

卢奕和马超各自骑马，跑到了校场的两头。然后令官挥动了号旗，两人各自举枪，开始冲锋。就要错马交会时，马超率先出枪，势大力猛，直奔卢奕而去。卢奕眼疾手快，立即用枪头拍击马超枪头。马超随即变刺为挑，卢奕立即格挡。

这时两匹马已经错开，马超却回身就刺，卢奕已经料到他会如此，转动身体轻松避过。转瞬之间，两人攻守转换了三个回合。众士兵见二人斗得如此精彩，发出震天般喝彩之声。再次转回，二人不再冲锋，转为面对面格斗。两人都是以快打快，斗了五十多回合，不分胜负。此时擂鼓助威的声音冲天而起，士兵呐喊的声音此起彼伏。坐在中军大营的马腾、韩遂知道这是他们在比武后，不由得都笑着摇了摇头，年轻人就是血气方刚。

就在二人比武的时候，赵蔚和胡秉已经打听到了马靳的房间，此刻马靳正在焦急地等待他们。见到二人进来，心中大喜，随即交给他们一个布包，里面是一本书册。二人并不知道这书有什么用处，只知道这里面大有干系。

于是将书册裹好收在怀里，正要出门，进来了两个军官挡住了他们。

这二人是马岱的属下，受马岱吩咐一直在跟踪监视赵蔚、胡秉二人。赵蔚和胡秉没有经验，全然没有防备他们的跟踪，此时见他们突然闯了进来，而且强硬要求检查刚才的东西，两人不禁大为紧张。

赵蔚笑道："两位，这是我们东家生意的账簿，难道你们也要看吗？"

那二人根本不信，抽出刀来逼着他交出东西。马靳见势不妙，悄悄绕到二人身后突然袭击，二人没有防备他居然敢背后袭击自己，瞬间被击倒一人。胡秉反应奇快，也立即出手攻击，三人联手，顺利拿下了第二个人。

三人将两个军官衣服剥去，紧紧地捆在一起，嘴里还塞上了布团。马靳说这样不行，必须把他们藏起来。三人就把床板掀了起来，然后将二人捆紧塞了下去。随后商议，觉得此地不能久留，马靳让二人带着书册先行离去，到月泉客栈等待众人；他留下来，联络通知卢奕他们。

赵蔚、胡秉二人强行镇定下来，告诫自己不能在出关时露出可疑情状。这时马腾、韩遂跟朝廷和谈的消息已经传了开来，守关的士兵查验进出比平日里宽松了很多，所以两人得以顺利地出关，然后飞一般地奔向月泉。

　　此刻，卢奕与马超已经大战了约两百回合，仍然分不出强弱，令官怕二人斗得脱力，就举起令旗让二人停战。鼓声停下时，两人也同时停手，互相检看对方衣甲，都是并无任何白点。二人不由得惺惺相惜起来，同时大笑，挽着手一起走了出去。

　　回到凤来酒庄，二人又互相敬酒，连饮了数杯，都有相见恨晚的感觉。马超问起卢奕师承何处，卢奕坦言师父是水镜先生司马徽。马超从小习武，却是个不通文事的，自然也不知道水镜先生在关东士人那里很受景仰。但他听说过卢植是朝中大将，想来卢奕一定家学颇深，加上名师司马徽，难怪卢奕如此了得。马超不由得对卢奕更生敬佩，命人取来了一套自己珍爱的上等西域盔甲，连同面甲、战靴，一起赠送给了卢奕。卢奕也回赠了自己的一柄袖剑。马超从来没有见过这样短的袖珍宝剑，见此剑虽短，却是锋利无比，藏在袖中，隐于无形，顿时爱不释手。

　　这时，卢奕的一名随从走过来，跟卢奕耳语了几句，卢奕听罢点头，随即站起身来，向马超拱手致谢，说道："马将军，陇关那里传来消息，让我速速返回。您的深情厚谊，卢某感佩在怀，将来有缘再见之时，我们一定不醉不归。"说完深深地作了一揖，马超也站起回礼。两人一起走了出去。

　　马超有些不舍，将卢奕一直送出了关口，目送他们远离而去，这才返回。

　　约过了一个时辰，那两个军官磨破了绳索，终于逃了出去，马上向马岱报告了紧急事态。马岱听了顿时大怒，心想我们待这个卢奕如此厚道，不承想他的手下竟然如此可疑，也不知干了些什么鬼祟的事情，当即就向马腾汇报了此事，说有一个叫马靳的人，曾经去过阎忠那里，还带走了一些东西。韩遂在一旁疑心大起，他猜想今天这事很可能跟阎忠有关，会不会对自己一方有重大妨害呢？可是他已经是个行将作古的重病之人，他能有什么机密之事呢？

他就跟马腾商量，要不要派人追去问一下？马腾摇头说道："阎忠对我们的事情，所知甚少。而且他并无寸权，能有什么妨害呢？"

庞德在一旁插话说："两位大帅，末将以为，他们的行迹实在可疑，莫非有些不可告人的秘密？"

马腾哈哈大笑，说道："阎忠这样古板的腐儒，他能有什么秘密？"

韩遂想了片刻，吩咐庞德、马岱："这样，你们二人带上几十精骑，去追追看，追上了他们，你就当面质问此事缘由。记住，不要跟他们厮杀，免得连累了我们跟朝廷的议和大事。"

庞德、马岱得令，立即风驰电掣般地追了出去。

此时，卢奕早已经带着马靳，跟赵蔚和胡秉在月泉客栈会合了。简单了解了情况后，卢奕决定事不宜迟，赶紧动身离开这里。于是众人上马，向着陇关飞奔了回去。

马岱和庞德带着人马狂奔追了一夜，终于在天亮后追上了卢奕一行。马岱上前施礼问道："卢将军，在下失礼了。您的部下在风来酒店里，对我的属下无礼至极，不但拒绝检查，而且动手打伤了他们。在下想问问将军，这到底是为了什么？"

卢奕微笑着回答："马将军，我向你赔罪了。他们这些人做事不知分寸，说话一言不合，就要大打出手。其实根本没有什么事情，他们就是年轻气盛，发生误会罢了。"

说完，向赵蔚和胡秉招手："来，你们二人向马将军赔罪。"二人赶紧下马，向马岱深深一躬，连声道歉。马岱见他们这样，一时倒也不好再发作了。

庞德心细，说道："卢将军，据我所知，他们就是为了检查这二人的包裹，才发生了冲突。如果没有什么妨碍，何不拿出来，给我们看一下？这样我们也好回去交差。"

赵蔚听了大怒，喝道："你这厮无礼，怎么敢跟卢将军这样说话？"

马岱看到赵蔚发火，越发觉得这里有名堂了，于是也坚持要检查他们的包裹。

卢奕心里不悦，但没有流露出丝毫不快，对赵蔚说："赵将军，他们既然如此好奇，就给他们看一下吧，不过是一些凉州地图罢了。"

这时阎忠的图册已经交到了卢奕手里，赵蔚背的就是些本地地图。赵蔚怒气冲冲地将包裹扔给了马岱。马岱检查了一下，没发现什么异常东西。他心想，就算有什么秘密，此刻也一定不在赵蔚身上。

他给庞德使了一个颜色，庞德心领神会："卢将军，方便的话，能不能看看其他人的包裹呢？"

胡秉等几个人听到这话，再也无法忍受，立即拔刀，呵斥庞德无礼。

卢奕知道此时不能再忍了，必须让他们知难而退，于是说道："庞将军，你如此要求，就不怕伤了我跟你家马超将军的交情吗？"

庞德立即摘刀高声喊叫："那日战你，我还不服，不如今日做个了断如何？"然后回头对手下部众说道，"这是我跟卢将军之间的事情，你们不准上前厮杀。"

卢奕本来不想坏了两家颜面，见他如此，也就不再说了，摘下宝枪，指着庞德、马岱两人，说道："你们两个一并来吧。"

庞德与马岱顿时大怒，这是对自己极度的藐视了。两人不约而同，刀枪齐上，双战卢奕。卢奕不慌不忙，劈面一枪刺向马岱，却突然转向，攻到了庞德那里。虽然庞德、马岱两人夹击自己，但卢奕将宝枪使开，奇招迭出，而且出枪太快，马庞二人被他攻得手忙脚乱。突然间，卢奕大枪猛劈马岱，因为力道十足，马岱双手被震得虎口发麻，顿时拿不住自己手里的枪，卢奕趁势一个回挑，马岱手中的长枪顿时脱手而出。此时庞德大刀虽然也攻了过来，被卢奕反手回枪架住，随即两人变招，又斗了十数个回合，庞德渐渐招架不住。

马岱急了，心想自己带来的人马足有他们几倍，不如一起上，不信拿不下他们。于是他大喊一声："大家一起上！"

就在大战一触即发的时候，突然传来一阵鼓声，从附近林中出来了一支骑兵队伍，为首的正是贾诩。原来，贾诩在卢奕他们走了之后，又做了另外安排，他向李傕要了一些精锐骑兵，算好了日子，一直隐蔽在萧关之外，准备随时接应。今日正好接到卢奕他们。

庞德、马岱见突然冒出这么一支人马，知道今日绝对讨不了好处，只好悻悻地赶紧带着部下返回萧关去了。

卢奕跟贾诩会合，自然是分外高兴，到此事情圆满成功，众人兴高采烈地返回陇关。

第十四章　鸡峰石窟

在返回陇关的路上，卢奕与贾诩立即翻读起那本"金匮图册二"。见这些图上绘的都是关中各地的地形险要，每张都密集地写上了不同的符号，饶是贾诩学识过人，一时也不得要领。这时卢奕想起了阎忠那些很是费解的话语，就复述给了贾诩。

贾诩捻须不语，思索了半晌，突然想到了一点线索，然后急忙拿过那些地图翻看起来。

看了有一炷香的工夫，贾诩仰头大笑，卢奕见他这样，知道是找到谜底了，赶紧向贾诩请教。贾诩笑道："你听不懂这些话，是因为你对关中地形还不熟悉。让我细讲给你听。"

原来，在散关东面有一座山，叫作陈仓山，又名鸡山。相传春秋时秦文公曾在此狩猎，捕获五彩神鸡一只，是只雌的，飞到山上化为石鸡，于是他就派人立祠祀为"陈宝"。民间有传言，说这山里有雌雄神鸡两只，"得雌者霸，得雄者王"，到秦穆公时秦国果然得了霸业。

阎忠特意对卢奕强调神鸡和陈仓，就是提示卢奕，宝库就在鸡山上面。贾诩叹道："看来，师父已经实地勘查过，并且找到了那个宝库。老师的智慧和心胸真是非常人所及！"

说完，贾诩让卢奕察看那张陈仓地图，上面标有众多的符号，仔细观察能发现其中有几处新鲜的记号。贾诩断言，这些记号就是阎忠标注的。从标注的走向来看，探寻宝库的路线，应该是先乘船从陈仓出发，顺渭水向下游行进，到支流陈仓水汇入处进入支流，再沿陈仓水向上游行去。

贾诩说："当地记载，'鸡峰西连吴岳，东接太华；云绕峰腰，触石时呈五色，鸡栖山顶，惊人只在一鸣'。此处地形险要，不易攀上，所以人迹罕至。山中有天生石洞，洞内钟乳星罗棋布。这些洞窟只因地势较低，大都有泉水涌流，石壁之上又潮湿松软，不是藏宝的好去处。因此，我估计附近高处，极有可能有人工开凿的洞窟。那里地势较高，比较干燥，又不易发现。"

卢奕非常赞成："先生的见解十分高明。这里水路通畅方便，又在大山之中，非常适合运输并秘密存储大宗军需物资。"

贾诩略微有点惊讶，问道："大宗军需？你这样说，莫非已经知道里面究竟是什么？"

"是的，这个洞窟里的其实并不是什么宝藏，而是当年王莽留下的足够二十万士兵使用的武器盔甲。"

然后卢奕就将师父告诉他的有关事情叙述了一遍，贾诩听得频频点头："那么，你打算亲自去探寻一下吗？"

"这些武器盔甲对普通人来说，并无大用。但是心怀叵测之人，必定会垂涎三尺。贾先生，这个武库的存在，我们千万不可泄露。"

"那是自然。你打算如何处理呢？"

"我还是要去勘查一下。确认了这个武库的具体位置后，我会返回京师，向有司报告此事。"

"既然如此，我一定助你完成此事。那里距离散关很近，现在散关是郭汜驻守，这个人极难通融，而且他一旦知道这个事情，一定会生出很多事端，对他务必要小心防备。"

"那我们应该秘密进行此事。"

"很难有不透风的墙，关中到处都有耳目。"贾诩微笑着说，"既有朝廷派来的，也有西羌派来的探子，马腾、韩遂他们的人在关中无处不在，董大帅和李儒他们也派了自己的探子在关中各地往来监视。"

"是不是因为前些年羌人的大规模叛乱，到目前还没有彻底平定吗？"

"既是，也不完全是。西凉与关中，胡汉杂居，朝廷多年以来，治羌无方，关西的汉人对朝廷也积怨颇多。固有问题还未解决，羌人又随时作乱，甚至会胡汉合流反对朝廷。前几年，由羌人和小月氏人组成的西凉义从军，兵变加入叛军，杀了朝廷的护羌校尉冷征，以北宫伯玉和李文侯为首领联合的叛军，一度控制了大河沿岸的多数郡县。只是后来他们内讧，两人先后被杀，韩遂、马腾这才得以崛起。如今在关中，谁的军队粮草多，谁的武器马匹多，谁就能威服众人，在西凉称霸。朝廷，已然控制不住关中了。"

卢奕问道："自从皇甫嵩将军调回朝廷，关中就是董卓主政。他出身西凉，现在兵马强壮，难道别有所图？"

贾诩捻须笑着说："去年董大帅从京师回来，宴请手下诸将牛辅、李傕、郭汜和樊稠等人，在酒席上他说：'只有去过京师，才知道什么叫作富贵、尊荣。洛阳果真是名不虚传，繁华富足甲于天下。南北二宫更是满城金粉，佳丽如云。有朝一日我们得志，一定要尽情享受此等富贵！京师繁华无比，你等是否愿意与我同去？'李傕、郭汜这些人听到有机会去京城，全都是兴奋无比。"

"哦，这样看来，董大帅和他的部下们对朝廷全无敬意，他们果真反了，就不怕朝廷调集军队讨伐吗？"

"关西骑兵是朝廷最为精锐的军队，现在全都掌握在董大帅手里。关西将领对朝廷的关东诸军，一直颇为看轻，不以为意。"

"我回去以后，一定会向王允大人与何进大将军进言，尽快换掉董卓。"

两人坐在马车里，边聊边行，不一日就到了陇关。

进关之后，卢奕向李傕转交了韩遂、马腾二人的回信，李傕问卢奕："卢将军，以你所看到的情形，这二人是真心要谈判吗？"

卢奕回答道："他们让我传话给将军和董大帅：'大丈夫一言九鼎，绝不会失信于人，让天下耻笑。'"

李傕哈哈大笑："这厮们其实是在骂我们呢。"然后传令，让人快马加鞭，将书信赶紧传送给董卓和李儒。

第二日，郭汜也带军来到关里，原来是李儒担心李傕一人抵敌不住马腾、韩遂，派他前来支援李傕。如今看来是用不上了，郭汜便跟李傕商量，不如退兵。

贾诩立即拦住了郭汜，说道："郭将军，现在谈判未成，最好仍然驻兵在此，给马腾、韩遂持续施加压力，也使他们更加不敢轻举妄动。"

郭汜觉得说得很有道理，于是就留下了，与李傕共同守关。

卢奕等人在陇关休整了几日，正准备整理行装，返回京师，李傕、郭汜得到探马急报，说散关附近陈仓道上山匪骚动，袭击了运粮的车队。

郭汜大怒："山匪余涟、陈忠，为害时间很久了，我们一直没有去剿掉他们，才酿成今天的祸患。我现在就提兵前去，踏平他们的山寨。"

贾诩心中一动，赶紧拦住了说："你是大将，不要轻易出动。去剿除这些山匪，只需一员偏将就可以了。"

郭汜问道："那你认为谁去合适呢？"

"卢奕将军智勇双全。正好他要返回京城，不如就让他带上三百军士，回去路上顺便剿灭余涟他们。"

"三百人太少了吧？"

"那里山势险峻，大军去了，不易展开，徒然耗费军力。不如派去几百精兵，在山上跟他们周旋，反而更是有效。"

郭汜与李傕听了，都觉得很有道理。于是请来卢奕，把这个安排讲了，卢奕欣然应允。

李傕很是高兴，说道："卢将军这次去萧关送信，已有大功，如果再能剿灭山匪，我一定请董大帅向朝廷为你请功。"

临行前，贾诩对卢奕说："让马靳跟你一起前去吧，他长期往来于关中各地，对那里非常熟悉。我已经派了人去散关四处散布消息，只说还有粮车要走陈仓道，补上前次被劫的粮草。我料这些山匪尝了甜头，必然再劫一次。到时候，你只要击退了他们就行。然后就以剿匪探路作为名义，去鸡山寻找那个洞窟，这样岂不是两全吗？"

卢奕听了大喜："贾先生果然妙算，就按照先生计策，此事一定能成。我还有一句话想问，以先生您的大才，为何要屈就在董卓这里呢？如果先生有意，回去后我向父亲和王允大人推荐先生，不如到京城就职如何？"

贾诩拱手致谢，微笑着说："多谢卢将军的厚意。这件事情，还是从长计议罢。我听说现在京城不稳，很难说下面会发生什么。再说我是关西人士，去现下的朝廷做事，颇为不易啊。下面路途遥远，卢将军一路保重！"

于是两人拱手作别。

卢奕领军走后，郭汜对李傕说道："李将军，你不觉得贾诩跟这个卢奕，交往得有些过于密切吗？他们会不会有什么秘密之事？"

李傕哈哈笑道："你这个郭阿多，就是多心。那不过是个京城来的官宦子弟罢了，他能有什么重大机密？再说了，只要于我等无碍，就由他去吧。"

郭汜听了李傕的话，也觉有些道理，便不再理会了。

一切果然如贾诩所料，在距离散关十里外的陈仓道上，卢奕率领的伪装运粮车队遇到了攻击，为首的正是余涟。卢奕下令军士将粮车打开，里面装的却是机弩，一阵齐射之下，山匪损失惨重，余涟也被乱箭射死。卢奕下令将士兵们分作两部，由自己和马靳分别率领，向山里搜索，直至抓到陈忠为止。

卢奕带人一直向前行进，探马通报已经过了散关，再往前面走就是鸡山了。卢奕下令沿着陈仓河向上游搜索，一直走到了群山之间。沿途又遇见正在逃亡的小股山匪，赵蔚带人全部诛杀殆尽。然后继续向前搜索。

行走了一段，这时抬头远望，看见有一山峰，其上有巨石相互堆叠，山底宽阔，向上渐高渐窄，至山顶呈尖状，如同麦垛耸立；又行走片刻，见有巨石其状如鸡，凌空突出，真是天生奇观。四下里又有岩石呈柱状垂下，突兀嶙峋，仿佛一排石笋冲向天空，翠柏苍松点缀其中，更增添万般秀色。

再往前行，就是万仞绝壁，悬崖沟壑。只见谷幽涧深，听到万壑飞流，水声潺潺。在绝壁上有栈道小桥，当真是一夫当关，万夫莫开。行走完这一段栈道后，继续向前攀行，山路中断。仔细看石崖右侧，有一直上直下的竖洞。此洞巨石重叠，上下相通。钻出此洞，继续行走，有约百米长的斜坡大峡谷，沿此坡上行，向下俯眺深不见底，向上观看仿佛天际。回首四望，群峰叠翠，高低错落，峻峭秀拔。令人忽觉神奇缥缈，浮想联翩。

走完了此坡，开始下行，见这山道曲折，倒也平整。卢奕打开金匮图册里的陈仓地图，根据标识知道洞窟离此地不远。于是下令部下士兵原地休整。自己带了赵蔚、胡秉两人，在四处走走。

根据图上指示，不久便在一个山包上发现了一个山洞，洞口被植被覆盖，拨开藤蔓，见到有巨石封门。卢奕仔细察看了山洞的地形方位，此处正是金匮图册里面所标注的目标地点。然后仔细观察，巨石的一角，有新刻的一个"阎"字，这才确认无疑，这就是目标洞窟了。但三人并未携带挖掘工具，只好放弃了挖掘打算。

回到原地休息了一阵，马靳那里传来了捷报，说陈忠与手下被追杀得太紧，导致互相内讧，有贼兵杀了陈忠，到马靳那里投降了。

至此，卢奕此行大功告成。

众人在山上扎营，过了一夜。第二日，卢奕将军士带回了散关，交割给守关将领。又休整了一日，带着赵蔚、胡秉等人向京城驰回。

第十五章　刺杀张让

卢奕往回奔到潼关后，又一次见到了段煨。段煨现在对卢奕非常亲热，一定要设宴款待卢奕、赵蔚和胡秉等所有人。席间，段煨告诉他们，皇甫嵩在曲阳大破黄巾军的主力，现在正屯军那里休整。卢奕又向段煨打听了最近邸报上的消息，段煨告诉他，阎忠在几天前病故了。

虽然只见过一面，卢奕却对阎忠充满了敬意，于是站起来面向西凉的方位遥拜默哀，向地上洒了一杯酒，表示祭奠之意。

段煨接着跟众人说起，朝廷最近调任董卓为并州牧，并且让董卓将关中的军队交给皇甫嵩来统领。卢奕等人顿时明白了，怪不得段煨现在对他们如此热情。

其实董卓并没有奉命前去并州。他不想失去对关中各军的控制，在李儒的建议下，上书朝廷要求带领自己的属下一同前往并州。何进当然拒绝了这个要求，于是董卓就寻找各种借口拖延赴任，带着李儒、牛辅他们到了河东郡，就驻扎在那里不走了。

此时在大营里面，董卓正与李儒商议，董卓问道："贤婿，你说我们就一直驻扎在河东，不去并州了，那下面到底要做什么？"

李儒拱手回答说："大帅，你说是并州好，还是这河东好呢？"

董卓觉得奇怪："并州是大郡，河东怎能跟并州相提并论呢？"

李儒摇头说道："大帅不然，请看这幅地图。"说完，李儒在军案上摊开了大幅河东地图，"河东现有户三十万左右，人口接近百万。有二十四县，安邑、巫咸山在南，黄河在西，天险足以据守。土地肥沃，粮草丰足。最关键的是地利。岳丈大人请看，这里到京师洛阳，与长安以及要冲弘农几乎等距，都可以朝发夕至。这真是天赐之地。"

董卓问："并州是养马之地，我们的骑兵需要战马，目前我们并不缺粮草啊。"

李儒笑道："可是大帅，我们暂时也不缺战马啊。实话说，驻兵在这里，就是为了监视京师洛阳的一举一动。"

"贤婿到底是如何打算呢？"

"大帅，我们从京城返回的探子报告说，现在那里气氛格外紧张，大将军何进与宦官张让、蹇硕他们迟早火并一场。一旦他们大打出手，我们就有机会了。"

"哦，真要那样，他们都得求着咱们了，不是吗？"说完，董卓放声大笑。

李儒笑着说："大帅的这句话说到根本上了。到时候，他们不管是哪一派，都得看我们的脸色，这是天赐良机，大有可为之时。大帅，你知道吗？现任并州刺史丁原，已经带了一部分军马悄悄地往京城方向靠去。而且他先前已经派遣了手下统领张辽、张杨去京城禁军任职。依我看，此人之志不小。"

董卓怒道："丁原才多少兵马，竟敢打这样的主意？"

"兵在用，而不在多。大帅，我看马腾与韩遂二人这次求和还是可信的，既然凉州那里暂时不会打仗了，我们应该把李傕、郭汜、樊稠与张济他们的人马逐渐地向潼关、河东这边调遣，以备不时之需。"

董卓答应了李儒："可以，贤婿你自去安排，就不用再跟我说了。"李儒应诺，自去办理军务。

不久，这个消息就传到了皇甫嵩那里。皇甫嵩的侄子皇甫郦，跟其他部下都认为董卓无故抗命，罪在不赦，力劝皇甫嵩趁势从曲阳出兵讨伐，开往河东。但皇甫嵩对于调动兵力一向谨慎，生怕授人以柄，被人攻击，就回答说："董卓抗拒朝廷，虽然有罪，但我如果擅自兴兵讨伐，那不是跟他一样了吗？不如正大光明地弹劾他，就让朝廷处理此事吧。"

于是皇甫嵩将此事上奏，朝廷为此下旨斥责了董卓。董卓曾经是皇甫嵩的副将，在关中西凉一带跟叛军作战，一直就对皇甫嵩的才能和威望深怀嫉妒。如今又因为皇甫嵩上表弹劾自己，而受到朝廷的指责，自然对他更增怨恨。

卢奕跟赵蔚等人在潼关休息了一夜，第二日与段煨作别，众人出关之后，赵蔚等人要直接奔向曲阳，赶回军中向皇甫嵩复命。于是卢奕就跟众人挥手作别，一人单骑返回了京师洛阳。

回到京城时，卢奕见城门口比以往增加了许多士兵，对进出城门的盘查也比以往严厉了许多。卢奕心想，看来郭朗被害，以及皇甫规被刺杀的案子，一定都还没有什么进展。

回到府里时，天色已经很晚。卢植见儿子平安归来，非常高兴，吩咐家人在府中花园里摆了酒席，父子二人对月饮酒。卢奕将这一路的所有经历详细讲述给了父亲，卢植一直认真倾听，捋须不语。当他听到鸡山宝窟的事情后，就说道："这件事情，你绝不可轻易外泄。"

"那么，我该如何向朝廷报告此事呢？"

"你可以去见王允王大人，将事情原委告诉他。至于其他人，还是暂时保密为好。"

"如果以后袁绍问起此事，又该如何回答呢？"

"你只说书册已经带回，交给了王允。我料袁绍对此事了解有限，他应该没有兴趣深究。"

卢奕点头应诺。

卢植又说，最近京城并不太平，有传言说黄巾余党赵弘之弟赵臻，一直潜伏在京师。前些日子，京城里又出现了黄巾军传单，上面写着黄巾军暴动的著名口号："苍天已死，黄天当立。"

大将军何进为了这件事情，一直在督促新任司隶校尉袁绍，与河南尹司马防满城搜捕。二人目前得到的所有线索，全都指向了宫里。于是他们特意进宫，想要搜查一下，可是被张让强硬阻拦，这使他们对张让等人更加憎恶。

袁绍与司马防恼怒之余，一起在司隶校尉官署里商议如何对付张让，这时差役进来报说，御史中丞韩馥和典军校尉曹操要见袁大人，袁绍吩咐差役赶紧把二人请进来。

四人见面寒暄了几句，分别入座。司马防与韩馥彼此熟识，但他跟曹操还不熟悉。

袁绍就介绍道："这是我的幼时同窗曹孟德，人称'阿瞒'。"

听到阿瞒两个字，司马防忽然想起了听说的一件事，就笑着问，"据说许劭善于品评人物，他曾经评价一人是'治世之能臣，乱世之奸雄'。不知道人这是谁啊？"

曹操一听这话，马上站起来向司马防作揖回道："正是在下。"

"原来是曹将军，真是幸会了。"司马防起身还礼。

两人归座后，袁绍接着介绍说："他现在负责典军，跟我一道任职西园校尉，掌管一部分京师的安全防务。孟德，今天来我这里，一定有事吧？"

曹操回答："本初你升任司隶校尉，我还未来得及道贺一声。刚才在路上，遇到了韩大人，听说你近来非常烦恼，所以跟着来这里看看你。"

袁绍听他这样说，就把张让蛮横阻拦自己与司马防办案的事情叙说了一遍。

韩馥叹了一口气，说道："上回大家都没有想到，张让和蹇硕他们会这么猖狂，竟然矫传圣旨将陈耽和刘陶在狱里杀害。连陈耽他都敢下了毒手，他们还有什么事情不敢做呢？"

曹操接话说："我听说自从小黄门郭朗被杀后，张让就放出话来，要以牙还牙，加倍地报复。"

袁绍怒拍桌案，骂道："他怎么敢如此嚣张？我一定要杀了这个阉贼！"

司马防为人谨慎，听到袁绍动怒，赶紧说："本初慎言，大家从长计议。"

曹操的父亲曹嵩是宦官曹腾的养子，曹腾也是中常侍，侍奉过四代皇帝，为人勤谨，给朝廷推荐贤人，很有名望。但是，即使曹腾名声不错，在这场宦官与士人这两大派系的决斗中，许多大臣还是本能地对曹操的出身和背景表示鄙夷。更何况大宦官曹节与张让都是曹腾当年提拔上来的，这让曹操受到了很多人的猜忌。

曹操如今身处朝廷两派争斗的漩涡，深知这里面的凶险，当他听到司马防这样的言语时，知道必须马上表明自己的态度，说道："阉宦自然当杀。不瞒各位，昨天我就斩了小黄门贺旻。"

几人一听，顿时惊讶不已。袁绍问："孟德，这是为什么？"

原来曹操在担任北部尉的时候，曾经造了十根五色大棒，挂在衙门左右，他三令五申"有犯禁者，棒杀之"。偏偏蹇硕的叔父蹇图违禁夜行，被曹操毫不留情地下令用五色棒处死了。曹操因此得罪了蹇硕，后来他被明升暗降地调任顿丘令。现在曹操又被调回京师，担任典军校尉。真是冤家路窄，刚好做了蹇硕的下属。

"前天，蹇硕派人通知，他要来军中巡视。我有两个跟随有差事在身，进军营迟了些，被他责罚，各打了四十大棒。这厮旁边的小黄门贺旻撺掇他说，属下犯了军规，主官也有责任，要打我二十大棒。"

袁绍轻蔑地说："这厮胡说八道，他这是挟私报怨。"

曹操继续说道："我知道这个贺旻，为人非常贪财，每到各军发放饷银时，一定会向军官索要贿赂，如果不满足他，就会克扣下次军饷。于是我让负责钱粮的主簿当场告发了他，并且出示了账册物证。那贺旻反咬我们是在诬陷于他，于是我让军中所有了解内情的人当场签名指认，有了众多人证物证，那厮再无法抵赖，当场跪地求饶。蹇硕万般无奈，向我作揖为他求情。"

"不能饶了这种人！阉官们本来就贪腐成性，如果连军队的饷银都被他们任意地敲诈勒索，那么士兵们会心服吗？军队能有战斗力吗？"司马防痛心疾首地说道。

"司马大人，您一语中的。我让典军司马当场背读了朝廷的军规细则，按律当斩此人。蹇硕这才害怕了，为贺旻下跪求饶。但士兵们已经愤怒至极，如果不斩贺旻，势必引起哗变。于是我当机立断，下令当场处斩了此人。"

"好，真是大快人心！"司马防拍手称快，上前拉着曹操的手，对他非常的亲热。

"孟德，你这是大手笔啊！"不知道为什么，袁绍突然有点嫉妒起曹操来了，对他这个发小的才智和脾性，袁绍当然是很熟悉的，也非常忌惮他。

曹操见众人都支持自己，向韩馥拱手说："陈耽和刘陶两位大人被张让矫旨杀害，是可忍，孰不可忍，我们一定要为他们报仇雪恨。我有一个想法，张让那厮的住处，我去过几次，下次如果机会合适，我可以直接杀了这个祸害。"

袁绍惊讶地问道，"孟德，你当真要刺杀张让？"听了这话，袁绍不知自己是高兴多些，还是幸灾乐祸多一些。

曹操见几个人都盯着他看，点了点头说："当然。蛇无头不行，这张让就是宦官们的首领，也是最嚣张的一个，其他的宦官都没有张让的能力和威望。只要除了此人，阉宦们基本就垮掉一半了。"

韩馥、司马防和袁绍三人同时站起来，握着曹操的手说道："真能如此，孟德，你就是为大汉的江山社稷立了大功一件啊。"

"还请本初兄和你们二位大人，务必保守这个秘密。"

"孟德放心，但凡有什么要求，尽管开口，我们一定全力配合。"

曹操仰天大笑三声，离开了袁绍府衙。在回去的路上，曹操的侍卫、自己的堂弟曹洪听他说了这事，疑惑地问他："兄长，你真要去刺杀张让吗？"

"是的，只要有机会，一定会去。"

"兄长三思啊。牺牲自己，去杀了张让，难道不会有别的宦官顶替他吗？最终又会有什么分别？除非你们能杀光所有的宦官，但是只要皇帝在，这怎么可能呢？"

曹操诡异地笑了几声："你不要担心，我自有分寸。今晚，我们就去张府走一趟。"曹洪不明就里，但见曹操胸有成竹的样子，也就不再说了。

这天晚上，曹操果然带着曹洪来到张让府邸。到了府门外，曹操从怀里掏出了一个密封的小酒坛，打开了封盖，接连喝了几大口烈酒。曹洪看他这样，不禁怀疑他是不是疯魔了。曹操又在身上泼了些剩余的酒，再闻了几下，然后满意地大笑起来。

过了一会儿，两人看到张让跟随从走了出来，登上马车离开了。曹操突然双目精光四射，对曹洪说："我现在就进去，兄弟你在外面等着接应我。"说完，跟跟跄跄地走向张府大门。

一边敲门，曹操一边带着醉意喊："张公公在吗？蹇硕你这厮出来。"

张府的家人认得曹操，知道张让平时对他不错。却见他今天喝成这样，而且胡言乱语，实在不成体统，就大声地呵斥了他。

曹操顿时光火，从背后拿出了短戟，挥舞着喊道："蹇硕你这狗贼，给我出来。我要杀了你！"说完，就冲进张府的庭院里，开始舞动短戟。张府家人赶紧一拥而上，要拿下曹操。谁承想十几个杂役，居然拿不下他，被他接连打伤了几人。

这时有人喊："这人已经疯了，要行刺张公，快去报官。"

曹操听到了这话，仿佛一下清醒了，赶紧向外就跑，但是大门已经关闭。曹操见那墙并不很高，就直接翻墙逃了出去。张府的差役们怎么肯放了他呢，于是开了大门紧追不舍。这时曹洪从黑暗里冲了出来，曹操又折回头来，两人一起将追出来的人打得落花流水。然后曹操哈哈大笑，扬长而去。

正在回去的半路上，曹操、曹洪被一个黑衣人拦截了下来。此人背着双手，紧盯着曹操说道："大胆曹操，你竟敢刺杀张公？"

曹操仔细一看，这人是上军司马沈放。曹洪立即抽刀上前，让曹操快走。沈放大喝一声："哪里走！"说完挥刀攻了过来，曹洪持刀挡住，两人斗在了一起。曹操见只有沈放一人，也拿着手戟攻了上去。沈放一人独斗他们两个，丝毫不落下风。

这时，沈放的搭档张郃赶了过来，立即挺枪加入。曹操不是张郃敌手，不由得心慌，立即朝附近的巷子里逃了过去。

曹洪见状，甩开沈放，拼死拦住了张郃。沈放见他们二人斗在了一处，就立刻追踪曹操去了。追到前面巷口，有两个分岔，沈放见其中一条道上有一人被打晕在地上，不由得冷笑起来，立即沿着另一条岔道追了上去。果然，没过多久，沈放就追上了曹操。

曹操暗暗叫苦，见实在躲不过他，只好停下来厮斗。不过三个回合，沈放一刀将曹操手中短戟磕飞，然后大笑起来："曹操，是你自己找死，怨不得别人。"说完，猛然一刀砍去，就要结果了曹操。

第十六章　灵帝疑案

正在曹操紧急逃命之时，从黑暗处飞出一人，用枪格开了沈放的刀救了曹操，随即连续刺出几枪，逼退沈放。这人出招迅疾有力，而且变化多端，沈放渐渐左支右绌，不禁冒出了冷汗。又斗了十几回合，沈放见这人的枪法似曾相识，突然明白了，问道："你是卢奕吗？"

来人正是卢奕。他今夜去拜访司徒王允，刚刚从司徒府上出来，见到几个黑衣人飞速跑过。卢奕以为遇到了黄巾军贼徒，立即回府拿了武器追踪了过来。刚好见到这里有人打斗，看黑衣人的身形和刀法，正是那夜在将军府跟自己缠斗的那人。于是卢奕当即出枪，救下了曹操。

卢奕问沈放："沈司马，你们为什么要深夜在此厮斗？"

沈放回答说："卢公子，这人要刺杀张常侍，刚好被我撞上。"

曹操大声抗议说道："你胡说，谁要刺杀张常侍？你血口喷人，我是去找蹇硕的，不是张公公。"

两人听曹操说话夹缠不清，而且满身的酒气。卢奕皱眉说道："这人喝醉成这样，怎么会去刺杀张常侍呢？"

"卢公子，你不要上他的当，他是在骗你呢。"

"是吗？沈将军，我正想请教一件事情。那夜在左将军府上，有一个黑衣杀手，跟我缠斗了一阵，可我现在怎么看，那身形都像是将军你呢？"

沈放见卢奕认出了自己，不由得心惊，当然一口否认。卢奕冷笑了一声，说道："那夜，我虽然没有见到你的脸，但你的刀法，我是太熟悉了。"

沈放见他这样说，冷冷地回答说："你无凭无据，怎么敢污蔑本将军？"

卢奕回答道："证据迟早会有的。"

沈放见有卢奕在此，今晚是绝讨不了好去，只好知难而退，说了声：
"好，那我等着你。"说完自行离去。

卢奕并没有去追他，转身跟曹操说道："阁下是典军校尉曹操吗？"

曹操这时忽然清醒，说道："对，我就是曹操。今夜曹某喝醉，差点惹
出大祸。幸亏遇到将军出手相救，大恩不言谢，请受我一拜。"说完，向卢
奕深深一躬。

卢奕正要扶起曹操，突然飞出一人手持腰刀，一刀就向卢奕砍去。卢
奕赶紧用枪挡过，随即刺了回去，两人斗了几个回合，卢奕突然发力，枪
杆猛扫过去，这人抵挡不住，手中的刀被一下磕飞。

这时曹操认出了来人，赶紧大喊："停手，都是自己人！"原来，袭击
卢奕的人是曹洪。曹洪跟张郃斗了一炷香的工夫，未分胜负。然后有人喊
了张郃一声，张郃他们还有要事去办，就舍了曹洪自己走了。

曹操跟曹洪说是这位卢公子救了自己，曹洪当即跪倒向卢奕行大礼拜
谢。卢奕伸手扶起曹洪，然后问曹操今夜究竟发生了什么。曹操说是自己
刚才喝的多了，因为酒醉而失态，大闹了张让的府邸。

卢奕对张让他们素来没有好感，听曹操这样说，不禁笑了。然后冲曹
操一拱手就要离去。

曹操赶紧拦住问道："还没有请教恩公尊姓大名？"

卢奕笑着点头说道："这就不必了。曹将军，下次千万不可再酒后莽撞
了。"说完自行离去。

曹操看着卢奕的背影，摸了摸胡须，突然笑了。曹洪好奇地问道："兄
长，今天差点丢了性命，你还在发笑？"

"你不知道，今天我就是故意去闹事的。"曹操笑着说。

"故意？兄长，张让那里就是一个是非之地，你竟然还故意去捅这个马
蜂窝？"

"嘿嘿，你以后会明白的。"

随后几天，卢奕去了袁绍的司隶校尉官衙开始办差。因为卢奕在西凉
促成和谈，并且剿匪有功，有司报功的奏折一到，袁绍就正式任命卢奕担
任别驾从事，自然是分外忙碌。

转眼到了六月,春夏交接,天气已经变得炎热。皇帝带着一众嫔妃宫女搬进了西园。此前张让命工匠修建了近千间房屋,全都前后打通,引来了新鲜渠水,绕流各处门槛。因为皇帝最喜爱荷花香气,张让命人在渠水中种植了南方州郡进贡的各色荷花,这些荷叶昼卷夜舒,花开后莲香扑鼻,称作"夜舒荷"。

皇帝看到往往在月光出来之后,荷叶才会展开,说月神有名望舒,就叫它"望舒荷"。又命令宫女们全都脱了衣衫,赤身裸体地在莲池里嬉戏追逐,唤作月女池。兴致上来时,皇帝自己也赤身裸体地站在池中和宫女们打成一片,尽情淫乐。

古人说过,祸兮福所倚,福兮祸所伏。一直以来皇帝纵情享乐,又日日服食淫药,身体日亏,渐渐染病。张让等送来宫中太医特意熬制的补药,皇帝服用后只要稍有起色,就立即纵情淫乐。

终于在这天的下午,西园出了大变故。

宫女们在上千间房屋里总也见不到皇帝,开始都以为皇帝是在跟她们游戏。时间一久,宫女们察觉事态不对,叫来宦官们四处找寻。寻找了半日,终于在一间水池的巨大莲叶之下,找到了皇帝肥大的尸身,正面部向下,趴在池水里面。宫女们惊吓得四散奔逃,到处都是她们的恐怖尖叫之声。张让与蹇硕立即带人封闭了西园,派遣禁军士卒把守住各处宫门,严令不许宫人进出,对外封锁了一切消息。

随后张让和蹇硕领着宦官们一齐进入里间察看皇帝尸体,以及周围可疑情势。张让命人下水,将皇帝尸身拖到池边。看到皇帝尸身的人无不顿时作呕。张让、蹇硕他们人人心惊,为何他的死状如此诡异?张让仔细察看,只见皇帝面色赤红,双目紧闭,牙关紧咬,腹部微微鼓胀,奇怪的是皇帝下体异常,这显然是死前服用了丹药。

张让心想,这可能是被人突然谋害后,再推入水池里面,所以他死时并没有在水中太过挣扎。

这时,太医吉昌被秘密地带进了房间,张让、蹇硕让他检查皇帝尸身,吉昌这才注意到皇帝已死,顿时惊吓得魂飞魄散。蹇硕瞪了吉昌一眼,命他赶紧检验,一定要查出皇帝死因。吉昌定了定神,仔细地察看起来。过了半晌，吉昌向张让等人说，皇帝头部有伤，但死于窒息，应该是死前被人用硬物敲击了脑后，一时晕厥，而后推入池中溺亡。

吉昌的言语证实了张让他们的猜测，他们开始感到莫大的恐惧。这是在皇宫里，竟然在他们的眼皮下面，发生了一场惊天的弑帝大案。

张让问吉昌，凶器可能是什么呢？可吉昌并不是仵作，也说不出所以然来。

这时几个人在房间四处搜寻，有人发现了门闩有点松动，似乎被人拆过。张让立即亲自检查了一番，上面却并无一丝可疑血痕。张让心想，难道是被凶手清理干净了吗？

众人议论了一会儿，张让命人将上千名宫女和今日在西园的嫔妃以及太监们全部看押起来，没有他的手令，不许一人出宫，然后跟其他常侍商量如何料理后事。张让为首，赵忠、蹇硕、郭胜、夏恽、段珪、侯览、程旷等人进行了一番秘密的对话。

张让神情肃然地对众人说道："各位，皇帝陛下突然遇害。可以说，现在我们的生死存亡之刻也到了。各位说说，下面我们该怎么办？"

赵忠立即接话说："皇上被人杀害，我们得尽快抓到凶手，给皇上报仇啊。"

说完放声大哭，其他各人受了他的影响，想起平日里皇帝对他们的种种好处，往后去又吉凶未卜，不由得全都放声痛哭了起来。张让也是无比悲伤，但他此时心里更多的却是对未来莫大的恐惧。

于是他大喊了一声："各位，现在不是哭的时候。"

赵忠停了哭泣，问张让："张总管你说，你说我们现在该怎么办。"

张让咬着牙，一个字一个字地说道："刺客一定要抓。"

然后停顿了，理了一下思绪说道："但更要紧的是，我们现在必须定下来谁来继位，刘协和刘辩，你们说，哪一个更好？"

蹇硕等几个人异口同声地说道："当然是刘协更好。那个国舅何进，恨不得杀了我们这些人，怎么能让刘辩当皇帝呢？"蹇硕又补充道，"何况陛下生前的遗愿就是要刘协继位，我这里还收有陛下曾经写下的旨意，只是当时没有明发罢了。"

张让问其他没有说话的几个人："你们都想刘协继位吗？"

众人都说："刘协最好。"

只有郭胜一声不吭，而只是点头附和。

张让说："现在我们分一下工，我去向董太后报凶。刘协养在她那里，董太后一定会支持我们立刘协为帝。赵公公，你去向何皇后那里报凶，皇后如果要求让刘辩继位，你一定要满口赞成，好吧？"

赵忠点头答应，问道："那皇上的死因应该如何说呢？"

张让犹豫了片刻，回答道："就说皇上下午服药过量，兴奋过度而骤然逝世。你们说怎么样？"

众人都想，这个理由好。太后和皇后都会认为这是皇家丑闻，不能张扬，因此不会过于追问此事，否则众人全都难逃失责之罪。

张让继续吩咐道："蹇硕，你带着上军把北宫、南宫、永安宫和复道全部封锁，两宫所有宫门，特别是玄武门、朱雀门、白虎门、苍龙门这些主要宫门，一定要加派禁军把守。要封锁一切消息，到明天晨起，不许一切人等出入。郭胜，你们几个赶紧把先帝遗体处理好，穿上冕冠冕服，准备布置灵堂。夏恽，从现在起，你要派人时刻监视住京城里主要大臣的动向，一旦有异动，立即向我和蹇硕报告。"

各人领命而去。然后张让令人叫来了小黄门张意，沈放和张部。这几人都是张让最为倚重的属下。三人来了以后，张让简短地将皇帝可能被刺客杀害的情况叙述了一遍，三人都极度震惊。张让叫张意在宫里调查可疑人物，特别是西园里的宫女和太监，要逐一甄别；杀害皇帝的现场，要再次仔细勘验，查找遗漏的证物。张意领命而去。

然后，张让问沈放："近日何进与西园军那些校尉们有没有什么异动？"

沈放回答说："暂时没有异动。只是袁绍，最近每天都要到何进府里，不知在商议什么。"

张让又问："袁绍刚刚担任了司隶校尉。这是现在巡查京师，负责防务的关键职位。你们一定要盯紧了他们两个，他们每天的一举一动都要向我汇报。"

沈放点头答应。

蹇硕问："曹操最近如何？"

张郃回道："曹操去过司徒王允等人府里，不过一向没有什么异常。只是昨夜有些反常。"

张让插话说："我知道他昨夜喝醉了酒，去了我府里闹事。这事你们不要管了，你们要重点看住何进、袁绍，还有袁术在京城也有府邸，何进已经拉拢了袁术，他马上就要调往京城任职。这几个人的府邸，都要派人时刻盯住了。"

沈放突然问："还有一人，要不要监视？"

张让问是谁，沈放回答说："尚书卢植。"

张让想了一下说道："他已经没有兵权了，暂时放一下吧。"

张郃接话说："我听说卢植在北军五校的士兵中威望很高，现在卢植已经官复尚书，听说他曾对公公你们几次大放厥词，还是对他小心戒备才好，不能让他再掌军权了。"

张让点头同意。北军五校是屯骑、越骑、步兵、长水、射声这五营，是卢植带过的军队。不久前，左丰向卢植索贿不成，就在皇帝那里告了一状，卢植因此被罢职监禁。对这些事情的来由，张让自然是心里清楚。但他此时不想节外生枝，再添上一个劲敌。

沈放突然又说："卢植的儿子卢奕，有一身绝艺，却又深藏不露。"

张让看了他们二人一眼，问沈放："你如何知道，你们是不是冲突过？"

两人一时无语。

张让现在也没有心思追问他们，他对那些他认为不重要的人跟事情，没有丝毫兴趣。只是吩咐二人要加倍小心，不要惹出麻烦来。两人点头领命。

第十七章 北宫秘影

虽然张让派人严密封锁了消息，可皇帝驾崩的事情还是向宫外传了出去。上军司马潘隐，虽然是蹇硕信任的部下，却是何进多年前的故交，早就被何进买通，一直是安插在蹇硕身边的眼线。当潘隐得知皇帝已经驾崩时，立即派遣自己的心腹小校到何进那里报告了消息。何进听说此事，大惊失色，立刻派人去请王允、杨彪和卢植等几个老臣，还有袁绍急速赶到府里来议事。

何府差人秘密赶到了卢府，说大将军有紧急事情，请卢尚书即刻到何府议事。卢植见大将军如此诡异地派人来传话，知道一定是有麻烦发生了。卢植问到底有什么事情，来人说不知道具体情形，只知好像跟宫里有关。卢植很是疑惑，但知道只要跟宫里有关，这个事情一定不会小。

何府差人走了以后，卢奕看父亲面带忧色，问道："究竟发生了什么事情，父亲如此忧心？"

卢植回答说："肯定是宫里发生了大事，不然大将军不会如此急迫地邀我前去。"

"果真这样，会不会是要父亲再掌北军？"

卢植捻须思考了片刻，说道："只要能除尽阉患，我愿意再度出山。"

卢奕知道父亲为人耿直："父亲，只怕事情没有那么简单，您得千万小心才行。要不要孩儿随您一同前往？"

卢植摇头说："今夜只是议事，即便有事也在明天。你且先在家里等待消息吧。"说完换了衣衫就赶往何府。

卢植出府之后，卢奕想定了主意，走进自己的密室，穿上碎金甲，戴上了马超送他的面甲，装好袖箭和折叠枪，又在腰间拴上飞虎抓，最后套上夜行衣悄悄出门，直奔北宫朱雀门而去。蹇硕此时正在那里值夜，他要悄悄攀上朱雀门门楼上接近蹇硕，探查宫里究竟发生了什么事情。

卢植府邸离何进大将军府并不太远，刚到何府大门，卢植见袁府的车马已经到了。袁绍正在往何府里面走，看见卢植也到了，就故意停下等待卢植。等卢植走到近旁时，袁绍向卢植行礼。

因见到袁绍甲胄在身，卢植不禁紧张了起来，问道："本初贤侄，你可知道大将军为了什么事，要深夜邀请我们前来？"卢植跟袁绍和袁术的父亲司空袁逢以及他们的叔父袁隗，一直是同僚好友，论起辈分卢植是袁绍的长辈。

袁绍向左右看了看，轻声说："卢尚书，宫里出大事了。我也是刚刚听说，皇上驾崩了。"

尽管卢植心里有所预计，听到这话，仍然犹如晴天霹雳一般，不禁呆住了。卢植知道这意味着什么，一场巨大的风暴就要来了。

王允、杨彪、卢植和袁绍齐聚何府后，何进立即向众人通报了此事，王允和杨彪立即失声痛哭，袁绍面无表情，紧锁双眉。满腹心事的卢植此时突然想起，这袁绍的消息竟然如此灵通，莫非宫中有人向他通风报信吗？

众人沉默了片刻，袁绍率先发话："各位大人，现在不是悲伤的时候。大将军，当务之急，第一就是确立新君，第二是皇上大丧办理的事项。我们必须立刻赶到宫里，保护好何皇后与皇子刘辩，不要被那群阉人给害了。"

听到袁绍这话，卢植心里顿时有了疑惑，皇帝有两个皇子，刘协和刘辩。皇帝的母亲董太后一直抚养照顾刘协，而何皇后是刘辩的母亲，这两宫的态度不言自明。皇帝平日里对刘协多有喜爱，早就有立他继位的意思，这是大臣们都知道的。现在袁绍口口声声要立刘辩为帝，自然是站在刘辩和他的舅舅何进这边了。自己本来并不涉入这个事情，可现在已经身不由己了。于是凝神去听何进的回答，以及王允和杨彪的态度。

何进点头说："这话有理，只是现在已经夜深，平日里此时已经宵禁，宫门紧闭，更何况是现在。我们怎么才能进入内宫呢？"这两人就带头开始商议，如何进宫控制局势，要立刘辩为帝的事情。

这时王允突然插了一句话问道："大将军，皇上今年刚三十出头，春秋正盛的年纪，怎么就突然亡故了呢？会不会有什么原因？"

何进回答说："前些日子听说了皇上身体一直欠佳，后来服了新药，据说大有好转。不知为什么就突然薨了。"

杨彪轻咳了一声，谨慎地说道："这里面会不会有什么缘故？比如，有什么人谋害了皇上呢？"

这话又像响了一记惊雷，众人立即沉默无语了。

卢植问："内宫可有什么消息传出来吗？"

何进摇头说没有。

王允诧异地问："这些阉贼到底要干什么？这么天大的事情，他们竟敢掩盖不报，难道是做贼心虚吗？"

袁绍接话说道："王司徒说得非常对，皇上一直身体壮健，怎么会突然驾崩？明天我们就到宫里去，一定要查明到底发生了什么。天子的事情都是公事，更何况陛下驾崩，必须要给天下人一个交代。"

卢植听了袁绍这话，觉得有道理，可是又觉得哪里有些不对，究竟是什么，他也说不清。

这时何进说道："不管怎样，明天早晨必定得进宫去。现在就要布置一下，外面的御林军，我马上就可以通知他们集合，随时听从调遣，向宫里开拔。但是西园八校尉，我指挥不动。本初，这次你要辛苦挑些担子了。"

王允、杨彪和卢植他们都知道，当初皇帝设立西园八校尉，本意就是要分散何进的兵权，防止何进军权过大，八校尉的指挥调度之权一直在中常侍蹇硕那里，而袁绍就是蹇硕的属下。

袁绍回答说："大将军放心，我的中军肯定听从您的调遣，典军校尉曹操一直痛恨宦官，前些日子他还差点亲手杀了张让那厮，他一定会跟我们同心的。除了蹇硕自己统领的上军，其他各军校尉鲍信、赵融、夏牟、冯芳和淳于琼他们，只要我去劝说一下，他们是不会听从蹇硕调遣的。明天五更，我就会去联络他们。还有，我兄弟袁术即将到京，他也会加入我们一起行动。"

何进高兴地说："太好了，袁公路来此，我们大增声威啊。"

众人又商讨了一阵，王允和杨彪两人德高望重，明日由他们去联络众多文官，武官那里自有大将军坐镇，大家觉得下面大事可定，就逐渐放宽了心。然后这才散去。

在回府的路上，卢植回忆了一遍刚才谈话所有的细节，他突然有了一种更深的疑虑，袁绍今天的表现，似乎有点过于主动，这跟他目前的官位并不相称。而且显而易见的是，袁绍了解很多自己并不知道的情况。

这让卢植有些不安，袁绍他们究竟在干些什么呢？他的兄弟袁术马上也要到京城来任职，这当然不是巧合，而是他们精心安排，会不会有什么特别的目的呢？卢植想不清楚，又怀疑自己是不是有点多疑了，自己没有任何证据，只是凭着多年来官场上的经验，推断出一些结论。但是想得越多，自己的心也就越发不安。司徒王允在朝中威望很高，于是卢植决定，明天就看着王允行事，自己绝不冒头，也不后缩就是。想到了这一层，心里就安定了许多。

回到府里后，卢植发现卢奕并不在府里，不由得为他担心起来。卢奕究竟去了哪里，会不会惹出什么祸事来呢？

此刻，卢奕仍然逗留在朱雀门楼顶，他潜伏在那里足有一个时辰，听到了蹇硕跟夏恽还有一个黄门张意三人的谈话。那张意说刚刚调查了今日当值西园的所有宫女太监，还没有发现皇帝之死的直接嫌疑人。但是有太监告诉张意，说今天在西园遇到了一个小黄门，名叫杜若，原本不该出现在西园。不知为了什么，皇帝看到这个杜若后非常喜欢，吩咐他把杜若宣召过去侍驾。他在园里找到并通知了杜若。那个杜若就随他进了荷馆，之后就再没见到他了。

蹇硕问张意："这么说来，皇上最后见的人可能就是这个杜若了。他本来应该在哪一个宫值日呢？"

张意回道："据说他是到宫外办差的太监，原本是跟郭朗一起办差。自从郭朗被杀以后，也没见他外出办过什么差事。所以今日有人在西园见到他，是不是值得怀疑呢？"

夏恽点头："的确是的。这个杜若进宫多久了？"

"宫里记录上面，显示只有几个月。"

"是谁推荐入宫的，还能查到吗？"蹇硕问道。

"是总管郭胜。"

听到这里，蹇硕和夏恽不由得紧张起来，命令张意带人在西园里面立即搜捕杜若，蹇硕阴着脸说道："下午就封闭了宫门，我料他跑不出去的。来人，赶紧把沈放和张郃叫来。"

蹇硕身边的小太监赶紧出去找沈放他们。卢奕又听了一阵，终于大略猜到下午发生的事情。皇帝突然驾崩了，而且死因非常可疑，太医断定是被人谋害了。现在张让和赵忠他们正忙着跟窦太后与何皇后商量立嗣的事情，而蹇硕与夏恽则在四处搜寻谋害皇帝的元凶和证据。

又听了一阵，再没有蹇硕他们的声音了。于是卢奕悄悄下来，向北宫走走，看看是不是有些异常。贴着墙刚走了没一会儿，听到前面有两个太监正在说话。

其中一个说道："你知道吗？夏公公他们正在搜捕杜若。下午有人见到他了。"

"哪个杜若？我不认识这人。"

"这人几个月前入宫，整天板着脸，不苟言笑，一副极其傲慢的样子，我最不喜欢这种人。这样的人到宫里来干吗，难道他不侍候人吗？可是据说，皇上很喜欢他这个做派。"

"这是胡说了，皇上怎么会喜欢他？莫非，皇上有断袖之好？"

两人正说着话，前面过来两个人，各打着一盏灯笼，其中一人是张郃。卢奕虽然待在暗处，却也看得清楚。两个太监见是司马张郃，就过去招呼一声。这时，一个太监突然惊叫了一声，用手指着张郃的背后那人，说道："你，你不就是那个杜若吗？"

卢奕也是心里一惊，定神细看，虽然灯笼光线暗弱，却能大致看到此人脸庞的侧面，只见此人眉眼如锋，鬓若刀裁，有一种说不清的高崖冷峻。虽然只看见了侧面，可以想到他着实生得俊秀非凡，且又神态自若，虽然身着粗丑的黄门衣衫，却丝毫掩饰不住他的不凡气质。不知为何卢奕想到，他若是个女子，一定是个超凡绝俗的绝色美女。

这时张郃笑道："他不是，你看错了。"

说完走了过去，那两个太监听说不是，不由得疑惑起来，将信将疑地看着他们走过来。走到跟前时，张郃突然拔出了一把短刀，一刀杀死了其中一个太监。另一个见到这突然的变故，顿时被惊得愣住了，刚要喊叫，张郃的刀已经闪电般地刺了过去。只在眨眼之间，张郃就杀了两人。

这大大出乎卢奕的预料，那杜若对张郃的举动仿佛熟视无睹一般，只是皱着眉头说道："张将军，你就在这里杀了人，明天怎么交代呢？"

"请姑娘放心，我自会处理好的。总之，不能让他们认出你来。今夜您就到我营里，换上侍卫的军服，不会有人认出你的。"

"那好，就依将军。"

随后两人渐渐走远。卢奕想，这人原来真是个女子。正在黑暗中思索时，只见那杜若突然回头，紧盯着卢奕的藏身之处仔细察看，卢奕能感觉到，此人刀一般锋利的目光正扫向自己的位置。

但卢奕定力超群，那杜若盯了片刻，没有发现任何异常，就随同张郃一道离开了。

卢奕看着她神秘的背影，一霎间涌上太多的疑问，这个女子究竟是谁，她为什么要假扮太监出现在宫里？难道是此人杀了皇帝吗？张郃是蹇硕的部下，为何却对她如此恭敬？而且为了保护这个弑君嫌疑人，张郃甚至不惜在宫里杀人灭口。皇宫里面杀机重重，这一切的背后，会不会有什么重大阴谋呢？

第十八章　新君即位

卢奕回到府里，见父亲正在等他，就将刚才所有的情形叙述了一遍。卢植眉头紧锁，说道："皇上被害，会是什么人干的呢？"

"看起来那个杜若的嫌疑很大。对了，她其实是个女子，而且是位冷艳的绝色美女。她为什么要假扮太监混进宫里呢？"

"哦，看来此事真是大有文章了。你刚才说，她是郭胜荐入宫里的吗？"

"是的。听说郭胜跟大将军何进的关系很不一般。"

"按说，何进应该不会去害皇上的？"

"那张郃不惜在宫里杀人灭口，一定是有人命令他全力保护杜若的安全。"

"这件事暂时不要告诉袁绍，免得自惹麻烦。再说他们明天会有大事要做，一时间不会来处理此事。"

"好，一切听从父亲安排就是。"

卢奕心想，张郃的上司是蹇硕，可保护杜若这个命令，却一定不是蹇硕下的，那么张郃是在听从什么人的命令呢？还有，沈放与张郃都与躲在京城的黄巾军余党脱不了干系，这又是怎么回事呢？皇宫里发生的种种事情，都着实令人费解，蒙在厚厚幕帘之后的真相，能有那么一天彻底公开吗？

此时已是深夜，蹇硕还没有休息，他还在带人四处巡查。当走到北宫时，突然随从惊呼一声："公公，你看！"

蹇硕定睛一看，远处的角落里正躺着两个人。蹇硕吩咐手下上前察看，这是两个被杀的太监尸体。蹇硕摸了摸两个太监的身体，还有余温。蹇硕对随从说："凶手应该还没有走远，你们两个赶快去叫人包围这里。"

"是。你们几个保护公公，我们赶去叫人。"

大约一炷香的工夫，沈放和张郃带了一批人赶了过来。蹇硕指着沈放骂道："你们今天办的什么差使？是不是都不想要脑袋了？"

沈放羞惭，一言不发。张郃向蹇硕说道："公公放心，我们这就去抓捕凶手。"

蹇硕对二人非常恼火，拂袖而去。回到自己的房间，正叫人送茶水过来，只见房里已经有人坐着，原来是张让。蹇硕赶紧上前，问道："张公，董太后与何皇后那里都是如何说的？"

"我就是来跟你商议这事。董太后一定要立刘协为帝，说这是皇上生前的心愿。"

董太后因为儿子刚刚去世，悲伤之余，一定要完成儿子的未了心愿。张让与蹇硕都明白她的心思。可是大将军何进那里，无论如何都是要立刘辩的，蹇硕小心地问道："张公，不管是刘协，还是刘辩，谁去当这个天子，只要对我们有利就行。我们犯不上为了完成什么心愿，而去冒灭族的危险。张公，您怎么看呢？"

"你说得当然有理。只是那何进，已经与我等势同水火了，何况还有他背后的一班人，都在煽风点火，唯恐天下不乱。如今这个局面，已经不是我们所能掌控了。除非先帝还在，唉！"

两人一筹莫展，沉默了片刻。

蹇硕开口说道："我知道你曾经送了很多珠宝给何皇后，还有，何进那个兄弟何苗，也得了我们太多好处。退一步讲，他们何家本来就是贫贱的屠户出身，如果不是我们这些人，何家如何能得到今天的富贵？他们不能忘本！"

张让听了这话，频频点头。

"张公，如果我们能说动何后，叫何进不要与我们为敌，说不定我们可以平安无事，也未可知啊？"

"哎，你不懂，何进虽然当了大将军，平日里主意都不是他拿的，是他背后的那些人，那些豪门望族出身的士大夫们。可笑的是，那些人怎么会在心里瞧得上屠户出身的何家兄妹？"

"你是说王允、袁绍他们那些人？"

"是啊。当年曹节公杀了陈蕃、李膺这几个文人领袖，这些年来又贬黜了他们那么多人。我们跟这些世族出身的官员结怨太深，化解不开了。"

蹇硕问道："张公，其实何进跟他们也只是在相互利用罢了。他们这些文人不是拿何进当刀用吗？那我们就废了他们这把刀，如何？"

"哦，你打算怎么干？"

"明日一大早，咱们就以何皇后的名义传旨，让何进入宫觐见，等他一入宫，立即杀掉。这些酸腐的士大夫没了何进，就是没了军队，下面怎么跟我们斗下去？"

张让听了这些话，半天没有言语。

蹇硕急了，说道："张公，你经常说当年曹节公是如何文韬武略，杀伐决断。做大事不能犹犹豫豫啊！"

张让思忖了半天，终于说道："你真觉得杀了何进，他们这些人就会作鸟兽散吗？"

"至少，现在除了何进，他们还没有其他人能担上这个领袖的位置。"

"还有卢植、皇甫嵩他们。"

"卢植没有军权。皇甫嵩带兵在外，咱们可以明日就下诏，调他回京，废了他带兵的权力。再说了，皇甫嵩不是还有一个对头吗？他就是董卓。实在不行，调董卓进京取代何进，您看如何？"

听了这话，张让又是半天不语。蹇硕心急如焚："张公，您不能再犹豫不决了，得拿个主意啊。"

"董卓这人，虽然一直巴结讨好我们，但我总觉得，这个人有可能比何进、皇甫嵩他们都更加危险，更有野心。不到万不得已，不能让此人进京。"

张让摸了摸下巴，继续说道："你现在不是统领西园八校尉吗？你说说看，你究竟能调动他们中的几个？"

"我，我实在不知。"蹇硕嗫嚅着回答。

"是啊，你还算有自知之明。他们都不跟你贴心，关键时候，恐怕没有几个人会听你的调度。明天你真要干此事，就得以迅雷不及掩耳之势，杀了何进，再下旨更换西园八校尉和左右羽林军的所有统领，这样或许我们可以控制大局。"

"张公这是高策啊。就这样干了。要不要跟赵忠他们通知一下？"

"不用了，知道的人多了会泄密。对了，夏恽和张意他们有没有发现什么异常？"

"目前还没有发现直接的凶手。但是有一个嫌疑，名字叫杜若。此人是郭胜弄进宫的，进宫时间很短，一直在郭朗那里当差。不知道郭朗被杀是不是也跟此人有关？"

张让很是好奇："哦，抓到此人没有？"

"奇怪的是，下午我们已经把宫门全部封锁了。可这人就突然凭空消失了。"

"会不会被人杀了灭口？"

"明天我会让人继续搜索，就是挖地三尺，也得活要见人，死要见尸。"

"这事你让手下去忙就行了。明天你跟我就忙那件事吧。"

"好的张公。"

然后，两人仔细商议了细节，就分头找人，各自准备去了。

第二天清晨，蹇硕去见董太后，张让去见了何皇后。

蹇硕对董太后说："太后，先帝生前的遗愿是要刘协继位。可如果要立刘协为帝，并且坐稳皇位，就必须杀了大将军何进，剪除何皇后的势力。老奴曾经跟陛下提过此事，他是同意的。"

董太后半信半疑地看着蹇硕，问道："这么大的事情，你就这样无凭无据地讲，能令哀家相信你吗？"

蹇硕口头说道："太后，我们有先帝遗诏的。"

"哦，那你拿来我看。"

蹇硕一时愣住了："太后，那份遗诏不在我手里，应该在张总管或是夏总管那里。"

董太后心想，既然东西在他们手里，为何他们不来告诉我呢？可见那二人存了别样的想法。但是董太后本就不喜何皇后一家人，也不愿意挡着蹇硕这件事情，她就对蹇硕说："好吧，你自去张罗，哀家知道了。"

蹇硕见董太后不反对，于是下定了决心，吩咐沈放带人埋伏在宫门之后，只等何进进来一刀杀了他。

那边张让见了何皇后，说大家都支持立刘辩为帝，何皇后听了当然高兴。张让又说，现在需要大将军何进进宫，一起商议皇帝大丧之事，于是何皇后就命人宣何进入宫。

此时，何进正派人四处邀请文武大臣们都到自己府上来议事，宫里来人宣他即刻进宫，有要事商议。何进听是自己妹妹何皇后要见自己，并没有起疑，吩咐手下幕宾接待各位大臣，只等自己从宫里回来。

何进带人到了北宫白虎门，正要进去，见司马潘隐守在门口。那潘隐见何进过来，一脸的焦灼，拼命地使眼色让何进停下，然后走过来轻声说："大将军不能入内。蹇硕在宫门后埋伏了杀手，单等大将军进去后就要杀你。"

何进大惊失色，赶紧上马，带着部下急速地赶回了府邸。回到府后，何进尚且惊怒交加，这时已经来了不少大臣，众人都见何进脸色铁青，极其恼怒的样子，不禁心里忐忑，知道有大事发生了。

等各位大臣到齐之后，何进开口将所有事情和盘托出。众人听说皇帝已于昨日驾崩，都是大惊失色。又听何进讲到，就在刚才，蹇硕矫旨要杀害自己。众人听罢都极其愤怒，纷纷劝说何进杀了蹇硕与其他那些阉官。

可一直以来，何进的心里对张让、蹇硕他们总有些畏惧，所以尽管大臣们都劝他立即杀了蹇硕，他却犹豫不决，只说要先得到皇后支持才行。

曹操起身向何进劝道："阉党作乱朝廷，已经有几十年之久了，他们在朝廷里盘根错节，牵连太广。要除掉他们，这次一定要迅速果断，下手坚决。不然就会重蹈窦武、陈蕃他们当年的覆辙。"

何进本来就非常忌讳这事，听曹操竟然当众提起，不禁恼火，呵斥道："你这年轻后辈，知道些什么，就敢在这里胡言乱语，大放厥词？"

众人听到何进这样，一时没人再说话了。这时，宫里有黄门进来传旨，是董太后与何皇后两人宣召何进入宫商议大事。

曹操站起身来，大声说道："诸位，不能再坐在这里犹豫了！现在的头等大事，就是护着大将军一起进宫，扶立新君。然后再一举除掉那些阉宦。"

袁绍也站起来，大声喊道："大将军，请给我三千精兵。我愿意带着他们，现在就开进宫去，册立皇子刘辩即位新君。然后为天下人请命，杀光所有作恶的宦官，扫清朝廷的污浊。"

这时，众人这才注意到袁绍已经满身铠甲，全副武装，正杀气腾腾，跃跃欲试。

何进听了袁绍与曹操这样的豪言壮语，也受到了鼓舞，立即下令将羽林军交给袁绍指挥。

接着，袁绍带领羽林军与西园中军、曹操的典军在前开道，何进带领一众文官，王允、卢植、杨彪、何颙、韩馥、荀攸等大臣五十多人在后，众人相继进宫。蹇硕和他的部下没有防备他们如此人多势众，哪里敢强行阻拦。

因此何进等人并不费力地闯进宫里，见到了何皇后和皇子刘辩。何进、袁绍等人立即拜请何皇后与刘辩移驾崇德殿。何皇后搂着幼子刘辩，坐到了御座上面。然后宣读诏令，刘辩继位，尊何皇后为太后。随即百官叩拜，向新帝效忠。

董太后听闻此事后，大为恼怒，可此事已经无可挽回，她也只能接受了。

所有仪式结束后，袁绍向何进说道："大将军，现在大事已定，我们去搜捕蹇硕吧。"何进点头同意，袁绍就带着高干和麴义在宫里到处搜捕蹇硕。

此时蹇硕正慌张地四处躲避，沈放与张郃不约而同地隐身不见，其他的部下也都突然作鸟兽散了。蹇硕想找张让等人，寻求他们的保护，可到处寻不见人。蹇硕陷入深深的懊悔中，昨天他和张让根本没有想到，今天的形势会突然变得如此恶劣。早知如此，他一定会预先调集自己的嫡系上军守住皇宫。

心慌意乱之中，蹇硕躲进了树木茂盛的御花园里。突然有人高声喊叫蹇硕的名字，听这声音好像是郭胜。蹇硕心想，莫非是太后降旨保护自己了吗？想到这里他不禁喜出望外，立即迎了出去。

郭胜正带着部下到处寻找蹇硕，见他突然从林中跑了出来，向自己挥手，就使了眼色给部下。部下们明白，立即上前斩杀了蹇硕。郭胜随即到何进那里报功去了。蹇硕手下的禁军见首领被杀，纷纷放下武器，向何进、袁绍投降了。

何进见几件大事都已经成功，不由得仰天大笑："大事成矣！"

这时有人突然上前说："大将军，现在还有大事未做。"

众人一看，原来是袁绍。何进笑呵呵地问道："本初你说，还有什么事啊？"

第十九章　值守北宫

袁绍上前说道："自从窦武、陈蕃被害以来，宦官们一直结党营私，为祸朝廷，以党锢罪名，陷害士人。今天，最终清算他们的时候到了。大将军，现在我们应该趁势斩除十常侍和他们所有的党羽！"

袁绍说的这番话掷地有声，立即得到了众多文官的热烈响应，他们都想为当年的陈蕃、李膺等人报仇雪恨。

但是何进听了这话，犹豫了起来。因为何太后曾经多次在他面前提及张让等人对自家的恩惠，还有兄弟何苗，也经常为了张让在自己跟前说情。再有，郭胜就是自己布在宫里的暗线，刚才他还斩杀了蹇硕，有功无过。这二人，他不忍，也不能诛杀。

就在他犹豫不决的时候，有宫女过来传旨，何太后要求大将军即刻前去见她。于是何进命众人继续商议，等他回来之后再做定夺。

何进急急忙忙去见何太后，一进宫门就见到张让、赵忠与郭胜等人正跪了一地，痛哭流涕地向何太后诉说冤枉。何太后见何进进来了，对张让说："大将军来了，你们自家说说原委吧。"

张让扭头一看，何进就在后面站着。他赶紧爬了过去，向何进跪倒行礼，哭诉道："大将军，要谋害您的是蹇硕，我们都毫不知情啊。您知道，兵权在他一人手里，我们并无权过问，所以浑然不知他竟然要向大将军您痛下毒手。郭胜，你说说你知道这事吗？"

郭胜赶紧回答："大将军，老奴也的确一无所知，如果知道，我们一定会抓了这厮，送给大将军严惩的。"

何进只哼了一声，看也不看他们一眼。

张让又解释说："大将军，请您将心比心想一想，昨天陛下才刚刚去世，我们都在全力操办先帝的大丧之事。在这么短的时间里，我们没有能力，更没有那个心思去谋害大将军您啊。"

这句话略微说动了何进，何进神情稍微舒缓了一下。

张让见何进的表情像是听进去了，继续说道："昨天当我们发现先帝过世后，第一时间就跟太后娘娘商议，要拥立皇子刘辩即位新君。我们哪里有时间去策划刺杀大将军呢？赵忠，郭胜，你们跟大将军说说，我们是如何跟太后娘娘商量此事的。"

何太后接话过去对何进说："是的，昨天晚上，我们一直在商量辩儿继位的事情。"

听了这话，何进对张让他们增加了一些好感。

何太后继续说道："大将军，我们何家不是他们那些名门望族，能有今天多亏了张公公与郭公公他们。做人可不能忘了本啊。"

太后的话说到这个地步，何进不能不遵从了，于是表态说："今天的事情，罪在蹇硕一人，跟其他人无关。"

张让、赵忠和郭胜他们听到何进终于松了口，全都向何进叩拜行礼。

何进出来后，向众位大臣宣布何太后的旨意，罪在蹇硕一人，不涉及其他无辜之人。然后命令将蹇硕族灭全家，并向天下昭告他的罪行。

袁绍听了后，长长地叹了口气，说道："今天不斩草除根，将来一定会后患无穷。"

曹操站在旁边听见，拉了拉袁绍的衣袖，轻声劝他："本初不要再说了。此事已定，多说无益。再说了，只要军权控制在我们这边，也不必过于操切。如果逼迫太紧，那些人会狗急跳墙，做出意想不到的反扑来，反而对大局不利。"

袁绍还是叹了口气，垂头而去，众大臣也随着纷纷散去。卢植把这些全都看在眼里，带着满腹的疑问返回了府中。

回到府里后，卢奕陪着父亲饮酒说话。卢奕今天在司隶校尉府当值，因此并没有跟随袁绍到宫里去。卢植就将今天册立新帝的过程讲给了卢奕，当卢植说到蹇硕被杀时，卢奕问："杀害大将军这么大的事情，怎么可能就蹇硕一个人策划并且执行呢？"

"说得对。我想那张让一定知情，而且他肯定参与了策划。"

"不管怎样，现在新帝已立，大将军他们又控制了大局，张让他们还能翻盘不成？父亲就不要再忧心了。"

"你觉得大局已经被控制住了吗？恐怕还远远没有。只要他们两方争斗不息，朝局就不要想安稳下来。何进、张让他们都是身处火堆之上，被人炙烤啊。可我看何进今天很是志得意满，唉！"说完，摇了摇头。

"皇上被害一事，今天是如何说的呢？"

"无人提及此事。"说到这里，父子都沉默了。

过了片刻，卢奕说道："就算是贵为一朝之君，也难免人走茶凉。"

"不完全因为这个原因，恐怕他们两方也都不愿触碰此事了。"

"父亲，这是为什么呢？"

"太医吉昌验尸，发现皇帝被害，这个消息是包不住的。现在何进与袁绍他们应该都知道了。张让这些人要掩盖他们失责的真相，可以理解。只是，大将军他们也默契地不问此事，这极不寻常！"

"也许是因为现在的形势对大将军他们有利，所以他们不想再自找麻烦了？"

"如果是这样倒也罢了，只怕还有内情啊。有一个人，如果她知道此事，一定会追查到底的。"

"是谁？"

"先帝的生母，太皇太后董氏。"

卢奕有些惊奇："为什么董太后到现在都没有现身，也不发话，是不是她被人蒙蔽了？又或许是她有所顾忌吗？"

"嗯，都有可能。现在皇子刘辩被立为新帝，董太后势单力孤。以她强硬的个性，恐怕以后一定会跟何太后他们发生冲突的。"

"父亲，如果朝堂上一直争斗不停，最终很可能是两败俱伤。"

"是的。我们也应该早做打算，为父已经开始向范阳转移家业了。为官这么多年，所经历的事情，无不令人心灰意冷。以后，能保住家族平安，就是为父最大的心愿。"

卢奕懂得父亲的心意，给他斟满了一杯酒，陪着他饮酒解闷。

随后几日，大将军何进志得意满，日益骄横，他将所有与宦官有关的在朝官员一律免职，逐一换上了自己的亲信。清理完朝堂官员之后，何进将目光投向了各地的诸侯刺史，他让袁绍他们整理出一个要裁撤的各地郡守刺史名单。王允、袁绍劝他新君刚刚继位，震动不宜太大，否则会引起地方势力的对抗，那就得不偿失了。何进不听，因此各地郡守都是人心惶惶。

张让、赵忠等人这几日终于平安落地，悬着的心刚刚放下，看到何进迫不及待地开始大规模清洗朝堂，张让心里不由冷笑了起来，到底是屠户出身，没有见识。他叫来了赵忠、夏恽几个人在密室里商议。

赵忠痛心疾首地问张让："张公，那日到底是怎么回事？要杀何进，为什么不事先跟我们说一下呢？"

"告诉你们又于事何补呢？这个主意是蹇硕自己拿的。我琢磨他说得有些道理，就让他去试一试了。万一不成，也不会牵连到我们。"

"还没牵连到我们？我们都差点让何进、袁绍他们给斩尽杀绝了！"赵忠已经出离愤怒了。

夏恽城府很深，说道："赵公公不要气恼。当时皇上刚刚驾崩，任何人都想不到蹇硕会在那个时候动手杀何进，那的确是个好时机。要怪，就只能怪我们这里有内奸；要怪，就怪蹇硕安排不周，防备不足。如果多调些士兵在宫里，他也不至于事败身死。"

张让点了点头："的确有内奸，以后你们有任何消息，不要再给郭胜了。现在不但他本人靠不住，他身边恐怕都是何进他们的人。"

赵忠和夏恽问下面该怎么办。张让诡异地笑了："何进与何太后现在非常骄横，董太后他们那一支必定极为不满，我们不如就试一试挑动她们互斗，然后找时机用董太后的名义除掉何进，你们看如何？"

夏恽点头称是，问道："已经查明，杀害先帝的凶嫌叫作杜若。这人的背后肯定大有文章，我们要不要全力追捕此人呢？"

张让摇头说："我们现在最大的敌人，是何进他们那批人，这个杜若应该不是何进派来暗杀先帝的。对这个人，你们尽力抓就行了，但不要浪费太多精力。"

说完这话后，三人不由得同时想到了一个问题，那么杜若究竟是什么人？是谁派来的呢？

张让他们在寻思杜若是什么人，卢奕这时也在思考这个问题。他征询了父亲的意见，要不要将杜若以及沈放、张郃涉嫌暗通黄巾军的事情，通知袁绍和王允二人，卢植认真思索了一阵，说暂时不要告诉任何人。这里涉及的事情太过曲折，稍不留神就容易将自己陷进去。

卢奕心想，难道就不管他们了吗？卢植知道他的心思，笑着说道："你可以暗中监视沈放与张郃。等你有了确凿的证据，到时再去找袁绍与司马防他们不迟。"

次日，卢奕到司隶校尉衙门当值，接到袁绍命令，从今天开始，卢奕带领一队人马，每夜巡查北宫，高干和麴义带领另一队军马值守南宫。卢奕正要监视沈放与张郃，还有那个神秘的杜若。他想，这个差使倒是来得及时。高干和麴义二人是一直跟随袁绍的心腹将领，而自己作为一个新人，就直接被袁绍单独委以重任，可见他对自己的信任。

卢奕打点精神，每夜带队值守，尽职尽力。出乎他意料的是，自他开始值夜以来，一直没有见过那些黑衣人出没，难道他们并不是藏在宫里，或者已经逃离京城了吗？卢奕也没有见到过沈放与张郃。但据说他们没有受到蹇硕之死的影响，仍然在担任上军司马。

连续值了五夜，一直平安无事。到了第六夜，南宫那里出了意外。

这南宫建筑的整体布局非常整齐，宫殿楼阁密集而有序。主体宫殿全都位于南北中轴线上，自北而南依次为：司马门、端门、却非门、却非殿、章华门、崇德殿、中德殿、千秋万岁殿和平朔殿。中轴线东西侧各自都有对称的宫殿建筑。东排为鸿德门、明光殿、宣室殿、承福殿、嘉德门、嘉德殿、玉堂殿、宣德殿、建德殿；西排为云台殿、显亲殿、含章殿、杨安殿、云台、兰台、阿阁、长秋宫、西宫。出事的地方就是中轴以东的玉堂殿。半夜时分，有人看见殿里影影绰绰地闪现亮光。而此时玉堂殿大门早已关闭上锁，是什么人会半夜进去呢？

高干立即指挥侍卫们悄悄包围了玉堂殿，然后自己轻轻撬开了一扇窗户，将头伸进去四处张望，看见远处有一个身影，正在四处走动，翻找东西。高干仔细观察，这是一个小黄门，瘦削的肩膀，身形不高。高干让手下悄悄地翻窗进去，准备合围捉拿这人。

侍卫们正在向殿内展开时，一个正在翻窗的士兵动作稍大，碰开了一扇窗户，这声音立即惊动了那人。高干见状，立即喝令全部冲上去。那人见有几个侍卫要包围自己，却没有丝毫的惊慌，抽出一条长鞭，啪啪地甩出，打倒了冲在最前面的两人。然后卷起另外一人，向外甩出，砸倒了正在翻窗的士兵。

高干大怒，挥刀冲了上去。可是那人的长鞭威力太大，高干一时间竟然近不了他的身，接连被抽中几下，高干既惊又怕，脸上又火辣辣地疼痛难忍。这时麹义也带人冲了进来。

那人见状，立即飞身出殿，麹义和高干两人紧追不舍。只见那人对南宫的地形非常熟悉，时而跑往南宫中轴的东侧，时而又跑到西侧，绕了几圈之后，突然就不见了。麹义和高干带领侍卫们搜捕了一夜，却是全无半点踪迹。

两人只好回到出事大殿再次搜查，叫来了负责玉堂殿的黄门，检看少了什么东西没有。太监们检查了半天，还没有发现任何东西丢失。但是架子上只要有盒子，都被此人打开过。看来，这人是在寻找什么东西。

第二天，何进与袁绍听说了此事，大为光火，袁绍将麹义和高干着实训斥了一顿。两人大失颜面，发誓如果此人再来，一定将他碎尸万段。

卢奕听说了这事，心想这人多半也会到北宫来。于是他抽调了更多的侍卫布置在北宫周围。

北宫是皇帝与太后居住的地方。何太后带着刚刚登基的小皇帝搬到了永安宫，董太后居住在永乐宫，卢奕在这两宫附近尤其加强了护卫。坐落在北宫中轴线上的建筑依次是：温饬殿、安福殿、和欢殿、德阳门、德阳殿、宣明殿、朔平署、平洪殿。中轴线西自南而北分别是：崇德殿、崇政殿、永乐宫；中轴线东自南而北依次是：西边分别是天禄殿、章台殿、含德殿、寿安殿、章德殿和崇德殿，东边分别有永宁殿、迎春殿、延休殿、安昌殿、景福殿和永安宫。这北宫的宫殿虽然比南宫少很多，但因为皇帝和太后都居住在此，卢奕比高干他们承担了更大的压力。

随后几夜平安无事，卢奕、麴义和高干一直不敢有丝毫懈怠。终于在一个月满之夜，卢奕跟手下的侍卫在北宫永宁殿附近等到了此人。

第二十章 汉宫密道

　　这夜，卢奕正带人在北宫巡查，从云里透出的月光分外清亮，此刻的视野十分清晰。当他们巡查到永宁殿附近时，有人看见永宁殿内有个人影晃动了一下。侍卫立即向卢奕报告，众人定睛察看，却又全无动静。正当众人以为他眼花误报的时候，永宁殿有人从黑暗中走出。这是子夜时分，怎么会还有人在殿内逗留呢？卢奕当即吩咐部下，从两面包抄过去。

　　谁料此人异常机警，立刻发现侍卫们的行踪，随即飞身跳上殿墙迅速逃离。卢奕动作迅捷，紧跟上去。这人见卢奕追了上来，就加速逃往北面的朔平门。卢奕知道，只要翻过这个门，然后再通过谷门，外面就是邙山了。进了邙山就很难再追捕这人了。于是卢奕加力追上去，终于在芳林园前截住了此人。

　　这人见甩不脱卢奕的追踪，便停了下来。卢奕见此人身穿夜行衣，半边脸上蒙了一层黑纱，身形瘦削，仿佛不久前曾经见过。卢奕不由心中一动，难道面前的人就是杜若吗？只见此人从容地取出了长鞭，卢奕也从背上拿下折叠枪，刚刚拼好长枪，此人已经攻了过来。只听鞭声清萧，劈面而来。卢奕往旁急忙闪过，长枪随身刺了过去。那人见卢奕动作敏捷，随即收鞭，反手扫了过去，不让卢奕逼近。

　　两人都是功夫了得，以快打快，交手十几回合，至刚的长枪与至柔的长鞭竟然没有相碰过。卢奕展开长枪，渐渐占了上风，又交手了几个回合，卢奕几轮突刺过后，猛然抡圆枪杆横扫过去。这人见他攻得实在太快，无法闪开，危急之中身体向后空翻刚好避开。等站好的时候，却见卢奕已经收枪，愣愣地看着自己。原来这人的面纱已经跌落，露出了自己的真容，分明就是那夜卢奕见过的杜若。

这时云层散去，月上中天，犹如玉盘挂空，明亮皎洁，正照在杜若的脸上。卢奕仔细地端详，见她虽然双眉紧锁，目光冷峻，却丝毫遮掩不住她清丽绝俗的风姿。又见她眉目如画，肤色如雪，月色之下犹如美玉一般。只是双眉如锋，杏眼圆睁，正怒视着自己。

卢奕一时不知道说什么，愣了片刻，问道："姑娘，你就是杜若吧？"

杜若没有想到卢奕能认出她，冷冷地说："我不是什么杜若。"

"那请问姑娘刚才在永宁殿做什么？"

杜若瞪了卢奕一眼，没有回答，转身向芳林园里面走去。卢奕追上挡住说道："姑娘慢走，我有话问。"

话音未落，鞭声又起，杜若使出了大招，只听得鞭声凌厉，击向卢奕。卢奕识得厉害，赶紧侧身腾挪闪过，顺手用枪搅住，然后用力拉扯长鞭。杜若当然没有卢奕力大，一见不能拉动就立即撒手。反而卢奕这里突然失力，顿时失去重心向后急倒，赶紧用力扎住脚步。等他站稳，只见杜若已经进了芳林园。卢奕立即追了上去，园里却是漆黑一片，茂密的树林彻底遮住了月光，卢奕只能听着前面的声音追踪过去。追了片刻，四周一片安静，除了虫鸣，并无半点其他声音。

卢奕心想，杜若对这里的地形显然非常熟悉，现在自己反而被她追踪。于是卢奕只好悄声地退了出去。出了芳林园，手下侍卫们刚刚追到。有属下想要进去搜索，卢奕跟众人说，既然已经跟丢了，进去搜只怕也是空费气力，于是众人只好返回。

无人时卢奕拿着杜若的长鞭把玩，见这长鞭手柄的工艺实在精美，不由得心里赞了起来。不知为了什么，卢奕的心里隐约地有些怅惘若失，竟然盼着能再见到她一次。

第二天，袁绍听说了北宫发生的事情后，问卢奕："你当真肯定这杜若是个女子吗？"

"是的。前些日子有传言，说这个女子在先帝去世前，曾经出现在西园里，而她并不该出现在那里。有人怀疑先帝是被谋害的，这个杜若就是首要嫌疑。"

"先帝是不是被谋害的，这可是件天大的事情。卢奕，你如果没有确凿的证据，切不可胡乱猜疑，更不可对外面泄露，知道吗？”

“是，属下明白。”

“现在新君刚刚继位，朝局不稳，我们要多做维持朝局的事情，不要再忙上添乱。麴义，高干，你们都记住了吗？”

麴义和高干二人齐声应诺。

这时差役进来报说曹操来见，袁绍让快请进来。曹操一进来，就看到了卢奕，不禁一愣，随即醒悟过来，先向袁绍拱手示意，然后冲卢奕作揖：“原来将军在这里当差，那日我大闹张让府邸，多亏了将军为曹某解围。”

袁绍笑着介绍道：“孟德，你知道他是谁吗？他就是卢植尚书的公子卢奕。”

一听这话，曹操顿时更有敬意，拉着卢奕的手，显得分外亲热。

袁绍问道：“孟德此来，有事情吗？”

“本初，我刚刚听说你正在跟大将军商议，想要调集外州将领到京师来，一起对付宦官们，是不是这样？”

“是的，目前这只是一个想法。”

“我就是来劝本初的，千万不要这么做。”

“为什么呢，孟德？”

“对付张让这些人，我们只要说服了两宫太后，凭我们的力量就足以对付他们了。调集那么多的外郡将领到京师来，难保不会出意外。如果出现野心之人，那我们不是引狼入室吗？”

“孟德太多虑啦。那些人远地而来，客不欺主，更何况有皇上太后在此。”

曹操还是摇了摇头，说道：“让他们来，只会使得局面更加难以控制，麻烦只多不少。”

“你还不知道吧，孟德。那蹇硕在死之前，也是这么做的。他上月向各地郡守征召勇士进京，由他调度指挥。并州刺史丁原立即派遣了他的从事张辽和张杨等人过来，关中董卓也派了人过来。现在蹇硕已死，该怎么安置张辽这些人，我还在跟大将军商量。”

曹操认为袁绍说得不对，“本初你想想看，他们的部下已经进了京师任职，如果这些刺史本人再带着军队来京，万一勾连起来作乱，将会不可收拾。本初，你一定要劝谏大将军收回此事。"

"那好，就依孟德，我就劝劝大将军吧。"袁绍只是敷衍了一下曹操，以后在何进那里，他并没有提及曹操这些话的只言片语。

曹操临行之前，提醒袁绍说："本初，还有一件事你得注意。蹇硕有一些部下，帮他干了不少坏事。那个上军司马沈放和张郃，知道不少秘密。要不，把他们抓起来审问一下？"

"这两人的事情，我知道。孟德放心，我自然会去处理的。关于张郃，我现在可以告诉你一下，他其实是韩馥派过去的。当初他随军征讨黄巾军有功，被韩馥看中，就推荐到京师任职了。一直以来，张郃都是听命于韩馥的。"

曹操顿时怔住。卢奕开始也很惊讶，然后觉得有些恍然大悟。袁绍看曹操吃惊的样子，不禁哈哈一笑。

回去后，卢奕跟父亲提起此事，卢植微微一笑："怪不得袁绍对宫里的消息如此灵通。那韩馥是袁绍父亲的学生，两人来往密切。韩馥知道任何事情，自然会通知袁绍的。所以这个张郃其实是听命于袁绍，虽然张郃可能并不认识他。"

那么沈放呢，他背后真正的人又是谁呢？卢奕陷入了思索，问父亲："既然袁绍他们能往张让他们那里安插眼线，同样张让他们也会往大将军这里掺沙子的。"

"那是一定。现在的朝局错综复杂，稍不留神，就会给自己带来巨大的麻烦。我们一定要更加小心才行。"

"现在果然无人提起先皇被害一事。父亲，您看他们两边，究竟是哪一方干的呢？"

"这很可能就是一个无法解开的疑案。除非，他们两方真的都想揭开它。"

听父亲这样说，卢奕动了好奇之心，但他深知这里的危险。卢奕想到了贾诩，如果贾诩先生能在这里就好了，以他的智慧，一定能够破解此案。现在自己只能慢慢摸索，悄悄地调查此事。

那么，第一步就是找到这个神秘的绝色女子杜若，证实一下她是否涉入了此案。

随后几天，卢奕在当值的时候，派出部下到处巡查，希望能再次见到杜若。但杜若却在京城里消失得无影无踪。卢奕感到很是失望。

是否可以在张郃这里找到线索呢？但张郃的背后是韩馥，韩馥后面是袁绍，而袁绍既是自己的上司，又是大将军何进现在最得力的助手。所以对于张郃，绝对不能轻举妄动。

就在他毫无进展的时候，一个意想不到的人物出现了。

这日，卢府家人向卢植通报，河南尹司马防前来拜访，卢植吩咐快请进来。司马防并非一人前来，同行还有一位访客，是琅琊王氏的王融。

卢奕从师父司马徽那里已经听说了他的大名，却没有想到，就在自己的家里，能够见到这位久仰的王融先生。只见王融面容白皙，三绺胡须，目光慈然，举止娴静。他看起来像是一位京师大户人家为子弟聘请的讲读师傅，哪里像是财雄天下的琅琊王氏的共族长呢？

司马防向卢植父子介绍了王融，只是没有提及他们两家的深厚情谊。王融向卢植拱手说道："在下冒昧打扰卢尚书了，实在是受人之托，如果卢尚书能施以援手，我们一定会非常感激您的恩德。"

"好说，建公不是外人，他将你领来我府，不管有什么事情，但凡我卢植能力所及，一定会全力帮助的。"

"卢尚书如此说，我们实在感激不尽。事情是这样的，我一个多年至交，他有一个爱女，名叫陈芯，一直寄养在鲁县的好友那里。几年前陈芯突然不辞而别，据说她来到了京城。我这位至交多方打听，希望能找回失散的女儿，却一直杳无音讯。所以拜托我到京城找司马大人求助来了。"

"哦，你这位至交是谁啊？"卢植猜想，能拜托到司马防，那一定不是个一般人。

王融犹豫了一下说道："卢尚书，此人的身份实在大不寻常，还望您能够保守一下这个秘密。他就是二十多年前的太傅陈蕃的幼子陈逸。他当年逃脱了宦官的追杀，一直被义士保护，目前还算安全。只是不敢返回京城。"

听到这话，卢植和卢奕父子对视了一眼，都是暗自吃惊，既然牵涉到了陈蕃家族，这件事一定不会小。

卢奕问道："王先生，这京城人海茫茫，找人确实不易。您有没有什么线索？"

"的确有一点线索。对了卢奕将军，我听说您是水镜先生的高足，我跟司马先生是多年好友。"

卢奕拱手向他致意道："我听师父提起过您的。在下一定尽力帮您完成此事。"

"多谢了卢将军。我多方打探，听说陈芯好像进了宫。我们都非常担心，她无缘无故进宫，究竟为了什么呢？听说您正在值守北宫，所以想烦请将军，值日时顺便查查宫里，到底有没有叫陈芯的宫女。"

"这个好说。只是她未必叫作陈芯吧？您可以描述一下她的样貌吗？"

"临来前，我凭着以前的记忆，画了一幅她的相貌，现在我也带来了。"

说完，王融打开随身带来的一卷小画，里面是一位年轻女子，众人见这女子画得是惟妙惟肖，当真气质非凡，美如兰萱，犹如仙人一般，让人看了不禁怦然心动。卢奕仔细地观看了几遍，突然心头犹如打了一记惊雷，彻底怔住了，这画中人不就是杜若吗？没想到她竟然是陈蕃的孙女，她为什么要潜入宫里？难道是为了当年的血海深仇吗？

卢奕已然认出了陈芯就是杜若，可是他并没有告诉众人，他决定保守这个秘密，直到时机成熟，谜底自然揭开的时候。卢奕知道王融正保管着第一卷金匮图册，自己现在保管着第二卷，突然他心中一动，对王融说道："没想到先生如此精通绘画，实在是高明。在下书房里也有一卷书册，想劳烦先生一起去赏鉴一下，如何？"

司马防不知道卢奕的话里有文章。卢植知道卢奕在想些什么，于是笑道："那就请先生去一下吧。正好我让下人准备酒席，过一会儿我们就在园里饮酒叙话，如何？"

"如此那就叨扰了。"王融拱手称谢。

然后卢奕领路，引领王融到了自己书房。然后拿出了那卷"金匮图册二"，在打开之前，卢奕说道："我想请先生看一下这个图册，想必先生以前见过跟它类似的东西。"

王融微微一笑："卢将军，我已经知道这是什么了，是第二卷金匮图册，对吧？"

卢奕惊讶地问："先生真是未卜先知，您是如何知道的呢？"

王融捋须笑道："卢将军，我就住在王司徒府上。"

卢奕顿时就明白了。原来那日，卢奕将自己西凉之行的经过告诉了王允，还要将书册交给他，由他转呈上去。没想到王允把书册交还给自己保管，只说要等到时机成熟再说此事。想必王允已经把这些事情告诉了王融。

王融说："卢将军心存仁义，上次西凉之行，真是功德无量啊。"

卢奕笑道："不管是财富，还是武器，它们都可以造福于人。但如果掌握在奸佞之徒手里，他们就会为祸社稷，贻害不浅。"

王融又捋须笑道："看来，卢将军也知道第一卷书册的下落了。"

"是的。现在就不知道第三卷书册在哪里了，据说里面都是些地契房约之类的东西。"

"不是的，卷三里都是图本，而且都非常机密。"

"哦，都是什么机密图本？"卢奕听了，大感意外。

"那里面画的都是洛阳和长安两地皇宫下面的秘密通道。卢将军可能有所不知，这两地皇宫下面，曾经挖掘了许多通道，人们可以从皇宫下面，直达皇城之外。"

"现在这些图在什么人手中呢？"

"对此我的确不知情。不过有一人很可能知道，他就是陈逸。当年太傅陈蕃曾经费尽了心力找寻这些失踪的金匮图册。我曾听陈逸提到过，这第三卷的下落，当时已经查到了。将军如果想知道内情，今夜回去，我会修书一封，让人紧急送到陈逸那里，他自然会回书告诉我们。"

"那就有劳先生了。这本图册的下落，跟能否找到陈芯，大有关联。"

"哦，这么说来，将军似乎已经有线索了。"

卢奕摇头说道："现在还很难说。我最近在调查一件案子，可能跟陈芯有关。如果有所进展，我一定尽快通知先生。"

听了卢奕这话，王融不由得捻须不语，心想莫非陈芯惹上了什么麻烦？

卢奕突然又想到了什么："对了先生，你有没有什么信物交给我？如果我能遇到陈芯，这个信物可以让她相信，我是受先生之托来帮助她的。"

王融想了一下，从怀里掏出了一枚古钱，郑重地交给了卢奕。

卢奕接过一看，见此钱形制极其特别，分上下两部：上部为方孔圆钱，直径与一般铜钱无异，镌有"国宝金匮"四字，是精美的旋读悬针篆体；下部为正方形，四边与上圆直径等同，内有两条竖棱，中间直书悬针篆"直万"二字。

王融见他好奇地来回翻看，就笑着解释说，这叫"金匮直万钱"，铸造于新莽时期，存世数量极为稀少，这就是琅琊王家与其他王姓宗族的往来信物。

"卢将军，你如果见到陈芯，只要出示此物，她一定明白是我让你找她了。"

"好的，在下一定尽力，请先生放心。"

两人谈完后，一起到卢府花园，卢植父子与王融、司马防四人一起饮酒清谈。

席间，司马防邀请卢奕到自己府里做客。

卢植笑着说："司马大人家里有八个儿子，每人的名字里都有一个'达'字，号称'司马八达'，我听到有人夸赞说，他们个个都是天资聪颖、出类拔萃的年轻人。"

"卢大人，这实在是过誉了。"

"还听说你家规严苛，对儿子们'不命曰进不敢进，不命曰坐不敢坐，不指有所问不敢言'。是不是啊，司马大人？"

众人听了，不禁笑了出来。司马防赶紧解释道："没有这事，都是传言，不能当真的。"

然后他对卢奕说："卢奕将军，我家老大司马朗，老二司马懿，跟你年龄相仿，你们倒是可以多多交往才是。"

卢奕拱手说道："在下一定会去拜访。"然后众人边饮边谈，一直到深夜才散。

第二十一章　追捕张郃

卢奕受了王融的委托，开始秘密地在两宫调查所有的宫女，接连查了一些日子，并没有发现一个叫作陈芯的宫女，也没有发现杜若的踪迹。卢奕心想，陈芯一定是有人接应，才能化名杜若进宫。经过上次北宫一战，她应该不会再轻易现身了。现在能了解杜若情况的，恐怕只有张郃、韩馥或者郭胜等人。郭胜是中常侍，跟何进关系紧密；张郃是韩馥派到蹇硕身边来的，他们都不是易与之辈，该如何着手调查呢？

皇上遇刺那夜，自己亲眼见到张郃将杜若从宫里接了出去，看起来，张郃就是最了解她近况的人。不如去会一下张郃，敲山震虎一次，看看他如何反应。如果他有所行动，跟踪张郃就很有可能找到陈芯。于是，卢奕决定去会一会张郃。

可是他还没有来得及找到张郃，就听到了一个令人吃惊的消息，张郃涉嫌杀害了小黄门郭朗，正在被张让和郭胜派人追捕。

原来小黄门张意一直在暗中调查西园的宫女太监，几天前有人向他告发，说看见过张郃杀害了小黄门郭朗，这真是个意外的发现。张意问此人，为什么直到今天才出来告发？原来那人见张郃是蹇硕的下属，又是张让身边得力的人物，因此一直不敢造次。直到蹇硕死了以后，他认为张郃现在失势了，才敢向张意揭发此事。

可是这人并没有任何物证，也没有其他人证，这让张意十分为难。张意就向张让秘密汇报了这件事情。

"就他一人见到张郃杀了郭朗吗？"张让问道。

"是的。我问他，张郃与郭朗二人发生了争执没有，他说没有。那天没有任何异常，张郃趁其不备，只一刀就杀了郭朗。"

"这么看来，张郃像是在杀人灭口了。"

"我也是这么想的。"

"看来，张郃有很多事情瞒着我们。唉，我真是看走了眼了！你去，悄悄地把沈放叫过来，就说我有重要的事情。记住，不要跟其他人提起这件事情了。"

"是，张总管。"

张让随后让人请来了夏恽与郭胜，将张郃涉嫌杀害郭朗的事情和盘托出。

郭胜听了，既震惊又恼怒："张总管，郭胜但凡有任何过错，请您责罚我就是。为何要迁怒郭朗，让张郃去杀了他呢？"

夏恽劝道："郭公公，你会错意啦。如果是张总管授意张郃干的这事，为什么现在他要当面告诉你呢？"

张让点头说："正是这样。今天叫你来，告诉你这些，一来我也是刚刚听说，就立刻通知你了；二来我想问问你，郭朗是不是跟张郃有什么过节，或者发生了什么事情，我们都不知道？"

"张总管，刚才我错怪你了，请您恕罪。"说完，郭胜向张让作揖，张让赶紧扶起了他。

"郭公公，张郃平日里替我和蹇硕办差，你怀疑我，这是情理之中。现在我也在懊悔，自己不该看错了这个张郃。你要好好想想，他们之间会有什么事情？"

郭胜仔细地想了半天，说道："郭朗一直在外面办差，很少往宫里走动。如果他们有事，莫非跟宫外有关？"

夏恽问："会不会是郭朗见到了什么不该看见的人或者事情，然后被张郃灭口了？"

"那为什么要把郭朗的首级割下，然后故意扔到朱雀门下面，如此大费周章，他究竟要干什么呢？"

三人顿时陷入了沉默，过了片刻，夏恽说道："如果真是张郃，那么一定是有人指使他这么做的，杀郭朗绝对不是他自己的意思。"

张让回答："这是当然，你们看，谁是这背后的指使呢？"

夏恽提示道："张总管，请您仔细回想下，这个张郃进京之前，都跟随过哪些人？又有哪些人举荐过他呢？"

张让点头赞许，叫来张意，吩咐他到宫中档事房去，找寻所有跟张郃有关的简牍邸报，全部搬到他这里来，他要一一过目。然后对郭胜说："郭公公你放心，如果张郃真的背叛了我们，我一定活剐了他，替郭朗报仇。"

郭胜向张让作揖道谢，然后同夏恽一起出去，找人调查张郃。

过了一个时辰，沈放来了，张让问沈放："你知道张郃现在哪里吗？"

"张总管，我已经好几天没有见到他了。"

"他不来值日吗？你知道他住在哪里？"

"他的副将说，张郃吩咐他这几日多要担待些，他有些事情不能按时来。至于他住在哪里，这个在下不知道。"

"糊涂，你们一起共事时间不短了，怎么会不知道他住在哪里？"

"属下跟他只有公事，却从无私交。张总管有什么急事找他吗？"

"有人举报说，是他杀了郭朗，你知道这件事情吗？"

沈放有些吃惊："属下不知道。会不会是诬告呢？"

"你现在去把他找来，要是他肯来，就说明他心里没有鬼。如果他推托不来，你就将他就地拿下。"

"是，公公。属下这就去。"

张让看着沈放的背影，心里默想着这两个人都为自己干了哪些秘密差事。他认为自己对沈放的信任程度一直超过张郃，但现在他有点不自信，开始怀疑一切了。于是他又派人盯住了沈放，一旦发现任何可疑举动，立即向他报告。

自从蹇硕被杀，京师的防务已经被何进、袁绍全面接管，如果不是何太后坚持，连守卫皇宫的最后一点禁军指挥权也会全部被他们夺走。张让有了空前的危机感，已经开始做了安排，预备着最坏的一天。

而沈放的确不知道张郃的住处，除了派人四处寻找以外，他也只能到两人平时值守的几个地方试一试运气。终于，有一个张郃的部下知道他大概的住处，沈放立即让那人带路，领了一队人像猎犬一样扑了过去。

到了那里，没有费什么气力就打听到张郃的住处，众人见院门上锁，沈放命人打开，众人进去一看，院子里空空荡荡，张郃的卧房里被褥整齐，并无一人在内。沈放见桌上有茶，端起来闻了一下，有一点馊味，显然张郃已经几天没有回来了。

沈放吩咐手下脱去盔甲，化装成附近的普通人家，这几日要时刻盯紧了这里。

回去后，又派出了更多的人手在城里四处搜寻，一旦发现张郃踪迹，千万不要惊动他，要立刻向自己报告。

此时，卢奕的部下也一直在盯着沈放这些人的动静。卢奕想，既然张郃没有被抓住，现在很可能仍然藏在京师，他迟早会现身的。可是究竟藏在哪里呢？又为什么突然失踪呢？袁绍曾经说，张郃其实听令于韩馥的，会不会就藏在他那里？于是他决定今夜就到韩馥府上去探查一下。

这夜，卢奕装束整齐，悄悄来到了韩馥府里。只见韩馥府里漆黑一片，了无生气。原来韩馥的家眷都不在京城，只他一人带了几个家仆居住在这里。卢奕等了约一个时辰，并无半点动静，于是只好离开。如果就这样回去，卢奕想想心有不甘。于是他就前往属下打听得来的张郃住处，看看今夜有没有什么动静。

刚行到距离张郃住处不远的地方，卢奕就发现有一些黑衣人正埋伏在四周，监视着附近的一举一动。见无法靠近，卢奕就寻了一个街角的客店，攀上了阁楼楼顶，在这里很好隐蔽，而且视野开阔，附近所有的动静都一览无遗。

在楼顶之上，卢奕看着半空上的月亮，不由得想起了陈芯。上次也是月在半空，不过那是个满月之夜，今天是银月如钩，脑海不由浮现出陈芯那张冷若冰霜的秀美脸庞。想着那日她跟自己相斗时那嗔怒的表情，卢奕不禁笑了。

等了约一个时辰，已经是子时了。卢奕正准备回去，突然听到远处传来一阵喧闹，半夜之中声音传得格外清楚，是有人发现张郃了，霎时间涌出一队士兵包围了张郃。为首的军官大喊一声："拿下张郃！郭公公那里说了，有重赏。"

这时沈放的部下也赶过去了，带队的军官边走边嚷道："张郃是我们的，你们走开。"

郭胜派来的军官勃然大怒，立即指挥士兵将张郃团团围住，沈放的部下见状就围在了外面，不准他们将人带走，一时间两边僵持在那里。

张郃见状，突然大笑了起来，笑罢说道："一群鼠辈，就凭你们？"说完，突然抢过一个士兵手里的长枪，接连刺倒好几个士兵，然后舞起长枪，霎时间打倒一片就要冲出去。

正在混乱时候，沈放赶到，两人各持刀枪斗在了一起。斗了有十数回合，沈放大喊了一声："停下来，我有话说！"然后两人各自停手，对峙着。

沈放问道："张将军，听说是你杀了郭朗，是不是？"

张郃只哈哈一笑，并不答话。

沈放见他如此，知道此事是坐实了，就说："张将军，人就算是你杀的，如果还可以回头，你我共事一场，我一定在张总管那里为你陈情。现在我们一起到公公那里去，讲清楚这件事情，如何？"

张郃执枪向沈放作了一揖："沈将军能如此待我，多谢了。你我各为其主，不需多言。今日有幸能与将军最后一战，张郃此生无怨了！"

说完，做了一个手势："请！"

沈放叹了一口气，又看了一眼张郃，突然大喝一声："上！"

所有的士兵一下都涌了上去，张郃被包围在士兵群里往来冲杀，打倒一片，又冲上来一片。过了一会儿，沈放见张郃的体力差不多耗尽，也挥刀杀了上去。张郃力战众人，身上又不断带伤，眼看渐渐不敌，就要丧命在沈放刀下。

这时，张郃又刺倒了一个士兵后，长叹一声，拔剑就要自刎。突然，有一个灰色身影冲进了人群，只见此人身形迅捷，舞动长枪，如同虎入羊群一般，刹那间打倒了一片士兵。沈放见这人勇猛无敌，便舍了张郃，一手拿了盾牌，一手舞刀迎了上去。

两人斗了十几个回合，沈放见他出枪之快，力道之猛，实在是平生所遇最强敌手，不由得暗暗心怯。又斗了数合，沈放突然觉得这枪法似曾相识，一下子醒悟过来，大喊道："你就是……"

话未说完，那人一枪突刺过来，沈放本能地用盾牌遮挡，谁知那人的枪尖沿着盾牌急速地向上划去，沈放只见枪花突然飞起，自己的头盔被那人甩起的枪尖猛然拍中。沈放头部挨了重击，一下子晕倒在地。

张郃见状，顿时士气倍增。两员悍将只在转眼之间，就将其余士兵全部击溃。那人冲张郃打了个手势，张郃明白他的意思，一起向北宫谷门方向奔去。

两人都是对京城的巷道无比熟悉，绕了几圈，转眼就甩脱了追兵。很快跑到了谷门，两人攀墙而上，立即翻出了宫墙。外面正是邙山，那人带着张郃在山道里奔了一阵，终于停了下来。张郃立即拜谢说道："多谢恩公施救。您是韩大人派来接应我的吗？"

这人听了摘下面罩，张郃仔细一看，这不是卢奕吗？顿时醒悟，怪道此人如此了得，连沈放都不是对手，于是再次叩拜道："真没想到是卢将军，您的大恩大德，末将此生一定厚报。"

卢奕用手搀起了张郃，微微一笑："张将军不需多礼。今天救你出来，我也不需要什么将来的厚报，只要将军能如实回答我的几个问题就行了。"

第二十二章　邙山祖会

张郃听卢奕要问自己一些事情："不知卢将军要问什么事情？将军刚才救了在下，我当然会知无不言。只是，怕有些事情，您知道了，反而会给自己带来麻烦。那样反而是我害了将军您。"

卢奕听张郃这话说得的确真心，就说道："这个我自有分寸。那日我在京城郊外遇到了一些黑衣人的袭击，然后又遇到了你。那些黑衣人是黄巾军余党吗？"

张郃回答："是的，他们就是黄巾军余党赵臻和韩祺，还有一起前来京城的一些杀手。就是韩祺与赵臻带人袭击了左将军府，将军您那夜杀了韩祺。后来赵臻被我杀了。"

"那日在郊外，他们为什么要袭击我？"

"赵臻以为你是朱儁派来跟踪他们的斥候。"

"你那日是去接应他们的吧？"

"是的，我和沈放在执行张公公的秘密差事。"

"那张让为什么要结交黄巾呢？"

"我也只了解些大概。"张郃理了一下思路说道，"多年以前，张让和封谞等人秘密信奉了正一道，拜的是'老祖天师'张道陵；而张角他们创立了太平道。太平道与正一道出自同源，都信奉《太平经》《正一经》和《五斗经》这些。他们暗地里早就有了一些联系。张角他们事败后，张让就动了念头，想要收编他们那些信众，改信正一道为己所用。所以派人联络了赵弘、韩忠，只要他们归顺朝廷，张让就保他们平安无事。因而赵弘他们就派赵臻、韩祺到京城来跟张让接洽，商议归顺大计。不想皇甫嵩和朱儁很快剿灭了赵弘他们，张让无法，就收留了赵臻、韩祺这些人，把他们编入侍卫，隐藏在皇宫里，专门替他办些秘密差事。"

"他们为什么要去杀害皇甫规老将军呢？"

"因为皇甫嵩杀了他们太多的黄巾军同道，他们要向皇甫嵩的家人报仇。更主要的是，张让要他们在京城里搞出一些动作来，我猜他要利用这些事情，向大将军何进发难。"

听到这里，卢奕点头说："嗯，你的这些话验证了我一直以来的一些猜测。我还想问你几件重要的事情。"

"将军请问。"

"杜若是你送进宫的吗？"

"是的。"

"郭朗是你杀的？"

"是的。"

"你们有仇？"

张郃不语。卢奕心里就明白了，问道："是有人吩咐你做的，这个人就是韩馥韩大人吧？"

张郃听卢奕这样说，就不再隐瞒："是的。是韩大人吩咐我安排杜若进宫，后来又命我杀了郭朗。"

"那郭朗碰巧看出了杜若的破绽。恐怕还跟你们纠缠了一阵。所以你们被逼无奈，只好杀了他灭口。是不是这样？"

张郃没有回答，但默认了卢奕的推断。

卢奕看着张郃，知道他虽然不回答，但他已经承认了这一切。然后继续问道："那你为什么要割下郭朗的首级，又扔在北宫朱雀门下面？"

张郃无奈地说："末将只是奉命行事，至于这里的缘由，到现在我仍然不知。而且，也不想知道。"

"嗯，这个杜若的身份极其特殊，对不对？"

张郃没有否认。

"她其实是个女子，名叫陈芯，是前太傅陈蕃的孙女，对吧？"

听到这些，张郃顿时惊讶得说不出话来，过了片刻，这才说道："将军，您是如何知道这些的？"

"陈芯的父亲托人寻求帮助，他请我们将他的女儿找到，送回他那里去。"

　　"怪不得将军知道这么多，那现在您需要我做什么呢？"

　　"我想你一定知道陈芯在哪里，现在带我去见她吧。"

　　听了这个要求，张郃顿时为难了起来，一时间拿不定主意。

　　这时突然从不远处传来陈芯的声音："不用了，我就在这里。"

　　卢奕和张郃听到这个声音，不由得都愣住了。

　　而此刻在北宫，张让正面色铁青地斥责沈放："这么多天一直找不到人！刚才发现了，这么多人围了他一个，却又抓不住？你是不是有意徇私，放走了他？"

　　"公公，有人刚才救走了张郃。是属下无能，没能敌得过那卢奕。"

　　"你说的是谁？"

　　"他就是卢植的儿子卢奕，属下曾经跟公公提到过此人。他现在是袁绍手下的别驾司马。"

　　听沈放提到了袁绍，张让不禁眉头紧锁，这样看来，张郃很有可能就是袁绍那些人派到自己这边的卧底了。张让懊悔无比，想了一会儿，命人叫来了张意，问道："上回你们说有一个小黄门杜若，可能是杀害先帝的疑凶，是不是？"

　　"公公，正是此人，可他已经失踪多日了，我们一直查找不着。"

　　张让给了他一卷竹简，张意一看，上面记录着杜若是由郭胜推荐，张郃将他带进宫里来的。

　　张意明白了，说道："张总管，这么看来，那张郃对先帝遇害一事，也有脱不了的嫌疑。他有足够的机会接应杜若逃走，这就解释了为什么杜若可以突然销声匿迹。"

　　"你再看看这两个。"说完，张让又递给他两卷竹简，原来都是韩馥的奏章，向朝廷请求奖赏的立功将士名单，以及申请调入京城禁军来的勇士名单，其中都有张郃的名字。

　　张意豁然开朗："原来张郃这厮是韩馥派来的，韩馥跟袁绍一直交往密切。这么说，张郃很可能是听命于袁绍的。公公，我们一直都看错了他。"

"我怎么当初就看中了他呢？而且对他一直那么信任！我们多少机密之事，都被这厮传给了何进、袁绍他们。唉！"张让长叹了一口气，狠狠地敲打了一下自己的大腿。

"公公不要着急，太皇太后还不知先帝是被人害死的，如果我们现在和盘托出，是何进那边的人涉嫌谋害了先帝，那董太后能饶了他们吗？何进、袁绍他们扶持了刘辩登基，董后一直满怀愤怒。如今何太后临朝称制，太皇太后必要相争。我们何不创造机会，借助董后和董重他们的手，将何进这些人除去呢？"

张让听了这个主意，仔细琢磨了一遍，觉得很好。于是他吩咐张意，明天一早就将张郃的事情向赵忠汇报，请赵忠值班时立即向董太后奏明此事。

那边北邙山上，陈芯从一棵大树后面闪身出来，虽然此时星光暗淡，卢奕却依然可以看见她姿容秀美，风姿绰约，宛如夜间盛开的一朵芙蓉，卢奕不禁心跳了起来。原来陈芯从城里就开始跟着他们，一路跟到了邙山，然后悄悄地听了他们二人的对话。

陈芯走到跟前问道："请问卢将军，是谁请你找我的呢？"

"是王融先生，受令尊的嘱托到京城找你来了。"说完，卢奕从怀里掏出那枚信物"金匮直万钱"，展示给陈芯。

当初被王融等义士营救，陈逸一家都对他非常感激，两家的交往也很密切。所以卢奕一提到王融，陈芯就知道他说的应该不假，更何况还有王家特有的信物。

当卢奕提出请她一起去见王融时，陈芯沉默不语。

张郃见状劝道："陈姑娘，卢将军这是好意，这么多人都在关心你，你纵然可以不管，可是你总得想想你的老父吧，他可是每天都在为你担心哪。"

这番话打动了陈芯，卢奕见她蹙眉舒展，轻咬朱唇，似乎处在激烈的心理矛盾当中。过了许久，陈芯说："你们不明白，我还有事情没有做完。"

卢奕看着她，心想陈家与曹节他们有着血海深仇，可是曹节他们几个中常侍已经死了，皇帝本人也在前些日子死了，还有什么样的事情，竟需要她这样一个女子去做呢？卢奕想了想，对张郃说："张将军，我有几句话要跟陈姑娘说下。你帮我们在四处监视一下好吗？"

张郃懂他的意思，立即离开走到一旁。

卢奕走到陈芯身边，轻声问道："陈姑娘，我也不知道你进宫究竟为了什么，难道是要杀皇帝吗？皇帝已经去世，曹节他们多年前已经死了。你还有什么仇要报呢？"

陈芯有点惊讶，卢奕怎么会这么直接地问出这样的话，就回答说："这是小女子个人的事情，不劳烦将军您关心就是。"

卢奕劝道："陈姑娘，多少人在关心着你，在为你担惊受怕。可是你想到了他们没有？"

陈芯听了，把头扭向一边，不再看卢奕。

这时卢奕干脆挑明了问道："我想问一下陈姑娘，先帝之死，到底跟你有没有关系？"

陈芯不语。

"你想过没有，一旦你被他们抓住，一定会连累一大批关心你的至亲好友，还有那些给你们陈家仗义相助的人们。你这样一意孤行，能对得住他们吗？"

陈芯盯着卢奕："你怎知皇帝是我杀的？"

"难道不是吗？"卢奕反问道。

陈芯抿着嘴唇说道："不是。"然后将那日她的遭遇讲述了一遍。

原来那日，陈芯进了西园，远远地被皇帝看到。皇帝以前曾经见过这个叫作杜若的小黄门，见他生得眉清目秀，那楚楚可人的身形和那孤高冷傲的神情，深深地吸引住了皇帝，不禁突然生出了龙阳之兴。皇帝担心他这个癖好传出去有损自己的名声，于是把随身宫人全部支走。又找了一个附近当差的小黄门，让他把杜若领到那个隐秘的荷池去。然后自己服下了丹药，只一人在房间里等待杜若过来。

陈芯到了以后，皇帝叫她过来侍奉自己。陈芯哪里料到皇帝已经对她动了淫念，进去之后发现皇帝如此不堪，顿时恼怒至极，当然不从。皇帝一番拉扯，这才发现，原来这杜若竟然是个冒充太监的女子，而且生得又如此美貌，顿时淫念更甚，上前抱住就要求欢。

卢奕听到此处，不由得眉头紧锁。

但皇帝哪里能料到她竟然精通武艺，被陈芯一下抓住手腕反拧了过去，当即疼得直冒冷汗，大喊："你，你！"

陈芯甩脱了皇帝，扭身就走。皇帝愣了一下，就紧追不舍，一直追到了门边。陈芯开门要走，被皇帝赶上按住了门闩。陈芯一把就夺过门闩，用力推开了皇帝。这时的皇帝已经恼羞交加，这瘦削的女子竟然胆敢反抗，心头的火焰腾腾烧起，喝问道："你究竟是哪里的宫女，胆敢违抗朕意，就不怕朕灭了你的满门吗？"

说完这话，皇帝见陈芯愣在了那里，以为自己已经吓住了她，就恣意地走过去一把搂住。

卢奕此时无比愤怒，年幼时学史书，想来那无道的商纣王，也不过如此罢了。

而陈芯听到自己本就深恨的昏君当面发出这样的威胁，刹那间，心头涌上了所有的旧恨新仇，于是用门闩猛然向皇帝劈脸打了过去。皇帝突然见到她极度憎恶的表情，和扑面打来的门闩，惊得扭头就逃，却被追上的门闩击中了后脑，一下跌入了荷池。这荷池很浅，皇帝本来并无性命之忧，却只因服用了丹药兴奋过度，平素身体虚弱又突然受到了惊吓，皇帝竟然在浅水里扑腾不起，倒在水池里面不再动弹。

陈芯见到这突如其来的变故，一时无比惊慌。但她毕竟是练武之人，随后就竭力地镇定了下来。将皇帝身体拖到了水池边上，确认了他只是暂时昏迷，而性命无虞。

随后陈芯就将现场迅速清理了一下。反复检查了几遍以后，这才悄悄地从侧道走出，躲藏了起来。后来张部前来接应她，将她安置在自己的营房保护了起来。

卢奕听了陈芯对事件的描述，问道："这么看来，当时皇帝肯定没有死，对不？"

"是的。可是那天，我真的很想要他死，要他偿还这么多年来欠下的累累血债。"

"你是说你们陈家与窦家吗？"

"远远不止，还有孔褒先生他们的血债。昏君连这样一位忠厚的谦谦君子都不肯放过，给他定的罪名竟是那样的荒谬。这样的无耻昏君，难道不该死吗？孔褒先生对我有大恩大德，我当然要为他报仇。"

卢奕对孔褒的遭遇也是无比同情，听了陈芯这些话，想要说些什么，却又无言以对，只有沉默。

陈芯见他这样，微微冷笑了一下："好了，你已经知道事情的真相，你可以向你们袁大人、何大将军去邀功了。"

卢奕听了陈芯这话，向陈芯深深地作了一揖，说道："陈芯姑娘，你如此嫉恶如仇，又有这样的胆识，令我辈男儿自愧不如。请受我一拜。"

然后接着说："用陈姑娘去换取自己的富贵，我卢奕怎能做出那等无耻之事？如果我做出那种龌龊勾当，必受天谴，有如此箭。"说完，从袖中抽出一支袖箭来，当即拗断。

见卢奕说出这样一番话来，陈芯反而有些稍许内疚，对卢奕说："卢将军，这些事情本来跟你无关。我不希望无辜之人卷进来，受到我的连累。"

卢奕回答说："陈姑娘，人心自有公道。而且我已经答应了王融先生，只要有我卢奕在，就一定会竭尽全力保护姑娘的。"

陈芯听他这样斩钉截铁，有点被感动了，看着卢奕，想说些什么，却又怔怔地说不出来。

两人相对，沉默了片刻。卢奕想起了这里并不安全，就劝道："陈姑娘，你还是跟我回去吧，或者去见王融先生。这里实在太不安全。"

陈芯回答："多谢将军想得周到。只是我的确还有事在身，请转告王融先生，以后我自然会找过去的。"

卢奕见她仍然不肯回去，难道是要杀了张让那些宦官才肯罢休吗？

只好再劝道："陈姑娘，这世上除了复仇，还有很多事情可做，更需要我们去做。比如王融先生，还有孔褒，他们并不认识你们陈家。可是他们都甘愿冒着灭族的危险，对你们伸出了援手，仗义相助，救下了令尊和你们一家。这就是'大义'。我想，孔褒先生在世的话，会希望你好好地活下去，不要再去做那些冒险的事情。"

"卢将军，小女明白的。我要做的一些事情，不是为了复仇，是为了报答他们几位对我们陈家的大恩。其实你们也不用为我担心，我有许多安全的藏身之所。"

　　"那我如何找到你呢，陈姑娘？"

　　"如果有事要见我，可以在这棵树旁的石头下面留下一封书信，我自然会过去找你的。"说完，指着一块凸起的巨大石头，示意给卢奕。

　　卢奕不由苦笑了一下。然后取出了陈芯的长鞭递给了她，笑着说："这个完璧归赵。"

　　陈芯也微笑着接了过去。

　　这时，张郐突然从远处跑了过来，说道："山下有士兵上来了，我们还是赶快离开吧。"

第二十三章　撩蜂拨刺

正在警戒的张郃发现山下有禁军士兵上山来了，听他们的动静，人数不少，正闹哄哄地搜捕什么人。这当然是冲张郃与卢奕来的。如果要此时下山，一定会撞上他们。卢奕正在与张郃商量如何出山，陈芯说："二位跟我来吧。"

说完，陈芯向卢奕与张郃招手示意，二人就跟着她向山上攀行。这邙山地势不高，土厚水低，又临近京师洛城，是周代以来历朝帝王的魂归之处，许多周王陵和本朝帝陵散布在山上各处。

三人沿山道急行，此时虽是朗月在空，但山道两边的高大树木郁郁葱葱，竟然看不见半点星光。幸而有无数闪烁的萤火虫，犹如夜空中散落的小灯笼一般，指引着三人顺着山道前行。

行到半山处，出现了一个道观，奉祀老子的玄元观。这玄元观里的建筑排布，按照八卦方位布局，乾南坤北。以子午线为中轴，主殿里供奉的是道教中的尊神。东西两边，根据日东月西坎离对称，分别设置配殿，供奉其他诸神。

陈芯显然对这里非常熟悉，带着二人迅速走进了其中一个配殿，移开殿中一个神像，轻轻推动后面的山墙，原来竟然可以打开，里面是一个密室。三人进了密室后，陈芯点燃了一些灯烛，卢奕这才发现密室里面规模不小，家用陈设一应俱全，往里走还有一些隔间。其中一个带有外窗的隔间里还放了水缸，从外面接入竹管，只要开启竹管水闸，就能得到山石缝隙滴落的泉水或者流下的雨水。

卢奕赞道："没想到这里真是别有洞天。"他心想，陈芯应该在这里已经住过一段日子了，这里如此隐秘，难怪张让那些人搜遍了整个皇城，都见不到她的踪影。

三人在密室里稍事休息，等待天亮。卢奕问张部下面有什么打算，张部说："我跟韩大人曾经约定，但凡遇到紧急状况，我可以先行离去，回到河间。韩大人随后自然会派人找我，卢将军不必为我担心。"

卢奕点头，又跟他聊了聊他与沈放在西园中军的一些事情。然后回头看陈芯，见她正双手抱膝，坐在靠窗的位置，仰头看着窗外透进来的星光。卢奕知道她太多心事。身处无比凶险之处，难道她真的就无所畏惧吗？

忽然，他想起了王融提过，那本"金匮图册三"里面记载了洛阳与长安两地皇宫下面的各种密道。莫非这第三本金匮图册就在陈芯手里？只有这样，才可以解释为什么陈芯可以几次逃脱对她的追捕。只有这样，才能解释为什么她会知道藏在这个道观里面的密室，也才能解释为什么她对洛宫以及周边的地形如此熟悉。

卢奕很想向她证实，又见到正在一旁打着瞌睡的张部，只好忍了，心想这并不是什么急事。

天亮以后，张部出去侦察了一番，回来说："卢将军，陈姑娘，我刚才到周围几里之内都探查了一下，昨夜那些士兵已经全部撤走了。现在离开应该安全了。"

卢奕看了一下陈芯，见她没有动身的意思。但自己必须要离开了。

张部用随身的水袋装满了饮水，然后收拾了一下，对卢陈二人说："在下这就告辞了，临走前，我有一句话送给二位：洛阳城迟早会暴起大乱。君子不居危墙之下，二位还是趁早离开这里吧。陈姑娘，卢将军非常值得信任，我真心希望您还是跟卢将军回去吧。在下是个莽夫，不知道如何讲，就是希望大家都能平安。如果将来有缘，我们再会！"

"一定会再次见面的。"卢奕点头回答。

张部向二人叉手施礼，卢奕向他回礼，陈芯也站起来送张部出门。二人目送张部远离，消失在树林之中。

卢奕回头跟陈芯说："陈姑娘，你这里缺些什么，回头我给你送来。"

"多谢你费心了，我暂时还不缺什么。请卢公子回去跟王先生说一下，我现在很好，不用为我担心。"说到这里，陈芯看了卢奕一眼，见他有些舍不得走，不禁微笑了一下，说道，"卢公子要是想过来，你随时造访就是。"

这是卢奕第一次见到她对自己笑，突然觉得心里有些甜蜜，说道："陈姑娘，那我先走了。有了王融先生的消息，我会尽快来通知你的。"

陈芯点头。卢奕就拱手告辞。

再说赵忠，听了张意的禀告后，勃然大怒，骂道："竖子何进与袁绍，竟敢动这般歹毒心思，谋害先帝！那个杜若与张部现在都还没抓到吗？"

"赵公公，昨夜派出去蹲守的军士差点就抓到了张部，却被一个不明来历的人突然闯进救走了。据沈放说，此人极可能就是袁绍的手下卢奕。"

"一群废物。沈放他们都是怎么办差的？这么多人去了都不管用吗？"

"赵公公不要急，现在满城都在搜捕这二人，料他们也跑不远就是。可张总管有个顾虑，如果有何进和袁绍庇护他们，就算发现了他们，恐怕也是很难抓到，说不定又要掀起纷争。"

"那他打算怎么办？"

"不如现在就将此事报于太皇太后。看董太后会有什么主张。"

"可是证据呢？"赵忠问道，"这么一件天大的事情，没有证据去指证他们，万一到时候被他们反咬一口，怎么办？"

张意凑到跟前说："赵公公，自从刘辩继位后，大将军何进与何后独揽了朝政，他们就是最大的获益者。董太后对此早就非常不满。现在把这件事情捅给董太后，就是没有证据，我想，她也会相信七分。以她的火爆脾性，一定会做出些什么来的。到时候我们从中渔利就是。"

赵忠盯着张意说道："你们还嫌现在宫里火烧得不够大是吗？你见过的事情少，可张让是怎么了这次？他不知道这把火一旦点了起来，就会烧得不可收拾吗？到时候玉石俱焚，谁都跑不了。你赶快去，把张总管请过来，我有话要跟他说。"

张意见赵忠很是坚决，知道自己无法说服赵忠，只好赶了回去请张让过来。

卢奕回到城内以后，直接去了司徒王允的府邸。他急切地想见到王融先生，然后告诉他昨夜已经见到了陈芯。

此时王允正有客来访，来人就是袁绍的兄弟袁术，正在跟王允与王融二人饮茶谈话。这袁术刚刚被何进调入京城，担任了虎贲中郎将一职，负责统领虎贲禁军，主管禁中宿卫，保卫皇帝与太后的安全。对于一个刚调入京城的高阶官员，有两个人是一定要去拜会的，一个是大将军何进，另一个就是文官的领袖人物司徒王允了。而王融虽然没有出仕，但他与袁氏兄弟的父亲袁逢和伯父袁平多有来往，所以袁术对他自然也不陌生。

王允听王安传报卢奕在门外求见，就吩咐王安立即将他请了进来，并向袁术引荐了他。

袁术得知卢奕是尚书卢植的儿子后，笑眯眯地拉着卢奕问："年轻人，真是一表人才啊。现在哪里当差？"

王允呵呵笑道："袁大人见才心喜，就想要延揽，却不知是在挖你兄长的墙脚啦。他现在本初那里担任别驾司马，巡守北宫。你们以后少不了要多打交道了。"

听到王允这样说，袁术对卢奕更是看重，拉着他问东问西地聊了一阵。过了一阵，王允想到卢奕今天来得突然，知道他一定有事，就问："贤侄此来，可是有事情吗？"

卢奕略犹豫了一下，立即回答说："并没有什么急事，就是听说王融先生要回去了，所以特地赶来为先生饯行。"

王允听了这话笑着说："你这孩子是个厚道人啊。"

王融却明白了，卢奕一定是发现了什么，可现在这个场合，他不好明言。

于是他微笑着说道："卢将军，正好我有一件物事要交给你，你跟我到书房来一下可好？"

于是卢奕起身，跟着王融到了书房。王融从桌上拿起一封书信交给了他："昨天刚刚收到这封信，你先看一下吧。"

卢奕读完这信，心头的疑团终于得到了答案。信是陈芯的父亲陈逸回复王融的询问，果然正如王融所料，陈逸的确知道第三本"金匮图册"的下落。

当年陈家落难，一些义士和朝廷里的耿直之臣纷纷给以援手，汝南袁家的袁逢联络了一些官员暗助陈逸逃脱，后来又收养了陈芯一段日子。陈逸曾经到汝南看望女儿的时候，袁逢告诉了他一个秘密，自己是当年陈蕃最为信任的属下，陈蕃罹难之前，将一些绝密文牍交给了他，其中就有这本失传多年的"金匮图册三"。因此，这个绝密图本就一直秘密地收藏在汝南袁府里。后来，陈芯住在袁府时，袁逢就将这个图册传给了她。

这果然验证了自己的猜测，卢奕问："袁大人为什么要将这样一本秘藏图册交给陈芯呢？"

王融捻须微笑说："袁大人谦谦君子，以宽厚笃诚著称于世。他可能认为这本就是陈家之物，自己绝不能贪为己有吧。"

这样的解释的确是合理的，卢奕随即对王融说道："我今天来，就是要告知王先生，在下昨夜已经见过陈芯了。"

听到这话，王融既觉得惊讶，又觉得是情理之中，问道："我知道这个丫头会些武艺的，但愿她没有做出让卢将军为难的事情吧？"

卢奕就把陈芯跟张郃的一些事情，原原本本地讲述给了王融。王融听罢，顿时脸色就变了，眉头深深地紧锁了起来。

夏末初秋的天气，突然下起了大雨，然后就有点冷飕起来。

张意陪着张让一起到赵忠那里，行走在宫里的复道上，张让不禁感到阵阵寒意，突然竟有点瑟瑟发抖。他也说不清，是自己的身体真的老了畏寒，还是因为自己的心头充满了寒意。

到了赵忠那里，赵忠迫不及待地将包括张意在内的所有人全部支走，立即埋怨张让："张总管，太皇太后的脾气，你知道得很清楚。一旦她知道了先帝这件事情，会做出什么样的举动来，你应该想好了吧？"

"当然知道。赵公公，我就是把要她激出来，跟何太后与何进他们斗上一斗！这样，我们才可以有机会，至少可以扳回一局。"说到这里，张让嘿嘿地冷笑了一声，额头上的皱纹似乎在笑声中更深了几分。

"张总管，你要放的这把火，实在太大，一旦烧了整个皇宫，你我很可能都逃不脱了。"

"赵公公，当年的大将军梁冀何等威风，把持朝政二十年。他掌权时，立三帝毒一帝。梁氏一门九人封侯、三位皇后、六位贵人、两位大将军，其余担任卿、将、尹、校尉共五十七人。结果又是如何？被你、单超和徐璜等设计杀死，并将他梁氏一门全部灭族。后来的窦武、陈蕃又想要除掉我们，还不是被曹节、你和我们一起，将他们全部诛杀！想当年，赵公公你虽然年轻，可那时你是何等的英勇机智！可如今，你当上了大长秋、车骑将军，怎么就没了当年的斗志和勇气呢？"张让回忆起当年他们意气风发的时候，不禁激动了起来。

"唉，此一时，彼一时啊！形势不一样了，张总管。那时有奋发图强的皇帝支持我们，所以我们不怕。可现在的皇帝太小，权柄操于他人之手。我们不可不慎啊！"

"谨慎自然是应该的，可是现在已经形势迫人，何进他们的刀，时刻悬在你我的头上。赵公公，你看那日蹇硕是如何送地性命？他们可曾有过半点饶他之意吗？"

听到这里，赵忠沉默不语。

张让激动地在原地走了几圈，说道："赵公公，我们绝不能束手待毙。不错，皇帝现在还小，可是还有太后和太皇太后。在她们中间，我们大有可为。这就是撩蜂拨刺之计，借用她们的手来整除何进这些人。"

赵忠听到这里，终于点了点头："张总管，为了逃脱此劫，我们确实不能过于消极。必须要做些事情了。何进身边有我的耳目，要做什么，他们一并都听从你的指挥。"

张让感动地握住了赵忠的手说："赵公公，生死存亡之际，只有你，才是最可信赖和依靠的老人了。"

赵忠也握住了张让的手，眼里噙着一点泪水说道："实在太难了，这一关就让我们一起过吧。即使咱们过不了这关，也不要让这些人得了意去。"

两人感慨了一阵，开始商量起计划，张让说："赵公公，你德高望重，老成持重，由你出面向太皇太后告发先帝被害之事，太后一定信你。正好你也可以把握着点她，不要乱了章法。"

"嗯，你就放心吧。"

"要请宾客，就得先打扫一下屋子。我们必须先清除掉那些内奸才行。"张让恶狠狠地自言自语起来。

赵忠看着他凶狠的表情，心又沉了下去。

这时一阵凉风从窗外猛然灌了进来，赵忠打了个寒战，突然觉得这洛宫就如同一条破损的大堤，眼见那洪水汩汩地从堤缝里钻出，已经漫上自己的脚面。他真想马上跑开逃难，可是自己已经开始陷入泥沼之中，举步维艰，而眼见着灭顶之灾就要来临，这是一种何等的绝望。赵忠立时觉得自己的呼吸好像都困难了起来。于是他就狠狠地掐了掐自己的手心，竭力地要让自己振作起来，去跟他们斗下去。

第二十四章　董后出手

　　王融听说了陈芯的事情后，极为震惊，不由得紧锁双眉，叹了口气："莫非这孩子到京城来就是为了复仇吗？"

　　卢奕问："王先生您怎么看？"

　　此刻的王融，尽管表面上维持着惯有的安闲镇定，但他的内心里充满了恐惧和矛盾。虽然直到现在，陈芯仍然安全，并没有暴露，可是不管怎样，弑君大罪，是任何人都担当不起的。从卢奕叙说的情形看，皇帝并非死于陈芯之手，那就一定另有其人了。皇帝之死的真相究竟是怎么回事？为什么宦官们与大将军何进这些人，不约而同地都选择了沉默与隐瞒？这时的洛宫，真是充满了一种令人恐惧的寂静。

　　看着眼前的卢奕，王融突然心中一动，他显然并没有意愿去抓了陈芯，然后交给朝廷，为什么呢？难道这个年轻人喜欢上了陈芯？又或者他有别的什么考虑呢？经历多年磨砺的王融，不停地问自己，眼前的这个年轻人可靠吗？

　　王融沉吟了片刻，挑明了直接问道："卢将军，你既然已经知道了真相，那为什么不将她抓了送到袁绍那里去呢？"

　　卢奕不假思索地回答说："陈芯姑娘本无心伤人，只因那日事出有因，不得已而自卫。更何况当时皇帝并没有死，之后发生的事情又有太多疑点。我听一个小黄门说过，那水池很浅，并不足以淹死一个壮年之人。听说皇帝一直在服用丹药，那些丹药多少都是带有毒性的，会令人过度兴奋而致幻觉。总之在诸多疑点没有查实之前，我不能将陈芯姑娘带走，交给那些人仓促定罪。"

　　王融点头说道："将军说得非常在理，可是别人一旦知道你在隐瞒，将会有多么严重的后果？卢将军，你和你的家人，首先就会被牵连到，你想过没有？"

"多谢先生提醒，在下心中有数，知道该如何应对。"

王融捋须微笑着说："很好。刚才听你所言，似乎知道这件事情原委的，目前只有你们二人吗？"

"陈芯告诉我，她并没有告诉张郃这件事情。如果这样的话，目前应该只我们二人知晓。"卢奕点头回答。

"恐怕没有这么简单。"

"先生这是何意，能否明言呢？"

"那个张郃，是他帮助陈芯进了西园，又是他帮陈芯从那里脱身。他为什么要做这些事情？还有张郃的上司们，他们究竟是否知道这些事情呢？"

"张郃已经逃走，远遁河间去了。至于是否有别人知情，在下暂时无从了解。至少到目前为止，这件事并没有掀起什么风波来。我也一直觉得纳闷，真如陈芯所言，皇帝的头上应该有伤可验，可为什么太医那里并没有传出一点风声呢？"

王融点了点头说："这些人都在故作不知。依我看，他们中有的人，极有可能是乐于见到皇帝驾崩的，所以他们即使知情，却只会秘而不宣；还有，宦官们应该一直在追捕陈芯，却没有什么进展，随后又让蹇硕被杀这些事情给打断了。"

卢奕心里本就为陈芯担心，听了王融这话更加忧心了："现在陈芯姑娘身处漩涡，极度危险。王先生，要不我去安排，我们去那个密室见她，一道劝她赶紧离开京城吧。"

王融听他言辞恳切，已经全然明白，这个年轻人的确已经喜欢上陈芯了。

于是说道："卢将军，现在帮助陈芯是一件极其危险的事情，而你却能仗义援手，我要替她的父亲向您致谢。"说完向卢奕作了一揖。

卢奕回礼："王先生，我听说过您那些大仁大义的事情，见贤思齐，君子之道。何况在下受师父教诲，一直遵循'为身之所恶，成人之所急'。您今后需要我做些什么，卢奕自然会把握分寸，竭力相助。"

"好！好！"王融赞道，"卢将军，这些事情，千万不要再跟任何人说起了，甚至你的父亲卢植尚书，暂时也不要告诉他。这也是为了防止不测，免得你的家人受到无辜牵连。"

卢奕点头答应。王融若有所思地说："京城形势诡谲异常，对你的上司与同僚，卢将军须得多加留意，加倍小心了啊。"

听他这样说，卢奕感觉他似乎指的是袁绍，莫非王融知道些什么隐情吗？

正思忖着，王融说道："见陈芯的事情，那就烦请将军妥善安排吧。卢将军千万小心，京城里的眼线实在太多了。"

"先生放心，我一定会安排妥当。"

"好。我们现在耽搁的时间已经不短了，还是出去吧，免得惹人疑心。"

卢奕点头答应。于是两人又回到了客厅。果然，袁术见他二人离开许久，已经有了一些猜疑，想他们二人是不是在办些秘密之事，见他们二人回来，就笑着问道："王融先生，你财路通广，这九州之地，没有你生意做不到的地方。我看你们二位如此亲密，卢贤侄，莫非你有意要同王先生从商去吗？"

王融、卢奕二人都笑了，只说的确要置办些物什，其中颇有些麻烦。然后岔开话题，众人又闲聊了一阵。然后卢奕推说有事，跟众人告辞自行离去了。

卢奕走了之后，袁术也要告辞。王融代王允将袁术送至门口，见旁边一时无人，就悄悄地问袁术："袁将军，在下有个故人之女，曾经寄居在你们汝南府里，不知袁将军还有印象吗？"

袁术笑道："家父和我伯父的旧日同僚与门生故吏，遍及各处，其中多有遇到一时之困前来投靠的，不知王先生说的是哪位啊？"

"我说的这位姑娘，出身大不寻常。她就是前太尉陈蕃的孙女，名字叫作陈芯。不知将军可有印象？"

听了这话，袁术神色之间突然变得有些异样，但是他很会掩饰，马上一带而过，说道："抱歉王先生，我并不认识她。你可以去问问我的兄长。"

于是二人作别，袁术上马径直离去。

王融则站在门口，看着远去的袁术，不由得捻须陷入了沉思。

此时那边永乐宫里，赵忠与张让正在与太皇太后董氏彻夜长谈。当董太后得知灵帝可能是被人谋害后，怒火万丈，指着张让责骂道："张让，你们究竟有几个脑袋，这么天大的事情，为什么当时不向我奏报？过了这许多日子，为何现在又想起来告诉哀家？"

张让、赵忠早知道董太后必定恼怒，两人一齐跪下向董太后行礼。张让只管叩头，却并不敢接话。

赵忠在中常侍里资历最老，跟董太后交情也最深，抬起头来带着哭腔说道："太后容禀，皇上驾崩那日，我们的确发现了一些可疑之处，而且当日就派人去调查嫌疑之人了。只是随后发生了太多变故。太后您知道，当时最重要的事情，莫过于帮您将刘协推上皇位，因此我们大都忙于这件大事。却没想到第二天功败垂成，蹇硕被杀，这才让何进与何皇后他们得意了。"

董太后哼了一声，喝问道："你胡说！既然你们知道皇上是被害的，当天就应该公布于众。现在拖延已久，新皇登基已稳，你们再去揭开此事，又有什么用呢？"

"有用的，太后。"说完，赵忠向董太后呈上了一个密封的御旨，董太后看着赵忠、张让，不禁犹疑起来。

"太后请看。"说完，张让将圣旨打开，然后轻声读了一遍，原来是灵帝生前亲自书写的一道谕旨，大意是要立皇子刘协为太子，即位大统。

董太后读后勃然大怒，指着张让骂道："那日蹇硕找我，说要诛杀何进，拥立刘协继位，却是拿不出这道圣旨。如今冒出这样的圣旨来，且不说别人会说这真假难辨，单是你张让等人当初暧昧的态度，就是首鼠两端。我岂能容得你们这样？"

张让看董太后脸色虽然愤怒已极，却没有失去理智，而且说出的话有理有力，不禁心里佩服，赶紧回答道："太皇太后容禀，我们当初实在是有难言的苦衷啊！这道御旨的确是先帝亲笔所书，当时王美人尚且在世。先帝生前深爱王美人，受王美人恳请，写下了这封谕旨。写完之后，先帝又想起何皇后善妒，担心她会用手段加害王美人和陈留王，于是吩咐这道谕旨不加玺印，不准明发，等到将来时机成熟时再向朝廷公布。谁料到后来，王美人还是被何皇后用毒计害死了。就为了这件事情，先帝认真地想过要把大将军何进拿下，只是因为随后各地黄巾军暴动，先帝被迫只得放下了此事。"

董太后听到这里，心里明白这才是实情。

"因此那日蹇硕向太皇太后禀告，要诛杀何进，这其实就是先帝的意思啊！"

赵忠接着说："如果在何进他们逼宫那日就公布这道先帝旨意，那么陈留王立时就会被他们害了。我们这么做，实在是为了保护陈留王啊。不仅这道圣旨不能当时公布，就是先帝的死因那时也不能公布。如果冒险公布，就有太多害处，请容张让给太后您解释一下当时的情形好吗？"

"讲！"董太后依然满脸怒容。

张让理了一下思绪说道："太后，那日虽然我们发现皇上有被害迹象，可是太医检验说皇上生前服用了过量丹药，那些丹药起性太过猛烈，容易让人昏厥。考虑到皇家声誉，此事并不适合向大臣们公布。其次，虽然皇上头上有伤痕，但那并不足以致死。皇上的真实死因是昏厥之后，淹在了水下。而当时并没有足够的证据确定嫌疑人物，因此只能暗暗追查。经过一段时间后，我们终于查到了重大嫌疑人张郃与他的同伙——小黄门杜若。"

"哦，快说，这是怎么回事？"董太后已经急不可待。

张让就将张郃杀害郭朗之事，以及他将杜若引进西园，并将杜若接应出去的所有可疑之处，向董太后一一陈述。董太后问张让："按照你的说法，皇上过世前见过的最后一人，肯定就是这个杜若吗？"

"领杜若到皇上那里的黄门讲，那里是西园一个隐秘所在，他本人并没有进去。他说，那日他并没有见到其他的宫人进去，所以只有这个杜若才有弑君的嫌疑。"

"这个杜若现在藏在哪里？你们就没有任何线索吗？"

"太后，老奴无能，现在还在抓捕此人。我相信，只要他还在京城，抓住他只是时间问题。"

"既然张郃跟这个杜若脱不了干系，你们去抓张郃好了。我好像记得，这个张郃应该是蹇硕的手下吧？"

"是的，太后。可据老奴明察暗访，原来张郃是韩馥、袁绍他们派过来的卧底，这一点已经确凿无疑。昨夜，我们派出蹲守的人本来已经包围了张郃，就要抓到他时，却闯进来一个神秘的蒙面刺客，将他救走了。"

董太后听到这个，怒极反笑："蹇硕也就罢了。张让，你可是宫中老人，经历的事情很多，怎么这次会被人耍弄到如此地步？那些人要来就来，想走便走？都把这皇宫当成什么地方了？"

张让只好再次跪下叩头："老奴失职，年老昏聩，太后您责罚的是。"

赵忠见张让尴尬，赶紧解围说道："太后，那救人的刺客，却被我们的人认出来了。"

"哦，是谁？"

"此人就是袁绍的手下，名叫卢奕。"

"你们确实了没有？"

"回太后，中军司马沈放跟此人以前交过手，因此认得。如果需要，他可以指证。"

"说了半日，最后还是没有实锤证据。这个袁绍是司空袁逢的儿子吗？"

"正是。"

"一个后生晚辈，竟敢如此胆大包天，公然派人抢走朝廷钦犯？"

"袁绍犯禁的事情绝对不止这一件。那韩馥跟他过从甚密，两人都是何进最得力的爪牙。那日就是他领着禁军突然逼宫，这才立了刘辩登基继位。随后他们又嚣张地杀了蹇硕。"张让恨恨地说道。

听到这里，董太后明白了，原来这里的事情曲折复杂，背后又全都牵涉到了大将军何进，不由得心头恼恨交加。

赵忠突然又想起了以前的事，说道："这个袁绍，早些年在洛阳时，专门喜好结交党人和江湖人士。来的士人不管出身贵贱，他在礼节上一律对等，还给他们财物馈赠。据说拜访他的宾客车辆，挤满了他家附近的大街小巷。但他却不响应朝廷的屡次辟召，而专门抬高身价，蓄养亡命之徒！

此人究竟想干什么？"

董太后诧异地说："我记得他爹袁逢是一个忠厚低调的长者，他怎么会教出这样的儿子？"

赵忠接话："不但袁绍这样，他的兄弟袁术更加飞扬跋扈。"

张让听他提到袁术，就说："太后，现在袁术已经被何进调入京城，担任虎贲中郎将，主管皇宫禁中宿卫。"

董太后听到这里，越发坐卧不宁，说道："你们看看，这真是与日俱进啊！这些新进的实权人物，全都是何进兄妹的爪牙，这怎么得了？想当年，是我抬举何进的妹妹，可现在她的儿子当上了皇帝，自己做了太后，还有手握重权的国舅大将军何进。内外大臣，基本都是他们的心腹。如今他们威权太重，越发嚣张，我纵然后悔莫及，奈何？你们说说，该怎么办呢？"

张让立即回答说："太后莫恼。何太后有国舅，太后您也有啊。我们可以搞一次突然袭击，您是太皇太后，当然有权加封国舅董重，给他授权，分走一部分何进的兵权。从此，太后您宫外有董重，宫内有我们，更何况我们还有先帝留下的遗旨，假以时日，还有什么样的大事我们不可以做到呢？"

董太后听了这话，心里慢慢高兴起来了，连声说好，跟张让、赵忠详细地商量该如何操办这些事情。

第二天上朝，董太后按照计划，让赵忠向众臣公开传旨，进封皇子刘协为陈留王，又册封国舅董重为骠骑将军，与张让、何进等人一起参与朝政。同时传旨西园各军都归董重节制，何进与董重二人共同负责京师防务。

众位大臣听完这个旨意，纷纷交头接耳，窃窃私语。众人心里都明白，这是太皇太后在争权。何进刚要出列反对，却看到王允冲他摇了摇头。何进非常尊重王允，因为王允是当今文士的领袖，如果他不支持自己，天下多半士大夫也不会支持自己。

于是何进退缩了。

此时何太后正坐在董后的另一侧，她明白董太后这个举动，明摆着是冲着她与何进来了。她看了看众位大臣的反应，心里着实很想站出来阻拦一下。可是董太后意志坚定，而且旨意已经传达，难道要当庭撕破彼此脸面，公开反对太皇太后吗？

于是何太后将目光投向了何进，只见何进面无表情，正向自己悄悄地摆手。她明白了，在这个时候必须得忍下来，维持朝堂的表面和气。董太后毕竟是自己的婆婆，如果明面上的尊重都不再维持了，那朝臣们一定会说三道四，哪怕自己有理也会变成无理了。她只好对自己说，罢了先忍了，回头再做计议。

回宫之后，何太后派出近侍到永乐宫去请董太后，到自己的永安宫来赴宴。太监很快回来报说，董太后身体不适，不愿出行。

何太后不由得心里更加恼怒，待要发作，又想起何进要自己忍耐。于是她发了一会儿愣，忍着怒气，叫人备了辇车，她要前去永乐宫，给太皇太后请安。

第二十五章　骠骑将军

何太后的车辇行到半路上时，永乐宫的掌事太监李玄正好过来，就拦住了车驾，说是受太皇太后指派，有事要觐见何太后。何太后命人将他带到车窗旁，然后自己打开车帘问："李玄，你有何事？"

李玄向何太后行完礼，奏道："启禀太后，太皇太后今天身体不适，已经服药睡下了。她特地交代我过来，向您致歉并表示谢意。太皇太后说了，待她病好之后，一定会亲自设宴，宴请太后您和大将军。"

何太后听了这话，吩咐左右侍卫全部站开，然后转头轻声问李玄道："李玄，平日里本宫待你如何？"

李玄赶紧躬身回答："太后待李玄恩重如山。"

何太后点头说："嗯，你还算是个有良心的。当初你被外臣参奏，如果不是本太后拦下，你就是有几个脑袋，如今也都没了！"

李玄低头轻声回答："李玄感恩戴德，一定图报。"

何太后问道："你跟我说实话，太皇太后今天究竟为了什么，怎么会突然下了那样的旨意？"

李玄环顾了一下四周，见没有人站在近旁，就说："昨天张让、赵忠二人来见了太皇太后，谈了大半天，因为不能走近，我也只隐约听到一点，他们好像在谈论先帝的死因。"

听到是为了这个事情，何太后突然紧张起来了："先帝已经过世，为何又翻出这事来？是不是有什么蹊跷？"

"太后，我也没听真切，他们好像在怀疑有人弑君。"

这话突然如雷贯耳一般，何太后顿时呆住了，问道："你听真了没有？"

李玄又看了一下四周："太后，李玄不敢妄言。他们好像在怀疑大将军，说是大将军派手下人干的。"

何太后顿时大怒，劈脸打了李玄一个耳光，骂道："混账话，什么人竟敢如此诬陷大将军？"

李玄捂着脸，委屈地连声说不知道。

何太后见李玄这样，觉得自己有点失态，就变了口气，安慰了他几句，然后吩咐李玄回去后代自己向董太后问安，自己隔日再去看望。

李玄连声诺诺，赶紧走开。

太皇太后董氏不愿意此时见何太后，并不是因为她真的生了病，而是因为她在焦急地等待一个人，就是她的侄子，刚刚进封骠骑将军的董重。按照常规，受到封赏的外戚此时应该进宫向董太后谢恩。谁承想，董太后等了有半日，董重这才姗姗来迟。

董太后见到董重，立刻埋怨起这个身居高位的侄儿，不知缓急轻重，这般迟迟地才来觐见自己。董重赶紧向董太后赔罪，解释说道："姑母莫要着急，侄儿去见了一个非常重要的人物。"

"哦，是谁，竟然比见我还重要？"董太后既生气，又好奇了起来。

"姑母，这人就是并州刺史丁原。"

董太后听了不禁怒了起来："我这里有那么多重要的事情要跟你商量，你却去见一个地方官员？还夸大其词，说他极其重要？"

"姑母你有所不知。这个人手里有军队，正驻扎在京城之外不远处。他手下的大将张杨、张辽已经被调入禁军，侄儿正需要他们来接管西园各军。"

听到这里，董太后才有了兴趣，问道："这个人可靠吗？"

"丁原当年靠太后帮忙和我的推荐，才能当上并州刺史。我觉得这个人还是念旧情，讲义气的。姑母，侄儿一直以来不管军队事务，一时间没有可靠的人可用。现在也只能是他了。"

"这人在并州，你如何就能把他调到京城来？"

"前段时间，为了对付张让他们，何进调了几位外地刺史进京，正好丁原就是其中一位。他的并州刺史由凉州刺史董卓接任，丁原这才能赶赴京城。他本人现在已经秘密进京了。"

"既然你信任他，那好，明日就派他将西园各军全都接管了吧。"

"遵命，太后。"然后董重犹豫了片刻，说道，"侄儿有句话，不知道该如何讲。"

"嗯，你说。"

"太后，侄儿接了旨意之后，心里一直惴惴不安。不知太后听说过没有？今年开年以来，就一直有传言说今岁京师大凶，要动刀兵。自从皇上驾崩，侄儿就一直担心此事。而后来刘辩继了位，大将军何进只杀了一个蹇硕，并没有大动干戈。侄儿这才心宽了几天。如今太后突然交给我这些重任，侄儿心里又开始担心了啊！"

"你担心什么？"

"外面有人传说两宫太后不和，太皇太后您想废了刘辩，改立刘协为帝。太后请跟我说实话，您到底是不是有这个打算呢？"

"胡说！我纵然不喜欢刘辩和他的娘何氏，又怎能置江山社稷不顾，只管一己之愿，而任性胡来呢？更何况刘辩，也是我的孙子。"

"那侄儿就更加纳闷了，不知这些流言从何而起？那些宦官跟何进他们拼斗，这与我们何干？我们大可以置身事外，看个热闹。"

听到董重说的这些，董太后有些不高兴了，沉着脸不说话。

而董重没有管董太后的情绪，他只想把自己的心里话说出来："可现在，这些传言已经把我们董家推到他们争斗的最前面了。侄儿不想我们董家掺和进去，更何况如今这个朝局，太皇太后，我说句实话，自从先帝去了以后，我们董家已经大不如前，再没有以前的力量了。"

董太后一听这话，顿时大怒，指着董重骂道："你们这些没出息的。这么多年来，得来富贵是不是太容易了？怎么就不长些本事，长些志气？"

董重扑通跪倒，哭泣着说："太后啊，侄儿真不想跟大将军与何太后他们斗，也劝您不要斗了。咱们斗不过他们，更何况，斗到最后只能让他人得利啊！"

董太后越加恼怒，指着董重说道："不是我要跟他们斗，而是先帝。"

说完，将张让给她的皇帝遗旨交给了董重。董重既惊又怕，颤颤巍巍地打开圣旨读了以后，不禁从跪着改成站了起来，惊讶地问道："太后那日为什么不向群臣公布这道圣旨呢？"

董太后问董重："你觉得公布了，又能怎样？"

董重惊疑未定，回答说："如果有这道圣旨公布，或许那日何进他们不敢造次，也未可知？"

董太后听了这话，又指着董重骂道："你真是糊涂到家了！那时箭在弦上，就算有这道圣旨，他们也不会支持刘协的，他们会说这是矫诏！"

董重仔细读了几遍圣旨，说道："这是先帝亲笔小篆，臣认得的。"

董太后解释说："当时没有御林军和禁军支持，刘协是不可能继位的。所以现在，我才要你去接管西园八校尉，明白了吗？"

董重又读了一遍圣旨，忽然间，自己有了一种神圣的使命感。这既然是先帝遗愿，自己理应出力将它完成。

"掌握西园各军后，你要马上派人全力追捕张郃，还有一个叫杜若的小黄门。"

董重疑惑地问："这二人是谁？他们犯了什么事情，居然惊动了太皇太后您老人家？"

董太后就将二人涉嫌谋害皇帝的事情告诉了董重。听到这里，董重不由大怒，骂道："这些人真是狼子野心，竟然敢弑君夺位？"

"你现在明白了吧，为什么我要突然对你委以重任。"

董重立即跪倒，向董太后发誓道："为了先帝遗愿，为了洗雪先帝被害冤情，侄儿一定鞠躬尽瘁。请太皇太后放心，董重知道该怎么做。"

董太后就详细地交代了他一些事情，董重连声诺诺，然后出宫安排去了。

这时新任骑都尉丁原正在府邸召见自己的部下张杨与张辽。丁原在他的并州刺史任上，结识并提拔了吕布、张辽和张杨等并州本地豪杰。按照朝廷的异地就职原则，州郡的长官不可以是本地出生之人。丁原作为一个外乡人，能在并州招纳大批骁勇善战的军官和士兵，全都仰仗这三位将军的大力帮持。

丁原自己也知道，真正能指挥并州军的，就是这些桀骜不驯的将军们。

对这样的状况，丁原并没有什么不满，觉得自己应该学高祖刘邦，他经常想高祖说过的话："论运筹帷幄之中，决胜千里之外，我不如张良；去安抚百姓，不断供给军粮，我不如萧何；率百万之众，战必胜，攻必取，我不如韩信。这三位都是人杰，我能善用他们，所以取得了天下。"丁原认为自己手下的吕布、张辽和张杨都是人杰，特别是吕布，勇武冠绝。为了笼络住吕布，他想尽了办法，收了吕布当自己的义子，又提拔他当自己的副手，任主簿之职。自己到京城后，军队就完全交给了吕布，这就是信任。他认为，信任是笼络人心的最好办法。

此时他正带着欣赏的目光，看着眼前的两位得力属下张辽和张杨，问道："二位将军，上月蹇硕跟我要能干的将领，我觉着这个机会不错，有前程，就向他推荐了你们二位。不知你们到禁军后，现在情形如何？"

张杨是个粗人，怒气冲冲地说："丁大人，我和张辽在并州，好歹也是带兵的将军。可到了京城，蹇硕那厮虽然给了我们名号假司马，却只安排我们在宫门带人前去站班值岗，根本就是把我们当成粗使的下人在用，哪里给半分的权力带兵。活该这厮上回被何进杀了。"

张辽是个有城府的，冲张杨摆手说道："张将军莫要焦躁，如今丁大人调到京里来了，你我肯定会有大任。我听人说，大人您就要担任骑都尉一职，不知是否确有其事？"

丁原点头，心里暗夸张辽是个稳重有心计的，就回答说："文远说得没错。我马上要掌管羽林骑，少不得需要你们二位帮我好好带兵。"

张杨听了这话，问道："大人，是大将军何进任命您就任骑都尉的吗？"

丁原却摇头说："我跟这位国舅大人不熟悉。"

张辽听着他的话里仿佛有点看不起何进的意思，疑惑地问道："丁大人，自从蹇硕被杀之后，所有京城的军队与防务，全部都由何进与袁绍负责，现在除了何进，还有谁能任命大人这个职位呢？"

丁原呵呵一笑："你们不知道朝廷有两个国舅吗？除了何国舅，还有一个董国舅呢？骠骑将军董重是我的故交，就是他要求我进京来掌管羽林军的。"

张辽与张杨对视了一眼，明白了丁原并不是何进那边的。张辽就说："丁大人，我知道大将军何进一直与宦官们不和，前些日子还杀了中常侍蹇硕。如今又出来一个骠骑将军要您去掌管禁军，不知道这位董重将军，是他们哪一边的呢？大人，这京城的水实在太浑，我们还是小心为上，可不要被人拖下水啊。"

丁原听了这话心里顿时不悦，略沉着脸，沉吟了片刻说道："二位将军不要多心，我们是给朝廷做官，不是给他们哪一个国舅做官，只要我们按照朝廷的规矩做事，问心无愧就行了。"

正说到这里，有差人来报，骠骑将军董重来了，要见丁大人。

丁原吩咐快请进来。张辽与张杨起身就要回避，丁原心中一动，说道："二位将军不要走开，我们一起见董大人吧。"然后带着二人迎了过去。

董重进来时，丁原带着二人刚好迎了上来，向董重行礼。董重赶紧一把挽住，热情地拉着丁原的手，两人寒暄了几句，就进入客厅坐下。然后董重看到了张辽、张杨二人并没有离开的意思，就面带疑惑地看了看丁原。

丁原就向他介绍说："董大人，这二位是我的左膀右臂，张辽和张杨二位将军。正好我介绍给董大人认识一下。"二人就过来向董重叉手行礼。

董重听丁原这样说，心想多几个帮手也是好事，于是对张辽、张杨二人褒奖抚慰了几句。随后，就向他们一起传达了董太后的旨意。

"丁将军，现在国家有难，正需要你们出力为国锄奸，匡扶社稷。"董重说完，又向丁原展示了灵帝生前立刘协为帝的遗旨。

这时丁原心里开始有些恐惧了，刚刚张辽还劝自己不要陷到这场朝争里面，现在看来，只要自己来了京城，根本就躲不开这场愈演愈烈的恶斗了。

心烦意乱的丁原拿起灵帝的遗旨读了一遍，明白了先帝原来中意的是陈留王刘协，可既然写了旨意，如何没有玉玺加盖呢？不由得抚须深思了起来。董重明白他在犹豫什么，"丁大人是不是在怀疑这道旨意呢？"

"兹事体大，不能不叫人三思啊！"

"丁大人，这道旨意是先帝亲笔书写，我对他的小篆字体最是熟悉。虽然没有玉玺盖印，却有先帝常用的一枚小印章加盖，你看这里。"

其实，丁原当然知道这应该是真的，但他害怕卷入这种宫廷之争。更何况刘辩已经被何进他们拥立为帝，名分已定，如果要换皇帝，这不就是谋反吗？现在跟何进、袁绍他们为敌，自己岂不是有些自不量力吗？

董重见他还在犹豫，就将张郃、杜若这些人受何进这些人指使，涉嫌弑君的事情叙说了一遍："建阳，我作为人臣，富贵已极，本已准备回乡颐养天年了，根本没有必要再来掺和朝中的纷争。可是现在这个状况，你说我能袖手旁观吗？当初我上表，向先帝和太后推荐你丁建阳，说你忠义可嘉，乃是本朝的无双国士，所以太后一直将你记在心里，向先帝几次荐贤，你这才去了并州，担任刺史。太后现在将大事托付给我们，这是何等的期望和信任？"

丁原立即站起身来，向董重作揖，表示谢意。

董重将丁原扶起说道："建阳你看，这些人猖狂至极，竟敢冒天下之大不韪，弑君篡位，难道我们不该出手制止他们，完成先帝的遗愿，洗雪先帝被害的冤情吗？"

话说到这个地步，丁原必须得表明自己的态度了，他把灵帝遗旨供在桌案上，恭恭敬敬地叩头行了大礼，然后起身对董重说："董大人不须多说了。丁原自幼读书明理，忠孝大节，匡扶正义，为国除恶，这些都是我平生的志向。需要我们做些什么，大人请只管吩咐就是。"

"好，好！真是国难见忠臣！"董重感动得紧紧握住了丁原的双手。然后将董太后吩咐，要他担任骑都尉，并接管西园各军等事一一交代给了丁原。

董重交代完之后，丁原郑重地回答："董大人放心，也请转告太皇太后，丁建阳一定竭尽全力，不负太后托付！"

董重听了这话，心里如释重负，又转头对张辽与张杨二人说了一些勉励的话语，这才收起灵帝遗旨，心事重重地离开了丁府。

第二十六章　袁氏兄弟

董重离开之后，丁原与张辽、张杨商议明天该如何行事。

张杨问："丁大人，刚才你们说的那些事，我也大概听明白了。太皇太后要我们听她的话，为她接管控制西园各军，对不对？"

丁原点头。

"丁大人，我就是个带兵的将军，那些乱七八糟的事情，我没有什么兴趣。但只要你下令，咱们绝不含糊，绝对执行就是。"

丁原不禁赞赏地看着这个说话鲁直的汉子，连声地说："好，好。"

张辽的想法远比张杨深远，他问丁原："丁大人，末将认为，咱们在京城行事，必须千万谨慎。这里到底不是咱们并州，而且我们的军队又不在身边，不要事情没有办成，先把自己赔进去了。"

丁原反过来问张辽："文远，那么对这件事情，你觉得该怎么办呢？"

"大人，我跟张杨来京城也有一段时间了，听到了不少传言。很多人讲，太皇太后本就不喜欢现在的新皇帝和他的娘何太后，她喜欢的是陈留王刘协。可太皇太后与董大人并无一兵一卒可用；而皇上的背后是大将军何进和他控制的左右羽林军，杀了蹇硕以后，何进他们又接手了西园各军。现在这两边的势力谁强谁弱，不言自明。丁大人，新君已立，名分已定。您要真是支持董太后他们，那就是与新帝与大将军他们为敌。您觉得我们的实力够吗？"

"文远，你说的这些，我当然知道。只是，他们董家对我有恩，而且他们手里又有先帝遗诏，似乎又占着理，我无法拒绝啊。"

张辽认真地盯着丁原看，他这种模棱两可的言语，让张辽摸不透他说的究竟是真心话，还是一种托词。"丁大人，请恕末将直言：这件事说到底，是他们刘姓皇族的家事。要我们帮忙，无非是看重我们的并州军。大人，如果您没有军队在手，他们还会找来吗？"

丁原听了心里更加欣赏张辽了，却只摸着胡须并不答话。

"依我看，既然董将军来找您了，何进也会找过来。到时候，您又如何回复这位何大将军呢？"

张杨听到这里，说道："他们连皇帝都敢害死，这等豺虎之辈，还理他们作甚？"

丁原皱着眉头，叹了一口气回答："这皇宫里的事情，错综复杂，真相究竟是什么，谁又能知道呢？那些知道的人，会把真相公之于众吗？"

"那大人的意思是？"张杨有些着急了。

看到张杨这样，丁原抚须笑了起来。"不管怎样，我都不能把咱们轻易地卷进去。但是答应董重的事情，还是要去做的，我不能失信于人。况且，我们是奉太皇太后的诏命行事，应该可以争到一些筹码。"

张辽就问："丁大人，我们去接管西园各军，须得有实力支撑才行。就我们现在这些人，去了也只是自取其辱。不如先将我们的军队调到京城附近来，再作商议？"

张杨却不这么想，说道："有太皇太后的诏书在手，谁敢反抗？"

"那如果他们真的就抗命不从，你该如何？"张辽反问。

"嘿嘿，那我立即就斩了那个领头的。"

丁原马上否决了他这个想法："绝对不行。我们在这里只有几十个人，到时候真要火拼起来，吃亏的一定是我们。"

三人默声想了一阵，张辽说："我有一个法子，运气好些的话，应该可行。"

丁原急问："文远快讲。"

"可以效仿昔日高祖夤夜闯进韩信军营夺兵权的做法。咱们也突然袭击他们的军营，宣达太皇太后的诏命，要求接管该营，如果该营校尉不肯交印，就立即拿下。等到何进、袁绍他们反应过来，带着皇上的圣旨来反对，可木已成舟，他们又能如何？总不能让皇上打脸说自己的祖母造反吧？"

听到这话，张杨哈哈笑了起来。丁原也不禁笑了，说道："文远，你刚才提到，要将我们的并州军带到京城来，这个建议非常稳妥。到时候有奉先在这里，按你刚才说的计划行事，我们一定能成功。"

吕布武艺超群，勇猛过人，在并州军中就是一个神一样的存在，只要有他在场，众人的心里无形中就多了一种必胜的信心。所以提到了吕布，三人的眼睛里顿时都放出了光芒，信心倍增。

第二日清早，丁原秘密地去了董重府邸，跟他说了自己的计划。董重大喜，立即给了丁原调军进城的令符，两人又商量了几日内交接的一些细节，然后丁原就骑上快马，带着一众亲兵出城而去。

接着董重让人准备了一份厚礼，让家人抬着，一起去了何进府邸。

何进对董重的到来很是意外，自然很有些戒心。可是董重却摆出了一副非常低调的姿态，竭力地讨好奉承何进。他明言虽然有太皇太后的诏书，却明白自己只是一个挂名的将军，并不会去实际接管西园各军云云。

何进听他这样说，心中非常高兴，自己本来也不想跟太皇太后弄得太过难看，既然董重跟自己如此友善，可见毕竟都是朝廷的国舅，大家的利益本就是一体的。于是两人相谈甚欢，很是投契。

但是袁绍与袁术对董重的这番说辞并不相信。他们提醒何进，一定要防备董重跟张让、赵忠这些宦官们联手，而何进却大不以为然。何进的心里觉得他与董重都是外戚，可以携手一起清除阉宦，共扶朝廷。

袁绍劝不动何进，就私下里加紧了对西园各军的控制，在各军中安插自己的眼线亲信，防止董重插手西园各军。

这日，公务完毕之后，袁绍亲自去了袁术官衙，邀请他到自己府中来，他要为兄弟摆酒接风。袁氏兄弟二人许久未见，现在两人又携手在京中共事，自然无比亲热。酒过三巡，袁绍屏退了所有下人，对袁术说道："兄弟，现在四下无人，为兄有一些秘密的话要说给你听。"

袁术向袁绍敬酒说："兄长请讲。"

袁绍先饮了满杯的酒，叹了一口气说道："兄弟，你不知为兄现在做事多么艰难！幸好如今你来了，从此我们二人可以共同挑起这千斤重担了！"

"但凡有什么事情，请兄长尽管吩咐，兄弟我一定尽力。"

"你可知这京城看似无比繁华尊贵，实际就是龙潭虎穴，稍有不慎，就会粉身碎骨。"

"兄长，你是不是过于忧虑了呢？现在新君已立，朝政几乎都掌控在大将军何进以及我们的盟友手里。那些宦官不过是瓮中之鳖，早晚收拾了他们。"

袁绍见袁术如此乐观，摇了摇头，说道："兄弟，我们袁家可以说是世代名家，经历四世三公。从曾祖袁安数起，他老人家官至司空、司徒，然后袁敞做过司空，我们的祖父袁汤当了司空、司徒、太尉，我们的父亲也是官至司空致休，如今叔父正当着太傅。都说汝南袁家的门生故吏遍布天下，可谓树大根深。可就是我们这样的世家，不久之前，曾经遭遇了一次不为人知的重大危机。"

袁术惊讶地问："兄长，你说的是怎么回事？"

"为兄得到可靠的消息，几个月前，有人想要将我们袁家连根拔起，尽数诛灭。"

袁术先是大惊失色，随即哈哈大笑起来："谁想这么干？谁又能这么干？"

"是先帝。"

袁绍轻轻的三个字，不啻于晴天霹雳，袁术顿时惊得收起笑容，脸色变得惨白。

"这，这是真的吗？"袁术已经被惊吓得口吃起来。

"是真的，大将军何进亲口告诉我的，而在宫里的内线也通知我了。"

"可这都是为了什么呢？我们袁家并没有做过什么大逆不道之事啊？"

"你不懂先帝的君王之术啊。伴君如伴虎，之前的大将军窦武和太傅陈蕃他们都死于宦官之手，全族遭诛，你以为真的只是因为他们得罪了宦官吗？"

袁术惊疑未定，摇了摇头，又点了点头。

"大错了，兄弟。没有皇帝的大力扶持，那些狗宦官们什么事都做不成。先帝就是借用曹节这些宦官之手，来除去自己的心头之患。事后，他还不用承担残害忠良的恶名。"

"可这究竟为了什么啊？我们袁家从来不曾谋反！莫非是那些龌龊的宦

官在先帝跟前挑唆诬陷？"

袁绍给袁术斟满了一杯酒，又叹了一口气："说到底，只是因为先帝认为我们犯了他的忌讳，跟他不一条心，而且我们袁家的名声过大，引起了他深深的猜忌。"然后跟袁术互相敬了一杯酒，继续说道："你还记得王美人吗？"

"记得，就是陈留王刘协的母亲。"

"是的。这个刘协的母亲王美人，是中郎将王章之女，出身名门世家，举止文雅，容颜姣好，深得皇帝宠爱。而一直主宰后宫的却是何皇后，她出身于屠夫之家，据说是靠贿赂宦官被选入宫，而后幸运地当了皇后。她对王美人的受宠深怀嫉妒，当王美人生下刘协后，何皇后妒性大发，担心王美人有了皇子会进一步威胁到她，就指使人将毒药偷偷地放在王美人产后服用的汤药里，王美人饮后当即身亡。先帝闻讯勃然大怒，要立即将何皇后废黜。但宦官曹节、张让等人，竭力地为何皇后求情。不知出于什么想法，先帝居然赦免了她。但他担心刘协留在后宫再遭暗害，于是将他抱到了永乐宫，请董太后代为抚养。自此，刘协就以董氏作为外家。"

袁术听了不以为然，问道："兄长，这种宫闱秘闻跟我们有何干系？"

"你不要着急，且听我把前因后果讲给你听。这何皇后生的皇子刘辩，是皇长子，他母亲又是皇后，按说太子之位非他莫属。但先帝认为刘辩举止轻浮，没有国君应有的威严气质，他的妈何皇后又心术不正，行为不端，这些都让先帝讨厌。而刘协在永乐宫长大，由董太后悉心抚养，举止端庄，深得先帝喜爱。再加上其母死于何皇后之手，先帝难免有恻隐之心，因此他决心立刘协为太子。对这种废长立幼的想法，大将军何进当然率先反对，满朝大臣尤其是叔父袁槐与杨彪等人，也都坚决反对。皇帝没法，只好收回成命。据说皇帝曾经秘密地写下立储圣旨，后来并没有盖玺明发。有偷偷看过密旨的人说，先帝要立的还是刘协。"

袁术不以为然："但是这个密旨从来没有向众人宣布啊？"

"这就是奇怪的地方。据密报，先帝跟塞硕曾经有一个计划，要逐步削除何皇后一族的势力，第一步就是罢黜，或者诛杀大将军何进，清除何进周围的支持者。先帝认为，何进主要倚靠的就是我们汝南袁家。我也是后来才知道，何进跟我们亲近，触犯了先帝的忌讳。我们袁家门生故吏之多，影响之大，早就被先帝所不喜。而且反对他立刘协为储的人，又以叔父袁槐最为坚决，这更加引起了他深深的憎恶。"

袁术愤愤地说："这真是无妄之灾！先帝为何这般不能容人呢？"

"他一直就是这样的人。当年大将军窦武何等忠心，太傅陈蕃与名士李膺，又都是天下文人的领袖。只因为犯了他的忌讳，他就将这些名臣满门族灭，这是何等的残忍凶狠！"

"可我听说，这位先帝行事常常匪夷所思，经常做些让世人瞠目的荒唐事情。"

"这就是他的两种面目。天子独尊，他自然可以不按常理行事。以我看，世人说他荒唐，那是因为很少有人能看懂这位先帝的帝王心术和他统驭群臣的手段罢了。"

袁术听罢，愤然站了起来，说："他想杀我们袁家？哼，谁杀谁还不知道呢！"

袁绍听了这话，立刻惊得站了起来，连声说道："兄弟慎言！"

然后，两人坐下沉默了一会儿。

过了一会儿，袁术突然怪异地笑了一下："不瞒兄长说，那年在汝南家中，陈芯说过想到京城来，我就没有挡她。我跟父亲说，那本'金匮图册'应该物归原主，就送给了她。"

"什么'金匮图册'，我怎么不知道？"袁绍问道。

"那是在一个偶然的机会，父亲告诉了我这本图册的事情。这'金匮图册'是王莽执政时流传下来的一本绝密图本，里面记载了洛阳与长安两地皇宫下面的各种秘密通道。据记载，皇宫下面那些密道建成后，所有图本全部销毁，只记录在了这'金匮图册'当中。当年太傅陈蕃寻觅了多年，终于找到了这本图册，尚未来得及交到皇上那里，就发生了后面的变故。陈蕃就将这图册交给了父亲保管。所以父亲说，这本来就是他们陈家之物。我想，陈芯姑娘说要到京城来，自然有大事要做，这本图册对陈芯来说，正好需要，就交给了她。"

袁绍听到这里，失声说道："兄弟，你糊涂啊！"

"哦？这是为何？"

"别人不了解陈芯，咱们二人肯定是知道的。陈芯姑娘身负绝艺，性情孤高，却又嫉恶如仇，她背负着家仇国恨，对先皇帝与宦官们做的一些事情深恶痛绝，到京城来，自然是为了报当年的血仇。为了她的安全，你本该阻挡她来才对。"袁绍此时非常懊恼。

袁术看着兄长的表情，心里不由得冷笑了起来："兄长你有所不知，父亲亲口对我说过，陈芯姑娘生得太过美貌，恐怕是个不祥之人。"

袁绍摇了摇头问："这是从何说起呢？"

"父亲说，有她在，我们袁家会兄弟失和，不得安宁。他还说，我们二人是要以天下为己任的，就不要被小儿女之事烦扰。所以他让我将陈芯送到一个安全的地方去。我就趁势将她送了出去，也省得我们兄弟为了她，平添许多不快。"

听到这个说法，袁绍生气了，埋怨地说："那京城就是你说的安全地方吗？"

袁术立即解释道："陈芯姑娘来京城，是我没有想到的。我的本意并非如此。"

袁绍又是接连摇头，神情之间，一副对陈芯极其不舍的样子。

袁术看到他这副模样，不禁冷笑不语，过了一会儿说道："那年为了她，咱们兄弟不和，现在想想，真是大可不必。陈芯的心性之高，绝不是平常女子，她不会喜欢像你我这样的人。当年我们都是空费了一番心思，难道不是吗？"

袁绍自饮了一杯酒，沉默了许久才说："陈芯姑娘年纪尚小，尚不知人心艰险，世事之难罢了。等她吃够了苦头，自然会明白你我对她的好了。"

"兄长这么关心她，这一年来，可曾知道她的行踪？"

袁绍顿时无语，只好回答："我的确不知。"

"你果然是不知道，只因为你心里想的，一直都是所谓的朝廷大事，又怎会腾出半分来关心一下陈芯姑娘呢？"

听了这种诛心之语，袁绍有些脸红，嗫嚅着想解释什么，却又无可辩驳。

袁术见他这样，心里不禁得意："现在她的父亲已经拜托人找到京城了，这人就在司徒王大人府上。前几天还亲口问我，是否知道陈芯之事。"

"是谁在找陈芯？"袁绍问道。

"是琅琊王家的王融。都说我们袁家是世家大族之最，其实他们几个王家才是最大的，若论财力之雄厚，他们可能更在我们之上。先帝眼拙啊，却只盯住了咱们家！"

这人竟然是王融，这个消息立即引起了袁绍的警觉，莫非陈芯在京城惹出了什么事情？可是自己真的没有听到过她的消息，难道她用了化名？于是问袁术道："陈芯在外，一定不会用自己的真名，你知道她使用的化名吗？"

"知道，叫杜若。"

一听到这个名字，袁绍犹如五雷轰顶，顿时脸色惨白。袁术见他这样，也不禁狐疑了起来。

第二十七章　遗诏风波

袁术见袁绍的表情突然变得非常难看，就问："兄长，她出了什么事情吗？"

袁绍点头："前些日子，有消息说，张让他们正在严密追捕几个宫人和侍卫，我记得其中就有一人，名字就叫杜若。"

"为了什么事情？"

袁绍沉重地说："据传，先帝的死因并不简单，张让等人怀疑他们涉嫌害死了先帝，而杜若就是直接的凶嫌。如果传闻属实，那么陈芯进京来，就是为了给家族复仇。我想，她现在一定还躲藏在京城里。"

听到这里，袁术突然哈哈大笑起来。

袁绍看他这样，就问："兄弟你为何发笑？"

"都说这京城是天下精英的汇集之地，皇宫侍卫更是能人如云，怎么竟然被一个小小的弱女子搅了个天翻地覆。连先帝的死因到现在都还这样不清不楚，更不敢向天下人如实公开。我看，这大汉朝廷真的是气数已尽。"

这话其实也说到了袁绍的心里，他也是这么认为的，但他故意皱着眉头说道："兄弟慎言，你我毕竟在食大汉俸禄。"

袁术知道袁绍跟自己一样，自幼就有冲天的豪志，却见他在自己跟前掩饰，不禁觉得好笑。袁术故意问道："兄长，你当年那么深爱陈芯姑娘，如今她时刻处于危险之中，你是救她不救？"

"我都不知道她在哪里，又该如何救她呢？"

"兄长你如果想知道，就一定能知道。那一起被缉捕的侍卫叫什么名字，是谁的部下呢？"

"那人叫张邰，是蹇硕的部下。"

"蹇硕？他不是已经死了吗？"

"是的，张郃随后也不知去向了。"

"难道他被人灭了口？或者已经逃了出去，不再回来了？"袁术自言自语地问道。

袁绍当然知道张郃真正的主子就是韩馥，一直以来，张郃为他们办了不少事情，这一点他绝对不会告诉袁术。袁绍想不清楚的是，为什么张郃会跟陈芯一起做了这件大事，而自己竟会全然不知。这里一定有他不知道的事情发生，袁绍已经急不可耐地要去找韩馥一问究竟了。

袁术离开之前问袁绍："你们让我当这个虎贲中郎将，不能只是个空头衔，大将军给我派了几个手下，其中有张辽、张杨等人，可我知道这二人都是丁原的部下。那丁原也已经被调到京城来了，这二张多半会重回丁原那里。请兄长跟大将军说一下，我要任命纪灵、杨弘、张勋、桥蕤等人担任司马，来充实禁军。"

"好说，兄弟放心，这件事我一定办到。"

随后袁术向袁绍再次敬酒，然后拱手致谢离去，而袁绍则站在院子里陷入了深思。

这样乱纷纷的朝局，人人都在拉拢建立属于自己的人马，董卓、丁原这些人一直在这么干。甚至自己的兄弟袁术，也开始有了自己的嫡系人马。目前自己信任并且可用的部下，只有麹义和高干等人，武艺超群的卢奕能不能算上一个呢？他的父亲是那个名闻天下，性情刚烈的尚书卢植，卢奕最终能为自己所用吗？从这段时间来看，毫无疑问卢奕是个精明能干的属下，但袁绍总觉得自己对卢奕有些看不透，他觉得卢奕跟自己不是一路人。

前些日子传来消息说，宦官们派人围攻抓捕张郃，可能就是卢奕救走了他，但是自己并没有吩咐他去这么做。他究竟为什么要做这件事情呢？如果卢奕不能为自己所用，那就必须尽早将他驱离自己的身旁，免得成为日后的麻烦。想到了这层，袁绍决定该考验一下卢奕了。

次日上午，何进召唤袁绍商议一件恼人的事情，他的大将军府外经常有人在暗中窥伺，昨日派人跟踪终于抓到了一个。经过酷刑拷打审问，这人交代，他是中常侍夏恽与小黄门张意派来监视何大将军的。夏恽居然敢派人盯着自己，这让何进非常恼怒，他决心要将夏恽、张意二人铲除，如果能抓到什么把柄，就趁势将张让这帮宦官一网打尽。

袁绍灵机一动："大将军，前些日子皇甫规老将军在府中被人暗箭射杀，据查是黄巾军余党赵弘之弟赵臻和韩忠之弟韩祺率人攻击了皇甫将军府，韩祺被当场击毙，事后赵臻不知去向。有人说赵臻藏进了宫中，据传宫中绝不止封谞一人暗通黄巾军，张让、夏恽等人也一直在勾连黄巾军余党。"

何进问道："本初，你要是以这个名义去抓夏恽他们，如果搜不到证据，岂不是白忙一场。"

"大将军，咱们现在不是有了口供吗？"

何进恍然大悟，连声说好，就将此事交给了袁绍全权负责。回到司隶校尉衙门后，袁绍派人叫来了卢奕、麹义和高干，吩咐他们立即带人进宫将夏恽与张意二人抓捕归案。

卢奕问袁绍："袁大人，那夏恽可是中常侍，抓他的话，需要圣旨或者两宫太后的旨意才行吧？"

袁绍回答说："你们三人先去抓了张意。我和大将军随后就会进宫请旨捉拿夏恽。"

三人领命就要出去，袁绍叫住了卢奕，轻声地说："卢将军，还有一件麻烦的事情，需要将军帮忙。"

卢奕回道："袁大人请讲。"

"你在宫中值守的时候，可曾见过一个叫作杜若的小黄门？"

一听到杜若的名字，卢奕的心不禁悬了起来，他若无其事地回答说："袁大人，末将最近去宫中值勤，没有见过此人。"

"嗯，你现在就记住了，如果见到叫这个名字的人，先扣押下来，要等我来发落。另外，不要让任何人知道此事，更加不要让任何人接触这个人，明白吗？"

"是，末将知道了。"

卢奕他们走了以后，袁绍立即出发到了韩馥那里。见到了韩馥，两人简单寒暄了几句，袁绍单刀直入地问起杜若与张邰之事。

韩馥看着袁绍，却是一言不发，转身从书案堆积的文牍深处找到了一封书信，递给了袁绍，然后说道："本初，你自己看看吧。"

袁绍看完，不禁深深地皱起了眉头，原来是袁术写给韩馥的，信里说前太傅陈蕃的孙女陈芯，有重要之事到京城来，拜托韩馥妥为照顾，望凡事给予方便，信中说这是自己的爹袁逢之意。袁逢是韩馥的恩师，他吩咐的事情，韩馥自然会照做的。

袁绍轻轻地说了声："他在撒谎！"

韩馥苦笑着回答："本初，那日我见到了此女，心想她是名门之后，诗书传家，又是如此的国色天香，端的是气质非凡。况且又有公路来信央求看顾，我当然尽力满足她的要求。可我如何能料到，她竟然是来京城行刺先帝的呢？"

"韩大人，恐怕这里还有隐情吧？"袁绍还是不信陈芯是来行刺的。

"有没有隐情，我也不想知道，更加不想再与她接触了。所以我吩咐张邰，无论如何也要将她带出宫去，赶快送走，越远越好。怎奈后来张邰也暴露了，幸好有人相助，他已经逃走了。现在还算安全，应该不会危及我们。"

"韩大人好糊涂啊！因为陈芯的事情，差点破坏了我们的大事！"

"本初你责备得对，好在目前损失不大，我也在尽力弥补。"

"张邰被逼逃亡，他可是我们在禁军里的得力人物，这个损失几乎是无法弥补了。现在何进正要任用张辽、张杨这批外郡调来的将领，一旦被他们填补了空缺，我们的实力肯定受损。"

韩馥笑道："何进调不动那些人的，还得依靠我们，本初放心就是。"

袁绍点头，就与韩馥商量了下一步的计划，然后各自行动去了。

那边卢奕、高干和麴义三人带着几十个御林军士兵，到了北宫苍龙门，正要进去抓捕张意，却被值日的将官张辽带人挡住。高干出示了大将军的令牌："张将军，我等奉大将军命令，有紧急公务在身，这是令牌，请让我们通行。"

张辽不肯，回道："你们带兵进宫，须得有皇上、太后的圣旨，或者大总管张让的手令。我们也是奉令守门，请不要让我们为难。"

高干顿时恼怒，抽出刀来喝令张辽让开。旁边的张杨见他们想要威胁，立即领着手下，端着武器将宫门堵住。一时间，两边剑拔弩张，对峙起来。

卢奕见状，上前对张辽说："刚才大将军说了，他带着旨意随后就到，如果现在耽误了抓捕时间，让黄巾军贼人逃脱了，张将军，恐怕你担待不起吧？"

听到这话，张辽一时犹豫起来，而张杨在旁边厉声喝道："除非大将军本人到此。否则，就凭你们这些人，得问问我这把刀是否答应！"

高干顿时大怒，骂了声："猖狂！"然后冲了上去，二人舞刀斗在一起。一时间两边士兵互相呵斥怒骂，宫门秩序顿时大乱。卢奕和张辽赶紧约束住两边士兵，没有他们的命令，谁都不准上前厮杀。

此时高干与张杨斗得更加激烈，俨然变成了性命相搏，卢奕皱眉说："皇上与两宫太后都在宫里，他们二人在这里如此相斗，成何体统！"

张辽随声附和："将军说得有理，我们二人去拆开他们如何？"

卢奕点头称是。

于是张辽率先上前，抱住了张杨，谁知张杨力大无比，一下子甩脱张辽，然后将刀舞开，张辽竟然一时无法靠近。

卢奕看他这般尴尬，不禁笑了。二人又斗了一会儿，卢奕突然向前锁住高干的右臂，高干右手顿时动弹不得。此时张杨的刀已经攻到，卢奕用高干的刀猛然磕住张杨的来刀，同时飞起一脚踢向张杨。张杨眼见他踢了过来，刚要闪躲，只因卢奕速度太快，竟然无法闪避，当即被卢奕一脚踢倒，待要翻身爬起，腰间却是一阵疼痛，顿时瘫坐了下去。张杨那边的士兵赶紧上前扶住。

张杨大为羞恼，想要翻身再斗，怎奈自己全身脱力，只得怒目圆睁，瞪着卢奕。张辽看着这一幕，不禁心里暗暗吃惊，心想这里到底是禁军，精英会集，眼前的这位卢奕，外表斯文，就是一副在军中毫不起眼的文士模样，竟然身怀绝艺。以他这样的武艺，自己可不是对手。在并州军里也只有吕布，才能像他刚才那样瞬间击倒张杨。

随后宫门秩序恢复，而大将军何进也带着太后与皇帝的旨意来了，见张辽他们正挡在门口，就喝问张辽："连我也要挡吗？"

张辽赶紧施礼："末将不敢，大将军请进。"

于是众人簇拥着何进进入宫里。何进吩咐所有的人分作两路，一路直接奔向张意的住处去抓捕张意，另一路跟着他去抓夏恽。麴义和高干带人闯进张意住处后，发现卧房紧闭，麴义飞起一脚踢开了小门，只见屋子里面一片狼藉，到处散放着各种东西。随从们冲进去四处搜查，根本找不到张意的任何踪影。于是高干就领着众人仔细搜索，全力寻找黄巾军余党的证据。

　　那边何进带着众人闯进了夏恽住处，见夏恽正端坐在客厅饮茶。夏恽早晨就听说何进他们拿到了被捕差人的口供，诬陷自己勾结黄巾军余党，今天就要缉捕自己和张意。情急之下，他去找何太后求情，何太后拒绝见他。他只好转向又去找董太后，也是不见。

　　就在他焦急地等待在殿外时，张让悄悄地命人告诉他，进狱之后什么都不要说，苦熬着过了几天后，他和赵忠自然会去救他的。夏恽欲哭无泪，心想何进他们的酷刑自己能熬过去吗？他心里悲怒交加，脚步沉重地回到自己的住地，进到自己的内室打开了一个秘藏的箱子，取出一份自己珍藏已久的绢丝密档，看了一遍又一遍，哈哈大笑了起来，然后又放声痛哭。

　　哭完之后，夏恽来到了客厅，吩咐小太监给自己端茶过来。然后他平静地坐在那里饮茶，等待何进。

　　何进见他这样，直觉告诉他，这有些异样。只因夏恽是中常侍，待他必须得有几分尊重，于是何进吩咐众人不得无礼。自己就走到近旁，向夏恽宣达太后与皇帝的旨意。当夏恽听到说他勾结黄巾军余党时，仰头大笑，何进斥责道："夏恽，你勾结黄巾，证据确凿，现在我奉太后之令抓你，你却为何大笑？"

　　夏恽缓缓站起，从桌上拿起那卷黄绢圣旨，大声说道："我这里有先帝亲笔遗旨，众人跪倒听旨。"

　　当然是没有任何人回应他。

　　夏恽就大声念了起来，"先祖武帝曾诫，往昔国家所以乱者，由主少母壮之故也。女主独居骄蹇，横蛮自恣，莫能禁也。今皇后何氏，出身微末屠家，母仪缺失。而蒙宠受幸，领天家厚恩，却无感怀之念，一味倔强忌妒。竟毒杀美人王氏，致使后宫震慑，实乃朕锥心之痛。特预立此诏，朕若不在，彼必为祸，故赐皇后何氏自尽，与朕同入文陵。钦此。"

何进大怒："大胆夏恽，你竟敢伪造先帝圣旨，这可是诛灭九族的大罪！"

夏恽笑道："大将军，先帝遗旨，我已经宣达了。最后，我有一言说与你大将军听，你跟你妹妹都好比毒蛇一般，当初何皇后央求于我，我才没有将这道先帝遗旨公布于众。可现在你们反而要害死恩人，不是比那蛇还要狠毒吗？"

何进羞恼至极，吩咐手下将夏恽立即拿下。夏恽就端起桌案上的茶盅，哈哈大笑几声，然后一饮而尽。何进心里大呼不好，连忙叫手下上去抢下茶盅，却是已然来不及了。夏恽饮了毒茶，立时毒发身亡。

何进上前拿了那道圣旨，立即就要扯了。旁边的贴身侍卫赶紧上前，小声说道："大将军，这么多官员和太监都在看呢，撕了就等于承认，这就是真的先帝遗旨。"

这句话立即惊醒了何进，他虽然恼恨交加，却只得拿了这道所谓的伪旨，向何太后复旨去了。

第二十八章　刺杀蔡邕

此刻在崇德殿，董太后、何太后与小皇帝刘辩，中常侍张让、赵忠等人，以及王允、杨彪等文武官员都在等待何进的消息。宫里的高层宦官，除了封谞，还有人甚至是中常侍，可能与黄巾军有染的事情，官员们早就有所耳闻。为什么大将军何进直到今天，才开始追究这件事情呢？很多人心里都在惴惴不安，明白又要有大事发生了。

约过了半个时辰，何进带着袁绍等一众官员终于进殿了。何进向两位太后禀告了抓捕夏恽和张意的过程，当众官员听说夏恽已经自尽，张意失踪的时候，不由得都是暗暗心惊，莫非夏恽真的是畏罪自尽吗？只有张让、赵忠等人心里悲愤莫名，他们知道何进并没有抓到任何证据，夏恽二人纯粹是被他们给逼死了。

何进向何太后呈上了那个"伪旨"，随即指斥夏恽丧心病狂，竟然伪造先帝遗旨，污蔑太后，这是十恶不赦的灭族大罪。何太后看完之后，急怒攻心，几乎晕厥，清醒过后，立即同意何进将夏恽诛灭九族。

这时董太后将这个"伪旨"拿了过去，仔细看了一遍，说道："哀家孤陋寡闻了，竟对这个事情闻所未闻。不过，这个字迹倒是跟先皇帝颇有几分相似。"

她这样一说，大殿里顿时议论纷纷。

何太后听到这话，又气又急，这分明是在火上浇油，于是她急忙解释说："先帝生前与哀家情深意重，绝对不会留下这样的旨意。这伪诏上的字迹是在模仿先帝，虽然有几分相似，但毕竟是假的，书法行家一看就知。况且没有用玺，当然是假的。"

董太后抬头看了看今天上朝来的这些官员，看到里面颇有几位大儒，于是她点名说道。"王允，杨彪，卢植，马日磾，韩说，你们几个过来看看？"

几人无奈，只得上前传看这份"伪诏"。王允先看了，摇头只说不知，然后传给杨彪，杨彪也说看不出。

接着递给了卢植，卢植奏道："太皇太后，臣不懂书法，还是让他们几位鉴看吧。"

董太后只得又将目光转向其他人。马日磾不等董太后说话，就上前奏说："太皇太后，臣等并无鉴别能力。但臣保举一人，必能识假。"

"哦，此人是谁？"

"此人精通书法，擅长篆书、隶书，所创'飞白'书体闻名于当世。先帝器重他的才气，多次诏他在驾前讲书侍读，曾经每日陪同陛下习字，书写六经文章。此人对先帝的笔法最为熟悉，臣以为这件事情，非他不可。"

董太后问："你说的是蔡邕吧？"

"正是此人。"

"他现在哪里，赶快宣来。"

"此人正在吴会，赶到京城来，恐怕需要一些时日。"

董太后摇头说道："兹事体大，事关朝廷与宗室名誉，必定要他这个书法大家来识破这个'伪诏'，然后向世人澄清。再远也得派人去宣。这个'伪诏'，就先由哀家收了。散朝吧。"

说完，拿着那个"伪诏"自行离去。余下的群臣面面相觑，不知如何才好。何太后羞辱交加，忍着怒气说道："退朝！"

散朝后，何太后召见了何进，严厉地质问他为何将这个"伪诏"带到朝会的大殿去，何进解释道，"太后娘娘，当时有许多官员都听到了这个所谓'遗诏'，如果我当时就毁掉或者隐瞒它，事后一定会谣言四起，伪诏就会变成真诏了，这对太后最为不利；相反，我将这个伪诏带到朝会上去，由大臣们指认这是假的，这才能平息谣言啊，太后。"

何太后默然片刻，然后指着何进恨恨地埋怨说："好一个大将军，朝会上你说的话可有用吗？竟然没有一个重臣站出来为我们辟谣！更麻烦的是，太皇太后拿走了它，这就变成她以后制约我们的利器了！"

何进冷笑了一下，回答道："太后不要担心，董太后原本只是个藩妃，母凭子贵，没有了先帝，她就什么也不是了。我们已经有了计划，要将董太后逐回她的封地去。您就不要跟她生气了。"

"可是她仗着太皇太后的身份，几次三番挑本宫的刺，一心要为难本宫。这怎么办？"

何进凑近了来，轻声地说："妹妹，现在辩儿已经当上了皇帝，形势对我们有利。小不忍就会乱大谋，再忍耐一下，以后一切都会好的。"

可现在何太后的心，已经填满了愤怒与憎恨。何进越是让她忍，她越是觉着无法可忍。何进知道自己妹妹的脾性，心想可以转移一下话题，就问："妹妹，你看了那个伪诏，觉得是不是先帝亲笔手书呢？"

这下何太后冷静了一点，想了片刻说道："倒是有几分相像，只是先帝的题词遍及京城，而且太多官员见过御批的圣旨。要说模仿，应该也不是难事。"

"以你对先帝的了解，他会写这样的密诏吗？"

何太后愣住了，咬着嘴唇回答："先帝往往只对外人不好，有时近于残暴，可对宫里的家人非常好。他断然不会对本宫如此绝情。"

"可是妹妹？"说到这里，何进四下里张望了一下，说道，"如果是为了王美人的事情呢？"

提到王美人，何太后的脸色一下子变得煞白。王美人三个字就是何太后的软肋，她顿时心慌意乱，说道："我不管。总之，你不能让人鉴出个真诏来。"

"妹妹放心，蔡邕他是回不到京城的。咱们就把这件事拖下去，到了明年、后年，这个事情凉下来后，到时咱们发个旨意，说那是夏恽伪造的先帝诏书，事情也就结束了。"

"如果这样的话，就依兄长了。只是不要再让别人提起这事了。"然后何太后狠狠地对何进吩咐道，"咱们还要把永乐宫盯住了！如果太皇太后她真要铁心与本宫纠缠，就按照你说的，将她逐出京城吧。"

这边何太后既羞又恼，而那边董太后更是心事重重，她叫来了张让、赵忠，问道："张让，你跟本宫说实话，怎么又出了一个诏书，这到底是怎么回事？"

张让跪下里奏道："太皇太后，请恕老奴隐瞒之罪。这个诏书的确是先帝亲手所书。"

董太后已经出离愤怒了，怒斥他们："大胆的奴才们，又是一件这么大的事情，你们竟一直瞒着哀家！你们到底还有多少事情没有告诉哀家？"

张让和赵忠一齐叩头："太皇太后，我们实在是有苦衷啊。"

"胡说，这是天子家事，怎么就变成你们的苦衷了？你们只要秉公行事，如实完成先帝的遗愿，哪里来的什么苦衷？"

两人只是磕头不语。

董太后冷笑一声："哦，是怕死吗？如果你们怕死，都可以归乡养老去，哀家这就批准。"

赵忠带着哭腔奏道："太后，我们不怕死，可就怕死了也于事无补啊！"

张让也哭泣着说："当初先帝是在得知王美人被害之后，悲痛之余写下了这个诏书。可是第二天，他改了主意，让那日当值的夏恽将诏书收好，夏恽问过是否要用玺，先帝当时说以后再议。谁知后来就再没有提起此事了。这东西于是就一直留在夏恽手里了。这就是遗诏的来历啊。"

董太后听完之后，心知这就是事情的真相了。也许先帝当时还不能除掉何进，也许还有别的原因。但这份诏书肯定是先帝亲自手写的，于是她吩咐张让与赵忠说："这件事情，以后你们都不要再提了，要赶紧派人去宣召蔡邕进宫来。哀家需要他来指认，这两份遗诏的确都是先帝亲手所书。"

张让、赵忠对视了一眼，心想董太后虽然没有实力，但是她用先帝遗诏，的确能牵制住何太后与何进，不由得对董太后更加刮目相看了。

赵忠进言道："太皇太后高明。这次夏恽被他们无辜逼死，其实就是他们有计划的一步，最终目的就是要全部更换掉宫里的常侍，换成何太后与何进他们自己的人。如果得逞后，这大汉江山就是他们何家的了。"

"呸，他们休想！"董太后发怒说，"我已经让骠骑将军联络了并州刺史丁原，下面由丁原接管西园各军。张让，你们要全力配合。另外，我已经尽力争取到了，在宫里必须有我们自己的侍卫。虽然人数少了点，总是比没有强。张让、赵忠，这些侍卫就交给你们了。"

"请太皇太后放心，老奴们一定尽心尽力，保证宫里的安全。"

"还有，宣召蔡邕进京的事情，你们要派出人手，沿路保护蔡邕的安全，千万不要让人给下了毒手，枉送了性命。"

张让回道："太后放心，我们这就去安排此事。"

何进出宫以后，立即叫来了袁绍与袁术二人一起商议。因为今天的事情不顺，何进一直脸色不好，问袁绍："本初，今天在殿上为何见不到你？"

袁绍知道，何进在生气今天朝会没有人帮他与何太后说话，在最需要他的时候却不在旁边，这的确让人不悦。他赶紧站起来回道："大将军，我去调查张辽和张杨他们了。"

何进顿时很是恼火："这两人有什么要紧，你说说看。"

"大将军，我收到密报，董重跟丁原可能有一个秘密计划，目前还不知道是什么。现在丁原已经秘密离京，回到了并州军里。我判断，他很可能会带军队进京。"

"他敢？我没叫他，他敢擅自带军来吗？"

"大将军，您别忘了，现在多了一个骠骑将军，他手里也有调军的军符。"

听到这，何进愣住了，问道："那你查出了什么没有？"

"还正在调查中。我担心董太后可能已经跟丁原串通好了，一定要接管西园各军。"

"本初你多虑了，他们没有这个胆量的。"

"不管怎样，小心准备才好。大将军，我们缺少得力的帮手，今天你也看到了，张辽、张杨他们都不是等闲之辈。我们需要增加一些得力的将领到禁军来，防止董重、丁原他们插手。"

"那你有人选了没有？"

"有了。就在我兄弟那里，纪灵、杨弘、张勋、桥蕤等人可堪大用，他们可以担任禁军司马。"

"好，我同意。"

袁术马上站起来说道："多谢大将军，他们一定全力听从您的调遣。"

袁绍接着说："上次大将军向各地刺史要求派勇士到京城来，我兄长袁遗向我推荐来两个人，是他招募到的两个得力手下，都是军中的上将人选。"

"哦，是什么人呢？"

"他说这两人都是力敌万人的猛将，一个叫颜良，另一个叫文丑。"

听到这里，何进很是高兴，说道："我这里刚好有一个差使，他们在京城是生面孔，就让他们去吧。"然后对袁绍密语了一番，袁绍频频点头，领命而去。

此时的洛阳城里，秋寒风起，日渐萧瑟。

过了几日，一个夜里卢奕来到了邙山之上，与陈芯再次见面。他前日在那棵树旁的石头下留了消息，约好了今日此时见面。此刻陈芯如约而至，卢奕看着身着男装的陈芯，心想这真是老天造化弄人，她身负家仇国恨，性情孤冷清高，偏又生得如此绝美！

卢奕问陈芯："王融先生后天就要离开京城了，临行前他想要见见你，明天是否可以呢？"

陈芯回答："先生既然要回去了，我理当送行。那就后天早晨，在先生出城后东行的必经之地安平岭有一个地方，聚集了几个酒肆茶馆，我们就在那里会面，卢将军觉得如何？"

卢奕点头答应，关切地问道："陈姑娘，最近宫里不稳，出现了很多变故。"

陈芯看着卢奕，见他脸上忧心忡忡。

"宫里已经增加了护卫数量，增派不少新的将官。陈姑娘千万小心，不要让我担心。"

说到这里，卢奕觉得自己有点突兀了。

陈芯明白了他的心意，看着他略有尴尬的脸，忽然笑了。卢奕看着她的笑容，不由得赞叹，如此绝美佳人，她的脸上本应该洋溢着幸福的欢乐，而不应该有那么多的仇恨和纠结。

卢奕下定决心，一定要帮陈芯摆脱出来："陈姑娘，在这个乱纷纷的时候，你还待在京城，想必那些事情对你来说，非常重要。就让在下帮助姑娘完成吧，这个时候也只有我能帮你了。"

陈芯抿着嘴唇，微笑着道谢："卢将军，你的心意我领了。这些是我们陈家的事情，我不想连累无辜。"

然后看着卢奕说："更何况……"说到这里，陈芯的脸突然有些红了，卢奕注意到了她转瞬间的表情变化，心不由得急速跳动了起来，上前拉住陈芯的手。

陈芯的手颤抖了一下，轻轻地将自己的手抽了回去。

卢奕愣住了，看她转身走到一棵古树下面，怔怔地望着夜色中的远山。

月光之下，陈芯瘦削的身影，更显得孤单无助。这让卢奕的心头涌上无限怜惜，他走了过来，再次拉住了陈芯的手。

这次陈芯没有拒绝他的手，却抬起脸，看着卢奕坚毅的脸庞，一种她从来没有过的感觉突然迸发出来。如此的距离，她清晰地感觉到这个阳刚男子的气息，一下子扑在她的脸上。卢奕的眼神和味道深深地吸引住了她，让她不能自拔地靠在了卢奕坚实的身上。这是她觉得此生以来，得到的最甘甜舒适的感觉，让她觉得有点晕眩。舍不得从卢奕的身旁离开，她下意识地紧紧握住了卢奕的手。

卢奕感受到了她颤动的双手，不由得更加激动起来，将脸贴了过去，在她的脸庞上轻轻地亲了一下。陈芯闭上了双眼，感觉到了他的亲吻，不由得期待了起来。卢奕捧着她如玉般的脸颊，又在她闭着的双眼和嘴唇上各亲了一下。

两人相拥着坐在树下，享受这分外甜蜜的时刻。

不知过了许久，忽然前面闪起了一队火光，卢奕立即警觉起来，拉起了陈芯，说道："这是巡山的禁军，咱们还是走吧，不要给他们撞见。"

两人拉着手，竟是如此不舍。直到火光走近后，两人只好分开，挥手各自离去。

这日清晨，安平岭上，正是朦胧发亮之时，急行着一队车马。车队最前方有几匹快马引路，为首的是上军司马沈放，他旁边有两位禁军健将周卫、郭全，车队的尾部有另外两员健将张武、李辉。这五位禁军头领受中常侍张让的委派，到吴会宣召蔡邕进京。

马车里坐着一位儒士，他面如冠玉，目光炯炯，此人正是蔡邕。一路的颠簸让蔡邕有些不适，狭小的空间让他无法舒适地安躺，不由得叹了口气，抚摸一下身旁的一把长琴。

这琴是他在吴会时亲手制作的，一次他路过一个庄子，见庄客正在焚烧桐木，其中一块桐木在火中爆裂的声音清脆悦耳，他听到后立即下马，把这块桐木拣了出来。灭了火后他仔细察看，赞叹说这真是一块好木。后来他将此木做成了长琴，音色极为美妙。只可惜木头的尾部被烧焦了，蔡邕就把这琴命名为"焦尾琴"。

曾经有一次，蔡邕的邻居请他赴宴。他去的时候，有位客人正坐在正厅的屏风之后弹琴。蔡邕刚好走到了门口，悄悄一听，说："不好，这音乐有杀人之心，这是为何？"于是他就回去了。庄客告诉主人说："蔡先生走到门口又回了。"蔡邕的大名向来被世人尊崇，主人赶紧追了出去，问起缘由，蔡邕告诉他那音乐里有杀机。主人不解，就问了弹琴的客人，那人说："我方才弹琴的时候，见到一只螳螂正要捕食一只蜻蜓，这紫色蜻蜓欲飞不飞，而螳螂正悄悄靠近。我心里喜欢那只蜻蜓，担心它失去性命，不由得憎恶这只螳螂。难道这就是所谓的杀心，流露到音乐里面了吗？"

蔡邕得知后笑着说："果然是这样啊。"

沈放担心路上出事，带着四位健将和十几个士兵一路护送蔡邕进京。现在京城就在前面，沈放一路紧绷着的心情，才稍稍地开始平静下来。手下们也轻松了起来，相约回到京城后，要到常去的酒庄一起饮酒寻乐。

突然，蔡邕将头伸出车窗，对沈放说："沈将军，请停一下。"

于是车队停下，沈放过来问道："蔡先生，有什么事情吗？"

"沈将军，你感觉到前面有动静吗？"

"什么动静？"

"就在前面，有杀气！"

听到这话，众人立即紧张了起来，各自手持兵刃，将马车保护起来。

这是清晨时分，只有早起的几只鸟儿，时不时地发出几声鸣叫，鸟鸣的声音分外清亮，更显得四周一片寂静。沈放笑道："先生多虑了吧？"

话音未落，突然传来了弓弦响动的声音，紧接着嗖嗖地袭来箭雨，士兵们纷纷中箭倒地。沈放急命众人将盾牌叠起挡住来箭。片刻之后，箭停，三个蒙面大汉骑马冲了过来。为首的那人虽然蒙着面巾，却能看见他有满脸的络腮胡须，一双凶眼瞪着血丝，恶相毕露，手执大刀，已然冲到了车队最前位置。而随后的两人接近车队后，却驻马不前，只在一边观阵。

周卫、郭全二人立即纵马上前挡住，三人斗在了一起。周郭二人都是沈放从禁军里精心挑选的部将，两人舞刀双战此人。不出三个回合，那人突然暴喝一声，手起刀落，斩了周卫。郭全不由得心怯，手脚顿时软了起来。两人又斗了几合，郭全调转马头就要逃回，那人马快，转瞬追到，抡起大刀将郭全砍倒。沈放手下的士兵们顿时惊呆了，这人竟在不到五合之内将己方两员勇将斩杀，剩下的其他人如何能敌呢？

沈放见己方气馁，不由得大怒，大喊了一声："保护蔡先生！"然后自己纵马提刀冲了上去，后面的张武、李辉见状，也都手执利刃跟了上前。

第二十九章　安平鏖战

沈放不愧是当初蹇硕从京城各军中精心挑选的大将，敌人越强，他越是不惧，跟那人斗了十数回合，一时并不落下风。坐在车内的蔡邕见状悄悄地下了马车，背着他那把心爱的焦尾琴，溜进树林中的灌木丛里躲了进去。

这时张武、李辉二人也围了上去，要三人群殴此人。突然一声弓弦响动，张武应声中箭落马。射箭之人放下弓箭，然后踢马上前，执枪截住了李辉，战不数合，一枪将李辉挑落马下。然后一声呼哨，树丛中埋伏的十几骑人马全都冲了上来，一阵乱斗，沈放的部下被逐一砍倒。最后只剩沈放一人，还在跟那人苦苦缠斗。

于是蒙面杀手们都停了手，围在四周观看他们厮斗，这时沈放已经明显落了下风，却仍在困兽犹斗，众人哈哈大笑，好像观猫捉鼠一般拿沈放取乐。

过了片刻，有人上了马车检查，这才发现蔡邕已经不见踪影，顿时急得高声呼叫。枪挑李辉的那个蒙面大汉喊道："他应该跑不远。我们分作两队，一队跟我向西搜索。"然后对身旁一人说，"你带人向东搜索，如何？"那人应诺，刹那间两拨人马散开，搜寻蔡邕去了。

然而蔡邕并没有跑远，就在他们附近的灌木丛里躲着，正观察着沈放那里的情况，见他形势危急，心里不禁焦灼万分。

这时沈放已经身中数刀，浑身上下如同血人一般，仍然拼死格斗。那人突然大喝一声，猛地一刀劈来，沈放此时已经体力不济，勉强举刀去挡，两刀相撞，发出巨响，沈放承受不住猛烈的冲击，应声从马上坠落。

那人狞笑着，用刀指着沈放说："你，很不错。"

沈放瘫坐地上，刀落在一旁，却是无力举刀再斗，不禁长叹一声，指着那人问道："阁下武力惊人，一定不是平常人物。能否让沈放死前看看阁下的真容呢？"

那人毫不犹豫地就把蒙面的面巾摘了。沈放一看不寒而栗。此人的面色有如烧过的灰烬一般，蓬松的虬髯向外翻着，血眼泛着凶光。那人对沈放说："我是河北颜良，今天你死在我的手里，不冤。"

"你是袁绍派来的吧？何进手下可没有你这样的人物。"

颜良没有回答，只轻蔑地瞥着沈放。

"刚才那两人又是谁？是高干和麴义吗？"

"他们两个？他们不行。嘿嘿，告诉你也无妨，是文丑刚才杀了你们那两人。好了，你都知道了，可以走了。"

说完纵马上前，抢圆了刀就劈了过去。沈放闭上了眼睛，完全放弃了抵抗。

清晨时分，京城东南的开阳门，士兵们一边打着哈欠，一边懒懒散散地推开了城门，

这时，一队车马从司徒府大门里出来，安静地出发驶向城外。坐在车里的王融打开了车帘向外观望着。他接到了卢奕的通知，约定今早在城东的安平岭见面，陈芯也会在那里。不知道为什么，王融隐约地感觉到一种不安，他觉得今天会有事情发生。

到了开阳门，值守士兵验看了他们的通关文书，挥手让过。王融心想，陈芯会在哪一个城门出城呢？他猜测陈芯并没有通关的文书，但她应该有自己的办法进出城门吧？现在京城人心日渐纷乱，早晚必见刀兵。君子不处危墙之下，王融想好了，见到陈芯以后，无论如何也要说服她跟自己离开，把她安全地带回，交给她的父亲陈逸。

出了城门不久，车队就上了安平岭，这是一段在山上十几里长的官道。王融在这段路上，也不知走过了多少趟。不知为什么，此时他更加心神不宁。于是，他吩咐手下，一定要全神戒备，每辆车上都要准备好武器。

手下的庄客不明白，问道："老爷，这可是天子脚下的官道，难道会有强人出没吗？"

王融苦笑了一下说："如果是强人也就罢了。"说完摇了摇头叹了口气，"只怕这安平岭并不平安啊。"

果然，不久他们就遇见了一群蒙面人，风急火燎般地与他们擦肩而过，其中两个人还不怀好意地停了下来，跟了他们许久这才离开。很显然这些人是在搜寻什么人，难道他们是在找卢奕和陈芯吗？王融不由得担心起来。

此刻，躲在灌木丛里的蔡邕眼见那颜良举起了大刀，就要劈杀沈放，吓得闭上了眼睛。

突然，他听到了接连两声弓弦响动，然后就听到颜良大叫了一声。蔡邕急忙睁开眼睛，只见颜良的肩膀中了一箭。蔡邕顿时一阵狂喜，有人来救援了。

放箭的人正是卢奕。他与陈芯从京城方向赶来，路上遇到了一些可疑的蒙面大汉飞马驰过。卢奕心想，难道前面有事？卢奕快马加鞭赶到这里，见到颜良正在行凶，就连放了两箭。颜良躲了第一箭，却不能躲过第二箭，正射中了肩膀。

卢奕挺枪跃马冲到了沈放旁边，问道："沈司马，这些是什么人？"

沈放见是卢奕救了自己，心里不禁五味杂陈，挣扎着站了起来，向卢奕施礼："卢将军，末将奉太皇太后懿旨，去接蔡邕进宫。刚才被这些歹徒颜良和文丑袭击了。"

卢奕见他伤成这样，心知这些人绝不是一般的匪徒，肯定是冲蔡邕来的。前几日发生的先帝遗诏一事，卢奕自然知道。颜良这些人，很可能是受大将军何进差遣来暗杀蔡邕的。卢奕不禁皱起了眉头，无意中救了这个沈放，却给自己惹下了大麻烦。

这时，中箭的颜良瞪着卢奕，嘶哑地说："你很不错，居然能射到我。"说完，拔下肩膀上的箭扔在地上，犹如受了伤的猛兽一般嘶吼着，抬起刀就猛劈了过来。

卢奕不及细想，举枪就战。二人刀来枪往，都是以快打快。那颜良虽然平时臂力惊人，怎奈刚才右肩中箭，右臂使不出大力，因此出刀的声势大不如前。而卢奕的枪法精奇，出招迅猛，大大出乎颜良的意料之外。他没有料到，会在这里遇到这强大的对手，不由心怯了起来。勉强又斗了十几个回合，颜良左支右绌，渐渐不敌。余下的几个蒙面人见颜良落了下风，嗯哨一声，全都冲了上来就要群殴卢奕。

一直旁观的陈芯立即纵马上前，甩起长鞭，只听鞭声萧肃，攻势凌厉，只片刻工夫，几个蒙面人被纷纷打倒，一时抱头鼠窜。而那边卢奕也手起枪落，颜良闪避不及，被一枪扎在了大腿之上，疼痛难忍，从马背上摔了下去。

卢奕用枪指着颜良，喝道："我不杀你，还不快滚！"

那几个蒙面人见卢奕饶了颜良，上前扶起了他，几个人上了马赶紧逃走。

躲在附近的蔡邕见此大喜，赶紧跑了出来喊叫："沈将军，我在这里呢。"沈放见蔡邕平安，心里的石头也落了地，高兴地向卢奕介绍说，这就是享誉京城的大才子蔡邕。

卢奕见蔡邕一副狼狈模样，逃亡中还不忘背着自己的长琴，不禁觉得好笑，说道："蔡先生，前面还有人在堵截你们，恐怕京城你们是进不去了。"

蔡邕反而高兴地说："如此甚好，我正不想去呢。"可转念一想，自己仍然没有摆脱险境，不由苦笑着问，"我不去京城了，那些人还会来杀我吗？"

卢奕听蔡邕这样说话，觉得他实在是个心思率真之人，不由得动了恻隐之心，问道："蔡先生，你现在回去还是有危险。你应该去一个那些人找不到的地方，隐居起来，躲避一段时间。"

蔡邕又苦笑了一声说："我到哪里去，都会被人认出来的。"

沈放问："京城以北各地郡守当中，有没有蔡先生熟识，可以投靠之人呢？"

蔡邕立即想起一个人来，说道："并州刺史丁原，是我当年的同窗，我们二人多年交好。"

沈放立即赞成："丁大人那里非常合适，听说他正在带军队往京城来呢，说不定我们半路上就可以遇到他。"

卢奕见他们已经有了主意，就告诉他们："既然这样，那你们必须赶紧离开，那些人很快就会回来。"然后指着远处一条小径说，"那条小路直通山下，出了山后向北行十几里，就是邙山了。进了邙山，他们再想要抓你们就很难了。"

蔡邕、沈放二人向卢奕和陈芯躬身施礼致谢，然后收拾了一下，骑上马就下山去了。

卢奕、陈芯目送他们下山，陈芯说："刚才看你厮杀，那个颜良如果不是先被你射伤，恐怕未必会很快落败的。"

卢奕点头："不错，这个人是我遇过的最强敌手之一。"

"那你又何苦招惹这样的厉害对头？再说刚才他们二人，跟你也非亲非故。"

卢奕笑了："这个沈放，以前跟他也交过几次手。我一直怀疑他跟黄巾军余党有瓜葛，可就是没有直接的证据。"

"那你刚才还救他？"

"总不能见死不救吧，何况他毕竟也是禁军里的同袍。"

"同袍？"陈芯听到他这样说，不禁笑了，"刚才他们提到的高干、麹义才是你的'真正'的同袍吧，你们都是袁绍的部下。"

卢奕苦笑一下，若有所思地回答："其实他们都不是同袍。真正的同袍，是同道之人。"

说完这话，卢奕想起这些人正在附近山上搜寻蔡邕，很可能眨眼之间他们就会到了跟前。遇到他们又会有麻烦了，于是卢奕说了声："咱们快走吧。"上马之后看到了蔡邕他们落下的马车，卢奕心想，可以顺便给他们打个掩护。

于是他将自己的坐骑交给陈芯牵着，然后坐上了马车，啪地猛击了一下拉车的马匹，马车开始跑了起来。陈芯也骑着马随后跟着。卢奕继续猛抽了几鞭，马车就像飞了似的，向着山上飞驰了过去，到了山道急拐之处，卢奕接连狠狠地抽打马匹，那马受惊，拖着马车就要冲出官道。而卢奕在最后一刻飞身跳离了马车。那马蹄刹不住，嘶鸣着连同马车一起滚下山去，发出了轰隆隆的巨响。传到了对山之上，又反传了回来，巨大的回音在山谷里面久久不绝。

陈芯明白他的目的，这么大的动静，一定可以吸引文丑那些人的注意，那么蔡邕与沈放二人就更有机会逃脱了。

随后，两人催马直奔向东而去，到了那几个酒馆旅店聚集的地方这才停住。陈芯挑了一个清静的酒肆，两人进去点了酒水点心，找了一个临窗的雅座，一边饮茶，一边等待王融他们的车队。

这时卢奕看见陈芯将背上的包袱解下放在了桌上，看形状里面像是一个礼盒，问道："这是要交给王融先生的东西吗？"

陈芯点头。

卢奕不禁好奇了："这是什么宝物，我可以看看吗？"

陈芯笑道："卢兄，这的确是一个至宝，你可以打开看下。"

卢奕听她这般说，好奇之心更重了，轻轻地将包袱打开，里面果然是一个盒子。虽然只是一只木盒，但它的样式古朴凝重，雕刻的图案端庄贵气，令人看了肃然起敬。

卢奕心想，这一定是个年代久远之物。又看到盒子上了锁，是一把青铜秦锁，上面镌刻着白虎斑纹。奇怪的是锁上好像没有匙孔，这该如何开启呢？

陈芯见他一直在把玩那把锁，笑着说道："这是'无匙锁'，不用钥匙。要打开它，必须得几个手指默契配合，用力匀当，全凭手上的功夫。"然后将盒子拿了过去，两手端着锁，一边侧耳倾听，一边轻轻捏锁，过了片刻，铜锁豁然打开。

卢奕问："盒子与锁已经是如此奇特，那里面的东西，一定更加是个稀罕东西？"

陈芯微笑着把盒子推给了卢奕："那你自己打开看吧。"

卢奕打开盒子一看，顿时感到非常的惊讶。

第三十章　孔圣草履

卢奕打开了宝盒，看到里面的东西后，十分惊讶，竟然只是一双破旧的草鞋，而且这鞋的尺寸异常巨大。卢奕不明就里，只好疑惑地看着陈芯。陈芯知道他必会如此，轻声地说："这可不是一般的草鞋。这是汉宫之宝。"

卢奕听了这话，突然想起了一件以前听说过的事情，问道："这难道是传说中的孔子草履？"

他知道孔子草履的来历。相传孔子周游列国，曾经到达蔡国，一日住于旅舍，竟被人偷了一只履，于是官史上留下了他的草鞋记录，据记载，"孔子履长一尺四寸，与凡人履异"。卢奕看盒子中的草鞋尺寸，与传说倒也相符。孔子被立为圣人之后，孔府中曾经世代相传的他的一双草鞋，就被称作了"孔子履"，供奉在孔府宗祠里面。本朝自武帝起开始尊儒，孔圣人便是天下儒生的至圣先师。当年董仲舒费了九牛之力，才说服了孔府后人，"献出"了这对宝物送到汉宫里。即使卢奕并不师出孔门，却也知道这个道理：本朝既然尊孔，那么世代相传的孔子履就是道统的象征，当然就是本朝的国宝了。它必定被本朝历代皇帝珍藏在洛宫宝库里面。

而陈芯怎么会有这个东西呢？卢奕心里忽然明白了，难道陈芯一直逗留在京师，就是为了此物吗？

卢奕正准备询问这个宝物的来历，听到外面一阵嘈杂，酒店外来了一队人马。两人向窗外看去，是高干、麴义带了一队黑衣人正在下马。卢奕知道刚才的颜良与几个蒙面大汉显然跟他们是一起的。他们二人为何到这里，难道是冲自己来的吗？

陈芯眼明手快，立即将宝盒收起，两人从容地饮茶交谈。

高干进了酒店后，扫视了一遍所有的角落，想看看有没有蔡邕藏在其中，不承想一眼就看到了卢奕正坐在窗口。高干赶紧上前致意："卢将军，袁大人也差你来了吗？"

卢奕微笑着回答："原来是高将军。我来给人饯行，恰好正在这里。你们现在有公事吗，还穿着便衣？"

高干听他这样说，知道他一定不是为了蔡邕而来，就打了个哈哈，说道："袁大人差我等巡查京城周围，刚好到了这里买些吃食。"

这时麴义也进来了，看到他们二人在里面说话，也过来寒暄几句。

高干得空看了一眼陈芯，顿时觉得她特别眼熟，似乎在什么地方见过，可一时竟想不起来。而麴义也看到了陈芯，虽然不认识她的面容，却觉得陈芯的身形特别熟悉，不禁疑惑了起来。

卢奕见他二人如此情状，知道他们已经起了疑心，就主动介绍："二位将军，这是我还未过门的妻子。"说完，拉着陈芯的手对她说，"我给你介绍一下，这二位是我的同僚，高干和麴义二位将军。"

陈芯顿时脸上绯红，待要拒绝，可在这个场合下，也只得顺着他了，于是冲二人微微点头示意。卢奕见她如此，知道她心里羞恼，表面上却又不得不配合一下，不由得很想大笑，嘴上却继续说着："马上家乡来人，就要带她一起回去了。我随后也即将归乡，准备与她完婚。所以今天我特地过来送行的。"

高干、麴义听如此说，自然完全相信，两人都向他道喜，说成亲那天，他们一定要随个份子，讨杯喜酒。几个人一阵嬉笑后，高干、麴义告辞离去。

二人刚走，陈芯瞪了卢奕一眼，埋怨道："我们定亲了吗？"

卢奕见她似娇似嗔，就微笑着拉着陈芯的手坐下说道："我写，你看。"

然后用手指蘸着茶水，在桌上写道："聚首缘何，还诺前世；依依聚散，皆为今生；魂牵梦萦，永续此缘。"

陈芯见了，不由得大为感动，想要说点什么，却是半句也说不出口，只好紧紧地握住了卢奕的手，微笑着看着他的脸庞。

过了一会儿，陈芯幽幽地问："你刚才跟那人说的那番话是临时编的，还是来之前已经想好了，就是要我跟王融先生一道回去呢？"

卢奕握着她手，认真地对她说："既是，也不是。订婚之事，虽然是我的临时杜撰，可也是我渴慕之事。"

陈芯羞红了脸，低下了头，回答说："这件事情，还得首先知会家父。"

"这是自然。我马上就请王融先生为我向你们陈家提亲。"

陈芯抬头又问："那你来前想好的，又是什么事呢？"

"那就是你必须离开京城了。"卢奕突然换了一种极为严肃的语调说道，"京城现在已经是山雨欲来，可能会发生不测事件。你虽然有金匮图册里的密道图本，可一旦京城动了刀兵，就会玉石俱焚。更何况你在京城孤身一人，如何能够周全呢？"

陈芯低头思忖了一会儿，问道："你怎知我是孤身一人？你又怎知我有金匮图册？"

卢奕轻叹了一声："我知道一些，但所知不全。现在我最担心的是，当初有人故意将金匮图册交给了你。"

陈芯略有惊讶地看着他："这是何意？"

"王融先生告诉我了，原来这本图册是在袁家。后来有人把它交给你，是不是需要你为他们做些什么事情呢？"

陈芯认真地回答："没有人能指使我，更不能胁迫我做不愿做的事情。"

卢奕只好一时沉默。

过了一会儿，陈芯说道："其实我来到这里，主要是为了报恩，并不只是为了寻机报仇。这个'孔子履'就是我用来报恩的。当年孔褒他们为我们陈家雪中送炭，后来却被朝廷冤枉致死。家父每每谈到这件事情，就长吁短叹，心痛不已。我想要为孔褒家人做点什么，所以就将这个孔子履盗了出来，送还给孔府家人。"

卢奕看着她，心想怪不得那几夜，她在宫里四处走动，原来是为了这个东西。可这冒的风险实在太大了，于是苦笑着说道："毕竟你是个女子，去做这些事情不合适。"

陈芯怔了一下，然后一字一句地回答说："如今这个世道，纷纷乱乱，污浊不堪。有多少须眉男子，王公贵戚，枉自读了圣贤之书，张口必称忠孝节义，内里却是卑鄙猥琐。我虽只是一个弱女子，却知道什么才是真正的气节,什么才是真正的大义。有些事我明知不可为,但凡有一口气在,我却偏要去做!"

卢奕听到这里,拍桌赞道:"说得好!骂得痛快!"然后两人都陷入了沉思。

过了一会儿,卢奕看着包袱说:"现在已经成功了,你是否可以回去了?"

"还有一样东西,找到后我自然会离开京城的。"

卢奕刚要问是什么,看到窗外王融的车队已经到了,停在酒店外面。

王融走下车来,正四处观望,卢奕开窗向他致意。王融见到了他,就回身吩咐众庄客将车队安顿一下,他要进酒店会客,在这儿耽搁一些工夫。

王融进去后一眼就看到了陈芯,正坐在卢奕身旁。王融走过去,微笑着看着二人。陈芯起身向王融行礼,王融搀住了她说道:"此地不须拘礼,以免外人起疑。"

几人落座后,王融笑着对二人说:"你们两个,女貌郎才,堪称绝配。你们的心事,我已经全然知晓了。"

陈芯听了这话,又有些害羞,红着脸只是低头不语。卢奕起身向王融施礼:"烦请王先生回去后,代家父和我,向陈家求亲,聘礼和谢仪随即送上府去。"

王融抚须笑道:"这个重任,我当然乐意一肩承担。要不芯儿就跟我一同回去,如何?你父亲每日都在为你焦虑呢!"

陈芯仍然是默然不语。

王融见她这样,心里有些纳闷:"芯儿,莫非你还要逗留在这京城里吗?"

卢奕回答:"她说还有一件未了之事,办完后就立即离开。"

王融问道:"芯儿,你还有什么事,难道不能交给卢奕去办吗?"

陈芯听他这样说,就把装有宝盒的包袱送到王融跟前:"王先生,多谢您一直以来对我的关心。小女已经答应了别人一件事情,还没有完成。等到事成之后,我自然会离开的。"

王融看着陈芯,觉得她已经拿定了主意,似乎很难再说动她了,就看着眼前的包袱问："那这是何物？"

陈芯回答说："小女想拜托先生，将此物交还给曲阜孔府家人，或者孔融先生。"

"哦？"王融不禁动了好奇之心。

陈芯将包袱打开，把礼盒拿了出来送到王融眼前。王融轻轻打开一看，非常的惊讶，随即就醒悟过来，他知道这个东西究竟是什么，说道："丫头啊，你好糊涂。"

"这是我给孔褒先生家人的一点心意。王先生懂得我的心思吧？"

"我当然知道。只是你大可不必如此行事，让你的家人为了你揪心。"

王融一边说话，一边看着她，突然明白了一件事情，轻声问道："汉宫三宝，你已经得了一件，难不成你还要去找那把'赤霄剑'？"

陈芯默然。王融继续问："是不是有人要你去的呢？"

卢奕接话道："当然是了。这人应该就是将金匮图册交给芯儿的那个人。"

王融点头："明白了。"然后气愤地说，"想不到他们两个竟然想到利用你来做这些事情？难道他们的父亲不在了，就再没有人能管教他们了吗？"

卢奕知道，他说的应该是袁绍、袁术兄弟二人。王融曾经告诉过他，当年陈逸一家避难在汝南袁家时，这兄弟二人同时喜欢上了美女陈芯。为了争夺美人芳心，二人不惜决裂，激烈地争斗了一段时间。他们的父亲袁逢恼怒二人不成器，要把二人赶出府去。后来袁绍主动退让，对父亲说："大丈夫处世，当立大事为先，不能为小儿女事整日烦心劳神。儿子已经懂了。"就请父亲为自己在朝上谋了一个职位，从此再未回到过家乡汝南。而袁术见他这样，也向父亲表态要向大哥看齐，于是两人先后出仕为官。

其实这兄弟二人却从未想过，陈芯是否喜欢他们这样的为人行事。

陈芯虽然是个女儿身，自幼遭遇了家族罹祸，但毕竟家学渊源，而且从小就有高人指教，文武兼修，心胸学识自然与平常女子大不相同。陈芯从未将袁绍兄弟的家国大业放在心上，也从没欣赏过二人的"雄才大略"。二人不能得到美人青睐，却将疑心指向了彼此，因此兄弟失和，弄得袁逢几次跟夫人抱怨："红颜祸水，此女不可久留袁府。"陈芯听说了这话后，当然就离开了汝南，随后辗转来到了京城洛阳。

陈芯对王融说道："王先生敬请放心。这个世道人心虽乱，却没有人能诱骗我，更没有人能胁迫我去做不齿之事。我留下来，是因为我在做一些该做之事。"

王融指着宝盒说："这个就是该做之事吗？"

陈芯点头："是的。孔褒先生义薄云天，他不应该受到那样的对待。况且此物本来就属于孔府所有。当年董仲舒对孔府明言是'借'。那么，早就应该'还'给人家了。"

孔褒是王融多年至交的好友，孔褒被杀是他多年以来的心痛。所以当陈芯提到孔褒，王融就低头不语，过了片刻，他抚须说道："好，这个东西我替你交还给他们。"

卢奕这时想起了一件事情，笑着说道："对了，那传说中的三本'金匮图册'就在我们三人手里，这可能也是天意罢。"

陈芯疑惑地看着卢奕。王融笑了，把卢奕西凉之行简短地讲了一遍给她。陈芯听罢，心里对卢奕自然更增爱慕。

王融又想了一会儿，对陈芯说道："看来你已经拿好了主意，那我就不再多说了。只是芯儿你遇事一定要千万小心，不要让你的老父为你担心。"陈芯点头答应。

正在三人交谈的时候，突然听到酒店外面一阵骚乱。三人向窗外观看，只见闯进来一队骑兵，为首的是一个凶煞一般的恶汉，后面跟随着两人，竟然是高干与麴义。他们二人去而复返，领着那个大汉，下马直接奔着卢奕他们来了。

第三十一章　待价而沽

卢奕与陈芯同时看到了这些人进来，两人都暗自戒备。那恶汉径直走到卢奕的一丈之外站住，眼睛死死地盯着卢奕，对其他人竟是视而不见。

高干与麴义走到近旁，两人冲卢奕拱手施礼，高干说道："再次打扰卢将军，抱歉了。我们刚刚听说了一件事情，所以特地返回来，想跟您核实一下。"

卢奕坦然地回答："高将军不用多礼，有什么事情尽管问。"

"我们想问一下，刚才是不是将军您打伤了颜良？"

卢奕摇头回道："我不认识谁是颜良。一个时辰之前，我恰好遇到有人在围攻朝廷钦差的车队，中军司马沈放就在里面，被人围攻险遭不测，我就出手救了他。"

这时麴义急忙插话对卢奕说："错啦，他们几个都是自己人，是袁大人派去的……"

高干赶紧打断了麴义，接话说道："卢将军，我们刚才在搜查朝廷钦定案犯，那个沈放包庇并纵放歹徒，我们正在全力搜捕他。如果卢将军看到他们的话，还请告知我们。"

卢奕正想着如何回话，那个恶汉突然指着卢奕说："能打伤颜良，你很厉害吗？"

卢奕这才转头看着那人，只见他满脸乱糟糟的胡须，黑漆漆的脸庞，瞪着一双凶眼。令卢奕不舒服的就是这人的眼神，那是黑夜中的树林里，闪烁不定的狼的眼神，不带任何情感，寒意逼人。任何人只要看到这样一双眼睛，都会油然生出一种厌恶和畏惧。这双眼睛现在已然锁定了自己，仿佛自己就是他即将要猎杀的猎物。

卢奕立即绷紧了全身，左手扣住了袖箭，平静地回答道："刚才说过了，我不认识什么颜良。"

恶汉的瞳孔瞬时收缩，右手握紧了腰刀的刀把，向前跨了半步，随时就要拔刀杀过来。

高干见状，急忙示意麴义。麴义明白，就上前一步，站在了那大汉的身前挡住。高干笑道："卢将军，给您介绍一下，这位是何大将军与袁大人刚刚录进的将军文丑。他不知道您是谁，多有得罪了，在下给您赔个不是。"说完，冲卢奕作了一揖。

卢奕见他对自己颇为尊重，就顺势说："好说，没事。"

然后高干有点为难地说："卢将军还请见谅，其实我们回来，也是为了核实一下您这位未婚妻子的身份。请问她叫什么姓名，是哪里人氏呢？"

卢奕皱着眉问："高将军，你们这到底要做什么？"

高干回答说："卢将军您不是外人，那我就直话直说了。我和麴义都觉得她很像是正在被通缉的宫人杜若。杜若与我们交过手，用的是长鞭。方才颜良将军他们都已经证实了，她今早就是用长鞭打伤了我们几个人。所以……"

"所以你们就觉得她一定是杜若了？"

"卢将军，末将不敢。只是怕将军您被蒙蔽了。"

这时陈芯接话说道："我的名字是陈芯，不叫什么杜若。"

高干与麴义对视了一眼，心里想陈芯这个名字很是陌生，难道真的只是巧合吗？

站在一旁的文丑突然喝道："是与不是，都得跟我们走一趟，去见袁大人把事情弄清楚。"

陈芯听他咄咄逼人，就冷笑着说："去把你们的袁大人，请到这里来见我们吧。"

文丑大怒，立即抽刀："那你们就不要怪我了。"

高干与麴义两人赶紧将文丑抱住，连忙说道："将军且慢，有话好说。"

这时一直旁观的王融站起身，走了过来，对高干说："您就是高干将军吧？"

高干看王融语调沉稳，气度不凡，他感觉此人不能怠慢，就点头问道："请问贵价是？"

王融笑着回答："我跟你们袁大人多年交情。"说着，将自己的名帖递给了高干。

高干打开看过后，疑惑地问："我不认识阁下，请问有什么见教呢？"

"烦请高将军带个话给袁大人，就说今早卢将军和陈芯姑娘跟我一起在这里饮茶。随后我会同陈芯姑娘一道，去袁大人府上拜会。"

高干一时间不知如何回答，就转头跟麴义商量了一下，两人觉得王融实在不像打诳语的样子，但他究竟是什么人，两人心里又很是怀疑。

王融见他们二人犹豫，就笑着说："实不相瞒，这位陈芯姑娘其实是你们袁大人的故交，他们两家是通家之好。你们拿了我的帖子交给袁大人，他看了自然就知道的。"

高干比麴义通达人请，立即明白了眼前这个王融，还有陈芯，他们绝不是普通之人，不能轻易得罪，更何况还有卢奕在旁。于是他向王融拱手施礼说道："好说，就依王先生。只是不知先生所言随后到府上拜会，大概是什么时候？"

"不是今日，就是明日，如何？届时卢将军也会一同前往。"

"那好，那我们就在司隶校尉府恭候了。"说完，高干使了个眼色给麴义，两人拉着文丑一起走出了酒店。

出去之后，文丑非常不满，责问高干："不是你阻拦的话，我刚才已经抓了他们。"

高干诡异地笑了，说道："刚才如果不是我们拦着，恐怕将军你现在已经横尸躺在那里了。"

文丑听了这话顿时大怒，当即就要发作。

麴义对文丑说："文将军，你不知道我们卢将军的厉害。他的左手衣袖藏有一个箭筒，可以随时发射袖箭。刚才他已经扣住了机簧，只要文将军你拔刀攻击，他就会发出短箭。在这么短的距离下，文将军你根本无法躲开。"

文丑冷笑了几声："那又怎样，他就能打中我吗？今天要不是你们拦着，我一定会跟他拼个你死我活。"

高干听了这话，觉得此人很是自大自狂，又不通人情，不觉心里有些恼怒，待要出言讥讽他几句，却又怕伤了彼此和气。麹义也觉得颜良与文丑二人都有些嚣张，他知道二人的确是有些本领，倒也不是虚言恫吓，于是就在一旁解劝，说毕竟大家同在袁将军麾下效力，这样跟卢将军厮杀不合适。

正在三人说话的时候，高干他们派出去的一个侦缉飞马赶了过来，到了高干两人跟前，悄声汇报说发现了蔡邕与沈放的踪迹。三人听到这个消息，都是精神为之一振，立即翻身上马，由侦缉引路，飞马狂追了出去。

卢奕从酒店的窗户向外看去，只见文丑、高干一行人如风急火燎一般地飞速离去，不禁摇了摇头。王融也看到了，微笑着捻须问道："卢将军，你知道他们又去追什么人了？"

"他们一定是发现蔡邕和沈放他们的下落了，急着赶上去抓人。"

"蔡邕？是哪个蔡邕？"

卢奕就把朝廷几日来发生的事情讲述给了王融，又说了今早在安平岭发生的事情。王融听着渐渐地锁起了眉头。陈芯看到王融担心的样子，就问："王先生是怕袁大人会责难卢奕吗？"

王融听了笑道："我并不担心袁绍会怎样。卢将军的父亲是朝野知名的卢植尚书，以我对袁绍的了解，他应该不会因为打伤颜良而为难卢奕的。"

"那您担心什么呢？"

"蔡邕是我相识颇久的好友，听到他受了这无妄之灾，我在为他担心呢。"

卢奕接话说："王先生不用过于担心，蔡邕刚才对我说要去投靠丁原，他说他们二人是多年的朋友。想来那丁原应该会收留他的。"

王融捻须沉吟片刻说道："丁原是现任并州刺史吧？"

"听说刚刚调任京城，不日就会上任。"

"现在的京城，好似即将鼎沸的油锅一般，那丁原怎么会不知道呢？既然愿意此时进京赴任，恐怕他的图谋不小。"王融若有所思地说道。

陈芯问："那他还会收留蔡邕，给自己带来不必要的麻烦吗？"

"我想他可能会暂时保护蔡邕的。"

陈芯又问："哦，先生认识这位丁大人吗？"

王融笑了，回答说："我并不认识这个位高权重的丁大人，只是比较了解他们这些人。官做到他这样的位置，哪个不想抓住机会再上一层楼呢？虽然在普通人看来，蔡邕很是烫手，会连累到自己，而对官场老饕来说，却是他们的大好时机到了。"

卢奕也笑了："先生的意思是，这位丁大人会趁机大敲一下？"

"是啊。咱们就拭目以待吧。"

"那他得有足够实力才行，否则他不担心被别人反噬吗？"卢奕笑着问道。

"丁原掌管的并州军，还是有一定实力的，虽然兵力并不太多，却都是精锐骑兵，是朝廷在北方的主要军队之一，担负抵抗胡人侵扰的重任。他帐下的主簿吕布，是他收的义子。听说吕布此人英勇无敌，并州有人送了他一个称号'天下第一将'。"

卢奕与陈芯两人对视了一下，都对这话将信将疑。卢奕问王融："为什么他们的口气要如此之大？而且既然他是一员大将，却为何担任了一个文职？"

王融回答说："这恐怕就是这位丁大人的用人之道了。"然后饮了一口茶，微笑着继续说道，"如果是丁原让人四处散布'天下第一将'的称号，他可能是要借此扩大并州军的名声，以弥补军力不足的短处；但如果是这位吕布将军自己散布的，那今后，就一定有热闹可看了。"

这时天色已经不早了。卢奕心里正琢磨着王融刚才的那番话，陈芯问："先生，今日是不是真的不走了呢？"

王融回答说："是的芯儿。刚才高干那些人已经怀疑上你了，我估计用不了多久，不，或许袁绍已经知道了你的事情。我放心不下，必须回京城一趟，把你的事情解决好后，我才能放心离开。"

卢奕问："袁大人会接受先生的通融吗？"

王融笑了，轻叹了一口气说道："他现在，也许将来都会有事找我。更何况是为了芯儿，他不会那么绝情。"

卢奕心里明白，袁绍与袁术十分看重他们几个，王氏家族家大业大，将来军队的粮草军需，恐怕时不时地要仰仗他们的援手才行。

这时，王融站起身对两人说："天色不早了，我们就一起赶回京城吧。"卢奕与陈芯起身跟随，一起走到了酒店外面。王融吩咐手下调转车头返回京城，又对陈芯说道："芯儿不要骑马了，你就上我的马车如何？我还有一些话想要问你呢。"

陈芯点头答应。然后一行车队掉头返回了京城。

那边文丑与高干等人风急火燎般地向北追赶蔡邕他们，进了邙山后，一行人却迷失了追踪的方向，在深山里搜寻了半日一无所获。高干等人正恼火时，侦缉来报说，前面来了一支人马，上面打的旗号是"丁"，应该是丁原的并州军。

高干与麴义商量说，难道沈放带着蔡邕逃进了并州军队伍？如果是这样就麻烦了。麴义命令侦缉，赶紧去并州军那里探听清楚再来回话。

确如高干担心的，沈放领着蔡邕一路向北逃亡，当然是要尽快逃到丁原那里。路上他们恰好遇到了赶赴京城的并州军前军小校。打听确实后，二人不由大喜过望，请小校向丁原报告，就说是丁大人的故友来访。

此时丁原跟吕布正在中军，两人骑马一边行走，一边谈着事情，听到报告后，丁原心里纳闷，什么样的故人会直接到军中要求会见自己呢？于是吩咐全军稍停，命小校将二人带到中军来。

蔡邕、沈放二人刚走过来，丁原一眼就认出了蔡邕，不由得很是惊讶，上前迎过去，挽着蔡邕的手问道："伯喈，怎么会是你呢，你如何到了这里？"

蔡邕长叹了一口气："建阳兄，一言难尽。哦对了，这位是禁军司马沈放，这一路多亏了沈司马，我才能平安到达你这里。"

沈放向丁原叉手施礼。丁原点头，正要说话，却见沈放身上的铠甲满是血污，就关切地问道："沈司马不需多礼，你这是受伤了吗？"

沈放笑道："今早路上遇到了一些贼人袭击，厮斗了一阵，所以受了些伤。"

丁原吩咐手下赶紧为沈放拿药疗伤，然后对沈放说："沈司马的名声，本官也是早有耳闻，不承想今日才有缘认识阁下。"

沈放赶紧回答说："丁大人过誉了，末将不敢。在下早就听说了，丁大人最是急公好义，今日得见，果真是名不虚传！"

"哪里哪里。"两人客套了一番，丁原的手下领了随军的军医过来给沈放上药。

沈放敷药以后，丁原让左右包括吕布都退到一旁，然后问蔡邕："我听说朝廷征诏蔡兄你到京城去，如何到了我这里来呢？"

蔡邕回首看近旁无人，就把自己一路赶赴京城，却在安平岭遭到袭击的事情原原本本地告诉了丁原。

其实丁原前几日就看到了邸报，上面关于先帝遗诏的事情虽然并不详细，老谋深算的他已然猜到了大概。他清楚蔡邕现在是董太后与何太后竭力争夺的人物，如果蔡邕证实那份遗诏确是先帝亲笔书写，那么何太后以及那位何大将军必定倒台，今后他们重用的一帮官员也会被渐渐逐出朝局。那自己不就是董太后他们的功臣吗？现在自己正在被董太后与骠骑将军董重拉拢，为何不趁势将蔡邕交给董重呢？

但是他转念一想，董太后要重用自己，给了一个骑都尉职位，却只是平职调动而已。如今自己掌握了对他们来说如此重要的人物，事后论功行赏至少应该升任两级才行。可有一个问题，按照惯例，升迁官员必须先拿出巨额资费来缴纳朝廷，自己又如何能拿得出这么一大笔钱来呢？听说董太后她们最是看重钱财，她会不会特旨恩免了这笔缴纳呢？他完全没有把握。想到这里，丁原已经拿定了主意，自己一定要拿捏好分寸，待价而沽。

蔡邕与沈放二人哪里能想到，片刻之间，丁原已经转了这么多念头。沈放拱手对丁原说："丁大人，我受太皇太后重托，一定要将蔡先生安全地送到宫里。烦请丁大人护送我等到京城去，在下一定向太皇太后与陛下禀告丁大人的这件大功。到时论功行赏，丁大人升职加爵指日可待。在下就先向丁大人恭贺了。"

丁原微微一笑，回答道："沈将军，大家做事都是为了朝廷，况且这也是丁某分内之事。请沈将军放心，我这就安排你们尽快进京。"

蔡邕和沈放这才完全放下心来。丁原又吩咐小校端来了热食与茶水。

蔡、沈两人从清晨开始逃亡，至今水米未进，也是顾不得官颜了，一阵狼吞虎咽。丁原抚须看着二人如此狼狈，不禁心里暗暗发笑。

正在此时，小校过来传报，说前面来了一队官兵，为首的自称是西园中军司马高干与麴义，他们说有紧急事情，要求面见丁大人。

第三十二章　邙山丁园

沈放立即对丁原说："丁大人，今早在安平岭追杀我们的，就是这些人。"

丁原心里清楚，这些人一定是大将军何进，或者是袁绍派来截杀蔡邕的。他们追杀蔡邕竟然追到了自己的军营，必定是得到了确凿消息：蔡邕正在自己这里。丁原紧张地思考着该怎么办，是将这些人轰走呢？还是随便敷衍一下，打发他们离开？

这时吕布走过来说道："义父，这些人想要杀人，竟然要杀到我们这里来，实在太嚣张了。让我先去会一会他们如何？"

"也好，奉先。记住了，不要轻易地跟他们翻脸厮杀。"

"义父放心，我知道该怎么办。"

于是吕布带了五六骑随从，风一般地赶到了前军。

那边高干望见并州军里有一小队人马急速地跑了过来，就驱马迎了上去。只见最前面的一位将军，头戴三叉束发紫金冠，身披金铠，手持一杆方天画戟，一路冲到跟前猛地勒住了缰绳，那马顿时前蹄跃起，嘶鸣着喷着响鼻。这一人一马，着实威风凛凛，气度非凡。

高干他们并不认得吕布，但见他比较年轻，又手执兵刃，知道这人一定不是并州刺史丁原，于是他问道："这位将军，请问丁大人可在军中？"

吕布回答说："丁大人正忙着紧急军务，没空接见你们了。你有什么事情，就跟我说吧。"

高干拱手问道："请问贵价是？如何称呼？"

"我是丁大人的军前主簿吕布。"

旁边的麴义听了，顿时哈哈大笑，指着吕布笑着说："你们并州军里没有人了吗？一个文职的主簿，居然也拿了武器，穿着铠甲，是要你这个主簿大人上阵厮杀吗？"

说完，一行人跟着哄笑起来。

吕布听了恼怒起来，将马的缰绳轻轻一抖就冲了过来。

麴义将刀横在手上大声喝道："你要干什么，胆敢袭击禁军吗？"

话音未落，吕布已然冲到近前，麴义只觉眼前银光闪动了一下，那支戟已经架在了自己脖子之上。吕布冷笑了一声："像你这样的无能之辈，也能当禁军的头领？竟然还敢小瞧于我？"

高干见状怕麴义吃亏，赶紧赔着笑脸说："吕将军，刚才多有得罪了，是他不认得英雄，我这里给您赔罪了。"

吕布听罢，点了点头，正要把戟收了。正在这时，高干身后传来一阵阴恻恻的笑声，原来是文丑。

文丑用枪指着吕布说道："乡野匹夫，不知天高地厚。"

吕布听了大怒，放过了麴义，纵马挺戟冲向文丑，两人立即斗了起来。转眼间拆了数十回合，吕布力大戟沉，势不可挡，文丑开始尚能抵挡一阵，随后渐渐枪法散乱，心知敌不过吕布，这才知道自己刚才太过孟浪，实在不该那么激怒了他。

高干见文丑落了下风，急得高声喊叫："吕将军，手下留情！"

吕布哪里肯听他，发狠一定要结果了文丑的性命。

就在文丑危急的时候，一个传令官骑马快速奔过来，向吕布大声喊道："吕将军请住手，主公有急事，叫你赶快过去。"吕布心里明白，这是丁原担心跟何进、袁绍他们结下怨来。自己虽然不情愿，也只得听从命令，于是用画戟指着文丑他们喝道："鼠辈滚开，再逗留片刻，一个也不饶了！"

文丑、高干等人被他言语羞辱，却是不敢发作，只好忍着羞愤匆匆离开。

丁原得知这些人被吕布赶走了后，心里顿时轻松下来，如果何进将来责难于自己，大可以推托是属下们脾气暴躁，自己并不知情。想到这里，丁原不禁得意地笑了，等吕布过来后，他吩咐吕布带上十几个士兵，跟自己的贴身随从丁义一起，将蔡邕送到丁园去。

吕布一脸茫然，问道："大人，这丁园在哪里？"

丁原笑着回答说，"你跟着丁义就行了，他知道的。把蔡先生送到后，你们要赶紧回来，我们可能今夜就要进城的。"

吕布领命离开。

这时丁原又紧锁眉头，转身对蔡邕与沈放说道："伯喈，沈将军，你们刚才也看到了，那些人已经知道了你们正在我这里。如果现在直接带着你们进城，恐怕还会有更多的冲突，我不一定能保证你们的安全。"

沈放问道："那丁大人的意思是？"

丁原回答："在这北邙山脚下我置下了一片产业，离京城并不远，目前极少有人知道。我的意思是，伯喈你先去那里躲避一阵，等风声平息后再去京城，或者去任何其他地方，都由得你。你看如何？"

不等沈放说话，蔡邕先躬身施了一礼说道："建阳兄想得周到，就依建阳兄了。"

沈放心里觉得有些不妥，却也不好直接拒绝。

正在作难时，丁原对他说："沈将军，为了迷惑他们那些人，也为了将军的安全考虑，现在兵分两路，我派人护送将军先回宫，向太皇太后报告今天的情形，你看如何？"

沈放听了这话，觉得也有些道理，就叉手施礼说道："丁大人高见，这样的安排十分妥当。"

"那好，就这么办了。"丁原随即分派属下，吩咐各人路上务必小心，进了城后带话给张辽、张杨二位将军，命他们火速赶往城外跟自己会面。随后各人领命而去。

吕布、丁义带着一队士兵，一路护送蔡邕，顺利到达丁园，将蔡邕安顿了下来。然后略微驻足，观看了一下这个庄园的情形。只见庄园规模巨大，从邙山脚下，一直延伸到洛河沿岸，足有上千亩良田，其间牛马成群，鸡鸭无数。

吕布惊讶地问丁义："我从来不知道，丁大人居然有这么大一个庄园，而且距离京城不远？"

丁义知道吕布是丁原竭力拉拢的手下，又收了做义子，算来并不是外人，就笑着回答道："这个庄园也是刚刚置办不久，原来是中常侍蹇硕拥有，蹇硕事败全族被诛，他的财产全部充公。我们丁大人跟骠骑将军交厚，他特地为丁大人向太皇太后求情，所以朝廷才给了极为优待的价格，只用了上千万钱就购了进来。"

"那也是很大一笔钱，朝廷给丁大人的俸禄一定很高了？"此时吕布的眼中，毫不掩饰地闪动着艳羡的目光。

而丁义诡异地笑道："并非如此。"

吕布瞪大了眼睛问他："那是怎么回事？"

丁义笑着说："吕将军是丁大人的义子，不是外人，说给你也无妨。因为与胡人交战需要，前几年并州所交的赋税，被太皇太后减免了一部分。"

吕布惊讶地问："我是主簿，也管钱粮，如何不知道这些事情？"

丁义笑了笑，继续说道："丁大人深谋远虑，减免的钱粮都被囤积了起来。现如今时局不稳，这些早晚用得上。你瞧，这就用上地方了。"

吕布明白了，这时他艳羡的眼神突然变得精光四射。

他骤然变化的眼神，让丁义感到有点害怕，他有些后悔刚才自己高兴之余，对吕布说出了这些秘密之事。

丁义哪里能想到，他的这些话，一下子打开了吕布的欲望之门。吕布想到，自己出身贫寒，多少年来，一直在刀口舔血，却从未尝过富贵的滋味。如今突然发现，原来富贵可以来得如此简单。吕布突然兴奋了起来，所以脸上挂着怪异的笑容。

丁义见吕布笑了，这才心里稍微安定了一下，他觉得应该把话兜回来，就说道："丁大人曾说过，将来京城有事，我们并州军马就可以驻扎在这里，大家也有一个落脚之地，是不是？"

吕布虽然点头称是，心里骂道，这是什么混账世道？不管是蹇硕，还是丁原，这些身处高位的人，可以如此轻易地就拿走最多的钱财与田地，而自己跟大家都是舍命在拼，却只能拿到那一点可怜的俸禄。吕布决定以后也要有样学样。然后又转念一想，丁原是咱们并州军的首领，而且又是自己的义父。有他一份，应该少不了自己一份，心里也就释然了一些。

丁义知道他有心事，却怎么能料到他已经想了这么多事情。随后，两人在庄园没敢耽搁太久，赶紧策马奔了回去。

那边文丑与高干等人无法从丁原那里抢到蔡邕，万般无奈，只好赶紧返回向袁绍报告。而袁绍却并不在司隶校尉府里，他让人转告他们，回来后立即去大将军那里。此刻，袁绍正与何进商议事情，高干他们垂着头，如实汇报了今早所有的情形。

何进听罢大怒："这个丁原想要干什么，竟敢跟我们作对？"

袁绍回道："大将军，前些日子就有传言，说丁原已经被太皇太后和董重收买了。今天看来，此言不虚。"

"董重不过是一个只知道敛财的奴才罢了，他有什么本事？明天我就上奏免了他的骠骑将军。"

袁绍赶紧起身劝他："大将军息怒，咱们这时不能跟他们摊牌，毕竟我们现在还没有全胜的把握。"

"那依你说，该怎么办？"

"我想去会一会丁原，必要时，可能要劳动一下大将军，一起去见一下他。"

"本初，这有必要吗？"

"既然董重他们能收买丁原，我们肯定能出得了更高的价钱。如果能买动他，难道不是最省心的办法吗？"

何进将信将疑，说道："那你就去试一试。"突然又想到颜良、文丑他们功亏一篑，都是拜那个卢奕所赐，而且卢奕还是袁绍的下属，想着不由得又生气了，就问袁绍，"那个卢奕，不是你的部将吗？为什么反而帮着外人？"

袁绍无法回答这个问题，只好含混着说："这里一定发生误会了，他应该是碰巧遇上了，并不是有意跟我们作对。"

何进冷笑着说："喜欢管闲事的人，都会短命的。"说到这里，又想起卢奕的父亲卢植。何进并不喜欢卢植，他平素就软硬不吃，自己已经多次拉拢卢植，都被他不冷不热地搪开了。

想到这里，何进不由得暗骂了一句，这一家子都不识抬举，然后接着对袁绍说道："哪里有什么误会，他爹卢植，跟皇甫嵩一样，一直以来就跟我们不对付。你糊涂了，怎么会用了他的儿子？今天的事情一定不是偶然，你现在就免掉他的职位吧。"

袁绍回答说："大将军，这件事情且让我回去弄清楚原委，如何？"

这时麹义想起来今早还有发现，就上前禀告说今天还遇到了卢奕同行的一个姑娘，似乎就是前些日子夜里闯宫的那个刺客杜若。

何进很是惊讶，问道："一个女子，居然武艺如此高强？你们这么多的禁军精锐加起来，竟然拿不下她！真是匪夷所思！"

这话问得麹义、高干二人大为尴尬，只好闭嘴无语。

袁绍心里明白，这一定就是陈芯，只是她竟然跟卢奕在一起，这大大出乎他的意料。

何进看袁绍正在发怔，再次提醒他说："本初，这个卢奕跟刺客杜若显然就是一伙的。从今后起，你更加不能再用这个人了。"

袁绍无奈，只好答应了下来。

此时京城之外，吕布、丁义二人也返回了大营，向丁原交差，丁原夸道："奉先办差得力，辛苦了。"然后让吕布好好休息一下，今晚就准备进城了。

丁义等吕布出帐后，犹豫了一下，轻声向丁原说："丁大人，有一句话，不知道当说不当说？"

丁原正在看公文，头也不抬地说道："你讲。"

丁义犹疑着说："我想劝大人，以后对吕将军，还是多一点防备为好。"

丁原抬起头，诧异地问："丁义，你为什么要说这些话？是不是发生了什么事情？"

丁义回道："今天我看见吕将军对这个庄园非常在意，他的眼神很不对劲。我觉得吕布这人很有野心。这样的人，不可靠。"

丁原听了这话，就问："哦，你是想说，他对这个庄园可能有非分之想吗？"

"是的。他说话时，我瞥见了他的眼神，虽然只是一瞬间，我清楚地看见，那就是狼的眼神，好像一头饥饿了很久的狼，突然见到了它的猎物。"

这时丁原反而吁了一口气，笑道："原来是这个缘故，这么说来，他很爱财。那就好，只要他爱财，就能为我所用。我就怕他不爱财呢。"

"大人，就怕这人的欲望，没有那么简单。"

"你想多啦。吕布出身微末，从小没有人教他，有很多道理他不懂。头脑也比较简单，说白了，他就是一个草莽英雄。这样的人，爱财是太正常不过了。"

丁义对他的丁大人这话很不赞同，可看丁原很是成竹在胸，于是就不再说什么了。

这时小校进来报说，军营外来了一个人，行动鬼祟，再三请求面见丁大人。小校问他是什么人，他却不肯自报家门，只说有极其重要之事，受人之命来见丁大人。

第三十三章　威震京城

营外有人声称有要事来见丁原，丁原知道这人应该是董重派来联络自己的，就对丁义说："你去把他领到大营里面，不要声张，不要跟别人透露这人的情形。"

丁义领命，出营将那人带进了大帐。那人向丁原行礼，然后细说原委，果然董重派来的。

按照董重的计划，子夜时分，京城的中东门会被董重亲自带人打开，然后引领并州军入城，天亮后由丁原带人接管西园各军。丁原点头答应，让来人先去休息，他随后就将安排入城事宜。

这人离开后，丁原眉头紧锁，眼睛盯着案头上摊着的一张大幅京城地图，不发一声。丁义见丁原这般情形，知道他有烦难之事，就问："大人在为进城之事犯难吗？"

丁原轻叹了一声："是啊，现在京城就是龙潭虎穴，这次进京实在是祸福难料！"

丁义笑道："我们有三万军马在此，大人怕什么呢？"

"可我不能将三万军马都带进城啊，那样的话会立即震动京师，如果引起御史和各地郡守的弹劾，只怕乱蜂蜇头，难以招架。"

"那就少带一些人好了。"

"可人去少了又不中用，这就是难办的地方。"

丁义明白了丁原的难处，劝慰他说："大人不用焦心。我们有骁勇善战的吕布将军，再加上张辽、张杨等将，只需少许军马进城，就足够用了。其他大部军马留在城外监视，随时听候调用策应大人，这样进可攻，退可守。"

丁原赞许地看了看丁义，说道："你跟着我这么久，的确是长进了。"

"大人过奖。"

"如果明天接管西园各军遇到抵抗，你觉得该如何处置呢？"

"大人，小的读书不多，不过老爷平时经常念的几句话，小的听过后就记住了。"

"哦，是哪几句话？"

"第一句是，当断不断，反受其乱；第二句是，成大事者，不拘小节。大人您有太皇太后的旨意在手，又有骠骑将军作后盾，如果明天遇到阻挡抵抗，可以使出雷霆手段，杀了那带头不服的，其余的人自然望风降服。"

丁原不禁赞道："好，好。真是没看出来，丁义，你从老家出来后，这些年长进了不少，有见识，有魄力，可以独当一面了。这次进京以后，我会争取给你谋一个外放的职位，你今后好好干，不要辜负了我对你的期望！"

丁义马上一躬到底："大人对小人的栽培，小的永远铭记。"

"嗯，我刚才还有为难之事，如果留大部军力在城外，究竟派谁在城外领军呢？你看我们这些将领中，用谁比较合适？"

"吕布将军当然要跟随丁大人进城了。其他将领中就数张辽、张杨二位比较服众。张杨性情直爽，但有时急躁，恐怕难以周全；张辽性情稳重，我认为还是他比较合适。您要是实在不放心，我也留在城外，时刻准备接应大人。"

"那好，就这样安排了。"其实张辽就是丁原心里中意的人选，现在丁义给他同样的建议，而且自己也留在军中，使他没有了后顾之忧，于是他终于下定了决心。

此刻陈芯跟卢奕与王融已经回到了城里。在路上，卢奕问王融："王先生，听说王司徒平生清正耿直，最是看重君臣大节。如果告诉了他芯儿的事情，我担心，王司徒可能容不下芯儿。能不能暂且不要告诉他芯儿那些事情呢？"

王融摇头说："纸毕竟是包不住火的。现在不讲不好，而且我们马上就要去会一会袁绍，王司徒迟早会知道这件事情。不先告诉他，只怕到时会被动。"

"那如果王司徒一定要秉公办事，将芯儿交给朝廷，怎么办？"

王融没有回答，沉默了一会儿，说道："现在宫里气氛紧张，两宫太后，大将军与骠骑将军，还有宫里的那些宦官们，几方很可能就要爆发一场拼斗。如果此时把芯儿交给朝廷，不管事情真相如何，都会立即引爆一场朝堂之争。王司徒并不是那种愚忠的腐儒，是非曲直，他自然心里明白。我想他会以大局为重，慎重对待芯儿这件事情。"

说到这里，王融停顿了一下，看了一下卢奕，见他在认真地倾听，知道他因情关切，不由得笑了，对卢奕说："你不用太担心，王司徒在本朝大臣当中，最是敬重陈蕃。对他的孙女，应当不至于太过绝情。"

这时陈芯也听到了他们的对话，就说道："王先生，我不需要别人的同情照顾，如果让别人作难，我离开这里就是。"

王融笑着说："那好。待见过这位袁大人后，我们就离开京城吧。"

一行人回到了司徒府，王允听家丁报说王融先生去而复返，心里纳闷，正在猜想莫非他遇到了什么事情，不得已回来的吗？这时王融跟卢奕带着一个不认识的姑娘进来了。

正如王融预料的那样，当王允听说眼前的陈芯就是陈蕃的孙女时，非常高兴，立即站起身来，走到陈芯近前上下打量着她，见她生得如此绝美脱俗，不由得更加喜欢，对陈芯说道："记得桓思皇后当年曾经盛赞令公祖：'太傅陈蕃，辅弼先帝，忠孝之美，德冠本朝。'想当年，我也曾受陈公举荐，而且多蒙指教，受益终身。可惜后来陈公被那些竖阉陷害，致使全家被害。我每每想到此事，就扼腕叹息，对那些奸佞小人切齿痛恨。没想到今天还能见到陈公的后人，这真是意外之喜啊。"

陈芯见王允的喜悦之情溢于言表，起身施礼，回答说："司徒大人对我们陈家如此关心，小女感激不尽，也代表陈家族人向您致谢。"

王允搀起了陈芯，拉着她坐下，问了些她父亲陈逸和其他家人的情况。陈芯就把这些年来全家四处逃亡的情况大致讲述了一遍。当王允听到各地义士纷纷地向陈家伸出援手时，频频地点头称赞。

正说话间，王融笑着插话说道："兄长，你可知卢将军是她什么人吗？"

王允看了看卢奕，又看了看陈芯，不由得笑了："莫非？"

王融点头笑道："正是。"

王允大笑，连声说："般配，般配。"

听他这样说，陈芯不由得脸红起来。王允问卢奕："对了贤侄，你是如何跟陈芯姑娘认得的呢？"

卢奕微笑着回答："王司徒，说起来这里有些缘故，王先生稍后会告诉您具体情形的。"

这时王融接话说道："兄长，陈芯姑娘在京城有事，恐怕要住在府里盘桓几天，你看如何？"

"那当然好啊。"王允一口答应，随即叫来了管家，让他带着陈芯去安顿一下。

陈芯离开后，王融立即把陈芯到京城后，直到今天发生的所有事情，原原本本地告诉了王允。王允万万没有想到，两个年轻人这些日子里，经历了这么多的事情。想到这些事情背后的波谲云诡，王允的眉头不由得紧锁了起来。

卢奕见王允沉默不语，心里不由得紧张不安起来。

三人就这么沉默了片刻，王允突然问卢奕："卢贤侄，你既然已经知道了真相，那为什么不将她送到袁绍那里去呢？"

卢奕立即回答说："司徒大人，晚辈觉得这件事情的疑点实在太多。据陈芯仔细回忆，她离开的时候，皇帝并没有死，只是陷入昏迷而已。"

"那就是另有凶手了。"王允的眉头深深地皱了起来，"对了，你说陈芯是会武艺的吗？"

"是的，她会一些。司徒大人，我曾问过一个小黄门，他说先帝一直在服用一种丹药，那些丹药都是带有毒性的，会令人过度兴奋而致幻觉，以至于癫狂。案发之后，张让他们并没有对外传出任何风声。再以后，也没有传出任何人追查此事的消息，所以我认为这里一定大有隐情。"

王允点点头，问道："那么，有没有可能是太后她们，为了不使皇家丑闻传扬出去，才故意隐瞒了这件事情呢？"

"司徒大人，不管怎样，对于这天大的疑案，两宫太后，张让、赵忠这些宦官，与大将军何进和袁大人他们，不约而同地全都对这事缄默不语。难道先帝的死因存疑，他们全都有难言之隐吗？还是有什么别的原因呢？所以一直以来，末将行事不能也不敢造次。现在向司徒大人禀明这些，还望您能给晚辈一些指教。"

王允赞许地对卢奕点了点头说："贤侄你能想到这些，很不简单。"

王融在旁边随声附和说道："依我看来，卢贤侄在这些事情上面的表现，是稳重的。想想他身处惊涛骇浪之中，也真是难为他了！"

卢奕作了一揖，说道："先生过誉了。"

王允说道："这些背后的真实情况，我们还不全部了解，恐怕将来也不会知道了。唯一可以确定的就是，以后会有新的危机不断地冒出来。对了，你们说的蔡邕，现在他究竟在哪里呢？"

卢奕回道："按照分手时候他的说法，应该是去找丁原丁大人去了。"

王允皱着眉头说："此事不妙，就在这几日，京城一定会有大事发生。"

王融问："兄长，会有什么事情发生呢？"

王允没有回答王融，却对卢奕说道："贤侄，要不你先回府里去吧？去看看你父亲那里，有没有听到什么传言。"卢奕听了这话马上起身，向二人施礼告辞。

王融等卢奕离开后，疑惑地问王允："兄长把卢奕支走，是不是有什么事情发生了？"

王允说："在你们进府之前，我得到了报告，说袁绍刚刚去了吏曹，已经将卢奕所兼官职全都免了。"

王融听罢，不禁自言自语地说道："这个袁本初，为什么这次做事如此决绝？难道他要将自己从里面摘个干净吗？"

王允问："哦，这些事跟袁绍有关？"

王融就把陈芯进京的事情，以及陈逸一家曾经寄居在汝南袁家的来龙去脉讲述了一遍。王允听了，眉头更加紧锁，喃喃自语地说道："螳螂捕蝉，黄雀在后。谁是螳螂，谁又是黄雀呢？"

袁绍离开吏曹后，并没有回府，而是又去了何进那里，因为他刚刚得到了一个消息，沈放被丁原派人保护，秘密地送进了宫里，现在正在向太皇太后和张让、赵忠他们汇报。还有一个更为惊人的消息，丁原可能在几日内就要带兵进城了。何进马上让人叫来了袁术，就在何府，三人紧张地密议着下一步的行动。

这是一个紧张不安的夜晚，各方都神经紧绷，时刻接收外面传来的最新消息，然后秘密地商议讨论着。

只有卢府，一如往日般平静自如。

卢奕从父亲那里知道了袁绍今天的举动，他笑着对父亲说："上回说好了，我得陪父亲一起回到范阳老家去，后来忙着各种事情，竟然忘了。现在没有这个差事，我们终于可以回去了。"

卢植见儿子如此豁达，心里顿感释然。

卢奕又告诉了父亲，他要向陈家求亲的事情。当卢植听说他要与陈蕃的孙女结亲，高兴地连声说道："好，好，太好了！"

卢植兴奋之余，让家人取来一坛珍藏的好酒，父子二人对月饮酒，兴高采烈地商议下面的安排。

这夜，明月当空高挂，星曜争辉，京城正是一片宁静之时，可是一片杀机已经悄无声息地逼了进来。

到了子夜，丁原、吕布与张杨领着五百精锐士卒，悄悄地来到了中东门外，只见城门上方有黄色灯笼连续闪灭了三次。丁原就让人燃起红色灯笼，也是连续闪灭三次作为回应。于是城门洞开，吕布一马当先进了城门。

城门里面，董重带了人正在等候他们。

与丁原碰面之后，董重就派人将吕布军马引到了西园附近休息待命，然后自己带着丁原秘密地进了宫，觐见太皇太后。

凌晨时分，丁原与董重从宫里出来，直奔西园与吕布他们会合。

随后，三人带着董太后的旨意，径直闯进助军右校尉冯芳大营，营门小校见他们人多势众，竟无人敢挡。此刻冯芳刚刚入营，正在让旗牌官准备今日执勤，就看到骠骑将军董重带着一些人闯了进来，冯芳正要发话，董重手拿黄缎诏书，大声说道："有旨意，冯芳接旨。"

冯芳只得跪接圣旨，太皇太后下旨由骑都尉丁原即刻起接管西园助军。

冯芳听后，疑惑地问："董大人，西园各军一向由内宫掌管。蹇硕之后，我们接到了皇上圣旨，由大将军何进统管。请问大人，大将军知道这事吗？"

董重哼了一声，正要发火，丁原发声喝道："好一个右校尉，胆敢质疑钦差，给我拿下了！"

张杨应声而出，上前一脚踢翻冯芳，左右军士一拥而上，将冯芳捆了起来。

丁原走到军案之前，将冯芳的右校尉印信收起，命旗牌官传令各营军官，升帐听令。片刻之后，各营军官到齐，见如此形势无不心惊。董重再次宣读了太后旨意，各将齐声领旨。

董重与丁原对视一眼，会心地笑了。这是一个好的开头。紧接着他们直奔助军左校尉大营而去。左校尉赵融是个圆滑之人，在宣读了诏书之后，没有提出任何异议，就痛快地交出了印绶。

这时，西园左军校尉夏牟刚刚听说助军已经被董重与丁原完全接管了，他心知不妙，估计丁原一定会紧接着到自己这边来，于是立即派人出营，火速通知何进与袁绍。不料大营已经被吕布带人围住，营内的人根本无法出去。

夏牟大怒，带着全副武装的士兵打开了营门，却被吕布带人迎面挡住。

夏牟喝道："大胆！你们是什么人，要造反吗？"

吕布回答："请你们等待一下，马上就有钦差过来宣旨。"

夏牟大怒："有你们这样传旨的钦差吗？再不让开，不要怪我翻脸了！"

吕布哪里肯让，就在双方即将冲突的时候，丁原与董重带人到了，命令夏牟跪下接旨。夏牟翻眼说道："董大人，请恕末将甲胄在身，不能全礼了。"

丁原正要发作，董重摆手说："那就先宣旨吧。"随后宣读了太皇太后的诏书。

夏牟听罢，哈哈大笑，说道："原来只有太皇太后的旨意。你们为什么没有皇上的圣旨，或者大将军的军令呢？请恕末将不能接旨。"

丁原质问道："你要抗旨吗？"

夏牟没有回答他，却大喝一声："来人，将营门封闭，有谁敢擅自闯进，杀无赦！"

丁原知道，这是遇到刺头了，就给吕布、张杨二人使了一个眼色，二人明白，立即冲上前去要拿下夏牟。夏牟的手下士卒端着武器拦住他们，却哪里是二人对手。二人犹如虎入羊群一般，霎时间就冲到了夏牟跟前。夏牟手执单刀要跟吕布格斗，被吕布抬手一戟震飞了腰刀。旁边的张杨正好赶到，一刀将夏牟斩杀。随后将夏牟枭首号令全军。

吕布大声喊道："有敢不听号令的，夏牟就是下场！"众军官见到如此情形，只好全体下拜，服从丁原号令。

董重与丁原整顿好了左军后，就立即开往临近的曹操典军，却在半路上遇到了合军一处的袁绍、曹操与袁术。双方的队伍立即排开，严阵以待。袁氏兄弟与曹操三人都是顶盔贯甲，骑马立在军列的最前面，派人呼唤丁原前来说话。丁原与他们都是旧相识，碍不过面子，只得出来与三人在阵前会面。

袁绍在马上向丁原拱手致意说道："建阳兄，你我也曾经共事一场，想不到今日竟要在京城里刀兵相向了。"

丁原回礼，回答说："本初，我受太皇太后之命，接管并重整西园各军。还望你们几位能理解我的难处，不要为难本官才是。"

并马立在袁绍左边的曹操接话道："建阳兄，你听我一言可好？太皇太后虽然尊贵，却是身处后宫，而后宫干政，并非国家之福，一定会遭到天下反对。你可要千万慎重，不要将来后悔。"

董重听了大怒，大声说道："先帝崩逝之前，曾多次跟大臣说过，遇到事有缓急，可以由太后决断。现在国家有难，我等受太皇太后之命，为国分忧，接管西园各军。你等赶快下马接旨！"

这时袁术大声喊道："丁建阳，我们这里也有圣旨，董重、丁原接旨。"然后在马上宣读了何太后与皇帝的口头旨意，不许丁原接管西园各军，并且要他立即撤军到京城之外。

现在两边都有上命，军士们一片哗然，纷纷交头接耳，两边各自的军官赶紧弹压，稍许工夫，恢复了安静状态，两军对阵再一次现出肃杀的气氛。

袁术见自己这方人数明显占优，心里暗暗有些得意，大喊一声："来人啊！"

只见纪灵、杨弘、张勋、桥蕤四将一齐纵马出来，袁术对着丁原喝道："把这个乱政的贼子拿下！"话音未落，纪灵挥动大斧，一马当先，冲向了丁原。

吕布见状，对张杨说："保护大帅，我去会他。"

然后手执方天画戟，策马迎向纪灵。两人戟斧相交，斗了不到十合，吕布大喝一声，将纪灵的大斧打飞。纪灵只好败回，杨弘、张勋、桥蕤见纪灵不济，三人齐出，一起夹攻吕布，三匹战马围着吕布转个不歇。吕布丝毫不惧，只见戟影纷飞，犹如流星闪电一般迅疾，三人根本招架不住，先后败退下来。

吕布喝道："刚才饶了你等性命，再派几个有本领的来吧！"

袁术顿时气沮。

曹操身边的曹洪怒道："竖子不要猖狂！"说完，挺刀纵马冲了上去，与吕布恶斗在一起。曹操对袁绍说："这人英勇无比，曹洪一个人恐怕敌不过。你们的人一起上吧。"

袁绍回头，向文丑与高干等将示意。文丑说道："可惜颜良被人打伤，不能上阵，否则我们两人联手，一定可以拿下此人。"说完也持枪冲了上去。

吕布力斗二人，丝毫不落下风。三匹马不停地转圈，众人看得眼花缭乱，不由全都喝起彩来。两边助威的鼓声震天而起，叫好之声不绝于耳。高干、麴义见状，也加入了战团。吕布见上来攻击的人多，就展开了自己绝技，要速战速决。片刻之后，只听曹洪大叫一声，被吕布用戟刺中了肩膀，摔下马来。文丑跟吕布再次相斗，本来分外眼红，怎奈技不如人，渐渐不敌。即使加上高干、麴义，几个人还是敌不住吕布，被先后打下马来。

丁原见吕布再次以一胜多，不禁大喜，命军士擂起所有战鼓。顿时，己方的鼓声、喝彩声与马蹄声交杂在一起，如雷轰鸣，震动京城。

吕布纵马挺戟，在阵前往来奔驰，所到之处，士兵们一片欢呼雀跃之声。

　　此战吕布连胜八将，在京城一举成名。自此吕布和并州军的威名大震于天下。

　　袁氏兄弟正在气馁之时，曹操突然问道："大将军现在哪里，为什么他还不现身呢？"

第三十四章　两宫相争

袁绍听曹操问大将军何进在哪里，回答说："刚才大将军紧急入宫，去请太后了。"

曹操点头，心想此刻也只有何太后出面，才能对抗太皇太后的旨意了。看着有些失落的袁绍，曹操忽然感觉有些不对，为什么看不到卢奕？就问道："本初，卢奕将军去哪里了？有他在的话，一定不会让这个吕布如此嚣张。"

袁绍也正无比后悔，可是真要派人去请卢奕，自己又如何拉得下脸面呢？

曹操见袁绍沉默不语，知道一定发生了什么事情，只好闭口不问了。

这时并州军军鼓停歇，丁原骑着马，由吕布护卫着，来到袁绍、曹操的马前，说道："本初，孟德，今日之事，我也是奉命而为。你们二位就不要让我为难了。"

袁绍一声不吭，曹操反问丁原："建阳兄，为难的其实是我们。"

丁原回道："你们只要按照太皇太后的旨意行事就可以了，有什么为难？"

曹操笑着回答："建阳兄明知故问啊！朝廷早有法度，当初创立西园各军的时候，先帝就有规定，西园各军只受皇上与内宫直接统领，并不受外臣管制。"曹操其实是提醒丁原，今天他的所作所为，已经触犯大忌了。

丁原当然明白他的话外之意，回答道："孟德难道不知道此一时，彼一时吗？先帝创立西园各军时，让蹇硕掌管，就是为了制衡大将军何进；如今何大将军统管了京城一切卫戍，这就违背了先帝的初衷。太皇太后命令我们接管各军，就是为了让西园各军回归正常。孟德你是聪明人，怎么会不明白呢？"

袁术突然接话道："丁大人这话大错了。大将军受太后与皇上委托，代管西园各军。你怎么可以随意毁谤大将军呢？"

丁原正要反驳，一直沉默的袁绍说道："丁兄，真如你所说，只要皇上一纸诏书就可以了，为什么你们要这样突然袭击呢？"

董重立即呵斥道："大胆袁绍，不要胡说八道！有太皇太后的诏书在此，袁绍，袁术，曹操，下马接旨。"

无论是谁，对太皇太后的诏书怎么能不尊呢？于是三人犹犹豫豫，勉强下了马，正要准备接旨的时候，何太后的鸾驾在何进带兵簇拥之下，终于赶到了。

三人大喜，立即迎了上去，向何太后行礼参拜。董重与丁原无法，也只得下马过来参拜。

何太后下轿后，没有理睬任何人，径直走到了董重与丁原跟前，对董重说："骠骑将军，太皇太后的诏书在哪里？我看看。"

董重起身，将旨意交给了她。这时，丁原也顺势跟着董重一道站起身了，何太后冷冷地盯了丁原一眼，说道："大胆奴才，哀家让你平身了吗？"

丁原无法，只得重新跪下。

何太后没有再看他一眼，打开了董太后的诏书，看完之后说道："骠骑将军，这道诏书有问题，太皇太后必然不会下这样的诏书给你们。"

董重赶紧回答："太后容禀。"

谁料何太后并不给他回答的机会，将诏书交给了贴身太监，说道："我现在就去见太皇太后，这个诏书我带走了。"

董重顿时急得冒汗，上前喊道："太后不可！"

何进立即挡住董重，喝道："董重，你要冲撞太后圣驾吗？"

何太后回头看了董重一眼，轻蔑地撇嘴一笑，然后一边走，一边说道："全都散了吧，该回哪里，就回到哪里去；该干什么，都干什么去。"

董重与丁原眼睁睁地看着何太后收走了诏书离开，两人竟是一点办法都没有。

丁原冲董重使了个眼色，做出抽刀的手势。董重心想，难不成真要武力劫持何太后她们吗？这可是诛灭九族的大罪啊。董重哪里有这个胆量，思忖了片刻，悄声对丁原道："丁大人，你现在带人，去维持一下刚才接收的几个大营，我现在立刻进宫，去见太皇太后去。"丁原点头应诺。

刚刚发生的一切，都被站在后面的吕布看在了眼里，他心里冷笑着，觉得骠骑将军董重与大将军何进这些人，都是色厉内荏之徒。倒是何太后，还是颇能镇得住这些场面。

这时两方军队已经停止了对抗，退回原位，等待各自长官的号令。曹操对袁绍说："本初，你得赶紧去请大将军，速调羽林军过来支援。还有，丁原他们在城外还有军队，人数大约三万，如果他们暴动起来，就会是一个天大的麻烦。必须尽快想办法安抚。"

袁绍很是紧张，嘴角略微有些抽动："孟德说得有理，我现在就去跟大将军商量去。对了孟德，西园这里就交给你了。"

曹操点头说："本初放心，他们没有了太皇太后的诏书，我料丁原也不敢再蠢蠢欲动了。"

何太后回宫之后，命太监立即在永安宫里大摆筵席，然后命人准备了车辇，亲自去永乐宫邀请太皇太后前来赴宴。

董太后听到李玄传报，何太后亲自前来邀请自己赴宴，不由得冷笑了起来，对李玄说："看见没有，如果不是事急，她怎么想得起登我的门呢？你出去应付一下，就说我还在病中，已经休息了。"

李玄觉得大为不妥，凑近了劝道："太皇太后，何太后这次来，一定是有备而来，如果您不去赴宴，恐怕有些不妥啊。"

"哦，怎么说？"

"太皇太后，您大可以借机看看他们的打算。我估计何太后与何进他们既然想谈，就一定会做些让步，如果不去谈就失去了一次讨价还价的机会；二来，您如果两次拒绝何太后，传扬出去，大臣们会不会议论是您理亏，进而失礼了呢？"

这番话的确有些道理，董太后思忖了一会儿，就改了主意，说道："来人，给哀家换装。"

董太后正在更衣的时候，何太后已经进来了，向董太后行礼。董太后走过来，拉起了她："罢了。我们婆媳一家人，就不要那套虚礼了。"

何太后起身，笑着说道："听说最近太皇太后身体有些不适，我特地过来请安一下。今天可好些了没有？"

董太后点头回答说："承蒙你费心惦记着，今天是好些了。"

何太后热情地说道："那敢情太好了。我已经命人特地准备了，都是太皇太后平素里最喜欢的菜肴点心，要不，就到我那个后宫花园里，让我陪太皇太后好好说说话如何？"

董太后见她劝得殷勤，就顺势答应了下来。于是两宫太后乘坐各自的鸾驾来到了永安宫。而董重来迟了一步，听说何太后已经将太皇太后请去了永安宫，心里暗暗叫苦，可是又不能追到永安宫去，于是他只好守候在永乐宫里，焦急地等待着，只盼董太后能早点回来。

这时张让与赵忠受何太后之命，也来到了永安宫，二人小心翼翼地陪侍两位太后在后花园里赏花宴饮。

酒过半酣，何太后起身捧着酒走到董太后桌案前，要再向董太后祝寿，董太后却停下了杯筷，对何太后说："我刚刚听说你去了宫外，收走了我下的诏书，这是为什么啊？"

何太后听她问得直接，就使了个眼色给站在左右陪侍的宫女太监，众人明白她的用意，全部退了出去，只有张让、赵忠这两位中常侍仍然留在左右。

然后何太后再次捧酒敬向董太后，说道："先帝在时，我常常陪他读书。记得一天他讲起了吕后，对我说后宫千万不能干政，否则祸患无穷。吕后就是太过弄权，致使吕氏宗族一千多口全部被杀。"

这时董太后的表情变得非常难看。

何太后继续说："太皇太后，请容我进一言。因为皇帝年幼，我们二人现在听政，这只是权宜之计。朝廷的大事，还是应该交给大臣们商议去做，我们只看看就好了。希望您能听进去我的良苦用心啊。"

董太后冷冷地问："这就是你强行扣下诏书的理由吗？"

"如果政出多门，这不是国家之福。还请太皇太后理解我的苦心啊！"

"哼，如果这个诏书出自你的手，就不是政出多门了吗？"董太后开始动怒了。

张让、赵忠见她们二人说话间就要冲突起来，赶紧上来解劝。

何太后却笑着说："太皇太后，我从来不以太后的名义向大臣传旨。"

董太后冷笑着回道："那是，皇帝是你的儿子，把持在你们手里。你与何进就一直用皇帝的名义干预朝政，是这样吧？"

这句话噎住了何太后，一时不知道该如何反驳。

董太后继续说："朝野皆知，现在专权的并不是哀家。应该想想吕后下场的，只怕应该是你与那位国舅大将军吧？"

何太后听了这话，心中大怒，脸上涨得通红，恨不得立时发作起来。

张让、赵忠没有想到董太后言辞如此激烈锋利，赶紧再次劝解。董太后突然想起了张让告诉她先帝遇害的事情，不由得怒火中烧，也顾不得思前想后了，指着何太后说道："正好现在张让、赵忠两个都在这里，有几件事情，我一直要问你，今天你必须说清楚！"

何太后突然心中一凛，有些愣住了，迟疑地问："是什么事情？"

"第一件，那年王美人过世，太医查出了是被人下了毒，有人说是你指使的，是不是？"

何太后回答："这都是谣言诬陷，请太皇太后不要相信。"

董太后随身携带着那封没有加玺印的灵帝圣旨，拿出来说道："这是先帝的亲笔手书，说是你倔强忌妒，因为争宠毒害了王美人，难道先帝会陷害你吗？"

何太后冷笑着说道："那是伪诏，没有人能证明那是先帝手书。"

"有，蔡邕能证明。你们派人半路截杀蔡邕，没想到吧，他已经被人救了，现在好得很！"

"既然如此，为什么不召他进宫？"

"几天后自然会召他的。"说到这里，董太后停顿了一下，"可现在我要问你一件更加令人发指的事情！"

何太后沉默地看着董太后，心想，这是要图穷匕见了。

董太后一字一顿地问道："我问你，先帝正直壮年，春秋正盛，怎么就会突然去世了呢？"

何太后心里怒到了极点，她已经恨透了董太后与董重等人。恨到了极点，她反而开始平静了下来，听董太后这么问她，就反问道："太皇太后既然这么问，莫非知道什么吗？"

"我听到了不少传言，都跟你们的何大将军有关。我也不相信啊，大将军怎么可能弑君呢？可是那个嫌疑人就是他大将军派进宫的。"

"是谁？"

"不要跟我说，你不知道张邰跟杜若两个人吧？"

这时，赵忠跪下奏道："两位太后，千万不能为了外面的人，而伤了自家人的和气啊！那些都是传言。一直到现在，都没有足够的证据来证实那些传言。"

"赵忠，你是不是听到了什么，为什么不向我奏报？"何太后质问道。

赵忠立即向何太后磕了一个头："太后容禀，那些都是捕风捉影的传言，老奴怎么可能把那样的传言传给太后您听，让您堵心呢！"

何太后哼了一声，让他稍后把所有听到的传言一五一十地奏报给她。赵忠只得答应了下来。何太后转头对董太后说："那个张邰不是蹇硕的部下吗？您怎么会说他受大将军的指派呢，这太不可思议了。还有，杜若又是谁？哀家从来就不知道这个人。"

"不错，张邰名义上是蹇硕的部下，但有证据表明，他是袁绍与韩馥派进宫的！他们的背后就是你们的何大将军。"

"太皇太后，您在说什么，我怎么一点都不明白？"

董太后见何太后装作一副毫不知情的模样，不禁冷笑了起来，说道："哀家一直以为你与你兄何进，虽然是屠户出身低门小户的人家，倒也知道礼义廉耻，所以当初向先帝推荐了你。可是今天看来，我当初是看走了眼。哀家被骗了。"

听到如此的当面攻击，何太后再也忍不住了，豁地站起了身，冷冷地说："太皇太后今天饮酒过量了。哀家也不胜酒力，要去休息了。"说完扔下董太后与赵忠他们，拂袖而去。

董太后见她如此，也是怒容满面地离开了永安宫，只留下张让与赵忠两人，面面相觑。两人不约而同地叹了一口气，一边交谈，一边走出了永安宫。

在回去的路上，赵忠说道："张公，你要的这把火，今天终于烧了起来。下面该怎么办，你已经心里有数了吧？"

张让微笑着点头："赵公请放心，我已经安排沈放他们去了。"

博言 著
Bo Yan

三國疑云

洛宫的秘密 下

辽宁人民出版社

目录

下 册

第三十五章　众口铄金

赵忠听张让很有把握，就问道："你派沈放去了哪里？"

"宫城卫士营现在由沈放接管了，有一千人左右，各队军官们已经调换完毕。"

赵忠叹了口气："唉，人数还是太少啊！现在卫戍京城的西园各营，左右羽林，虎贲军，北军五校，城门校尉大概各有多少人？"

张让边走边想了一阵，回答说："西园各营每营八百人不到，左右羽林三千左右，虎贲军一千人，北军五校三千人，城门校尉大概一千人，还有执金吾几百人。"

赵忠点了点头："卫士营的人数虽然少了点，可是这个位置的确是个要害。张公，这件事你办得好啊。"

"我让沈放时刻戒备，随时听候我们的命令。"

"很好，关键时候得用可靠人物。对了，你怎么考虑城门外那三万并州军，你觉得丁原真会跟何进、袁绍他们火拼吗？"

张让回道："这几日，就让我们先静观事态的发展。最好他们能拼个两败俱伤，到时候我们来收拾残局。"

赵忠嘿嘿笑着说："你这样就有些被动了。张公，我们可不可以主动出击呢，去给他们添上一把火？"

"赵公的意思是？"

赵忠就跟张让贴耳说了一番话，张让听得频频点头，笑着拱手冲赵忠说道："怪不得先帝多次称赞赵公，真的是越遇到大事，赵公就越是有大手笔啊！"说完，两人同时嘿嘿地笑了起来。

那边董太后怒气冲冲地回到永乐宫，董重赶紧迎了上去，董太后一见到他，更加恼怒，指着董重责骂道："你今天办的什么差事？让你接收全部西园各营，你只去了三个就停了，连我的诏书都被人抢走了！"

董重赶紧跪下奏道："太皇太后容禀，本来我们进展得很顺利，如果不是何太后亲自去了，我们就要夺了曹操和袁绍的大营。"然后将事情的来龙去脉讲述了一遍。

当董太后听说丁原的部将吕布无比英勇，接连击败了袁绍他们的八员大将时，这才稍许满意了一些，说道："看来，丁原这个人，我们是用对了。可现在事情只做了一半，你打算如何收场？"

"太皇太后，我是这样想的，虽然我们只夺了三个营，但是已经足够用了。"

"这是怎么说？"

"姑母您别忘了，丁原在城外有三万左右的军马。明天我就拿太后您给我的调军军符，哪怕将一半军马领到西园去，那何太后、何进他们，怎能不跟我们谈判？太后觉得如何？"

董太后听到这里，顿时高兴了起来，立即催促董重赶紧去，跟丁原商议大军进城的事情。董重却迟疑了一下，说道："太皇太后，我想给两个人讨个封赏。"

董太后立即有点不高兴了："不是我说你，这事情还没有做完，就要讨封赏，你什么时候能学会稳重点呢？"

董重赶紧解释："姑母，这两个人是一定要封赏的。"

董太后见他坚持，就问道："你指的是丁原他们吗？"

董重点头："是的，今天我们的形势还算不错。如果没有丁原和他手下的吕布，就凭侄儿，是万万斗不过袁绍他们的。"

董太后想了一下说道："你出去跟丁原说，明天就任命他做执金吾，至于吕布，等到大功告成以后再封赏他吧。"

董重奇怪地问："姑母，这不合适吧？执金吾并没有多少实权，丁原可是一个有实权而且带兵的刺史啊？"

"你见过人家如何养鹰吗？对鹰绝不能一下喂饱，否则它就不肯出力了。我听说丁原出身低贱贫寒，他能升到今天这样，应该懂得感恩，有所知足了。更何况，现在我们的计划没有成功，还不到庆功的时候。"

董重劝道："姑母说得很对。可现在是非常时期，人心善变，侄儿担心何太后、何进马上就会用高官厚禄去拉拢丁原他们。所以我们一定要抢在前面，把封赏这件事做到位才行。"

董太后皱着眉头回答："侄儿啊，这官场中，人的贪念永远不会满足的。如果我们用人，只靠高官厚禄这一个手段，就算一时奏效了，日子长了只怕后患更多，这就是饮鸩止渴。用人须得论功行赏，现在就是他们立功的机会，还没到行赏的时候呢。"

董重觉得这话似是而非，犹豫了一阵，拱手冲董太后作了一揖，心情沉重地出宫去了。

何太后夺了董重手里诏书回宫以后，袁绍就向何进提出了曹操的建议。该如何安抚丁原和并州军呢？两人的意见并不相同。何进认为应该由皇上下旨丁原，命令他马上撤军，回到并州去。而袁绍认为丁原有备而来，并且他又有太皇太后支持，并不怕抗旨的罪名。

何进怒道："如果他连皇上的命令都不肯听，这就是要造反了，不是吗？"

袁绍连连摇头："大将军息怒。皇上毕竟年幼，刚刚登基不久，皇上的恩德暂时还没有惠及像丁原这样的官员。只要我们开得出足够优厚的条件，我想那丁原应该会按照我们的意图做事，而不会一味死忠于太皇太后。"

何进问道："那你说说看，要给他丁原什么样的官位，才能让他满意呢？"

"至少三公以上。"袁绍十分肯定地说。

"本初你在说什么？"何进大喊一声，身体愤怒地前倾喝道，"丁原，不过是一个出身极其平常的官吏，如果他都能一步登天，其他的州官都要求效仿，那还不乱套了吗？"

"大将军，现在的丁原，并非其他任何一位刺史所能相比。那三万并州军就驻扎在城外，如果他振臂一呼，这就是三万叛军哪。就凭京城里我们现有的军力，是无法抗衡他的。"

"他真敢造反？那我们就星夜调动附近其他军队过来，皇甫嵩、朱儁、董卓大军都不远。他们如果一齐带军过来，可以将丁原的并州军碾得粉碎。"

"可眼下的局势怎么办？如果逼得丁原真扯起了大旗，号称遵奉太皇太后命令，甚至说奉先帝遗旨，改立刘协为帝，这才是我们最大的麻烦。"袁绍突然说出了何进最担心的事情。

一提到先帝遗旨，何进紧张了，问道："本初，那你说该怎么办？"

"咱们可以进封他一个位列三公的虚衔，顺势夺了他的兵权，这是不战而胜的上策。"袁绍十分肯定地说道。

"如果他不肯听从，怎么办？"

"大将军放心，我去请一个人劝说丁原，他一定会听的。"

"哦，这人是谁？"

这时袁绍凑近了说了一个名字，又讲了一番话，何进听后不禁大喜，连声说道："那好，就依本初。我现在就去告知太后，争取她的同意。"

何进正准备进宫的时候，何太后差来的小黄门过来了，传旨何进紧急觐见。何进问明了宫里情形，得知董太后竟然污蔑是自己谋害了先帝，不由得怒从心头起，恶向胆边生。进宫的路上，何进恶毒地盘算着如何应对。他恶狠狠地对自己说，是时候彻底解决董太后这个最大的麻烦了。

此时何太后正在心烦意躁地等待着大将军。何进一进来，她立即向何进哭诉，董太后待她如何的刻薄与绝情。何进听了，心里对董太后更加厌恶憎恨，于是就将袁绍与自己的计划讲述了一遍。

何太后狠狠地说："很好，就依袁绍。你们去办吧，只要能把她赶出京城，哀家什么都答应你们！"

这夜，卢植、卢奕父子来到王允府里。卢植此来就是为了见一见陈芯，而卢奕准备跟王允告辞，与陈芯跟王融一起出京，到陈芯的父亲那里。卢植见到面前行礼的陈芯，心里不禁连声称奇，暗赞这不愧是名门之后，气质与寻常女子大是不同，他为儿子感到格外高兴。

王允见卢植笑容满面地看着陈芯，打趣地说："卢尚书别急着高兴，我族弟王融已经答应了，为你们家去陈家提亲，你可预备了谢仪没有？"

王融在旁边笑眯眯地听他们说话。

卢植笑着回答："司徒大人，在下早有预备了，就等我们动身离开京城时，一起奉上。"

这话引起了王允的好奇，问道："卢尚书，你要去哪里？"

"我离开家乡已久，家园荒疏，思乡心切。几天前我已经递上了辞官奏折，就等着批复下来，就全家迁回范阳了。"

听到这里，王允的神情黯淡了下来，对卢植说道："子干，你这是要出京避祸啊。可现在的朝局还需要你啊。"

卢植一时无语。

王融见状，知道他们有要事要谈了，就将卢奕与陈芯请到自己书房去，只留下王允与卢植二人谈话。

王允说道："子干，就要出大事了。"

"司徒大人指的是什么？"

"现在阉宦的事情还没有解决，两宫太后已经闹得水火不容。据可靠消息，这两宫就要彻底摊牌了。"

卢植问："那她们会如何摊牌呢？"

王允深深地叹了一口气，说道："局面可能会糟到不可收拾！你大概已经猜到了，董太后拿走的先帝遗诏就是真的，先帝生前的确有废后的打算，并且属意的太子人选确实是刘协，不是刘辩。几年前我曾听到了传言，为了给刘协继位铺路，先帝曾有计划拿掉以何进为首的何党，只是因为黄巾暴动才屡次推后。不承想后来他竟突然辞世，这些事情就搁置下来了。"

卢植问："这么说来，传言董太后要废帝而改立刘协的事情，不是空穴来风。可这遗诏的事情，原先一点风声都没有，怎么现在都冒了出来呢？"

王允点了点头："是啊，我一直在疑心，会不会是那些阉党在背后捣鬼，两边下注。"

"司徒大人一语中的，这些东西本来就在那些阉宦手里，现在抛出来将朝局搞乱，他们就可以坐收渔利了。"

王允轻声说道："子干，我平日里冷眼旁观，这何太后与大将军何进兄妹二人，恐怕能力与见识还是不足啊，你不觉得他们都很容易被人操控吗？"

卢植问道："司徒大人是不是有什么发现了？"

王允摇头说道："没有什么证据。可我总觉得何太后过于信任张让那些人，而何进又太过依赖袁绍兄弟。"

说到这里，两人默然。

过了片刻，王允继续说："现在两宫争斗，董太后基本没有什么实力。没有禁军支持，她什么事也办不成。所以她才让董重请来了外官丁原。"

"嗯，现在丁原奉她的旨抢了西园三个营，城外还有三万并州军，实力肯定超过大将军何进与袁绍他们。难道董太后要丁原兵变，逼宫何太后吗？"

"有这可能。"王允忧心忡忡地说道，"新皇刚刚登基不久，丁原这样做的话，朝廷立时就要大乱了。"

"司徒大人，你可有办法阻止丁原他们？"

"我并没有办法阻止丁原，可我知道丁原非常尊重一个人。"

"是谁？"

"就是太尉杨彪。杨彪的父亲当年曾经有恩于丁原，杨彪又多次帮助过他，可以说没有杨家的扶持，也就不会有丁原今日的仕途。所以我想，杨彪如果出面说话，丁原应该会听进去。"

"司徒大人既然知道这些，恐怕何进、袁绍也一定知道，他们应该会找杨彪出面劝说丁原。"

王允点头说："我也是这样想的，所以我觉得目前的局面还是可控的。"

卢植沉默了片刻，说道："司徒大人，如果两宫太后争斗不休，形成了僵持，这其实是那些宦官们最喜欢的局面，因为他们可以两边渔利。或许，还有一些暗藏野心的人，会蠢蠢欲动。"

"所以子干你认为朝廷必须结束掉这场争斗，尽快稳定下来是吗？"

"是的。"

王允沉思了一会儿，有些难过地说道："可这对太皇太后有些太不公平了，她毕竟是先帝的生母！"

卢植叹了口气说："是啊，这就是我想离开的原因，再也不想卷入这些扯不完的是非当中了。"

"子干，你觉得她们可能折中妥协吗？"

卢植肯定地回答："依我看来，这几乎没有可能。"

正谈到这里，王府家人来报说，何进与杨彪两位大人来了，有要事要见司徒大人。又说袁绍本来跟他们一起来的，不知为什么又走了。

卢植笑了："这个袁本初应该是不想见我吧？"

王允懂得他的意思，也笑道："何进与袁绍必定是说服了杨太尉，他们此来就是请我一道去游说丁原撤兵的。"

卢植点头同意。

何进与杨彪进来后，卢植便要告辞。

杨彪一把拉住了他："卢尚书正好在此，不要走，让我们一起商议一件大事，如何？"

何进看到卢植在此，心里顿时不喜，本不愿意卢植参与，但知道王允、卢植与杨彪三人彼此交厚，不好却了杨彪的情面。

于是四位大人入座，王允让王安上茶。

杨彪性急，不等茶到就直接对王卢二人说道："二位大人，新帝刚刚继位不久，朝廷尚未安定，现在却面临这样的局势，这绝不是国家之福。你们二位在朝中德高望重，所以我和大将军想请您二位随我一同去劝说丁原退兵，还请二位千万不要推辞。"

卢植回答说："大将军，杨太尉，我必须先说明一件事情：这个丁原，当年曾经被我参过一本。他对我虽不至于恨之入骨，但我的出现一定会有反作用。当然，如果你们不介意，卢某当然愿意陪你们走上一遭。"

听他这样说，杨彪就不吭声了。何进走到王允跟前，深深地作了一揖，说道："万望司徒大人以国事为重，不要推辞。"

王允见他求得恳切，便点头答应了。

何进大喜，说道："司徒大人公忠体国，令人拜服。"

随后卢植离去，杨彪、王允与何进三人商议到了深夜，决定明日不开朝会，杨彪与王允二人专门前往丁原大营，而何进则专门留在府里等候他们的消息。

令众人始料未及的是，这夜又出事了。

子夜时分，北宫宫门悄悄地开启，数个黑影从宫里闪出，迅速消失在茫茫黑夜。然后黑影又在京城各处忽闪忽隐，四处张贴文告，抛撒传单，甚至撒到了每一个大臣的宅院里。

第二天清早，京城的人们纷纷传看这些传单，只见上面写着"大将军弑君""何皇后矫诏"以及"何皇后毒杀王美人"等字样。而贴在京城各处的文告上，则严辞斥责何进与何太后内外勾结，弑君夺位，还一字不差地抄上了那份先帝曾经要废后的诏书，宣称并州军第一个响应，将要进京勤王，为朝廷涤瑕荡秽，攘除奸凶。

顿时京城里传言四起，人心惶惶，很多人觉得这些传单与公告是可信的。不管真相究竟如何，很多人早就觉得，大将军何进与何太后联手弄权，操控朝政，大臣们对他们本就非常不满。有了这些传言，一股倒何的情绪，在无形中迅速高涨了起来。

很快，这些传单被送进了宫里。何太后见后愤怒至极，恨不得立即将造谣之人千刀万剐，才可解心头之恨。她让人火速去召大将军进宫，又叫来了张让、赵忠，将传单递给他们二人，问道："张公公，赵公公，你们看，这是什么人干的呢？"

赵忠立即回奏："请太后下旨，令司隶校尉袁绍与河南尹司马防立即捉拿散布谣言之徒。"

"哀家已经派人去了。你们看，会不会是董重和丁原他们干的？"

赵忠、张让互相对视了一下，都没有出声回答，何太后怒道："叫你们来，就是要你们跟哀家讲出实话，难道连你们也要骑墙观望吗？"

张让下拜说道："太后请息怒，现在真相不明，我们最好不要胡乱猜疑，以免误判啊。"

"哀家会误判吗？哼，这是再清楚不过了，他们就是要逼宫，废帝重立！你们明白了吗？"

赵忠、张让只是一味磕头，劝何太后息怒。

这时何进心烦意乱地走了进来。赵忠、张让知趣地退了出去。何太后立即责令何进将人手全部派出，立即抓捕那些人去。何进为难地说："这时候毫无头绪，立即到哪里去抓人呢？太后，我们越是着急，就越会出错，那些人就越是得意啊。还是交给有司吧，让他们秉公处理，将造谣之人绳之以法。"

何太后越看何进越是恼怒，觉得他实在是太过无能："这还要查什么？当然是董重和丁原他们干的。"

何进虽然也怀疑是这二人指使的，但毕竟还没有人证物证，他现在不能随意指控，以免落人口实，还得忍耐一下。所以面对何太后的质问，他只能无言以对。

何太后见他如此，更加地上火："大将军，你知道不知道人言可畏？你知道不知道众口铄金？如果你不尽快破案，很快我们就会被天下人的骂声给淹了。"

何进冷笑着说："太后，骂，是杀不了人的；只有刀，才能。"

"那你就去，现在就去。"

"太后放心，我已经跟杨彪、王允商量好了，今天就去解决这件事情。"

"好，那哀家今天就等你们的好消息了。"

第三十六章　董后被逐

此刻，丁原正在军营里坐立难安。在他的书案上，摊着一些属下们送来的传单和墙上撕下来的文告。上面写的东西让他看得心惊肉跳。

他心里暗暗咒骂着，究竟是什么人在关键的时候捅出了这一刀？而这一刀伤到的何止是何太后与何进他们，分明也是捅向了自己。现在，所有的人都会把怀疑的目光锁定在自己身上，所有的人都会认为他犯了官场的大忌！本来自己还可以把所有事情都推到董太后和董重身上，现在发生了这个事情后，他就是跳进黄河也洗不清了。

这个锅背得实在太冤枉。他暗暗思忖着，难道是董重派人干的？他很快否定了这个设想，董重虽然没有什么本事，却是个老实人，他干不出这么龌龊的事情；董太后眼高于顶，按说应该不屑于做这个事情；何进、袁绍那边的人更加不可能做这个事情。

难道是那帮阉狗干的？只有他们，才能够接触到那个先帝遗旨？不对，在朝会上一些大臣也看过那个东西。

丁原一时间想不清楚。他决定下面任何人问起这个事，索性不予理睬罢了。昨天董重向他传达了董太后的旨意，要升他做执金吾。他觉得这个位置虽然官阶蛮高，但只是个虚衔，并没有多少实权。他忽然觉得董太后实在太吝啬了，早就听说董太后用人，将出身与尊卑看得非常重，以至于近乎苛刻。

他冷笑了起来，不错，自己是寒门出身，可自己是读书人；刘姓宗族的鼻祖刘邦，起兵之前不过是一个市井无赖。还不如自己呢。

想到这里，他突然感到有些心灰意冷，寻思着不如找个脱身之计，离开京城这个是非之地。

就在他盘算的时候，小校进来禀告，太尉杨彪与司徒王允到了大营之外，要求进营面见。

丁原急切地问小校："是不是有旨意来了？"

"他们并没说有圣旨，看样子也不太像，因为没有几个随从跟着。"

精明的丁原立刻就明白了，重臣前来，就是当说客的。他们想要谈判了，这说明他们也心怯啊。他陡然来了精神，吩咐吕布带人大开营门。丁原要全体官兵都装束整齐，精神抖擞，一起列队迎接这二位朝廷大员。

杨彪与王允一看丁原摆出了这样的阵仗，立刻明白这是在显示他的强势。

丁原到了大营门口，冲二人拱手施礼："杨太尉，王司徒，您二位到我这军营来，是不是有旨意啊？"

杨彪摆手说："建阳，没有什么事情。你我几年未见了，我们听说你刚刚回京城了，因此我二人相约，特地来这里看看你。"

丁原笑道："二位大人，太客气啦。"说完，拉着二人的手，三人肩并肩，亲热地走进了中军大营。丁原吩咐手下上茶，然后让吕布在帐外守着，没有他的同意，任何人都不许放进来，吕布领命出去。

杨彪见丁原的手下都出去了，就掏出了早上家丁刚刚撕下来的一张文告，问道："建阳，你看过这个没有？"

"哦，这是什么？"丁原佯装不知，接过来看了，又还给了杨彪，愤怒地说，"太尉大人，这是什么歹毒之人写的，竟敢如此猖狂地造谣污蔑？"

王允说道："这么说来，丁将军是不会将城外的并州军开进城里来了？"

丁原回答说："并州军是朝廷的军队，不是丁某的私家军，到哪里去，一切都由朝廷决定。"

杨彪、王允二人听他回答得周正，不由得互相对视一眼，都笑了。杨彪接着说："建阳，于公而言，我是太尉，也能管着你们；于私呢，你是我父亲的学生，我们又多年交情。有一些话，我必须向你明言啊。"

丁原挺直了身子，说道："文先请讲，在下洗耳恭听。"

"好。刚才建阳你说得好啊，军队是朝廷的军队，一切都得听朝廷的。

那么请问建阳，你说的朝廷，是不是皇上的朝廷？"

"这个当然！"

"那好，建阳就听皇上的安排吧。"说完，杨彪站起来，"丁原听旨。"

丁原这才知道，原来他果然带着圣旨来了。于是起身行礼，接旨。杨彪拿出了何进给他准备的黄缎圣旨，念了起来："并州刺史丁原，素来忠君体国，能体察君心，为朕分忧，朕心甚慰。特令尔率领所部军卒驻守弘农，而后回京就任太尉之职，与大将军何进、司隶校尉袁绍等共赞军政。钦此。"

听完旨意，丁原立即叩谢了天恩，然后问杨彪道："文先，陛下让我做太尉，那你呢？"

"陛下自然会有安排的。文先，太后与皇上对你都非常器重啊。"杨彪微笑着说道。

丁原陷入了片刻沉思，这虽然是皇帝的圣旨，那其实就是何太后与何进的意思。这么快就能担任太尉，这是他从来没有奢望过的。当然，这是给他"背叛"董太后与董重他们的酬劳。太尉一职，位列三公，比执金吾尊贵了太多，这岂不正是自己一生追求的梦想吗？丁原开始激动起来。

正在丁原满心欢喜地盘算的时候，王允站了起来，说道："丁大人，我这里还有一份太后诏书，请接旨吧。"

丁原顿时惊讶不已，怎么会又有一道诏书，为什么不一起宣旨呢？只好重新拜倒。

王允板着脸正声念道："原并州刺史丁原，本系微末小臣，朝廷念其尺寸之功，遂位列封疆。往昔待尔不薄，孰料尔竟贪心不足，勾结叵测之徒，擅自率军进入京城，妄想挟持君上，图谋乱政。是可忍，孰不忍。着革职查办，交有司严加惩处。"

丁原大惊失色，如同突然掉进了冰窟，从头到脚彻底凉透，怎么会有两道完全相反的旨意呢？丁原大声地喊道："臣冤枉！"

王允见他神色惊慌，于是将诏书合上，对丁原说："丁大人，不要太过惊慌，这两份诏书都未加盖印玺。是否执行，执行哪一份，太后说，就看你下面如何行事了。"

这当然是何太后、何进他们在对他软硬兼施。而且看起来,朝中的重臣们,基本是站在他们那一边了。其实,丁原心里的天平已经倒向了何太后那边,只是对何进他们的诚信毫无把握,自己必得拿到些保障才行。

于是丁原问杨彪:"太尉大人,你手里的诏书既然是下给我的,可否现在交给我呢?"

"这是自然。"杨彪痛快地将圣旨交给了丁原。

丁原又仔细看了几遍,才稍稍放心了一些,心想,弘农离京城不远,有吕布他们驻军在那里,料想何进不敢拿自己怎样,于是拱手对二人说道:"两位太后不和,她们争执不下,这不是国家之福。丁原岂能不知?只是这其中牵碍太多,丁原长期在外任职,对京中的事情所知有限,愿二位大人教我。"

杨彪立即接话道:"皇上刚刚继位不久,朝局需要稳定,人心需要安定。无论如何,这才是当前的头等大事。正如你刚才所说,两位太后的冲突给朝廷带来巨大的冲击,为了大汉的江山社稷,我们这些大臣应该站出来了。丁大人有什么顾虑,请不要犹豫,说出来,我跟司徒大人自然会帮你的。"

两位朝廷重臣将会帮他,丁原顿时大感欣慰。

他刚要说话,外面传来了一阵吵嚷,丁原不禁皱起了眉头。这时吕布进来,贴耳对丁原说:"董重刚刚来了,情绪有些焦躁,正在外面发火,一定要闯进来,被我给拦住了。"

丁原心里也是一阵烦乱,对吕布说:"你去,把他带到你的营房里面,你陪他说会话,要让人在外面守着,不许任何人进去。等我这里结束后,就会立即过去。"吕布应诺出去。

王允问道:"是不是骠骑将军在外面了?"

"是啊,正要跟你们讲到他呢。我希望能得到太后与大将军的承诺,不要追究骠骑将军,更加不要对太皇太后不利,毕竟她是先帝的母亲,当今皇上的祖母。"

杨彪立即说:"丁大人用心良苦,令人钦佩。这件事我一定会向大将军明言,如果他不答应,我和王司徒就立即辞职,不会听任他做出让大家寒心的事情。"

"既然太尉大人这样说，我就放心了。二位大人，今天晚上，我就会撤离京城，赶赴弘农。"

"太好了！"杨彪与王允二人大喜，站起身来与丁原握手，互道珍重，然后离开军营，向何进通报去了。

二人走后，丁原揣着那份圣旨，心里得意，迈着四方步，一边慢慢踱向吕布的营房，一边问旁边的小校："刚才董大人情形如何？"

"可别提了。董大人激动得不行，说什么也不肯去吕将军那里，一定要等您出来。"

"后来呢？"

"吕将军急了，上前一把拉住他，跟拖孩童一样，就拽到营房里去了。"

丁原听了这话，脸上露出一丝难以察觉的微笑。进来之后，一眼就见到董重正来回踱着步，满脸的烦躁不安。丁原上前赔着笑说道："董大人，我来迟了，恕罪恕罪。"

董重冷笑了几声，说道："丁大人跟杨太尉是故人，当然有体己话要说了。"

"董大人，他们有圣旨，我不能不接。"

"哦，圣旨在哪？"

丁原就将袖里的圣旨取出，递给了董重。

董重看完，心里彻底凉透，只觉手脚沉重，忽然头脑一片晕眩，一时竟要跌倒。

丁原赶紧扶住，将董重扶到椅子上躺下，左右都要上前帮忙，丁原吩咐道："你们都出去，这里有我就行了。"

手下人会意，陆续走了出去，只有吕布仍然站在那里。丁原对吕布说道："奉先，你也先出去一下，我有事情要跟董大人讲。"

吕布本想一起听听，可丁原既然这样说，显然不愿意让他知道，纵然心里并不情愿，也只好遵命离开。

过了约一炷香工夫，董重垂头丧气地出来了，头也不回地走到营门之外。手下人赶紧迎了上来，七手八脚地将董重扶进轿子，抬回了他的骠骑将军府。

丁原就站在营里，一直目送着董重一行人离开，长长地叹了一口气："做人难哪，做官更难；这时做官，难上加难！"

然后吩咐众人到中军听令，吕布、张杨等将领到齐后，丁原命令立刻准备开拔出城。

吕布尽管已经猜到了，但心里还是惊讶，没有想到前后一天，变化如此之大。

张杨更是大声问道："大帅，兄弟们好不容易进了京城，都说这是天底下最富贵的地方，为什么不让大家多待上几天呢？"

丁原沉着脸说："赶紧离开这个是非之地，这是为了大家好。都不要再问了。"

于是众人在丁原的催促中，赶紧收拾了行装，急匆匆地离开了京城。

路上，张杨悄悄地问吕布："吕将军，咱们撤了，那个董大人，还有太皇太后会怎么样呢？"

吕布摇头说道："我怎么会知道，刚才倒是想听一听，可大帅不给机会。"

张杨说道："这董太后就是皇帝的祖母，何太后的婆婆，再怎么样，也不会向皇帝的祖母动刀吧？"

这话不知道怎么就让丁原听到了，他有些恼怒地喝道："张杨，不要胡说八道！"

众人只好闭嘴，一路无话地到了城外大营，与张辽、丁义会合，然后大军收拾行装，准备开拔，奔赴弘农。

那边何进得到杨彪与王允二位的通报后，大喜过望，当即赶往宫里向何太后报喜。何太后得知丁原很爽快地就答应了要求，不禁埋怨何进说："早知道这样，何必答应让他做太尉？以后整日跟这样的一个人打交道，实在让人讨厌！"

何进笑眯眯地回答："太后不喜欢哪个大臣，找个理由开缺，那还不简单。"

"这倒也是。那么明日朝会，就公开宣布这件事情吧。"

"就依太后。对了，正好借着这个机会，我们可以将朝里的官员再清理一遍，董太后那边的人全部拿掉，换上咱们自己这边的。还有一些刺头，也拿掉吧。"

"你说的是谁？"何太后不禁好奇起来。

"比如卢植这样的，就很不讨人喜欢，这次一起裁撤。"

何太后有些顾虑，说道："我听说卢植在军中威望很高，一帮老臣跟他的关系都不错，如果你这么待他，恐怕皇甫嵩会第一个跳出来反对吧？"

"不会的，卢植他自己上表要求告老还乡的。"

"那倒也罢了。你自己斟酌着办吧。"

何进走了以后，何太后将事情告知了张让、赵忠，二人听罢，心里虽然极其失望，却还得竭力装出喜悦的模样，不停地奉承何太后，将何太后哄得眉开眼笑，乐个不停。

二人从永安宫里走出，恰好遇到另一位国舅何苗。何苗是何进父亲续弦妻子与前夫所生，虽然同何太后与何进并无血缘关系，却因何太后的关系被封为车骑将军。这位车骑将军与赵忠等人过从甚密，早就被他们彻底收买。

今日撞见，三人亲热地聊了一阵。何苗故作神秘状，告诉二人明日宫里将会有变。二人立即猜到，就在明日，何太后与何进将要逼宫董太后了。

三人散后，赵忠问张让："张公，明天要不要动用我们的人，保一下董太后？"

张让摇头说："还是算了吧。董太后已经无法翻身了，就让她再为我们用一次吧。我们可以用她的不幸，向世人彰显何进兄妹是如何的凶残与冷酷！如果何进带兵进宫，只要不是冲咱们来的，一切就由他去吧。"

赵忠长长地叹了一口气："从此，这南、北二宫可就由何太后一人独掌了。"

张让摇头冷笑着说："只怕未必。这何氏兄妹都见识短浅，只要牢牢地抓住他们的把柄，他们反而能被我们所用。"

赵忠问道："你说的是那个遗诏吧？"

"是的，还有蔡邕。我们一定要捷足先登，把这两样控制在我们手里，何氏兄妹，嘿嘿，就得听我们的摆布。"

"这么说，你已经有了安排？"

"嗯，我已经查明了，蔡邕被丁原软禁在京城附近一个庄园里，就是原来蹇硕的那个庄子，竟然被丁原得了。我吩咐沈放挑选一些人手，明天就出发，一定要救出蔡邕来。"

"好，好！"赵忠拍手称赞。

第二天清晨，袁绍派高干和麴义以迅雷不及掩耳之势，包围了董重府邸，不许任何人进出董府。何进则亲自率领了一队羽林军进宫，毫无阻碍地来到了永乐宫，将宫门彻底封闭，也是不许任何人进出宫门。然后自己去永安宫见了何太后，两人揽着小皇帝刘辩，一起开始了今日的朝会。

朝会上，预先得到了何进授意的御史中丞韩馥，上表奏说董太后本来只是藩王的王妃，因子得贵，才能居住在永乐宫中。如今先帝过世，应该返回藩王驻地河间，而不能长久居住在宫里。

群臣听罢，五味杂陈。许多大臣心里都觉得不妥，却敢怒而不敢言。更多的人觉得这是皇帝家的私事，不能也不愿意搅和进去。因此竟然没有一人出面为董太后说情。

何太后就顺理成章地批准了韩馥的奏表。朝会结束后，何进带了一大群卫士入永乐宫，向董太后宣达了刚才朝会的决议，要求董太后今天必须收拾完毕，离开京城回到河间去。

董太后只得含羞忍辱，让李玄收拾宫内物事，准备离京。贴身的宫女帮着董太后梳妆换衣，李玄带着太监们帮着整理行装。一切收拾好后，李玄跪下向董太后行叩拜大礼，哭泣着说不能服侍太皇太后赶赴河间了，因为何太后刚刚命令李玄转到永安宫去当差了。

董太后明白了，狠狠地扇了李玄一记耳光，冷冷地说道："你去吧。今后哀家再不会看到你了，让人恶心。"李玄羞愧不已，叩了几个头，哭泣着离去了。

那边高干、麴义终于得到了命令，立即带人闯进了董府。一片肃杀的气氛中，高干看着被带过来的董重，觉得昨天还是高高在上的骠骑将军，今天不过是砧板上的一贴肉而已。高干压住了心里的冷笑，毫无表情地说道："接太后旨意，只有你董大人一人有罪，并不加罪董府其他人等。你可明白，这是太后给你们的恩典？"

董重脸色惨白，拜倒在地，说道："千罪万罪，罪在我一人身上。请转告太后，千万不要加害太皇太后，她，毕竟是皇上的祖母啊！"

高干答应了他的请求。随后，董重把自己一个人锁在书房里，大哭了一场，又大笑了起来，然后自刎于自己的书案旁。高干、麴义进来后，看着董重的尸身，不由得心里叹息了一声，两人忽然都对他有了几分怜悯和敬意。

斜阳西下，上东门城门之上，何进与袁绍二人并立城头，正在观看长长的车队，将董太后送出了京城。

沉默了一会儿，何进突然问袁绍："本初你可知道，为什么董太后那么看重一个人的门第出身？"

袁绍回答："不知道。大将军请赐教。"

"那是因为她自己的出身，并不是什么高门大族，这是她一直以来的心病。所以她要在人前竭力抬高自己的出身与尊贵。"

袁绍突然明白了什么，何进与何太后也是出身寒门，难道他们也是有类似的心理？于是答道："那是她见识短浅。大丈夫得到富贵功名，靠的是自己对江山社稷的功劳，比如大将军您，当之无愧。"

何进被袁绍捧得高兴起来，有点兴奋地对袁绍说："董太后一走，我们可以无忧了。"

这时袁绍突然想到了一件事情，说道："大将军，只怕还有一件事，我们还没有处理干净呢。"

第三十七章　工布宝剑

袁绍突然想起了一件事，问道："大将军，今天在永乐宫里，他们搜到了那份先帝遗诏没有？"

何进有些懊恼地回答说："目前还没有找到。永乐宫的主事太监李玄，实际上是效忠太后的。他一直在找那个诏书，却没有任何发现。"

"会不会藏在董太后身上？"

"本初，我们总不能明目张胆地对她搜身啊，毕竟是太皇太后。如果我们太过失礼，朝臣们会反弹的。"

袁绍笑着说："宫里当然不行，可现在不是出宫了吗？"

何进忽然得意地笑道："其实，她贴身的侍女也是太后的人，上午给她换衣梳妆时仔细看过，她身上的确没藏任何东西。不过你说得也有道理，我们是应该再搜一次。这个事我让吴匡去办。"吴匡是何进的死党，一直以来，最秘密的事情总是交给他去办。

袁绍又提醒道："还有那个蔡邕，如果不除了他，总是一个祸根。"

"嗯，听说这个蔡邕平日里就多嘴多舌，上书骂人，惹人讨厌。对了，他现在不是控制在丁原手里吗？可不可以让他去处理？"

"大将军，您不觉得丁原就是一个老狐狸吗？这种人终究是不可靠的。"袁绍顺势在何进那里踹了丁原一脚。

果然，这引起了何进的担心，他想了想说："蔡邕的事情还是交给你的人吧。"言下之意，上次袁绍被卢奕坏了事情，这次派人去，不要再失手了。

袁绍领命，又说道："大将军，丁原手下是有一些能人的，比如那个吕布，实在是英勇无敌。即使这些人不能为我们所用，也不能让他们铁了心为丁原效力。"

"那你说该怎么办？"

"应该将他们拆散。可以直接提拔任用这些人，以大将军的名义下令，让吕布、张辽与张杨等人到并州、曲阳等地去募兵。这样弘农那里只留下丁原，没有了那些人的帮助，他是成不了什么事的。"

何进很欣赏地看着袁绍，说道："很好。本初啊，要说玩起这些把戏，还是你有办法。"

袁绍听了，有些自得地笑了，继续说道："大将军过誉了。为了牵制丁原，我们可以调皇甫嵩跟董卓他们都过来，让他们这些人相互牵制平衡，就都得求着您大将军，这样对我们最有利。"

何进点了点头，却又皱着眉头说："董卓倒还罢了，那个皇甫嵩实在让人讨厌，就别让他来了。"何进认为皇甫嵩看不起他，因此心里一直非常厌恶皇甫嵩。

袁绍对这一点知道得很清楚，不由得暗自想笑，可明面上仍然诺诺称是。

卢奕这几日一直在等待王融，只等王融见过袁绍之后就同陈芯一道启程。可袁绍这几日基本不在府里，偶尔在时又以公务繁忙推托不见，弄得王融没有办法。

傍晚时分，卢奕去了王允府邸，跟陈芯与王融商量启程的事情。这时太傅马日磾和侍御史孔融两个正在跟王允说话，他们二人是为了蔡邕的事情请求王允帮助的。二人跟蔡邕一直关系亲密，互相欣赏彼此的文才与志趣。蔡邕被朝廷征召赴京，却在路上突然失踪。他的家人着急恐慌之下，向在京城的他们求救。二人商议了一下，觉得事情很不简单，于是就来向王允求助了。

王允已经知道劫杀蔡邕这件事情是何进、袁绍派人干的，而且又卷入了两宫太后、张让与丁原他们，蔡邕现在就是身处一个巨大的漩涡当中，谁敢此时伸手去拉他呢？可他并不愿意亲口告诉马日磾和孔融这些事情。

刚好卢奕来了，于是就请卢奕把那日的情形跟马日磾和孔融讲述了一遍。二人一听，惊疑不定，总算知道了，原来是何太后与何进他们要置蔡邕于死地。这可怎么办？

太傅马日磾拱手冲王允说："这真是匹夫无罪，怀璧其罪。蔡伯喈有什么过错，竟要置他于死地！像这样杀害贤良无辜之人，绝不是国家之福。司徒大人，明天上朝我要进言，请太后和大将军三思。"

孔融接话道："我会附议。"

王允问："你们二位还想不想救蔡邕？"

"司徒大人，这是何意？"

"如果要想救下蔡邕，你们就不能在朝堂上将此事掀开，只能我们私下里想办法。"

马日磾叹了一口气："是我推荐了伯喈，没想到这是把他推向死路了。"

孔融愤愤不平地说道："蔡邕曾经上疏劝谏先帝，说妇人、宦官干预政事，国家一定会有灾祸。这道上疏，才是他惹祸上身的根本原因啊。"

王允见他们越扯越多，只好不说话了。

几个人沉默了一会儿，马日磾冲卢奕拱手说："卢将军，你忠肝义胆，为了救蔡邕才丢了官职。我们几个不会坐视不管，有机会一定会为你说话。"

卢奕回了一个礼："这件事不打紧，请几位大人不要记挂在心上。"

孔融突然插话："卢将军您智勇过人，能不能想想办法，将蔡邕再次救出来？"

王允回护卢奕道："孔大人，卢奕现在不是官身了，你叫他如何介入此事？再说他一个人又如何去救蔡邕呢？"

"唉，司徒大人说的是。"孔融有点惭愧，觉得让一个无关的年轻人，去冒这么大的风险，自己的确是太过分了。

一直旁听的王融说道："几位大人不要着急，事情总会有解决的办法。我看，解铃还须系铃人，你们为什么不想想办法，去打消何太后与大将军对蔡邕的顾忌呢？"

马日磾问："请问王先生是不是有主意了？"

王融回答说："而且现在大家都不知道蔡邕人在哪里，就算去救他，也得先打听清楚，你们说对不对？"

孔融点头说："有道理，先生请继续讲。"

"这时你们可以派人出去散布消息，就说蔡邕已死，真真假假，假假真真，让想害他的人搞不清楚状况。这样我们可以多出一些时间去营救他。"

"说得太对了。"孔融一拍大腿，"这个事我去办。"

"打听好蔡邕的具体情形后，大家再想办法去救他。我估计他一时还不会有危险。"

正在这时，卢府来人通知卢奕回去，说有人来找他。卢奕问是什么人，家人说这人很奇怪，不肯通报姓名，现在一直未走，只说一定要等卢奕回来见面才行。卢奕很是好奇，这人到底是谁呢？于是跟众人作别，赶回卢府。陈芯放心不下，也跟了过去。

回到府里，见到了这个不速之客，原来是沈放。

这天傍晚时分，张让突然来到了宫城卫士营，不让任何人通报，自己直接走进了沈放的大帐。进去之后，看见沈放正在出神地看着一个小箱子，以至于张让走近了，尚且没有发觉。

沈放听到有人走近时，以为是哪个不长眼的属下，就发火说道："叫你们都出去，听到没有？"

张让伸头看到箱子里装的是一些小金锭，不禁嘿嘿地笑了："沈将军，今天怎么有空清点一下平时的积攒？"

沈放听是张让的声音，赶紧站起身施礼："张公恕罪，卑职刚才想事情，出了神了。"

"功廷，你有心事啊？"

"明天要出去办差，可还有些未了之事，我想在出发前办了。"

"哦，是跟这些金子有关吗？功廷信得过我，交给我替你处理如何？"

"属下自然信得过张公。这是卑职欠下了别人的人情，该还的。"

"哦，你说的是谁？"

"是卢奕将军。属下刚刚听说，为了上次救我那件事，他的官职被袁绍那厮给免了。我非常过意不去，想要为他做点事情，聊表寸心。"

原来是这样。张让觉得沈放还是个重情重义之人，说明自己一直没有看错他，不禁赞赏地点了点头。然后看了看那个箱子，就笑着问："你要拿这些东西还他的人情吗？"

沈放点头说是的。

张让突然想起了沈放说过，卢奕此人武艺高超。恐怕也只有他，才能敌得住那个名噪京城的吕布。难道……张让试探地问了句："不对，你害怕了？你害怕明天这个差事？"张让认为，一个武将在出征前，如果先就胆怯了，那他一定必败无疑。

沈放沉默片刻，说道："没有。"

"你害怕不是那吕布的对手，更何况，可能还有袁绍那边的人过去。"

沈放犹豫了一会儿，回答说："卑职从未害怕过任何对手，只是担心不能完成差事。"

张让相信他的话，这符合沈放的性格。这时张让突然心中一动，袁绍弃用了卢奕，难道他就不能为我所用吗？于是他笑着说："功廷，你的这些东西，只能送给一般凡夫俗子。如果是一尊真佛，就不合适了。"

沈放不明白张让的意思，问道："请张公赐教。"

张让回答说："这些东西，人家是不会收的。还是我给你准备一样东西吧。"然后回身对随从说了几句话，随从点头出去了。

沈放觉得不妥，赶紧说："这是我的私事，让张公破费，卑职觉得不合适。"

"这说的哪里话。他救了我的人，就是我欠了他的。再说了，你才几个俸禄。"张让看了看那些小金锭，"这些钱你收起来，留着供养家人用吧。"

听了这话，沈放忽然有些感动了。

过了一会儿，随从捧了一个半长匣子进来。张让接了过来，打开匣子，里面是一柄宝剑。张让将宝剑抽出，递给沈放，沈放接过仔细观看，只见剑身寒气逼人，剑刃、剑端如闪电般光芒四射。张让取了一方手帕，从上面抛撒，手帕从宝剑锋口徐徐落下，一分为二。沈放连声称赞好剑。又将宝剑弯转起来，围在自己腰间，简直跟自己的腰带一般，手一松动，剑身随即弹开，笔直坚挺。剑柄上镶嵌了几颗蓝色宝石，一看就是极其贵重之物。

张让说道："此剑名叫'工布'。当年欧冶子在茨山之下采得铁英，铸成剑坯三段。可是找不到好的亮石用来磨剑。欧冶子跋山涉水，千寻百觅，终于在秦溪山附近找到了一个亮石坑。他勘探时发觉坑内丝丝寒气，阴森逼人，知道其下必有宝物。于是他斋戒沐浴三天，然后跳入坑洞，取出来一块坚利的亮石，此后他用心磨制成，终于得到了三把宝剑。就是著名的'龙渊''泰阿'和'工布'。"

沈放是个武人，当然是个爱剑的，只听得如痴如醉。

张让笑着说："如此宝剑，当然是赠予善用之人。你就将这把宝剑送给卢奕将军。再写上蔡邕被囚的地址，恳请他出手相助。我想他可能会答应，那么你这趟差使就更有把握了。"

沈放大喜，叉手说道："属下遵命。"于是沈放来到了卢府。

卢奕与陈芯见是沈放，觉得有些诧异。沈放恭敬地向二人施礼，说专门过来感谢那日救命之恩。卢奕只淡淡地说："沈将军请不要记挂这件事了，都已经过去了。"

沈放说道："卢将军，这件事还没有结束呢。"然后将蔡邕被丁原软禁的事情告诉了卢奕、陈芯二人，接着说，"蔡邕先生有一位贵人朋友，他托我将此物交给您，希望您能够再次仗义出手，将蔡邕先生援救出来。"说完将匣子，还有一封信交给了卢奕。

卢奕打开信封取出了信笺，上面没有抬头，没有落款，只写了囚禁蔡邕那个庄园的地址。接着卢奕打开了那个剑匣，刚一打开，就见到匣子里剑气森森，取出了这把宝剑，卢奕顿时爱不释手。陈芯也赞道："这的确是把好剑！"

沈放趁势说道："卢将军听说了吧，那丁原手下有一员骁将，名叫吕布，最近在京城是名声响亮，据说他一连击败了袁绍、袁术手下的八员大将。要去解救蔡邕，必须击败此人才行。那位贵人说了，要将此剑借与将军，就是为了对付此人。"

卢奕若有所思，疑惑地问："你说的贵人是谁？"

沈放叉手说道："还请卢将军见谅，这位贵人不允许我说出他的姓名。只说他跟将军有缘。"

"既然如此，我不能接受此剑。"

沈放笑着说："此剑就算是借与将军的。蔡邕先生无辜受了牵连，我们都切盼将军能仗义相救。沈某虽然本领低微，但也知道大义所在，愿意再次冒险前去营救先生，明天我就动身去了。至于将军您去与不去，一切悉听尊便，请卢将军不要勉强。告辞。"说完，施礼离去。

卢奕知道他在激将，想了一想，并没有追出去，拿了那封信又看了一遍，对陈芯说："这件事有些古怪，我们去见王司徒和王融先生吧。"

再次来到王允府邸，马日磾与孔融已经离去。

卢奕将刚才沈放说的话讲述了一遍，又将信封交给王允与王融。王允看后，眉头紧锁，自言自语地问道："这位贵人，会是谁呢？"

王融问："这个沈放的上司是谁？"

卢奕回答说："他平日里受张让、赵忠那些人调遣。"

王融从剑匣里取出了宝剑，不由得连声称赞好剑，又仔细地观看了剑身，说道："据古书记载，有宝剑名叫'工布'，此剑'铩从文起，至脊而止，如珠不可衽，文若流水不绝'。我看书中的记载跟此剑完全吻合，莫非这就是'工布'宝剑？"

卢奕赞道："先生好眼力！"

王允听了，眉头皱得更紧："能拿得出这样宝剑的，必定是张让、赵忠这些人。只是他们为什么要这么做？难道有什么阴谋？"

王融却笑着说："如果真是这二人，卢奕，这把剑受之无妨。将蔡邕救出之后，并不用交还他们。"

卢奕听懂了王融的意思，也不禁笑了。王允说："他们要救蔡邕，无非是想将蔡邕控制在自己手里，用来要挟何太后。"

王融表示赞同："如此迫切地想要控制蔡邕，想必那诏书应该在他们手上。董太后一定是把诏书交给他们了。"

王允恨恨地说道："这些阉宦不除，终究是朝廷大患。丁原软禁着蔡邕，只怕也没安什么好心思，都想着从中渔利，可恨！"

王融笑着说："兄长别急，应该还有人想要对蔡邕下手呢。"

卢奕问："王先生说的是大将军他们吧？"

"正是。只怕丁原那个庄园，就要很热闹了。卢将军，要不你就去一趟如何？当然，你一人前去风险太大了，我有几十个庄丁，都是勇武过人，跟着我闯过不少地方。你一并带了去，可以做你的帮手。"

陈芯听了这，说道："我跟你一起去。"

王融点头说："芯儿武艺不凡，去了的确是你的好帮手。你们二人一定要小心，千万不要急着出手，看清楚庄园形势后，争取一击必中。"

这时王允问："将蔡邕救出后，应该安置在哪里，你们想过没有？"

卢奕回答："那里离曲阳不远，皇甫嵩将军大军就在附近，送到他那里如何？"

王允摇头说道："怕是不妥。皇甫嵩将军那里耳目众多，消息一定会很快泄露。"

王融说："蔡邕是我的故交好友，如果有可能，可以把他送到琅琊去。只是我现在京城，以目前的情势，肯定不能将他送到京城来，只能在附近几个州郡想想合适的地方。"

卢奕突然想起了段煨，他觉得这个人还算得上是个磊落之人，就说道："潼关离那里并不远，守将段煨跟我相识。他并未卷入这些是非当中，而且他是个胸怀坦荡之人，可以暂时托付给他。怎么样？"

"好，就这样安排吧。"王允表示赞成。随后王允、王融又叮嘱了二人一番。

卢奕回府，将事情向父亲卢植仔细讲述了一遍。卢植虽然并不反对卢奕这趟行程，可心里总是担心的，少不得嘱咐他小心行事，又帮着卢奕精心准备了所需的行装。

第二天上午，卢奕来到司徒府邸，跟陈芯会合，一行人就整装待发，准备赶往丁园。

第三十八章　火烧丁园

卢奕、陈芯一行人出发之前，王融又嘱咐说："你们这一趟行程，要尽量隐瞒身份，特别是对袁绍派去的人，要更加小心一些，免得以后麻烦。"卢奕、陈芯点头答应，于是一行人立即出发，前往邙山方向。

此时，丁原正带着大队人马赶往弘农。路上，吕布、张辽与张杨三人并马同行，张辽问吕布："吕将军，为什么我们要突然到弘农去，不是说好进京城的吗？"

吕布刚要回答，张杨诡异地笑着说："文远，我们丁大人改旗易帜了，现在站到何太后与何大将军那边去啦。"

吕布瞪了张杨一眼，说道："不要乱说话，他不是刚刚发过火了吗？"

张杨只好闭嘴不言，脸上却是一脸的不服。张辽一直待在城外，城里发生的事情不全知道。他跟吕布交厚，小声地问道："吕将军，听说丁大人高升了，是吗？"

吕布点头说："是的，要当太尉了。"

张辽惊讶地咂舌："真的吗？这太不可思议了！那我们这些人岂不是都要高升了？"说完哈哈一笑。

吕布却冷笑了一声："只怕未必。"

吕布觉得自己在京城立了大功，既然丁原要升太尉，自己无论如何也应该晋升一次，没想到竟然没有任何音信。丁原只字不提，吕布也不好去催问，免得难堪，只好在自己心里窝火了。

张辽是个知趣的人，见吕布不高兴，只好一路无话。众人赶到了弘农。

刚到弘农没多久工夫，何进的传令官就跟来了，要向众将传达大将军命令。丁原尽管心里一千个不情愿，可是自己刚刚上了何进的船了，再怎样不高兴，这是他第一次的命令，总是要给些面子的。

可是传令官传达了何进命令后，丁原顿时心头火起，这分明是要拆掉自己并州军的班底啊！

大帐里面一起听令的吕布、张辽和张杨三人都是面面相觑，不知道是接这个令好，还是不接的好。三人看丁原的脸色非常难看，知道丁原生气了。旁边的丁义看得清楚，赶紧先将令牌接了，然后吩咐小校带传令官下去休息，然后小心翼翼地问丁原："大人，您的意思是？"

丁原心里已经盘算了好几回，不遵他何进的令又能怎样？本来唾手可得的太尉一职可能就要泡汤了，还白白地承担了出卖董太后的恶名；可是遵了他的令，这几个左膀右臂都走了，自己还能干什么事呢？

吕布他们几个人见丁原不说话，也只好等着。过了一会儿，丁原问道："你们几个愿意去曲阳、并州募兵吗？"

吕布问道："丁大人的意思是？"

"我现在已经不是并州刺史了，朝廷新近任命了董卓去并州。你们愿意跟着董卓干吗？"

张辽立即回答："丁大人，您让我们去，我们就去；不让去，我们还跟着您干。"

丁原对张辽的这个态度很是满意，然后看着吕布和张杨："你们也是这样吗？"

吕布和张杨跟着回答说是。丁原的情绪这才稍许好了些，说道："我当然不愿意你们离开，哪怕只是暂时的。可大将军的军令也不能不遵，这就是我为难的地方。"

张辽接话道："大人这里急需帮手，尤其是吕将军，他肯定是不能走开的。要不这样，我和张杨两个分别去曲阳、并州，吕将军且留下。等我们用大将军给的钱粮募到了兵，想办法带回来加入我们并州军。这难道不是坏事变好事吗？大人觉得如何？"

经张辽这么一说，丁原才高兴起来了，起身拉着张辽的手说道："文远，还是你想得比较周全。就这么办罢。他何进想要削弱我，反倒被我们利用了。"说完哈哈大笑。

然后对张辽、张杨二人说："等你们回来后，我应该已经就任太尉了，将会掌管全国军政考核各项事务。你们低调忍耐些日子，到时候，我自然会对你们委以重任。"

　　二人应诺。丁原又对吕布说："奉先，咱们先在弘农扎住脚，等朝廷的通知一到，我们两个就去京城就职。"

　　吕布回答道："一切听从义父安排。"

　　现在丁原很是满意。

　　这时，丁义突然笑着说："大人，那何进想要打咱们的主意，可他别忘了，蔡邕还在我们手上呢！"

　　丁原将须点头，可是这句话又提醒了丁原，他突然有点明白了，为什么何进要打发他到弘农来。丁原对几人说道："不好，如今我们都在弘农，蔡邕会很容易被别人劫走的。"

　　丁义回道："大人别担心，我这就去接他过来。"

　　"丁义，你现在就带人去，接了他后不要耽搁，立即返回弘农。"

　　"是，大人。"说完，丁义就带着人出发了。

　　过了一个时辰，丁原有些坐卧不宁。他想起了丁义不是武将，如果遇到袭击，那岂不是连他都一起赔进去了吗？于是马上叫来了吕布："丁义去了恐怕不行，我还是放心不下。奉先，你辛苦一趟，带一些人去接应他们吧。"

　　吕布刚要答应，丁原又想起了一件事，接着说道："那个庄园地形复杂，容易迷路。你不熟悉那里，又没有丁义领路，到了以后，你们不要急着进庄，就在庄外监视，如果庄里有事，你就进去接应一下丁义他们。"吕布应诺，也带了一批人到丁园去了。

　　傍晚时分，蔡邕正枯坐在油灯旁，满腹心事。他曾经几次提出要离开这里，都被丁原的管家用各种理由坚决拦住了。他在屋子里面待得实在太乏味，就提出要求，想要出去走走，而管家总是告诉他：这里不能随便走出去，很容易迷路。

　　蔡邕不相信管家的话。难道他们是软禁了自己吗？丁原人在哪里，为何没有他的任何音信？每当他提出这些问题时，那管家都只是摇头不知。

蔡邕想，自己也许应该想个办法，干脆不告而别算了。他打算逃到山东琅琊去，那里有一些他的好友，比如王融，以及诸葛玄等人，他们一定会收留自己的。

于是他整理好了行装，准备了一些逃亡路上用的食物和用具，就等着天色黑透，然后从庄子里摸出去。大约二更人定时刻，蔡邕悄悄地摸了出去。

他没想到，这个庄子实在太大，也太复杂，走了一圈后，发现竟然又绕了回来。原来这个庄园建庄时，以九宫布局构筑，仿佛一个规模巨大的迷宫，到处都是郁郁葱葱的林园，水道相通的池塘，其间纵横交错的石板小道，通向一个个错落有致的庭院。主要的院落之间都建有高大的屋墙。现在他明白了，如果没有熟悉地形的庄客领路，的确很难走得出去。

正在无奈着急的时候，蔡邕听到了很远处似乎传来了一阵马蹄声，那些蹄声渐渐地由远到近，有一队人马打着火把进了庄子。蔡邕侧耳仔细倾听，说话声越来越清晰，原来是丁义带人来了。

过了一会儿，管家领着丁义进了蔡邕住的那几间房屋，丁义进来就说："蔡先生，丁大人派我接您来了。"说完，发现蔡邕已经打点了一些行装，就诧异地问道，"蔡先生的包裹都预备一些了，您是如何知道我们要过来接您呢？"

蔡邕只好打个哈哈笑道："我这些包裹都没怎么打开过，随时准备动身跟你们离开。请问我们要去哪里呢？"

丁义没有想太多，回答说："蔡先生，丁大人让我来接您到弘农去，他暂时就在那里驻军。对先生来说，弘农比这里更安全些。"

蔡邕虽然不愿意，却也不好反对，只好嘴上答应了，可心里仍然在想，有机会还是要离开他们。丁义哪里知道蔡邕已经起了去心，只吩咐管家给一行人准备些吃食酒水。管家自去忙碌，丁义他们则稍事休息。

夜幕下的庄园暂时又恢复了宁静，几缕昏暗的灯光，从他们这几间屋外的灯笼里透了出来，又从院墙上篱笆的洞眼里悄悄地溜了出去。

到了夜半子时，丁义这些人由于奔了大半天的路程，疲累之下，吃了些饭食就呼呼大睡起来。

突然，管家推醒了丁义，说道："快起来，好像有人在外面。"

丁义迷迷糊糊地起身，侧耳听了听，并没有听见什么异常，刚要躺下再睡，外面传来一些亮光。丁义顿时警醒起来，那是怎么回事？于是叫醒了所有人，众人向外张望，只见那些光越来越明亮起来，渐渐地还有声音从远处传来，声音也越来越清晰。

"不好，外面着火了！"丁义突然说道。

这时有人就要开门冲出去救火，丁义一把拦住，说道："这个火有问题。刚才我们进来的时候，并没有任何火光，为什么现在突然着火了？"

有人问道："难道有人在放火吗？"

丁义回道："很有可能。"然后吩咐道，"大家都穿上衣甲，拿好武器，随时听我命令。"众人悄声开门，走到一个高处向火光处瞭望。结果发现着火的地方不止一处，火势渐渐地变大，开始向他们的屋子烧了过来，如果众人再不逃走，难道都要烧死在这里吗？丁义见势不妙，挑了两个人令他们先冲出去，探下虚实。

这两人出门没走多远，只听前面几声弓弦响动，两人应声中箭倒地。众人在里面听得清楚，有杀手埋伏在外面！

丁义此刻的心里矛盾至极。如果众人留在原地，大火一旦烧来必死无疑。无奈之下，丁义让几个人护住蔡邕，命大家一齐向西面的黑暗处冲过去。谁知前面几个人刚刚冲出，随即又中箭倒地。丁义让手下们赶紧架起盾牌，一齐向外冲出。这时射来的箭也越来越多，众人在一片漆黑里，冒死跑出了大概几百步。月光之下，前面豁然一片开阔地，远处就是树林，只要能冲进树林，就能稍微安全些了。

蔡邕在两个人的保护下，跟着大家快速地向树林跑去。正在这时，从黑暗里跳出了十几个壮汉，全都手执利刃，当道拦住了他们。为首的两人大声喊杀，挥刀直奔丁义而去。

丁义的属下拼死拦住，却不是他们的对手，眼看着一个个被这群黑衣人打倒在地。丁义暗暗叫苦，看来此行不但救不了蔡邕，连自己都要搭进去了。

正在焦急的时候，远处突然有人喊道："高干将军，麴义将军，你们到底是官军，还是山贼？"

为首的那两个黑衣人顿时愣住了，原来他们正是高干与麴义，受袁绍派遣，跟随颜良、文丑一起到丁原的庄园来，彻底解决蔡邕这个麻烦。二人怎么也没有想到，竟然在这里被人认了出来。

说话间，从树林里涌出几十个身穿禁军衣甲的士兵，为首的正是沈放。

沈放在黄昏时分找到了丁园，可是这个庄园实在太大，里面的路径又曲折古怪，不认得九宫布局的人，如果无人引路，就很难找到目标位置。直到夜深之时，沈放他们看见火光冲起，这才向着火光寻了过来，恰好遇到有人正在行凶，要杀丁义他们。沈放听到二人的声音，知道是高干与麴义，所以他及时喊破了二人的身份。

高干与麴义识得这是沈放的声音，一时间尴尬无比。就在这片刻之间，沈放他们已经冲了过去，将蔡邕、丁义他们团团护住。蔡邕见是沈放来了，顿时大喜过望。

过了一会儿，高干与麴义也看清了，对方来的人不多，领头的只有沈放一人。高干喊道："沈司马，我们受命前来捉朝廷钦犯，请你不要阻拦。"高干这是先礼后兵，他还不愿意跟沈放立即厮杀起来。

沈放笑道："前次在安平岭，你们就大开了杀戒。怎么，今天又要血洗丁大人的庄园吗？"沈放抬出了丁原，用意是吓阻他们再次行凶，毕竟沈放带来的士兵并不算多，他不知道高干他们在附近还埋伏了多少人。

麴义听罢恼怒地威胁道："你再不闪开，就不要怪我们不讲情义了！"

沈放拱手冲麴义说："麴将军，大家都是禁军同僚，都是为朝廷效力，为什么一定要在这里互相残杀？"

麴义喝道："胡说八道！"说完喊了一声，"大家一起上！"

不料，他们手下的士卒们知道对面的是禁军同袍，竟然全都犹豫了起来。

高干与麴义两人大怒，手拿兵刃冲了上去。沈放持刀拦住，以一敌二，丝毫不落下风。

三人斗了几十回合，突然从后面又来了一小队人马，为首的两人勒住了马，看了一会儿。其中一人笑着说道："这个人不就是那天你的手下败将吗？原来还有些本事的嘛。"

另外一人恶狠狠地回答："那天要不是被人暗算了一箭，本来就要结果了他。""那今天他还是交给你了。"那人嘿嘿地笑着。说话人正是文丑，他与颜良受了袁绍命令，带了高干与麹义一同到丁园来，务必取了蔡邕性命，这是何进下的必杀令。颜良与文丑二人到袁绍手下效力，虽然要比高干与麹义两人晚，但他们二人自视很高，对略显平庸的高、麹二人很是瞧不上。因此他们之间的关系非常不好，这次到丁园来，四人也是分作两拨，分头行事。

火光掩映之下，满脸络腮胡须的颜良瞪着凶眼，大喝一声："你们都退开！"说完提起大刀驱马冲了上来。

沈放见又是颜良，心里顿时紧张，掉头跑向自己的马。颜良不肯放过，加速冲了上来。沈放这边有人见颜良追了过来，就开弓放箭试图阻挡。文丑见状，也拿下背上的弓箭立即回击。文丑善射，箭无虚发，霎时间沈放这边几名士兵中箭倒地。这时沈放已经翻身上马，持刀迎向颜良。

沈放、颜良两人举刀恶战在了一起。沈放知道斗得久了，自己不是颜良对手，所以上来就是性命相搏，力图速战速决。两人恶斗了约十数合，尚未分出胜负来。

文丑观战了一会儿，举起弓来，瞄准机会一箭射出。沈放听到弓弦响声，急忙闪过，却是躲闪不开，被射中了左肩。而颜良正挥动大刀狠狠地劈了过来，沈放只得举刀格挡，因为左肩受伤，无力挡住，手中长刀脱手飞出。颜良趁势大刀回手反撩，沈放避让不及，左臂被颜良大刀砍断，顿时血流满身跌下马来。颜良提马上前，就要结果了沈放性命。

沈放和丁义这边所有的人，全都惊恐不已，眼看着颜良就要行凶，竟没有人敢冲上营救。蔡邕看得心惊胆战，情不自禁地想起了卢奕。

此刻他最期盼的，就是卢奕能再次从天而降，救下沈放。

颜良得意地大笑着，正要举刀砍向沈放。突然想起了什么，于是放下了刀，向众人喝道，"交出蔡邕来，我饶他不死！"

丁义这边的人全都默不作声，虽然刚才沈放他们救了自己这些人，但他们如何肯为了沈放而交出蔡邕来呢？

颜良看他们都默不作声，冷笑着又举起了刀。

这时，蔡邕镇定地走了出去，丁义急了赶紧上前拉住。蔡邕轻轻推开了丁义，走到颜良前面说道："你们放了沈将军，我跟你们走。"

颜良阴冷的眼睛盯着蔡邕，问道："你就是蔡邕？"

"是我。"

"很好，你很不错。"说完，颜良踢了踢马，向蔡邕跟前缓缓过来，举起了大刀就要劈下去。

第三十九章　巅峰对决

颜良举起了大刀，就要劈杀蔡邕。丁义情急之下，冲上前去一把拉住蔡邕，要将他拖回去。文丑在后看见，立即举弓放了一箭，那箭一下穿透了丁义的胸膛，丁义当场倒地气绝。

蔡邕怒目瞪着颜良、文丑二人，心里止不住悲愤，蹲下身来，将丁义背起，转身向回走去。

颜良、文丑二人一脸的冷漠，看着蔡邕背着丁义的尸身向回走去，文丑哼了一声，又举起了弓，对准蔡邕，随时准备发箭；而颜良死灰一般的面孔，泛起了一阵冷笑，狠狠地踢了一下马，提刀上前就要斩杀蔡邕。

众人胆怯而又绝望，没有人再敢上前营救，四周一片寂静，只有许多燃烧的火把被风撩过时，发出的声响穿透了空气，带着硝火燃烧的气味，向四周扩散……

此刻，卢奕与陈芯正带着小队人马，从庄园外围向里行进。

他们起初也曾被这个庄园迷宫一样的小道困住了，所幸后来陈芯认出了这个庄园的格局是九宫八卦。她领着众人绕到了庄园正东的震位进入，里面有九道迷门，回环往复。有陈芯领路，众人一一绕过。最后接近了庄园的中宫位，看见前方出现冲天的火光，卢奕一马当先，众人向着西面传来的火光快速行进。

就在颜良举刀要杀蔡邕的千钧一发之间，突然，分别从东西两个方向的远处，传来了两声弓弦响动，紧接着飞来了两支利箭，西边那支箭径直飞向颜良，东边的那支射向了文丑。颜良听到利箭袭来的风声凌厉，赶紧趴下，那箭几乎贴背飞过；文丑向来自信自己箭术高超，对别的射手一概轻之，他辨别了来箭方向，知道是冲自己来了，身体刚要避开，却没想到那箭飞得太快，转瞬间已然射到，一下将他头盔上的簪缨射飞。颜良、文丑二人顿时惊出了一身冷汗，赶紧调转马头奔回自己的队伍。

这时两边都传来了疾奔的马蹄声音，后面都有马队跟着一齐向这里飞奔。

片刻之间，两员战将骑着快马飞到。西边那人头戴束发紫金冠，手里握着方天画戟，这正是前几日威震京城的大将吕布；东边那员战将，身穿碎金软甲，腿边挂着折叠盾牌，头戴札盔，手持清风宝枪，这正是卢奕到了。

看到军里备受尊崇的大将吕布，丁义的部下们喜极而泣，纷纷欢呼了起来。

而蔡邕终于见到了卢奕，欣喜激动之余，大声地喊着："卢将军，你真的来了！"

这时沈放已经被手下抬了下去，正在包扎断臂伤口，见到卢奕来了，顿时激动了起来，嘴里喃喃地喊道："卢将军，你总算来了。"

而另一边的高干与麴义看到了卢奕，心里极其不是滋味，无论如何，他们两个也不愿与卢奕为敌。

奔到跟前的吕布看到了地上丁义的尸体，冲文丑喝道："人是你杀的？"

文丑与吕布战过两次都落了败，对他本有些心怯，不过今天颜良也在，他自信两人配合可以战败吕布，于是胆气又壮了起来，大声地反问吕布："那又如何？"

吕布发怒喝道："叫你的人为你收尸吧！"说完，右手用戟指着文丑，左手拇指向下，表示对他的轻蔑。

这对任何一个将军来说，都是肆无忌惮的挑衅，文丑从来没有被人这样羞辱过，心里腾腾地冒出了火焰，却没敢轻举妄动。

一旁的颜良对卢奕非常忌惮，他却没有跟吕布交过手，因见文丑被如此羞辱，不由得勃然大怒，用刀指着吕布说道："狂徒，不要嚣张！"说完踢马上前，挥动大刀跟吕布斗在了一起。说话间两人交手数十回合，暂时难解难分。文丑见状，偷偷地摘下弓来，张弓搭箭冲着吕布随时就要偷袭一箭。

那边卢奕看得清楚，挽起雕弓抢先向文丑射出一箭。文丑知道卢奕箭术厉害，立刻打马避开，随即向卢奕冲了过去。卢奕也纵马挺枪，迎战文丑。

二人都是使枪，又都是强手，一接战就是一番恶斗。斗了五十多合，卢奕将清风宝枪舞开，只见枪尖一团银光闪动，寒气逼人，文丑不由得生出了畏惧之心。因为心怯，文丑的枪法渐渐散乱呆滞，而卢奕枪招越来越迅捷灵动。文丑眼见自己不敌，拨马就走。

吕布力战颜良，也逐渐占了上风。颜良看见文丑败走，心里慌乱了起来，得空甩脱吕布，调转马头没命似的狂飙起来。高干与麴义见主将败逃，只好带着人跟着逃走。沈放看得清楚，忍着伤痛大声喊道："贼徒们要逃走，大家快追啊！"说完命令手下赶紧追上去。这时吕布已经带着自己和丁义的手下追了出去。

卢奕并没有追击过去，与陈芯一道清点了随行人等，然后与蔡邕、沈放叙话。当卢奕看到沈放左臂已经伤残，不禁有些内疚地说："沈司马，我来得迟了。"

沈放摆手说道："卢将军不要这样说。好在蔡邕先生得救了，这是我最大的安慰。"

陈芯带着上好的疗伤药物，立即给沈放敷上。

一旁的蔡邕看着陈芯娴熟的手法，笑着说："陈姑娘，你能文能武，又生得跟仙人一般，跟卢将军真是般配。"陈芯知道蔡邕为人实诚，说话出自内心，听罢微笑着走开了。

卢奕对沈放、蔡邕说："今天出城路上，因为遇到了吴匡将军，耽误了一阵工夫，所以来得迟了。"

原来他们上午刚刚出了城门，后面就有一队人马快速地追了上来。卢奕停马观看，为首的是何进手下的司马吴匡。这吴匡一向看不上袁绍、袁术兄弟，但是碍于何进的面子，不得不时常跟袁绍打些交道。因此卢奕在司隶校尉府时，多次跟吴匡公事往来，两人相处得很好。吴匡对卢奕一直非常敬重，认为他是朝廷年轻一代将领中的佼佼者。

这时吴匡也看见了卢奕，便停下马来，二人寒暄了起来。吴匡好似无意地提及，他要去执行一项紧急差事。卢奕好奇，将想要问，他又讳莫如深地说："卢将军，听说你已经离开了司隶校尉衙门。这是好事啊，以后不用再蹚京城里这汪浑水了。"

卢奕觉得他话里有话，待要问个仔细，吴匡又说道："唉，我们被逼着，不得不去做些违心的事情，想来实在让人沮丧。卢将军，我得赶往河间去了。咱们后会有期。"说完，拱手向卢奕作别。

卢奕听他特别地提到了"河间"二字，顿时想到了太皇太后，她已经被何进派人送往河间了，吴匡此去，会不会跟董太后有关？他那样沮丧的神情，莫非被人逼着要去做些极不情愿的事情吗？吴匡知道自己并非袁绍一路之人，故意透露了一点消息给自己，这里一定大有隐情。于是，卢奕派了一个人回去，将遇到吴匡的事情转告了王允。

沈放听了卢奕的话，就问道："吴匡可是大将军的得力部下，他为何要出城去河间？"

卢奕回答说："他只说有重要的差事去那里。"

沈放突然心里一震，河间，那是太皇太后迁居的地方，吴匡现在去那里难道跟太皇太后有关？莫非他们要对董太后下手不成？

卢奕说道："沈司马，你已身受重伤，现在蔡先生已经得救，不如你就先回宫里去如何？我会安排好蔡先生，你就放心回去养伤吧。"

沈放知道自己受了重伤，已经无力保护蔡邕进京。卢奕并不是何进、袁绍与丁原那边的人，蔡邕在卢奕这边，的确让他放心。而且吴匡的行踪着实可疑，这些事情必须尽早向张让他们报告，于是他点头答应了卢奕的建议，说道："万望卢将军能将蔡先生安全地送进京城来。"

卢奕点头回答："沈司马放心，我自有安排。"于是沈放带着属下先行离去了。

这时，高干他们先前放的火越烧越大，这个庄园已然不可能保住了。

蔡邕叹了口气说："这些人为了把我逼出来，竟然不惜放火烧了这个庄园。到底为了什么？我对他们来说，真有这么重要吗？"

卢奕点头说道："蔡先生，想必你也听说了一些，召你到京城来，是太皇太后的旨意。可太皇太后已经被送去了河间。你现在想去京城吗？"

蔡邕连连摇头："就是打死我也不去京城。卢将军您能帮我一个忙吗？"

"蔡先生请讲。"

"琅琊王融与诸葛玄都是我的好友，您能想办法帮我去琅琊吗？"

卢奕笑道："那真是太巧了！王融先生上午还跟我说话来着，其实也是他，让我来这里救援先生的。"

蔡邕喜出望外："哦，他现在哪里？"

"王融先生此刻正在京城。不过，现在去京城对蔡先生来说，恐怕实在太危险了。"

蔡邕很是失望。

卢奕接着说："我跟王融先生商量过了，想将您先送到潼关去，那里的守将段煨跟我相识，人比较正派。而且他并没有涉及京城里的这些是是非非，那些想害先生的人，应该想不到你会去了那里。蔡先生觉得如何？"

蔡邕点头答应，问道："那我该怎么去潼关呢？"

"先生放心，我们会一路护送您去的。"

于是众人收拾一下，就启程前往潼关了。

众人行了有半个时辰的路程，天光蒙蒙发亮。突然从后面传来了马队追近的声音，卢奕让众人继续前行，自己单枪匹马站在路上，要堵截追兵。陈芯放心不下，手提长鞭，立马站在卢奕身旁。

过了片刻，只见吕布带了几个人，正在骑马狂飙猛追。吕布刚才并没有追到文丑那些人，因为心里惦记着蔡邕，就调转马头返回了。谁知回到刚才的厮杀地点时，却是不见一人，吕布顿时无比懊恼，立即带人追了上来。

追了将近大半个时辰，吕布看见前面有两个人立马堵截在大路中间，其中一人正是刚才杀败文丑的那将，于是停马问道："阁下可是卢奕将军？"

卢奕拱手作答："正是卢某。"

"我听张辽提过阁下的大名，久仰了。"

"吕将军前几日威震京城，在下佩服。"

两人互致问候后，吕布直接问道："蔡邕可是在你们那里？"

"是的，我们来就是为了搭救蔡邕先生。"

"那就将他交给我吧，我奉丁大人命令，特地来接他去弘农。"

"蔡邕先生就在前面，让我们一起去问问他，是否愿意跟你去弘农。"

吕布听卢奕这样回答，心里有些不满，却碍着刚才同仇敌忾的情面，只好同意去问问蔡邕。于是他踢马上前。当他走过卢奕旁边，看到了陈芯时，顿时愣住了，随后激动地大声喊道："红昌，原来你在这里？这一向让我找得好辛苦！"

陈芯见吕布这样对自己说话，非常诧异，冷冷地回答说："这位将军，你认错人了，我不是什么红昌。"

吕布紧紧地盯着陈芯的脸，急切地大声喊道："红昌，是我不好，没能保护住你！"

陈芯见他如此激动，不由得有些紧张了。

"可我那时真是不知胡兵袭击了你们，没能保护你们，请你一定要原谅我，好吗？"这时吕布的声音因为情绪太过迫切，竟然有些变了声调。这跟平日里纵横沙场，从无畏惧的吕布将军大是不同。

陈芯见他这样真切地说话，知道他一定是认错了人，于是正色回答道："这位将军，我的名字叫陈芯。你认错人了。"

吕布听她这样说，不由得万分惊讶。心想造物弄人，天下竟然有这样两位绝色美人，相貌是如此的相似。可是陈芯所说，他又不得不信，于是只好道声歉意，满腹狐疑地驱马走了过去。

卢奕与陈芯对视了一下，心里都在狐疑，难道竟然有一个叫红昌的女子，跟陈芯的相貌非常相似不成？

几个人追上了前面的蔡邕，吕布下马对他说："蔡先生，上回将你送了来，我走得匆忙，没有来得及跟你道别，还请见谅。"

蔡邕拱手致谢："吕将军客气了，在下对吕将军的恩德感激不尽。"

吕布听他说得真诚，就开门见山地说道："蔡先生，我奉丁大人命令，特地来接先生到弘农去。丁大人现在那里驻军。"

蔡邕听了这话，不禁犹豫了起来，想了片刻，冲着吕布作了一揖："吕将军，多谢你家大人的厚意了。烦请吕将军转告丁大人，蔡某已经有了去处。"

"哦，敢问蔡先生要去哪里？"

蔡邕实实在在地回答说："卢将军将要送我到潼关去。"

吕布摇头说："蔡先生，丁大人的军令是让我接你去弘农。就算你不愿去，还是跟我走一趟吧，你自己跟丁大人说清楚，如何？"

蔡邕因为前些日子一直被软禁在庄园里，还有点心有余悸，因此坚定了主意不愿去弘农，于是说道："吕将军，我这就写一封书信，说清里面的原委，请您带回交给丁大人吧。"

吕布见他推诿，突然勃然大怒，喝道："蔡先生，为了你，丁义丢了性命，丁大人的庄园被人一把火烧了。你就这样走了，如何向丁大人交代？"

蔡邕听了这话，一时间无言以对。

这时卢奕对吕布说："吕将军，杀人放火的不是蔡先生，是颜良、文丑他们那些人。"

陈芯一直在听，觉得这吕布实在太过霸道，忍不住接了卢奕的话，继续说道："冤有头，债有主，你们丁大人如果要报仇，应该去找袁绍和他的部下们，是他们作的恶，不是蔡先生。"

吕布冷笑了起来："我不认识谁是袁绍。我接的军令就是将蔡邕接到弘农去，谁要是阻拦，就不要怪我不讲情面了。"说完，翻身上马，手执方天画戟，怒目瞪着蔡邕。

骑在马上的卢奕摘下清风宝枪，微笑着对吕布说："吕将军，我们刚才说好的，要尊重蔡先生自己的意愿。"

吕布将画戟横在手里，大声喊道："那也不行！"

卢奕摇了摇头："吕将军，武力逞强终究是没用的。"

吕布喝道："大言不惭，今天你要想带走蔡邕，必须胜了我手中的画戟再说。"

这是明白无误地向卢奕邀战了。卢奕知道吕布在并州军有"天下第一将"的称号，不由得生出了比试之心。于是卢奕点头应战，做了一个手势。

吕布心领神会，二人策马各自跑开，然后各持枪戟对峙了起来。

此时已是黎明时分，山外天际出现了霞光，四周一片寂静，只有零零散散的几声鸟鸣，显得分外清晰。但此时，众人全都紧张地屏住呼吸，凝神观看这二人的巅峰对决。

片刻之后，吕布开始冲锋，卢奕也跃马挺枪。二人冲到近前将要错马交会时，吕布率先出招，戟沉势猛，闪电般奔卢奕而去。卢奕眼明手快，用枪头拍击吕布戟枝。吕布马上变招，运戟如刀般削了过来，卢奕抡起枪杆，格挡了过去。此时两马已然错开，卢奕扭身就是一枪突刺，吕布急忙躲过。瞬间的冲锋，二人已经攻守变换了几次。两边观看的众人止不住地大声叫好。

二人抖擞精神，继续斗了起来。吕布将长戟舞动，刃风撩过，有如雷霆般的声势。而卢奕枪法精妙，出招奇快，枪尖抖动发出一团团银光，令人眼花缭乱，丝毫没给吕布任何便宜。二人相斗已经百余招时，吕布使出大招旋风斩，猛然从马上跃起横扫过来。卢奕见他来势凶猛，也从马上飞起躲过。两人从马上战到马下，又是一阵恶战。

又斗了约百招时，吕布扔掉了方天画戟，亮出宝刀，然后做了一个手势，要卢奕改用短兵刃交战。

卢奕插枪后，抽出了工布宝剑，二人各持刀剑，斗了五十多合。吕布大喝一声，运刀猛劈，卢奕仗剑挡住，只听一声撞击，吕布的宝刀被砍作两段。

两人闪开后，吕布手拿断刀愣住了，这柄宝刀据说是世间罕见，他怎么也没有料到，竟然会被卢奕的剑砍断了。

吕布顿时恼羞成怒，拿下身上背着的弓，立即张弓搭箭，对准了卢奕。

卢奕一时也愣住了，紧张地思考该如何应对。就在这危急时刻，陈芯大喝了一声，长鞭果断出手，只听鞭声肃然，劈面直冲吕布而去。

吕布没有料到陈芯居然会武，一时躲避不及，手里的弓与箭全被长鞭击落。陈芯趁势连续击出，吕布不知所措，被陈芯攻得手忙脚乱。

一阵忙乱后，吕布抓住了方天画戟，就要反击陈芯。而这时卢奕已经取回长枪，迎面拦住了吕布。吕布见二人合战自己，料想必定是斗不过了，不禁心灰意冷，对卢奕说道："如果只你一人，不是我的对手。"

卢奕微笑着回答："可你刚才也未曾胜我，不是吗？"

吕布点头："是。"看着陈芯，他突然想起了红昌姑娘根本不会武艺，这才彻底相信，面前的陈芯确实不是自己朝思暮想的未婚妻子——任红昌。

第四十章　鸩杀董后

吕布看着并肩站立的卢奕与陈芯二人，越发想念自己的未婚妻子任红昌，一种羡慕之意油然而生。片刻之后，这种羡慕变成了深深的嫉妒。他听说卢奕就是军中享有盛名的卢植将军之子，想想自己，出身寂寂无名。在这个无论上下，都极其看重门第出身的朝廷里，自己又如何能跟卢奕这样的人比拼呢？

想到这里，吕布不禁有些沮丧。刚才还炙热的争雄之心，霎时间冷却下来。吕布对卢奕说："我自从军以来，大小征战几十场，从来未遇到对手。卢将军，你是我遇到的最强敌手！"

卢奕拱手说道："吕将军武艺超凡，今日领教了，在下佩服之至。"

吕布见卢奕低调谦逊，反而觉得他深不可测，不由得轻轻叹气说："罢了，老天不公。"

卢奕诧异地问："吕将军为何这样说？"

"听说你出身名门，又有如此了得的本领，今后在朝廷，自然平步青云。哪似我等寒门子弟，只得整日刀口谋生。如果运气不好，命丧沙场，最终只能落个为他人作嫁的下场。"

卢奕这下明白了，原来吕布对他有了些嫉妒之心，于是微笑着说："吕将军，如今世道纷争不断，豪强崛起，这正是你这样的英雄建功立业的大好时机。以你的武艺和雄心，又怎么会为他人作嫁呢？"

这番话说得吕布特别受用，顿时对卢奕产生了一些知己的感觉，于是有些惺惺相惜了，说道："正像卢将军说，现在世道昏聩，天下已经大乱，这是我们建功立业的时机到了。以你我这样的本事，若能将来联手，或许会天下无敌！"

卢奕听他说了这话，微微一笑："不瞒吕将军，我已决定离开京城，不再涉足朝廷里的纷争。即使今天的事情，也是受人之托才来的。"

吕布很是惊讶地问："你这话当真？"

卢奕点头。吕布默然了片刻，心想能请动卢奕来帮蔡邕的，一定是些大人物，便说道："不管怎样，今天认识了卢将军，吕某很是高兴。那么蔡邕先生就交给卢将军了。"

卢奕称谢。

吕布又问："卢将军，我还有一句话想问。"

"吕将军请问。"

"在我看来，你如果当真隐退，远离朝廷，就是放弃了功名富贵。况且，你真能逃得掉这人世的纷争吗？离开了朝廷，我觉得你会寸步难行。"吕布问这话，还想试探一下卢奕的真意。

卢奕拱手致意说："吕将军所说，不无道理。一个巨大的变乱已经来临，是任何人都无法避开的。可是我无法说服自己，去做一些违心的事情，所以只能选择暂时离开。"

"这样说来，你只是在等待时机，随时会回来的？"

卢奕微笑着回答："也许我会顺应时势，做一些力所能及的事情。其他的就并非我所愿，也非我能力所及了。"

吕布看着卢奕，觉得自己实在不能看清这个人，也不能完全了解他话里的全部含义，于是叉手说道："卢将军，那就后会有期。希望将来我们不会在战场上互为敌手！"

于是几人各自归队，众人整理了一下行装，准备再次出发。

临别前，卢奕对吕布说："吕将军，我还有一言相赠。"

"卢将军请讲。"

卢奕说道："我们师门几百年来，一直传下这样一句话，我从来不敢忘了：'爱人者，人必从而爱之；利人者，人必从而利之；恶人者，人必从而恶之；害人者，人必从而害之。'将军如果能经常想想这句话，今后一定会有莫大帮助。"说完挥手作别，带领众人离开了。

吕布终究是个武人，听得似懂非懂，但感觉到这是话里有话，心里顿时有些不喜。吕布心想，像卢奕这些读过书的人，终究跟自己不是一路的。然后他看到了远去的陈芯，又想起了自己的未婚妻任红昌，至今不知她身在哪里。吕布不由得心情又沉重了起来，闷闷不乐地带领手下返回弘农去了。

再说吴匡离开京城，一路不停地赶往河间。吴匡与张璋，两人从何进担任河南尹开始就跟随他，算是何进的心腹了。一早何进秘密地将二人叫来，吩咐了一件差事，原来是何太后清早派了贴身宫人向何进宣旨，要秘密处死董太后。

何进看着宫人留在桌上的毒酒，心里陷入了深深的矛盾当中。他其实万分不想做这件事情，因为一旦泄露，必然会受到朝野上下的一致谴责，自己尚好的名声一定遭到巨大的损害。人心一旦失去，必将万难挽回。他坐在大将军这个位置上久了，怎么会不明白这个道理？可是妹妹痛恨这个董太后，必欲除之而后快。这就是她的浅薄、短视和无知！何进自认为怎么可以跟她一样的见识呢？可是何进改变不了她的决定，一直以来，何太后认定了只要除掉这个碍手碍脚的太皇太后，今后在宫里就彻底没人能威胁她了。何进仔细地想想，觉得她这个一劳永逸的做法似乎也有点道理。

于是不再犹豫了，他并没有跟任何人商量这件事情，叫来了自己的心腹张璋和吴匡，亲手将这瓶毒酒交给了张璋，吩咐道："太后刚刚宣旨，命我们将这瓶酒送给董太后喝了。你们两个这就赶到河间去，秘密地办了这件事情。速去速回，免得中间生变。"

张璋是何进忠实的追随者，而且一直以来，他痛恨董太后教坏了皇帝，以她为首的董氏族人一味贪财，全都卖官鬻爵，聚敛巨额钱财，这在京城人尽皆知。所以他毫不犹豫地接下了毒酒。

而吴匡觉得何进兄妹这么做，无疑是犯了朝中大忌，一定会引起天下士人对他们的反感。但是他没敢提出任何异议，只能跟着张璋一起出发了。

张璋和吴匡二人到了河间，带着士卒直接走进解渎亭侯府，守门的士卒按例挡住。张璋傲然地手举金牌，守门卫士见了立即放行。

随后张璋与吴匡带了士卒闯进了府内，直奔董太后内院，向她宣讲了何太后的旨意。董太后勃然大怒，怒斥道："妖妇祸乱宫廷，你们这些乱臣贼子，都是她的帮凶！我是皇帝的祖母，你们都敢下毒手，今后还有什么坏事不敢做？"

张璋哼了一声，冷笑着："太皇太后，您现在不在宫里，一切都不同了。您骂我们是乱臣，可您想过没有，你们究竟是什么样的人？"

"大胆！你怎敢这样跟我讲话？不管怎么样，我毕竟是先帝的母亲，太皇太后，是现在皇上的祖母，你们何太后的婆婆！"董太后怒目瞪着张璋。

"太皇太后，您刚说的话，人人皆知。可您一直在深宫里，是否知道民间早就在流传一个关于你们的谶语？您想不想听听？"

"你什么意思？"董太后问道。

"我念给您听，'车班班，入河间。河间妊女工数钱，以钱为室金为堂，石上慊慊春黄粱。'您大概从未听说吧？这是在说您，和你们董家卖官鬻爵，搜刮天下钱财。"

"一派胡言！"董太后气愤地大声喊叫。

张璋突然厉声喝道："难道不是吗？这二十多年以来，以你为首，宫里从上到下，但凡有点权力的，从你到十常侍以及九卿堂官，全都肆意贪墨，搜刮钱财，兼并民田。你们可曾停手过一刻？"

这时张璋顿了一下，想起了他曾经看过的灾民情景，痛心疾首地说："太皇太后，你知道吗？京城外面饥民遍地，饿殍遍野，仅仅这个冬天，冻死、饿死者何止以数十万计？"说到这里，张璋有点哽咽了。

听到这里，董太后的心开始有点颤抖了。

张璋略微平静了一下，继续说道："黄巾军剿了又生，再剿再生。朝廷常年派军四处征缴，耗费巨额国帑不谈，而且每每剿除不尽。为什么有这么多的百姓义无反顾，加入了他们？太皇太后，他们都是大汉的子民啊！"

董太后低下了头，回避张璋愤怒的眼神。

"他们其实只是为了一个活路，为了有口饭吃，能不饿死就行！"张璋的双眼开始模糊了。

吴匡听到这里，也难过得垂下了头。

"究竟是谁逼反了他们？"张璋再次厉声喝道，"始作俑者，就是你们这些身处高位的人！百姓们冻恶交加，如此困顿，你们却人人锦衣玉食，尚嫌搜刮不足；朝廷日益糜烂，可你们依旧卖官鬻爵，天天寻欢作乐，视作理所应当。如此元凶巨蠹，上天即使一时不收你们，可迟早有那么一天，会收你们！和你们下面的那些贪官污吏！"

旁边一直在听的吴匡，看着言语激昂的张璋，被他的话深深地震撼了。

张璋盯着董太后片刻，将毒酒开了封口，斟了一杯递给了她："太皇太后，如果你还有半分良知，半点悔悟，就用这杯酒，去洗刷你犯下的罪恶罢。"

董太后被张璋的话语彻底震惊了。的确，这些年她聚敛了太多钱财，为太多的人谋得了官位，她一直认为这是应当应分的，朝廷的惯例一向如此，为何到了她这里要改呢？一直心安理得的她，直到刚才听到张璋那些振聋发聩的言语，才忽然醒悟了：自己当初因为惧怕年幼时曾经困苦的经历，而疯狂聚敛了那么多的钱财，到现在有什么用？竟落了个这般下场！

想着想着，董太后泪如雨下："罢了，罢了，该得的报应，都由我来承担吧。回去告诉你们主子，这大汉朝廷，是要好好地整治一下了。一切的罪责，都由我来担着。只有一样，求你们不要株连董重他们！能答应吗？"

张璋与吴匡知道董重已死，但并未牵连其他董姓族人。张璋点头答应了董太后。董太后端起了酒杯，长叹了一声："宏儿，为娘来陪你了。"说完仰头一饮而尽，倒地气绝。

两人向董太后的遗体致敬，然后起身，沉默了许久。

突然，殿外传来痛哭之声："太皇太后，奴才来迟了。"

吴匡与张璋都以为这是董太后贴身侍候的太监，没去管他。过了一会儿，却不见有人进来，痛哭之声却逐渐远去。吴匡不禁起了疑心，他觉得这个太监的声音非常耳熟。于是他走出去问侯府的差役："刚才是什么人在哭？"

差役们面面相觑，都说不认得这人。过了一会儿，门卫来汇报说，这人是从京城宫里来的，哭完就已经走了。这时吴匡想起来了，这个声音好像是小黄门张意，他不是一直被通缉吗？吴匡与张璋猛地醒悟，不好，如果真是张意得知董太后已死，消息一定会很快传回宫里。必须要截住这个张意才行。

于是，他赶紧带了十几个卫兵，追了出去……

此刻，卢奕、陈芯正领着众人向西赶往潼关，蔡邕因为得到了自由，一扫多日以来心里的阴霾，一路上跟卢奕说说笑笑，谈起了他的许多往事，还讲到了他跟曾经先帝一起在宫里读书习字的经历。陈芯突然心里一动，问道："蔡先生，你听说过宫里有三件至宝吗？"

蔡邕好奇地问："陈姑娘，宫里珍宝无数，不知你说的是什么呢？"

"蔡先生可曾听说过高祖剑，圣人履和王莽首级？"

听到这个，蔡邕好奇地问："陈姑娘，你是如何得知这三样东西的？"

陈芯回答："我只是听到了一些坊间传言罢了，不知真假。"

蔡邕捻须说道："这三样宝物，我只见过圣人履。不过，那孔子履，只是放置在寻常之处，进过内宫的官员，大多都见过的。至于其他两件东西，我却是从未见过。"

陈芯知道，宫里的人也从未把它当作什么至宝精心收藏，否则也不会轻易被自己盗去了。

卢奕听陈芯问这些，心想，她还要择机去盗另两样吗？特别是高祖剑，莫非是袁绍或者袁术他们兄弟二人想要？

一旁的陈芯看到他在发怔的样子，知道他在猜想这些事情。过了一会儿，趁蔡邕不在跟前的时候，陈芯问："卢兄，你是不是在猜我要去盗那高祖剑？"

"芯儿，我不愿你去冒任何风险。更何况，有些事情是没有意义的，比如为了这把剑。"

"可是我已经答应了。"

这证实了卢奕的猜想，他就问陈芯："是袁术？恐怕后来还有袁绍。"

陈芯点了点头。

卢奕摇头说道："以后就不要去管他们了。他们想要的，远远不止这把剑。"

陈芯想起了最近大将军何进跟袁绍他们的所作所为，无一不是令人不齿，最让人寒心的是，对已经失势的董太后，他们还要斩尽杀绝，她毕竟还是何太后的婆婆，皇帝的祖母！他们难道就不怕天下人的非议吗？陈芯又想起了吴匡，忽然觉得有些不解，于是问卢奕道："卢兄，你认为那吴匡向你暗示，他们要去河间办的差事，一定是对董太后不利吗？"

"是的。"

"那这么秘密的事情，他为什么要暗示给你呢？难道是要利用你去通知给其他人吗？"

卢奕一下被问住了，虽然他也曾对此怀疑了一下，却还没有认真想过这个问题。现在陈芯提了出来，他觉得的确是有些费解。这么重要的绝密差事，他为什么要向自己强烈暗示呢？又或者，他真的只是不愿意接这个差事，而在自己跟前发发牢骚吗？

陈芯见卢奕摇头不知，就说道："最多几日内，一定会有消息传来。现在我们也不必胡乱猜疑了。"

如果他们真敢对董太后下手，那么宫里发生的一系列事情，何进与袁绍可能都脱不了干系。先帝之死，这件疑案到现在都没有揭露，会不会也是他们的所为呢？

想到这里，卢奕问："芯儿，有一件事情，我一直想跟你确认下：你还记得那日你打伤了皇帝之后，到你离开之时，确实没有任何人在附近吗？"

陈芯仔细回忆了一下，回答说："应该没有，我离开前仔细看过的。"

"那就是在你离开之后，有人摸进了荷馆，下手杀害了皇帝。"

"应该是这样。可这个人到底会是谁呢？"

说到这里，两个人都对这个问题充满了好奇之心。卢奕自言自语地问道："让我们换一个思路吧。皇帝死了后，谁是最大的获益者呢？"

陈芯毫不犹豫地回答："一定是何太后跟何进他们。"

"哦，为什么？"

"卢兄你看，为了鉴定皇帝遗诏的事情，他们就要除掉蔡邕先生，甚至不惜杀人放火。可见，皇帝如果活着，必定对他们十分不利。"

卢奕点了点头，觉得有些道理，然后又问陈芯："反过来看，又是什么人最不愿意皇帝死呢？"

陈芯仔细想了一下，回答说："应该是以十常侍为首的宦官们。"

"为什么呢？"

"因为他们拥有的权力，完全来自皇帝，来自皇帝对他们的宠信。说到底，他们就是一体的。皇帝不在了，他们被逼只得去投靠新的主子。"

卢奕听到这里，深表赞同："芯儿，你说得很有道理。"

"那么你已经排除了宦官们是杀害皇帝的凶手，是吗？"

"不能排除。"卢奕摇了摇头，"宫里的事情向来诡异，我觉得他们这些人，不可能都是一伙的。说不定其他宦官里面，就有跟张让、赵忠他们不一样的异类，也许他有着与众不同的真正目的。"

陈芯对这话很是赞同。

两人就这么一路说着话，不知不觉间，一行人已经接近了潼关。这时，远处迤逦的群山之上，巍峨的潼关已然开始清晰可见了。

第四十一章　河东对话

卢奕与陈芯一行人进入潼关以后，住进了一个驿馆。众人稍事安顿，卢奕单独一人到官衙去见段煨。

此时恰好李儒与张济二人也在潼关，张济将要接替段煨的潼关守将一职，而段煨准备跟李儒一道去见董卓。小校进来报说卢奕求见，段煨就吩咐小校快请进来。

卢奕进去时，没想到张济迎了上来，三人见面都是分外高兴。

李儒见到卢奕，顿时觉得很是眼熟，似乎在哪里见过，一时竟想不起来。因见他们三人很是亲热，于是李儒也走了过来，要段煨介绍一下。

段煨介绍卢奕之后，李儒忽然想起了，就问道："卢将军，请问你是不是司马徽先生的高徒？"

卢奕微笑着拱手说道："李先生好记性，不久之前先生造访我师，恰好那日我也在。"

李儒还了一揖："原来如此。"心里却想，只可惜他是卢植的儿子，卢植跟董大帅向来不睦，要不然，倒是可以邀请这个卢奕来帮大帅做事了。

随后，段煨备了酒席宴请卢奕，张济作陪，李儒则推说有事自行离去了。席间，段煨告诉卢奕，他即将离开潼关，今后这里由张济统领。

卢奕向二人拱手说道："我这趟来，是拜托二位照顾一下我的一位朋友。"然后，将蔡邕大致的情况说了一下，只说因为他曾经上书朝廷，弹劾了十常侍与何太后，说妇人、宦官干预政事，不是国家之福，因此有人对蔡邕不满，要取他的性命。

段煨听罢，猛拍桌子说道："这帮阉货，竟会如此猖狂！卢将军你放心，只要有我和张济在，断然不会让蔡先生吃亏就是。"

卢奕向二人敬酒道谢。

次日早晨，段煨亲自到了卢奕客栈，将蔡邕接走安置。临行前，蔡邕向卢奕与陈芯再三致谢，并请卢奕向王允、王融、马日磾和孔融等人转达他由衷的谢意，然后跟各人告别，相约后会有期。

安置好蔡邕后，段煨就跟李儒一道向河东赶去。路上，李儒问起卢奕潼关之行的目的，段煨就讲了卢奕拜托之事。李儒感到疑惑，就问他："你说的是哪个蔡邕？"

段煨本就不认得蔡邕，只说他是因为上书言事，得罪了十常侍。这样的说法让李儒更感困惑，他心想，此人难道就是朝廷要征召的蔡邕蔡伯喈吗？邸报上说，太皇太后宣召他进京鉴定一份先帝遗诏的真伪，而现在，潼关这里却来了一个蔡邕，莫非是同一个人吗？此人既然由卢奕亲自送来，这里面一定大有隐情。

于是，他让段煨带他回去，确认一下此人的真实身份。段煨随即跟李儒回到潼关，去见了蔡邕。李儒是何等精明，实诚的蔡邕架不住李儒的几番套问，就一五一十地讲述了他在进京路上遭到袭击的所有经过。

李儒听罢，心中大喜，恨不得马上回到河东告诉董卓，这真是天赐良机。临行前，李儒吩咐段煨要严格封锁消息，不许任何人提起蔡邕这个名字。再让人通知张济，要派专人保护蔡邕的安全，不许任何闲杂人等靠近蔡邕的住所。

段煨心里诧异，这蔡邕看起来，那就是一个书呆子，为什么会有这么多人如此在意他呢？

从潼关回到河东后，李儒快步走进了董卓的中军大营，见董卓正坐在桌案前阅看军报，就兴冲冲地走过去，拱手施礼说道："恭喜大帅，贺喜大帅。"

董卓抬头，好奇地问李儒："贤婿，有什么喜事啊？"

李儒先让其他人等全都退了出去，然后兴奋地对董卓说："大帅，这趟去潼关，我们得了一个极为重要的人物。"

"哦，是谁啊？"

李儒吊足了董卓胃口，这才说："有人将蔡邕送到了潼关，现在他在我们的掌握中了。"

"你说的是哪个蔡邕？"董卓有些摸不着头脑。

"就是那个京城大才子蔡邕。大帅看过前些日子的邸报吧？太皇太后下旨征召蔡邕回朝，要他鉴定一份先帝遗诏的真伪。"

"那他怎么来潼关了？"

李儒就把蔡邕跟他讲的返京路上所有遭遇告诉了董卓。

董卓说："既然何太后跟何进两个害怕蔡邕进宫，可见这里有鬼，那份诏书一定是真的，而且诏书并不在何太后他们手上。"

"大帅一语中的，我料这诏书应该在张让这些人手里。看来，何进他们扶上位的这个小皇帝名不正，言不顺啊。如果按照那份诏书所说，先帝的意思是要废了何太后，那么小皇帝也得跟着被废了。"

听到这里，董卓的眼睛豁然一跳："你刚才说的喜事，到底是什么？"

"岳丈大人，至少我们可以利用这个蔡邕，狠狠地敲何太后跟何进一下。"

董卓回答道："贤婿啊，你坐下慢慢说。如果只用蔡邕去敲他们一笔，会不会显得咱家有点太小家子气了？"

李儒听罢，站起身来作了一揖："岳丈大人，请问您想做什么大事？"

"我曾经答应过你们，有朝一日如果得志，一定要带你们到京城去，尽情享受那天下第一等的富贵，这才不愧大丈夫一世！"董卓张大了嘴，哈哈大笑。

李儒坐下后又问："岳丈大人原来想做一二人之下？"

董卓一拍桌案："要做就做一人之下，万人之上。不做二三人之想！"

李儒想再试探一下董卓，突然问道："那如果是取而代之呢？"

这下董卓愣住了，想了一下犹豫地说："贤婿，这种事可不能做儿戏之语啊！"

李儒笑了："天下的事情原本难说得很。"然后转移话题说，"大帅，您说这天下姓刘吗？"

董卓随口应答："天子姓刘，天下无姓。"

李儒拍手笑道："说得好！大帅您说，当初高祖刘邦夺的是楚霸王项羽的天下，还是那秦二世的天下？"

"贤婿有什么话就直接说，不要兜圈子。"

"好好。"李儒想了一下，说道，"古人说过，天下者，非一人之天下，乃天下之天下也；同天下之利者，则得天下；擅天下之利者，则失天下。"

董卓不爱听这些："唉，贤婿，你到底要说什么？"

李儒拱手说："大帅，秦失其鹿，而天下共逐之；现在，轮到汉失其鹿了！"

董卓两眼一亮，问道："为什么这么说？"

李儒看到桌案上有一个三足青铜圆鼎，指着这鼎说："大帅请看，朝廷就好比这只鼎，它应该有三条腿一齐支撑，这鼎才能稳固。朝廷的三条腿分别是士人、庶民和豪族。桓帝、灵帝时的两次党锢，让宦官们依仗皇权，越发跋扈嚣张，构陷无辜，打击士人，更聚敛了惊人的财富。皇帝对阉宦们的一味偏袒，已经让朝廷失去了士人之心。"

董卓问道："是不是因为你们李家当年遭难，所以你才会这样说吧？"

李儒回答："这并非李儒一家之祸。先帝曾下诏书，凡党人父子、兄弟、门生、故吏中出任官职的，一律罢免禁锢终身，并牵连五族。可以说，对士人实在过于刻薄。"

董卓听了点头称是。

李儒接着说："虽说朝廷对党人十分过分，可对庶民更有过之而无不及。大帅请想，为什么朝廷年年征讨黄巾军，可是黄巾军余党总是征剿不尽呢？"说完看着董卓，慢慢地说道，"因为总有更多庶民不断地加入了他们。"

董卓点头同意。

李儒又说道："为什么庶民们要铤而走险，去造反呢？因为他们没有了活路。他们没有了田地，变成了流民；他们没有吃喝，又不甘心冻死、饿死，当然只好去加入黄巾军。"

董卓哼了一声："低贱小民，死了也罢。"

李儒摇了摇头，问道："如果天下庶民都变成了流民，如何？那么朝廷的两条腿就都断了，这只鼎怎能不倒呢？"

这时董卓似乎明白了些。李儒继续说："再说这第三条腿：世家大族。朝廷让各地的豪族组军征讨黄巾军，他们现在有军队了。这就是饮鸩止渴啊！我可以断定，今后各地的豪强，必定会跟州郡的官长勾连起来，跟朝廷对峙。因此，这第三条腿，也是指日可断。所以说，大汉朝廷，亡国可期。"

董卓对世家大族一向尊重："这么说来，代汉的人会从豪门望族里出来？"

李儒笑道："这也未必。当年天下大乱，项羽世代望族，高祖刘邦则是庶民。可笑到最后的是高祖。难道能说是天命在庶民，不在望族吗？当然不是。凡事都在人为，不能一概论之。"

董卓一听大喜："如果朝廷将倒，我们能做些什么呢？"

李儒问："无非是去兴汉或者废汉，再没有第三条出路。"

"如果去兴汉，如何？"

"这个时候不管谁去兴汉，都得废帝重立，除掉这个恶名在外的何太后，然后辅佐年轻的新皇帝。这样才名正言顺。"

"辅佐新帝，那会结果如何？"董卓皱起了眉头。

"辅佐年幼的皇帝，而天下闻名的，大概有周公和霍光可以做榜样。周公是圣人，读书人的楷模，道德和智慧的化身，后代万世景仰。"

"那我可以做周公吗？"董卓有点艳羡地问道。

李儒大笑，郑重地回答："岳丈大人，您做不了周公。周公当年辅政，遭受了多少流言蜚语？而您是带兵的将军，性若烈火，有仇必报，做不了像周公那样忍受侮辱。"

董卓哈哈大笑："你这是在毁我，还是赞我？"

李儒继续说道："您也做不了霍光，更不会接受霍光死后全族被诛的厄运吧？"

董卓点头称是："那么废汉又如何？"

这时李儒收起了笑容，非常严肃地说："废汉成功的是王莽，失败的也是王莽。"

"贤婿，你给我仔细讲讲好吗？"

李儒清了清嗓子，说道："成功的办法有很多，我就不说王莽如何成功了，只说说他的失败如何？"

"贤婿你讲。"

"依我看来，王莽之败，败在改制。如果他不仓促改制，他的新朝也不会猝然败亡。"

董卓没有读过什么书，当然听不懂李儒说的话，疑惑地问道："他要改什么制？"

"他把当时太多的东西都改了。最重要的一条是，把天下所有田地统统收为新朝国有，由他重新分配；田地过多的大户，要分掉余田，送给邻里乡党没有田地的人耕种。"

董卓听了，哈哈一笑："那些望门豪族，每家都有上万亩田地，难道都要交出来？"

"是的，必须交出来给没田的人耕种。"

"那不是得罪了天下所有豪族吗？"董卓在这一点上还是明白的。

"不但豪族，而且富商们也反对他的改制。最后，干脆连庶民也一齐反他了。"

"按说庶民是得益了，为什么还要反他呢？"

"那是因为在下面执行新政的人，依旧是原来那些贪腐的官吏，他们利用王莽改制的机会大捞特捞。惹出来的民怨，当然都算到他的头上了。"

董卓得意地说道："他没有自己的队伍可以用，咱家不能像他那样。"

李儒微笑着点头回答："大帅说得很对。不过，治理全国，跟带一支军队是完全不同的。"

"你说了这许多，既然改制不好，如果是咱家，一切照旧不就行了吗？"

李儒摇头："可是无论谁去兴汉，还是废汉，如今这个天下已经到了非改不行的地步了。"

"这又是怎么回事？"

"现今的大汉，遍地流民，黄巾军暴动，边事崩坏，上下贪腐，财源匮乏，各种坏事都集中了一起爆开。其中的最大问题，就是豪族大户兼并田地太多，富商巨贾跟官吏勾连巧取豪夺，太多无田的庶民沦为了流民。因此无论是什么人当政，都必须要大户们分田了。"

董卓挠头道："宁愿得罪士人和小民，也不能轻易得罪这些豪门大族吧？他们要是被逼反了，比那些穷酸书生们要麻烦得太多。"

李儒叹了一口气说："是啊，这是一件根本办不好的事情。所以说，汉室不可复兴，就是这个原因。"

"那真没办法解决吗？"

李儒突然笑了："我日思夜想，终于想到了一个可行的办法。"

董卓有些急了："贤婿啊，你怎么尽绕圈子呢？"

"岳丈大人，那些流民加入黄巾军，大部分人的想法不过是要吃大户，抢粮食罢了。与其让他们抢了，不如咱们合法地去干。可以先易后难，一个一个地解决他们。把那些不听咱们话的豪门大户和富可敌国的巨商挑出来，用皇帝的名义，给他们安上造反的罪名，去抄他们的家。大帅要知道，一个大户的身家可以抵得过数十万个庶民，即使一个中户也可以抵得过上千个庶民。这么干，可以事半功倍。再把抄来的田地分给没田的流民耕种，既解决了流民造反，又得到了好的名声，还有接着滚滚而来的财源。"

听到这里，董卓哈哈大笑："还是这个办法好。"

"要推行这个办法，就一定要有强大的武力支撑，要保有一支最强大的军队。"

董卓问："那么你看我们现在能算是最强大吗？"

李儒沉思了片刻，说道："我们的骑兵可以算得天下第一。但是军队的关键在将不在兵，在现有的将领当中，牛辅、徐荣、李傕、郭汜、张济和段煨他们都算得上能征惯战，可光有他们还是不够。大帅啊，我们需要更多的将领才行。"

董卓就说："现在朝廷掌兵的大将当中，我最忌惮皇甫嵩、卢植和朱儁他们这几个，所幸卢植已经不带兵了。皇甫嵩和朱儁各有几万兵力，而且离我们不远，实在是心腹大患。"

"大帅不用太担心皇甫嵩。这个人有名士情结，对付他还是有办法的。对付朱儁可能会更容易些，因为他的军队没有骑兵，派牛辅跟李傕带我们的精锐骑兵去，应该可以击溃他的军队。"李儒信心满满。

董卓又问："大将军何进在京城的禁军数目也不少啊，还有丁原的三万骑兵屯在弘农，对他们该怎么办？"

"何进是第一个必须除掉的，不除掉他，我们进京后怎么可以掌握大权呢？可除掉他并不需要我们亲自动手。大帅，您不是跟张让、赵忠两人有联系吗？我们应该马上派人，秘密地会见他们，跟张让说，我们必会全力支持他。要他想办法杀掉何进，只要京城一乱起来，我们立即带兵进京，帮他们平叛。"

"平叛？何进他们会造反吗？"

李儒笑了："大帅，我们要带兵进京，就必须有一个正当的理由。不管是何进，还是张让也罢，只要他们谁发圣旨让我们进京，我们就帮谁平叛。不过，前提是京城必须先大乱起来。"

"那京城什么时候才会大乱呢？"董卓有些着急地问道。

"机会是不会从天上掉下来的，得我们自己去争取才行。我们要尽快派出得力人物，去游说张让与何进他们，将他们撺掇起来，再添上一把火，让他们斗得你死我活。到时候就该我们登场了。"

"好，好。对了，怎么处理那个丁原？"

"丁原是我们目前最难应付的对手，他的军队骑兵很多，也很精锐。而且他手下有几员大将，都很骁勇善战。我们得提前准备些金银珠宝之类，去收买他们中的几个，或许我们就能把他的军队分化了。"

"很好，贤婿你现在就去准备。对了，你看派谁进京比较合适？"

"贾诩贾文和堪当此任，李肃能言善辩，非常老道，也是一个合适的人选。"

"那就派他们两个人都去吧。"

"大帅，可以分别让贾诩去见何进，李肃去见张让。要他们务必说服何进与张让，使他二人坚信我们会支持他们。对了，他们还得守口如瓶，绝对不能泄露半点消息。"

随后，董卓让小校分别叫来了李肃、贾诩，一一吩咐完毕，二人领命。李肃随即准备了很多礼物，先行启程前往京城去了。

第四十二章　流言四起

　　贾诩领了董卓的命令，也备了各色礼品，启程赶往京城。在刚出城的官道上，李儒特地在这里等候，为他饯行。贾诩就下了车，跟李儒互致问候。

　　李儒说："文和，大帅命我前来给你送行。"

　　"多谢大帅，多谢李大人费心了。"

　　"文和啊，我还有几件难事，着实麻烦。这里说话方便，正好问问你的看法。"

　　贾诩拱手说道："李大人请讲。"

　　"你也许知道了，大帅前次接到大将军何进的秘信，邀请他进京一起铲除阉宦，大帅已经答应他了。你这趟进京，一定要摸清楚京城现在的状况，何大将军以及他周围人的想法，要促成大帅进京这件事情。"

　　"李大人放心，我一定办好此事。"

　　"铲除阉宦，是天下士人的共同心愿，是一件大好事。可是有些人对大帅有成见，对大帅进京说三道四，比如那个皇甫嵩，就上书说如果大帅要去京城，他第一个不答应。皇甫嵩手下还有几万军队，实在棘手得很。文和，你说说看，大帅该怎么应付他呢？"

　　贾诩捻着胡须笑道："李大人，你这是要考校我吗？此事容易得很。"说完，看着李儒，微笑着却不言语。

　　李儒诡异地笑着，拱手问道："文和，请教了。"

　　"李大人，大帅可以派人在京城散布消息，就说皇甫嵩对何太后与何进专权不满，他要带军到京师勤王。那皇甫嵩是个名士，极为爱惜自己的名声，听到这种传言，一定会战战兢兢，不敢再有带兵进京的念头啦。"

李儒拍掌哈哈笑道："文和，果然高明！佩服，佩服。"然后接着问，"如果大帅带兵进京，韩遂、马腾他们会不会从后面偷袭我们呢？"

"他们不会。据我了解，这次接受朝廷招抚之后，他们想要休养生息一阵，来招兵买马，暂时他们是不会撕毁协议的。"

"可如果他们真的这么做了，该如何呢？"

"李大人放心，真是那样，贾诩愿意跟张济将军一道领兵去平定他们。我们都是武威郡人，对那里的情况了如指掌。"

"好，好，有文和这句话，大帅就无忧了啊。"

这时贾诩问道："我也有一事，想请教李大人。"

"哦，什么事？"

"在我看来，大帅进京除掉那些阉宦，此事并不太难。要说难，是难在以后的事情，大帅想要一直待在京里辅佐皇上吗？"

这是贾诩在试探董卓进京的真实意图了，李儒听出了他的弦外之意，就笑着说道："你知道大帅对部下们一向义气，他进京掌了权后，大家自然都会有高官厚爵。文和啊，你就不要多想了。"

说完，向贾诩拱手致意。贾诩还有话问，见他这样说，反倒不好再问什么了。

于是两人作别，贾诩上了马车向京城赶去。

半年前董卓与黄巾军战事不力，被人弹劾，朝廷将他罢官去职，关进了监牢。董卓让人带着金银细软重贿张让，这才免去了牢狱之灾。后来恰逢西凉叛乱，张让向皇帝进言说董卓一直被羌人敬畏，可以挂帅平叛。董卓就这样又被委以重任，出任西凉刺史平叛去了。所以董卓自然跟张让的关系很是亲近。

这日傍晚，李肃先行到达京城，在馆舍安顿好之后，立即让人驱车前往北宫去见张让。在接近雍门的道上，突然有人从高高的雍门上向下扔出无数传单，上面写着"何进弑后""太后冤死""汉家归何"，等等。李肃让手下捡了几张，看了之后，李肃紧张地把传单塞进袖子里，吩咐马夫不要逗留，赶紧离开。

到了北宫，李肃给值日的小黄门送上钱财，央求通报一声要拜见张让。

小黄门通报后，张让心想，我正要联络董卓，他就派人来了。于是让人将李肃领了进来。李肃进来后，张让命左右退开，然后问李肃："你家大人差你过来，可有什么急事？"

"张总管，上回皇甫嵩上书恶言诽谤我家大人，弹劾大帅不听朝廷调度，图谋进京什么的。我们大帅心里不安，又没得到朝廷的批复，所以特地让我过来，一来问候一下张公您，二来就这件事情向张公求个援手。"

张让笑了，说道："那皇甫嵩的奏劾，不要去管他。你大老远跑来，就只为了这件事情吗？"

李肃向张让作了一揖："我家大人想请张公明示，他现在还能带军进京吗？他让我转告张公，大将军是他唯一的顾忌，只要能……"

说到这里，李肃压低了声音："大帅的意思是，只要他们群龙无首，大帅就立即发兵过来，从河东出兵，可以朝发夕至。所以，张公只要能拖住一天时间，大局可定。"

听到这里，张让收敛了笑容，沉默了片刻，回答道："此事不能操之过急。"

李肃又说道："大帅还要我告知张公，蔡邕已经落入我们手里。张公如果需要，大帅会想办法把他送进宫来。"

张让听到这话，觉得非常诧异，沈放为了救蔡邕身受重伤，左臂已经残废，回来后告诉他，是卢奕跟丁原手下的大将吕布赶过去救了他们。现在蔡邕为何转到了董卓那里，这里面一定发生了些事情。

不管怎样，人现在董卓那里，张让当然可以接受，于是他高兴地说："太好了，我就知道你家董大人差你过来，一定会有好事。告诉董大人，有了蔡邕，我们跟何进下的这盘棋就活了。太皇太后在移去河间之前，已经把先帝遗诏交给了我。只要蔡邕在朝堂之上证明了诏书是真的，他们就得垮台。"

李肃点了点头，这时想起了路上遇到的事情，就对张让说："我还有一言，请张公斟酌啊。"说完，从怀里掏出了一张刚才捡的传单，呈给张让，"这是刚才进宫的路上捡的，张公请看。"

张让看后冷笑不语。

李肃继续说道："如果传单所说属实，何进他们连太皇太后都敢加害，区区一个蔡邕的证词，他们会在乎吗？"

张让其实心里很是在意李肃这句话，但脸上却是满不在乎。

"张公，大帅的建议是，当断不断，反受其乱。何进跟何太后冒天下之大不韪，竟敢残害太皇太后，这已经激起了大臣们的公愤。现在张公您手持先帝遗诏，完全可以依诏行事，先行斩杀何进。然后在朝堂之上，公开宣布他们的所有罪恶。张公，您有诏书在手，又有蔡邕的证词，还怕群臣不服吗？"

这句话说进了张让的心里，他觉得非常有道理，心想，现在这个局势已经火热，太后之死，跟蔡邕的证词，不就是添上了最后两把柴吗？是火候该揭锅了。

于是他下了决心，说道："回去转告你家大人，马上把蔡邕送到我这里。还有，要他立即带着兵马到京城来，不要怕引起冲突，不要怕有人非议，到时候我们会为他说话的。"

"大帅想请您发个旨意给他，这样就师出有名了。"

张让点头："没问题。你先回馆舍休息，明天一早，我会派人送去。"

李肃此行的目的已经达到，就起身向张让道谢，然后拱手告辞。

张让在李肃走后，随即去了赵忠那里。两人坐在密室里，张让把李肃过来的事情，以及自己的谋划告诉了赵忠。

赵忠面色沉重，说道："张公，你要知道，这是我们的最后一击，必须一击得中，否则就是万劫不复啊。"

张让点头，用指头轻轻地敲击着桌子说："上次蹇硕之败，主要因为计划不周，兵力准备不够，而且宫里还有内奸。这一次，我们有了宫城卫士营。而且行动完全由你、我亲自指挥，应该不会外泄消息了。"

赵忠问："刚才城里有点乱，是你让人四处去抛撒传单了？"

"嗯，是我让张意带人去做的。在我们开始行动之前，必须将何进他们搞臭，要争取军心、士心和民心。"

赵忠点头，然后走过去俯首跟张让说了一番话，张让频频点头，赞道："赵公，您不愧是屡经阵仗。当初您年少时就参与拿下了大将军梁冀，后来又搞垮了窦武，这一次咱们联手一定能拿下第三个大将军，何进。"

"要派人把郭胜跟他的手下看起来，我算是搞清楚了，他已经跟我们不是一条心了。还有，宫里所有可疑的人，在行动前都要看押起来。"

张让点头："我让沈放带人去做，应该万无一失。"

赵忠又嘱咐道："通往宫外的密道，要事先全部打开。如果遇到危急时刻，我们就带上何太后跟皇帝，一起向邙山而逃，那里地形复杂，容易逃脱。"

"好的，今晚我就安排人去收拾。宫里还有些炼丹用剩下的火炭这些东西，我叫人全部堆到谷门那里。如果咱们被迫要上邙山，就在谷门点上大火，阻止一下追兵。"

"这个办法很好。还要准备一些容易携带的吃食和水袋这些东西。"

张让最后问："赵总管，你看后天发动如何？"

赵忠点头答应："可以，咱们再用明天一天的时间，做最后准备。"说完，两人相互握了一下手。

此刻，贾诩一行人在城门关闭之前，也赶到了京城。在馆舍休息了一夜，第二天清早贾诩就向外走出去，他要观察一下京城里人们的情形，然后前往大将军何进府邸。

虽然只是清晨，京城里到处流传着各种流言，人们都在传大将军何进杀后夺位，昨夜的传单在人们手中四处传递。一些传单被送进了大将军府。何进看了后气得七窍生烟，立即派人叫来了袁绍、袁术。何进手里抓着传单，挥动着向袁绍发怒道："你们看，究竟是什么人干的这事？"

袁绍本不知道何进派了吴匡与张璋去河间鸩杀了董太后，直到后来才听说此事。于是一大早，他就急急忙忙地跑到大将军府邸来确认，当然是来不及劝止此事了，袁绍对着何进长长地叹了一口气说："大将军，从此我们的名声就要坏了！"

何进很是反感他的这句话，反诘道："本初，之所以这件事情并没有通知你，就是不要你受到牵连，你可以放心了！"

袁绍见他猜疑自己，轻轻叹了一口气："大将军啊，这人心似水，民意如烟。只怕从此，围绕我们的流言蜚语将无法禁绝了。"

"禁不掉，就不要去禁。谣言止于智者，只要我们大权在握，只要朝政稳定向上，日子长了，所有的流言都会自动消失。"何进满不在乎地说道。

袁绍听了大不以为然。

何进见他这副模样，心里更加生气了，吩咐他无事就回。

袁绍沮丧地正要走出去，有何府家人来报，并州刺史董卓派贾诩来见。何进没好气地说："这时没空，不见。"

随后就叫人出去要打发贾诩，袁绍赶紧拦住，对何进说道："大将军，董卓可不是一般的官员，他也许有什么要紧的事情。要不，让我去见见他罢？"何进点头同意。

于是在大将军府主厅的厢房里，袁绍接见了贾诩。

贾诩第一次来见何进，因此并不认识他。只见主位上端坐着一人，看年纪似乎比自己还要年轻，于是断定此人并不是何进，便拱手问道："请问贵价，大将军可有空接见在下？"

袁绍听他这样问话，知道此人精明，点头回答说："大将军此刻正忙，一时无空，只怕怠慢了阁下，所以特地差我来见一下，我就是袁绍。"

贾诩早就听过袁氏兄弟的大名，不承想今日在这里见到了，于是再次拱手致意："久仰大名。"

袁绍回礼："阁下客气了，你就是贾诩先生？"

"正是。我家大帅前次接到大将军的秘信，邀请他进京一起谋划大计。大帅已经准备好了，现在我们正驻军河东，随时策应大将军。只是朝廷已经调任大帅任职并州，我们不能在那里停留太久，以免被人非议。"

"贾先生，那信是我写过去的。接到此信的，还有丁原他们几个。包括你们董将军在内，都是大将军深为信赖的外援，不要着急，就快了。"

"袁大人，就是因为这个事，我家大帅已经受到个别朝臣的上书奏劾，比如皇甫嵩，他就乱说我们大帅屯军河东居心难测。这实在是让人无法容忍。"

袁绍一脸的无所谓："不要去管他，大将军自然知道你家大人的苦衷。有我们的支持，你家大人就放心吧。"

"还请大将军能否给个准信，究竟要等到何时？我们也好安排。"贾诩追问了一下。

袁绍想了一下，回答道："就在旬日之内。叫你家大帅不要担心，再跟你透个底，大将军也很不喜欢皇甫嵩。"

"多谢袁大人实言相告。那么，我们的大军就继续驻扎河东，再等上些日子是吗？"

"正是。"

贾诩看着袁绍，小声问道："袁大人，能否行个旨意给我们大帅呢？这样我们就是奉旨行事了，也好堵住那些小人的嘴。"

袁绍摇头说道："用不着，你们有大将军的将令就可以了。再告诉你一个实情，大将军其实并不需要你们的兵力来京，他要的是你们这些外郡大员的声势。知道吗，这是我给大将军的建议，也都是我操办的。大家一起出力，铲除阉宦，这是我们几代士人的心愿，是顺天应人的大事。"

贾诩听到这里算是明白了，原来何进这些大事上的决策，基本都是袁绍这些人在操弄。可是袁绍明明知道，清除宦官们，其实并不需要外地的兵力进京，为什么他还要这样劝说何进呢？难道他有自己特别的目的不成？

于是拱手说道："袁大人高见，在下敬佩。只是这么多的外地兵力一起进京，会不会惹出什么乱子来呢？"

袁绍疑惑地看着贾诩，问道："贾先生，这个是你该考虑的事情吗？"

"哦，不是，在下只是有点好奇。"

袁绍犹豫了一下，回答说："天子脚下，京师重地，除了那些阉宦，谁敢作乱？"

因为不了解袁绍，贾诩辨不清这是袁绍的真心话呢，还是只是拿来搪塞自己的浑话，一时间不知道如何回话，倒是愣住了。于是两个人的谈话便冷了场。

袁绍问道："贾先生还有问题吗？如果没有什么事情，就请回吧。你来一趟京城不容易，要不我派个人领着先生，在这繁华京师里转上一转，不知先生可有兴趣？"

贾诩拱手告辞说："多谢袁大人美意了。贾某有事，就先告辞了。"

在回驿馆的路上，贾诩仔细回想了跟袁绍的对话过程，不禁冷笑了起来。这个袁绍，虽然是一个声望极高的名门世家子弟，但他今天的对话，实在不能让人恭维。如果不是一个真正糊涂的官僚，那他就是一个居心叵测的伪装者。有这样的人整日待在何进的身边，何进迟早会被人绕进陷阱里去，只怕他自己却从未察觉到分毫。

正想着心事，马车行到城西的广阳门附近，突然前面一阵骚动，人群蜂拥了过来，都是从广阳门那里跑回来的，有人大喊："杀人啦，前面杀人啦！"

贾诩打开了马车车帘，向城门方向望去。只见有几辆马车正停在城门那里，守门的士兵在值日将官的带领下，正在跟几个人厮杀。贾诩仔细一看，不禁大吃了一惊，那些正在厮斗的人群中间，分明就有李肃。

第四十三章　贾诩论道

贾诩见到李肃也在京城，心里顿感惊讶，不过他稍一思索就明白了，原来大帅派了不止他一个人过来，李肃前来见谁呢？早就听闻董卓跟宫里的宦官关系不错，看来应该是去见他们了。

今早张让命人叫来了隐藏在宫里的张意，亲手交给了他一份盖印的圣旨，命他赶紧到驿馆去见李肃，随后跟着他出城，去河东向董卓宣旨，宣完旨后暂时就不回京城了。张意明白这是给他一个机会，摆脱何进他们对自己的追捕。张意从河间回京的一路都被吴匡追踪，幸亏他人很机灵，从北邙山摸进了通往宫里的密道，逃进宫后，向张让报告了董太后被何进派人鸩杀的消息。

虽然这是预料之中，可是它来得如此之快，大大出乎张让意料。这令他更加紧张，他知道何进、袁绍已经举起了屠刀，随时就要伸向自己了。张让跟赵忠谋划了最后的行动计划。在这个计划中，董卓将有着举足轻重的作用。所以张让派遣最精干的张意去董卓那里宣旨，并监督董卓行军的动向。

张意就带了圣旨，到了驿馆跟李肃会面，自称受皇上差遣要向董卓当面宣旨。

可是他们没有料到，何进、袁绍为了抓捕张意，在京城各处都派出了大量眼线。张意刚到了驿馆那里就被人发现了，有人立即通报了袁绍。可是袁绍一时找不到人手，只能派出高干的兄弟高成，带了几十个士兵赶过去捕拿张意。

等他们到达驿馆后，已经是人去楼空。高成询问了小二后，赶紧带领士兵们向广阳门赶了过去。而此时守门的士兵们也得到了通报，全都大喊着捉拿钦犯张意，挥动着兵刃冲上来，包围了马车。

李肃哪里能料到会有这种变故？但他毕竟是带兵的将领，一看势头不对，立即拔刀，吩咐手下将马车赶走，护送钦差大人冲出城去。自己则带人断后，舞刀跟守门的士兵厮杀了起来。

守门的士兵平时基本没有什么训练，哪里能跟李肃带来的西凉精兵厮斗，立即被杀得到处乱逃。李肃他们杀退了守门士兵，就骑上马急急地追赶张意去了。

贾诩把这一切都看在眼里，不由得捻须陷入了深思。

看来，董大帅是在两边都下注了，他把阉宦跟何进他们全都骗了，很可能已经得到了两方对他的信任。如果这样的话，董卓带兵进京，就是势在必行了。贾诩心想，以董卓的秉性，如果到了京师，一定会干出很多倒行逆施的事情。自己如果一直待在董卓身边，将来难免受到牵连。贾诩寻思着，必须给自己找一个安全之计了。

李肃等人追了十几里路，终于赶上了张意。李肃疑惑地问张意："张公公，他们说你是朝廷钦犯，这是怎么回事？"

张意笑道："昨天你去见张总管的事情，不知怎么就走漏了风声。那何进不愿意我把圣旨传给董大人，所以叫人以逃犯的名义来追捕我，他们其实是要拦截下发给董大人的圣旨。李大人不要多想，我们抓紧赶路吧。"

李肃听了，将信将疑，但是他有圣旨在手，也只得暂时依着他了。于是，众人上马继续赶路。

约走了二十里路，前面有一大片茂密的树林，这时众人已经稍有疲累，即使人不歇，那些马疾奔了这许久，也得休息一下才行。李肃吩咐，到树林里稍息片刻。

但张意觉得不妥，他想要一刻不停地赶到河东，以防出现意外。他正要跟李肃商量，听到身后突然传来一阵疾驰的马蹄声。李肃立即紧张了起来，吩咐众人全都上马，刀剑齐出，准备厮杀。

这几十骑人马果然是来追杀张意的，为首的正是袁绍的部将高成。

高成追到跟前，大声喊道："阉贼张意，你往哪里去逃！"

李肃持刀上前挡住："这位将军，您认错人了，我们都是来往的客商，哪里有什么宫里的公公同行呢？"

高成斥道："胡说！既是客商，为什么都拿着兵刃？"

李肃笑着回答："我们以为遇到抢劫的匪徒了，所以做了些准备。"

高成用刀指着李肃喝道："还敢狡辩？你敢让我搜一搜吗？"

李肃这时不笑了，反问高成说："请问你们到底是什么人？如果你们是官员要搜查我们，可有官府的文书吗？"

"本将军奉司隶校尉袁大人的命令，负责巡查京师安全。遇到可疑人物，当即拿下，更不要说搜一下你们了。来啊，检查所有的车马。"高成的部下得令，就要上前搜检。

李肃大怒，喝道："谁敢！"这时李肃的手下也全都挡了上来。

两边剑拔弩张，一场厮斗即将触发。

突然，从树林里涌出来一队人马，全都黑衣蒙面，为首的一人对李肃说道："李将军，请后退。"说完，单臂持刀，闪电般地扑向了高成，其他的黑衣人也都持刃冲了上去。

说话间，黑衣人首领跟高成已经斗了十几个回合，那人虽然只有单臂，却出刀异常凶猛。缠斗中高成瞥见了他那猩红的双眼，似乎对他怀有刻骨的仇恨。高成顿时感到一种莫名的恐惧，又斗了几合，高成拔腿就逃，想要上马逃走。却被那人赶上，当头一刀砍落马下。那人随后又扑向高成的部下，如同野兽一般地残忍疯狂，所到之处人头纷纷落地。不一会儿，高成连同他的部下，悉数被杀。

李肃已然看得呆住了。

这时，那人上马，冲李肃拱手致意，随即带着部下一声呼哨，疾驰而去。

李肃还想追上去问他们到底是谁，张意在马车里喊道："李大人，他们都是自己人。你就不要管了。"李肃这下明白了，这些都是宫里派来的。

原来，刚才领头的正是沈放。沈放奉了张让的命令，一直在暗中保护张意。在城门那里，沈放并没有参与厮杀，只是看着他们冲出了城门后，率领众人抄近道跑到了小树林那里，等待着接应他们。果然，遇到了高成前来追杀。

多少日子来，沈放对何进、袁绍他们充满了憎恨，自己又新近断了一臂，这种恨意更是深入了骨髓。直到方才杀了高成这些人，他总算是出了胸中一口恶气。

沈放仰天大笑，随即目光又暗淡了下来。他叹了一口气，心想这样动荡的日子，什么时候才能结束呢？

那边贾诩见李肃他们冲出城去，知道李肃已经完成了董卓交给他的使命。而自己虽然没有见到何进，却已经跟袁绍谈过了，已经没有必要再逗留在京城这个是非之地了。

回到驿馆，贾诩收拾了一下行装准备离开，忽然他想到了卢奕，他此时应该在京城吧？贾诩决定在返回之前去见一下卢奕。

尚书卢植着实名气不小，贾诩毫不费力地跟驿馆小二打听到了卢植的府邸，于是他吩咐手下驾上马车送他去卢府。到了卢府，贾诩让手下执帖叩门要见卢奕将军，卢府差人请他们稍候，将帖送进。

卢奕见到贾诩的名帖顿时大喜，几乎一路小跑地到了门口，对着贾诩作了一揖，问候道："没有想到先生会来看我，自从上次陇关一别，先生一向可好？"

贾诩回礼，微笑着回答："一切尚好。卢将军家人都安康吧？"

卢奕一边将贾诩引进府内，一边笑着说："家人都好。先生快请随我进去，我这里颇有一些上好的茗茶与美酒，过会儿亲自给先生煮上，再让我们好好叙话。"

贾诩跟着卢奕一路走进府里，因见府里各处都在搬动桌椅家什，便好奇地问道："卢将军，你们这是要搬走吗？"

"是啊，先生。前次家父向朝廷上表请辞。我们全府都在收拾，不日就将离开京城，回范阳老家去。"

"看来我来得太对了。如果错过今日，不知何时再能见到将军了。"

两人说着话，卢奕将贾诩引到了花园里，让家人送来了茶汤、饮具，然后两人对坐，煮茶清谈。

贾诩开口问道："卢将军，你是否感到现在的京城与皇宫里面，到处都显现出了杀机？"

卢奕回答："正是。在我看来，现在已是满城乌云压顶，暴雨欲来。"

"眼见大乱将来，可是咱们居然还有闲情逸致，坐在这园子里饮茶清谈？"贾诩捻须一笑，然后从袖子里掏出了几张传单，递给了卢奕，说道，"这样的传言在京城里四处流传，意味着就快图穷匕见了。"

卢奕看了看这些传单，点头说："先生说得很对。君子不立危墙之下，这就是我们打算全家离开的原因。"

贾诩问道："我听说令尊大人以仗义敢言而闻名，现在连他也畏祸避难了。"

"家父曾遭那些阉人诋毁下狱，幸亏王司徒他们联手援救，这才得以保全。经过这次变故，家父早已心灰意冷，萌生去意了。"

"嗯，令尊大人此生已经功成，可以寓情山水，结盟泉石。可将军您风华正茂，难道也就此隐退，而不想做出一番功业吗？"

卢奕拱手回答："在下觉得现在这种形势扑朔迷离，混沌不明，在下实在迷茫。依先生见，我该如何做呢？还望先生教我。"

贾诩笑道："卢将军是朝廷年轻将领中的翘楚，名师弟子，何须我教？不过，自从将军上次凉州一行，我时常觉得与将军一见如故，所以有些心里的感悟，愿意说与将军一听。"

"先生请讲。"

"天下治乱，周而复始。依我看来，如今的朝廷，已经如同朽木一般，不可复兴。你我都得顺时应势，才可以退而保家全身，进而有所建功。"

"那么先生，怎么才是正确的进退，又该如何顺时应势呢？"

贾诩回答："道德经上说：'天之道，不争而善胜，不言而善应，不召而自来，繟然而善谋。'这里面大有学问，不争是争，不言而言，不召自来，才是上上之策。今后各种势力必将纷纷崛起，你争我夺，争先取而代之。谁能活得更久，取得最后的胜利，就必须懂得隐忍的道理，'勇于敢则杀，勇于不敢则活'。"

"这句我以前也曾读过，意思是不是：不要去争一时长短。这种时候要潜龙勿用，等待时机？"

贾诩轻拍桌子说道："就是这个道理。易经上说：'天地革而四时成，汤武革命，顺乎天而应乎人。'今后一定会有顺天应人的力量出现，那时就是我们见龙在田，或跃在渊了。"

卢奕起身作揖："先生高见，今日在下受益匪浅，多谢先生了。"

贾诩也起身还礼，两人重新坐下。

卢奕接着问道："如果一直没有那样顺天应人的力量出现，我们又该如何呢？"

贾诩微笑不语，饮了口茶，然后说："将军府里可有琴吗？"

卢奕听了，亲自去书房取来了一把古琴放在石桌之上，说道："先生请。"

贾诩坐到琴边，凝神聚气，开始演奏一曲。卢奕听这娓娓道来的琴声，仿佛自己走在群山之间，穿越了一片松林，来到了半山上的湖边。附近的峡谷有飞泉流下，淙淙然从石缝中涌出，冲刷在坚石之上，有如珠串四落，又好比碎玉飞花。自己情不自禁地有了一种寄情山水，梅鹤为伴的冲动，那种愉悦欣喜之情真是难以言喻。

卢奕不由得连声赞许："先生真是好奏，高人名曲，石上流泉。"

"原来将军也懂得古曲。"贾诩奏罢说道，"闲云野鹤，世外达人，难道不也是我们向往的一种生活吗？"

卢奕见贾诩如此豁达，笑着回答："先生看破了世事，又能洞穿人心，实在让人敬佩。"

贾诩也笑着说："将军过誉了。"然后正色说道，"有一件事情，卢将军，你们如果决定了举家迁走，那么应该尽快动身。快则一两日，慢则十数日，京城必有大事发生。到时只怕离开不易了。"

卢奕点头："可惜今日家父不在府中，他不能亲耳听一下先生今天的高论。对了，先生这次来京城，是否有要紧的事情要办，办好了没有？"

贾诩回答："已经办好了。见过将军你以后，我就得往回赶路了。"

于是卢奕赶紧吩咐家人准备了酒席，就在花园里陪着贾诩用餐，两人边吃边叙，贾诩简短地讲述了他此行来京城的目的。当卢奕听他讲起董卓将要带兵来京时，不禁深深地皱起了眉头。

此刻在永安宫里，新任总管李玄正引着车骑将军何苗紧急前来拜见何太后。何苗行礼已毕，何太后问何苗："车骑将军，你如此着急地要见哀家，可有什么急事吗？"

何苗对李玄不太信任，所以支支吾吾地说："太后，臣弟有急事……"

何太后明白他的意思，说道："李玄是新任的总管，是自己人，你有事就直说罢。"

何苗无法，从袖里掏出了一些传单交给了李玄，李玄一眼不看就呈给了何太后。

何太后看完之后，大发脾气，怒喝道："何苗，你立即把大将军请来，还有那个袁绍一起叫来，当的什么司隶校尉？上回就有人造谣惑众，直到现在还没抓到那些造谣的人？这次又来了。他们到底是怎么办差的？干不好，哀家就要换人了！"

何苗赶紧劝道："太后息怒，咱们还得仔细琢磨一下这个事情。让大将军派人去河间处理董太后，是一件绝密的事情。为什么消息向外散播得如此之快？"

何太后有些不耐烦地说："你有什么就直接说，不要绕弯子了。"

何苗这才转上正题："太后，大将军身边一定有内奸。依我看，他派去河间办差的张璋与吴匡二人，就肯定脱不了嫌疑。因为只有他们二人才知晓内情。"

何太后有点犹豫地问道："他们二人都是常年跟随你兄长的心腹，怎么会是内奸呢？"

何苗上前轻声说："不管他们是不是内奸，我们都应该将他们二人就此解决，一来免得消息继续走漏，毕竟，他们死了才能彻底保守住秘密；二则呢，杀了他们，可以堵住那些士人的臭嘴。就让他们为董太后的死去背锅吧。"

"不行，绝对不行，这二人都是跟了兄长很多年的老部下。如果就这样杀了他们，还让他们背锅，将来还有人敢为我们做事吗？"

这时李玄上前劝道："太后啊，奴才觉得车骑将军言之有理。河间的事情，都已经传开了。不管怎么泄露的消息，现在京城里的人都知道，是张、吴二人害死了太皇太后。太后和大将军必须找一个人出来背锅，让众人泄愤，以转移众人指责的矛头。他们二人既然对大将军很是忠心，那我们何妨试一试他们，看看他们究竟是真的忠心，还是一直在欺骗大将军。"

何太后仔细琢磨了一下李玄的话，觉得似乎也有些道理。

于是她对李玄说："那好，你跟车骑将军去一趟，向大将军宣旨。"说完，贴耳跟李玄说了一番话，李玄听着频频点头。

随后，何太后让宫中太医给准备了两杯毒酒，密封好交给了李玄。李玄立即出发，跟何苗一道向何进传旨，就要赐死张璋与吴匡二人。

第四十四章　曹操苦谏

何太后要派何苗和李玄去赐死张璋与吴匡，这个消息由何进在宫里的耳目传给了他。何进又气又急，顿足对一旁的袁绍抱怨道："这是什么人在太后跟前进了谗言，竟然撺掇太后做出这样的事情？太后真是糊涂啊！"

袁绍很肯定地回答："一定是何苗干的。"

何进疑惑地看着袁绍："本初，你为何如此肯定？"

"大将军，平日里张、吴二人就跟何苗不睦。您自己回想下，何苗有没有经常在您跟前，说他们二人的坏话呢？"

这么一提醒，何进的确想起来了。可是何苗现在有太后懿旨，自己总不能抗旨不遵吧？思来想去，他没有什么办法，就对袁绍道："本初，你得想个办法去救他们一救。"

袁绍也一直很讨厌何苗，但也不喜欢张璋与吴匡二人，对于借何苗的手除掉二人，他并没有任何反对。但既然何进提出要救他们，他顺势回答道："大将军，赶紧先通知他们逃走吧。"

何进就吩咐袁绍立刻带人去找，要将他们安全地送到城外躲避起来，等事情平息以后再回来。

袁绍刚刚带人离开，何苗与李玄就到了大将军府。两人向何进宣旨完毕，问张、吴二人现在哪里，何进只推说不知。何苗与李玄见何进祖护二人，料他必定不肯配合。于是商量了一下，两人分头行事，何苗带人去搜捕吴匡，李玄则去捉拿张璋。

此时吴匡正在曹操的典军大营，听到这个消息后，犹如晴空霹雳一般，惊得愣住了。曹操与吴匡平日私下里有很多交往，吴匡二人奉何太后旨意去河间鸩杀董太后的事情，曹操当然已经知晓。现在何太后要卸磨杀驴，曹操心里非常看不起他们的这种做派。

他见吴匡失魂落魄，就拉着吴匡进了中军大营，对吴匡说："吴将军不要惊慌，就待在我这营里不要出去。我料他们不敢到我这里来强行搜人。"然后命令属下将营门紧闭，没有他的命令，不许任何外人进营。

随后曹操想，一直留着吴匡在自己的大营，也不是办法。他琢磨了一下，决定到何进那里去探听一下风声。

那边李玄带着一帮人在朱雀门城楼上截住了张璋，李玄当众宣读了何太后的旨意，然后命人将放有毒酒酒杯的托盘交给了张璋，令他领旨谢恩。

张璋悲怒交加，仰天长叹道："自古都说，'狡兔死，走狗烹；飞鸟尽，良弓藏。'可如今，大将军啊，你面对的哪里是狡兔，分明是众多的豺狼，而你们就真敢收了良弓？"说罢，哈哈大笑了起来。

众人面面相觑，李玄命人上前按住张璋要强灌毒酒，被张璋一声喝退。

张璋走到城楼边上，转回头平静地向众人说："董太后之死，就是我干的。可她是罪有应得！朝政颓败至此，究其原因，罪魁祸首，就是她和她的族人。张璋行事光明磊落，做了这个事情，绝不后悔！"

李玄听到这话，顿时急了，命人上前堵住他的嘴，不能让他临死之前再胡言乱语。

众人正要上前，张璋登上了城墙，回头说道："用毒酒要我死，断然不行。我张璋顶天立地，就是死，也要死得轰轰烈烈！"说完再次仰天大笑，然后纵身跳了下去。

众人全都惊呼起来，纷纷上前要拦住他，张璋已然从这个巍峨雄阔的朱雀门至高处跃了下去，坠地气绝而亡。

城楼上的士兵，与城楼下的人群全都呆住了，整个宫城一片寂静。片刻之后，很多人在心里对张璋深深地敬服，更多的人都被张璋的死震撼不已。

突然，李玄手指着宫门下的张璋尸体破口大骂："呸，你就是一个两面三刀的奸佞小人，有什么资格在这里大言不惭？来人哪，就将这个小人的尸体挂在这里，曝尸三日。"然而却是一片寂静，没有人回应他。

几乎所有的人都听见了他的命令，都对他如此攻击刚刚去世的张璋，感到愤愤不平。李玄从众人的沉默中嗅出了一种愤怒,这种愤怒突然让他感到莫大的压力。

因为没有人听从他的命令,李玄自觉只能草草收场,免得再触犯众怒,就说道:"犯官已死,咱们可以回宫复旨了。"于是带着人匆匆离去。

这时袁绍骑马刚好赶到,见张璋的尸体正躺在朱雀门下,不由得冷笑了一下。

然而他看见众人仍然聚在周围,不肯散去,随即明白了过来。于是袁绍下了马,走到张璋的尸体旁边,抚尸痛哭。众人见袁绍哭得悲切,不由得都产生了兔死狐悲的同感,有几个人走到袁绍旁边,将他拉起劝慰了一番。

而这一切都被卢奕看在了眼里。他方才陪同贾诩用餐完毕,亲自将他送回了驿馆,随后又将他们一行人送至城外,两人这才挥手作别。刚走到朱雀门附近,他就耳闻目睹了刚才发生的种种情形。卢奕在心里叹了一口气,转身骑上马就要离开,袁绍远远地看见了卢奕,就抛开众人走了过来。卢奕本来要走,见到袁绍直奔自己过来了,便停下等他。

袁绍走近卢奕的马旁,因见卢奕并没有下马的意思,并停下脚步向卢奕拱手:"卢将军,上回之事实属无奈,还望将军原谅。"

卢奕回礼说道:"袁大人无需如此,是卢奕做事孟浪了,请大人见谅才是。"

这时袁绍向前走了两步,轻声地说:"卢将军,我想请你帮忙做一件事情,还望将军应允。"

"哦?袁大人请讲。"

袁绍诚恳地讲道:"吴匡与张璋二人受人冤枉,刚刚被下旨定罪。吴匡现在逃亡当中,但他们的罪并没有涉及家人,圣旨上暂时没有牵连他的家人,难保以后会怎样。张璋的家人并不在京城,而吴匡的家人都在这里,有他的夫人和公子吴班。我想请将军想办法将他们保护起来,转移出京城去。将军能答应吗?"

卢奕看着袁绍,略带惊讶地问:"不知袁大人为何找我办这件事呢?"

"因为我知道卢将军侠义为怀,待人肝胆相照,将他的家人托付给你,我们都很放心。"

卢奕默然踢了一下马，回首向袁绍拱手作别，没有答应他，也没有拒绝他的请求。

袁绍看着卢奕远去的身影，抚着短髯笑了起来。

袁绍央求卢奕去救吴匡的家人，当然是有他自己的考虑。张璋、吴匡二人受何进的命令，去河间鸩杀了董太后，现在京城已经是无人不晓。想必董家的人必定会想法向他们寻仇，自己何必去蹚浑水救他们呢？袁绍知道卢奕跟吴匡私交不错，他也知道卢植全府即将返回老家范阳。他一直为失去卢奕这位得力干将深感可惜，今日刚好撞见了他，就灵机一动，想用这个事情套住卢奕，将来有机会继续为他所用。至于卢奕是否会答应，他从不怀疑自己的判断，他认定了卢奕为人侠义心肠，即使自己不主动提及此事，很有可能卢奕也会做同样的事情。

袁绍回到何进那里时，何进正在大发怒火，有人向他报告了刚才李玄嚣张的言语。何进骂道："李玄欺人太甚！他杀了我的左膀右臂，竟还公然对死去的张璋如此言语侮辱！"

袁绍上前又把刚才他遇到的情形叙说了一遍。

何进恨恨地说："总有一天，要将这个李玄碎尸万段，给张璋报仇！"

袁绍趁势说道："大将军，刚才我已经打听清楚了，的确就是李玄、何苗二人在太后面前谗言挑拨，使太后误解了张、吴二人，这才下了那样的旨意。"

何进点头回答："这些事我已经都知道了。李玄的事情暂且不提，你找到了吴匡没有。"

袁绍摇头说："还没有。不过有人说他去了曹操那里。"

正说到曹操，有人来报，曹操来了，要见大将军。

何进让人将曹操领了进来，问道："孟德来，坐下说话。正好我要找你问话，你就自己来了。你先说，你过来有什么事情吗？"

曹操回答："大将军，昨夜有人看见几个黑衣人从宫里出来，在四处抛撒传单。其中有一人被认了出来，此人就是张意。"

袁绍接话道："大将军，孟德，我刚才正要说张意的事情。几个时辰之前，有人在一个驿馆看见了张意，他去会见了一个神秘的人物。仓促之间，我派高成带十几个人去抓捕他们了。守城的将官报说，在广阳门的城门口，截停了疑似载有张意的车队，结果发生了冲突。这伙歹徒冲出了城门，高成就带人追了上去。现在还没有收到消息。"

何进皱着眉头说："本初，这么重要的事情，为什么不派颜良、文丑或者高干他们去？"

袁绍犹豫了一下，回答说："丁原对他们有些误会，昨日收到了他的弹劾奏章。为了避免更多麻烦，已经叫他们暂时不要出来，避一避风头，等丁原气消了，再回来办差。"

这么一说，何进想起来了，高干他们放火烧了丁原的庄子，那他怎能善罢甘休呢？想想这些都是麻烦的事情，何进心烦意乱了起来。

袁绍见何进有些烦躁，想着还是转移一下话题，就问曹操："孟德，吴匡是不是在你那里？"

曹操坦然地回答道："我正要说这个事情，吴匡现在我大营里，听说宫里正在找他，所以我特地来一趟，请问大将军，该如何处理？"

袁绍听了他这话，不由得打心底佩服曹操，这真是个精明过人的厉害角色。大将军如果要保吴匡，那么就欠了他曹操一个人情；如果公事公办，曹操也无懈可击，顺手交出吴匡就行。总之他是游刃有余。

果然，何进听了曹操这样说，上前轻轻拍了拍他的肩膀，轻声说："孟德你做得好，暂时就拜托你保护好他。过几天，等太后气消了，自然还是要起用他的。"

曹操说道："遵命，大将军请放心。"

袁绍紧跟着说："大将军，为了防止有人为难吴匡的家眷，我已经在想办法，将他的家眷转移出京城保护起来。"

何进很是高兴，说道："太好了，本初，你做了一件大好事。"

正说到这里，从外面进来了河南尹公差，报说城外十几里处，发现了十几具尸体，全都是在搏斗中被人斩杀的。经过辨认，已经确认就是高成他们那些人。

何进一听，又恼怒了起来，问袁绍："本初，高成本领不济，你派他们去，不是枉送了性命吗？"

袁绍红着脸回答："大将军责备的是，的确是我考虑不周。事起仓促，我一时无人可用，早知道张意这伙人如此嚣张，就应该向我兄弟公路或者孟德借人了。"

曹操知道张意是宫里的黄门，张让跟前的得力人物，此人一定知道很多秘密。没抓到他，难怪何进如此恼怒。曹操就起身说："张意一人是干不了这些事的，一定有人接应他。现在既然有人指认是张意行凶，大将军为什么不用这个作为借口，进宫去搜捕他们的同党？一旦发现了什么证据，就彻底剿了他们！"

袁绍非常赞同，也起身说："大将军，现在已经证实，就是张让他们派了钦犯张意在京城到处散播谣言，污蔑太后与大将军。他们这么做，只怕背后还有更多的阴谋。今天太后没有跟大将军商量，就直接下旨赐死张璋和吴匡，之所以会这样，也一定是那些阉人做了手脚。听说那个李玄就经常在太后跟前搬弄是非。大将军，我们不得不有所行动了。"

何进抚须不语，心里有些犹豫。

曹操又进言道："从前窦武要诛杀阉宦，却准备不足，而且事情泄露，因而事败。而大将军现在，几乎掌控所有京城兵马，部下将士中有很多豪杰之士。只要大将军振臂一呼，诛杀这些阉贼，一定会应者云集，我们完全能够一举定乾坤！"

何进听了，觉得有些道理，却回答说："这件事情事关重大，我一定要征得太后的同意才行。你们刚才也说了，太后已经对我有些猜疑了，担心我是外戚专权。我不想瞒着她干这件事情。"

于是，何进决定进宫去，向何太后禀告此事。

何进他们哪里想到，刚才几个人说的一番话，被张让安在府里的眼线听了去，立即报给了张让。张让听了大惊，马上派人带了重礼给何苗，请他赶快进宫在太后跟前周旋一下。随后他找到赵忠，两人商量了一下，一起去了永安宫，向何太后禀告此事。

何太后惊讶地说："上次我已经告诫过大将军了，对你们不要逼人太甚，怎么，他今天听了什么人的挑唆，又要对你们下手吗？"

赵忠恨恨地说："大将军一直听信袁绍的谗言，总是跟我们过不去。现在一些别的朝臣也受了袁绍的蛊惑挑动，比如曹操这些人，也都被他收买了去。"

张让装作可怜的样子说道："太后啊，除掉了我们，还有什么人能给太后您办差呢？朝政大权就彻底落在了大将军手里。哦不，恐怕最后，一定会被像袁绍那样野心勃勃的人彻底夺走。"

何太后心想，这话虽然听着像是挑唆，但也有些道理，不得不防。她让两人放心，不会任由那些人胡来的。

过了一会儿，宫女来报，国舅何苗来了。

何苗进来后，何太后问："你再次进宫，可有事情吗？"

何苗得了张让的重礼，这次就是来说情的。他回答道："太后，我刚刚听到传言，说兄长就要诛杀张公公与赵公公他们，我觉得非常不妥当，所以进宫来通知一下太后。"

"哦，你是怎么知道这件事情的？"

何苗回答道："兄长准备这件事情，并不是第一天了。而且今天我去传旨赐死张璋、吴匡，听说兄长手下的一些人极其不满，想要发起兵变。臣弟想，这件事情非同小可，必须让太后您知道才行。"

听说会有兵变，何太后震怒，说道："真是要造反了他们。你去，把大将军给我叫进来。"

何苗领命刚走，那边何进刚好也进宫了。何进见到何太后，就被劈头盖脸训斥了一顿："大将军，我看你就是一个糊涂将军。下面的人要兵变，是他们想要夺权，而你竟然也跟着起哄，他们是要夺我的权，还是你大将军自己的权呢？"

何进被训斥得无言以对，只好赔着笑脸说："太后放心，不会兵变的，绝对没有这种事情。"

何太后看到何进一副窝囊模样，又气又恨，说道："大将军，你怎么就不能长进些？你如果听信了袁绍那些人的话，真的要除尽了张让他们这些先帝旧人，下面你就能掌控大权吗？就凭你跟我，能斗得过他们那些世家出身的官员吗？你知道不知道，那些世家大族，天下官吏一半以上都出自他们。他们之间盘根错节，理不清的私底下各种勾当。如果没有张让、赵忠这些人做个屏障，咱们就得直接面对他们，这难道不危险吗？"

这番话内涵很深，何进只听得似懂非懂。

何太后继续解释道："任用张让他们这些人，是朝廷的一直以来的固有安排，目的是让他们跟文官们互相牵制，我们好居中协调，这就是'平衡牵扯'之术。而你一旦除掉了宦官，朝廷就失去了平衡，天下就危险了！这些话本来不该跟你明言，现在哀家都告诉了你，你应该明白里面的利害关系吧？"

其实这些话，是灵帝生前曾经私下里在后宫说过的，何太后就一直记在了心里，从来不忘。

对这样的说法，何进竟是闻所未闻，一时听得愣住了，他觉得太后是有些道理的。可是，袁绍他们言辞凿凿，也是非常有道理。一时间，何进也想不清了，只好答应了何太后："太后，臣对天发誓，绝不允许兵变发生，无论是谁，都不可以兵变。"

何太后听了他这个表态，这才满意，自以为已经平息了事态。

何进回到了府里，众人围了上来，都急迫地想知道太后的态度，何进叹了一口气，说道："太后坚决不准，现在怎么办？"

袁绍立即说："大将军，我们平时联络过的人，现在终于可以派上用处了！咱们把京城附近那些统兵的刺史、将军们全都征召进京，让他们都带兵过来一起勤王，只要有您这杆大旗在，一呼百应，可以一下消灭所有阉贼。到时候太后不会不听从您的劝谏！"

这样乐观激昂的言语，一下子感染了何进，于是他下令主簿陈琳，就按照刚才袁绍的意思书写一篇檄文，然后发到各地刺史那里。

曹操突然站出来说道："大将军不可，万万不可，这么做将会后患无穷！"

何进问："孟德，你想要说什么？"

"大将军，如果真这么做的话，就是自取其乱啊。"

袁绍顿时不悦，沉下脸说："阿瞒不要孟浪，想好了再回话。"

曹操回答道："大将军，袁大人，十常侍这些人表面上看起来非常凶恶，实际上都是色厉内荏。他们只能依仗皇帝或者太后才能成事，而自身并没有太多实力，就凭我们在京城的兵马，足够拿下他们了。何必要征召外地的官员进京？就更加不需要带他们的兵进京了。"

旁边的袁术反问曹操："足够拿下他们？你凭什么这么说话？你是多大的官，口气竟然会如此之狂？实在是无礼！"

"袁大人，我曹操在大将军跟前，知无不言，言无不尽，这难道是什么狂妄吗？"然后曹操拱手向何进说道，"大将军，忠言逆耳，请大将军三思！"

何进见袁绍、袁术兄弟一起攻讦曹操，自己当然站在袁绍他们那边了，于是斥责曹操说："孟德，当年就是你的祖父提拔了张让、赵忠他们，你是不是跟他们还有人情？"

曹操听了这话，叹了一口气，向何进作了一揖，说："大将军，人心难测，让那些外地的将军带兵进京，我真的担心，局面会失去控制。"

袁术反问道："孟德，这是你该说的话吗？你担心失去控制，什么意思？有皇上在，有太后在，有大将军在，怎么会失去控制呢？难道是你想跟什么人一起控制朝局吗？"

这是袁术的诛心之语了，曹操不屑辩解，就退了下去，不再言语。

一时再无人敢说话了。

过了一会儿，有一个人站了出来说道："大将军，我认为曹将军言之有理，不可不听！"

第四十五章　何进之死

众人听到有人附议曹操，都齐刷刷地看了过去，原来是主簿陈琳。"刚才孟德说得很有道理，大将军只需振臂一呼，京城将士一定云集响应。我们顺天应人，除掉那些阉宦易如反掌，何必征召外兵呢？"

何进、袁绍两人看着陈琳，一脸的不以为然。

陈琳接着劝道："那些外郡的军官和士兵，第一次来到京城，会发现他们一直所处的穷困边塞，跟这里相比，反差如此之大！他们一定会被这里的富贵繁华所震动，又正是风云际会的时候，我们怎么能保证他们所有人不生异心呢？届时如果有人真的反叛起来，大将军，您就是倒拿干戈，授柄于人，不但无功，反而自取其祸了。"

何进有些不耐烦地说："我会害怕这些人造反吗？真是书生之见。"

陈琳见他不肯听从，再次劝道："大将军，我们千万不能低估了他们中一些人的野心和能力。"

"你说的究竟是谁？皇甫嵩，朱儁，丁原，还是董卓？"

陈琳默然无语。

何进呵斥道："不要再胡说了。陈琳，你如果不愿意写，我再找一个主簿就是了。"

陈琳没法只得照办。写完之后，何进令人誊写，密封后即刻让人快马送往各地。

众人散去之后，曹操仰天长叹："以后乱天下的人，一定就是何进了。"

这时，身后传来一人笑道："听人说曹操奸猾，今日看来不全是这样，阿瞒也是有忠义的！"

曹操转身一看，原来是韩馥。曹操拱手，叹气说："韩大人，但愿是曹操说错了。"

韩馥点头说："你没有错，我认为你的见解非常对。"

曹操诧异地看着韩馥："韩大人，你这话是当真吗？"

韩馥见他这副表情，笑道："孟德，你是不是在责怪我，刚才没有站出来支持你一下？"

曹操无语。

韩馥继续说："能窥破天机的，都是上上之人！我等，都是愚昧迟钝之人，只能听听你们的见解，不敢发声啊。"说完，拱手冲曹操作揖，自行离去。

曹操看着远去的韩馥的背影，若有所思。

此刻卢奕到了王允府邸，来见陈芯与王融他们。王融正吩咐庄客们检查所有车辆，准备择日离开京城。卢奕把今天跟贾诩的谈话告诉了王融与陈芯，王融就问卢奕："这位贾先生说的话很有道理，既然他建议尽早离开，那我们现在就决定一下，究竟是什么时候走呢？"

卢奕看着陈芯。陈芯就对卢奕说："不管怎样，我跟你一起走。"

卢奕问王融："我们府上的大部分物事已经装好了马车，可以随时动身。如果先生这边也可以了，不如今天就上路一批，我担心迟了会有变故，难保明天就会关闭所有城门，到时候就走不脱了。"

王融点头："可以。我们两府的人和辎重今天就出城一批，让他们到了安平岭客栈那里歇上一夜，明天再走第二批到那里聚齐，你们看如何？"

卢奕、陈芯点头称是。陈芯问王融道："王司徒能不能跟我们一起离开？"

王融摇头说："司徒大人断然不会离开的。"

卢奕就说："那先生那里的庄客，能不能留下几个？跟其他家丁一起保护王司徒，这样我们走后也安心一些。"

王融点头赞成。

随后，卢奕回去跟父亲卢植商量一致，与陈芯二人在两府之间来回忙碌，终于将载有母亲和其他家眷的第一批车队送出了城。

在回府的路上，卢奕、陈芯跟王融三人并驾齐驱。卢奕忽然说道："芯儿，从此以往，我们必须对袁绍兄弟多加防范。"

陈芯看着他，疑惑地问："是不是出了什么事情，怎么突然提到了他们？"

王融听了也在想，难道袁绍又给卢奕什么麻烦了吗？

卢奕摇头说："倒也没有什么特别的事情。只是我在想，目前的种种证据显示，袁氏兄弟很可能是很多事件的背后主谋。我甚至怀疑，大将军正在被他们利用达到某种目的。总之，他们的野心很大。"

陈芯若有所思，回答说："他们二人都曾经要我去盗取那个所谓的汉宫至宝'高祖剑'。难道这柄剑有什么特殊用处吗？"

王融捻须说道："此剑又叫'赤霄'，名号'帝道之剑'，剑身镌刻大篆赤霄二字。传言高祖刘邦在始皇三十四年时得于南山，以后高祖斩白蛇，提三尺剑立不世之功，所说的就是这把宝剑。高祖去世之时遗言，今后刘氏子孙见此剑，如见高祖。这就是汉家正统，无上至尊的象征。后代皇帝只有在继位大典之时，才能佩戴此剑。"

卢奕问："这样有特殊意义的宝剑，他们二人要去干什么用呢？"

王融笑着说："当然就是为了那四个字。"

陈芯问道："'帝道之剑'？"

王融点头，叹了一口气："正是。现在朝廷如此衰败，有跟他们二人一样想法的，大有人在。这大汉天下就要彻底乱了！"

卢奕想起贾诩跟自己的对话，天下英雄即将登场，你争我夺，不管最后鹿死谁手，都是百姓遭殃了，于是说道："将欲取天下而为之，吾见其不得已。"

王融笑着接道："'天下神器，不可为也，不可执也。为者败之，执者失之。'袁氏兄弟二人，特别是袁术，气量狭窄，就算侥幸得了这'帝道之剑'，最后也不可能是他夺了天下，就让我们拭目以待吧。"

一行人说着话，来到了开阳门。河南尹司马防正带着人在洛阳城里四处巡查，看见王融、卢奕一行人骑马走过，就下了车来，与几人亲热地寒暄几句。

司马防得知王融与卢奕他们明天就将离开京城后，就问他们："王先生，卢将军，如果方便的话，能否帮忙将我的家眷一起带走，送到老家河内温县呢？"

王融与卢奕都是热心肠，当即应允。司马防向二人施礼，感激地说："那我就将夫人，连同我儿司马朗和司马懿拜托给二位了，司马防感激不尽。"

王融回礼说道："司马大人不必客气，明天一早，我们就到府上去接上他们。大家一起上路都有个照应，这是我们该做的。"

这天夜里，董卓收到了何进发来的檄文。董卓看后大喜，立即让人叫来了李儒和牛辅，将檄文交给二人，说道："二位贤婿，你们看看这个。"

两人看完后，李儒冲董卓拱手说："恭喜大帅，现在他们两边都给咱们送来了出兵邀请。"

董卓哈哈大笑说："什么叫作天命？这就是了！"

李儒说道："我们先给何进回信吧。"

说完提起笔，一挥而就，董卓拿起来看上面写着："窃闻天下所以乱逆不止者，皆由黄门常侍张让等侮慢天常之故。臣闻扬汤止沸，不如去薪；溃痈虽痛，胜于养毒。臣敢鸣钟鼓入洛阳，请除让等。社稷幸甚！天下幸甚！"

董卓点头说："好，很好，现在就让人送去。对了，那个传旨的小黄门张意该怎么处理呢？杀了他？"

"大帅，不能杀他，留着他进京还有用呢。只是，必须要派人看住了他。"李儒赶紧回道。

董卓同意了，随后问李儒："我们都带哪些人去京城呢？再有，你们二人当中，必须留下一人，守住关中和陕西，毕竟是我们的大本营，不容有失啊。"

牛辅起身说："岳父大人，我愿意留守。再说进京后的各种事情，也离不开文优在您跟前出谋划策。"

董卓点头，连声说好。

李儒接着说："大帅，咱们这次出兵京城，可以带上徐荣、李傕、郭汜、段煨、樊稠等人。现在陇关已经交给了马腾、韩遂他们，就让张济和贾诩两人镇守散关，防止他们在我们背后突然袭击。"

董卓问："张济还有些本事，贾诩只是一个书生，如何堪用呢？"

李儒笑着回答，"贾诩足智多谋，足以对付马腾那些人。就是因为留下他，我们才能放心啊。"

董卓点头："好吧，那就这样。我们现在就升帐点兵，马上就出发，开往京城。"

第二天清晨，各种消息纷纷从各地发来，传到了宫里。令张让、赵忠心惊的是几路外军都在同时向京城开来，其中最令他们害怕的是，有传言说皇甫嵩、朱儁与丁原他们一齐带兵进京，他们声称要清除君侧，斩尽阉党。张让急切地命人赶紧打探董卓到了哪里。

过了一个时辰，探马来报说，董卓大军到了黾池，不知道为什么就停滞不前了。

赵忠问张让："会不会是董卓变心了，他要坐山观虎斗，观望一阵？"

张让也是犹疑不定："有这个可能。要想不让他变心，我们只有先除掉何进。再说了，不先下手除掉他，我们难道还等着被灭族吗？"

赵忠点头："好，那就按照计划行事！"

张让叫来了沈放，令他即刻带人去斩了潘隐等何进安插在宫里的眼线，然后带领宫城卫士营的士兵封闭宫城，没有他的命令，任何人都不得进宫。沈放领命而去。

随后，张让、赵忠二人到了永安宫觐见何太后，向何太后跪倒哭诉道："太后，救救我们啊！"

何太后很是诧异："你们为什么这样？又发生了什么事情？"

赵忠哭道："刚刚传来了确凿军报，大将军昨天假传圣旨，调动了几路外军到京城来，他们要逼宫，逼太后您杀了我们。"

何太后非常生气："大将军越来越放肆了，都怪我一直惯着他们。张让，你去传旨，叫他马上进宫，我有话说。"

张让磕头说道："太后啊，我如果去了大将军府，您就再也见不到老奴了！"

何太后只好改命李玄前去传旨。虽然李玄心里也是忐忑不安，可是何太后命令已下，他只好硬着头皮去传旨了。路上他琢磨，料想何进他们，还不至于对他这个太后的心腹太监下手吧？

李玄去后，张让命令沈放带着一百个全副甲胄的刀斧手，埋伏在长乐宫嘉德门内，就等着何进一到，立即下手斩杀。

那边何进府里，已经聚集了很多文武官员。今天清早传来了消息，董卓的几路大军正向京城开来，已经快到黾池了。

何进觉得很是诧异，为什么董卓的行军会如此之快？

此时袁绍也看出了董卓的势头不对，就跟曹操、陈琳等人一起劝何进，必须阻止董卓进京。

于是，何进派出了谏议大夫种劭，带着他的令牌，前去命令董卓大军停下。种劭在黾池见到董卓时，他的前锋几乎已经开到了洛阳城外。种劭紧急命令董卓立即返回河东，然后带着大军去讨伐羌人。

董卓接了令牌，不置可否，假装退军，向西退至洛阳城外二十多里处的夕阳亭，然后安营扎寨。李儒随后不停地派出侦骑到京城打探最新消息。

此刻，李玄到达了大将军府邸。张璋与吴匡的同僚看到李玄，分外眼红，不由分说地围了上去，就要痛殴李玄。

李玄大声喊道："我是钦差，太后差我前来传旨，你们竟敢打我，是要造反吗？"

何进见秩序大乱，心里很不高兴，就喝令众人散开。

李玄宣读了何太后旨意后，不敢片刻逗留，赶紧回宫去了。

随后何进换了官服，就要进宫去见何太后。陈琳上前阻拦："大将军此时不能进宫。这一定是张让的阴谋，这时进宫必有危险。"

何进回答："胡说，我去见太后，有什么危险？"

曹操进言："那就这样，让十常侍他们先出宫，然后大将军才可进宫。"

何进听了这话，反而笑了："孟德，你这是小孩子的气话。我握有天下兵权，区区十常侍，敢拿我怎样？"

袁绍也劝道："大将军，不可不防啊！那我们就带着武器跟您一起进宫，这样也有个保护。"

何进点头同意了。

袁绍和曹操就在各自军营里，挑选了五百名精壮士兵，都交给了袁术统领。众人来到了宫外，袁术全身盔甲，带领士兵守在青琐门外。袁术与曹操也身穿衣甲，各带刀剑，一路护送何进到了长乐宫前。

这时里面传出何太后旨意，只允许何进一人进去，其他人等全都在宫外等候。

袁绍觉得不对，刚刚要劝阻何进，袁术使了个眼色给他。袁绍看到他的眼神，立即明白了他的意思，一时间犹豫了起来。

等后面的曹操赶上来时，何进已然进了宫门。随后宫门关闭。

到了嘉德殿外，张让他们突然迎了上来，沈放带着重甲士兵团团包围了何进。

张让厉声喝道："何进，太皇太后有什么罪过，你竟然丧心病狂，用毒酒鸩杀了她？"

何进惊慌失措，张口结舌，一时竟说不出话来。

张让继续责骂道："国母丧葬时候，你还不停手，唆使手下干尽了坏事！你本来就是个屠户出身，如果不是我们把你兄妹推荐给先帝，你们怎么能够有今天的荣华富贵？"

这时何进回过神来了，手指着张让骂道："阉贼，你敢怎样？"

"你上不思报效先帝，下昧着良心辜负恩人。来人啊，杀了这个不忠、不孝的忘恩负义之徒。"

何进面临如此险境，挣扎着喊叫："你们敢！我是大将军，你们谁敢杀我？"

话音未落，传来沈放的声音："我敢杀你！"然后带着数名士兵冲到跟前，不由分说，乱刀砍死了何进。

袁绍、袁术跟曹操等人在宫外等了很长时间，不见里面动静，就叫人在墙外高声喊叫："请大将军上车回府。"

过了一会儿，从墙内扔出了何进的人头，一个小黄门站在墙上大声地喊："有旨意：何进谋反，已经被诛伏法。你们都是被胁从的，并不加罪。现在都散了吧。"

袁绍见何进被杀，顿时眼红，厉声喝道："阉贼，你们竟敢残害大臣！各位将士，我们都是大将军的属下，要为他报仇雪恨啊！跟我杀过去！"然后一声令下，手下都跟着他冲了上去。

　　随后一大群全副武装的士兵在袁术的带领下，在宫里四处放火烧门。袁术下令，只要见到黄门太监，不管是谁，举刀杀了便是。

　　那边曹操把吴匡也带了过来，两人都红着眼，带领士兵冲进了宫门，跟里面宫城卫士营的士兵厮杀在一起。大乱之中，吴匡看见何苗也提着剑来了。吴匡不由得大怒，带着人包围了何苗，怒喝道："何苗勾结阉贼，害死了他的兄长。我们杀了他，为大将军报仇！"一群人一拥而上，霎时间将何苗砍死。

　　沈放在士兵群里往来厮杀，遇到了曹洪，正是分外眼红，曹洪立即死死缠住了沈放，发誓一定要结果了他。如果沈放没有受伤，曹洪必定不是他的对手。可现在失去一臂，曹洪又是死缠烂打，沈放渐渐不敌。于是沈放边打边退，叫来大队卫士营的士兵包围了曹洪，然后转身找着了张让，护着他前去寻找何太后跟皇帝。

　　片刻之后，他们遇到了赵忠、段珪带着人劫持了何太后，皇帝和陈留王刘协。于是，两拨人合在一处，要从南宫密道转去北宫。

　　宫外的卢植、卢奕父子早在府里看见宫里烧起了冲天大火，知道有大事发生。

　　卢植吩咐卢奕立即将府里余下人等护送出城，自己却拿了清风宝枪，奔往宫城而去。卢植赶到时，恰好遇到了段珪，就大喊了一声："段珪狗贼，竟敢劫持太后！"

第四十六章　北宫密室

卢植持枪拦下了段珪一行人，一场混战下来，段珪的手下被卢植他们全部杀净，侯览、程旷等人被乱刃砍死。段珪眼见不妙，就弃了何太后，往北宫逃了过去。卢植并未追赶，只将何太后保护了起来，问道："太后，皇上跟陈留王在哪里？"

何太后泣不成声地说："被张让那厮挟持到北宫去了。"

正好曹操带人杀到，卢植就将何太后交给了曹操，自己带人向北宫追了过去。

那边卢奕带着余下的家人，赶到了王允府邸与王融、陈芯会合。这时王允已经带着家丁赶往宫里去了。王融与卢奕、陈芯三人按计划前往司马防那里。司马防正焦急难耐地等待他们，见到他们赶来，喜出望外，连忙将夫人与司马朗、司马懿兄弟托付给三人，带回家乡河内温县，随后司马防自己也要赶往宫里。

众人正要出发之时，司马朗向王融与卢奕作揖说道："拜托二位照顾好我的母亲和兄弟司马懿，我就不走了，必须留下来跟父亲一起。"

一旁的司马防焦急地说："不行，你留下来帮不了什么，快走，再不走来不及了。"

司马朗沉静地回答："国家有难，父亲又担着重任。我是家中长子，就算帮不了国事，也要帮父亲管好这里的家事。"说完，站到了父亲司马防身边，坚决不肯离去。

年仅十岁的司马懿站出来说："请父亲和兄长放心，我一定会照顾好母亲的。"说完，进了马车陪伴焦虑伤心的母亲。司马防和夫人见大儿子司马朗主意坚决，两人不约而同地叹了一口气。

司马防对身旁的司马朗说："好吧，那你就留在府里，但是你哪里都不许去。"

司马朗连声答应。

王融、卢奕他们见司马家父子行事如此，都非常感动。两人就向司马防拱手告别，带领车队向城外开去。

快出城的时候，前面的街巷被人群堵得水泄不通，有人大喊："杀人啦！"

王融吩咐庄丁在前开道，将人群驱开后，看到前面果然有人行凶，一些人拿着武器冲向一户人家，正在大开杀戒。卢奕询问了路人，得知这原来是吴匡的府邸。围攻他们的正是董重府里的家丁，是他们乘着宫乱，为董太后和董重报仇来了。

卢奕立即冲了进去，将董府家丁全部赶走。此时吴匡的夫人已经遇害，只有幼子吴班和堂兄吴懿被家人拼死保护了下来。卢奕看两个幼童受了惊吓，嚎哭不已，心里不由得生出同情之意。

卢奕告诉吴匡的家眷，自己是吴匡好友，让他们赶紧收拾一下，随后也带上他们一起出城了。

到了开阳门那里，人群蜂拥而至，争先出城逃难。出了城后，众人回望城里，皇宫方向的大火烧得更加猛烈。

司马懿见众人都面带忧色，却笑着对众人说："大家不要担心，这场宫乱很快就会平息。"

王融见这个孩子说话非常老道乐观，就问道："司马公子，你如何知道呢？"

司马懿用手指着城门说："大家看，现在人们都是向城外跑，并没有人往城里去，这说明没有人增援那些宦官。我父亲说过，大将军那边的兵力远远多于宦官的，既然宦官没有援军，那么应该很快就能消灭他们了。"

这时司马懿的母亲斥责他了几句，不准他胡言乱语。

可众人听了他的话，都觉得有理，王融与卢奕都对司马懿刮目相看。王融很喜欢这个孩子，就拉着司马懿的手，让他坐到自己的马车上来。

卢奕放心不下父亲卢植，对陈芯与王融说："我要去宫里接应父亲，你们先到安平岭那里跟我母亲他们会合，我随后就到，如何？"

王融点头同意。陈芯说道："我跟你一起去，那里我熟悉。"

卢奕想了一下说，"这边几个府的家眷很多，需要你留下来保护他们。芯儿放心，我会尽早赶过来跟你们汇齐的。"

陈芯犹豫了一阵，看卢奕一再坚持，她只好答应了，然后将那本金匮图册交给了卢奕："带着这些图，说不定能用上。"

卢奕接过收好，然后跟王融拱手示意。

王融知道他胆大心细，又武艺超群，料想那些阉宦不能伤害到他，还是嘱咐了他千万小心。卢奕跟众人作别，又骑马回到了城里。

此时，南宫那里杀声震天，沈放率领一千宫城卫士营的重甲卫兵，正在跟袁绍、袁术和曹操的士兵厮杀，双方都在殊死拼斗，袁术这边虽然人数占优，可沈放率领的都是精锐之兵，一时杀得难解难分。张让、赵忠就裹挟着皇帝和刘协，要从密道向北宫逃去。

卢奕见南宫那里，厮杀的双方乱糟糟地搅作一团，怎么才能在人群里面找到父亲呢？他发觉北宫那里暂时没有杀声，心想，张让他们如果要逃，南宫那里已无可能，必定要从北宫逃走，那么谷门或者夏门就是必经之地了，不管怎样，父亲他们都一定会追击到那里去。

于是他策马直接奔向了北宫谷门。到了那里，发现只有少数军士把守，大部士兵应该被抽调去南宫了。卢奕跃马猛冲了过去，杀散了守门士兵。进去后只见很多宫女和太监们，都在慌慌张张地四处奔逃。搜寻了一阵，不见十常侍等人的踪迹。难道他们还没有逃到到这里，还是都下了密道隐藏了起来？

卢奕查找秘图，顺利地在一个殿内找到了密道入口，从墙上摘了一个火把就走下了密道。

静谧而狭长的走道上，时不时地出现岔道，每一个岔道口上都镶嵌了油灯，灯光昏暗摇曳。卢奕每经过一个岔道时，就选择宽阔一些的走道继续往前。走了一会儿，再也听不到任何动静，卢奕不由得开始怀疑，自己是不是走错了方向？

就在卢奕想退回去换一条通道时，却听到前面传来了声音，有人大喊一声："站住！"

接着传来一阵厮杀的声音。卢奕辨清了方位，快速地走了过去。到了近前时，搏斗的声音已经停止，然后传来一阵公鸭般的笑声。这声音很耳熟，卢奕曾经带兵守卫过北宫，因而认得一些宦官。他仔细分辨，听出了这是中常侍郭胜。

郭胜停了笑声后，说道："原来是韩大人，想不到是你，刚才大家误会啦。"

卢奕顺着光亮摸了过去，隐约地看见了前面有几个人正在互相对峙，而说话的那人正是郭胜。

这时，郭胜对面的那人开口说话："郭公公，我受人之命，来找你拿东西。"

这声音也是耳熟。这个人姓韩，卢奕猛然想起来了，他就是韩馥。

郭胜递给了韩馥一个包袱："东西在里面呢。"

韩馥接过包袱打开，用手里的灯笼照亮细看，是一个彩绘虎纹墨底漆盒，他略微掀开了一角看了一眼，就迅速地关上了盒盖，然后问道："我怎么知道真假？"

郭胜阴笑了一下："韩大人资历尚浅，还没有见过它。你把东西交上去，人家当然是知道真假的。"

韩馥点头，将漆盒关上包好，又问："行。那把剑在哪里呢？"

"你是问赤霄剑吗？"

"正是。"

郭胜摇头说："我也一直在找，到现在仍然没有头绪。只听说先帝辞世之前，将这剑交给了董太后保管。董太后贬往河间之后，就再没有人见过它了。"

"这么说来，诏书在哪里，你也是不知道了？"韩馥不高兴地问。

"诏书一定在张让那里。你们抓到了张让，就什么都清楚了。"

韩馥点头："好的，郭公公，这些都是别人叫我办的差事。我还有一些自己的问题，想要跟郭公公讨教一下，可以吗？"

"韩大人请说，过会儿咱家也有事情要问韩大人呢。"

这时韩馥跟旁边的黑衣人耳语了几句。黑衣人点头，然后身形暴起，突然冲向郭胜那里，手起刀落。片刻工夫，将郭胜身边的几个人尽数杀光。郭胜大怒，说道："韩大人，你这是干什么？"

韩馥并不回答，黑衣人走了回来。回来后，突然又向己方几人发动了袭击，连杀数人后，只剩下他们三人在场了。郭胜这才明白了，韩馥是要杀人灭口。

韩馥说道："好了，现在我们可以说话了。郭公公，我有一个部下，几个月前有人冤枉他，结果他被人追杀，被迫逃离了京城。"

"不要绕弯子了，韩大人，你讲的是张郃吧？"

"正是。前些日子，宫里有人诬陷说是他跟小黄门杜若一起害死了先帝。不知道郭公公怎么看呢？"

郭胜立即回答："此事跟我无关，我也不知内情。"

韩馥冷笑了一声："郭公公，您别急着撇清啊。据我所知，这事的确跟张郃无关，可跟公公您大有干系吧？"

"韩大人，你这是什么意思？"

"皇上，其实就是你杀的！"

郭胜冷笑不已："你血口喷人！"

"张郃逃出京城之前对我说过，皇上去世那日，他见到你也悄悄去了西园。只是你进去之后，他再没见过你出来。然后皇上那日就出事了！"

"韩大人，"郭胜有些发怒了，"你这是要栽赃陷害啊。皇上是你们派来的那个小黄门杜若杀的。"郭胜见他攀咬自己，就开始反击韩馥，将他拉扯进来。

"郭公公，这里没有其他人，咱们就明人不说暗话了。那日杜若为了自保，打伤了皇上，可那时他并没有性命危险。怎么后来皇上就离奇地殡天了呢？我们在宫里的内线反复查证，那日公公你，的确进了那个荷馆。"这话意味着，韩馥已经掌握了一些关键证人的证词。

郭胜沉默不语。过了一会儿，突然笑道："好，好手段。韩大人，真的只是你自己要查这件事情，还是别人逼着你来查呢？"

韩馥知道，这是质问自己多管闲事。

郭胜见韩馥不回答，就问道："知道了真相，对你有好处吗？"

韩馥还是不语。

郭胜冷笑道："既然这样，我也无可奉告。"

韩馥终于开口了："郭胜，你听到外面的杀声没有？今天，所有的中常侍、总管、黄门、太监们，全都会被悉数斩尽杀绝。人们被压抑得太久，他们等待这一天，实在太久了！"然后厉声喝道，"明年的今天，很可能就是你的祭日。"

过了片刻，韩馥降下声调："你以为别人会救你？你以为你很重要吗？别人只是把你当作一个夜壶，用完就扔！现在只有我才能救你！"

郭胜听了并不生气，反而诡异地笑了笑："韩大人，身在这洛宫里，你我都是一样，哪个不是被别人利用的夜壶？"

韩馥哼了一声。

郭胜继续说道："可是你知道，我跟张让他们很不一样。你应该知道，袁大人他们都知道的。其实我一直跟你们都是一个阵营的。"

韩馥看着郭胜摇摇头，说道："人人都怕张让，可我看，要论起两面三刀，阴毒狠辣，你如果是第二，张让、赵忠他们就没有人敢称第一了！"

郭胜突然哈哈大笑："不错，皇帝的确是我淹死的。"

"为了什么？究竟是什么人指使你干的？"韩馥终于等来了答案。

而一旁暗处的卢奕也终于证实了自己长久以来的猜测。

"韩大人，你就不要再装不知情了！一直以来，想要皇帝死的，不止两三个人吧？"

韩馥问："给你下最后命令的，究竟是谁？"

"你们的袁绍，袁大人，几次催促过我寻机下手。当然，他说了，这是何大将军的授意。"

韩馥又问："真的只是袁绍让你干的？"

"我刚才说了，好多人都想要皇帝死，比如何太后。"

"这个我知道，还有呢？"

"还有，嘿嘿，你们谁都想不到……"

说到这里，郭胜停住不说了，反问韩馥道："韩大人，你也得回答我一个问题。”

“你想问什么？”

“当初那张郃杀了我的义子郭朗，只是为了灭口吗？”

韩馥点头：“那是个意外，郭公公。不是冲你来的。”

“可这厮为什么要割下郭朗的头，还故意扔到了朱雀门的下面？是你让他这么干的吗？”

韩馥沉默片刻，说道：“郭公公，这件事情，是我对不住了。”

郭胜点了点头，叹了一口气说道：“你们这么做，是为了什么？”

“当时袁绍跟我说，大将军下令这么干，要给张让他们一个严重的警告，逼他们让步。可是后来……”说到这里，韩馥犹豫了。

郭胜追问道：“后来怎么样？”

“后来我才知道，其实大将军真的不知情。”

“那就是袁绍这厮自己的主意了。嘿嘿，高明啊，用一个郭朗的人头，就将张让、蹇硕他们逼得跳起来跟何进干，结果两边斗得死去活来。今天，何进终于也死了，恐怕他到死也没有闹个明白。嘿嘿，袁绍你太阴了。”说到这里，郭胜用手指着韩馥说，“你刚才骂我阴险，可这个年轻后辈，他比你、我都要毒辣数倍啊！”

韩馥听了这话，无言以对，只有沉默。

郭胜哈哈大笑起来：“皇帝死了，董太后死了，何进死了，下面就是何太后，张让，赵忠，大家都得死。天下终于大乱了，只是笑到最后的人，未必是你们！”

笑声停了以后，又传来了郭胜哭泣的声音，他为义子郭朗遭到的无妄之灾感到悲哀；自己号称威权赫赫的十常侍之一，平日里争强斗狠，到头来却是这样的孤身寡人；原以为自己富可敌国，显贵尊荣，在别人的心里，却只是一个拿来用的夜壶而已。

韩馥没有阻止郭胜的哭泣，只是默默地听着。

这时，突然墙上的油灯灭了，四周一片漆暗。

卢奕心知不好，随后听到一阵乱糟糟的脚步声音，有人从外面的通道冲了进来，跟韩馥他们混斗在了一起。接着传来郭胜一声惨叫，然后一些人向外跑开，另几个人紧跟着追了上去。

卢奕也冲了过去，点燃了火把，看见郭胜躺在地上。卢奕扶起了他，察看是否还能救治，郭胜已经是奄奄一息。卢奕见他已经很难救治了，赶紧问道："指使你杀皇帝的那人是谁？"

郭胜已然说不出话来了，抬了抬手，用力张大了嘴唇，突然手垂了下去，气绝而亡。

此时通道远处传来了厮斗的声音，卢奕站起身，辨清了方向，迅速地追了过去。

追到了一个通道的拐弯处，前面突然没有了声音，这是一种异常的寂静。

卢奕忽然感到前面黑暗的角落那里，传来了一阵杀气，那是一种充满了敌意的腾腾杀气。卢奕将火把扔掉，拔出了工布宝剑，左臂架上了盾牌护住要害，右手执剑架在盾上，悄悄地走了过去。

还没有走到近前，一阵刀风劈面而来，只见一个黑影随着刀风飞起，向卢奕袭来。卢奕侧身闪过，顺手一剑快速刺过，那黑影急忙躲开，随即再次攻了上来。两人在这个狭小的密道里刀剑相搏，更是异常凶险。

那黑影突然发出"咦"的一声，对卢奕这个对手实力之强劲，十分惊讶。

卢奕立即从声音辨出了，这就是颜良。

又斗了十几个回合，两人刀剑相撞，颜良的刀应声而断，他急得大声喊叫："你们都过来！"

霎时间从黑暗中又窜出了几个人影，全都手拿刀斧向卢奕凶狠地扑了过来。卢奕见对方人多，甩手射出几支袖箭。那些杀手纷纷中箭倒地，颜良见势不妙，立即向外撤退，其他的人也纷纷跟着逃了出去。卢奕紧追不舍，跑了一阵，前面出现了亮光。

追到了通道尽头，外面正是白昼，明晃晃的日光亮得刺眼。卢奕只得暂时待在密道里，等待眼睛适应强光。然后由远到近，逐渐清晰，卢奕听到了大队人马厮杀搏斗的声音，还有火焰燃烧，夹杂着房屋倒塌的巨大声响。

等待的时候卢奕心想，刚才的对话听起来，郭胜本来跟袁绍、韩馥就是一伙的，可为什么他们要杀了郭胜呢，难道是为了杀人灭口吗?

　　不一会儿，卢奕的眼睛适应了白昼日光后，心里带着一个个的疑团追了出去。

第四十七章　帝道之剑

宫里燃烧的冲天火光和烟柱，传到了几十里外。驻扎在黾池的董卓很快得到探子传来的最新消息：大将军何进已经被杀，现在宫里正乱成了一团。

董卓闻讯，大喜过望，立即叫来了李儒商议。

李儒笑着说："大帅，您等待的机会终于到了。"

董卓哈哈大笑道："贤婿你说，下面我们该怎么做呢？"

李儒就跟董卓讲了一下大致安排。随后董卓立即升帐，开始点将：令徐荣、华雄带着五千先锋军迅速向洛阳以北进发，要他们尽快穿过北邙山到达洛阳城下；段煨、胡轸率五千士兵赶往洛阳城西；又令李蒙、王方带着一千人马开往洛阳城东；自己带着李傕、郭汜等将，共两万大军随后出发。李儒下令各将要不间断地向前打探消息，如果遇到太后、皇帝或公卿大臣逃难过来，一定要立即接驾保护起来，不准外军接手，并火速报回中军。

各将领命而去。董卓问李儒："为什么城东方向只派去少许人马？"

李儒答道："我料太后与天子如果逃亡，必定逃往京城以北的北邙山里。其他的可能性都很小。大帅，我们必须赶快行军，防止天子落到其他人手里，这将是大帅的天赐之功，绝对不能让别人抢去。"

董卓听罢大喜，派人催促各军立即出发。

卢奕走出密道后，正遇到袁术与吴匡带着人在北宫到处乱杀太监。袁术手下四将纪灵、张勋、桥蕤、杨弘带领士兵与宫城卫士营的甲士反复厮斗。纪灵杀得兴起，挥舞着大斧接连砍翻数人。正在得意的时候，纪灵看到有人向袁术、吴匡那边走去，就大吼了一声追了上去，抢起大斧朝那人猛剁过去。

不料那人动作奇快，轻轻闪过，纪灵一斧砍空，正要收回大斧，那人已经一脚踹到了纪灵的腰间，纪灵登时滚倒在地上。这人正是卢奕，踢倒纪灵之后，快步走向吴匡。张勋、桥蕤、杨弘几人看到，就包围了上去。卢奕不慌不忙，拼起了折叠长枪，接着一阵冲杀，三人招架不住，纷纷败退了下去。

那边吴匡早就看到，急地大喊："别打了，是自己人！"

袁术认出了卢奕，见他原来如此了得，不禁暗暗心惊。但他知道卢奕不是敌人，赶紧下令手下不要纠缠他了。卢奕到了两人跟前，几人互相致意。卢奕告诉吴匡，他的家眷被他救了，现在他们都在城外，暂时安全。吴匡大为感激，立即拜倒致谢。卢奕扶起了他，问他是否看见了父亲卢植。

袁术说："卢将军不要担心。令尊这时应该也在北宫，他可能跟曹操他们在一起。"

正说话间，卢植与曹操带着一大群士兵杀了过来。卢植看到儿子，很是高兴。

曹操又一次见到卢奕，立即上前紧握卢奕的手，高兴地说道："卢将军，今天咱们可以并肩杀敌了。"

于是众人一起，将卫士营的士兵杀散，北宫基本平定。

袁绍此时也赶过来了，问众人道："皇帝和陈留王在哪里？"

却是没有人看见，卢奕上前说："北宫这里有地下密道，应该被张让他们挟持进去了。"

于是卢奕领着众人封锁了所有密道入口，然后袁绍、曹操领头，带了人下去搜寻。过了一会儿，军校跑来报说，有人看见张让、赵忠和段珪等人挟持皇帝出了密道，已经穿过夏门，正向北邙山里逃了进去。袁术立即带着手下追了过去。

卢植转身对卢奕说："这里基本大局已定，余下的事情由他们去做吧。你赶快到你母亲她们那里，防止出现意外。"

卢奕答应了就要走，一旁的吴匡赶紧走上来："卢将军，我同你一起去。"

于是两人带了一些士兵出宫，骑上马向安平岭疾速奔去。

袁术带人上了山后，很快遇到了岔道，该从哪条道追下去呢？袁术不禁犯了难。这时，前面的军校抓到了一个小太监，押到了袁术跟前。袁术正眼也不看一下，喝道："斩了！"

那太监吓得直哆嗦，只是拼命磕头。小校将太监拖了下去，举刀就要砍下去，小太监大喊一声："我知道皇上在哪里，你们别杀我。"

袁术一直阴沉的眼睛现在眯成了一条缝，说道："拖回来。"然后对小太监说，"要说实话，胆敢骗我的话，活剐了你！"

那太监指了指前面西北方向的小道，磕磕巴巴地说："张公公和赵公公带着皇上和陈留王，往那里去了。"这是一条往上盘旋的山路，想来张让他们的速度一定不会太快。

张勋说道："袁大人，我带人先追上去吧。"

袁术还阴着脸，指着小太监说："把他砍了再去。"

小太监急得哭了："大人饶命，我说的都是真话。"

袁术不说话。张勋和纪灵几个人面面相觑，不知道袁术要干什么。几个士兵走过去，就要将小太监拖到一旁。小太监急了，突然挣脱了士兵的拖拽，冲到袁术马前跪倒，说道："大人，你究竟想知道什么？我都知道的。那个遗诏在张让手里，你们快去追啊。"

袁术在马上低下头，问道："玉玺在谁手里？"

"在何太后手里。"

袁术又问："那赤霄剑呢？"

"李玄背着那剑，往这边逃去了。"说完，小太监手指着向西方向的一条山路。

赤霄剑是什么东西，袁术的手下们全都听得云里雾里。不过众人看出来了，袁术极其渴望得到它，这一定是一把非常特别的宝剑。

袁术知道何太后已经得救，何况袁绍一定正在那里，就没有打玉玺的主意。现在赤霄剑不在宫里，他想，这是得到赤霄剑的绝好机会。于是他贪念大起，命令张勋、桥蕤、杨弘三人赶紧去追李玄，务必将剑带回来。然后自己带着纪灵等人，亲自上山去搜索张让他们。

李玄逃亡的这条路线虽然平坦，却是一条官道。各路人马从西面往京城方向过来，必定要走这条道的。李玄这么走，当然是故意的，他要引开大部分的追兵，这样张让、赵忠他们会多些机会逃走。

张勋、桥蕤、杨弘三人跑了不到半个时辰，终于追到了包括李玄在内的一大群黄门太监。一阵杀戮之后，士兵将李玄带到三人跟前，张勋用手指着李玄，喝道："那把赤霄剑呢？"

就在刚才的混乱当中，李玄将剑藏在了一棵大树上面，所以现在他的身上，并无那把剑的半点踪影。李玄知道有人盯上了这个宝物，要想保命，那就得保住这把剑才行。

于是他说："剑在赵公公那里。"

张勋是个暴脾气，走上前去扇了李玄一掌，喝道："不要胡说八道，我知道那剑就在你的手里。"

杨弘冷笑着，拔刀架在李玄肩上："交出剑来，饶你不死。"

李玄打定了主意，任凭两人如何威逼，他就是缄默不语。

二人正拷问李玄的时候，忽然西边烟尘大起，有一支骑兵正疾速地向这边驰来。杨弘定睛观察，他们打的旗号是"吕"字，难道是并州军吕布？

果然，正是吕布带着人风急火燎般地向京城赶过去。今早，丁原在弘农得到急报，知道京城出事了，立即下令吕布带了一千骑兵，不惜一切代价地赶到京城去，如果太后跟皇帝他们有难，就把他们救下来，一定要由并州军把他们保护起来。

经过这里时，吕布看到了杨弘他们正在行凶，而且地上躺着很多宫人的尸体，他以为杨弘这些人就是造反的叛军。于是喝令手下将张勋、杨弘等人团团围住。

张勋、桥蕤、杨弘三人怎么会是吕布的对手，不一会儿就全部被缴了械，几个人被喝令跪成一排，吕布盯着他们看了一会儿，终于认出了他们，问道："你们是袁绍、袁术的手下？"

桥蕤、杨弘不肯说话，张勋点了点头，不过又觉得很是丢脸，又摇了摇头，吕布看得心头火起，一鞭抽在张勋身上，骂道："看你们这副窝囊模样，还有一点带兵的样子吗？"

张勋被骂得无地自容："吕将军，我们斗不过你，但你不能侮辱我们，士可杀不可辱！"

吕布见他回嘴，更加生气，接连猛抽了张勋几鞭。

李玄见并州军跟袁术的手下起了冲突，心中大喜。他正思量着怎么脱身，忽然从东边传来了马蹄声，只见又奔来了一队人马，为首的正是袁绍手下的两员大将，颜良与文丑。这二人受袁绍命令，带人奔到这里搜寻皇帝来了。

杨弘眼尖见是他们，大喜过望，高声喊道："颜将军，文将军，救救我们！"

颜良、文丑听到喊声便停下马来，然后一眼就看到了吕布，正手拿鞭子，羞辱袁术手下的几个将领。

两人见到吕布，心里既惊又怒。颜良不想管闲事，正要打马走开，文丑阻住了他："颜将军，现在那卢奕不在跟前，我们两人联手，可以跟他一战。"

颜良一听，觉得很对，现在不正是一雪前耻的好机会吗？于是下令手下士兵上前抢人。

吕布顿时大怒，上马执戟，冲两人喝道："你们两个野鬼听着，今天我不会放过你们了。"

说完，踢马冲了上来。颜良挥刀上前拦住。文丑看了一阵两人相斗，心想还是偷他一箭最好。正准备摘弓，吕布已经舍了颜良，冲他来了。来不及细想，文丑赶紧持枪迎了上去。三人混战成一团，一时难解难分。两边的手下全都看得呆了，一时竟忘了厮杀。

李玄见机不可失，悄悄地跑回那棵大树，取下了赤霄宝剑，然后骑上马没命地向西跑去。

奔了一阵，后面似乎又传来了追兵的声音。李玄心里暗暗叫苦，只有拼命打马向前逃去。又跑了一阵，前面官道上尘土大起，有大军来到，几杆大旗上分别写着"徐"字和"华"字，更多的旗帜上则写着"董"字。李玄明白了，这是董卓的大军到了。

李玄灵机一动，他想起了董太后也姓董，董卓不就是董太后的本家吗？几年前，这个董卓曾经以本家的名义巴结董太后，还送了很多礼物给了董重。今天干脆借着董太后的名义，来投奔董卓。于是，他骑着马冲向西凉军，一边飞跑，一边挥手示意。

徐荣和华雄看见了，命令前军继续前行不要停下，让人把李玄带了过来。此时李玄已经想好了对策，他跟徐荣、华雄二人说他是宫里来的，有机密大事，要求面见董大帅。

徐荣知道董卓跟宫里几个中常侍一直有密切的联系，眼前这人的确是个黄门太监，就相信了他。随即派人把李玄送到后面的中军。

那边吕布跟颜良、文丑二人斗了一百多回合，不能分出胜负。三人忽然都停了手，觉得这样没来由地性命相搏毫无意义，两下就罢手停斗。于是几人散开，吕布率军继续前行。

随后颜、文二人被告知，失踪的李玄身上有一个事关重大的宝物。两人顿时无比后悔，立即集结了所有士兵一路向西追去。结果迎面撞到了徐荣、华雄的先锋大军，探马告诉二人，西凉军已经收留了李玄。于是颜良、文丑两个就手执兵刃，排开士卒，当道阻住了徐荣队伍，扬言必须将李玄交出，还给他们。

华雄听了大怒，立即带人冲了过去，跟颜、文二人对峙起来，随后徐荣也赶到了。这时华雄与颜良已经话不投机，二人抢起大刀，厮斗在了一起。文丑策马上去，想要夹攻华雄。徐荣见到，就舞起大刀，挡住了文丑。四个人直杀得天昏地暗，难分胜负。

李玄被带到董卓的中军后，董卓并没有见他。而是让人把李玄带到了李儒的马车前，他要李儒跟这个李玄谈上一谈。李玄眼见董卓的大军非常雄壮，面前的这位李儒又待他礼貌有加，想想自己刚才受到的欺凌羞辱，于是下定了决心要投靠董卓，当即向李儒献上了赤霄宝剑。

李儒是个识货的，一看剑身上镌有"赤霄"二字，立即认出了这是汉宫至宝"高祖剑"。反复鉴定之后，李儒认定这就是赤霄宝剑真品无疑。可是眼见这个太监如何拥有这样的宝物呢？

李玄原原本本地向他讲述了事情的原委。原来，赤霄宝剑一直由董太后保管。何太后与何进将董太后赶出宫之前，董太后交了一批东西给张让、赵忠他们，其中这把极其贵重的赤霄剑，就交给了李玄保管。

一直以来，李玄虽然被何太后视为自己安插在永乐宫的眼线，其实，他的心里是真正忠于董太后的。董太后命他在自己出宫以后，要尽力讨好何太后，期望他为自己将来翻身回宫创造机会。所以在出宫之前，董太后还故意当众呵斥了李玄，就是要做足了戏给何太后他们看的。

李儒听李玄叙说了宫变的所有经过，不禁对面前的这个太监刮目相看。该如何处理他呢？李儒思来想去，对李玄说了一番话，李玄频频点头，一口答应了李儒的所有要求。

随后，李儒兴冲冲地端着赤霄剑找到正在骑马行军的董卓，一见面就说："大帅，大喜啊，天降祥瑞给您了！"

董卓见他这样说话，心想一定是那个小太监带来了好消息，便问道："贤婿快说，是什么喜事啊？"

李儒将剑呈给了董卓。董卓仔细观看了剑鞘和剑柄，见上面镶嵌有七彩宝珠，剑鞘上又装饰有九华玉石，花纹古朴凝重，显得无比尊贵；再抽出了宝剑，只见上面镌刻着两个大字，董卓虽然不认得这两个字，却是肃然起敬；而剑刃之上犹如霜雪，略微晃动，便光彩耀人。董卓看罢，不住声地夸道："好剑，真是好剑！"

李儒上前说："大帅，这剑身上刻的就是'赤霄'二字。"

董卓听到这个名字，问道："我倒是听说宫里有一把宝剑，大有来历，名叫'高祖剑'。"

李儒拍手，笑着说："就是这把剑。据说这是高祖刘邦斩白蛇起义，平定天下的一把利器。所以，它一直以来就是汉宫至宝，是汉家正统的象征，士人又将这把剑叫作'帝道之剑'，用以显示它的无上尊贵。"

董卓不禁听得愣住了。

李儒继续说道："现在大帅得到了此剑，这不就是天命吗？"

董卓听得心花怒放，连声哈哈大笑："贤婿，亏得你认得此物。那个太监献宝有功，你给他些奖赏吧。"

李儒说："大帅，此人对我们来说有大用处。他的名字叫李玄，是刚刚故去的董太后身边的心腹太监。他说他是奉了董太后遗命，来找太后的本家来了，就是您董大帅。"

董卓听得一怔："董太后不是被何进害死了吗？这个李玄到底有什么事要找咱家？"

李儒就走到跟前，贴耳将刚才跟李玄商量的一番话告诉了他。董卓听了连声说好："太好了，我们这次到京城去，不但名正言顺，更是顺天应人了啊！"

两人正说得兴奋异常，前军探子来报，已经发现了皇帝的踪迹。

第四十八章　皇帝蒙尘

此时张让、赵忠和段珪等人已经带着皇帝和陈留王刘协，逃进了北邙山里。张让叫李玄他们从大路逃走，三人却故意挑选了一条山间小道。沈放带着仅剩的十几个士兵，护着他们穿行在树林里的羊肠小路。为了迷惑追兵，每遇到岔路，沈放就在错误的方向上扔下些东西。遇到狭窄的通道时，沈放就下令士兵砍倒大树来阻断追兵。

一行人奔了大半天，既累又渴。恰好遇到一条小溪，是山上的泉水流淌下来汇聚而成。众人赶紧取水解渴，赵忠接了士兵送来的水袋，自己却没有喝，递给了小皇帝和刘协。等他们二人喝好后，自己如同饮牛一般，将半袋溪水一饮而尽。

张让坐在石头上休息片刻，看了看四周的景观，只见这里到处古树参天，枯藤漫挂，哪里见得到半点人影？突然几只老鸦被惊动了，从树上大叫着起飞，原地绕了几圈后飞走。小皇帝哪里有过这种遭遇，心里万分恐惧，不由想起了母亲何太后和在宫里的种种舒适，忍不住嚎啕大哭起来。年纪稍小的刘协却是一声不吭，反而拉着他的手，尽力地安慰着他。

喝水之后，众人开始感到饥饿难耐。有士兵想要生火做点熟食，被沈放一脚踢翻，骂道："混账东西，在这里生火，想让十几里外的人都看见吗？"士兵非常委屈地走开了。

张让看见了，就走过去，拍了拍那士兵的肩膀，抚慰了几句，然后让他到四处找找，看看有没有庄户人家，随便讨点吃食就行了。

这时赵忠站起身，对小皇帝说："陛下，老奴出去弄些吃的过来，您就坐在这儿好好休息一下。老奴快去快回。"

皇帝点头。刘协说了一句："赵公公千万小心。"

赵忠点头答应，带着那几个士兵离开了。众人就坐在原地休息一阵。

赵忠几个人走了以后，四周一片寂静，只有三三两两的鸟鸣声，从树林里传到众人的耳朵，渐渐地，困乏的众人开始打上瞌睡，然后躺下睡着了。

过了稍许工夫，远处渐渐传来了马蹄的声音，沈放坐了起来，开始戒备。随后又传来一阵喝骂与兵器撞击的声音。沈放立即起身，让众人继续往前逃走，自己带了几个人前往接应赵忠。

原来是袁术和纪灵带人追到，发现赵忠他们后，立即将他们包围。接着一阵乱斗，纪灵将赵忠杀死。赵忠他们讨来的馒头撒得到处都是。纪灵看见赵忠临死前手里还紧紧地抓住了一小袋吃食，这是他特意为小皇帝准备的食物。纪灵向赵忠的尸体啐了一口，随即踏了过去。随后袁术一行人又抓到了一个活口，就逼着他带路去找皇帝他们。

恰好此时沈放带人赶到，拦住了纪灵。沈放在宫里已经厮斗了半天，又一路逃亡到现在，本来已是强弩之末。但在生死之际，沈放打起精神，跟纪灵来了一场恶战。纪灵居然抵挡不住，被沈放接连砍中几刀。他顿时惊慌失措，转身逃跑，手下的士卒见主将败走，也都跟着向回败退。

后面的袁术阻不住败兵后退，大为光火，拔剑连斩了数人。突然沈放冲到近前，挥刀直奔袁术而来。袁术见沈放浑身上下都是血污，瞪着血红的眼珠冲他来了，顿时吓得魂飞魄散，立即上马往回狂奔而去。袁术一旦败走，所有的士兵一哄而散。

而沈放也没有去追杀袁术，转身就追赶张让他们去了。

这时在京城那边，卢奕和吴匡赶到了城东的中东门，出城避难的人群熙熙攘攘，全都拥堵在城门附近，卢奕他们竟然是寸步难行。好不容易挤出了城，到了马市，发现这里挤满了更多的人，太多官员的家眷和家丁都从城里逃到马市，暂时躲避一下。

突然，前面远处的人群开始骚动起来，有人大喊："他们是张让、赵忠的家人，还有卫士营的家眷都在这里，他们助纣为虐，大家不要放过他们。"

跟宦官们有仇隙的官员家人听说后，全都围了上去，冲在最前面的就是陈耽、刘陶两府的家人。人们全都红着眼睛，围着宦官们和卫士营官兵的家人，不由分说地上前痛殴。立时就有人被殴打致死，有人不甘被殴起来反抗，顿时秩序全乱。随后人群就开始了踩踏，惨叫声、痛哭声还有互殴的厮斗声，全都交缠一起。一些孩童被撞倒，然后被人群踩在脚下，失去孩子的母亲尖声高叫，继而失声痛哭。

这些并没有武器的人们，开始失去了控制，他们心里燃烧的是仇恨和报复。人们像是都疯了一样，他们用能找到的最狠毒、最致命的武器互相攻击，失去理智的人用木棒敲碎对方的脑壳，用发簪插进对方的胸膛，用手指去挖对方的眼睛。

虽然卢奕和吴匡都是多次经历战阵的将军，但眼见这里的种种惨状，两人的眼睛都红了。全身甲胄的二人，以及他们带着的十几个士兵，手中握有这里最精良的武器，但他们没办法去制止这场突然爆发的杀戮。卢奕痛苦万状，为什么他们会互相憎恨到如此地步，人心怎么可以变得这样冷漠，"兼爱"二字距离惨痛的现实竟是那么遥远！

正在此时，北面过来一队骑兵，卢奕看他们的旗号，是董卓的西凉军，旗号上写着"王"字，看人数有好几百人。原来是王方、李蒙带领骑兵，绕道城东而来。到了马市，探马来报说前面是从京师逃难的人群，在殴打宦官和卫士营的家眷。

两人到近前仔细观看，见翻滚的人群正在互殴，还有许多人纷纷地向东面逃去。李蒙说道："王将军，那些宦官为祸朝廷，人们当然痛恨他们。这次平叛之后，他们的家人多半会被株连杀掉。"然后轻声对王方说，"听说他大都家产丰厚，不如趁此机会把他们全都抢了，反正我们不去，别人也会抢那些东西的。"

王方本来就是山匪出身，一听这话顿时大喜。两人正要下手，探马来报说，前面十几里外，有很多商人和官宦家眷聚集在几个客栈里。王方就对李蒙说道："真是好事成双了。这里就交给李兄吧，我带人去那边抄，你看如何？"

李蒙坏笑着答应了，于是他们分兵两处，王方带人赶往安平岭客栈；李蒙开始抄掠马市这边宦官家人的财物。两人的手下很多都是山匪那里投降的，看到这里到处都是各种财物，从军官到士兵，早就蠢蠢欲动起来。李蒙下令，只要不能证明并非宦官家眷的，统统没收。西凉军士兵立即扑了上去，很快军官对士兵们彻底失去了控制，到处都有士兵抢劫并杀害反抗的人。

卢奕、吴匡看到他们这样无法无天，顿时大怒。吴匡就要上前阻止，卢奕拦住了他，提醒说："他们人多。"

吴匡怒道："他们人再多，我也要管。"

卢奕点头，用手指着正在远处指挥的李蒙说："你看到那个人了吧，应该是他们的头目。"

吴匡问道："是的。卢将军可是有了什么主意？"

"吴将军，你现在带人兜到他的后面，弄出点动静来吸引他的注意。只要他们分神了，我从这里冲过去，就可以生擒了他。"

吴匡点头答应，带着人迂回了过去，然后突然冲出来，照着几个西凉兵劈面就打，喝道："哪里来的贼徒，竟敢在京城撒野？"

李蒙听到背后有事，回头观看，见冒出几个官兵正在鞭打他的士兵，不由得勃然大怒，拿起大刀，就要踢马过去。

突然一阵马蹄声急促地传了过来，李蒙听这声音越来越近，似乎奔着他来了，扭头回看，只见一员战将，手执长枪正急速地向他冲来。李蒙打马转身，准备上前厮斗，不想卢奕已经冲到，一枪突刺过来。李蒙大惊失色，赶紧拧身要躲。卢奕甩起枪头劈向李蒙的脑袋，李蒙躲避不及，被枪头结结实实地打到了脸上，顿时晕了过去，从马上摔了下来。这时卢奕的手下也冲到了，下马将李蒙捆了起来。

然后卢奕用剑架在李蒙的脖子上面，喝令他下令手下的士兵停止抢劫。李蒙性命攸关，不敢不从，传令下去后，过了好一会儿，这才收拢了手下士卒。卢奕又命李蒙下令士兵，将还在互相殴打的人群全部隔开。就这样，慢慢地马市终于平静了下来。

卢奕问了李蒙他们的来历，李蒙老老实实地说了他们是董卓的手下，奉大帅命令要进城镇压宦官叛乱。卢奕点头，将他松了绑，说道："董大帅带你们来京城诛灭宦官，可你们在这里到处抢劫，就不怕董大帅砍了你们的脑袋吗？"

"将军，末将知道错了。"李蒙赶紧赔罪。

卢奕这时想起他们还有一将不知去向，就问李蒙："你们的人都在这里了吗？"

"还有王方，他带人去前面了。"

卢奕、吴匡二人心里咯噔一下，知道事情不妙，王方一定是带人去客栈那边抢劫去了。于是卢奕叫李蒙下令手下待在原地，维持马市这里的秩序，然后两人押着李蒙向东疾驰，去追王方。

那边陈芯与王融早就带人到达了客栈，跟等在这里的卢奕母亲她们会合，然后众人休整，等待卢植父子二人。等了几个时辰，从京城方向不断有人逃来，叙说了马市暴乱的情形，客栈这里顿时人心惶惶。又过了片刻，有人传来消息，西凉军正在马市抢劫杀人。

王融知道不好，乱军肯定会来这里。这里有堆积如山的辎重货物，又有很多妇孺老幼，乱兵一来，难道要一起玉石俱焚吗？陈芯也知道情况不妙，就跟王融商议，要将庄丁和客栈这里的年轻人全部集中起来，准备抵抗。

王融点头，起身告诉客栈里面所有的人，即将会有乱兵过来抢劫。众人一听全都慌了手脚，很多人当时就要逃走。王融阻住了这些人，说道："现在大家逃，肯定是来不及的。好在他们的人数也不是很多，我们这里有武器，大家一起抵抗，不用怕他们。"

众人觉得有些道理，于是开始安静下来，准备组织抵抗。这时，一个少年站出来说道："西面的坡路很窄，大家一起动手，把客栈里的桌椅还有杂物全部抬到那里堆起来，要把路封死才行。"

这是司马懿在说话，这句话一下提醒了王融，也点醒了众人。于是有人拿来了许多麻包，填上了土，混同客栈里的桌椅杂物，将山路彻底堵死。随后王融又让人在路前方浇上火油，放置了很多秸秆等易燃之物，贼兵如果要冲击过来，就点上火烧死他们。

果然，王方带人过来后，吃尽他们的苦头，冲击了数十次，都不能冲破陈芯和王融组织的几道防线，很多士兵还被火烧伤了。王方自己也被陈芯的长鞭打伤，正在怒气冲冲，命人回去搬取弓箭，准备要射死这里所有抵抗的人。

他没有料到，弓箭没有搬来，却等来了卢奕他们。卢奕、吴匡上来就制服了王方，随后李蒙下令士兵撤回，这才解了客栈之险。吴班、吴懿见到了吴匡，三人抱在一起痛哭了一场。卢奕与陈芯及卢母会合，众人劫后余生，自然是分外高兴。

而此刻，张让、段珪正带着小皇帝直奔黄河河口而去，前面就是渡口小平津，如果能找到渡船将他们渡过大河，他们觉得就会彻底安全了。眼见渡口就在前面，突然杀出了一队人马拦住了他们，为首的正是卢植，还有河南中部掾闵贡。闵贡的部下先前发现了张让的行踪，于是闵贡带人向小平津追了过去，恰好遇到了卢植带人过来，两人就合兵一处，终于截住了张让、段珪。

两边的人马一阵混战，张让手下的士卒无法抵抗，纷纷投降。

此时天色已经昏黑，小皇帝和陈留王不知去向。张让逃到了渡口，见追兵逼了上来，顿时万念俱灰，长叹了一声，跪下向京城皇宫方向叩头行礼，大喊："皇上，太后，老奴先去了，你们万万保重。"说完，张让纵身跳进了黄河，消失在打着漩涡的急流当中。随后，闵贡看到士兵俘获了段珪，忍不住冲了过去，怒骂阉宦误国，上前一刀斩了段珪。

由于没有发现皇帝和刘协，卢植下令士卒全部散开，全力寻找失踪的两人。闵贡则带着人向前搜索过去。

然而众人都没有想到，小皇帝跟刘协一直就躲在河边的高草丛里面，不敢发出一声。他们不知是卢植正在寻找自己，以为外面的人都是乱兵，所以战战兢兢不敢出来。一直躲到了清晨，两人冻饿交加，实在无法忍受，这才走了出来。他们看到远处有一个庄园，就互相扶持着走了过去，希望能得到一点吃食和热水。

这个庄园的庄主名叫崔毅，因为外面兵乱，他放心不下，所以今日早起，带着人在庄园里四处巡看，恰好见到两个少年互相搀扶着，向自己庄子里走了过来。他很是好奇，便上前询问。

刘协见崔毅举止稳重有礼，又自称庄主，觉得他是个读书的士人，就说了实话："这是当今天子，我是皇上的弟弟陈留王。昨天我们遇到宫变，被歹人挟持出宫，幸亏后来逃脱了。"

崔毅大惊失色，仔仔细细地上下打量两人。他见两人的衣袍虽然很脏，可也看得出是内宫所用的上乘衣物，而且两人的言行举止与一般少年大不相同。于是相信了刘协的话，立即拜倒，口称万岁，然后介绍自己道："陛下，臣是先朝司徒崔烈的兄弟崔毅，因为看不惯十常侍卖官鬻爵，所以辞官隐居在这个庄园。臣这就迎接陛下到庄里去稍歇一下。"

于是将两人接到家里，让家人送来了热水和汤食，小皇帝和刘协冻饿交加，又担惊受怕了一整天，现在终于平安了。两人好好洗漱了一番，就狼吞虎咽地吃了些热食。小皇帝吃完后意犹未足，接连添了两碗，连声夸赞，这里的食物远比宫里的御膳更加香甜甘美。

崔毅站在一旁侍候，见到皇帝这样，不由得手抚胡须，微微地点头笑着。

三人正吃着饭食，说着话，庄客来报，外面有几个官军要见庄主。崔毅出去一看，几个官兵正站在村口等他。于是崔毅走过去问明详细，为首的正是闵贡，他向崔毅详述了自己在附近搜寻失踪的皇上和陈留王。崔毅随即把他带进庄内，与皇帝和刘协见面。闵贡大喜，先向皇帝叩头行礼，随后向崔毅拜了三次，感谢崔毅接驾功德。

随后，闵贡向皇帝进言："陛下，国不可一日无君。现在宫乱已平，臣这就护送陛下跟陈留王回宫去吧。"

小皇帝点头同意。刘协心细，问道："闵大人，你的接驾兵马都在外面吗？"

闵贡回答说："为臣的部下已经散开了，都在搜寻皇帝陛下跟您的下落，不过卢植大人也在附近，我想，我们应该可以碰到他们。"

听说卢植就在附近，小皇帝和刘协顿时安心下来。崔毅的庄园只有一匹瘦马，给了皇帝骑乘，闵贡抱了刘协共骑一马。一行人出庄，向京城方向行去。

在官道上他们行了不到几里路程，迎面来了一队人马，为首的官员正是司徒王允、太尉杨彪、尚书卢植、司隶校尉袁绍和五官中郎将袁术等人。

闵贡上前大声喊道："各位，圣驾在此！"

众人见突然找到了皇帝，都喜出望外。王允上前带领众多官员向皇帝行礼，然后纷纷上前向小皇帝和刘协道贺。随后众人又给皇帝和刘协换乘了好马，一起掉头返回京城。

走了不到半个时辰，忽然前方尘土飞扬，一支大军铺天盖地行了过来。

第四十九章　义女貂蝉

众人护着小皇帝和刘协，正在向京城行去，遇到了一支大军滚滚而来，看旗号这应该是董卓率领的西凉军。袁绍随即打马上前，与西凉军前军答话，令他们赶紧将董卓叫过来。

小校答应刚刚要走，后军已经飞来几骑人马停在了前军观望，正是董卓和李儒来了。董卓认得袁绍，策马上来问道："袁绍，天子在哪里？"

袁绍听他直呼自己名字，且又神态傲慢，不禁心里很是生气，却面不改色地回答说："董大人，我们已经接到天子了。叫你的人马立即撤回去，不要惊了圣驾！"

董卓知道袁绍是朝廷实力大员中的新锐，却故意摆出倨傲的姿态，对袁绍不加理睬，踢马径直走向皇帝的位置，走到跟前停下，大声喝道："天子在哪里？"

众人看到董卓如此无礼，心里不由得都愤怒起来，不过碍于他的兵马众多，不好撕破脸面，就暂时都忍了。袁术大怒，当即就要出马呵斥董卓，被一旁的杨彪拉住。杨彪不想在大乱之余，再生出事端来。

小皇帝见董卓面相很凶，肆无忌惮地在众人跟前喊话，就勾起了自己昨夜的恐怖回忆，吓得战战兢兢。身边的刘协见他害怕，就打马上前质问董卓："你是什么人？"

董卓扫了一眼众人，看到了王允、杨彪等人都骑马立在一个孩子身后，明白了那就是皇上，那么眼前这个看起来年纪更小的孩子，应该就是陈留王刘协了。董卓并未下马，回答说："我是西凉刺史董卓。"

刘协喝道："你带了这么多兵马，是来给陛下保驾，还是劫持陛下的？"

董卓听了这话，惊了一身冷汗，立即从马上下来，向皇帝叩头行礼。

小皇帝仍然处于惊恐当中，说不出话来。刘协见董卓行了君臣之礼，就替皇帝说道："董大人，你大老远地赶来侍候陛下，辛苦了。叫你的部下让出路来，你就跟着我们一道回京吧。回京之后一并都有封赏。"

董卓就向刘协行礼，随后按刘协吩咐，令手下军卒退开，让出了官道。众人就重新上路。

皇帝与众大臣上路之后，董卓与李儒也上马跟着，让西凉军紧紧跟随，一路护送皇帝到了京城。路上，董卓对李儒说："刚才你们都看到了，咱们这位皇上性格懦弱，没有人主风范，倒是那位陈留王，令人印象深刻。"

李儒回答说："先帝遗愿就是刘协继位。现在这位皇上是被何进一伙人强行推上去的。"

董卓哼了一声。

李儒继续说："陈留王是董太后亲自养大的，论起来，他跟大帅您有缘哪！"

董卓想起来了，轻声问："你是说，进京之后，咱们要争取废了眼前这位皇上，去改立陈留王吗？"

"大帅明鉴。要办这件事情，就得趁热打铁。我的意思是，趁着宫中大乱刚平，人心不稳，咱们应该尽快下手。"

董卓有点犹豫："贤婿啊，这会不会太急了一点？你看到刚才大臣们的动静没有，有人对咱们不服啊。"

李儒笑道："大帅，咱们是奉行先帝遗旨，谁能反对？谁又敢反对？"

董卓问："你这样说，是不是那个遗诏已经得手了？"

"大帅英明，正是如此。那个传旨太监张意，身上就带着那份遗诏，昨夜我跟他推心置腹地谈过一次话后，他就交给我了。"李儒有些得意地说道。

董卓觉得奇怪："那他为什么现在才交出来呢？"

"他受张让命令，将遗诏随身带到了我们这里。可是他对大帅有些不放心，想再观望一阵，看看你如何行事。后来有消息说张让已经投河死了，他没了主人，必须得投靠一个新的主子，就主动献出了这份遗诏。"

董卓哈哈大笑："好，好，有了这份遗诏，再加上蔡邕的证词，废掉何太后和这位小皇帝，改立陈留王，就是天经地义的事情了！"

"还有一件大事要办。大帅明天朝堂议事，应该首先提出这件事情来，可以收取人望。"

"除了废帝立新，还有什么大事啊？"董卓奇怪地问道。

李儒笑道："这件事情如果大帅做好了，功德无量啊！"

"哦，快说。"

"现在阉宦们已经被诛杀殆尽，那么两次党锢之祸受难的士人，就应该立即平反，让他们的家人和所有受到牵连的人，全部返回各自家乡。朝廷还要下诏抚慰，给予抚恤。明天朝会，大帅应该率先提出这个事情，这样天下的士人，都会对大帅感激涕零的！"

董卓虽然是个行伍出身的粗人，却对士人，尤其是世家出身的人很是尊重。如果天下士人都能支持自己，那就是一种无形的巨大力量。所以对这个名利双收，而自己又没有什么付出的事情，他自然一口应承了。

快到京城之前，皇帝下了一道圣旨，让包括董卓西凉军在内的所有外郡军队，都驻扎在京城之外，无旨不得入城。这道旨意当然是在防备董卓与丁原这些外郡刺史了。董卓很不愿意，李儒劝道："大帅不需担心，有我们驻兵在外，谁敢对大帅不利？"

董卓回答："虽然这样，没有自己的军队随身跟着，咱心里总是不踏实。"

"大帅，这只是暂时的。您别忘了，丁原那两万多兵马也来了，如果他们要跟咱们的人一道进城去，这就是个麻烦。我们得想办法，把丁原的军马收过来。还有，大将军何进不在了，何苗也死了，可他们手下的兵力并不少，明天我们要争取把这些人都收编了。"

董卓点头同意。随后，李儒挑选了一批武艺高强的护卫，让他们跟随董卓和自己进城去了。

再说卢植那边，因为出城追寻皇帝下落，而不能赶到安平岭与家人会齐，所以手写了一封家信，差人快马送到安平岭客栈，交给了卢奕。信里让卢奕跟卢母和其他家人先行返回家乡，自己将暂时留在京城，等京城宫乱彻底平定，自然会赶回范阳，与全家团聚。

卢奕跟卢母、陈芯商量一番，决定就按照父亲的意思办了。而王融则力邀卢奕跟陈芯先到鲁国去探望陈芯的父亲陈逸，将婚约订好，然后到琅琊他的庄园里住上一段时间。这段时间可以派人先到范阳去把旧宅翻新，等一切妥当后，再同母亲和陈芯一起回到家乡成婚。

陈芯、卢奕和卢母都觉得这样的安排确实妥当。卢奕知道朝廷邸报上讲过，冀州各地黄巾军残余猖獗，从京城北上范阳的官道时断时开，更无法保证安全。于是众人又商量一阵，决定接受王融邀请，先到鲁国和琅琊去。卢奕心细，又加派了几位老管事回到京城家里，去照顾父亲这段日子的起居生活，然后众人这才启程离去。

此时，丁原率领大军也驻扎在洛阳城外，这次援救皇帝被董卓抢了先，他的心里非常不痛快。先前折了丁义，然后被何进调走了张辽和张杨；现在何进已死，当初他承诺自己的太尉一职，很可能就是一场迷梦。眼看自己做的这笔生意已经定局赔本，他这才醒悟过来，后悔当初不该抛弃了董太后和董重他们。如果有他们在，至少朝局还会有自己的一席之地。如今的局势看来，自己很快就要出局了。

正在心烦意乱的时候，皇帝派人来宣旨，不准并州军进入城里。吕布听后，很是恼火，当着钦差的面发作道："我们不辞辛苦，赶来救援皇上，现在却不许我们进城，这是什么道理？"

使者无话可说，吕布继续骂道："一定是有人在皇帝那里进了谗言。不是说阉贼已经被杀尽了吗？难道皇帝身边还有奸党吗？"

丁原听了很是恼怒，指着吕布发火说："这厮不要胡说，还不赶紧退出去！"接着喝令手下将吕布赶走，然后还得忍着怒气，向钦使赔罪。

吕布既羞又恼，跟自己的部下商量，准备要回到并州，去跟张辽他们会合。为此，并州军上下人心浮动。丁原听说此事后，更加生气，将吕布叫了进去，着实训斥了一顿。

当夜，直到很晚疲惫不堪的王允才回到府里。老家人王安迎了上来，随即给王允端上了茶水热食。王安见王允紧缩双眉，就关心地问："听讲太后跟皇帝都老少平安，已经回宫，那些宦官也已经除尽，老爷还有什么担忧呢？”

王允摇头说道："平安？哪里会有真正的平安了？现在宫殿大都被烧毁，那些宫人无论好坏一律诛杀，这真是玉石俱焚，国家元气大伤啊！还有，玉玺不见了。"

"玉玺不是在太后那里，就是在皇帝那里吧？"

"原来我也以为这样，可是太后让人到处寻找，都遍寻不着，皇帝身上也没有。这恐怕是不祥之兆啊！"

王安劝慰道："老爷还是暂时不要再烦恼那些事吧，先吃了饭再说。我还有一件事，过会儿要跟老爷讲下呢。"

王允以为王安要说下家里的事情，这才想起自早晨进宫后，整整一日在外水米未进，自己的确是饿了。另外也很是担心府里是否受到乱兵的抢劫，因此一边吃着，一边询问府里的情形。

两人就这样谈了约有一炷香的工夫。等王允进完了饭食，王安又端来了茶水，然后站在一旁侍候。王允饮了一口茶，想起了王安说过有事要讲，就问："你方才说过，有事要告诉我，究竟是什么事情？"

王安回道："老爷，今天我放心不下，下午带着人到南宫附近看一看，需要的话可以给老爷帮个手。结果我看到很多宫女和太监慌慌张张地跑到宫外，后面还有追兵劫杀他们。"

王允皱了皱眉头："下午张让他们已经逃出城了，他们还在宫里追杀什么？这些兵都是什么人？"

"有人认得他们，说都是袁术的手下，还有说是袁绍的部下。"

王允生气了："袁氏兄弟带兵，为什么都这样放纵属下呢？"

王安继续前面的话说道："其中有一个宫女，我看着特别眼熟，因为她恰好是朝我们这里逃过来了，所以我就把她拉进了马车里。"

王允疑惑地问："眼熟？你说的是什么人？"

王安回答："老爷，今天一大早，卢公子就过来跟王融先生、陈芯姑娘一起带着家眷们出城了，对不对？"

"是啊。"

"可是，下午我以为又见到陈芯姑娘了。"

王允问道："你说的是那个被你救起的那个宫女吗？"

"正是。我当时惊得愣住了，以为救的就是陈芯姑娘，可是，她不是。"

王允见一向老成稳重的王安有点语无伦次，不禁好奇了起来，就问："那现在人在哪里？"

"老爷你稍等一下，我去请她过来。"

过了一会儿，王安领了一个年轻女子进来，王允抬起头稍一细看，顿时惊讶万分。

只见这个年轻女子身姿婀娜，行走时好似轻摆杨柳，站在眼前却又娴静文雅。细观她的脸庞，只见她细耳碧环，杏眼红唇，黛眉清扬，肌肤如雪，真是姿容美绝。更令人称奇的是，这个女子当真跟陈芯一模一样，王允不由得怔住了，以为陈芯又回来了。

过了片刻，王允自觉失态，有些尴尬，便清了清嗓子，问道："姑娘，你叫什么名字？"

这姑娘已经知道面前的这位就是司徒王允，从容地回答："司徒大人，奴家的宫里名字叫作貂蝉，进宫前的名字叫任红昌。"

王允这才醒悟过来，眼前这个女子真的不是陈芯。他仔细观看，发觉貂蝉跟陈芯的确不同，毕竟陈芯是习武的，身上自然带有一种英武之气；而无论是谁，只要看了一眼貂蝉，就会生出一种对她无比怜爱的感觉。王允问道："貂蝉姑娘，你在宫里为什么叫这个名字？"

"因为奴家在宫里执掌朝臣戴的貂蝉冠，所以宫里在名册上就写了貂蝉二字。"

王允点头，原来是这个来历，又问："貂蝉，你的家乡在哪里？是不是汝南平舆？"王允其实想搞清楚，貂蝉是不是跟陈芯有什么关联。

貂蝉摇头回答说："奴家并非汝南人，是并州九原人。"回答后，貂蝉心里有一点纳闷，司徒大人为什么要这样问呢？

王允听到她跟陈芯两人的出生地相差很远，有点失望。

不过王允仍然猜测她们二人之间，说不定有着某种特殊的关系，他想找到一点线索来证实自己的猜测，就继续问道："你的父亲姓任，有没有用过其他什么姓氏？"

貂蝉见王允好奇，就从容地回答："我父亲名叫任昂。不过，我从小就被告知我是他的养女，至于我生父生母是谁，他们在哪里，他从未告诉过我，所以我从来都不知道。"

听到这里，王允顿时觉得释然，那么面前的貂蝉，极有可能就是前太傅陈蕃的另一个孙女。陈蕃曾经对自己有恩，无论如何，也得将她们照顾好才行。但是王允并没有马上告诉貂蝉对她身世的猜想，他要等待时机成熟，彻底证实了这件事情后再告诉她。

于是王允打定了主意，微笑着对貂蝉说："王安救了你到府里，可见你跟我们就是有缘了。现在宫变未平，宫里暂时还不安全。貂蝉你就不要回去了罢，我想收你做我的义女，以后就住在我的府里，你可愿意？"

貂蝉是个会察言观色的细心女子，见王允说得真诚，不像有着什么特别的目的，再说乱城之中，自己也的确无处可去，于是向着王允盈盈下拜，说道："奴家愿意，义父在上，请受小女叩拜。"

王允也很是高兴，貂蝉行完礼后，走过来搀起了她，一起坐下。王允又关心地问了一些她生活起居的琐事，嘱咐王安今后一定要照顾好貂蝉，要跟自己的女儿一样对待。王安点头答应。自此貂蝉就住在了王允府邸。

第二天一大早，王允就离开府邸，到宫里去查看情形了。经过宫变，小皇帝跟何太后担惊受怕了两日，双双病倒，所以并没有开朝会。但是大臣们都聚集在并未受损的含章殿，众人都在议论玉玺丢失的事情。

大臣们见王允来了，都迎过来向王允行礼，问他玉玺的事情该怎么办。王允见众大臣如此介意玉玺丢失，就说道："各位大人，这不过是一个印章而已，就算找不到，陛下新刻一个就是。各位处理朝廷政务，何必拘泥一个物件呢？再说日子久了，东西自然就会出来的。"

大臣们见王允对这事如此豁达，都觉得他讲得很有道理。又有人说现在很多宫殿被火焚毁，等清理完毕后，说不定玉玺自然也就出来了。于是众人的心思也就安定了许多。

这时，李儒陪着董卓走了进来。见董卓走过来，文官们都很不自在，纷纷地走开了。可董卓大声嚷道："各位大人，我要向太后与皇帝陈奏一件大事。不过，在上呈之前，想要请大家看上一看，咱家说得有道理吗？"

有跟董卓关系较近的官员问："不知道董大人要奏什么事啊？"

董卓就将奏表递了过去："这是咱家的意思，李儒写的奏章。各位就请看看吧。"

有一个官员就接了过去，大声念道："臣等闻治世之音安以乐，其政和。乱世之音怨以怒，其政乖。曩昔李膺罢职，陈蕃、窦武见诛，天下痛心。三代士人皆高尚其道，而污秽朝廷。故而党锢不除，正直废放，邪枉炽结。士人不平之声，凡三十余载。彼十常侍倒行逆施，招权纳贿，惑乱宫廷，人神共愤。及今伏诛，士民皆鼓舞欢欣。至今追思陈蕃、窦武，当昭雪沉冤，表功录善，古今之通义也。故臣等奏祈陛下，开党锢之禁，还士人之誉，则天下幸甚，万民幸甚。"

刚刚读罢，一些人立即大声说好，更多的官员鼓起掌来。于是这份奏表被官员们纷纷传看，看过的人无不交口称赞。无形之中，董卓的声望一下子就高涨了起来。

就在众人传看的时候，突然有一人站出来问："董将军，我有一件事情不明白，你可以回答一下吗？"

第五十章　蔡邕指证

众人一看，原来是侍御史郑泰。董卓说道："郑大人有话请问。"

"董将军，为什么这个奏章里面自称是臣等，而不是您自己一个人？"

李儒听到这话，站出来替董卓回答："郑大人，这个问题我来回答。两次党锢，已是陈年旧案，牵涉的人和事错综复杂。现在董公要彻底解除党锢，平反所有受牵连的士人。兹事体大，受益者众，需要大家一起来推动。所以董公希望，愿意此事的人，能联名上奏。"

这话说得非常中肯，又很谦虚，现在十常侍等宦官基本都被诛杀，平反党锢一案，那就是顺水推舟，董卓愿意与众人一起推动，而不是贪天之功据为己有，这让众人对他刮目相看。

很多人立即说："我们附议。"杨彪、黄琬等大臣随即上去签了名。在他们的领头下，不到一会儿，就有了几十个大臣的签名。

王允也上前签上自己的名字。董卓待王允非常尊重，等他签完之后，董卓上前向王允作了一揖，说道："王司徒，能不能借一步说话？"王允点头答应。

于是两人一道走出殿外，站在大殿的栏杆旁，这时王允发现李儒也跟了出来。董卓就向王允介绍说："王司徒，这位是我的女婿李儒，现任职参军。"李儒就上前拱手致礼。

王允点头致意，夸道："李先生真是青年才俊啊！"

李儒向王允作揖回答说："王司徒过奖啦。"

然后王允将头转向董卓。董卓说道："阉宦之乱刚平，朝廷伤了很大元气。王司徒，除了解除党锢，收拢人心之外，朝廷应该提拔任用一大批贤能之士，他们在阉宦那里被压制了很长时间，现在，该是任用他们的时候了。”

王允对这件事情，心里是十分赞成的，就问：“董将军，不知你说的贤能之士，都是哪些人呢？”

董卓哈哈大笑：“我并不是读书人，认得的名士自然很少，不过倒也听说过几个，比如蔡邕、周毖、伍琼、郑泰、荀爽、韩融和陈纪，等等。”

听到这些名字，王允频频地点头称是。董卓有些得意地说：“说起蔡邕，他现在已经在为我们做事了。我打算推荐他回到朝廷做官。”

蔡邕原来在董卓那里，这有些出乎王允的预料。他只知道何进他们几次三番地刺杀蔡邕，卢奕将他救了出来并且安置妥当，没想到最后竟然转到董卓那里了。王允不禁捻须沉思了起来。

董卓继续说道：“王司徒，国家要尽快恢复元气，就需要更多的士人来出力。所以我想请王司徒，拿出一个举荐名单来交给我，我会向皇上和太后保荐。”

王允想，这是董卓明显在拉拢自己的意思了，就拱手向董卓说：“董将军为国事操心，令人敬佩。王允愿意尽力帮助将军。”

董卓见王允表态支持，大为高兴。李儒突然走近两步，轻声问王允：“不知司徒大人如何看待韩馥这个人呢？”

王允见李儒突然提起韩馥，有点诧异，顺口回答：“也是个才俊之士。”

李儒忽然有点诡异地笑了，问道：“我虽然不在朝里，也听说了韩馥、袁绍二人，都跟十常侍里的郭胜颇多往来啊。”

王允心里大吃了一惊，李儒身在关外，如何也知道这等秘密的事情呢？他现在突然有此一问，难道是在试探自己吗？王允不动声色地回道：“很多事情，只怕都是捕风捉影。比如这十常侍里的张让，恐怕朝里的大多数官员，都跟他打过交道，可他们不能都算作阉党吧？”

董卓听到这话，哈哈大笑：“当然不算。如果那样的话，咱家也一定算是阉党啦。”

李儒拱手赔着笑道：“王司徒高见。”

三人又闲聊了几句，然后走回殿里。这时众人已经在董卓的奏表里签好各自名字。李儒看了一遍，大臣中只有卢植、袁绍和袁术等人还未签名。

李儒心里冷笑，随即让人送进了内宫给何太后和皇帝。

何太后、皇帝那里很快就批复同意了董卓的奏书，并且下诏任命董卓担任太尉，兼领前将军，加节，赐斧钺、虎贲，进封郿侯。其他参与平叛及迎驾有功的主要官员，一并获得了进封和奖赏。董卓的部下们全都得了晋升，连日来人人意气风发，无比傲慢。

而丁原依旧担任执金吾一职。按照现在的规制，担任执金吾的官员，要每月带人绕行宫城巡检三回，检查、预防宫外水火之灾和其他非常事故，还要负责皇帝、太后外出巡视的仪仗车队，安全保卫等各种杂项琐事。这些都是丁原和他的手下，尤其是吕布最不喜欢的差使。有人告诉丁原，吕布发牢骚说，给太后、皇帝做仪仗的那些人，应该都是女子和太监。这句话顿时惹得丁原大为光火。

丁原更加恼恨的是，原本何太后、何进给他的那些承诺，现在全都化作了泡影。自己手里虽然还拿着那个所谓的圣旨，但何进已经死了，何太后又不掌大权，哪里再会有人提起这些承诺的只言片语呢？

丁原心里愤愤难平。属下们见他连日来一直脸色不好，全都小心翼翼，对他能躲就躲。

只有吕布一人，依然跟往常一样无所顾忌。这无形中增加了两人之间的嫌隙。因此，当吕布再一次跟丁原提出要回到并州去的事情，丁原彻底失去了控制，对他大发雷霆。最后，吕布被丁原训斥得满脸羞惭，恼恨而出。

这几日，李儒又到处派人，软硬兼施地拉拢了一批原来何进与何苗的部下，他们统领的军队基本都归了董卓，因此董卓实力大增。当张辽从曲阳和并州募兵回来后，董卓以张辽是原大将军何进部属的名义，将张辽以及他统率的新编军队都划成了自己的部属。

这下彻底激怒了丁原，他当即就要找董卓理论。可理智告诉他必须冷静下来，他想到自己现在的职位是执金吾，要求将张辽划回给自己统领，的确是有些名不正，言不顺，强行去找董卓理论这件事情，最后只会自取其辱。于是他只好先咽下了这口怒气。

这两日，董卓在京城一时风光无两，可有些了解他平素为人的官员开始忧心忡忡。卢植就是第一个不肯跟董卓合作的重臣。

卢植私下里跟王允、杨彪几个人谈话时说："我一直知道董卓的为人。这个人对上司竭力地殷勤奉承，对同僚则装作面目和善，对下级极其傲慢无礼。其心肠非常恶毒，一旦在朝廷中枢掌握大权，迟早会生出祸端。"

杨彪回道："皇甫嵩将军曾经是他的直接上司，对他也有过类似的评价。现在看来，极有可能大将军何进是引狼入室了。何进不但行事没有章法，自己身死于宦官手里，而且没有识人之明。"说完，无奈地叹了一口气。

卢植问："可现在董卓已经做大，我们该怎么办才好呢？"

王允皱着眉头回答说："且看看他下面如何行事吧。"

何进的部下骑都尉鲍信，也认为董卓一定会作乱。他就去找了袁绍，劝袁绍道："让董卓这个人到京城来，就是放饿虎下山。他一旦手握大权，必定心怀不轨。我们应该趁着他和西凉军刚到京城不久，士卒疲惫需要休养，对他发动突然袭击，一战就可以擒住董卓。"

而此时的袁绍有些畏惧董卓，回答说："允诚，我知道你担心他。可这人目前还没有大的过错，咱们就对他下手，恐怕于理于情都说不通的。还是看看再说吧。"

鲍信急了："本初，不能等等看。再这样下去的话，我们这些人都会被他撤换殆尽，到时候你再想做事，可没人掌兵，你就有心无力了！"

袁绍只是摇头，绝不肯答应鲍信这么冒险的计划。

鲍信没法，就准备以讨伐黄巾余党的名义，带兵回乡。他想要继续征召士兵，囤积粮草物资，以备将来跟董卓对抗。

临行前，他找到了卢植，跟卢植透露了自己的计划。

卢植赞道："鲍将军，我认为你对董卓的看法是对的。袁绍不听你的意见，迟早会后悔。"

"卢尚书，您是朝中重臣，海内知名，有您这样的大臣在京师，我估计那董卓一时还不敢太放肆。"

卢植摇头说："这人野心勃勃，很难说他会干出什么事情来。只可惜我已不再掌兵，恐怕也不能阻止他了。"

鲍信问道："对了，您的公子卢奕将军，我曾见过他多次，当真算得是朝廷年轻将领中的翘楚。不知他现在哪里？"

卢植点头说："卢奕已经离开京城了，他将要去琅琊王融先生的庄园。你要回泰山那里，正好距离你那里不远。对了鲍将军，如果你需要粮草，王融先生可以助你一臂之力。我这就给你书信一封，你到了琅琊可以去找他们。"

鲍信听到这话，顿时大喜。

鲍信走后，袁绍反复回味他刚才说的话，也开始有些动摇了。他在琢磨着自己是不是也应该离开京师，去地方州郡发展一支军队。袁绍就这么闷闷不乐地想着心事，过了几个时辰，董卓差人过来，邀请他跟袁术等人一起到显阳苑参加宴席。

到了显阳苑，袁绍发现已经有很多大臣先到了。董卓坐在中间的宴会首席位置，王允、杨彪、卢植、黄琬、郑泰、马日磾、曹操、袁术等人，正坐在董卓的周围说着话。董卓见袁绍到了，便让人引导他坐了下来。

董卓开口说道："各位，今天咱家请大家过来，是让大家来见见三个人，看看一样东西，再听听几件事情。"

众人面面相觑，不知道今天董卓葫芦里卖的是什么药。董卓摆了一个手势，小校领命，出去带了两个人进来，众人一看，是两个太监。很多人认得他们，众人顿时窃窃私语起来。原来，这两个人是原永乐宫总管李玄和小黄门张意。

董卓继续说道："大家应当都认得这位曾经的永乐宫总管李玄吧？他今天有太皇太后的遗诏要跟大家宣布一下。"

这下仿佛炸了锅一样，众人哗然。所有的官员都知道，今天要出事了。

董卓见众人如此情状，心里不禁得意了起来，大喊一声："肃静！各位请安静下来。"慢慢地众人不再说话了。

这时，李玄走到董卓桌案跟前，施了一个礼，然后又转身向众人施礼，开口说道："各位大人，太皇太后是被人害死的。"

众人又是一片哗然，不过这次的声音比前面小了很多，因为今天来的很多人早已知道了事情的真相。

李玄继续说："初七那日，张璋和吴匡二人受大将军何进与何太后的指派，将宫里送出的毒酒带到了河间，二人闯入解渎亭侯府，用毒酒鸩杀了太皇太后。"

这时，很多不知情的人已经被李玄说的话震惊了，四周一片寂静。李玄举起了一个小瓶，向众人展示道："这就是当日鸩杀董太后的毒药瓶。大家请看，这是宫中之物。"

有人问道："张璋已死，吴匡现在不知道在哪里，现在谁能跟你对证？"

李玄回答说："张意就是人证，我也是人证。张意，你将那日你在解渎亭侯府见到的情形讲给各位大人听听吧。"

张意应声站到前面，详详细细地将那日发生的事情讲述了一遍，最后说："各位大人，那日我被他们发现了，然后就被一路追杀，直至追到了京城，幸亏我从密道进宫，这才免遭杀身之祸。"

张意讲的这些事，众人其实心里已经信了大半，只是人人都默不作声，观看事态的发展。

李玄接着张意说道："那天何太后要赐死张、吴二人以灭口，张璋临死前在城楼上亲口说出，是他害死了太皇太后。大家想起来了吧？不然，就凭他一个小吏，没有人指使的话，他就敢对太皇太后下毒手吗？"

此时的众人已经完全相信了李玄、张意所说的证词。

袁绍听到这里，再也无法忍受，站起身大声抗议说："各位大人，这两个太监，一个是卖主求荣的卑鄙小人，一个是朝廷通缉的要犯。他们的话，大家能相信吗？"

众人听到袁绍的话，又开始交头接耳，轻声议论起来。

这时张意大声地说："我是被冤枉的，从没有做过枉法之事。袁大人说我是朝廷通缉的要犯，这根本就是一个迫害。"

袁绍怒道："呸，你若无罪，朝廷会冤枉你这样一个下贱的宦官小吏吗？"

张意听到这样当面的侮辱，便走到袁绍跟前，盯着袁绍说："袁大人，朝廷不会冤枉好人吗？那近日来，平反那些受党锢牵连的罪官们，为了什么？"

有人听张意提到了党锢之案，不禁怒从心起，大声地喊道："狗宦官，到现在还这么嚣张！"

这时众人一片哗然，众人议论纷纷，一时间场面失去了控制。

自从李玄、张意开始指证后，董卓就再未说过话，现在场面失控了，他等了一会儿，突然大喝了一声："各位听我说。"

众人听到董卓要说话了，说话声便慢慢地平息了下来。

董卓等众人安静了，说道："李玄和张意两个，有一样东西要给大家看看。"

李玄就把随身携带的先帝遗诏打开来，念了一遍："各位大人，这件先帝遗诏对大家来说，并不陌生，几个月前，就在崇德殿，这份遗诏曾经被当众诵读过。"

有人说："没有人知道这份诏书的真假。"

李玄回答道："不对，有人知道它的真假。"

有人大喊："阉贼，不要胡说！"

李玄没有理会他，用更大的声音喊道："大家还记得那天吗？谏议大夫马日磾当众说，蔡邕曾经多次侍奉先帝读书、习字，他一定能够辨别诏书上的字究竟是否先帝真迹。"

然后对在场的马日磾说："马大人，是不是这样？"

马日磾默不作声，众人也沉默着。这时有人问道："可是蔡邕在哪里呢？"

这时，董卓冲李儒点头示意。李儒便起身出去，然后领了一个人走了进来。众人一看，顿时惊讶无比，这人不正是蔡邕吗？

李儒对众人说："各位大人，为了鉴定这份诏书，蔡邕先生被朝廷征召到京城来。一路上，他遭到了多次刺杀。为了他，连丁原大人的一座庄园都被人放火烧了。"

说到这里，李儒看了一下袁绍和丁原。

两人都是面无表情，眼睛紧紧地盯着蔡邕。

众人窃窃私语，李儒就停了一下，继续说道："今天蔡邕先生能来到这里，向大家揭示这份遗诏的真假，真是极其艰难啊。蔡邕先生的品德，大家都是知道的，他一定会揭示事情的真相，而不会有所包庇，更不会去撒弥天大谎的。"然后向蔡邕做了一个请的手势。

蔡邕就先向众人作了一揖，然后来到书案旁，拿起了那份诏书，平静地观看了起来。

过了一会儿，蔡邕对众人说："各位大人，这是先帝亲笔字迹无疑。先帝在世时，最爱八分书体。记得先帝书写时，不喜欢受旧法约束。各位请看，这就是先帝做过变化的八分书，带有他特有的气质。大家如果不信，还可以拿以前先帝批复过的奏章比较一下。"

李儒令人搬来了一个匣子，里面放了十几卷从宫里取来的奏章旧档，每一卷上面都有灵帝的批复。有大臣上前拿起那份遗诏观看了起来，又有人拿了匣子里的奏章反复比较。最后，再没有人对此提出异议，遗诏已经得到了众人的默认。

这时李玄又站出来说："太皇太后在出宫之前，对我说，希望有朝一日，先帝的这份遗诏能重见天日。她要我忍辱负重，等待机会，向各位大人揭示真相。"

众人听他这样说，不禁默然。

董卓一直在等待时机，这时他大声说道："各位，现在事情已经很清楚了，这份遗诏就是真的。那么咱家就有话要说了。"

第五十一章　丁袁联手

这时官员们全都安静了下来看着董卓。

董卓的心里忽然有一种莫名的得意，大声地说道："这既然是先帝的遗愿，我们就应该帮先帝完成它。"

杨彪问："董大人，您的意思是？"

董卓理直气壮地大声说道："咱家的意思很明确，完成先帝遗愿：废掉何太后，并追究她害死太皇太后的所有罪责。"

众人一片肃穆，没有人公开站出来反对这个提议。

过了一会儿黄琬问道："董大人，何太后可是当今天子的母亲啊。废掉她，合适吗？"

董卓笑了笑，回答说："天子是天下万民的首领，没有威仪就不能号令天下。现在的这位小皇帝，懦弱胆怯，全无威仪。而且，他的母亲何太后先是毒死了王美人，又鸩杀了太皇太后，恶名昭彰，让皇室蒙羞。所以我们才要遵从先帝遗诏，废掉何太后，然后，废帝重立。"

这话如同晴天霹雳，所有的人都被震呆了，一时间没有人反应过来。

董卓接着说："陈留王聪慧好学，由太皇太后在永乐宫亲手养大，更是先帝看中的皇位继承人。我想跟各位一道，拥立陈留王继承先帝大统。大家以为如何？"

话音刚落，一个人推开了桌案，大声喊道："不行，绝对不行！你是什么人，竟敢大言不惭，公开妄言废立，你想要篡逆造反吗？"

众人听了这话都在想，是什么人如此胆大，竟敢公开地对抗董卓？仔细一看，这人就是丁原。

董卓勃然大怒，猛地站起来，拔出了身上的佩剑，冲丁原喝道："今天的事情，是顺天应人！谁要是反对，就是自绝于朝廷。顺我者，活；逆我者，死！"

这时，站着侍立一旁的吕布听到董卓发出了威胁，就走到丁原前面将他遮挡住，然后紧握双拳，眼睛瞪着董卓，随时就要冲上去跟董卓厮杀。

因为今天是宴请宾客，董卓并没有安排徐荣、华雄等武将入席。李儒早就听说丁原手下的吕布英勇无敌，冲突起来己方一定吃亏，所以他赶紧站出来，将董卓劝了回去。

然后笑着对丁原说："丁大人，今天的宴席马上就开始，从现在起，大家就不要再谈国是了。改天大家到朝堂上，再商量大事如何？"说完，让手下赶紧开宴。

丁原坐了下去，但仍然怒气冲冲。坐在他旁边的是曹操，悄声劝他还是先离席去，免得下面又有冲突发生。丁原听了这话，就起身冲众人作了一揖，转身离去。

这时众人勉强开始宴饮，董卓仍不罢手，对坐在自己旁边的王允问道："司徒大人，你怎么看先帝的遗诏？"

王允想了想回答说："应该是真的吧。"

董卓听了很高兴："那么司徒大人是支持我废帝重立了？"

王允拱手回答："董大人，刚才李儒说现在是宴会时候了，在这个场合，讨论废立这样严肃的大事，恐怕很不合适啊？还是改天在朝堂上再议吧。"

董卓不甘心，又向卢植发话问道："卢尚书以为如何？"

卢植回答说："董公你错了。记得昌邑王登基之后，做了很多恶事，所以霍光才到太庙里去公告废除昌邑王，立了新帝，然后全心辅佐。而现在皇帝虽然年幼，但非常聪明，而从未有过任何过失。你一直在外郡担任刺史，并没有担任过三公，没有辅政经验。圣人说，'有伊尹之志则可，无伊尹之志则篡'。董公，请您三思啊！"

董卓碰了一个钉子，顿时满脸涨得通红，站起来又要拔剑，李儒赶紧拦住，轻声地劝董卓："卢植这人名气很大，杀了他对朝廷震动太大。大帅还是先忍了吧。"

董卓这才怒气冲冲地坐了下来，说："不讲了，喝酒。"众人就陪着他喝了几杯闷酒。过了一会儿，许多人纷纷找借口离席而去，宴席就这样散了。董卓心里窝了火，脸色极其难看。

李儒心里都明白，就对董卓说："大帅，我们刚刚来到京城，还没有树立威信。如果王道行不通，就得行一些霸道了！"

董卓点头："是啊，必须要让这些人知道一下咱家的厉害。"

两人正说着话，有一个小校急急地进来禀告说，不知道为了什么事，李傕的几个士兵被上东门城门令种恺给抓了，他现在已经赶了过去。董卓听了勃然大怒，吩咐军校立即备马，他要亲自赶过去看看究竟是什么事情。

到了上东门，那里已经被李傕派士兵重重围住。董卓的车驾一到，士兵们立即让开道路。董卓派人将李傕叫过来，问他发生了什么。李傕就添油加醋地说了事情的原委。

原来，西凉军的军纪很坏，尤其是李傕带的兵，因为抢劫城门附近的商铺，恰好被城门令种恺撞见。种恺是个不徇私情的严吏，立即叫人把几个抢劫的士兵抓了。其中一个士兵动刀反抗，被种恺的手下给打成了重伤。李傕来了后看到这个情形，觉得自己的人吃了大亏，正在不依不饶地跟种恺纠缠。

董卓点点头，对李傕说："你去，把那个种恺叫过来。"

李傕本来还有点心虚，毕竟自己的兵被人抓了把柄，现在董卓要亲自介入，李傕立即恶狠狠地带人把种恺捆了，带到董卓跟前。

董卓盯着种恺，问道："你叫种恺，那种劭是你什么人？"

种恺将头一昂，回答说："他就是家叔。"

董卓阴沉着脸，转头对李傕说："好，要的就是他这句话。李傕，你带人去，把这个胆大妄为的种恺，拉到城门外当众斩了。"

种恺大怒，喝道："我是朝廷任命的官吏，你们怎能这样待我？"

董卓不理，吩咐手下调转车头回去。那边李傕不由分说，带人将种恺拖到了城门外，当场斩杀。

种恺的部下们全都敢怒而不敢言，一个机灵的士兵，悄悄跑到了司隶校尉袁绍那里去，状告董卓滥杀朝廷官员。

袁绍接到举报后，心里既惊又怒。他明白了，董卓这头下山饿虎，终于开始露出獠牙，要吃人了。看着外面灰蒙蒙的天色，袁绍的心情沮丧透顶。

　　袁绍在官衙里想着心事，坐卧不安，就让人把韩馥请了过来，一起商量一下该如何应对。韩馥轻轻地跺脚，叹道："当初让大将军叫董卓来，看来是彻底错了。"

　　"唉，原来我也以为董卓这伙人，就是一群粗鲁的乡野莽夫，没有想到，他真的是头要吃人的恶虎！"袁绍终于说出了后悔的话来。

　　"本初，事情还没到不可收拾的地步，你不要这么自责了。"

　　"哦，文节，你有了什么办法吗？"

　　"本初，你现在不是还担着中军校尉吗？咱们再去联络曹操他们几个，调动西园各军一起攻击董卓，只要出其不意，还是有可能拿下他的。"

　　袁绍犹豫了："文节，你这个办法太冒险。就算西园各军加起来，也只有几千士兵，而且咱们还缺乏战马，会是西凉军的对手吗？"

　　韩馥见袁绍有些心怯，就给他鼓气说："我们没有足够骑兵，可是有人有啊！"

　　袁绍一听，愣住了，想了一下明白他的意思："你是说丁原的并州军吗？"

　　"是的，当初我们跟大将军建议调皇甫嵩、丁原、董卓这些人一起来，不就是要他们互相牵制平衡的吗？"

　　"对啊，董卓最忌惮的人就是皇甫嵩、朱儁，还有丁原。"袁绍突然醒悟了。

　　"本初，如果有丁原的两三万骑兵助阵，我们在城内城外一起动手，只要部署得当，拿下董卓，没有问题。"

　　袁绍懊恼地说道："可是文节，上次颜良他们一把火烧了他的庄子，他一定还记恨在心，能愿意跟我们合作吗？"

　　"此一时，彼一时。现在我们跟他有共同的敌人，就应该一起联手对付董卓。我想，丁原是个明白人，他懂得这个道理的。"

　　袁绍又想起了今天丁原在显阳苑的表现，就是在公开挑战董卓，不禁笑了，说道："太好了，文节，我们应该找丁原谈一次，只要他愿意跟我们联手，事成之后，太尉一职，非他莫属。只是，我们谁去谈比较合适呢？"

韩馥知道他的顾虑："还是我去比较合适，本初你去的话，目标太大，一定会引起董卓的怀疑。而且现在丁原对你的态度还不清楚呢。"

袁绍大喜，对韩馥深深地作了一揖，说道："文节，这次联手如果成功了，你就是第一功臣！"

深夜，除了打更的声音，只能听到远处传来三三两两的犬吠声音。

中东门的大门，被悄无声息地打开，韩馥带着两个随从，静悄悄地牵着马出城去了。他们的坐骑都包裹了马蹄，一路小跑奔向丁原的军营。

到了并州军营门，韩馥出示袁绍给他的令符，于是顺利地进了大营，很快见到了丁原。

让他没有想到的是，丁原听了他的说辞，没有任何犹豫，一口答应了袁绍的同盟请求。他答应得竟如此痛快，让韩馥觉得很是惊讶。

丁原看出了韩馥的顾虑："韩大人，今天宴会的情形，你也都看到了。董卓，他要做篡逆的国贼；此贼不除，社稷难安！"

韩馥赞道："丁大人深明大义，令人敬佩！袁大人让我带话，对以前发生过的误会深表歉意！"说完，韩馥站起身向丁原作揖。

丁原摆了摆手："过去的事情，不提了。袁大人和你都是做实事的人，你告诉我，你们打算如何行事呢？"

"临行前，我和袁大人并没有商定具体的行动。丁大人，如果你有什么想法，不妨告诉我。我回去后，一定跟袁大人仔细斟酌。"

"韩大人，我们的行动一定要快。迟的话，董卓那厮就有准备了。明天上午，我就带兵先行攻击一下西凉军，你们要做好准备，如果我们攻击得手，你们就带着西园各军从城里杀出，这样我们里应外合，一定可以获胜。"

韩馥有点吃惊地问："明天就动手，是不是太急促了些？"

丁原说："兵贵神速，如果董卓有了防备，再攻击他就难了。毕竟现在他的兵力占据优势。"

韩馥点头，随后又摇了摇头，说道："不行，不行，这实在太仓促了。

我得跟袁大人商量妥当才好。再说了，西园各军的校尉都还不知道这事，或许他们中间有人不愿意，甚至会节外生枝。丁大人，你得给我们足够的时间去安排，对不对？"

丁原答应了："可以，我等你们的通知。不过韩大人，董卓这厮妄想废帝重立，现在必须有人在世人面前坚决地反对才行。否则，他的气焰只会越来越嚣张。所以，明天我会率军跟董卓的西凉军硬碰一次。我要你们看看，我们并州军的战力到底如何！"

丁原对自己铁骑军的威力很有把握，尤其是因为有吕布，更是充满了必胜的信心。他要第一个起兵反对董卓，赢得世人的支持，以树立威信。韩馥对丁原的说法表示赞同，于是两下说定了，要联手反董。

随后，韩馥兴冲冲地离开了丁原大营，一行人在夜色的掩护下向城里潜行。

然而韩馥万万没有想到，他们的行踪已经被人盯上了。在他出城的那个时刻，就有人看到了他，立即报告给了西凉军的军师李儒。李儒知道韩馥跟袁绍的关系，吩咐手下一定要盯紧了他。消息很快传来，韩馥去见了丁原。

李儒顿时紧张了起来。他最担心的就是丁原跟袁绍联手，如果他们突然内外夹击，那么对西凉军来说，这将是一个梦魇。而现在韩馥去联络丁原，极有可能就是为了这个目的。于是，李儒带了值夜将军樊稠一起出了大营，赶到了中东门，专门等候韩馥回来。

韩馥到了城门，正要发信号给守城门的士兵，城门却忽然打开了。韩馥向里面看去，城门内灯火通明，门口端坐着一个人，正是李儒。他的身后站着大将樊稠，手按着腰刀正盯着自己。韩馥心知不妙，不过他这个人心思很深，很快就定下神来。

韩馥走了上去，冲李儒拱手问道："原来是李大人，这深更半夜了，还在值守吗？"

李儒吁了一口气，回答说："韩大人，您才是夜深好办的大事啊！"

韩馥故意装作不解，疑惑地问："李大人，您这是什么意思？"

李儒笑道："丁原丁大人，有没有什么话，要你传递给我们大帅呢？"

韩馥马上明白了，自己去丁原大营的行程必定被他们知道了。韩馥无法回答李儒的问题，干脆就一言不发。

李儒见他这样，冷笑了几声："朝廷规定，京城夜里宵禁，没有旨意或者令符不得开城门放人。韩大人你神通广大，空着手就能在这城门进出自如啊！"

韩馥继续沉默，自己的怀里就有令符，但是他不能将令符拿出来交给李儒，因为这是袁绍交给他的。无论如何自己也不能将袁绍攀扯出来。韩馥打定了主意，继续不发一言。

李儒突然喝道："来人，把那几个枉法的人带上来！"李儒的部下们齐声答应，然后将几个捆得像粽子一样的军官和士兵推了过来，喝令他们跪成一排。

韩馥抬眼看去，这几个人都是袁绍派来把守城门的自己人，如今他们一齐被抓，显然应该是有人告密了。

李儒问几个人："告诉我，是谁要你们开城门的？"

士兵们都看着军官，不敢说话。李儒使了个眼色给樊稠，樊稠明白他的意思，立即抽刀架在那军官的脖颈上，喝道："说实话，饶你不死！"

那军官面无表情，硬挺着一言不发。樊稠恼怒，当即举刀斩了这军官。跪在一旁的那几个士兵吓得面如土色，其中一个立即招供，指认是司隶校尉袁绍派人开的城门。

李儒哈哈大笑，走到韩馥跟前说道："其实我早料到一定是袁绍在搞鬼。怎么样，韩大人，是不是可以说点什么了？"

韩馥强作镇定，问李儒："我不知你要问什么，也不想知道。李大人，我今晚出城跟这几个士兵没有关系，请你放了他们。"

"好，好。"李儒轻轻地拍了拍掌，"韩大人不愧是关东名士，真的是不同凡响。"然后转身对樊稠说，"我不为难这几个当差的，放了吧，他们都只是听差的。"

樊稠应诺，叫人将几个士兵松绑放了。

那几个士兵立即向李儒跪下磕头谢恩。李儒却板着脸说："你们哪，怎么就不明白呢？韩大人才是你们的救命恩人，你们该向他叩谢啊？"

那些士兵面面相觑，向韩馥磕了头后赶紧离开。

李儒命令樊稠："从现在开始，所有的城门必须由我们的人接管。有敢擅自开门放人进出的，立斩不饶。"

樊稠叉手领命。

李儒随即对韩馥说："怎么样，韩大人，跟我走一趟吧。"随即让人押着韩馥，一行人回到了西凉军大营。李儒让人把韩馥收押起来，吩咐士卒不要虐待，不能让他自杀了。

随后李儒赶往中军，跟董卓的贴身护卫说有紧急事情，必须赶紧叫醒董卓。

而那边袁绍正在书房里来回走动，像热锅上的蚂蚁一样，焦灼地等待着韩馥的消息。过了半晌，终于等来了消息：韩馥在城门口被李儒扣住了。

这个消息一下子震住了袁绍。袁绍的脸色变得苍白，他紧张地判断着发生了什么，是不是丁原那里有事？还是自己这边有人告密？过了一会儿，那几个被释放的士兵回来报告，说韩馥向李儒求情，叫把他们几个放了，而自己跟李儒他们去了董卓大营。

袁绍听罢，一下子瘫坐在椅子上，陷入了深思。

韩馥让李儒释放了那几个士兵，然后跟随李儒去了他们的大营，这个做法就是向自己传递消息，跟丁原合作的事情已经谈成。不过现在已经基本泄露了，他就是不说，董卓他们一定能猜到他去找丁原的目的。恐怕韩馥多半是凶多吉少了。

但袁绍相信韩馥是绝不会出卖自己的。他长长地叹了一口气，心想，当初真是小看了董卓和他的手下。早知今天会这样，自己一定不会让何进征召董卓的。

可这世上最难挽回的就是"过去"二字，袁绍问自己，下面该怎么办呢？

第五十二章　吕布反水

这是一个难眠之夜，袁绍思来想去，决定天亮后去找一下兄弟袁术和曹操这些带兵的人，还要争取见一下王允、杨彪他们，看看几位重臣都是什么想法。

此刻西凉军的中军大营里，董卓听说了袁绍派韩馥去见了丁原，这两个原来敌对的人可能要联手对付自己，他不禁笑道："袁绍才几千士兵，还没有骑兵，他能怎么样？倒是丁原是个麻烦人物。"

李儒摇头说："大帅，您可不能轻敌，如果这两人联手，要在城内、城外同时发起攻击，我们防不胜防啊。"

董卓怒道："那明天就先解决一个。天亮就去抓袁绍，怎么样？"

"不行，绝对不行。"

"为什么？"董卓对李儒的反对很不满意。

"大帅，汝南袁家四世三公，在关东，他们家的门生故吏遍布天下。且不说现在我们还没有袁绍的实锤把柄，就算有了，也暂时不能动他。否则，就会像捅了马蜂窝一样，各地的刺史、州牧会对我们群起围攻。"

"哼，我会怕了他们吗？"董卓撇撇嘴。

李儒笑着说："我们西凉军是最强大的军队。如果他们一个一个来，我们当然不怕。可是如果他们联合起来，我们的军力就嫌不够了。"

董卓对这句话比较在意："那你说，该怎么办？"

"先全力对付丁原，暂时不要管袁绍。"

"你刚才说这两人已经联手了，袁绍怎么会听任咱们收拾丁原呢？"

"大帅，袁绍这人性格狐疑、犹豫。对付他，只要逼他走就行了。幸亏今天抓到了韩馥，这真是老天助我。我们可以用反间计，让丁原不信任袁绍，再让袁绍怀疑韩馥已经投靠了我们。这样的话，不要说能不能联手，他们自己就先反目了。"

董卓哈哈大笑，然后问道："贤婿，你想去收买韩馥吗？"

"不，韩馥这个人很难收买的。"

"那你打算怎么对付他？"

"大帅，我们暂时不要去理韩馥，就关着他行了。然后用他的名义去联络丁原……"李儒轻声地跟董卓讲了自己的一个主意。董卓频频点头，答应了他的计划。

第二天清早，袁绍离开了府邸，他先来到兄弟袁术的府衙。袁术正在用早膳，听家丁进来报说袁绍到了。袁术知道一定有要事，因为他这个兄长从来都是无事不登三宝殿的。

兄弟二人见面，也不讲什么客套了，袁绍入座后直截了当地告诉袁术，他想要跟丁原一起用兵，拿下野心勃勃的董卓。

虽然有一定的心理准备，袁术还是被这个消息震住了。袁术有点磕巴地问："兄长，这是不是太快了些？"

"兄弟，董卓是远道而来，他对京城情况还不了解。我们是主，他是客，现在发动兵变，对我们有利；反之，如果让他在京城待得久了，成气候了，对付他就更加困难。"

袁术疑惑地问："可是，那个丁原可靠吗？"

"应该可靠，昨天你也看到了他在显阳苑的举动。"

"兄长，在厅堂上争论，跟战场上动刀动枪比，大不一样的。咱们不能不加倍小心啊！"

袁绍反问道："该怎么小心？你昨天也看到了，董卓马上要废帝重立，他一旦得逞，就有了拥立的功劳，就会把持朝廷的军政大权。你想想吧，到时候我们袁家会是什么下场？"

"可是我们的兵太少了啊，你那里的西园军加上我手里的御林军，合起来不过几千人，怎么跟西凉军斗？"

"兵在于运用，不在于多寡，关键是我们怎么筹划！"

袁术摇头说："董卓不是何进，他是一只要吃人的恶狼！依我看，跟丁原联手拿下董卓，成功的希望很小，更何况有李儒那些人帮他。总之兄长，我们不能操之过急。"

袁绍见袁术还没有直面董卓就已经胆怯了，那就意味着还没出兵就已经败了。袁绍对袁术很是失望，于是又说了几句就打算离开了。

袁术一把拉住袁绍："兄长，你一定要三思而后行。别忘了，我们叔父的一大家子可都在京城呢！大不了我们可以跑，他们上百口的家眷怎么办？"

袁绍犹豫了一下，点头应允，然后去找曹操。

走在半路上，突然街道上传言纷纷，都说城外有两支军队打起来了。袁绍一听陡然兴奋了起来，这一定是丁原出兵攻打西凉军了。于是他决定立即返回官衙，去看属下送来的急报。

果然，丁原已经带兵攻打董卓的中军去了。董卓接到消息，急急忙忙地点了徐荣、华雄、李傕、郭汜等几员大将，然后亲自带兵到了阵前，要求跟丁原当面对话。

两军对阵，董卓骑马向前跑去，后面紧跟着徐荣、华雄。丁原也踢马向前，吕布提着方天画戟在一旁护卫。

两人接近后都停了下来，董卓先说道："丁大人，听说是因为我得了太尉一职，你对我耿耿于怀。是不是这样？"然后停了一下，看丁原毫无反应，就继续说，"所以你就现在带兵来打我吗？"

丁原大声回答："董卓，我讨伐你，不是为了什么官位，而是因为你竟敢丧心病狂，要做篡逆的事情，我作为大汉忠臣，自然跟你这国贼势不两立。"

董卓冷笑了一声："丁建阳，你骂我是国贼？嘿嘿，几天前护驾皇上回宫的是我，不是你！你有什么资格骂我？"

"不错，你刚刚接驾有功得了封赏，马上就忘恩负义，妄图废帝新立。可见你对篡逆一事，蓄谋已久。董卓，你把满朝的文武官员视作无物，肆无忌惮，你也太自不量力了！"

董卓被丁原说到了痛处，不由大怒，指着丁原骂道："丁建阳，我一定会杀了你！"说完，用手向身后的华雄摆了一下手势，华雄得令，猛地踢了一下战马，手持大刀向丁原冲了过来。

吕布在后面，看得清楚，立即手执画戟也冲了上去。

说话间，吕布与华雄两人厮杀了五十多个回合，渐渐地华雄开始刀法散乱，又拆了几招，华雄调转马头就回。吕布哪里肯让，提着戟追了过去。徐荣不等董卓下令，就纵马上前拦住了吕布，两人大打出手。

斗了约半炷香的工夫，两人交手七十多合，暂时未分胜负。吕布见遇到了强敌，抖擞精神，使出大招旋风斩。徐荣顿时抵挡不住，拖着刀，败了回去。

丁原见吕布连续取胜，趁势举起了令旗，并州军见信号发出，上万骑兵一齐呐喊起来，向西凉军猛冲了过去。董卓见并州军势不可挡，心里不由得胆怯，率先向后撤退，因此西凉军大败。丁原追了三十里，担心前面有伏兵出来，就收了兵，准备再战。

袁绍接到军报，并州军得胜，他没想到丁原的并州军这么彪悍善战，顿时大喜过望，随即命人将袁术和曹操等人请来商议事情。

那边董卓刚刚败了一仗，正有些沮丧。李儒笑着对董卓说："大帅不要烦恼，我已经差人以韩馥的名义给丁原报信，说下午袁绍会率军去广成苑夺取粮草，要丁原派人接应一下。"

"广成苑？那里是我们最大的屯粮处所，你这么干会不会太冒险了？"

李儒笑道："大帅放心，昨天我已经让段煨将七成多的粮草转走了。下午，就让我们在那里打丁原一个伏击。"

"你这么有把握吗？"

"放心吧，大帅，我得到消息，丁原正缺粮草，他一定会派人去的。"

李儒信心满满，而董卓将信将疑。

果然，丁原接到这个消息后，深信不疑，命吕布带领五千兵马，下午赶往广成苑，去接应韩馥、袁绍二人。

吕布率军到了广成苑，看到这里果然有一个西凉军的营寨，也有驻军把守。他耐着性子等了一个多时辰，不见任何动静，不由得感到疑惑。正在狐疑的时候，看到远处突然火起，随后传来一片呐喊厮杀的声音。吕布大喜，这一定是袁绍他们杀到了。

吕布随即带着士兵，大喊着冲进了营寨。进去之后，却发现并没有军队厮杀，只有三三两两的士兵在到处乱跑。吕布怔住了，不知道是应该搜索一下，还是马上退出好。正在犹豫的时候，几声炮响，四下里杀出了几支人马，为首的正是徐荣、段煨、李傕和郭汜四将。四个人领军围着吕布军一阵乱杀，吕布大败。

亏得吕布英勇，四将不敢逼得太紧，所以才能带着残余士兵紧急撤了出去。

丁原得知吕布败了后，大为恼怒，当着部下的面训斥了吕布几句，然后叹气说道："唉，如果丁义还在，绝对不会有这样的过失！"其实丁原已经知道自己被假消息给骗了，他却对这个闭口不言。

吕布出帐之后，愤愤不平。

有人就向丁原耳报说吕布不满。丁原知道自己理亏，又让人叫来吕布，抚慰了一番。丁原后悔地对吕布说："袁绍、韩馥二人反复无常，以后我不会再信他们了。"

董卓那边大获全胜，摆下宴席，宴请众将。宴席上人人都兴高采烈，举杯痛饮。

唯独李儒，一副心事重重的样子。

董卓不喜，问道："贤婿，我们刚刚打了胜仗，一起喝酒庆祝一下好罢？"

李儒知道董卓喜欢热闹的气氛，拱手说道："大帅，刚才我想心事出了神，自罚一杯吧。"说完，将面前的一大斛酒一饮而尽。

董卓问："贤婿有什么心事？"

"我今天看到那吕布，武艺卓绝，英勇无敌，心里不禁有些担心。"

听到这话，徐荣、段煨他们都垂下了头，沉默不语。而李傕、郭汜几个不以为然。

这时，李肃站起身来说："大帅，军师，你们不要烦恼。我跟吕布是同乡，知道这个人很是贪财，却没有太大的见识。我愿意去游说他，凭我的口才，一定能说服他归顺大帅。"

董卓、李儒听到他这样说，顿时大喜。李儒问："你打算怎么游说吕布？"

李肃回答："我听说主公从西域那里得了一匹汗血宝马，名叫赤兔，能跋山涉水，日行千里。李肃想请主公割爱，再带上一些礼物，加上我的说辞，让他明白利害关系，一定可以让吕布反了丁原，然后来降。"

董卓问李儒："贤婿，你觉得怎么样？"

李儒笑道，"大帅，您胸怀天下，怎么会在乎一匹马呢？"

于是董卓答应了李肃的要求，让人准备了一千两黄金，十颗宝珠，一条玉带，都装在宝箱里面，交给了李肃。李肃让人将东西装上马车，一行人悄悄地奔向吕布的营寨。

夜色之下，李肃带人到了吕布营寨。军校拦住了李肃。

李肃请小校向吕布通报，是乡党李肃前来探望故友。吕布知道后，让人将李肃领了进去。

李肃见到吕布，作揖说道："奉先，你我多年未见，一向可好！"

吕布见是李肃，点头笑着说："原来是你啊。多年不见，李兄现在哪里高就啊？"

李肃回答："李肃不才，现在担任了虎贲中郎将一职。"

吕布吃惊地说："原来兄台进步神速啊，失敬了，请坐。"

李肃却不坐下，对吕布说："我听讲，兄弟你有匡扶社稷之心，正好我路过，特来送给你一匹宝马。"说完，请小校将随行的赤兔宝马牵了进来。

吕布仔细观看，见这马通体赤红，无比雄壮，颈项细长，体态匀称，鬃毛柔顺，尾巴飘逸，跑起来步态轻盈，一看就是西域来的绝等好马。

李肃见吕布看得两眼放光，就笑着说道："这马名叫赤兔，有人叫它火龙驹。日行千里，跋山涉水，毫不费力。"

吕布听了大喜，冲李肃拱手弯腰施礼："兄台如此厚待小弟，让我如何回报你啊？"

李肃笑了："兄弟，我为了义气而来，还要你的什么回报呢！"

吕布很是开心，马上命人摆上酒席，两人痛饮一顿。

酒酣耳热时候，李肃问："兄弟，令尊这一向待你可好吗？"

吕布摇头说："兄台，你喝多了。家父已经去世多年啦，你都忘了？"

李肃却说，"奉先，我问的是刺史丁大人。"

吕布本来正为了白天的事情闷闷不乐，听他提到了丁原，就摇头说："不提他也罢。唉，兄台，我如今这般寄人篱下，也是迫不得已啊！"

李肃听吕布的话音里有不满的意思，就故意撩拨说道："兄弟，你有一身的本领，前些日子又威震京城，人人敬佩。功名富贵，对你而言，不过是探囊取物而已。"

吕布向李肃敬酒，两人喝罢，吕布叹了一口气说："可惜我错投了门路，如今却是身不由己了啊。"

李肃见游说的时机到了，就说道："人生一世，除父母恩亲不可选之外，其余都可以选择。大丈夫智慧通达，应当择机而动，择主而事，才可以建功立业。"

吕布见李肃突然变得正经起来，就问："兄台在朝廷，见多识广，你知道现在什么人才是当今的英雄呢？"

李肃回答："我在朝认识了很多官员，他们都不如董大帅。董大帅为人，礼贤下士，赏罚分明。西凉军兵精粮足，猛将云集，又有李儒相助。依我看，他一定能够成就一番大事业！"

吕布叹道："可惜没有门路去认识一下他。"

李肃知道是时候了，就让手下将宝箱抬了进来打开。

吕布见里面装有许多珍宝财物，不由得大惊，问："兄台，你哪来这许多东西？今天你来，到底为了什么？"

李肃认真地说道："董大帅对兄弟你慕名已久，让我带了这些宝物赠送给你，那匹宝马，也是大帅割爱送给你的。"

吕布听了这话，知道了他此行的目的。沉默了一会儿，对李肃说："董公如此抬爱，我难道是个不明白事理的人吗？应该不辜负董公才对。只是，对丁大人，我有些于心不忍。"

李肃拱手赞道："吕将军真是仁义之人。可是你想过没有，这丁原并不是什么良善之辈。"

吕布惊讶地问："你为何这样形容丁大人呢？"

李肃回答，"太皇太后和前骠骑将军董重，待他如何？可是他呢，最后还不是出卖了他们，改投了何进？最后又如何，这些人都死了。他丁原又得到了什么？"

吕布沉默了。

李肃继续说："这个人就是一个算计之徒，不忠、不义、不仁、不智之辈。兄弟你跟着他，难道不是明珠暗投吗？"

吕布仔细想了一下刚才李肃对丁原的评语，觉得都是对的，那么自己选择抛弃了他，就根本不算什么不义之举了。他想起了白天，丁原不愿承担败军的责任，反而斥责了自己，将这黑锅扣在了自己头上，这还算是什么主公！

于是，吕布给自己斟满了一斛酒，一饮而尽。对自己说，大丈夫在世，怎么可以选择这样猥琐的小人当自己主公呢？罢了，丁原不仁，就不要怪我不义了！

吕布站起身，给李肃斟满了酒："多谢兄台今天来点拨我，给了我一生中最大的机遇。我意已决，要杀了这个不义之徒，投奔董公。望兄台引荐。"

李肃大喜，向吕布作揖，说道："如今是风云际会，英雄聚集在大帅周围，我们一定可以立下不世之功！"

于是两人约定，第二天吕布就要带军去投奔董卓。临行前李肃对吕布说："不管怎样，兄弟千万小心！"然后拱手告辞而去。

吕布看着远去的李肃，面目突然变得凶狠起来，双眼瞪向丁原的大营，紧咬牙关，右手紧紧地握住了刀把，自言自语地说道："非常之时，人不为己，天诛地灭！"

第五十三章　董卓废帝

深夜二更时分，吕布带了十几个贴身护卫，闯进丁原大帐，发动了突然袭击，将毫无防备的丁原护卫全部杀死。

最后只剩丁原一人，面对着手拿钢刀，步步进逼的吕布和他手下的士兵，丁原满脸惊恐地问吕布："奉先，究竟为了什么，你要变心反我？"

"大人，是你负我在先，就不要怪吕布现在负你了。"

"我负了你？奉先，这是从何谈起？"

"大人，你回忆一下，但凡遇到坏事，你每每呵斥于我！你这是视我为何人？"

"这，这……"丁原嘴唇哆嗦了一下，"奉先啊，我一直把你当作义子！你当真对我没有过半点情分？"

"情分？大人，你对我有情分吗？在你的眼里，我跟你身上佩戴的刀，有区别吗？只有在你需要杀人时，才会想到我，不是吗？"

"奉先，老夫不是这样的。"丁原痛悔自己平时一直没有看懂吕布的心思。

"所有的人，在你的眼里，都是可以利用的工具，董重是，董太后是，何进也是。我，当然更加是了。"

"你！"丁原怎么也没有想到，吕布竟然会拿董太后他们来攻击自己。

"你过去可以出卖董太后他们，将来自然随时可以出卖我们。多说无益，今天的恶果，都是你自己种下的。"说完，吕布上前接连猛砍两刀，斩杀了丁原。

然后出去对众人喝令道："丁原不忠不义，背叛太皇太后和董重将军。我现在杀了他，为太皇太后报仇，这跟你们无关。你们愿意跟我的，就留下来；不愿意的，就散了吧。"

并州军的军士大都是吕布和张辽他们招募来的，因此大部分人选择留下跟随了吕布，其他士卒就一哄而散。而并州军的军官们基本都留下了追随吕布，因为吕布是他们心目中的战神，很多人当初是冲着吕布才加入并州军的。

看到这么多的军官愿意留下，吕布突然高兴了起来，他觉得自己做了一件非常正确的选择。

第二天，吕布如约率军来投董卓。

董卓接报后，率领所有将官，亲自走出大营，以最隆重的礼节，欢迎吕布来投。吕布感动之余，当众拜了董卓为自己义父。董卓就在营中大摆宴席，庆贺收了吕布作为义子。又赏赐给吕布一副金盔金甲并绣衣锦袍。吕布再三拜谢。随后董卓向皇帝上表，进封吕布为都亭侯，担任骑都尉和中郎将。

并吞了两万并州军后，董卓的西凉军威势大增，京城震怖。袁绍、袁术兄弟自然更加紧张。

袁绍本来跟袁术、曹操他们商定好，要跟丁原合作，内外夹击董卓。他们根本想不到，丁原竟然是昙花一现，这么快就被董卓彻底整垮。

袁术对袁绍说："看来我们不是低估了董卓，是远远地低估了他。兄长，你可知道那把赤霄剑现在哪里吗？"

袁绍只点了点头，没有回答。

袁术冷笑了一声："可惜你我费尽了心机，想要拿到这把赤霄剑，董卓却不费吹灰之力就得到了它。难道这就是天命吗？"

"当然不是。即使有天命，也必定不在他董卓身上。"袁绍非常肯定地回答。

"兄长，你还不服输吗？董卓现在吞并了并州军，有吕布这个'天下第一将'助他，他的实力更加今非昔比，我们还能斗得过吗？"

袁绍陷入了沉思，喃喃自语地说："我们斗不过他？不对，不是我们跟他斗，是全天下的诸侯要跟他斗！这场大戏，不但没有结束，恰恰相反，这才刚刚开幕！"

袁术看着袁绍，仔细琢磨他的话，突然有点明白了，问道："兄长，你打算联合各郡刺史、州牧，一起讨伐董卓是吗？"

"是的。兄弟，我们必须思考脱身之计，尽快离开京城，去找一个大郡，发展我们自己的军队。不然的话，留在京城就只能等死了。"

袁术赞同袁绍这个计划："兄长你说得很对。那么我打算去南阳，你呢？"

南阳十分靠近袁氏家族的根底——汝南。袁术选择南阳，自然是想讨巧了，无论是征兵还是募粮，都会非常容易。袁绍明白他的心思，只轻轻一笑，说道："好吧，你去南阳，为兄我就去冀州。将来我们兄弟二人联手，一定能率领天下兵马，把董卓这厮扳倒。"

说完，兄弟二人击掌为誓。

收了吕布之后，董卓越发志得意满，他跟李儒商量废立的事情："贤婿啊，上次在公卿面前，已经提过了废立大事，并没有得到响应。下面这事该如何操办呢？"

李儒回答说："大帅可以像上次一样，再摆一个宴席，这次要请更多的官员赴会。上回丁原敢公开顶撞大帅，结果如何？我想，这些官员的心里很清楚。"

董卓笑着说："其实那次宴会的官员中，也就是丁原有胆量公开反对。其他人都是胆小怕事之辈。"

李儒摇头说道："大帅，您千万不可低估了他们。很多人只是不愿意出头而已，谁又知道他们心里怎么想呢？比如那个袁绍。丁原之后，就是他最有实力了，他的态度最是重要。"

"他敢跟丁原比吗？哼！"董卓对袁绍很是不屑。

"不，袁绍的实力比丁原强多了。"

"贤婿啊，袁绍才多少兵，能比丁原强？"

李儒解释道："大帅，我们不能只看他们暂时兵力的多少。为什么我说袁绍的实力比丁原强大呢？是因为他们袁氏是名门望族。别看他现在没兵，只要他愿意，登高振臂一呼，就会一呼百应，要兵有兵，要粮有粮。"

董卓摇头，根本不信。

李儒继续说："他们袁氏家族的门生故吏，遍布天下各个州郡。平时看不出来它的作用，到了有事时，为了袁家，他们很可能都会挺身而出的。"

董卓还是有些半信半疑，不过他想到了袁隗："既然不能动袁绍，我们就扣住袁隗，他的全家上百口都在京城。袁绍他敢怎样？"

"这是最后的办法了。"李儒说道，"最好还是劝说袁绍支持我们。"

董卓问："你有把握吗？"

"李肃能收买说服吕布来降，这才是我们的上上之策。对袁绍，我也想要试一试。"

董卓怀疑地问："袁家那么有钱，他是很难收买的吧？"

李儒拱手说道："不错，钱不能收买他。但任何人都有弱点。拿吕布来说，他的弱点是'利'字；那么袁绍的弱点，就是一个'名'字。我想，如果大帅推荐他位列三公，他有可能会接受这个条件。"

"好，那你试一试吧。只要他愿意支持我们，想要什么官位，我都会给他。"董卓这时对袁绍非常慷慨。

随后，李儒准备了些礼品，就登门拜访袁绍去了。

袁绍听说李儒来访，立即明白，说客到了。听讲吕布就是被董卓派李肃说服了，现在他的军师亲自出马，要不要听听他的说辞呢？

袁绍想起了自己宏伟的计划，在这个计划里，是不可能跟董卓这样的人合作的。董卓企图废帝立新，这跟自己格格不入。况且董卓真的废帝之后，一定会引起天下反对。何必跟这种人一起，弄得自己声名狼藉呢？相反，还不如公开地跟他决裂，能得到天下人的拥护和赞誉！

于是袁绍打定了主意，让差役对李儒说自己不在府里。李儒见他如此情形，明白了袁绍是不可能合作了，不由得心里暗自冷笑。

李儒回去后跟董卓说，袁绍没有见他。

董卓冷笑着说道："这就是世家子弟的做派，喜欢让人吃闭门羹。贤婿，你还要再试吗？"

"不用了。大帅，废立大事，宜早不宜迟。我们就按计划，明天摆宴吧，这次要把京城的所有公卿全部请到。"

"好，这个事情你自去安排。我还要单独去一下宫里，跟陈留王谈一下，你看如何？"

李儒赞道："大帅想得周到啊。您一定要告诉陈留王关于董太后被害的事情，要带上李玄和张意，让他们去讲。陈留王打小是董太后带大的，跟她很亲。如果大帅为董太后出头洗冤，他应该对大帅感恩才是。"

董卓听到这里，得意得哈哈大笑。

于是两人分头行动，董卓逼宫废帝的行动正式开始了。

第二天，董卓大宴在京文武大臣，太傅袁隗、司徒王允、黄琬以及杨彪等上百名官员齐聚宴会。董卓让吕布带了上千名士兵埋伏在外，自己身穿内甲，带剑赴宴。

董卓等众人到齐后，举起酒杯，说道："各位，今天请大家来，有几件事情要跟大家宣布一下。在讲大事之前，让我们一起喝了面前的酒，庆贺阉宦之乱已经平定。来，干了。"说完，自己一饮而尽，众人也各自举杯。

董卓等众人放下酒杯，又开口说："这第二杯酒，让我们一起缅怀不久之前崩逝的先帝。"于是董卓与众人又饮了第二杯酒。

然后董卓不再说话，看着众人。众人面面相觑，不知道他要干什么。董卓扫视了一遍群臣，特别盯了袁绍许久，袁绍只当不知，面无表情地坐在那里。董卓终于开口说话了："各位，这第三杯酒，让我们一起纪念被人陷害致死的太皇太后。"说完，自己一饮而尽。

这时，很多人不再举杯了，众人在下面议论纷纷，都知道董卓在这个公开的场合为董太后鸣冤，是为了废掉何太后，最终还是为了废帝。但是也有很多人在想，董卓固然有他的私心，可是何太后与何进二人鸩杀董太后，也的确是太过分了。

董卓见很多人都没有举杯饮酒，不由得开始发怒，重重地讲酒斛砸在桌上："各位，我是个带兵的粗人，说不出那些大道理来。但有一点，就是小户人家也都知道，太皇太后她是何太后的婆婆，当今皇上的祖母，何太后她怎么就能下得了毒手？"说完，重重地拍了拍桌案，喝道，"是可忍，孰不可忍！"

此时宴席上鸦雀无声，很多官员因为太过紧张，以至于有些瑟瑟发抖。

没有人附和董卓的这些话，也没有人反对这些话。这时宴会变得非常安静，安静得连很远处官员的一声咳嗽，都清楚地传到了董卓的耳朵里。

这时，李儒站起身说道："圣人讲过，'其身正，不令而行；其身不正，虽令不行'。何太后行事如此，怎么能再身居太后之位，令朝廷蒙羞呢？"说完，做了一个手势给李玄。

李玄明白，站起身来，大声说道："先帝遗诏，众臣接旨。"说完，也不管是不是有人跪接，直接念道，"昔先祖武帝曾诫，往古国家所以乱者，由主少母壮之故也。女主独居骄蹇，横蛮自恣，莫能禁也。今皇后何氏，出身微末屠家，母仪缺失。而蒙宠受幸，领天家厚恩，却无感怀之念，一味倔强忌妒。竟毒杀美人王氏，致使后宫震慑，实乃朕锥心之痛。特预立此诏，朕若不在，彼必为祸，故赐皇后何氏自尽，与朕同入文陵。钦此。"

旨意宣完，众官员一片窃窃私语。李儒跟董卓贴耳说了几句，董卓就大声地说："先帝已经不在，赐何皇后自尽一说，就无从谈起。但先帝遗诏，也不能不尊。咱家的意思是，太后退位，隐居深宫，思过去吧。大家以为如何？"

这时李肃第一个站起身向董卓拜倒："太尉大人公忠体国，一片仁心，令我等由衷地钦佩。臣等支持。"

随后众多官员纷纷站起身来，表态支持董卓废后。袁绍、袁术等人虽然心里强烈反对，但在这种情形下，也不能公开反驳。毕竟，董卓在这件事情上还占着理。

这时，董卓觉得时机到了，应该再次提出废帝的议案。董卓手按着剑，站起来说："何太后将废，她的儿子，现在的皇上懦弱无能，并非先帝瞩意。而陈留王刘协聪明仁义，是先帝原本要立的皇子。我要按照伊尹、霍光的事例，废掉现在的皇帝为弘农王，改立刘协为帝。谁敢不从的，立斩！"

虽然官员都知道董卓要干这件事情，现在他用这样的方式再次提出来，着实让很多官员心惊胆战。没有人敢公开站出来反对他，倒是有三三两两的官员，发出了附和董卓的声音。

突然，袁绍挺身站了出来，大声地说："我反对！"

众人被这个声音惊到了，齐刷刷地盯住了袁绍。

袁绍继续喊道:"皇上继位到现在,从来没有任何失德的事情。董卓你擅自废帝,这就是篡逆,就是造反!"

董卓听了这话,勃然大怒,立时拔出宝剑,指着袁绍喝道:"废帝立新,由我来裁决。你是什么人,胆敢逆天?要用你的头,试一试我的宝剑吗?"

吕布这时站在董卓身后,手持画戟,跃跃欲试。

不知为何,袁绍丝毫没有惧怕的意思,也猛然拔出自己的剑,大声说道:"你有利剑,我也有的!"

两人各持宝剑,相互瞪着对方,谁也不肯让步。

这时吕布持戟准备向前动手。袁绍背后的颜良、文丑二人也拔出腰刀,向前挡住。眼看着一场激烈的厮斗一触即发。

这时李儒赶紧上前,拉住了董卓,劝道:"今天的宴会,气氛祥和,大家都不要动刀枪。"

于是董卓收剑,退了回去。袁绍也收了剑,带着颜良、文丑二人扬长而去。回府之后,立即将所有收拾好的物事装上马车,只留下了司隶校尉的印信,放在正堂的桌案上面,然后率领全家人出城,奔往冀州而去。

袁绍走后,董卓仍然怒气冲冲,转头对袁隗说:"你的侄子,太过无礼。不是看在你的面子上,今天我一定会杀了他的。"

袁隗赶紧躬身施礼,连连感谢。

董卓问他:"我马上就要废帝,你怎么看待这件事情?"

袁隗回答说:"太尉此举,顺应人心,我一定支持。"董卓这才满意,放过了袁隗。

第二天,文武官员齐聚嘉德殿,董卓命李儒在大殿之上高声朗读奏策:"孝灵皇帝,早弃臣民;皇帝承嗣,海内侧望。而帝天资轻佻,威仪不恪,居丧慢惰:否德既彰,有忝大位。皇太后教无母仪,统政荒乱。永乐太后暴崩,众论惑焉。三纲之道,天地之纪,毋乃有阙?陈留王协,圣德伟懋,规矩肃然;居丧哀戚,言不以邪;休声美誉,天下所闻,宜承洪业,为万世统。兹废皇帝为弘农王,皇太后还政,请奉陈留王为皇帝,应天顺人,以慰生灵之望。"

读完之后，董卓喝令皇帝身旁的左右黄门将皇帝搀了下来，当面解下龙袍皇冠，缴了皇帝印玺，命他向北长跪。然后令人收取了何太后的太后印玺，命令卫士将二人囚在永安宫，没有旨意任何人不准进出。

何太后跟小皇帝相抱痛哭，李玄、张意带着太监们将二人押走。文武官员们看到了他母子二人如此凄惨情形，全都不忍再看，却无人敢再发出反对声音。

随后，董卓命人将陈留王刘协请出，几个小黄门围着刘协，将皇冠、龙袍给他穿戴好。然后刘协手里端着印玺，缓步走上龙椅，坐了下来。

董卓随即率领文武官员，齐呼万岁，献帝登基礼成。

仪式结束后，献帝随即加封董卓为相国，可以赞拜不名，入朝不趋，剑履上殿。至此，董卓位极人臣，威名震于朝野。不管是支持他的人，还是恨他的人，都对他的霸道极其畏惧。

然而，"祸兮福所倚，福兮祸所伏"。很快，就接连发生了很多令董卓和李儒始料未及的事件。

第五十四章　泰山群寇

袁绍率领手下匆忙离开京城，直奔冀州去了。当夜，袁术也率领手下军官集体出逃。

消息以最快的速度传到了李儒那里。李儒赶紧向董卓汇报，袁绍、袁术都已经逃离京城了，今后他们两人一定会举兵起事。

董卓听了大为恼怒，命人将袁隗府邸看住，不许袁府老幼随意离京。董卓发狠说，如果袁绍兄弟真敢起兵对抗，就要杀净袁隗阖府老幼。李儒随即按董卓的意思写了书信，派人分别送往袁绍、袁术两处。即使这样，董卓仍然对袁绍恼恨不已，命人向全国发布海捕文书，一定要通缉捉拿袁绍送回洛阳。

李儒当即拦住："大帅，您千万不能全国通缉袁绍。如果这么做了，遍布天下的袁氏四代门生，甚至其他无关的士人，一定会同情祖护袁绍。这样他就会声名大噪，让他更容易地招募豪杰建立军队，竖旗反对我们。说不定各地群雄都会趁乱起来，互相割据，关东的局面就不可控了。"

董卓皱眉说道："抓他不行，不抓也不行，到底要怎么样待他呢？"

李儒诡异地笑着说："咱们可以任命他做官。"

董卓听了这话，立刻眼睛瞪了起来："让他做官？也罢，反正朝廷在我们手里。他现在哪里？"

"据报他现在跑到了渤海。"

"那就让他做个渤海太守。"

李儒拱手笑道："相国高明。赦免了袁绍，却只给他当一个小郡的郡守，他就是想折腾也翻不出什么大浪来。"

董卓要给袁绍一个小官做，本意是要羞辱一下他，没想到这个想法跟李儒契合了。

李儒继续说：“还得给他派一个上司过去。相国，冀州牧这个位置很值得玩味。”

“你有什么想法就直接说，是不是有人选了？”董卓知道李儒有人要推荐了。

“是的，他就是韩馥。”

“不是一直被关在牢里吗？怎么，他全都招认了？”

“还没有。”

董卓皱起了眉头：“贤婿，你这葫芦里卖的到底是什么药？”

“相国，我思来想去，就是这个韩馥最合适。”

“为什么？”

“韩馥虽然没有招认袁绍的事情，可是我最想确认的事情，他已经默认了。这个人继续关着，或者杀了，意义都不大。不如让他做冀州牧，去管着袁绍。”

董卓担心地说：“他们本来就是一伙的，你还让韩馥去冀州？”

“以袁绍的心机，见我们不但不杀韩馥，还莫名地给他升了官，应该会对韩馥产生疑心。再把韩馥派过去当他的上司，我料定两人不但不会继续合作，反而会相互猜忌防备。”

董卓问：“那韩馥就会一切都听咱们的吗，你可有把握？”

李儒笑道：“相国放心，我已经派人安排了。他不敢不听我们的。”

于是董卓点头同意。

李儒继续说：“韩馥的官阶本就比袁绍高一点，这个人算是个名士，跟袁家，尤其是袁绍、袁术兄弟两个，一直有密切的联系。从目前我掌握的情况看，大将军何进，可以说就是他们联手掌控。可笑的是，那何进很可能到死都不知道，也就是他们几个一起坑死了他。”

“哦，有意思。”董卓开始对韩馥有了兴趣。

“几天前，我派人从监牢向外散布消息，说韩馥已经投靠了相国，把所有知道的事情，通通供认不讳了。相国，那袁绍急匆匆地逃走，不仅仅是因为怕您，多半也是怕了这个消息。”

董卓哈哈大笑，然后想起了李儒刚才说过的一句话，就问："你刚才提到一个最想确认的事情，那是什么？"

这时，李儒走了上去贴耳对董卓说了几句话，董卓大为惊讶，随即问道："这个事情可信吗？"

"虽然没有证据，但据我的判断，可信度很高。"李儒点头回答。

"如果是真的，连他们都想要皇帝死，这大汉真的是气数已尽！"

"大帅，这洛宫里面，前赴后继，到处都是算计和谋杀。大汉气数已尽，这就是不争的事实。对了，相国，您看把皇帝和都城搬迁到旧都长安去，怎么样？"

董卓很高兴地说："那当然好，关内是我们的大本营，做事情方便多了。明天咱家就在朝会上宣布，改日迁都，你看如何？"

"相国，迁都的事情，需要一个合适的机会，仓促之间，我们也一时搬不了的，还是从长计议吧。"

随后两人又商量了一些杂事，李儒自行离开，去书房起草文书。

再说卢奕跟陈芯，两人同王融一道将司马懿跟他的母亲安全送到了河内温县，随后由王融引路，顺利地到达鲁国。这里距离东面的琅琊国已经很近了。

朝廷因为怕党人参与黄巾军暴动，几年来曾经陆续赦免了一些党人及其家眷，可是陈芯的父亲陈逸一直得不到赦免。直到最近，朝廷赦免了所有受党锢案牵连的士人，陈逸这才走向了公开。司徒王允等人还出力帮忙，因而陈逸被任命了鲁国相之职。

陈逸这次见到了女儿陈芯和未来的女婿，自然是格外高兴，叫人大摆了宴席，宴请卢母和王融等众人欢聚。席间，卢母请王融向陈逸递交了婚帖，陈逸欣然应允。于是就两下商定了，单等卢植到时，就为他们二人举行婚礼。此时陈母已经辞世多年，卢母问起陈逸可还有其他家眷，陈逸犹豫了一下，又把话咽了回去。

细心的陈芯看出了父亲像是有话要说，等宴席结束后，就单独去见了父亲，问起此事。

陈逸叹了一口气说："当年家族罹难，我与你母亲四处逃亡，躲避追捕，家里的人口除了遇难之外，还有一些走失了。其中就有你的同胞姐姐，名叫陈蕊。"

这话有如醍醐灌顶，陈芯顿时想起，吕布曾经把自己错认成另外一个女子，当时自己疑惑，难道这世上，还有跟自己一模一样的另一个人吗？现在父亲提起了陈蕊，她就问道："父亲，姐姐的样貌是不是跟我非常相像？"

陈逸点头说："是啊，你们两个，本就是双胞姐妹，如果不仔细观看，很难辨认出你们两个。"

"那姐姐如何走失的呢？"

提起了这些伤痛经历，陈逸至今仍然觉得痛苦不堪，难以回首。原来当年陈逸一家在逃难途中，遭到了突如其来的追杀，管家任昂抱着刚出生不久的陈蕊，跟众人走失。陈逸后来请人多方查找，都是杳无音讯。

当陈芯听到任昂的名字，想到了吕布曾经把自己喊作红昌，两者之间难道有什么关联吗？于是她就把这个经历告诉了父亲。陈逸听后大喜，随即又马上失落了起来。这人海茫茫，又是乱世当中，该到哪里去找那个叫红昌的女子呢？

过了一会儿，陈逸问陈芯道："你母亲交给你的玉佩，还在吗？"

因为这是母亲当年交给陈芯的纪念之物，她格外珍藏，每时每刻都戴在身上。听到父亲问到此物，就摘了下来递给父亲。

陈逸将这个玉佩托在掌心，看了一遍又一遍，小心地抚摸着玉佩："这个玉佩本来是一对，生下你们后就一直挂在你们身上。你的是这个，你姐姐陈蕊有另一个，两个玉佩完全一样。如果有一天，老天眷顾陈家，让我们遇到另一个玉佩，就能找到你姐姐了。"

陈芯将这事牢牢地记在心里。之后又告诉了卢奕，她想如果有一天再遇到那个吕布，可以向他询问一下。

在鲁国停留了几天后，卢奕、陈芯要跟王融一起前往在琅琊国的王融庄园。而卢母和卢府其他家眷暂时就留在了鲁国，等待卢植赶来。

临行前，陈逸告诉王融："王先生，你可知道青州、徐州那里兴起了几拨山匪，号称'泰山贼'。其中势力最大的臧霸、孙观等人，现在就屯军在琅琊国开阳一带。"

王融觉得很是惊讶："这些人不是一向都在东海郡吗，什么时候转到了开阳？"

陈逸忧心忡忡地说："听说就是最近。王先生，过去一年以来，黄巾军残余死灰复燃，北方所有州郡都发生了兵灾，百姓是苦不堪言哪。很多农人辛苦一年的庄稼被山匪甚至官军抢走，全家生计无着，只好沦为流民，大批的青壮被裹挟也成了山匪。所以现在到处都有大量的土地无人耕种。长此以往，一场全国性的饥荒，恐怕在所难免了！"

王融顿时觉得事态很是严重，开阳离临沂很近，只隔了一条沂水。他不由得对自家的庄园和家人的安危担忧了起来。

随后，众人跟陈逸挥手作别，一路奔往琅琊而去。

众人行了一天，到了庄园，老管家王惇看到主人回来，急急地迎了过来："老爷总算回来了。"

王融下了马车，一边走一边问王惇："最近可有事情发生？"

王惇点了点头，递给了王融一封书信，王融问："是谁的书信？"

"前几天，有几个山贼狂妄无礼，放马跑到我们庄子来了，留下了一封书信，叫送给庄主。"

"哦，你没跟他们说我外出了吗？"

"说了。"

王融打开了书信，先看了落款，写的是泰山臧霸，王融不禁皱起了眉头。

信的大致内容是说，现在秋熟已至，庄上即将收割粟米，他们泰山军要抽取一成。信里限期十天，要庄主派车队将粟米送到他们驻在开阳的大营。如果过期不到，他们就要派大军渡河到庄上就食。王融知道他说"就食"的意思，就是威胁要纵兵抢劫。

卢奕、陈芯见王融紧锁双眉，知道一定有麻烦了。卢奕走到身旁，将信取来看过，递给了陈芯。陈芯看完了说："这伙强盗的口气真大，他们把自己当成官军了吗？"

王惇苦笑着，接话道："官军也派人来过了，要我们交粮。目前庄子已经接到了各种摊派税负，恐怕今年收成的一多半，都要被征走了，加上山匪也要来打劫，今年存下的粮食就会太少。庄上的人明年开春后，可怎么办呢？"

王融问王惇："你刚才提到官军要粮，是哪里来的官军？"

"说是泰山平阳那里，从京里回来一个将军，名叫鲍信，刚刚从京城回来就四处招兵买马，还囤积了大量粮食。老爷，我们这里暂时还没来过黄巾军，他这样干也不知道为了什么。"

王融并不认识鲍信，但听说过这个人，口碑并不算差，据说蛮义气的一个人。到底为了什么，他要这么多粮草，以至于跑到隔壁郡县去征集呢？

这时卢奕说道："鲍信这个人我见过，也打过交道。他是何进手下的部将，何进遇害后，他没有留在京城任职，却回乡征兵来了，难道他要领军出去打仗吗？"

王融摇了摇头："现在大家都身处乱世，很难说这个人到底想要干什么。不管怎样，他既然声称自己是官军，那么就得遵守朝廷的法令才行。"

然后王融将卢奕、陈芯引进了客堂。夫人带着幼子王祥已经在厅堂等候。王融向众人介绍了卢奕和陈芯这两位访客，吩咐王惇收拾出两间上好客房，晚上开宴给客人接风洗尘。

在接风宴席上，卢奕问王融和管家王惇，这里的人所说的"泰山贼"究竟是怎么回事？

王惇介绍说，他们主要是指最近盘踞在泰山郡周围的五个山贼头领：臧霸、孙观、吴敦、尹礼和昌豨。他们都是泰山郡人。其中，臧霸、孙观、吴敦和尹礼是一伙，势力较大，本来一直驻扎在东海，不知为了什么，最近转到琅琊来了；昌豨自成一伙，这个人狡诈无常，又行事霸道，人称"昌霸"。

陈芯听着觉得有趣，笑着说："一个叫臧霸，另一个就叫'昌霸'。他们是不是都想在这一带称霸呢？"

王融点头说："有这个可能。从泰山郡到琅琊国，这里群山连绵，尤其是泰山，'吞西华，压南衡，驾中嵩，轶北恒，为五岳之长'。这里东临大海，西靠黄河，北接冀州平原，南有汶泗之水，群山绵亘数百里，地形险要。如果占据了这里，向北能够威胁冀州，向南可以控制徐州，是个藏兵、用兵的绝佳之地。"

卢奕问道："既然都敢称霸，他们二人一定有过人之处了？"

王惇回答说："听说臧霸勇猛过人，又讲义气，所以在泰山郡，有很多人追随他。多年以前，他的父亲臧戒曾经当过费县狱掾。因为坚守朝廷律法，不屈从太守命令。那太守发怒，命人收押了他，要发配苦寒之地。当时十八岁的臧霸，获悉父亲将要被发配，就召集食客十几人，闯进了监狱将父亲救出，并杀死了太守。当时牢狱里面的上百号狱卒，因为惧怕臧霸勇武，全都不敢上前阻拦。这以后，他与父亲就逃亡到了东海郡。"

卢奕点头赞道："听起来不错，是个人物。"

王惇继续说道："跟臧霸相比，昌豨的名声，就不那么好了。"

"哦，这是为什么？"

王融说："我听过有人评价昌豨，说他这个人生性狡诈贪婪，反复无常。对他说的多数承诺，都不能当真。"

卢奕笑着说道："这倒也的确是一种匪性。"

王融继续说："身处乱世，即使做匪，也得有些信用才行，否则他走的道不会太远。"

王惇接话说："除了他们两位，还有孙观、吴敦、尹礼，以及孙观的兄长孙康等人。这个孙观，匪号孙婴子，是除了臧霸之外，又一个武勇过人的山匪头领。这次写信威胁要抢粮的，是他们最大的头领臧霸。看来，这些人可能很早就盯上我们的庄子了。老爷，要早做打算啊。"

王融将须思索了一阵，问卢奕："卢将军有什么高见呢？"

卢奕说："你们现有的庄丁，加上临时征调的庄客，能凑出多少兵力来呢？"

王惇马上接道："一千不到。"

"臧霸的队伍能有多少匪兵呢？"

"这就不好说了，听讲他们在开阳的寨子规模不小，我估计不下几千人。"

卢奕问王惇：“刚才你说过，还有官军来索要秋粮，不是吗？”

王惇回答："正是。"

然后又醒悟了过来："卢将军的意思是，要请那支官军去剿除臧霸他们？"

卢奕点头："是啊，难道他们不愿去剿匪吗？"

王融笑道："他们到我们这里来，强行索要粮食，这跟山匪又有什么区别呢？"

一直旁听的陈芯说道："不是说那个鲍信，原来就是在京城任职的将军吗？按道理说，他应该不会像山匪那样蛮横无理。"

王融想了一下说："那这个人为什么一定要这样做呢？"

这句话倒是提示了卢奕："我想起来了，鲍信原本就是受大将军何进的指派，回家乡征兵的。跟他一起被派往各地征兵的，还有张辽、张杨那些人。"

"这么说来，他从泰山征兵，回到了京城，却遇到了京城宫乱，何进已死，他征的兵无处可去，只好又带回来。可他们一直得不到官饷，难怪鲍信就着急了。"王融有些明白了。

卢奕若有所思地说道："应该是这样的。可是一般而言，这种情况下其他人可能就把兵解散了。可是他不但不解散，而且继续征募士兵。可见他一定是另有图谋。"

王融建议道："这样吧，明天我就到平阳那里，去会一会这位鲍信将军，你们觉得如何？"

卢奕答应说："先生要去的话，卢奕自然会陪着先生同去。还可以顺便登上泰山，游览一下。"

听到要去登泰山，陈芯非常高兴。于是三人约定了，明天就一同前往平阳。

第五十五章　激战蒙山

第二天清早，陈芯穿了男装出来，更显得英姿飒爽，与卢奕、王融收拾停当，带了十几个精干的庄客，沿着山路向平阳驰去。一行人纵马奔了小半个时辰，进入了群山，卢奕查看图本，知道应该是进入蒙山了。

这里的山道时而陡峭，时而盘旋，一侧往往是悬崖峭壁，另一侧常有巨石悬空，行在这种山路上，着实让人担惊受怕。然而曲折起伏，峰回路转，又更显幽静奇秀。再行了一阵，山道逐渐平缓，到处都是林木葱郁，老树参天，古藤缠绕。众人向远处望去，只见山势笔立陡峭，各处常有飞瀑泻下。

陈芯不禁赞道："如果这里没有山贼出没，真是个世外高人隐居的好去处。"

卢奕问："这么说来，山贼们肯定都不能算世外高人了？"

陈芯听了笑着回答："高人？不知道能不能算。但肯定不是世外之人了。"

王融苦笑着说道："你们这样讲山贼，过一会儿真就来了。"

话音未落，前面跑来一群慌慌张张的路人。有人对他们说，不能再前行了，前面有官军正在跟贼军厮杀，贼军很快就要退往这边来了。

卢奕心想，这里的官军，难道就是鲍信他们吗？他观察了一下四周山势，见附近有一个山顶，可以用来观察前面山下的情形。于是他带着众人跑到了山包上，向远处眺望。只见远处的确有旌旗招展，两小股人马正翻滚着厮杀在一起。

过了一会儿，其中一方开始败退，众人看他们身上没有统一的衣甲，想来应该是山匪无疑。另一方开始追击，他们的旗号上写着大字"鲍"。众人都在猜想，这么巧，莫非真是鲍信来了吗？

卢奕打开了王惇给他的本地图本，跟王融核对了现在的位置，看了一会儿，说道："不好，山贼们是佯败诱敌。"

王融看了地图，也同意道："不错，如果鲍信他们跟着山贼进了前面的山谷，很可能会中了他们的埋伏。"

那支官军追了一阵，停下来观望了一会儿，然后开始后撤。卢奕、王融点了点头，觉得这个带兵的将官并不糊涂。

山贼们见官军没有上当，就结伙又冲了下来。

等到官军重新集结准备厮杀时，他们就立刻撤退了回去。官军追杀了一阵，不见了山贼踪影，犹豫了好久，又退了下去。

但刚退回没有多久，山贼们又呐喊着杀了出来。就这样来回折腾了好多次，那军官终于被惹恼了，亲自指挥了一队官军对山贼猛追过去，一路跟进了山谷。

卢奕、王融连说不好，正想着什么办法能制止这个军官，那小队官军的最后一部已然进入了那个山谷。不久山谷的深处传来了鼓声和呐喊声，听声音应该是埋伏的山贼杀了出来。

这时山谷外过来了一小队山贼，截断了官军的退路，为首的头领挥动双刀，指挥着手下用大块石头将谷口封住，然后只留下少许山贼看守谷口，自己带着其他人杀进了谷中。

眼见这支官军就要被山贼全歼，卢奕跟王融商量了一下，决定要出手援救。卢奕请王融挑选了几个武艺精熟的庄丁，每人都带足了箭支和其他武器，由卢奕率领他们进入山谷，陈芯、王融带人在谷口接应。

从小道悄然逼近谷口后，卢奕让每个人再次检查了各自的装备，就要准备上阵了。

陈芯说了一声："等等。"然后走了过来，将自己身上的那个玉佩取下，打开卢奕身上的软甲，放进了里怀里，再掩上了软甲，嘱咐道，"千万小心。"

卢奕笑道："放心，一些毛贼而已。"

王融嘱咐那几个庄客说，一定要掩护好卢将军。几人领命，跟着卢奕出发了。

这时守在谷口的有十几个山贼，卢奕领着几个庄客点清了他们之后，打手势示意众人要左右包抄过去。随后卢奕率先冲了上去，一面稳步小跑，一面远远地向山贼射箭，转瞬之间射倒了位置最前的几个人。后面的山贼见有人袭击，全都抄起了刀枪，向卢奕包围了上来。

卢奕收起弓箭，抡着长枪冲了上去，在贼兵中间左右冲突，后面跟着庄客掩护他的两侧，山贼们哪里能抵挡住卢奕他们的冲击，片刻之间就全数被歼。

随后陈芯、王融赶到，众人将石块起开，把谷口清理了出来。卢奕带着一些人悄悄地摸进山谷。走了片刻，里面一直都是寂静无声，不禁让人怀疑是不是走错了地方。

再走了一会儿，发现前面有一个极陡的转弯。转过去一看，下面是很长的斜坡。在斜坡上，几个人发现了众多官军和一些山匪的尸体混杂在一起。

卢奕让人检查了一下，没有一个是活着的，于是再向前搜索。

走完了向下的斜坡，众人顺着山道向上行去。一路走过去，山路两边都有双方士兵的尸体混在一起。快走到最高处时，前面传来了厮斗的声音。卢奕带着人快速抵近，只见剩下的十几个官军正和上百个山匪杀作一团。领头的军官挥动大刀，正在跟那个使双刀的山贼头领性命相搏。

这时军官手下的士卒被逐渐杀散，眼见自己的人越来越少，那军官开始心慌起来，他的惊慌表情立刻就被山贼头领捕捉到了。他大笑了起来，舞动双刀更加猛烈地攻击。

军官冲部下大喊："快撤，我来断后！"然后自己再次抵住了山贼头领，但很快就被接连砍中几刀，眼看他就将性命不保。

卢奕见情形紧急，摘弓搭箭连续射出了几箭，几名山贼立即应声倒地。庄客们也跟着卢奕一起放箭。那山贼头领见有人从后面袭击过来，知道谷口已经被他们攻陷，就怒吼了一声，挥着双刀冲向卢奕。卢奕也挺枪向他冲了过去。

两人各挥刀枪，杀在一起。斗了约十数合，那头领敌不过卢奕，情急之下，大声招呼其他山贼一起来围攻卢奕。卢奕加快了攻击，一枪刺在那人肩膀之上。这人还要再斗，怎奈肩膀疼痛无力，被卢奕接连磕飞双刀，随即用枪抵住了他的喉咙。

卢奕喝道："叫你的手下放下武器！"

谁知这人异常勇悍，不但抵死不从，而且继续大声喊杀。卢奕无法，只好用枪将他拍晕倒地。然后插枪在地，抽出了工布宝剑，然后左手举着盾牌，右手端着宝剑，冲进了山贼群里左突右杀，所向披靡。被山贼包围的士兵见来了援手，士气大增，呐喊着开始反攻。而山贼们没了头领指挥，立即崩溃，四散而逃。

山贼们逃走之后，那军官吩咐不准追击。然后走过来向卢奕弯腰叉手施礼："鲍韬多谢将军的救命大恩，请问将军高姓大名？"

卢奕扶起了这军官："你叫鲍韬，那么鲍信将军是你什么人呢？"

"他是我的兄长。"

卢奕说道："我叫卢奕，跟你们鲍信将军在京城时相识。他现在哪里？"

鲍韬回答说："兄长就在山谷外面。卢将军，我来引路，一起去见我兄长如何？"

卢奕点头答应。

这时几个士兵捆了那山贼头领走了过来，那头领恶狠狠地盯着卢奕。

鲍韬对卢奕十分钦佩："卢将军真是好手段，轻松地拿下了此人。他叫昌飙，是昌豨的嫡亲兄弟。嘿嘿，这下他们的气焰嚣张不起来了吧！"

"那昌豨现在哪里呢？"

"兄长正率领主力跟昌豨对峙。今早，我带人到外围打探路径，没想到中了昌飙诡计。"说完，鲍韬再次施礼，对卢奕的救命之恩表示谢意。

随后众人一起回到了谷口，与陈芯、王融他们会合，由鲍韬引路，众人一起去见鲍信。

此时鲍信大军与昌豨刚刚打了一仗。那昌豨十分狡黠，只用小部分山贼跟鲍信大军纠缠，乘着鲍信不知路径、犹豫不决的时候，突然袭击了官军的侧翼，擒获了鲍信的另一个兄弟鲍忠，然后快速撤走。等鲍信带人赶来时，早已不知去向。

鲍信暴跳如雷，发誓要亲手斩了昌豨，可是到哪里去寻昌豨呢？他正坐在营里生着闷气，小校来报说，鲍韬回来了，还抓了昌豨的兄弟昌飙。鲍信听到后转怒为喜，立即迎了出来。

让鲍信更加意外的是，一走出大帐，豁然见到鲍韬正陪着卢奕走向自己。鲍信大喜过望，立即迎了上来，冲卢奕施礼道："真是意想不到，会在此地见到了卢奕将军，真是老天助我啊！"

卢奕笑着说："这不是巧合，是我特意前来寻鲍将军的。"

"太好了，快快请进。"鲍信将众人领进中军大帐，招呼众人入座。

随即问道："卢将军，我离开京城时，去看望过令尊大人，他说了你会去琅琊王融先生那里。是不是呢？"

卢奕介绍说："这位就是王融先生。"

于是鲍信站起身向王融施礼，王融也作揖回礼。

众人再次入座，鲍信就从书案上找出了卢植的信件，交给了王融和卢奕传看。看完之后，两人明白了，原来鲍信四处征集兵丁和粮草，是为了将来对抗董卓的西凉军。

王融说："鲍将军要兴兵伐董，我们自会尽力相助。只是，现在开阳那里驻扎了臧霸他们的泰山贼军，这里也有昌豨作乱。不但官道不通，而且臧霸他们已经向我们索要粮食了。"

鲍信大怒："这些泰山贼寇，实在猖狂。我这次之所以来攻打昌豨，就是要打通官道，还要一举剿了这些山匪。"

王融回道："鲍将军，这里遍布大山，地形复杂，易守难攻。想要一举获胜铲除他们，恐怕非常困难！"

"那么王先生认为，我们应该怎么做呢？"

"还是以攻心为上，收服他们最好。听说臧霸为人义气豪侠，说不定能跟将军互相投契。将军可以先派人联络一下，看看他的真实想法。至于昌豨，这个人很是狡猾，估计很难收服他的。不过，如果将军能先收服了臧霸，他愿意跟将军合作的话，昌豨也不会例外。"

鲍信高兴地说："好，听了先生一席话，茅塞顿开啊。"

随即命小校摆开酒席，宴请众人。

正在酒席之中，军校进来报说，昌豨派人送来了一封信。

鲍信命小校将来人带了进来，那人呈上书信，一言不发。鲍信打开书信，是昌豨写来的，要求双方明天上午巳时交换俘虏，地点是阳都汶南村前。

王融轻声对鲍信说阳都离此地不远，大约三十里开外，须得防备他们有诈。

鲍信问来人："明天上午，换人之后，我要与昌豨决战。你回去告诉昌豨，他如果是贪生怕死之辈，明天就不要来了。"说完，鲍信写了一封回信给昌豨，故意将措辞写得极其傲慢无礼，侮辱昌豨兄弟，跟臧霸他们一样，全都是只知为祸一方的蝇营狗苟之辈。

来人取信离开以后，鲍信将他写信的内容告诉了卢奕与王融。王融笑道："将军这是想要激怒昌豨和臧霸，让他们跟你决战。"

鲍信点头说："正是此意。如果我们不能跟这些山贼速战取胜，就会被长久拖在这大山里面，实在消耗不起啊。"

卢奕问："这么说来，鲍将军有必胜的信心了？"

鲍信摇头，回答道："没有。但是如果能把山贼激怒，让他们集中起来，这将是一次难得的机会去重创他们。为此我愿意试一试。"

王融见鲍信的桌案上摊着大幅图本，于是走到跟前看了一阵，对鲍信说："将军请看，那阳都城位于沂、蒙、汶三河交汇，而汶南村则处于汶河、沂河南岸，那里地势平缓，可以驻兵，但位置较低。如果昌豨事先派人塞住了汶河上游，并派人严守下游沿岸，等将军的大军到时，他突然掘开，大水必将淹过整个汶南，大军将逃无可逃。如果我所料不错，昌豨故意把地点选在这里，就是要在明天决河淹敌。"

卢奕怒道："如果真是这样，居住那个村庄的人们怎么办？"

鲍信摇了摇头，心里既惊又怕，马上派出了几路精干探马前往阳都打探消息。

过了几个时辰，昌豨派人送来回信。信中接受了明天决战沂南，鲍信留意了一下落款，发现增加了臧霸的名字。

鲍信马上请来了卢奕跟王融，将回信递给卢奕他们传看。卢奕看后问："将军这里有多少兵力？"

"我总共有三万左右兵力，这次带出来两万多，还有一万左右新兵驻防原地。"

王融点头说："两万兵力在山区不好展开，本来不是好的选择。但明天有一场大战，现在倒是正好用上了。"

卢奕问两人："臧霸加上昌豨的全部兵力，大概有多少呢？"

鲍信回答："探马报说昌豨有五千左右，臧霸至少一万。不过，臧霸明天应该不会倾巢而出，所以预料他们总计一万多。"

王融接道："鲍将军说得有道理。这样看来，我们的兵力也并不占太大优势。"

卢奕说："山地作战，兵多的一方并不一定占优。鲍将军，关键是要熟悉那里的地形、路径。"

"我这里的士兵中，大多都是当地人，卢将军，你放心就是。"鲍信很有把握地回答，然后吩咐亲兵把军中所有阳都、汶南人都集中起来。不一会儿，全部点齐。众人只粗看了一眼，足有几百人之多。鲍信下令，将这些人分散到各营当中，明天作为各营向导。

到了晚上，派出去的斥候穿梭般地回来报告，跟王融预料分毫不差，昌豨的确派人去塞住了汶河，现在那里水位猛涨。在汶南村附近两个高处，昌豨还埋下了伏兵。另有探马回报，臧霸、孙观等人已经跟昌豨约好，明天必定参战。

鲍信叫进来两个精明能干的汶南士兵，让他们向众人详细解释了从汶河上游到下游的各处险要。众人将士兵讲述的情形，跟图本上详细比对标注，列出了昌豨最可能的几种排兵布阵，随后一一想出了应对之策。

王融说："'知己知彼，百战不殆。'我们现在对昌豨了解得比较清楚，但对臧霸他们，却所知有限。"

卢奕笑道："王先生，别忘了他们也未必知道我们啊，所以这就是一场遭遇战。"

鲍信拍手赞道："说得太对了。尤其他们不知道，我们有卢奕将军的强力援手。不管这些泰山贼是恃强斗狠，还是阴谋诡计，我们全都无所惧怕，此战，我们必胜！"

众将官也都是信心百倍，摩拳擦掌。

次日三更时分，鲍信军就起锅造饭。小校传达鲍信军令，将所有猪羊全部宰杀，要全军饱餐，准备今天的恶战。

天光将亮之时，全军已经准备就绪，单等鲍信一声令下。

而鲍信也在焦急地等待，他在等待斥候给他最后的确认。

又过了半个时辰，斥候飞马奔回，终于确认了臧霸军的动向。于是鲍信将兵马分作两拨，鲍信自己领了六千精兵，率先出发，悄悄地沿着汶河两岸行进，要全歼阻塞汶河上游之敌；卢奕与鲍韬率领一万军马随后出发，他们将对敌军主力发动正面进攻。王融和陈芯等人留在大营，随时接应他们。

两个时辰之后，鲍信率军悄悄地进入预设位置，同一直在监视汶河上游山贼的斥候们会合，准备发动攻击。那边卢奕领军到达了汶南，将兵马摆在了视野开阔的一块高地之上。

这时，对面出现了几支山匪行列，分别打着臧字、昌字旗号，会齐之后，臧霸和昌豨两人骑马来到两军阵中。昌豨向卢奕这边挥手，要求对话。

卢奕命人将昌飙押到阵前，鲍韬带着手下随时准备上前换人。随后卢奕手执长枪，踢了踢战马，向昌豨和臧霸奔去。

第五十六章　力挫臧霸

昌豨和臧霸二人不认识鲍信，只见对方阵中飞马冲出一将，威风凛凛，杀气腾腾，两人想当然地把卢奕认作鲍信了。昌豨冲卢奕问："鲍将军，昌飙在哪里？"

卢奕勒住了马，那马兴奋得跳了起来，然后打着响鼻停在了原地。卢奕首先注意到二人中的臧霸，只见这人魁硕雄伟，满脸络腮，手执一柄大刀，端坐在马上，目不转睛地瞪着自己；而说话的这人身形消瘦，手里也拎着一把刀，眼珠不停地转动，盯着自己上下打量。

此时昌豨的眼神里，开始带着一丝疑惑，他仔细看了后，觉得卢奕看起来有些过于年轻，早就听说鲍信已经中年了，怎么会看起来如此年轻？

卢奕冲二人拱手，对臧霸说道："阁下就是臧霸将军？"

臧霸点头称是。

卢奕转头对昌豨说："那么阁下就是昌豨将军了。"

昌豨没有回答，反问道："鲍将军如何识得我们的呢？"

卢奕回道："瞎猜的。二位将军，本人并非鲍信。我叫卢奕，刚刚从京城到这里来。"

昌豨和臧霸顿时满腹狐疑，尤其是昌豨，立即觉得可能有诈，就问："你是京城来的，到这里来干什么？"

"我是来给你们几位讲和的。"

臧霸哈哈大笑："原来是个黄口孺子，不知道天高地厚！就凭你，来给我们讲和？"

卢奕认真地回答："正是。"

这个回答，让一向不喜动怒的昌豨不由得生起气来。而臧霸更是满脸怒容，两手攥紧了刀柄，随时就要杀将过来。看着眼前的这位年轻将军，昌豨忽然谨慎了起来，也许面前这个人真的有些道行不成？

于是他拦住了臧霸，上前说道："这位卢将军，你是从京城到这里来任职吗？担任什么官职？"

卢奕实话实说："我到这里来，不是要做什么官。只是看到你们到处扰民，搜掠粮食，因此跟鲍将军一起过来管一管。"

这时臧霸已经出奇恼怒了，冲卢奕喝道："竖子狂妄无礼，等你胜了我手里的刀，再来说大话吧！"说完就要打马上前厮杀。

昌豨赶紧拦住："臧将军，先换俘虏。"

然后用刀向后一招，手下人立即将鲍忠送了上来。

卢奕也向鲍韬打了一个手势，鲍韬带人将昌飙押了过来。

随后两边将二人同时松绑放行，只见两人都只单衣没有任何防护，同时向各自军阵跑了过去。就在鲍忠越过了昌豨战马时，昌豨突然取出弓箭，向鲍忠偷袭了一箭。

卢奕反应奇快，冲着鲍忠大喊一声："有箭，鲍忠闪开！"鲍忠躲闪不及，被射中后肩，带箭跑了回来。卢奕在喊话的同时，迅速摘下自己的雕弓，搭箭上弓，一气呵成地连续射出两箭。一箭射向昌豨，正中了昌豨右肩；另一箭直接将昌飙射倒。

臧霸在近旁看得清楚，大感惊讶，这人好俊的箭法。而昌豨不讲信义，偷袭刚刚放回的俘虏，令所有的人不齿。如今他被卢奕射伤，两边很多士兵不由得大声叫起好来。

受伤的昌豨大为羞恼，忍痛就要挥起号旗，下令全军出击。旁边的臧霸拦住了他，说道："且慢，让我去会会他。"

说完手执大刀，踢马上前，对卢奕说道："卢将军好箭法。"

卢奕收好弓箭，横枪马上，回答说："在下久闻臧将军武艺超群，而且义气深重，还有几位结义兄弟，能不能一起请出来，让我见一见呢？"

臧霸见他言辞有礼，便点头说道："卢将军客气了。"

说完回头向远处的孙观他们招手。孙观、吴敦、尹礼他们看见，一齐驰马过来，臧霸向卢奕一一介绍。卢奕见四人都横刀立马，并排站在一起，更显得彪悍威猛，不禁暗自点头。

卢奕暗想，朝廷昏弱，英雄无用武之地，才让这些人沦落到山匪地步。卢奕拱手冲四人说道："今天卢奕幸会各位将军。我有一句话，想对各位说。"

臧霸回答："卢将军请讲。"

卢奕大声说道："如今黄巾遍起，百姓受难。是真英雄，即使进不能为社稷分忧，也应该退而保一地平安。如果只是一味劫财扰民，只能让天下英雄不齿。"

吴敦、尹礼听了这话，顿时大怒，吴敦喝道："你有何德何能，在这里大言不惭？"说完就要上前厮杀。

卢奕用枪指着吴敦说："今天卢某有幸，与四位一战。如果我败了，立即收军离开。如果各位败了，又将如何？"

吴敦啐了一口："不要狂妄！"说完，纵马舞刀，向卢奕冲了过来。

卢奕举枪应战。那吴敦虽然颇有力气，但出刀较慢，明显不是卢奕对手，两人战了约十数合后，被卢奕一个虚招晃过，用枪打落马下。孙观、尹礼见状，知道卢奕了得，两人一齐攻了上来，要双战卢奕。卢奕将宝枪舞开，两人丝毫不能近得身旁。片刻之后，尹礼的头盔被卢奕打飞，败下阵来。孙观非常勇悍，虽然落了下风，却是宁死不肯退却。

这时，昌豨悄悄地举起弓箭，准备偷袭卢奕一箭。却被臧霸瞧见，一把按住了弓，发怒说道："这是两军阵前，众目睽睽，你总是这么偷袭暗算，难道刚才丢脸还不够吗？"

昌豨被他当众训斥，面无表情地退回了阵中，扭头吩咐手下，准备撤退放水。

这时，孙观手中长刀已经被卢奕挑飞，满脸羞惭，讪讪退下了。臧霸随即手执大刀，踢马上前，对卢奕说："卢将军果然身怀绝艺，臧某佩服，要来讨教一下。"

说完，舞动大刀，攻了上来。卢奕见他出招凶猛，刀风袭人，知道是个劲敌，就抖擞精神，挥动宝枪迎了上去。

两人激斗了三十多回合后，卢奕把宝枪使开，只见那枪变化多端，虚虚实实，臧霸只觉得面前枪尖飘忽，似乎化作几支枪头一齐攻到，渐渐地开始心慌起来，挥动大刀的速度明显慢了下来。再战几合，卢奕的虚招晃过臧霸的大刀，一个突刺扎向臧霸前胸。臧霸一时躲闪不及，幸而卢奕手下留情，立即收回了宝枪。这时臧霸已经被惊出了一身冷汗，随即明白，刚才是卢奕饶过了自己。

臧霸是个讲义气的，见卢奕手下留情，自己就必须得承情了，于是拱手冲卢奕施礼道："卢将军仁义，兄弟佩服。今日之事，到此为止，我们不再与将军为敌了。"

说完，招呼孙观、吴敦、尹礼几人将各自人马带走，不再参战。然后轻声对卢奕说："卢将军小心，昌豨要放水淹你们。"

卢奕拱手称谢："多谢臧将军告知。来之前我们已经有了防备，相信现在鲍信将军已经把他们拿下了。"

臧霸听到这样说，立即明白了难怪没有见到鲍信，于是对卢奕愈加敬佩，向他再次施礼后，带着军队退出了战场。

远处的昌豨看到这情形，不由得心中大怒。现在臧霸退出了战场，自己这边的兵力肯定不够跟卢奕他们硬拼了。但如果可以用计将卢奕大军吸引到汶南低地去，自己还是有取胜的希望。

于是尽管自己已经是一支孤军了，昌豨还是挥动令旗，命令全军发起冲锋。昌豨军的地势更高，人马自高而下地冲了起来，更显得声势逼人。

卢奕将枪一招，鲍韬带领士兵将硕大的盾牌推了上去，无数长枪间杂其间，立即构成了一条移动防线。卢奕再次发出信号，弓箭手们在盾牌后开始放箭。

昌豨军的前锋顿时纷纷中箭落马。他见官军防守严密，便摇动旗号命令撤军。昌豨的前军开始撤退后，卢奕并没有下令追击。昌豨不禁焦躁了起来，下令再次全军出击，这次一定要突进卢奕的军阵里去。

付出很大伤亡后，昌豨军终于冲了进去。短暂激烈地厮杀后，昌豨再次下令撤军。

此时卢奕已经得到探马急报，鲍信他们已经顺利地拿下了汶河上游的昌豨军。于是他下令追击昌豨。

昌豨已经派出去好几拨人，传令准备放水了，却总是不见他们回来。生性狐疑的他猜想可能是出事了。正在胡乱猜疑的时候，望见卢奕大军终于开始出动了。

　　昌豨大喜，急忙再派人去传令，立即放水。谁知卢奕行军太快，只需片刻，前锋已然追了上来。昌豨大惊之下，严令手下拼死挡住，自己则带人一阵狂奔，跑到了预定的高地。停下之后，昌豨向上游望去，心里焦急地希望大水赶紧下来。

　　然而他越是期盼，就越是见不到大水的丝毫迹象。眼看着卢奕带着大军马上要将自己团团围住。昌豨知道大事不妙，带着人拼死杀出，夺路向西逃命去了。

　　远处正在观战的臧霸，看得分外清楚，知道卢奕是有意放了昌豨一条生路。臧霸心想，以卢奕这样的身手和才智，一定不是凡人，可为什么会到了琅琊这里来呢？

　　旁边的孙观和吴敦他们几个人，这时都对卢奕称赞不已。臧霸的脾性一向是识英雄，重英雄。于是他对卢奕有了结交之心，想邀请他跟鲍信访问他们的开阳大营。

　　卢奕大军击溃昌豨后，并没有乘胜追击这些败退的山匪，而是下令收拢了起来，与鲍信军会合。两人会面，鲍信询问了交战经过，知道卢奕想用怀柔的策略收服臧霸、昌豨这些人后，他赞成地说道："能收服他们最好，但只怕他们反复无常，到时徒劳无功。"

　　卢奕回答说："刚才臧霸这些人主动退出了战斗，还告知了昌豨的企图。我看，他还是值得相信的。鲍将军，下面我们是撤军回去，还是去追击昌豨呢？"

　　鲍信想了一阵，说道："我们还是去找臧霸谈谈吧，就按我们事先商量的来做。如果臧霸真的愿意跟我们合作，我们就暂时不用担心昌豨了。"

　　两人正聊着臧霸，军校来报说，山下臧霸带人求见。鲍信大喜，命人赶紧去请。卢奕却挡住了，对鲍信说："鲍将军，我们最好出去迎接一下，如何？"

　　鲍信醒悟，连声说好。两人就带着所有部将，一起走到了山下，列队欢迎臧霸、孙观等人。臧霸等人见鲍信、卢奕待自己如此谦逊有礼,心里大感安慰。众人进入大帐后,鲍信命小校赶紧摆上酒席,与泰山众将一起饮酒言欢。

席间,鲍信问臧霸:"臧将军一身本领,不如加入我们官军,为朝廷效力如何?"

卢奕心知不妥,鲍信这样急迫地发出邀请,只怕臧霸未必会答应,下面反倒不好说话了。

果然,臧霸低头不语,然后向鲍信敬酒,然后自己一饮而尽,却仍然沉默不语。

旁边的孙观发话说:"鲍帅,请问现在的朝廷在哪里?"

鲍信听了不悦,回答道:"朝廷自然是在都城洛阳了。"

孙观接着说:"那么请问,皇帝又是哪一位?"

鲍信脱口而出,"当然是先帝嗣子……"说到这里,鲍信讲不下去了,如果自己说是弘农王刘辩,可他已经是被董卓昭告天下的废帝了;如果说是陈留王刘协,那就是承认董卓扶持上位的皇帝了。鲍信的头上隐隐地开始冒出了汗,到底应该奉谁为正统,这里面大有文章。他自己还没有想明白,如何又能告诉臧霸他们呢?

孙观快人快语,见鲍信语塞,便单刀直入地问道:"鲍帅,我听说你从京城回来,又开始招兵买马,要去讨伐董卓,是不是这样呢?"

既然提到了董卓,鲍信当然有他一贯的主张,就回答说:"董卓这个贼臣,逆天无道,祸加至尊,凶国害民,现在人人得而诛之。我这次从京城回来,就是要联络各郡义士,兴兵讨伐董卓。望各位英雄能仗义相助,等到除掉国贼那天,各位都是朝廷的有功之臣,自然会封妻荫子,世袭爵位。难道不比做山中落草强得太多吗?"

鲍信这样说话,孙观、吴敦等人顿时不悦。吴敦回道:"鲍将军,我等本来就是草寇,你让我们这些草寇去攻打董卓,不怕让天下取笑吗?"

鲍信被噎了一下,不知如何回答才好。鲍韬接话说:"吴将军,只要你们加入了我们的队伍,就是官军了。"

尹礼不爱听这话,立即回答:"官军?让我们做官是吧,只是不知道让我们当董卓的官呢，还是你们的官？"

鲍韬怒道："你这厮不要胡说，我们怎么能给你封官？"

卢奕眼看着一场好宴变得冷场，现在甚至有些火药味了，就转头看向了臧霸："臧将军，今日大家相会一场，便是有缘，现在大家只饮酒，不谈那些事也罢。至于该如何抉择，你们回去后再商量，如何？"

臧霸的心里对卢奕非常钦佩，便回答道："卢将军说得有理。"

转头问鲍信："鲍将军，其实汉宫里那两个孺子不管谁当皇帝，他们都姓刘，您说是不是？"

鲍信点头。

臧霸接着说："那需要我们操什么心呢？"

鲍信急了，刚要回话。臧霸接着说："那些离我们都太远。不过眼面前，可能有一件急事。"

鲍信问："臧将军请说。"

臧霸皱了皱眉头，说道："昌豨这个人，不会轻易服输的。我也是刚刚想到，他会不会马上就去报复你们呢？"

卢奕听了这话，马上起身问道："你是说，他可能会带兵去袭击我们的大营吗？"

臧霸点头："正是。他这个人，干得出来的。"

鲍信大惊失色，这个时候以败军去袭击胜军的大营，绝对出人意料。如果得手，不但能反败为胜，而且会重挫自己的声望，今后还会有人来投奔自己吗？这时鲍信头上真的开始冒汗了。

卢奕安慰道："鲍将军放心，大营那里有几千兵马驻守，按说应该无事。不过昌豨狗急跳墙，我们还是小心些才对。要不我现在就带人赶回去，策应一下？"

鲍信知道卢奕担心王融他们，点头答应，吩咐鲍韬点了几千兵马跟卢奕一道赶回去。

随后卢奕跟臧霸等人拱手告辞，片刻之间，带了一支骑兵已然上路。臧霸他们见卢奕做事无比干练，不由得更增敬意。

卢奕带人风驰电掣般地赶回蒙山脚下的大营，还有几里之外，就听到远山之外传来了阵阵杀声。这时探马急报，就在刚才，昌豨率军突然对大营发起了袭击。卢奕命令所有骑兵，立即扔掉辎重，全速赶去救援大营。

奔到大营之外时，远远就看到昌豨军正在不计代价地冲击大营，大营的营门已经岌岌可危了。卢奕吩咐手下，全部呐喊起来，向昌豨的后军发起突击。

昌豨见援军赶到，情急之下，吩咐士兵向大营密集射去火箭，他想要一举烧掉鲍信军大营。

刚刚点火完毕，射出了第一批火箭时，卢奕精骑恰好赶到，到处乱杀弓箭兵。昌豨大怒，举刀来战，赶到跟前时才发现来人是卢奕。昌豨知道自己不是对手，大势已去，无奈只好下令撤退。却被卢奕带人一阵冲杀，又折损了大部人马。昌豨夺路而逃，这一次卢奕派人紧追昌豨不放了。

而卢奕因为对陈芯和王融放心不下，就先进了大营指挥灭火，察看情形。所幸陈芯与王融他们全都安然无事，卢奕这才放下心来。

陈芯见卢奕万分紧张，知道他为自己担心，不由得笑了，替卢奕擦了擦汗，说道："不就是一些毛贼吗，至于这么担心？"

卢奕苦笑一下："昌豨可不是一般的毛贼。"

这时探马来报，昌豨带人逃进了泰山。卢奕发狠当即就要带人进山搜索，陈芯阻住他说："算了吧，穷寇莫追。等你追进了山，天也黑了，夜里如何捉他呢？"

王融笑道："陈姑娘说得好，穷寇莫追。泰山那里地势险峻，今夜可以只派出小股人马，不停地追踪骚扰他们，让他们不得休息。我们好好休整一夜，明天天亮之后再进山搜索不迟。"

卢奕觉得很有道理，便答应了。

陈芯随即拿出了一个宝盒，问卢奕："这个盒子还记得吗？"

卢奕觉得宝盒分外眼熟，想了一下说："是那个草履宝盒吗？"说完打开了盒子，里面正是圣人草履，卢奕不解地问陈芯，"你怎么把这个也带来了？"

第五十七章　董卓暴政

卢奕见陈芯与王融将宝盒也带了过来，不禁十分诧异。陈芯笑着说："你不是答应我登泰山一游的吗？我想，去过泰山之后，可以赶到孔褒先生家里，把东西交给他的家人，怎么样？"

王融接话说道："好在两地相隔不远，正好我也想去拜祭一下孔褒先生。"

卢奕想起了曾经见过的孔融，就问："孔褒先生的兄弟孔融，现在北海当国相，是不是等他也回来看看呢？"

王融笑着说道："他这个人太过迂直，一旦知道这个事情，没准会将咱们举报了。"

卢奕回想了孔融的说话和行事风格，的确是这样子，也不禁笑了。随后三人打开泰山郡本地图本，详细地察看了通往孔府的各条路径。

第二天清早，卢奕和鲍韬将大营安顿停当，各自带了几百精兵上泰山追踪昌豨。这时日光初起，夜色渐褪，远山若隐若现。因为山道狭窄，众人下马步行。登上一个山顶时，众人向东方眺望，天幕由漆黑逐渐发亮，直至金色。

此时，远处云海蒸腾，出现了万道霞光，陈芯问："那边就该是大海了吧？"

王融回答："此地离大海尚远。我们琅琊那里，靠近海边。回去后，我们一起去海边游玩一趟如何？"

卢奕问道："听说那里对面有海岛，不知道能不能上去？"

王融说："有的，最大的一个岛叫作灵山岛。岛上有山，号称灵峰。山上有终年不绝的泉水，又种满了梅树、梨树。每逢隆冬梅花盛开，到处都是雪中红粉，浮香飘逸；到了春季梨树花开，岛上犹如白云曼舞，靓艳含姿啊。"

听到这里，陈芯极其神往，恨不得马上就去登岛。

"那里本来建了一个道观，香火旺盛。只是泰山贼来了之后，海面也不安宁，出了不少海匪，所以人们也不再登岛，那个岛逐渐就荒废了。听说正被一群海匪占据着。"

卢奕、陈芯听说那里被海匪占着，若有所思。

这时，远处天际突然出现一轮金色火球，像是跃出了海面一样，腾空而起，顿时云海之上，霞光万丈，气象万千。陈芯和卢奕停在这里，痴痴地看着这一幕壮美的景象。

在这里休息了一阵后，众人继续赶路。再走了一阵，已经不能行马了。这时，探马来报说，昌豨已经被几路追踪的人赶上了山顶。众人只好弃马上山，此处曲折盘旋的山道，仿佛一架石梯搭在眼前，走在前面的人向回看时，似乎就把后面的人踩在脚下，令人心惊。向四周观望，两边都是犹如刀削般的崖壁，不时有松树镶嵌上面。王融提醒众人，必须专注上山，千万不能分神。

终于上了山顶，众人休息了一阵。不久鲍韬那支小队从另一条道，也上到了山顶。两支小队精兵搜索了一阵，终于围住了昌豨他们。昌豨被追杀了一夜，这时又饥又渴，更是疲累，已经是强弩之末。当他看到是卢奕亲自带人围剿自己时，彻底失去了抵抗意志，带着最后十几个手下，每人都双手举刀过于头顶，跪成了一排，向卢奕乞降。

卢奕上前，扶起了昌豨，说道："昌将军不知道吧，臧霸将军现在就跟鲍将军在一起。鲍将军让在下前来，请您到大营去。"

昌豨本来就是极其狡猾的人，既然连臧霸都低下了头，他又如何会不肯呢？于是他满口答应。随后卢奕下令所有士兵都跟随鲍韬，领着昌豨这些人一起下山，回到大营去见大帅鲍信。

下山之后，卢奕同陈芯与王融一道带着庄丁，沿小道奔往鲁县。众人驰马在山间小道上，到处都是参天古木，两边山石林立，不断地有清泉从石缝里淙淙流淌，汇聚成小溪，流淌在山道两旁。

众人一边赶路，一边欣赏沿途的景致，倒也不觉乏味，两个时辰后到了鲁县境内。以孔家的大名，一行人毫不费力地就找到了孔子家庙。

王融对二人说："据说孔子死之后，他们孔家的子孙后代，就世代居住在家庙旁边，看管孔圣人的遗物。今天孔子履的回归，确实应当应分。"

三人先来到了孔褒的坟墓前，王融让家丁摆上了祭品，自己跟陈芯分别点香敬上。

这里的动静很快惊动了孔褒的兄弟孔晨。孔晨得知居然有人来祭奠孔褒，感到十分意外，就过来向他们致礼。来了以后才发现原来是王融在这里。

王融就给孔晨介绍了陈芯与卢奕。随后王融从陈芯手里取过了宝盒，递给孔晨，说道："这个盒子里的东西，是你们孔家之物，辗转流落到这位陈芯姑娘手里。所以她今天特地过来送还宝物，以报答孔褒先生当年的救命之恩。"

孔晨立即向陈芯一躬到底，再三表示谢意。然后打开了宝盒，细观之后，不禁陷入了沉思。他感到非常困惑，难道这就是传说的先祖遗物孔子履吗？可是，它不是应该保管在汉宫里吗？孔晨知道京城发生了宫变，难道……

孔晨不敢多想了，刚要询问宝物的来历，王融、卢奕一行人已经上马辞行了。孔晨着急了，追上去问："王融先生，请问这到底是怎么回事？"

王融笑着回道："孔晨先生不必多虑。这本就是你们孔家之物，该还给你们的。你如果实在想知道究竟，可以问你的兄长孔融。"

说完，一行人打马离开。孔晨抱着宝盒，看着远去的他们，愣在了原地。

路上，陈芯问王融："先生真打算告知孔融吗？"

"是的，反正他早晚会知道这件事情，不如主动告知。孔融这个人虽然迂直，但很讲义气，何况我们是为了他孔家。还有，我本就要寻他有事。"

卢奕好奇地问："哦，先生将要去北海吗？"

"卢将军，我们一起去趟北海如何？我帮过孔融筹集粮草，他答应了我，要派人帮我们剿除琅琊这里的海匪。"

"那为什么琅琊这边的官军不去剿海匪呢？"卢奕有点疑惑。

王融回答说："剿除海匪，需要大船。他们北海和东莱郡合力建造了一些大船，平时用来运兵、运粮，战时需要也可以参加作战。孔融已经答应了，会调它们到琅琊来，为我们清剿海匪。"卢奕点头，原来如此。

此时的孔融，一直以来忙得焦头烂额。北海这个地方，黄巾军闹得很凶，自从孔融到北海后，立即召集本地士民，征集粮草，招募士兵。他的手下有一员得力大将太史慈，在帮助他训练士兵，加固城防。无奈他们的士兵实在太少，而黄巾太多，他只好向隔壁州郡求救。在击败了来犯的黄巾之后，他集结了被黄巾操控的四万多流民，给他们设了学校，亲自主持宣讲教化；孔融又分给这些人田地，让他们耕种，期望这些流民的生活，能在明年安稳起来。

这一切才刚刚有点些起色，孔融又有了一个新的烦恼。袁绍被董卓任命为渤海太守，此地距离北海很近，两人倒是经常往来。可是袁绍的上司，冀州牧韩馥不知为了什么，特地派人通知他，今后如果要供给粮草给袁绍，必须要得到他的批准才行。听说韩馥还特地派人驻在渤海郡里，监视限制袁绍的行动。

这让孔融彻底糊涂了。在京城时候，许多官员都知道韩馥跟袁绍两个人过从甚密，如今两人都出京任职，韩馥还是袁绍的直接上司，怎么两个人却反目成仇了呢？孔融觉得非常为难，自己夹在中间，该如何处理他们二人之间的事情呢？

不但孔融觉得他们二人之间透着诡异，就连袁绍自己也一直陷在狐疑当中。袁绍从逃出京城开始，就一直在怀疑韩馥。他已经听闻，韩馥被抓了以后，向董卓坦白了自己所有的秘密。这到底是真的，还是李儒他们编造的谎言呢？

袁绍曾经找到韩馥要敞开了谈个明白，可是他一提到董卓与丁原之事，韩馥就闭口不言。那日他去丁原大营后，到底发生了什么，韩馥至今不肯给他一个清楚的解释。难道他真的背叛了自己吗？因为韩馥知道的秘密实在太多，袁绍也不敢对他做出过分的举动。

这一切都在李儒的预料之中。此时在京城，董卓和李儒开始了他们策划已久的几项行动。

在李儒的建议下，董卓任用了许多深受党锢迫害的著名士人，第一个就是蔡邕，董卓先后任命他补侍御史，然后担任转侍御史，迁尚书，短短三天之间，就担任过了三台，蔡邕深受董卓的信任。蔡邕之外，董卓还提拔重用了名士荀爽、韩融、陈纪、周毖、伍琼、郑泰、何颙等人担任尚书、长史等要职。另外，除了任命韩馥担任冀州牧外，董卓又任命了刘岱为兖州刺史，张咨为南阳太守。与此相反，董卓自己的部将李傕、郭汜等人，却暂时并没有得到他们期盼已久的高官显爵。董卓安抚手下诸将说，不要着急，再等等就轮到他们了。

然而，令董卓恼恨的是，这些士人并没有因此而跟自己亲近。在董卓征召蔡邕任职前，他曾经先后三次请辞。被惹恼的董卓派人传话给他："我能族灭你全家。"蔡邕被逼无奈，只好前去赴任。最近有斥候发现，身在渤海的袁绍，跟京城里的许多士大夫往来密切，如周毖、伍琼、韩融等人。董卓一时不好发作，他认为在这些人中，很多人曾经是何进的幕僚，因为何太后与刘辩被废的事情，对他心怀不满。

这天，张意向董卓密告，何太后、废帝刘辩与他的唐妃被囚禁在永安宫后，何太后整天沉默无语，但刘辩颇多怨言。有一天，他跟唐妃两人写诗："嫩草绿凝烟，袅袅双飞燕。洛水一条青，陌上人称羡。远望碧云深，是吾旧宫殿。何人仗忠义，泄我心中怨！"

董卓虽然是个粗人，但也听懂了诗里的怨气。他顿时就起了杀机，心想，只要废帝刘辩跟何太后在这宫里住着，就一定会有人跟自己打着董太后的旗帜一样，打着他们的旗号来反对自己。于是他找来了李儒商量此事。

李儒沉吟半晌，说道："大帅，开弓没有回头箭，您得想清楚，一旦杀了他们，很可能遭到天下诸侯的反对。"

董卓一拍桌案，喝道："我怕过他们吗？贤婿你想想，不除掉他们，只会留下无穷后患！长痛不如短痛，今天不这么干，难道等着将来后悔吗？"

李儒犹豫了一会儿，点头答应了："既然大帅主意已定，那就去做吧。"

随后李儒带了张意和十几个士卒，闯进了永安宫。张意给刘辩捧上了毒酒，李儒说道："相国听说弘农王整日待在宫里，闷闷不乐，特此准备了一壶酒，为弘农王祝寿。"

刘辩惊恐万分，抱紧了何太后的身子，轻声说："母后，他们这是要干什么？孩儿害怕！"

何太后护子心切，立即站起来对李儒喝道："狗奴才，你们究竟要干什么？"

李儒面无表情地回答："特来祝寿。"

"那你就先喝上一口。"

李儒见何太后非常强硬，心想，大帅要这么做，的确是对的，于是做了个手势给张意。立在一旁的张意立即捧上了两根白绫，放在何太后面前。

何太后立即面色惨白，瘫坐了下去。

李儒说："如果不喝寿酒，那就用这白绫吧。"

唐妃立即跪下向李儒、张意求饶："妾愿意代皇帝和母后喝下这酒，只求董公能饶了他们母子性命，我情愿来世给董公做牛做马。"

李儒喝道："呸，你是什么人，敢说这话？"随即命张意带人上前，要强行灌酒。

何太后大怒："谁敢？"

张意立即走上前回话："我敢。"

何太后指着张意的脸骂道："你们这些两面三刀的狗奴才，忘恩负义之徒，以前我给了你们那么多恩惠，今天竟然恩将仇报了？李玄呢，叫他过来。"

张意冷笑着说："李总管这时在祭祀太皇太后呢，他不会来的。"

何太后听了这话，心如刀割，泪如雨下，跟刘辩和唐妃三人抱头痛哭。哭了一会儿，何太后悲怆地大骂何进蠢材无谋，引狼入室，让董贼得逞。

李儒听到这话，顿时脸上变色，狞笑着说："以前你们都是虎狼，想杀谁就杀谁。如今终于报应来了！张意，不要再浪费时间了。"

张意领命，带了几个武士上前，按住了刘辩和唐妃，不顾两人的挣扎，强行灌进了毒酒，两人立时身亡。

何太后悲怒交加，高声骂道："董贼，还有你们这些狗奴才，害死我母子，苍天在上，我必诅咒你们全部灭族，永世不得超生。"

李儒大怒，冲上前去，双手扯住了何太后的头发，将她拖到大殿的栏杆旁，然后推下了高台。

永安宫里的太监和宫女们，全都吓得面无人色，跪在地上瑟瑟发抖。

李儒看着他们的样子，想起了自己年幼时的那一幕：所有的家人，像牲口一般被驱赶、杀戮。然后自己流落到荒无人烟的边城，才得以苟延残喘。那些饥一顿、饱一顿的悲惨记忆，犹如昨天一样，一幕幕地重现在自己眼前。

站在高高的宫殿上，看着下面躺着被他摔死的何太后，李儒仰天大笑，然后高声喊道："太皇太后，微臣给你报仇了！"

何太后跟废帝刘辩被害的事情，很快就在各州、郡传了开来，几乎所有的刺史、州郡长官都非常愤恨，就连董卓自己任命的一些关东刺史，也开始公开反对他的这些所为。各地郡守纷纷拒绝再向西凉军供给任何粮草。

逐渐地，军需开始供应不上了。为此董卓召集了帐下主要大将，商讨对策。这些左膀右臂们早就有了主张，郭汜第一个站出来说道："大帅……"

李儒立即纠正了他："郭将军，叫相国。"

郭汜立即改口说道："相国，都说这京城富庶甲天下，可是打开官仓，里面根本没有多少钱粮了。东西都到哪里去了呢？"

李傕接口说："这还用问吗？都在那些赃官家里。那些官，掏钱买一个司空职位，拿出几千万钱毫不费力，那他们的家里，岂不是藏有更多的钱吗？"

段煨提醒说："二位将军，京城也有很多穷官，不能一概而论。"

郭汜不同意段煨的说法："他们再穷，还能比老百姓更穷吗？"

董卓问："叫你们来，是要谈粮草的事情。你们都在说这个，难道要我派兵去那些官员家吃饭吗？"

李傕站起身说道："大帅明鉴。今年各地粮食歉收，全国到处都是流民和乞丐。仅有的粮食在什么人的手里呢？当然都在那些大户家里。不去跟他们催要，还能弄到钱粮吗？"

郭汜立即附议。

董卓问其他将领："你们都同意李傕的话吗？"

结果除了段煨，基本都赞成了李傕的提议。

这时，李儒站起身说道："各位将军，以前我曾经跟相国谈过，为什么有很多流民要加入黄巾军呢？因为他们没有吃的，加入黄巾军后，可以一起去吃大户，去抢粮食。各位将军，与其让他们得了，不如让给咱们。你们说，对不对？"

李儒这么一问，众人都是一片赞成声音。

李儒接着说："但是，同样是干这件事情，我们必须要有策略，不能乱来。要先易后难，把那些不听咱们话的豪门大户和那些最富有的巨商挑出来，用皇帝的名义和造反的罪名去抄他们的家。我说过，一个大户的身家，可以抵得过数十万个庶民。咱们抄大户的家可以事半功倍。事后还要把一部分粮食，和抄来的田地分给那些没田的流民，让他们明年耕种。这样既可以解决流民造反问题，又能得到天下人的赞誉，当然，还有今后源源不断的钱粮供应。"

说到这里，大帐里几乎所有的人都兴高采烈，除了个别将领，人人都摩拳擦掌，恨不得马上就去，于是当天就拿出了一个抄家名单。

第二天起，洛阳的富户和贵戚陆续遭劫，家里的资财被一扫而空。

很快，劫掠的对象就扩大到一般殷实人家，甚至平民百姓。西凉军毫无军纪，军官放纵士兵突入良民庐舍，奸淫妇女，抢夺民财，称之为"搜牢"。

董卓擅行废立，残害皇室，以及西凉军的种种暴行，引起了各地士大夫的公愤，各州郡守讨伐董卓的情绪开始酝酿，包括他任命的一些关东牧守，都开始坚决反对他了。只是还缺乏一个公认的领袖人物，来领导群雄。

这时，各地郡守不约而同地将目光聚到一个人的身上，他就是袁绍。

第五十八章　灵山仙岛

如果要讨伐董卓，袁绍一定是各郡刺史当中最有号召力的人物。这不仅因为汝南袁氏声名显赫，还因为他诛灭宦官的功劳，以及率先公开反对董卓的举动。

可是，冀州牧韩馥不知为了什么，很是畏惧袁绍起兵，派遣了几个从侍驻在渤海监视袁绍，限制了袁绍的粮草供给。孔融正在琢磨着要去找韩馥一趟，想要当面向他问清楚到底发生了什么，这时差役进来送上拜帖，有人要求会见。

孔融一看拜帖是名士王融和卢奕，顿时高兴了起来，走出去将几人迎了进来。孔融对王融一躬到底："上回多谢先生雪中送炭，才解了我们缺粮之苦。"

然后又对卢奕拱手谢道："卢将军仗义出手，救了我的挚友蔡邕，孔某感激之至！"说完又要作揖。众人看孔融一见面，就不停地作揖，都不禁笑了。

王融拉着他笑着说："文举先别客套了，我们骑马跑了大半天，早就饥肠辘辘了。"

孔融连声说好，吩咐差役赶紧备了酒宴，几个人一边饮酒，一边畅谈。

酒过三巡，王融提起了向他借兵剿除海匪的事情，孔融满口答应，随即让人叫来了大将太史慈，向他介绍王融："字义，这就是我跟你提过的王融先生。"

太史慈叉手施礼说道："先生急公好义，令人钦佩。"

王融与卢奕见眼前的太史慈肩背雄阔，留着一副美须髯，相貌堂堂，顿时对他大有好感。孔融吩咐太史慈："字义，明天你拿着我的令牌，到东莱郡那里调取三艘大舰，跟王融先生一道，去琅琊那里的海上清除海匪，务必要一击成功。"

太史慈领命，自行安排去了。

王融向孔融敬酒，轻声说："文举，有一个人，我得跟你介绍一下。能否让你的手下暂时回避一下？"

孔融略微有些惊诧，随即支开了左右。

王融从酒席上拉起了陈芯，一起走到孔融跟前："文举，你知道她是谁吗？"

孔融看着眼前的这个年轻人，见他身形俊俏，眉清目秀，面孔白皙，两道剑眉轻轻扬起，这人男生女相，难道是个女子不成？

王融见他疑惑，就笑着对陈芯说："陈姑娘，请你把帽冠摘了好吗？"

陈芯依言摘了帽冠，露出了一头秀发。孔融这才确信，眼前这人真是一个女子，就问王融："先生，这位姑娘究竟是谁？"

"她就是太傅陈藩的孙女，陈芯。她年幼时，曾经在你们孔家避难。你还记得吗？"

这么一说，孔融恍然大悟，立即上前拉着陈芯坐下，上下打量陈芯，夸赞道："陈姑娘果然是名门之后，气质非凡哪。"

陈芯起身为孔融祝酒："小女一家深受孔褒先生和您的大恩，所以才能有今日。请受小女一拜。"

孔融连忙拉起了她，问道："听说你父亲已经起复，现在鲁县是不是？"

陈芯就向孔融讲起了父亲的近况，孔融频频点头："几十年的党锢之祸，到今天才算平反。可天下还是不太平啊。"说完又摇了摇头。

王融笑着问孔融："文举先生，先不要感慨了。你知道卢奕将军是谁吗？"说完，却笑吟吟地看着陈芯。

孔融立即明白了，笑着说："太般配了。"

陈芯回座之后，王融就告诉了王融关于宝物圣人草履的事情。孔融听后，先是紧锁眉头，然后摇了摇头，起身向陈芯作了一揖："多谢姑娘好意，只是大可不必啊。"

王融问："文举这是何意啊？"

孔融轻叹了一口气，回答说："圣人之道，重在教化人心。看看以前的朝廷，从上到下，不过是水里的鹅卵石，圣人之言如同水一样，永远浸润不了他们石头一般的心。那些圣贤之书，只是被某些人当作幌子，欺世盗名罢了。"

几个人见孔融如此认真地说出这番话来，都不禁笑了。

"既然是这样，那个死物件，供在哪里，又有什么分别呢？不过陈姑娘的心意，我代我们孔门上下表示谢意了。"说完，孔融向陈芯敬酒，几个人一起陪着饮酒。

饮了酒后，孔融问卢奕："卢将军明天也随王融先生一起去吗？"

"是的，我们都去。"

"那么将军剿平海匪后，就请尽快到我这里来如何？"

卢奕不解地问："孔大人有事吗？"

孔融起身到自己的书案上翻出了一封公文，递给了卢奕。这是袁绍写给各地州郡长官的公文，大意是要联络他们一起兴兵讨伐董卓。孔融问道："我记得将军原来是司隶校尉府的别驾司马，原本就是本初的属下，将军要不要一起参加讨董呢？"

卢奕回答："孔大人，在下现在已经没有官职在身了。"

孔融这才想起，因为蔡邕的事情，袁绍早已经将他免职了，于是拱手说道："惭愧，惭愧。"然后又问，"将军一身本领，难道真的愿意袖手旁观吗？如果将军有意，我可以向朝廷举荐您，在我这北海任职，如何？"

这时陈芯和王融都看着卢奕。

卢奕回道："多谢孔大人美意。我还是先去剿匪，回来再商议这些事情罢。"

孔融见卢奕没有拒绝，顿时大喜，心想如果有卢奕和太史慈两员大将坐镇北海，将来还用担心黄巾吗？于是他更加殷勤地向卢奕、王融等人劝酒。

第二天一早，太史慈拿了令牌和公文，点了几百军马，会同卢奕、王融他们一起出发，赶往东莱。大半天之后，到达了海岸。

众人立马岸边，向远处望去，只见大海浩渺无边，水天相连，海水之蓝和天空融为一体。陈芯与卢奕，都是第一次见到如此浩大的海天极致，顿时看得呆住了。片刻之后，海风吹来，远处海涛逐浪而来，浩浩荡荡涌向海岸，拍击着岸礁，冲刷着海砂。

陈芯突然对卢奕说道："如此美景，真让人不想走了。"

卢奕想了想说："灵山岛的海景应该更美。"

王融笑道："我就猜到你很想去那个岛。也罢，这次剿匪结束后，我们就在岛上造一个庄子，以后大家都搬上去住，你们说怎么样？"

卢奕笑着点了点头，却没有回答。

这时，太史慈已经向东莱驻军交付了令牌、公文，领到了三艘楼船和一些小船，正率领一些士卒登船。王融见那些士卒并不是早晨从北海跟来的，就好奇地询问太史慈。

太史慈笑道："北海那里的士兵缺乏海上训练，容易晕船，如何去剿匪呢？这些都是训练精熟的本地人，才好用上。"众人恍然大悟。太史慈又向众人分发了准备好的晕船药物服下，检查了三艘船上的库存武器、食物和淡水后，吩咐起锚开航，沿着海岸线向南航行。

卢奕和陈芯从没有过海上行船的经历，开始航行时，饶有兴致地欣赏海面的风景，看着成群的海鸟，吹拂着海风，两人觉得新鲜无比。随后行船的颠簸，让两人坐回了指挥舱室里，昏昏沉沉地睡了不知几个时辰。到了琅琊海面，已然是夜半时分。领航船带着所有船只进了一个港口，然后抛锚休息。

第二天清早，卢奕和陈芯醒来后觉得精神倍增，站到楼船的甲板上欣赏海上日出的盛景，不禁让两人回忆起前日在泰山上观赏到的奇景。

天光大亮之后，太史慈命士卒饱食了一顿，随即开船，驶向灵山岛，这个海匪集结的总巢穴。

三艘大船呈品字队形排列，小船绕行周围，一起向前航行。王融与太史慈站在船头，向前眺望。太史慈问道："先生可知道海匪有多少船只吗？"

王融回答："曾经听庄客说过，常年在琅琊沿岸劫掠为生的盗船至少有四五十艘，海匪人数倒也不多。否则他们一定会组成军队，肆意地侵扰内陆村庄，甚至城池了。"

太史慈点头："想来他们的船只不会太大，航行不到很远的地方，这就是他们常年待在一个岛上的原因了。"

王融很是赞成这个说法。航行了一个时辰，却看不到任何一艘渔船或者商船，他叹了一口气道："陆上有黄巾暴乱，到处都是一片萧条。现在竟然连海上也是如此。"

众人听了都是默然。又航行了半个时辰，远远地可以望见岛屿的轮廓。王融指着那岛说："前面就是灵山岛了。"

太史慈下令打出旗号，指挥三艘舰船准备作战。又航行了一会儿，前面出现了几十条大小不一的船只，船上都站着海匪，端着弓箭长刀，呼喊向大船快速驶来。

此时风向并不在大船这边，太史慈指挥三艘大船绕岛航行。海匪们驾船逐渐包围了上来。太史慈下令士兵们暂时不准放箭，必须让这些小船全部靠近。海匪们见大船没有动静，以为官军畏惧，更加肆无忌惮地靠了上来，想要搭梯爬上大船展开肉搏。

这时太史慈下令放箭，然后自己率先连续射出三箭，全都箭无虚发，将几个海匪射倒。

卢奕赞道："好箭法。"说完，自己也取下了雕弓，站在船头连续开弓放箭，也是每发必中。

太史慈看到，连连称赞。

于是两个神射手带领士兵，猛射了一阵箭雨。海匪见势不妙，纷纷驾船后撤。太史慈下令大船疾速追击，自己的楼船率先高速冲向敌船，霎时间撞坏了一艘海匪船的舷侧，那船顿时进水倾倒。另两艘楼船，也撞到了其余匪船的长楫、舱室等要害部位，很快匪船开始沉没。

海匪们见敌不过大船，开始四散逃命。太史慈命打出旗号，三艘楼船带着小船分开追击匪船。大船上人多，划船速度比小船更快，因而匪船只要被大船盯住，总能被最终追上击毁。经过半天激斗，大部匪船被击毁击伤，只逃出了几艘小船。

太史慈下令停止追击，说道："不用管他们了，现在上岛。"只留了一艘楼船巡逻在海面警戒，其余两艘船上的士兵，在太史慈和卢奕带领下冲上了岛岸。岛上的残匪无处可逃，绝望地嘶喊，做最后的抵抗。卢奕和太史慈两员大将，带领士卒犹如猛虎冲入了狼群，片刻之间，全歼了最后残敌。

此时已经是黄昏时分，夕阳西下，海岛附近的海面，一片金光闪现。陈芯与卢奕这才仔细观看这灵山岛，发觉其面积着实不小。远处的确有一高峰，王融指着那里说道，"那就是灵峰。今夜大家可以住进那个废弃的道观里。"

众人沿着山道向道观行进时候，发现有大块的农田和竹林，还有不少农舍，只是里面空无一人。王融摇头说道："原来住在这里的岛民，恐怕都被他们杀光了。"

进入道观之后，发现里面已经几乎空无一物。众人带领士兵们生火取暖造饭，然后休息了一夜。

第二天，太史慈跟卢奕又分头带人将岛全部搜索了一遍，确信再没有海匪了，这才启程返回琅琊。

到了琅琊之后，众人上岸。卢奕请太史慈转告孔融，三天之后，他一定会再去北海。随后众人跟太史慈拱手作别，目送三艘楼船扬帆远去。

回到庄园以后，王融吩咐管家立即组织庄丁赶紧收割秋粟，再去订购大船。卢奕知道王融着手准备将庄园搬到灵山岛了，就问道："先生，灵山岛上如果完全开垦，可以养活至少上千人。先生是不是准备彻底搬走？"

王融摇头说："这里家大业大，一时间又如何能搬空呢？现在袁绍他们联络天下诸侯，即将讨伐董卓。看来，今后一场大的战乱，是在所难免了。琅琊这里靠近徐州，四战之地，难以躲避兵灾。所以我们全部搬到岛上，那只是早晚的事情。只是你们……"

"先生有什么话，但请直言。"

"卢将军，那你还要全家返回范阳吗？恕我直言，恐怕范阳也会是一样，以后兵灾连年。不如我们一起搬到岛上去吧，那里的环境很好，至少你的老父母在岛上，可以安然颐养天年了。"

卢奕知道陈芯非常喜欢灵山岛，却还是问陈芯："芯儿你怎么想？"

陈芯毫不犹豫地回答："如果那样当然好了，我也想将父亲一起搬去。不过，不管将来你去哪里，只要我们能在一起就行。"

卢奕听了这话，心里很是感动，思索了一阵，点头答应道："那好，我们去一趟鲁县，跟你父亲还有我母亲一起商量一下。"

陈芯听他这样说，知道他是愿意的，顿时心里涌上一阵喜悦。然而又想到孔融已经邀了他前去北海，想必下面又有推托不掉的事情，心里就又怅惘了起来，说道："北海那里，你还要去吗？"

卢奕看她从喜悦变成失落，知道她在想些什么，安慰她说："答应的事情，总要去做的。不过，我们一定会回来的。"

王融对卢奕说："如果有事，你们放心去做。我先去把这岛整好，你们随时可以过来。"

卢奕起身握住了王融的手，沉默了片刻，然后坐下笑着说道："这个岛如果收拾好了，可能比传说中的蓬莱仙岛还要神奇，我们就把它称作灵山仙岛如何？"

陈芯连声说："这个名字很好听。"

卢奕又苦笑了一下说："只是，那董卓如果知道了，会不会过来抢呢？"

王融笑道："人家喜欢的是京城，是洛宫，怎么会要你这个荒岛呢？"

陈芯回答说："真正蛮荒的地方，其实就是那个洛宫。"三人听了这话，同时笑了。

三天之后，卢奕与陈芯启程离开了王融庄园，赶到了北海。

两人没有想到，刚要进入孔融官衙的时候，孔融跟袁绍两个人就迎了出来。袁绍见到陈芯，略微显出些尴尬之色，不过稍显即逝，却对卢奕万般的热情，拉着卢奕的手说道："卢将军，上回之事，是大将军何进逼着我做的，那绝不是我的本意啊。还请卢将军千万见谅！"

卢奕笑道："那是很小的事情，袁大人不必挂怀。"

袁绍对失去卢奕这员虎将，一直耿耿于怀，所以现在加倍殷勤，希望卢奕能够重回他的帐下，他对卢奕说："我马上就上表，任命你做带兵的校尉。卢将军千万不要推辞才是。"

卢奕笑了笑，对此不置可否。

孔融随即设宴，款待众人。席间，孔融问袁绍："本初，你那里军马钱粮都筹备得如何了？"

袁绍叹了口气说："钱粮倒还罢了，关键是没有足够的兵器。本地并不产铁，库存又少得可怜。"

孔融深有感触："我这里也是，只能两个士兵使用一杆长枪，这个也还罢了，关键是缺少箭镞、盔甲这些。"

听到这里，卢奕不禁心中一动，鸡峰石窟那里，藏的不就是武器和盔甲吗？袁绍知道自己曾经去过一趟西凉，但他显然不知道有这个宝窟。犹豫了一下，卢奕还是告诉了袁绍和孔融，当年王莽留下了足够二十万士兵使用的武器盔甲，而自己已经知道了那个洞窟的位置。

袁绍、孔融听了大喜过望，特别是袁绍，惊喜地站起身来，连声对卢奕说："如果能拿到这些武器，卢将军，您就是讨伐董卓的第一功臣！"

"袁大人言重了。只是，那个宝窟在关中，如果要去搬运，还得仔细商议才行。"

一听说是在关中，袁绍的兴奋犹如被泼了一瓢冰水，霎时冷却。

孔融捻着胡须说："事在人为。只要谋划得当，将东西搬过来，还是可行的。"

袁绍就提出要派颜良、文丑二人给他当个助手，而卢奕对这二人非常厌恶，当即回绝。袁绍自觉说错了话，只好讪讪地闭口不言了。

卢奕拱手说道："二位大人放心就是。卢奕择日动身，一定全力取出这批武器运到关东。"

第五十九章　疑案谜底

袁绍听卢奕说得很有把握，不禁心里疑惑，就问："搬取这么大批的武器，卢将军，没有一些帮手怎么行呢？"

卢奕明白袁绍的心思，笑了笑说："皇甫嵩将军正驻军在扶风郡，有他的帮助，相信此行一定能成功。"

听到这话，袁绍心里很是失望，皇甫嵩在朝野的名望很高，他无法提出反对意见来。袁绍心想，说到底，卢奕还是跟自己不是一条心，于是又谈了一会儿，三人就散了。

孔融亲自送卢奕和陈芯去驿馆住下，袁绍则自回渤海。

韩馥派去监视袁绍的眼线，很快将他会见卢奕的消息传给了韩馥。当他知道卢奕就在北海后，不由得心中一动。韩馥想起了卢奕在京城，虽然是袁绍的属下，可是他先后救了张郃、蔡邕，就为了这个得罪了何进与袁绍。韩馥思来想去，认为以卢奕的行事风格，是个值得托付大事的人。于是他命人连夜赶往北海，请孔融务必留住卢奕，他有要事跟卢奕面谈。

第二天清早，他就带上张郃等随从，直奔北海去了。到了北海国相官衙，孔融正在等他。

韩馥看卢奕并不在衙里，立即问："文举，卢将军现在哪里？"

孔融见他一脸的焦虑，不禁狐疑，心想他究竟有什么急事需要见卢奕呢？就说："韩大人别着急，卢将军正在驿馆，我这就陪你过去。"

随后，孔融领着韩馥、张郃几人一起去了驿馆。而卢奕此时正跟陈芯在城里城外四处游逛，一直到天色已晚才回到驿馆。一见到卢奕他们回来，韩馥立即迎了上去。

卢奕虽然已经知道韩馥要来北海见他，却没想到他会亲自来驿馆等他，看样子还等了不短的工夫。两人刚客套了几句，从韩馥身后走出了张郃，向卢奕拜倒说："卢将军，一向可好？"

一见是张郃，卢奕很是惊讶，扶起了张郃："张将军快请起。"张郃起身后，又向卢奕身旁的陈芯叉手施礼。

陈芯微笑着问道："张将军，你如何到了这里？"

张郃笑着回答："我一直就是韩大人的属下，大人到了冀州，我自然也跟了过来。"

几个人说着话，孔融已经吩咐驿馆上了一桌酒宴，于是众人就边饮边谈。

韩馥向卢奕捧上一斛酒："早就听闻卢将军义薄云天，又跟陈芯姑娘玉成佳偶，本官特地向将军祝贺。"说完，自己将面前的酒一饮而尽。

卢奕知道韩馥认得陈芯，而且这个人知道很多秘密，只是不知为何，今天他竟然对自己特别地谦恭有加。莫非他遇到了什么难事，需要自己出手帮助吗？卢奕饮了那斛酒后，说道："韩大人太客气了。您是一州牧守，不知今天如何有空，来这里找在下呢？"

韩馥听他问得直接，犹豫了一下，叹了一口气说道："卢将军，在下的确有事，烦请将军您向在下伸出援手！"说完站起身来，向卢奕作了一揖。

卢奕起身扶住了韩馥："韩大人有事，请直接说吧，不必如此客套。"

韩馥坐了回去，长叹了一口气："卢将军，在下的全家老小，都被人挟持了，到现在生死未卜，连他们在哪里都不知道！"

听了这话，孔融大吃一惊，惊讶地问道："是什么贼人如此猖狂，竟连封疆大吏的家人也敢劫持？"

卢奕虽然吃惊，但他反应奇快，知道敢绑架韩馥家人的，一定不是普通贼人。他想，韩馥刚刚被董卓任命了冀州牧，会不会跟这个有关呢？

韩馥一脸沮丧地说："是李儒那厮。"

孔融听到李儒的名字，顿时大怒，站起来说道："董卓干的那些坏事，基本都是李儒出的主意。真是斯文败类，亏的他还是李膺的族人呢？"

韩馥回答道："李儒这厮阴险狡诈，就是他让董卓任命我来担任这冀州牧，临行前他要求我把袁绍看住了，不准他起兵反对董卓。"

孔融恍然大悟，怪不得韩馥到处派人监视袁绍了，他这是有难言之隐，看来前些日子错怪了韩馥。孔融是个真性情的名士，立即拱手冲卢奕说："卢将军，您武艺出众，以前曾经两次救过蔡邕。这次您能不能想想办法，将韩大人的家人营救出来呢？"

卢奕没有拒绝，也没有答应，只是问："韩大人，我在司隶校尉府时，听说你并没有带家眷在京？"

韩馥点头说："是啊。可谁也想不到，李儒这厮竟然派了李傕他们悄悄地摸到颍川，绑架了我的家人。"

孔融气愤地骂道："无耻贼徒！"

卢奕问："那他们被挟持到哪里了，是京城吗？"

"我判断他们不会将我的家人囚禁在京城。因为京城人多眼杂，一旦泄露传扬出去，这对他们不利。"

卢奕皱了皱眉头："韩大人，如果不知道地点，那如何救援呢？"

韩馥起身说道："有办法的。我跟董卓手下的大将段煨有多年交情。我想，如果找到他，他是一定不会袖手旁观的。卢将军，我想写一封书信交给您，如果您到京城去，可以去找段煨，他一定会打听到我的家人近况。"

卢奕想了想："段煨这个人我也认识，他跟李儒、李傕他们那些人很不一样。韩大人，我最近的确要去京城那边。营救你家人的事情，我会尽力的。"

韩馥立即向卢奕拜了下去："卢将军侠肝义胆，在下钦佩之至。"

卢奕扶起了韩馥，说道："韩大人还得派出一些人，在京城那边准备接应。"

"卢将军说得有理。我会派张郃做您的助手，你们以前就相识的，将军您看如何？"

"嗯，没有问题。"

韩馥立即把张郃叫了过来，简短地吩咐了他，令他这次行程务必全力配合卢奕，张郃叉手领命。韩馥又说道："卢将军，我已经挑选了几十个精干的士卒，这次可以跟随你们一同前往京城。你看需要吗？"

"这样更好了。"

这时，卢奕想起了宫变那天，在北宫的密室里，听到韩馥跟郭胜死之前的那番对话，其中颇有一些事情仍然晦暗不清，尤其是先帝之死这个疑案，跟陈芯有关，为什么不乘这个机会，跟韩馥问个明白呢？

于是卢奕对孔融作揖说道："孔大人，还请见谅，我有件事情想要问下韩大人。"

孔融很知趣，点头说好，立即出去回避了。韩馥也让张郃出去回避，于是这里就只有卢奕、陈芯和韩馥三个人了。

卢奕向韩馥拱手问道："我在宫里值守时，曾经听到那些太监们传言，诬陷说是芯儿和张将军两人杀害了先帝。这是别有用心的谣言。韩大人，我想您最清楚这是怎么回事了。"

韩馥万万没有想到，卢奕竟然开口问这件事情。不过，陈芯是他的未婚妻，她本人也在，问这个事情倒是合情合理，于是他回答说："对，这是谣言，请将军不要管它。"

随后陈芯将那日灵帝如何羞辱地待她，她又如何反击的过程叙说了一遍。韩馥听得目瞪口呆，连声说道："怎么会是这样？太不可思议了！"

卢奕看着韩馥的表情，觉得这个人的城府实在太深了。难道他真的不知情，又或者只是知道部分真相吗？于是卢奕问道："韩大人，那天芯儿离开之前，皇帝只是一时昏厥，绝没有性命之忧。那么，后来究竟发生了什么，韩大人能否告知我们呢？"

韩馥听他这样问，脸上顿时变了颜色，随即迅速恢复了正常，回答说："卢将军，这我实在不知。请问卢将军，为何要问我这件事情呢？"

卢奕盯着韩馥看了一会儿，三人短暂沉默。

韩馥心里更加打鼓了，问道："将军是不是听说了什么？"

又等了片刻，卢奕见韩馥绝无可能主动说出真相，这才问道："韩大人，杀害先帝的凶手，是不是郭胜？"

这话犹如晴天霹雳，韩馥绝没有想到卢奕竟然知道这个，一时间竟然愣住了，嘴里嘟噜着问："卢将军，你说的是谁？"

卢奕再次问："韩大人，杀害先帝的人，就是那位跟大将军何进，袁大人，还有您，都有往来的中常侍郭胜，对不对？"

接下来韩馥没有否认，也没有赞成，只是沉默，如同他对付李儒那样。

陈芯对卢奕说出郭胜的名字，也觉得非常意外。但她知道，卢奕必定是掌握了一些证据，所以才会这样直接地询问韩馥。

卢奕见他不肯回答，接着又问："郭胜的义子郭朗是张郃杀的，对吧？张郃就在外面，要不要请他进来对质呢？"

韩馥回答道："不必了。郭朗是张郃杀的。"

"为什么呢？"

"是为了保护陈芯姑娘。"韩馥这次回答得非常爽快。

卢奕接口问道："那为什么要让张郃割了郭朗的首级，扔到朱雀门下面呢？"这时卢奕盯着韩馥的眼睛，"我曾经亲耳听到有人给出这样的解释：袁绍说大将军要给张让他们一个严重的警告，逼他们让步。"

卢奕所复述的，似乎是自己曾经说过的话，这让韩馥彻底惊呆了。他指着卢奕，万分惊讶地说："卢将军你，您那天是不是也在北宫那个密室？"

卢奕点了点头："正是。那天在你旁边杀人的，就是颜良吧？"

"将军您如何知道是颜良？"

"我跟他交手过几次了，怎么会认不出他呢？"

话说到这里，韩馥彻底明白了。在北宫那个黑暗密室里，那个可怕的对手，原来就是卢奕。韩馥长叹了一声，说道："不错，杀害先帝的凶手，就是郭胜。"

卢奕迅速接上询问："那么究竟是谁让他这么干的？"

"是大将军何进和袁绍。"

袁绍竟然有胆量策划杀害皇帝，虽然卢奕和陈芯都曾设想过这种可能，现在听到了证言，两人还是觉得惊心动魄。

卢奕又问："恐怕还有人吧？"

这时韩馥又沉默了。

卢奕最想证实的人，韩馥却总也不肯透露。于是卢奕换了一个问题："那天郭胜给了你一个盒子，里面是什么东西？"

韩馥犹犹豫豫地，终于开口回答了："是一个人的首级。"

"是谁？"

"是一个两百年前的人。"

陈芯同时脱口而出："难道是王莽？"

韩馥点头。

卢奕问："韩大人，你把盒子交给那个人了吧，他到底是谁？"

这时韩馥向卢奕作了一揖，十分诚恳地说："卢将军，这个人，是我们士人真正的领袖，我们必须得保护他。所以请见谅，我不能告诉你他的名字。"

卢奕沉默了，陈芯也感觉出了什么，两人就不再逼问韩馥了。

韩馥接着又说："他对你们卢家有大恩，又是你们素来敬重的人。不用我再多说了。"

卢奕点了点头，陈芯也猜到了。

韩馥长叹了一口气，说道："为了大汉朝廷能长治久安，不再腐朽秽败，即使是他们，有时不得不做些违心的事情。这才是真正的大忠大义！"

韩馥跟孔融走了之后，卢奕跟陈芯两人沉默对坐了一会儿，两人都不再提及这件事情了，但都已经猜到了那个人究竟是谁。

灵帝曾经做出多少荒淫之事，卖官鬻爵，宠信宦官，杀害党人，这些都是士人对他极其不满，甚至愤恨的根本原因。王允、杨彪等人曾经无数次进谏，灵帝从未有过任何改变。为了汉家的江山社稷，所以如果王允、杨彪与韩馥这些名士会参与何进、袁绍他们的这个计划，这并不奇怪。

至此，灵帝之死这个疑案的谜底已经彻底解开了吗？韩馥为什么要把一直密藏在汉宫里的王莽首级取出来，交给王允呢？这里难道还有一些不为人知的秘密吗？

卢奕想起来了，师父司马徽曾经提过，当年王莽事败之后，太原王氏、北海王氏与琅琊王氏这三大世族，都可能吸收了魏郡王莽家族的一些后人，看来王允家族跟王莽的后人之间应该有着无人知晓的秘密关联。这些问题，可以重返王融庄园，问一问王融先生，相信可以得到答案。可是自己暂时没有时间再去琅琊了。

隔天之后，韩馥让张郃送来了冀州牧出具的官凭、通关令牌还有行程需用的盘缠，他已经向朝廷上表，任命了卢奕担任冀州军的鹰击校尉。张郃还带来了几十个能征惯战的士兵，将会全程听从卢奕的差遣。

　　于是众人启程，先到了鲁国。卢奕跟母亲和陈逸商量了将来搬到灵山岛上的想法，母亲倒是愿意，但必须等父亲卢植一起才行。陈逸没有说话，看得出他并不愿意。陈芯劝了几句，卢奕使了眼色给她，陈芯只好暂时不再提起此事。

　　第二天众人启程，向京城驰去。

　　到了洛阳城外的安平岭客栈，卢奕跟张郃商量，让众人暂时在这里住下，他跟陈芯两人进城，探看一下情形再说。

　　客栈伙计见卢奕就要进城去，拦住了劝道："这位客官，如果没有什么事情，最好就不要进城了。"

　　卢奕问伙计："哦，这是为什么？"

　　小二叹了一口气说道："客官可能还不知道，自从来了西凉兵以来，京城这几个月就从没消停过。本地富商、大户已经被他们抢劫一空，来往的客商更是加倍课税。现在除了做官的，谁还敢往城里去呢？"

　　这时店主走了过来，呵斥小二不准乱说。

　　西凉兵第一天来京城时，卢奕就见识过他们的肆无忌惮，对小二说的话自然是毫不惊讶。他赏了小二一些大钱，让小二给众人端上了酒食。

　　随后卢奕和陈芯上马向城东南的开阳门奔了过去。到了城门口，一些西凉兵正在军官的指挥下盘查进城的人们。两人下马，卢奕拿出了官凭和令牌。几个士兵过来，看了官凭，正要放过他们，可是军官看到卢奕的马上携带有武器，就过来仔细盘问。

　　这时在城门楼上面，李傕正带人巡查，远远地看见卢奕，觉得很是面熟，走近了细看，认出了原来是卢奕。于是他走下了城楼，叫士兵们散开，然后跟卢奕拱手说道："卢将军，陇关一别，这一向可好？"

　　卢奕回礼："李将军别来无恙，没想到再次遇到将军，竟然是在京城了。"

　　李傕哈哈笑道："跟着董大帅，我们都到京城来了；而你们皇甫嵩将军，却去关中了。大家正好倒换了位置。"

然后看见卢奕手里拿的是冀州牧的令牌，觉得奇怪："咦，卢将军，你怎么到韩馥那里去了？"

卢奕若无其事地回答道："韩大人那里缺人带兵，我过去帮个忙。"

前些日子，李傕带人到颍川绑架了韩馥全家老少，所以他对韩馥比较敏感。见卢奕从他那里过来，自然多了一份疑心，就问道："卢将军到京城，是公事，还是私事呢？"

"私事。我回来看望家父的。"

李傕这才想起，尚书卢植是他的父亲。于是他客气地说道："改日我会去府上登门拜访，叫上郭汜、段煨他们，大家一起饮酒，如何？"

"李将军客套了，卢奕多谢盛情。"卢奕拱手别过，跟陈芯一起进了城。

李傕看着卢奕的背影，突然觉得他这次回来很是可疑。于是，李傕叫来了一个手下，吩咐道："你马上跟着他去，看他是回府去，还是见了别的什么人。"

手下领命，悄悄地跟上了卢奕。

第六十章　曹操刺董

卢奕多日未见父亲卢植，又正值宫乱，西凉兵肆虐京城，因此十分担心父亲。进城以后，两人直接奔回了卢府。

卢植见到儿子与儿媳两人回来，不禁忧喜交加，随即吩咐老管事准备了一桌酒席，给两人接风。父子二人边饮边谈，卢奕将琅琊及北海之行的经过告诉了父亲，并仔细讲述了灵山岛的情形。

卢植听得出来，卢奕对这个岛非常喜爱。卢植知道他们很想自己也搬过去，不忍拂了他们两个的殷切心情，就说："既然去范阳的道路不通，先到岛上住上一段时间，也是可以的。"

卢奕、陈芯听到他并不反对，这跟他们的预想并不一样，两人顿时很是兴奋。卢奕就问："那父亲打算什么时候动身呢？"

卢植轻叹了一口气，说道："实话跟你们说吧，我在京城不受董卓待见。这样下去，早晚要出事情。为父已经送上了辞呈，也不打算等他们批准了，我们就尽快一起离开吧。"

"这真是太好了！可是父亲，我还有几件事需要去办，可能还要一些时间。"

卢植知道儿子现在韩馥那里接受了一个职位，他这次到京城来办事，一定跟韩馥有关。卢植对韩馥了解不多，只知道他跟袁绍来往密切，就皱了皱眉头说："现在世道很乱，你凡事要千万小心，不能轻易相信别人，更不要强行去做自己办不到的事情。"卢植知道自己儿子的脾性，他不希望儿子惹上麻烦。

卢奕回道："父亲放心，儿子心里有计较的。"

卢植又问陈芯关于她父亲的事情，陈芯向他转达了父亲陈逸的问候。

卢植喃喃自语地说："是啊，我应该尽快到鲁国去，这样全家可以团圆，你们也可以早日完婚。"

过了一会儿，卢植想起了陈芯曾经在王允府上住过一段时间，就说道："明天，你们两个应该去看望一下王司徒。"

卢奕跟陈芯对视了一眼，都没有回答卢植的要求。而卢植并没有感觉出什么异样。卢奕给父亲添上了一杯酒，敬酒之后，卢奕就将那日他在北宫密室里听到的对话，以及这次韩馥说出的事情，都告诉了父亲。

卢植听罢，连连摇头，认为韩馥此人不可相信。

卢奕知道父亲跟王允、杨彪这些人都是好友，而韩馥暗示王允跟他们参与了谋害先帝的阴谋，这种说法父亲当然不能接受。果然，卢植心里非常不悦，又喝了几杯酒，便闷闷不乐地回房睡觉去了。

陈芯埋怨卢奕，不该这么轻率地将这件事情告诉父亲。

卢奕一时语塞，突然后悔了起来，觉得今天自己的确唐突了一些。

第二天，卢奕出门找以前的同僚打听段煨。有人告诉他，段煨此时并不在京城，因为京城的粮食已经不够了，董相国刚刚派他回关中去，要搬运大批粮草过来。

卢奕感觉很有些失望，一时不知该如何打探韩馥家人的下落。他跟张郃约定过，要在一个酒馆见面。见到了张郃后，他也没有打听到任何有用的消息。两人就这样毫无头绪地过了一天，没有任何进展。

回到府里后，已是天黑。

这时卢植让家人备了一些礼品，今晚王允过寿，要在府邸办一个寿宴，已经邀请了一些同僚故旧前去祝寿小聚。卢植以身体不适为名推托了，但他要卢奕去一趟王司徒府邸，送上寿礼。虽然卢奕的本意并不想去，但是这个事也的确不好推辞。

陈芯见他有些犹豫，就说："你在外面忙碌了一天，不如我去如何？"

卢奕想了想，回道："王司徒那里正在办寿宴，有很多官员在场，你去那里怕是不合适，还是我走一趟吧。"

过了一会儿，老家人陪着卢奕带上寿礼，到了王允府邸。此时已是夜深宵禁，街上并没有任何行人，远处零星地传来几声犬吠。虽说是在办寿宴，但王允府邸大门紧闭，只有门前停了一些车马，如此安静，哪里有半点寿宴气氛？

老家人正准备上前敲门，大门却开了，从里面出来两个人，其中一人分明就是王允，而另一个人，卢奕认得，就是曹操。

卢奕自觉不便上前打扰，就和老家人等在一旁。王允和曹操贴耳说了几句话后，曹操跟他拱手作别，然后王允就进门去了。卢奕让老家人将礼物送进去，自己紧赶几步，追上了曹操，说道："曹将军，一向可好？"

曹操回头，见是卢奕，惊讶地问道："原来是卢将军，你也是来祝寿的吧？"

卢奕回答："是啊，我来得有些迟了。曹将军这就要走吗？"正说着话，看见曹操的怀里抱着一口刀，刀鞘上镶嵌着宝石，一看就是一口好刀。

曹操见卢奕正看着自己怀里的刀，知道他是个武将，见到宝刀自然会多瞧上几眼，就笑着说："我送了寿礼给王司徒，司徒大人慷慨，偏要回送我这件礼物。说我是带兵的，用得上。"说完将刀递给了卢奕，"你看这刀如何？"

卢奕将刀抽出，月光之下，那刀立即泛出寒光，卢奕弹了一下刀身，赞道："真是一口好刀！"

曹操回答，"这刀名叫'七星刀'。司徒大人割爱，我受之有愧啊。"

卢奕将刀还给曹操，说道："曹将军，能不能借一步说话？"

曹操马上猜到了卢奕有事找他，就跟随从的曹洪说："你去把马牵来，我要跟卢将军说会话。"

曹洪以前跟卢奕交过手，自然认得他的，向卢奕叉手施礼后，就走开了。

卢奕就跟曹操讲了韩馥拜托的事情，问曹操是否知道韩馥家眷的下落。曹操将须想了一下，说道："这有何难？"

"哦，曹将军知道底细？"

"不，我并不知道。你可以向一个人求助，他只要开口求情，董相国或许就放了他们，也未可知。"

"曹将军说的是谁啊？"

"就是蔡邕。他现在很受相国器重，如果他出面说情，李儒那厮必须给些情面。"

卢奕这才知道，蔡邕现在已经到京里任职了，而且深受董卓信任，便拱手向曹操致谢："多谢曹将军指教。"

曹操又问："听说卢将军已经不在袁绍那里了，现在哪里高就啊？"

"受韩馥韩大人邀请，我现在那里帮他带兵，充任鹰击校尉一职。"

曹操鼓掌赞道："国家多事之秋，卢将军，你是国之栋梁，将来一定前途不可限量！"

卢奕笑了："曹将军过誉了。在下要去给王司徒贺寿，就先走一步了。"说完，两人拱手作别。曹操上了马离开。

这时老家人已经将贺礼送了进去，卢奕正准备进门，却发现远处有人影晃动，便喝道："是什么人在那里？"

那人知道自己被发现，立刻就跑开了。

卢奕见他鬼鬼祟祟，立即追了过去。那人见卢奕追来，就加快了脚步。卢奕追了片刻，渐渐赶上。那人见躲不开，便停了下来，抽刀就砍了过来。卢奕闪过，一脚将他踢翻，随即夺过这人的刀，压在他的脖颈喝道："你是什么人？为什么要跟踪我？"

那人被卢奕拿住，却是异常狠倔，一个字也不肯说。卢奕就搜了他身，翻出了一个腰牌，这人原来是西凉军的。卢奕将刀压紧，问道："是谁派你来的？"

见腰牌被卢奕拿了，那人知道身份已经暴露，便冷笑着说："就告诉你也无妨，是李傕将军让我来的，你敢拿我怎样？"

李傕为人心狠手辣，仗着董卓宠信，无所顾忌地放纵手下士兵在京城抢劫杀戮，帮董卓劫掠了无数钱财。所以李傕在京城的名声很坏，很多人提到他的名字就心生畏惧。所以此人说出李傕的名头，想要吓退卢奕。

卢奕没想到自己刚到京城来，就被李傕盯上了。一时犹豫了一下，这人爬起身就逃了。卢奕并没有追击，拿着那个人的腰牌，陷入了沉思。

这时，王允府邸的差役向王允通报卢奕来了，还带来了寿礼。王允听罢很是惊喜，立即叫王安将义女貂蝉领到书房去，有客要见，然后叫人将卢奕也领到书房去。

王允同杨彪等人又说了一会闲话，这时夜色已深，前来贺寿的官员同僚开始陆续离去。王允将客人送走之后，来到书房，却只见貂蝉一人坐在那里，不禁奇怪，问王安道："卢奕在哪里呢？"

王安回答说："卢将军刚才见门外有可疑人物，就追了出去。直到现在，还没有过来。"

王允顿时有些紧张，问道："是什么人？你们见到那人了没有？"

几个家丁都摇头说没有。

有一个人说："那人也许是跟着卢将军来的。之前老爷让我几次出去察看，我并没有发现外面有任何可疑的人。"

王允稍微放下心来，把卢府的家人叫了过来，询问卢奕的情况，知道了他刚从韩馥那里回到京城，就点了点头，随即吩咐几个家人，再到门外观察一下有没有异样。

此时卢奕拿了那个腰牌，正准备离开，突然听到远处一声惨叫，听声音就是刚才那人。卢奕赶紧奔了过去察看究竟。只见那人的尸体正躺在地上，却不知是什么人杀了他。

今夜的情形，实在透着古怪。卢奕就扔掉了那个腰牌，转身离去。

而远处曹操正观察着这里发生的一切，曹洪跑了过来，曹操问："那人解决了？"

"是的。"说完，曹洪将刀擦拭干净，插回刀鞘。

曹操点了点头，于是两人上马离开。

路上，曹操问曹洪："你觉得卢奕这个人怎么样？"

曹洪对卢奕很是钦佩，回答说："武艺高超，是个了不起的人物。"

曹操摇了摇头："不然。我倒觉得，这人空有一身本领，却心肠太软，将来成不了什么大事。曹洪你记住了，做大事的人，就不能有妇人之仁。"

曹洪听了，似懂非懂。但他对曹操一向很是敬服，问道："大哥是在说他刚才没有杀那个人吗？"

"不止这一件事情。你知道吗，为了救一个跟他毫不相干的庶人蔡邕，他把大将军何进与袁绍都得罪了。你说说看，这到底是大智若愚，还是大仁大义呢？"

曹洪笑了："这我可不知道。除非大哥叫我去，否则，我才不会去救什么蔡邕呢。"

曹操听了哈哈大笑。

此时已经是深夜了，卢奕便没有再返回王允府邸。

王允等了一个时辰，不见卢奕过来，心想他应该不会再来了。

而貂蝉正纳闷地坐在书房里，不知道王允要她见什么人。

王允见她疑惑，就跟貂蝉解释说："女儿啊，为父认得一个女子，叫陈芯，跟你长得极其相似，偏巧你们的年龄也一般大。所以，我怀疑你们二人之间，会不会有什么关联？"

貂蝉回答说："我的父亲叫任昂，他并非我的亲生父亲。我曾经问过他，我的生父究竟叫什么名字？他一直都没有告诉我，只说时候没到，不能说的。再后来我们就失散了。"

王允点点头，捋须说道："陈芯的未婚夫叫卢奕，刚才也过来祝寿的，本来我想让你跟他见一下，隔天就将陈芯请来。结果出了点状况，看来只能等到下回再说了。"

貂蝉非常明白事理，立即起身向王允致谢道："义父对我如此关心，女儿一定铭记在心。"

次日中午，曹操来到董卓官衙。因为平日里曹操跟董卓亲近，常来常往，董卓手下的差役也都跟曹操很熟，所以没有拦他。曹操直接进到小阁，看见董卓正坐在床榻之上读着公文，吕布正在后面侍立。曹操刚要过去拜见，董卓先问道："孟德今天为什么来迟了？"

曹操笑着说："我的那匹马是个老马，走不动路了啊。"

董卓哈哈地笑了起来："正好咱家有一些好马从西凉送到，孟德，你是不是听到了消息，故意要来讨一匹好马？"

曹操赶紧作揖说道："真是什么都逃不过相国的眼睛。"

董卓就回头对吕布说："奉先，你去一下马厩，给孟德挑一匹好马。"

吕布领命离开，曹操陪着董卓说了一会儿话。董卓很是肥胖，坐得久了便坐不住，于是躺了下去。过了一会儿，翻了一个身，背对着曹操。

突然，曹操悄悄地从腰间拔出了七星宝刀，准备向董卓刺去。谁知道董卓的床榻上镶嵌了一个铜镜，董卓恰好从镜子里看见曹操拔刀，赶紧转过身来，喝道："孟德，要干什么？"

这时，吕布正从外面要走进来。

曹操很是惶恐，但急中生智，跪下将宝刀举起，说道："相国，我最近得了一口宝刀，觉得只有相国您才配使用这把刀，所以今天特地来献刀了。"

董卓接了刀过去，来回把玩，爱不释手。曹操赶紧解了刀鞘，将刀鞘举起献给董卓。董卓见那刀鞘上镶嵌了大颗宝石，顿时高兴了起来，说道："孟德，这么好的东西，你送了我，想要些什么，就跟咱家说吧。"说完，将刀交给吕布，收了起来。

曹操问吕布："吕将军，请问那马牵到了是吗？"

吕布点头。

曹操拱手称谢，对董卓说："相国，我去试一试马好吗？"

董卓点头："你自己去吧。"

曹操出去后，上马就骑出了董卓府邸，直奔中东门，头也不回地出城而去。

原来，曹操昨夜以祝寿作为名义，去了王允府邸，却跟王允、杨彪等人商议，要除掉董卓。曹操自告奋勇，想要行刺董卓。王允他们本来并不信任曹操，但见他慷慨激昂，大有荆轲刺秦的英雄气概，就都被他感动了。王允拿出了家传七星宝刀，送给了曹操，要助他行刺董卓。没想到功败垂成，幸亏曹操机灵，及时逃脱了险境。

曹操走后，总也不回。董卓顿时起了疑心，吕布趁势说道："相国，刚才那曹操好像要行刺，正好我进来，他被撞破，不得已才推托是献刀。"

董卓点头："你说得有道理，我也正在怀疑他呢。"

这时李儒进来，得知了这件事情后，立即说："曹操是一个人在京，并没有妻儿老小随他。他的行踪的确可疑。"

董卓就吩咐差人，分作两拨，一拨前往曹操府邸唤他回来；另一拨到各个城门去，见到曹操立即扣下。两拨人派出去后，董卓仍然坐立难安，心想，如果曹阿瞒真是要行刺自己，那自己一定会让别人都笑歪了嘴。怎么就看走了眼，重用了曹操这头养不熟的狼呢？

很快中东门传来消息，曹操已经骑马出了城门，向东而去。

董卓大怒，对吕布说："我待曹操如此不薄，这厮反而要害我！你去，带上手下一起追他，一定要拿住这个曹操！"

吕布领命，带了十几个轻骑追了出去。

此时安平岭上，卢奕和张部一行人正在一起。刚才卢奕已经找过了蔡邕，拜托他打听韩馥家眷的下落。韩馥跟蔡邕，都是本朝名士，两人在京城时经常往来，也是多年好友。所以蔡邕一听这事，立即答应了下来。两人约定，一旦蔡邕得到消息，马上派人送到卢府，或者到安平岭上的客栈，交给张部。

卢奕跟陈芯两人，就赶到安平岭来见张部。众人刚刚谈话结束，远处就传来了一阵急促的马蹄声。卢奕仔细一看，是曹操慌慌张张地骑马奔了过来。

于是卢奕迎了过去，曹操勒住了马，对卢奕说："卢将军助我。"

卢奕问："曹将军，出了什么事了？"

曹操定了定神，回答说："我得罪了相国，董卓他派人要杀我。如果卢将军见有追兵过来，麻烦您阻一下他们行吗？"

卢奕答应了："曹将军放心，只要卢奕在此，他们就不会有一兵一卒通过这里。"

曹操在马上向卢奕作揖，说道："卢将军两次救我，曹某定当后报。后会有期！"说完飞马向东疾驰而去。

过了一炷香的工夫，吕布带着人风驰电掣般地追了过来。

卢奕命张部带着手下在官道上一字排开。吕布奔到跟前，一眼就看到了卢奕。他怎么会在这里？而且还带着人阻截自己？

吕布恼怒地问："卢将军，你在干什么？"

卢奕微笑着回答："吕将军，别来无恙。在下有一件事情，想要跟将军咨询一下。耽搁不了多久。"

吕布身后的一个副将大怒，喝道："大胆狂徒，竟敢阻挡我们，你们都不想活了吗？"

卢奕听罢，立即张弓搭箭，只一箭就将这人头盔上的簪缨射落。那人顿时惊出了一身冷汗，立即缩了回去，不敢再发出声音。

吕布见陈芯立马站在卢奕身旁，又有大将张郃端着长枪，正怒目瞪着自己。对方的人数不少，而且都全副武装，吕布知道现在硬闯是不行的了。

于是皱着眉头问卢奕："你有什么事情？"

第六十一章　貂蝉姐妹

卢奕拱手向吕布致意："吕将军，能不能借一步说话？"

吕布虽然心里很是恼怒，却不想跟卢奕动武，只想着早些通过，然后去追捕曹操，于是他回头对手下们说："你们在这里等一下。"

说完踢了一下马，驱马走到了一边，等卢奕过来说话。卢奕见吕布这样，知道他在强忍着怒气，心里不禁觉得好笑，随后跟陈芯两人也骑马跟了过去。

到了跟前，卢奕对陈芯说："还是你来问吧。"

吕布觉得纳闷，难道是陈芯姑娘找他有事？

陈芯问道："吕将军，记得上次你曾经将我认作另外一人，她的名字叫红昌对吗？"

吕布点了点头。

"那她的姓是什么，吕将军能不能告诉我？"

吕布有点诧异，问道："这有关系吗？"

陈芯回答道："是的。她是不是姓任？或者姓陈？"

这次吕布点了点头："她叫任红昌，是我的未婚妻。"

陈芯紧追了一句："她的父亲叫任昂，对吗？"

吕布更加诧异："是的，你如何会知道？"

这时，陈芯和卢奕一阵狂喜，陈芯高兴得差点从马上跳起来。吕布见他们突然这般高兴，忽然猜到了什么，就问："陈姑娘，你跟红昌的模样如此相像，难道你们？"

陈芯点头说道："不错，我们是同胞姐妹。姐姐她不叫任红昌，她的本名叫陈蕊，我叫陈芯。我们的父亲是陈逸，任昂是我们陈家的老管家。"

吕布听了这一串名字，已经有些迷糊了，问道："陈姑娘，你确信不会弄错了？"

听到他怀疑，陈芯就拿出了那枚玉佩，问吕布："吕将军，你见过这个没有？"

吕布接过仔细观看，点头说："不错，红昌的确也有一个。她说过，这是她母亲给她的唯一物件。"

这时吕布已经完全相信了，陈芯跟任红昌两人就是同胞姐妹，但是他还是觉得很蹊跷，就问道："陈姑娘，究竟是怎么回事，为什么红昌会流落到并州了呢？"

卢奕就跟他详细讲述了陈藩家族的逃难经历。吕布这才恍然大悟，原来自己的未婚妻子陈芯，竟然有这么复杂的身世。

陈芯问道："吕将军，姐姐她现在哪里？"

这时吕布的脸有些红了，垂下了头，说道："惭愧，是我没有照顾好她。三年前，胡兵突然袭击了九原，那时我在外带兵，救援不及。等我赶回去时，她们全家都不见了踪迹。这几年来，我一直在到处找她，但都没有音讯。"

陈芯非常失望，眼圈有些泛红。卢奕安慰她说："吉人自有天相，上天眷顾你们姐妹，让你现在知道了姐姐的下落，就一定会给你们机会相见的。"

吕布赶紧说："是啊，我们接着一起寻找，总有一天会找到红昌的。"

三人又说了一会儿，这时眼看就要天黑了。卢奕拱手对吕布说："吕将军，你们刚才是不是要去追曹操？"

吕布这才想起还有这件大事，可眼看天就要入夜，怎么还能追到曹操呢？不由得恼怒了起来。

卢奕见他忽然就变了脸色，心里不禁想笑："吕将军，我有一句直话，很想劝劝将军。"

"你说。"

卢奕拱手说道："得饶人处且饶人，那曹操跟吕将军你并无冤仇，只为了董卓的一句话，你就要对他追杀到底？不值得。"

吕布怒了，发火喝道："你胡说！董卓是我的主公，还是我的义父，我怎能不听他的命令？"

卢奕微笑着问道："那丁原呢？"

这下惹得吕布开始发狂了，两手紧攥，恨不能立刻就跟卢奕厮打起来。

卢奕接着说道："忠言逆耳！吕将军，凡事留有一步余地，将来也可回旋。"

吕布是真想厮杀一场，可是有陈芯在旁，自己没有必胜把握。而且彼此很可能就是亲戚，更加不该跟他斗狠拼命。于是吕布就手指着卢奕，恶狠狠地说："这次就算了，下次再要跟我过不去，一定不会饶你。"

说完，用力地踢了一下马，跑回部下跟前，说道："天黑不追了，现在回去。"

那个副将说道："吕将军，难道咱们就这样饶了这些人吗？刚才那人也太嚣张了！"他说的当然是卢奕了。

话音未落，吕布劈脸抽了他一鞭，看着他轻蔑地说道："等你有了我和他那样的本事，再来说话吧。"

那人挨了一鞭，心里很是不忿。

吕布见到，便冷笑了一下说："不管谁做我的部下，有敢顶嘴不服的，立斩！"

说完，将马头一转，喝道："回去！"这时，吕布远远地望见陈芯正在看着自己，顿时心里一动。不知为何，自己突然对卢奕有了一种莫名的嫉恨。于是他狠狠地瞪了卢奕一眼，然后马鞭用力地甩了一下赤兔马，这马受惊，顿时跳了起来，开始狂奔。手下们赶紧催马跑起来，一群人像风一般地不见了。

卢奕和陈芯回到卢府时，天色已经很晚。这时卢植还没有休息，听见他们回来，就从书房里走了过来，对卢奕说："奕儿，刚才王司徒派人过来，请你跟芯儿明天到他府上去一下，说他有事情找你们。"

两人点头答应。卢奕问父亲："今天在安平岭，遇到了曹操，他说因为得罪了董卓，不得已只能离开京城了。"

卢植摇了摇头，说道："都说这个曹操奸猾，可谁能想到，今天他竟然跑到相国府，去刺杀董卓了？"

卢奕大吃了一惊，怪不得今天吕布对自己这么恼火，便问父亲："那曹操得手了没有？"

"当然没有了。现在董卓已经向全国都发出了海捕文书，通缉捉拿曹操。"

如果是这样，那么今天自己就是纵放了通缉重犯，那董卓一旦知道，能饶过自己吗？从无畏惧的卢奕忽然很是担心，他害怕的是连累了父亲。正想着是否应该告诉父亲今天的事情，这时陈芯使了个眼色给卢奕，冲着卢奕摇了摇头。这是让他不要讲今天的事情。

卢植回房休息后，陈芯跟卢奕商量，现在不该告诉父亲，他不知情，也就没有牵连进来，可能反而更安全一些。而且从今天吕布的言语和行事来看，他应该不会向董卓出卖他们。卢奕琢磨了一会儿，觉得她这样的说法有些道理。

第二天，两人正准备动身前往王允府邸，蔡邕派人送来了一封密信。卢奕打开一看，没有任何其他言语，只写了一个在黾池的地址。卢奕知道，这应该就是秘密关押韩馥家眷的地址了。

事不宜迟，两人立即出发赶往安平岭。跟张郃他们会齐后，众人赶往黾池，顺利地找到了那个隐秘的庄子。

卢奕指挥众人包围了庄子，张郃率先冲了进去，将看押的西凉兵杀散。卢奕带人进来后，很快就找到了韩馥的所有家眷。随后众人立即套好庄子里的所有车马，将家眷们全部安置上车。

卢奕交给了张郃一封书信说："张将军，你现在就出发，将他们护送到冀州韩大人那里。送到之后，劳烦你去一趟琅琊国的开阳，将这封书信交给泰山军臧霸将军。之后，他应该会带一些人跟你一起走。"

张郃问："将军要我们到那里去？"

"你们一起到关中扶风郡来找我，那时我应该在皇甫嵩将军的大营里。我要你们帮我，一起运送一批武器到冀州去。"

张郃领命，护送韩馥家眷先行离去了。

随后两人进城回到卢府。卢植一天不见两人踪影，心里正不高兴，见他们回来了，便埋怨道："奕儿，不管你们到哪里去，要做什么，总得让为父知道一下，也免得我为你们担心！"

卢奕向父亲作揖，然后将营救韩馥家眷的事情告诉了父亲。卢植点头说道："李儒他们行事如此下作，你们做得对，做得好！只是，你们冒的风险太大了，京城这里西凉军的耳目太多。我看，你们两个绝对不能再逗留京城了。"

陈芯说："我们这次回来，就是想跟您明天一起离开。"

卢植摇头说道："我现在暂时还不能走，免得动静太大，惹人生疑，反而添乱。再说也不需要那么急。你们无需为我担心，董卓他暂时还不会对我怎样。"

卢奕说："可是袁绍那里，随时可能起兵讨伐董卓。到时候京城一定会有一批大臣受到牵连。父亲，这次还是跟我们走吧。"

卢植坚决不答应，说道："我已经决定了，你们就不要再劝了。该什么时候走，我心里有数的。"

陈芯和卢奕见他这样说，只好不再劝了。

"对了，既然明天要走，现在你们就去一趟王司徒那里吧，他已经派人来过几次了。"卢植想起了王允好像有事要找卢奕，催促他们赶紧就去。

两人犹豫了一下，还是答应了，于是前往王允府邸。

到了王允府里，管事向里面通报，王允得知两人来了，极其高兴，立即让人把他们引到书房去。然后王允让王安将貂蝉领了过来，说道："女儿啊，我跟你说过的陈芯，她来了。我们一起去书房看看吧。"

貂蝉答应，跟着王允一起进了书房。

卢奕和陈芯正等着王允，见他进来，两人就起身准备行礼，却同时看见了王允身后的貂蝉，不禁都愣住了。

只见眼前的貂蝉，面孔几乎跟陈芯一般无二，陈芯惊呼了一声，立即走上前去，拉住了貂蝉的双手。

众人看这倾国双姝，并肩而立，都是一样的朱唇杏眼，冰肌玉骨，艳美绝俗，两人的仙姿玉色犹胜闭月羞花。细观之下，则有不同：貂蝉的蛾眉娟秀细长，而陈芯则剑眉轻轻扬起。貂蝉孱弱纤细，袅袅婷婷，好似梨花带雨；而陈芯鬓如刀裁，英姿飒爽，犹如女中豪杰。

陈芯问道："这位姐姐，你是谁？"

貂蝉也在端详着陈芯，微笑着回答："我叫貂蝉，本名任红昌，妹妹，你叫什么名字？"

任红昌，这三个字犹如晴空霹雳一般，震在了陈芯和卢奕的耳朵旁边。两人顿时呆住了，然后化作了欣喜若狂。

陈芯喜极而泣，拉着貂蝉的手说："你真是我的姐姐，你不叫任红昌，你的真名是陈蕊，我是你的妹妹陈芯。"说完抱着貂蝉哭了起来。

陈蕊抚摸着陈芯的肩膀，说道："妹妹，你跟我说说，到底怎么回事。"

这时王允招呼大家坐下，让王安把茶端了上来。

众人听陈芯将陈藩家族落难前后的情形，仔细叙说了一遍。当陈芯说到管家任昂抱着褴褛中的陈蕊，与众人失散时，陈蕊忍不住放声痛哭。

陈芯陪着姐姐，哭哭笑笑了一阵，掏出了那个玉佩，说："姐姐你看。"

陈蕊接过玉佩，仔细端详。然后从怀里也拿出了自己那个，将两个并在一起观看，就是完全一样的一对玉佩。

陈芯说："母亲已经不在了，这是她留给我们唯一的物件了。不过，父亲还在。"

然后跟陈蕊详细讲述了父亲陈逸的近况。陈蕊这才得知父亲在多年逃亡之后，总算苦尽甘来，在鲁国安定了下来。

陈蕊问妹妹："我们什么时候可以一起去看望父亲呢？"

陈芯回答："要去的，一定要去的。明天就动身如何？"

她然后想起，这次跟卢奕还有一件事情要做。陈芯站起身，将卢奕拉了过来，向陈蕊介绍了卢奕。陈蕊想起了义父王允说到过他，笑着跟卢奕互致问候。陈蕊见卢奕相貌堂堂，仪表过人，深深地为妹妹感到高兴。

这时王允对二人说，她们的祖父陈藩曾经对他有恩，所以也时常怀念他。今天能见到他的两位孙女，真是上苍有眼啊。

陈芯起身，拉着陈蕊一起向王允行礼，代父亲陈逸向他表示谢意。王允微笑着将两人拉起，说道："忠奸善恶，上苍都辨得清楚。即使一时不报，也只是时候不到而已。太傅陈藩忠孝耿直，上苍一定会将福报，赐给你们这些陈家后人的。"

卢奕听王允提起了"忠奸善恶"几个字，不由得想起了何进、袁绍、杨彪、张让、郭胜还有韩馥等人，又由韩馥想起了那个密室里的对话，还有韩馥给他的暗示。父亲卢植对韩馥的这些话根本不信，那么自己是该相信，还是不该相信那些言语呢？

然后卢奕又想到了上午，自己刚刚带着张郃他们，杀了很多西凉军士兵，再之前自己冲锋陷阵时，也杀过很多敌方的士兵，那他们就真的该杀吗？如果那个皇帝荒淫无道，诛杀忠臣，难道他就不该死吗？师父讲本门"兼爱、非攻、交相利"，可是这乱世之中，哪里有"兼爱"的可能呢？"大不攻小，强不侮弱，诈不欺愚，贵不傲贱，富不骄贫！"可是，自己在京城和皇宫里的所听所见，基本都是相反的。这让卢奕感到万般困惑。

现在王允就在跟前，可不可以当面向他询问那些事情呢？卢奕犹豫了。

陈芯和陈蕊现在骨肉重逢，深深的喜悦当中，没有注意到卢奕的走神。王允看到了，就问："贤侄，你有心事，是不是遇到了什么事情？"

卢奕正准备回答，王安进来报说，卢府来人，有紧急事情要寻卢奕和陈芯。卢奕的心顿时紧张了起来，莫非是吕布告发了自己吗？

老家人进来后，看到有很多人在，犹豫着不知道该说不该说。卢奕对他讲这里没有外人，就直接说吧。

原来，刚才李儒带了很多士兵，包围了卢府，要捉拿卢奕。卢植质问李儒究竟为了什么，李儒说有人指认卢奕，上午带人在黾池袭击了西凉军的一个据点，杀死了许多士兵，还抢夺民财，挟持了人质。卢植当然否认，只推说卢奕不在京城。李儒一时搜寻不到卢奕，也没有办法，就将卢府包围了起来。老家人就偷偷逃了出来，跑到司徒府邸来报信了。

王允知道了卢奕上午解救了韩馥家眷，不禁频频点头，说道："贤侄，你做得很对。"然后吩咐王安带人出去警戒，如果有兵过来，火速通知里面。

陈蕊对宫变时乱兵到处杀人的那一幕记忆犹新，现在妹妹跟妹夫又面临危险，不禁担惊受怕了起来，面色变得有些苍白。陈芯捏着她的手安慰道："我们知道这京城里面所有的密道，他们困不住我们的。"

听陈芯提到密道，王允眼里一亮，说道："今晚这里恐怕也不安全了，贤侄，要不你们就先藏进密道里去，再想办法出城。明天上午，我让王安将你们的马匹和武器，送到马市那里。你们就在那里碰头如何？"

卢奕与陈芯点头答应，两人检查了各自的装备，就准备出去了。

陈蕊请王安拿来了一些食物和装满水的水袋，都放在密封的布袋里交给陈芯，又不停地叮嘱她千万要小心。卢奕见陈蕊还在担心，就笑着安慰了她几句，让她耐心在司徒府再住一段时间，他们会尽快回来接她去鲁国的。

王安打开了后门，两人察看了一下四周的动静，就准备出去了。忽然陈芯又想到了什么，折回来悄悄地对陈蕊说："姐姐，委屈你一阵子，我们会尽快回来接你。姐姐的身份暂时还要保密才行，以免生出麻烦来。"

貂蝉点头答应。

"对了，姐姐你的未婚夫是叫吕布吗？"

貂蝉惊讶地点头说："是的，妹妹你如何知道？"

陈芯苦笑了一下回道："我们跟他打交道，已经好几回了。他现在是董卓的左膀右臂，姐姐将来见到他，千万要劝他离开董卓。跟着那个董卓，一定不会有好下场的。"

说完，跟貂蝉说声保重，然后跟卢奕迅速离开，消失在茫茫的夜色之下。

貂蝉觉得今天好似做梦一般，愣在了那里好久不动。

王允见她担心，便笑着安慰她说："你不要太过忧心。卢将军智勇过人，以他的武艺，董卓那边只有吕布才能跟他匹敌。"

再一次听到吕布的名字，貂蝉心头一震，面色变得泛红起来。

过了片刻，前门突然传来了敲门声音，王安向王允报说："老爷，李儒来了。"

第六十二章　大战荥阳

王允听到李儒来了，眉头皱了一下，叫王安把他领到正厅去，自己过一会儿就去见他。

王安犹豫着说："老爷，是不是去迎一下呢？"

王允摇头说："不必了。"

这时李儒正在大门外来回踱步，华雄手按腰刀站在他的身后，手下的兵丁每人都拿着火把，站成两排，守在司徒府大门的两边。没有任何人说话，一阵夜风吹过，火把燃烧的声音分外响亮，更显出一片肃然的杀机。

王安出来，小心翼翼地对李儒说："老爷说了，有请李大人。"

李儒点头，转头吩咐华雄在门口守着，只自己跟着王安进到了客厅。约过了一盏茶的工夫，王允穿着便服进来了。李儒见王允进来，起身施礼："司徒大人，下官冒昧打扰了。"

王允点头说道："你深夜带人过来，有什么事情吗？"

"没有什么大事，王司徒。就是听说有一个嫌犯进到您的府里？所以，下官有所担心，特地前来看一下。"

"你说的嫌犯是谁？"

"此人名叫卢奕，有人说看见他了，大约一个时辰之前进了您的府里。"

"是啊这人来过，已经走了。怎么，他犯了什么事吗？"

"他今天带人无故袭击了我们的一个据点，还抢劫民财，劫持了一些人质。"

"哦，怎么会这样？这个事情确实吗？"

李儒非常肯定地说："证据确凿，有目击证人。"然后话锋一转，黑豆一样的眼睛盯着王允，"王司徒，他来找您，有什么事情吗？"

"卢尚书让他来看看我。人已经离开了，李大人要是不信，就让你的手下进来，搜一搜吧。"

李儒见王允回答得非常坦然，知道他说的多半属实："哦不不，下官怎么敢对司徒大人这么无礼呢？"然后笑着说道，"反正他也跑不出京城的，这倒也不是什么急事。"

王允听他话里有话，就问道："李大人，杀人放火的事情，还不是急事吗？"

这句话让李儒觉得有些讽刺意味，他故意装作不知，回答说："下官难得有机会跟王司徒私下里说说话，有一些想法，今天要向司徒大人您，当面请教一下。"

"李大人有话请说。"

李儒盯着王允的眼睛，说道："韩馥韩大人在赴任冀州之前，跟在下深谈过一次。"

王允嗯了一声，面无表情地听着。

"韩大人有胆有识，做了一件很了不起的大事，司徒大人知道的吧？"

这时，李儒看王允一副心不在焉，毫无兴趣的样子，就问："司徒大人不想知道吗？"

王允摇头说："我对韩馥不熟悉，对他的事也没什么兴趣。"

"那么郭胜呢？"

王允问："你说的是中常侍郭胜吗？听说他在宫乱里也死了。"

李儒便挑明了说道："韩大人跟我深谈时，告诉了我很多事情。其中也有跟您有关的！"

王允依然一副漠不关心的模样。

李儒就笑着说："我听了后，只当作是些捕风捉影的事情，不去理会那些。"说到这里，李儒停了一下，故作亲热状，继续说道，"其实相国也不相信这些。在下认为，王司徒跟杨彪大人等，你们都是大汉的忠臣，为社稷计，为黎民安，所谋者大！令人由衷地钦佩。"

王允回答道："李大人，我不明白你到底要说些什么。如果你今天有事找我，就请直说。"

李儒拱手说道："好。在下的确有事，要征求司徒大人的意见。"

"请说。"

"我听到京城有一首儿歌，'西头一个汉，东头一个汉。鹿走入长安，方可无斯难。'这就是上天赐给我们的谶语，要我们把都城迁回长安去，这样才能社稷平安，百事顺遂。我已经向相国进言了，还望王司徒给我支持！"

王允这才明白了李儒的用意，摇了摇头说："迁都的事情太大，牵一发而动全身。还是在朝会上，大家商议吧。"

李儒再次说："在朝议时，在下想得到司徒大人的支持。"

王允点了点头回道："此事再说吧。"

李儒见他虽然没有答应，但也没有拒绝，以王允在满朝文武的威望，如果他不反对，那么这件事情反对的声浪就会小很多。于是李儒大喜，向王允作揖，然后告辞。王允只将他送出了客厅，目送李儒出了大门，这时突然吹来一阵大风，王允打了一个寒战，自言自语地说道："有李儒这样的人在，汉室真的无力回天了？"

第二天上午，卢奕和陈芯从密道里悄悄地出了城。两人到了马市，顺利地接到了王安送来的各自坐骑，还有武器和一些食物。两人请王安向父亲卢植报个平安，又拜托了王安照顾好貂蝉，他们会尽快回来接走她的。随后两人纵马向西直奔潼关而去。

有冀州牧出具的官凭以及令牌，卢奕和陈芯顺畅无阻地通过了潼关，然后一路向西到达了扶风郡皇甫嵩的大营。然而此时，皇甫嵩已经奉旨去京城了，现在暂时替他掌管大军的是皇甫郦。

当卢奕听说皇甫嵩去了京城时，连声说道："大事不好，皇甫将军这一去，恐怕很难回来了。"

皇甫郦叹气说道："我竭力劝阻叔父不要去，他却说不能违抗旨意，说我们带兵的将领如果不遵圣旨，这是大忌。他还说很快就回来，让我们不要为他担心。"

卢奕轻叹了一口气说："皇甫将军不在京城，他没有见到那董卓现在是多么残暴凶悍。董卓最忌惮的人，就是皇甫将军，他这次去，一定会被董卓扣留在京城。你们这三万军队，很快就会被他肢解，调拨到不同的地方。"

皇甫郦发怒说道："贼子董卓，暴虐害民，罪在不赦，我要是叔父的话，就应该通告天下，起兵讨伐董卓。"

"皇甫兄，现在关东各郡的刺史已经秘密地相互联络，准备时机一到，就举旗讨董。我这次来，就是为关东各军搬运武器的。还望皇甫兄助我。"

皇甫郦诧异地问："卢兄，帮你自然没有问题，只是你要到哪里去搬运武器呢？"

卢奕就把鸡峰石窟的秘密告诉了他，皇甫郦听得连连咂舌，当即答应了卢奕，派遣赵蔚和胡秉等人率领军士助他搬运。然后两人按照金匮图册的标示，参考本地图本，规划了最佳路线：沿渭水用船运送。可是这样大的动静，一定会被驻扎在陈仓和散关的西凉军发现。驻守散关的守将正是张济和贾诩二人。

于是卢奕特地去了一趟散关，向二人叙说要跟皇甫郦从水路搬运一批粮草出关。张济不明就里，觉得很是诧异，段煨刚刚运走一批，如何又来搬粮草了？

而贾诩一下就猜中了，卢奕此行是来搬取宝窟里面的武器，他自然不会说破此事。几人饮酒时，谈起了马腾、马超父子。董卓带着大军去了洛阳，为了拉拢马腾、韩遂他们，防止他们在后院点火，已经上表任命了马腾担任西凉刺史。

卢奕问："这么说来，你们二位将来都要受马腾节制了吗？"

贾诩笑道："那只是一个空头衔而已，董相国不可能把散关以东交给他的。"

张济愤愤地说："马、韩二人靠敲诈得了高位，还不满足，最近派马超领兵向散关靠了过来，看样子，早晚跟他们还要再打一仗。"

卢奕笑道："有你们二位在，他们不可能通过散关的。"听他这样说，张济哈哈大笑。

随后几天，皇甫郦征调了十几艘空船，卢奕带着赵蔚和胡秉，指挥士兵们驾船沿渭水溯流而上。到了支流陈仓水后，小心地将船驶进支流，继续向上游行进。进入陈仓山后，众人上岸，向鸡峰攀去。按照图示终于找到了那个洞窟。

卢奕指挥士兵们撬开了石门，里面果然存有大量的武器盔甲。只是由于保存的时间过久，基本都是锈迹斑斑，枪杆刀柄已经腐朽不堪。卢奕跟皇甫郦仔细检查了这些武器，所幸的是，其中大部分只需重新回炉，再锻打一次就可以使用了。

随后，赵蔚和胡秉指挥士兵们将这些武器分批搬到了船上，再运回扶风的军营。陆陆续续用了四天才全部搬完。

几天之后，洛阳那里传来了坏消息，皇甫嵩被董卓指使御史弹劾，抓进了北寺狱里，准备择日处斩。

皇甫郦听到消息勃然大怒，就跟卢奕商量，如果董卓敢下毒手，他就要带兵打到洛阳去。

卢奕想了一下，劝皇甫郦稍等两日，等京城的消息确实以后，再做决定。随后，两人每日练兵，筹措粮草，准备作战。

这日，董卓正摆设酒宴，大会群臣的时候，皇甫坚寿突然出现在众人席前，流泪向董卓叩头，为父亲申诉。皇甫坚寿曾经跟董卓交好，也曾经在他落难的时候给予帮助。因此董卓却不过情面，并没有让士卒赶走皇甫坚寿。

于是皇甫坚寿当众大声地申诉，提起了当初皇甫嵩和董卓两人，共同在西凉与叛军作战的经历，希望能动之以情。酒宴上在座的重臣王允、杨彪等人，纷纷站起来为皇甫嵩求情。李儒见状，也起身替皇甫嵩求了情，董卓这才暂时释放了皇甫嵩，改为软禁在自己的府里。

但是董卓仍然对皇甫嵩的三万大军放心不下，正如卢奕所料，董卓在李儒的建议下，将他们拆分为三部，一万军调给了张济，增援散关；一万军留守扶风；另一万军由皇甫郦率领，限期动身，改驻曲阳。

就在皇甫郦与卢奕动身之时，张郃、臧霸等人也及时赶到了扶风，跟随卢奕、皇甫郦率领大军押运着武器、粮草来到了曲阳。

到了曲阳后，卢奕跟陈芯商议，让她赶到鲁国去，照顾父亲以及卢母，并准备接应父亲卢植过去。陈芯走了之后，卢奕就在曲阳组织人力，将这批武器重新锻打翻新。

再说曹操逃走之后，跑到了陈留。在那里他竖起一面大旗，上书"忠义"二字，然后散尽家财，征召士兵。曹操有幸得到了当地富豪卫弘的巨额资助，筹集粮草，迅速募集了一支军队。又得到了大将夏侯惇、夏侯渊、曹仁、李典和乐进等人加入。

于是，曹操就发矫诏，驰报各地州郡，联络韩馥、袁绍、袁术和孔融等人，准备联合讨伐董卓。

然而，此时各路诸侯严重缺乏武器、盔甲，袁绍和曹操等人正在为此焦虑不已。

卢奕接到孔融、韩馥的通知后，派遣张郃、臧霸等人，将一批足够装备十几万人马的武器火速送到了曹操、袁绍、韩馥和孔融那里。而臧霸军也分到了大批武器盔甲，因此实力大增。

曹操接到卢奕送来的军需后大喜过望，用手拍着额头，赞叹卢奕道："卢将军雪中送炭，真是上天降下他来帮助我们啊！"

随后，曹操和袁绍两人召集各路刺史诸侯会盟，推举袁绍作为盟主，曹操代理奋武将军，组成关东联军，共讨董卓。

曹操做了讨伐檄文："操等谨以大义布告天下：董卓欺天罔地，灭国弑君；秽乱宫禁，残害生灵；狼戾不仁，罪恶充积！今奉天子密诏，大集义兵，誓欲扫清华夏，剿戮群凶。望兴义师，共泄公愤；扶持王室，拯救黎民。檄文到日，可速奉行！"

于是各路诸侯纷纷前来会盟，除袁绍、曹操以外，分别有冀州牧韩馥、长沙太守孙坚、北海相孔融、济北相鲍信、南阳太守袁术、豫州刺史孔伷、兖州牧刘岱、河内太守王匡、陈留太守张邈、东郡太守乔瑁、山阳太守袁遗、徐州牧陶谦、西凉太守马腾、北平太守公孙瓒和上党太守张杨。

董卓听到消息后勃然大怒，令人立即将袁绍、袁术二人的叔父袁隗，阖府上下全部人口关押到北寺狱，等待处决。随后跟李儒商议，火速调派牛辅军到京城支援；下令张济、贾诩务必守住散关，不许放进马腾一兵一卒；再令吕布率军攻打关东诸侯联军。华雄主动请令要做先锋，于是李儒让华雄、胡轸先行，吕布率军接应。

牛辅抵达京城后，立即带着李傕率领两万铁骑，在中牟与朱儁三万步军交战，大胜。击败朱儁后，李傕率军进至颍川等地大肆劫掠，西凉骑兵所过之处，百姓十室九空。名士荀彧、荀攸是颍川世家，他们在李傕劫掠颍川之前，就紧急通知了全部族人离开颍川，所以荀氏一族才能逃过了这一浩劫。

牛辅、李傕获胜，董卓闻讯大喜，信心倍增，于是亲自率二十万西凉马步军迎战关东联军。出战之前，董卓下令将袁隗阖府上下，男女老幼二百多口全部斩杀。悲讯传到了袁绍、袁术那里，两人痛哭流涕，下令全军挂孝，誓言要诛杀董卓满门为叔父报仇。

孙坚英勇，请命为先锋，率先进击西凉军华雄、胡轸所部，大获全胜。谁料袁术心思不正，嫉妒孙坚军功，害怕他继续立功，就扣住不发孙坚军的粮草。随后孙坚军队严重缺粮，因而军心大乱。李肃知道后，就和徐荣领军偷袭了孙坚营寨。孙坚军败退了回来。

此后经过了大小十几次作战，双方互有胜负。袁绍为首的关东联军畏惧董卓精锐的凉州军战力，无人敢向西推进，全都畏缩不前，屯兵酸枣一带。只有曹操、孙坚、鲍信等人仍然继续出战，而曹操则独自领军向荥阳推进。

就在关东联军与西凉军对峙的时候，卢奕与皇甫郦也在曲阳每日练兵，如果不是顾忌皇甫嵩被扣押在洛阳，皇甫郦早就率军加入联军了。

这日，突然从洛阳传来了噩耗，董卓不但屠杀了袁隗满门，还抄斩了众多其他官员，只要与袁绍有往来的，哪怕是朝廷重臣，也立即斩杀。其中就有皇甫嵩和卢植两人。

消息如同晴天霹雳，卢奕和皇甫郦悲痛欲绝，咬碎钢牙，誓报血仇。两人在大帐中摆放了灵台，祭奠皇甫嵩和卢植。然后全军挂孝，尽穿白袍银铠。

曲阳军即将参战的消息很快传到了韩馥那里。韩馥正负责关东联军的粮草供给，于是他特地派遣张郃给卢奕送来了粮草。张郃送到粮草后，向卢奕和皇甫郦请求参战。随后，卢奕带着张郃，率领六千重装骑兵率先出击，先锋军浩浩荡荡，很快奔到了河内。在这里又遇到臧霸、孙观二人，带了部下赶来为卢奕助战。于是众人合兵一处，杀奔荥阳。

这日，曹操带了几千军马开到了荥阳汴水。但前锋夏侯惇被吕布击溃，夏侯渊、曹仁被李傕、郭汜杀败。曹操率领中军与埋伏在这里的大将徐荣突然遭遇，结果曹操大败，士卒死伤大半，自己也被流箭射伤。幸亏曹洪拼死厮杀，夏侯惇等人及时赶到，这才将曹操救出。曹操带领众将正准备撤出战场时，董卓亲自率领大军杀到了。

大将徐荣带着部将胡封、张超、王方等人率先追上山来，李傕领着侄子李蒙、李标，郭汜率领宗侄郭威，樊稠带着儿子樊猛，西凉军各将如同狼群一般死咬着曹操不放。

凛冽的北风呼啸着，像刀子一般割在脸上，曹操觉得自己从外到里都彻底冰透，站在山头上望着滚滚而来的西凉军骑兵，长叹了一声："这回真走不脱了，这是天亡我啊！"

正在曹操心灰意冷的时候，突然，从山的北面传来了震天般的杀声。一阵狂风过后，猛然飙出了一支骑兵，集群的战马冲锋在前，后面发出了遮天的箭雨，将徐荣的部将王方、胡封等人一下子撞了回去。

其后大军陆续开来，为首的正是大将卢奕。曹操见状大喜，对部下们喊道："是曲阳军来救我们了！"

卢奕将军阵展开，左路张郃率领两千人马；右路臧霸、孙观也领着两千人马；卢奕居中，身旁有赵蔚和胡秉等八员骁骑护卫，也是两千铁骑。曲阳军上下，全都白袍银铠；中军大旗两旁，竖着两面白色大旗，上面分别写着"誓杀董贼"和"血债血偿"八个大字。

董卓在中军看得清楚，问李儒道："这支军队的主将是什么人？"

李儒回答是卢奕，卢植的儿子。董卓大怒说道："竖子无礼，我必杀他！"随即命令吕布率军出击拿下卢奕。吕布得令，正要出动，那边徐荣、李傕和郭汜已经率军开始攻击了。

卢奕头顶金盔，佩戴面甲，身披白袍金甲，手执清风宝枪，注视着西凉军的出击次序，传令张郃迎击李傕，臧霸出击郭汜，然后自己亲自率军向徐荣冲去。

两军铁骑终于在半山上相撞，一时地动山摇。卢奕飞马挺枪冲向徐荣，胡封、张超、王方等将看见，立即合围了上来。

只见卢奕快马冲到，手起枪落，将胡封刺倒。王方与张超两人双战卢奕，只三合不过，王方被挑下马来。张超见势不妙就要逃走，卢奕摘下弓来，一箭射翻。

徐荣见卢奕英勇，连杀己方三员大将，不禁大怒，冲到跟前，挥舞大刀跟卢奕斗了起来。赵蔚和胡秉等八员骁骑，与徐荣的亲兵战成一团。

卢奕与徐荣激战了三十多回合，徐荣渐渐不敌，拨马就逃。卢奕哪里肯舍，立即追了上去。

这时樊稠、樊猛率军赶到，徐荣就调转马头，再回来厮杀，要群战卢奕。

卢奕以一敌三，全然不惧，抽出了工布宝剑，枪挑剑砍，一阵乱斗将樊猛刺死，徐荣被砍断了一臂。樊稠见儿子战死，红着双眼，死战不退。

董卓在远处看到卢奕骁勇无敌，大为震撼，问李儒："此人如此善战，我竟然从未听说。"

李儒面色凝重，回答说："他是颍川司马徽的高徒，我曾经想要招揽他为相国效力，奈何此人跟我们道不同啊。"

董卓大怒，催令吕布出击。此时樊稠已经身中数枪，幸亏吕布赶到，才救下了樊稠。

吕布与卢奕对峙，看到他的白袍被对手的血完全染红。虽然他戴着面甲，却能看见他的双眼猩红，正瞪着自己。号称"天下第一将"的吕布，看到卢奕如同狮虎一般愤怒的眼神，突然竟有点心怯了。但这是战场相遇，彼此只能性命相搏。卢奕与吕布各持宝枪、画戟，交手就是一番恶斗。转眼间两人大战了一百多回合，尚未分出胜负。这时那边张郃刺死了李彪，李蒙胆丧败退了下去，随后李傕也挡不住张郃，跟着败了下去。而右边的臧霸已经斩了郭威，跟孙观两人率军将郭汜军彻底冲垮。两路人马随即向中军靠了过来。张郃、臧霸先后冲到，跟卢奕一起夹击吕布。吕布敌不过，只得败退了下去。

此时曹操也率领败军杀了回来，孙坚领着生力军又加入战场。三路大军一起向董卓冲去，董卓见势不妙，立即撤军向洛阳逃去。

又战了一阵，卢奕见董卓兵多，担心前面会有伏军，所以收拢了军队，不再追击。

此时大战结束，残阳斜下，漫山之上，尸体遍布，血流成河，山上的草木全都被鲜血染透。夕阳照射之下，分明就是漫天的鲜血，洒在了荥阳各处。

卢奕骑在马上，看着眼前的一幕，长久默然不语……

这夜，卢奕回到了中军大帐，皇甫郦正在等他。带给他一个天大喜讯：皇甫嵩与卢植二人并没有死。原来，董卓对二人的确起了杀心。幸亏孔融、王允紧急疏通，孔家曾经有大恩于李膺家族，所以孔融派人到李儒那里为二人求情，李儒却不过当年的恩情，加上他的确并不想杀了二人而激怒曲阳军，所以他默许了孔融的人将二人救了出去。现在卢植已经逃离了京城，正在联军大营。

卢奕困惑地问皇甫郦："那之前的消息是怎么回事？"

皇甫郦苦笑一声："多半是联军散布出来的吧。"

卢奕想起了袁绍、韩馥，还有曹操。但这都不重要了，他问皇甫郦："那咱们下面该怎么打算？"

皇甫郦怔怔地想了一会儿，说道："我也想不清楚。先收军休养一阵如何？"

卢奕点头，看着帐外漫漫夜色，想起了身在鲁国的母亲和陈芯……

数天之后，联军闹起了内讧，兖州太守刘岱因为借粮不成，乘夜杀进乔瑁大营，杀死了乔瑁。袁绍跟孙坚因为种种矛盾，公开决裂。而曹操损兵折将，已无力再战，就引军回去休整了。

这日，洛阳城再次燃起了冲天大火，南北两宫，宗庙官署，各大城楼，全都化作焦土。董卓又命李傕、郭汜二人率军手执利刃，驱赶洛阳城里数百万口，奔赴长安。洛阳城方圆二百里，荒芜凋敝，再无人烟。

皇帝刘协并文武百官，裹在望不到边际的车队里，向回望去，只见火光中摇曳的洛宫身影，逐渐黯淡。

此刻王允满怀心事，惆怅地骑在马上，想着心事。

他身旁的马车，突然打开了车帘，貂蝉探出了头，问王允道："义父，我们还会回洛城吗？"

　　王允还未及回答，一个将军正骑马经过，听到貂蝉的问话，冷冷地回答道："不会了。"然后纵马驰过。

　　王允接话说道："不，吕将军，我们会回来的。"

　　貂蝉望着快速远去的吕布身影，顿时怔住了。

　　王允在一旁，看了看正在发愣的貂蝉，安慰了她几句。然后朝着关内的方向喃喃自语："长安，我们来了。"